昭奚旧草

书海沧生 著

广东旅游出版社
GUANGDONG TRAVEL & TOURISM PRESS
悦读书·悦旅行·悦享人生

中国·广州

昭奚旧草

目录

有怪踩月而来，美如秋水，清如山河，生呆若木鸡，爱而不能忍，甚倾之。

忍冬·云琅

她欢喜他，叶公好龙；

他爱着她，尾生抱柱。

成泠·谢良辰

引子

　　那一年，天还不算暖和，我去见了道祖。以前我从不信天道，因为信了天道，就要相信报应。我害怕报应，所以不想信。后来天道果然没有来，但报应先至。

　　我死的时候，孑然一身，手中只剩下一枚棋子。我眼睁睁地看着它被人拿走，然后不知送去了哪里。没人知晓这枚棋子的秘密，可等它被有缘人识得，那大概又成了一件伤心的旧事。

　　我听着摄人心魂的铃声，就这样飘飘荡荡地坐上了涉水的马车。不，准确来说，这不是一辆马车，拉车的是一只白鹿和一头獬豸。所有的人都下车了，然后在浓雾中消失，只有我留在这里。穿着白衣裳和黑衣裳的驾车人问我想去哪里，我说，除了大昭，哪儿都可以。

　　他们相视而笑，那笑容有我形容不出的凄凉和压抑。白衣的少年在空中甩响了粗麻制的鞭子，白鹿和獬豸受到惊吓，竟腾空而去，在云雾中疾驰，不吃不喝，融入天际，像两匹真正矫健的天马，在霭中飘荡了三百个太阳升起落下的日子，把我带到了道祖的身旁。

　　我说，我有三个问题。

　　他却笑了："可你死前只留了两句话。"

　　"我死了，谁来替我？"

　　"你既可当万人用，天子自有万人来替你。"

　　"我死了，谁在哭我？"

　　"你的父母没有哭泣，你的兄长没有哭泣，那个为你哽咽的人在三十日后也渐渐平息。"

"我死了，谁来祭我？"

"你的坟墓暴晒荒野三十年，寒风吹打三十年，雨雪融骨三十年，路旁有一个年迈的乞婆不忍，为你奉上一碗饭。"

我垂目，他却道："我掐指算来，你尚有一生，大抵也是时运不济，但有人为你留了一线生机。"

我没有开口，他继续道："但这个人必须答对我的问题，才能救你。"

我心中觉得有些趣味，便问他，什么问题。

"皆是些一念之间的选择，你无须知道。你能来到这里，便是心中有所不忍，有所期望。如不消除，反是祸根。既然如此，说出来，我与你开解。"

我有些茫然，许久，才叹息，用手比画道："我家中有一个这么大的小友，还未成人，我已不在，心中难忍酸涩。另外，我此生只筹划了一桩壮举，却又在如此年纪逝去，终归意气难平。"

他捻了捻洁白泛着冷光的胡须，指长而腹纹玄妙。他说："这样吧，你也来回答我这么些问题。我让那人自己决定救不救你。"

我看了看他，摇了摇头："我要的东西你给不了了。"

道祖眼珠中透着一点灰，他似乎很苍老了，老到不愿意理会凡尘的一切，老到看见方圆也就只是方圆。他伸出手指一弹，我便无法视物了。

"你现在只剩下心了。我只听它的。"洪钟之声，震耳袭来。

"昨日替你之人，你来日要还他们什么？"

"昨日替我之人，我来日去做他们。"

"过往树下哭你之人你明朝给她什么？"

"过往哭我三十日之人，明朝我与她做三年的夫妻。"

"前缘雪中祭你的人你结缘送她什么？"

"因缘中三十年后祭我的乞婆，我结此缘，还她三年的爱和一辈子的荣华。"

奚山，正源时古山，贫瘠无食。

　　　　　　　　　　　　　　——《丘陵记》话古人

　　奚山是个穷得要死的地方，我时常饿着肚子，把果子和口粮让给臣子。

　　我的臣子现今只有一家人。他们姓翠。翠元是父，三娘是母，儿孙共计三百余人，皆是公猴子。

　　他们家常常办喜事，酒席却也没什么好东西，采一篮柑橘，叉一只修炼得年头长了但依旧横冲直撞的山猪，给我磕磕头，认认主公，就算了事。平时都是半饥半饱的，只有这些日子我不用顾及君主的体面，可以大吃一顿。但一年中有果子的日子也不过是冬天，我们家的山头邪门，虽然种什么荒什么，但是柑橘肆虐，一到冬天，撒种即成，不几天，满山好像流出了一条黄色的河流，酸味扑鼻。对，我家的柑橘都是酸的，无一例外。柑橘既酸得倒牙，又多得人吃到吐，除了大婚的时候为了好看摆上一些，哪还有人稀罕呢？三百多双水汪汪的眼睛都在盯着那只被叉起还弹蹬着的山猪。

　　三娘分明吸溜了一口口水，还鄙视我："瞧瞧你那没出息的样子！"

　　这话按说是该翠元听的，古来就没有这样的道理。哪有指着一个人过活，一家老小全拴在堂堂君主的裤腰带，养不活，君主还得挨骂的憋屈事儿呢？她家的男人难道不该发自内心敲击魂灵地反省吗？

　　虽说每一次，我没有张嘴吃第一口，他们断然不敢吃，但是当我咬完第一口，剩下的也断然没我的份儿。

唉，只是这样一只肥软的猪，虽然因修炼日久大了些，但是三百多人，一人几口，也就没了。大概多蘸些面粉炸一炸，才能显得量多一些吧。我很落寞地看着翠十六的媳妇一脸沉痛地剜了我，这孩子，从被十六一把捡起来，看着那张英俊明亮的面庞微笑欢快地说"啊呀，找到媳妇了"的时候，决计没有想到这样一副面容的背后竟是一个穷且穷得很无耻的家吧。

他们今日为数不多的良心还算没被狗吃了，炸好的肉丸子也分给了我几块，我看着十六媳妇一小口一小口地抿着吃，愁眉苦脸地担心下一刻就会吃完，而且吃完了这辈子再也吃不到的模样，啊呜一口，把她碗中剩下的肉丸子全吞了。这孩子瞬间崩溃了，几近咆哮地喊了一声"君父！"我龇嘴学掉牙的老爷爷慈祥和蔼道："孩子，人生是这样的。"

每一个进门的新媳妇都经历过我这样的训练，所以很习以为常且淡然地剜了我一眼。在奚山吃饭是这样一个流程，先吃猎物，没吃饱的开始啃锅巴，啃锅巴啃不饱的喝稀饭，而喝稀饭还是喝不饱的危险分子，只能遗憾地去吃柑橘了。

山上有一条唯一的河，河水盘山，清得见底，可底下没鱼。我不爱照镜子，也不爱洗脸，除了照顾柑橘要引水，一般我不往河边凑。几百号人挤在河边陶醉地对着河水梳头整衣，秋波四散，这场面太壮观。我的臣子们没有别的不良嗜好，个个貌美能吃身段好，独有一点不大好，爱照镜子的毛病啊，他们永远改不了。

在自家山头混了三百余年，养了一窝臣子，虽说山小了些臣子穷了些，可走出去人人还是要给几分面子的，虽然那些脸庞在我扬长而去之后，便侧过去偷笑，可那又有什么所谓呢？我要的体面不多，只图大家见面时还能行礼问好。说到这里，我便想起窝气时即使颜面尽失拼个你死我活也要让对方不舒坦的三娘。三娘酷爱泼妇骂街，我酷爱三娘。

诸位听到此，想必也已知道，我是个山大王。虽说化外的山大王和人间的山大王没什么不同，可是我是正儿八经有诏书的一山之君，虽然诏书是某年某月某日从天上掉下来的，但是在挨砸的一瞬间，我仍旧有了光荣的使命和任务：养活臣子，以及……擦星星。

前面这个说过了，臣子是一群见了猪忘了君父的小作精。至于后面这个，是我极其痛恨但是不得不做的工作。当然，不只我要做，几乎每个山头的山君都会领到类似的差事，或擦掉星星们满身的灰尘，或是剪开整天黏在一起不务正事只知家长里短的云朵，有时候有点背的山君被派到太阳那儿洗澡搓背，回来那张脸跟雷劈过似的，黑得分不清前后。当然，诸位看官兴许疑虑，我们可以不接旨，不理会嘛，但您须知，我们个个膘肥体壮，身为一山之君平日也是威风八面雄姿英发的，倘使不是每年总有几天莫名其妙地飞升到空中，不干完活便不放我们着地，任我们在空中哆哆嗦嗦飘荡，谁肯老老实实干呢？

人在天上飘，身不由己啊。

那些星星都是些小孩儿，话多得不得了，不陪他们说话玩耍就哭就闹就不肯发亮，有些还有洁癖，嫌我的汗巾不干净，扭过脸不肯擦，非得让我忍着恐高症去天河旁边洗干净了，才肯回头。这些娃娃老问一些傻不啦唧的问题，让聪明绝顶的我难以忍受。譬如，总有一些奶声奶气地望着更高处问："奚山君，你说天上有神仙吗？"

这不是废话吗？当然没有，绝对没有！有谁见过神仙啊，愚儿。没见过的东西，老子是一概不认的。

只是，当我每次干完活，腰酸背痛地脚着地，家里的那群猴子也开始叽叽喳喳问同样的问题时——"君父，您又去瑶池宴了啊？"

"是啊，可不是吗，吃了十个蟠桃，撑得直不起腰了！嗬，每一个这么大，跟脸盆儿似的！"

"欸，不对啊，君父，信正山的信正山君说，蟠桃跟碗一样大。"

"啊？噢！可不是吗！他生得没我高，人品没我好，西王母说了，信正君还不配吃脸盆儿大的！"

"那，那天上的仙女漂亮吗？"

"漂亮，长得跟人间的年画似的，虽然跟我比还差点儿！"

他们听完这句，一般就很折服地走了。

所以说，对待不同的受众，领导者讲话，还是很需要艺术的。

这都是骗孩子的话。早些年头，我的身边除了翠家，还余两个家臣，一个唤秀提，另一个唤阿箸。秀提、阿箸两百岁的时候，七百里外的二流八源之主年水君办了个学堂，不收学费，只论人品。秀提说他想上学，虽说以他的学识，上学很多余，但想想这孩子品性高雅温柔，恐怕因与猴儿们玩不到一起十分寂寞吧，再加上当时翠家的十七、十八、十九年纪尚小，还留着猴儿性子，整日把山里山外闹得鸡犬不宁，天天都有旁的山的小动物来山里哭诉告状，实在难管教，我略一思索，便用红纸写了个拜帖。那时候我从家里带的钱财还没吃光，便到人间买了些东西，扯着十七、十八、十九的小手，带着秀提、阿箸这两个孩子，去见年水君了。

年水君的府邸奢不奢华我不知道，只是，我们几个陆上的，看着澎湃翻滚的渺渺碧波却傻了眼。怎么去见？下水这种事，有修行的辟水倒也不算难事，可是这处显然不是我们家那小池子，辟水一会儿，茫茫四处，也摸不到路啊。

翠元与年水君是在一处修行长大的，但他当时与水君闹了别扭，不肯同我一起来，我们几个傻了眼，蹲在江边，看着四处的水，犯了愁。十九啃了几个果果，便不肯老实了，闹着要回家。我正作势要打他屁股，那与水相接的青碧的天上霍然劈出一道白光，闪瞎了老子的双眼。

抬起头，晴朗处竟缓缓步出一个红衣袅娜的……老头子！那老头儿胡子银白，披散一身，眉毛颇长，到了唇边儿，黄澄衣衫，红光满面。我当时想，他想必也是同我一样，刚服完天上的苦役，被云头莫名其妙送了下来。只是教人不爽的是，我先前被送下来的姿势显然没他好看。

我问他："您又是哪处的山君，这次分到几等席位，吃了几个蟠桃？"

这是我们山君之间的暗语，意思是，哪个山头的，是去擦了星星还是伺候了太阳，总共干了几天活。

那老者一诧异，倒也笑道："不想遇到一位山君。我正要去赴宴，席位想也还算靠前，今年桃儿熟透了，那几株名贵的蜜里仙远远闻到，香甜不赖。只是贫道看到人间有异光，遥遥望去，光色清而醇正，应是个仙根，竟合了老儿眼缘，这才顾不得贪嘴吃桃儿，下界来讨个徒儿。"

阿箸算了算，表情诡异地看着我道："今天三月三，正是西王母的诞辰。"

十八眼睛亮了，扯着我衣衫，兴奋地看着老头儿。

我的儿，你不知道，他这是看上你君父了。我心中悲壮，面上不显："你不必多说了，我是不会随你修正道的。跟随你修炼固然很好，可我家中三百余口，嗷嗷待哺，我走了，他们便都要饿死了。他们虽是粗鲁无礼些，但除了因为饥饿伤过旁的性命，从未做过什么伤天害理之事啊，还望您三思，放了小子一家老小！"

我带着他们给这老头儿磕头，这老头儿竟半晌没说话，如同噎住一般。许久了，他才和善道："山君，你可知你虽是个四不像，可还是与天界结了个善缘，领了个差事，并不需师尊引导，只要多积善行，假以时日，便可自通，修成正果？"

我纳闷了。莫非指的擦星星？可是、可是即使如此，老子也宁愿干苦力，不能去做这老儿的徒弟！

我走了，翠家的猴子会饿得脱毛而死；我走了，秀提和阿箸会因为没有依靠而被欺负；我走了，奚山就失去了伟大的领导人！

我的表情想必太悲壮、太高尚，我的面庞想必充满了金色的光芒，把老头儿也镇住了。他白胡子抖了几抖，才道："所以，老道并不必为山君担心，你大可自便。"

十七似是领悟了，开始捧腹笑了起来，秀提也忍俊不禁。阿箸则似觉得十分丢脸，看着我，面皮红中泛黑。

老头儿从云头上下来，一把把秀气温柔的秀提拉了出来，笑眯眯道："不过，这个孩子很好，做我的徒儿，正适合。"

自那日起，秀提便跟着老头儿走了，临走时我拽住那橙黄的八卦袍问他姓甚名谁，家住何处，心中打着个算盘，过年过节时，便去看望秀提，这孩子自打化形没离开过我，我怕他想家。老头儿说他俗家叫什么什么旬，家住几重天来着，我一看自个儿也上不去，就讪讪地拍拍秀提的肩，叫他常回家看看。老头儿引了线，很顺利地把剩下的四个孩子送进了年水君的学堂。他说年水君之气益发精纯厚实，想必也快要修成正果了，果不其然，没过五十年，年水君便飞升了。只是过了几年，又被派到人间治理水务，依旧做他的水君，可此君之职堪比四海龙君，大权在握，巴结的人多了许多，与我们这些小小山族自不可同日而语。

又过了些年头，同我一道干苦力的山君也飞升了几位，有了职衔，整个人出来都仙气飘飘的，与我已非同类，也就渐渐不来往了。我登门拜访过几次，问他们可曾在天上见到我那可怜的孩儿秀提，他们都说不曾。我日益担心，又问年水君，水君道他见过，教我不必担心，又说秀提有大造化，在人间自有一番作为。

我渐渐放了心，也渐渐把这事撂在了脑后。看看这满山跑的猴儿，想必饱暖之后也会追求精神上的慰藉，可是我那一家几百口都吃不饱穿不暖，日子不知怎的越过越穷，自然也就顾不上想我的秀提孩儿。

我来到奚山的第三百年的冬天，一林子的柑橘居然被早霜打死了，猎物也全然打不到，就连隔壁最富庶的翠濛山君都年景惨淡，更何况我们奚山呢。三娘刚生下二六，几个媳妇儿、孙媳也都添了小的，大人们或许能忍，可孩子们却饿得直哭。我坐在雪地里想法子，靠着河岸，天上恰有几只大雁飞过，拉了几坨粪便，全砸在了老子头上，这真是，虎落平阳，这年头连鸟气都要受。我先前在人间的时候，曾听说过，大旱之年，穷人们饿的时候连大雁屎都捡来吃，这玩意儿多，雪地里冻得硬硬的，前面一截未消化的草切掉，伴着杂粮能做些饼，倒也没什么味道，尚可充饥。

想起孩子们哭得撕心裂肺的模样，当时心中一横，摸摸头把那块东西拿下来了，低下头，地上也不少，犹豫很久还是默默拾了不少。

我其实应该庆幸，还未到连亲人之间都必须自相残杀以填腹的地步。所有的存量都给了孩子们，大人们跟我弯了一冬天的腰。我当时便发誓，这辈子再也不嫌弃柑橘酸，如此之后，春天仁慈，如约来了。

奚山的花儿那一年开得格外多，一大团一大团，扑簌簌的，在山露中，显得格外娇气。这山有性格有脾气，我种什么，它都不肯好好长，一看似不错的土地，撒了欢儿地长自己爱长的东西，什么奇花，什么毒草，什么漂亮长什么，什么有毒长什么。这些依旧不能吃，但摘了拿去人间买卖，生意倒还算好，附庸风雅的书生挺喜欢，能兑换些粮食。山里山外的猎物渐渐多了些，我便到翠濛山君处借改良过的粮种，先前这邻居恼我吃了他的小宠物，不肯理我，我在他家山头磨了许久，才磨到一小口袋，在奚山居然意外结出粮来，林林总总算一算，吃的东西才落到了实处。大家都长长舒了一口气。

一年饥一年饱的，山里的猴儿们过着苦日子也都长大了。山中的岁月，孩子们与我是清楚的，山外的世界，除了每年出去典当东西，购买粮食货物，我基本不大理会。只是今年，似乎出了几件大事，人间的街头巷道都在讨论，听了几句，人散了，我也忘了。

阿箐同十七、十八、十九放假回了家。他们如今帮着年水君协理一些水务，回家的日子不多。一年约莫住上几日。

三娘这日整理我房间，瞧见了什么，愤恨地望着我道："你骗我！"

"什么？"

"时间到了，还不去！"三娘把一卷老得快蚀的竹书扔到了我面前。

我思索这是什么，许久，缓缓拉开，才恍然大悟。

在人间，我还有一桩债未还。

二　崔妾昭书

　　郑祁，国公之子，贵妃同母弟，皇子幼舅，素贤，娶妻江南阮氏，年二十，入翰林。少有奇遇，姊入宫，获帝宠，生子莴，思家情切，时位卑，主特恩，召夫人。祁随母入宫，虽年少，已恭谨，观绚烂奥妙，仍执母裙佩而未尝离步。

　　安王犯死罪，养雀王，献太后，得保命。后素厚妃，暮浓，赐宴夫人，放雀王，上下尽欢。生灵善舞，清啼婉转，玉白泽明，见生人而不惧，尽展后羽，夺目灿然。偶一仰颈，便入九天，伴月而欢。祁稚蒙后定睛，惊鸿难抑。

　　酒过三巡，帝至，袖中血腥若隐又无，后惊恐，不安跪问缘故，帝笑，言："止杀一泼皮贼子矣。"雀王黑眸瞬时如炬，尖长哀鸣，俯冲而欲啄帝。四座皆哗，侍卫三十，握刺链，围困多时，方锁雀。帝怒曰："畜生正似主！"拔剑欲砍，祁跪扑护雀，叩主道："尧舜德四方，何时杀畜生！"夫人与妃，面额澹澹，皆泣有罪，然帝特异，以为此子非凡，赞祁慧敏，赠雀王，命内侍，引拜东宫，预作肱骨。

　　祁抱雀，安抚久时，置于途中亭。夜雾渐浓，侍引宫灯，祁不舍，转身翘望，雀已失踪影。祁慎丧，握宫灯，莽撞寻雀，不多时，离宫人，似迷路，入一园，四周芳香沁人，道路曲幽，不知何处。转身，撞生人，引灯细看，白衣蓝袖，初一眼，清冷似水，再观，目眩神失，三观，已杳无踪。

　　似谜耶，似梦耶？或……似人耶？祁迷途归返，拜太子，东宫夜珠已撤，始知困于霾，整二更。

——《真知录·异闻卷一》

每一段故事的开始，总是追溯到很久很久之前。

很久很久之前，夹在秦、明之间，隔了四片海域四个岛国，有一个大一统的帝国，宗姓为成，号大昭。这里充斥着学士和刺客，平民和巫族，分封之国与天下之主。他们笃信老庄无为之道，可是传国三百余年，朝堂上用的是披着无为皮的法家儒道，大夫们钻研考究的是孔孟学问，士子间暗中着迷互相钻营的则是飞升速法。也曾有人踩了狗屎飞升，但大多数是书中的传说，或者是皇帝陛下真的想杀人也真的想不出什么把柄时愚民的说法。

文字诗书礼教理论上只有士族以上阶层可以传阅，但是平民百姓之家若有人想学也不会难如登天。这里有人靠世袭封爵，就有人通过选拔和科举当官。科举制是皇帝陛下得天指示做梦偶得之法，推行之后效果绝佳，直接导致起义的农民少了许多。之后，便是许多山贼改了旗号，在山头请了夫子，办起书院。

大昭子民信奉道教，可亦不排斥佛教、巫族。他们清晨拜完天帝，也会顺便拜拜隔壁庙里的菩萨，回到家里，巫族祭祀用的乳猪恰巧烧好红皮。昭人不见得每一季都能吃到新鲜的米粮，可是啃到乳猪时也不会馋得回味数十年。人世无常，自然有灾情，然而灾情之后推着赈灾粮咣咣当当没精打采的官吏也会准时慢悠悠地出现。

这样的生活，他们称为"盛世"。

齐明九年，一国之母哲宗中宫病逝，刚入定陵不久，太子却偶疾发作，吐血昏迷，短短数月，竟药石罔效。帝祚三百年，眼看将绝，哲宗一时不察，请了低贱的巫蛊。内侍秘传，巫氏曾问过主上，是要死了的活人，还是活着的死人。昭帝目光如炬，并无言语，反观巫氏，失魂落魄地步出太极殿。

作法当日，巫人登台拜月，一身乌袍，解下披到了太子身上。随后摇着闷声的铃，手沁朱砂，按到了少年皎洁的额上，兼口中念念有词，众人凝神不敢呼吸，不多时，太子竟缓缓睁开了眼。

昭帝十分欣喜，将将扶起太子，少年嘴角却溢出了黑血，睁大眸子，绝了气。帝大恸，竟为此灭了存续八百年的巫族。为太子合棺时，却十分蹊跷，那棺竟合不上，皇帝触碰太子肌肤，端的柔软温暖，宛然若生，心中更是悲愤伤痛，欲寻天下奇人解太子死结。熙熙攘攘入京三百余人，却无一人能合棺。贵妃之弟郑祁上疏，道是因太子尚年轻，思念慈母，定是想要依偎中宫，一片孝心，因此阴灵迟迟苦撑，不肯登临极乐。

太子自幼养于深宫，内向好洁，性喜读书，除了晨昏定省，只与书籍为伴，并不主动与外人接触，性情十分凉薄。哲宗心存疑惑，但太子确因中宫之殇重病身亡，便抱存侥幸，将太子棺木抬到定陵，由郑祁姑且一试。走至尸首身旁，为免不敬，少年翰林双目裹上白绸，十分怜惜地抚摩太子的头发，如对子侄，口中声声呼唤中宫之号，如此三番，太子的身子竟彻底凉了，棺木也严丝合缝，帝不忍，遂将太子附葬入定陵中与母相伴。

郑祁常常唏嘘，君臣十余载，阴差阳错，因己年少，刚列仕途，竟从未得见储君一面，最后也无缘一见，辜负了主上当年引见美意，甚为遗憾。众人以为祁乃仁义君子，益发敬重。

同年，贵妃又产幺子，容颜秀美，神肖太子，帝十分喜爱，常道天所怜赐，应十分珍惜。因此子，帝益发器重郑国公与贵妃，贵妃骨肉三皇子也得以常驻宫中，遥领封邑，不必就之。

齐明十年，郑祁蒙宠，晋御史中丞，封侯。自此，郑氏一门短短十年间，除郑国公之衔世袭后，又封三侯。

故事的开始，不是"很久很久以前"，正是这一年。

齐明十年，有老妇沿街叫卖女儿，御史大夫心软仁慈，花千金买一妾。时年，郑祁不过二十五六岁，而那小妾，十六七岁，如花一般的好年岁，倒也匹配。正妻阮氏虽一直得夫专宠，却并非好妒之人，加上一直无嗣，宫中贵人多有微词，思及自家难处，便欣然接受了此女。只等待吉日，热闹一番，迎此女入府。此前，妾便由郑祁安置在外城一间民户中。

如此便也罢了，但令阮氏十分惊讶的是，自此，无论公务多繁忙，郑祁必然会寻片刻时光，打马到民户中问候小妾一番。郑祁是个君子，并无失礼之事发生，但也足够令阮氏心中吃味了。她枕间笑睨郑祁："郎君，那女孩儿可是十分美貌？"

郑祁微微笑了："卑贱女子，并无夫人貌美。"

阮氏又问："如此，想必是朵善解人意的解语花了。"

郑祁摇头："她平时只于帘内读书，并不与我搭话。"

阮氏纳闷了："既非美貌，又冷落于您，郎君看上她何处？"

郑祁散发于枕席，闭上眼，如坠梦中，又似回味道："我也不知为何，从不曾直视于她，远远观望，费神思揣，心中却枝枝蔓蔓，像要开出什么一般。"

阮氏听闻此言，不由得心惊。次日，趁郑祁上朝，便亲自去了民居。谁知，那地方十分难找，曲曲折折，如同羊肠套着八卦镜，处处透着古怪玄妙之感。晨间出的门，却到午时才行至一处四面荒芜的住所。叩门，童子声声道是无名居，阮氏想起郑祁曾言，此女子是贱籍，无名无姓，冷笑着，随引路童子入了院。甫进门，便嗅到一番冷冽扑鼻的香气，此时是冬日，阮氏四处端凝，却未见花树。院中洁净简陋至极，无奴婢，只有一瞎眼的老叟在打扫中庭。正房之门紧闭，四周窗格，只开一扇，透入些微阳光罢了。

阮氏上前，想要推门而入，却听到屋内冷泉般的声音道："夫人止步。"

阮氏身后的老妈子厉声大骂："下贱女子，主母到来，还不速速跪迎？"

那声音又响起："夫人止步。"

阮氏不知为何，听到这样的嗓音，浑身竟有些战栗："为何？"

屋内人道："于礼不合。"

确实没有这样，妾未进门，而妻因妒忌强上他人门欺人的道理。阮氏脸红了起来，却冷声道："你不过是夫君前两天买回的物事，要打要杀，什么时候由你自作主张？"

那人不恼反笑："原来这才是女子的心态，我竟今日才知。夫人无须忧心，日后入府只为恩情，并无他意。"

阮氏强打精神，走至那扇窗前，只影影绰绰看到帘内白衣素洁高雅。她再想一探，诡谲的是，窗竟瞬间被合上了，扑面而来的，是一阵风。

那嗓音又传来，清冷中又仿佛带着些温和的意味，似碎冰又似暖玉："女子名节为重，夫人请回。"

阮氏莫名其妙，推那窗却纹丝不动，再问话，已无人搭腔，只得带着下人扯着帕子，悻悻离去。刚坐上马车，却听到院中声声隐忍呻吟痛呼，似刑狱，又似屠戮。再听，已无。问众人，皆言并未听到。阮氏以为错觉，按下不表。

夜间阮氏服侍郑祁加膳，他连日来弹劾太子太傅，今日傍晚才接到圣旨，围堵太傅府。太子身边的人，差不多就要干净了。再过些时日，再过些时日……郑祁握着酒杯，眯眼想着，心中城府，半点不露，眼中却分明有了些得意。

阮氏见他心情好，红酥手满杯倾泻了黄縢酒，撇嘴道："郎君，那女子十分不懂礼，见我竟不跪拜。"

郑祁握着酒杯，脸色阴沉起来："你找她做甚，不过是个未过门的妾。不怕有失身份吗？"

阮氏手指一僵，赌气道："我嫁予郎君多年，何时败过妇德？不过一个贫女，我堂堂大家妇，还容不下吗？！只是她委实无礼欺人，今日便要看她脸色，日后还要我这大妇端茶送水吗？郎君买的是妾还是婆婆？！"

郑祁自己斟满酒，热气入喉，窗外雪霏霏，屋内却有些燥热，他拽住阮氏白臂，往怀中一拉，喘吼起来。湖色的纱被扔到屏风上，郑祁今日不知为何，力气十分之大，阮氏不能承受，气喘吁吁羞涩地道了一声"郎君"。郑祁眸子看似温柔，深处却不知藏了什么，抬起阮氏的下巴，琢磨着喘息道："我几时向娘子求过什么，这一次，便放了她，遂了我的愿吧。"

阮氏意乱情迷，点了点头，不胜娇羞。郑祁摸到阮氏露在空气中的肌肤，带着凉意，瞬间想起别院女子清冷的香气，心中的无名之火更盛，这几次索要，竟让阮氏连日走不动路。奴婢纷纷贺喜，小妇何足惧，夫人更似新妇呢！略显轻薄的话语却让阮氏更加舒心起来。

三月，太子死祭，正午，东宫走水，死三百人，帝师内卿悉数命丧。时有僧人，路过国公府，遇到郑祁，笑道："君当真是举世无双亘古无二世人皆佩的贤人。"数日后，僧人竟莫名暴毙于佛前，双眼剜尽。

三月初七，黄道吉日，宜嫁娶。

因是娶妾，加之堂上父母岳父母俱在，郑祁只摆了几桌酒席，邀了至亲好友吃酒聊天罢了。堂外小厮不停唱着"二皇子礼，玉芙蓉一双""三皇子礼，齐冠道百子图""平王世子礼，扶瓜软玉料三鼎"诸如此类，显贵的都添了礼。这些倒寻常，满朝文武谁不忌惮郑祁，争抢着与他交好，稀罕的是，禁中贵妃竟也为这小小纳妾礼赐下恩典，内官端着的如意盘内，掀开红绸，是支点翠的簪子，这簪有个名字唤"永欢醉"，曾是先皇后赏赐的珍贵物事。众人揣度一番，微笑一番，不语。

门前耳房的小厮今日似乎尤其繁忙，妾虽是歪的，门却因是贵客只敢开正的。前前后后叫唱着，直至傍晚，均坐上了席，才好些，将将偷懒打了个盹，却又有人叩门。

"何人？"小厮打着哈欠，探了个额头，竟一时僵呆了。

"吾乃……吾乃奚山君。"那门外的少年露齿一笑。

"公子从何来，为何无下人唤门，登门为何？"小厮咽了咽口水，倒退一步，揉了揉眼。

你道为何？眼前的男子身着金丝所绣的袍子，瞧着还算华贵，却是几十年前太平都人都不爱的老样式，袍子上有些灰尘蛛网的残痕，不似洗得不干净，倒像是许久没穿。他个子颇高，却瘦若晾衣棍，皮肤极白，然而白得灰败，眼圈发黑，脚上蹬着的木屐磨得草絮尽断，脚趾不裹，怕是乞丐也不肯穿了，他却穿得十分坦然。

"蠢物，既是说了奚山君，自是从奚山来。原来也带了几个仆人，一路上晒晕了，眼下歇着，只得本君亲敲。至于登门，当然是听闻郑祁小子娶亲，我来凑凑热闹，顺道寻寻人。"奚山君很神气地骂人，理所当然地递上一块东西。

"哎哟，这是何物，怎的扎手！"渐黑的天儿，小厮触到个到处是刺的物事，还会动，惊骇地跳了起来。

奚山君见小厮此态，本来悠悠虚浮的样子，却哈哈大笑起来："奚山盛产刺猬，送一只来贺。"

"你！"宰相门前七品官，国丈家的门口再不济也得六品，未来皇帝还算他们家的特产特销，又岂容人如此无礼放肆，"好个无礼的小子，如此戏弄国公府，当心身首两处！！"

奚山君却笑得快打滚了，许久，慢条斯理道："急什么，刺猬是给郑祁小儿的，这个是给你的玩意儿。"

他从袖口随手丢出一样东西，那小厮怕他戏弄，吓得不敢接，一抬眼，只见一颗拳头大的夜明珠在地上滚落，闪着柔和的光。

"贵客迎门，奚山君到，刺猬一只！！！"小厮捉住明珠，眉开眼笑地对院内嚷道。

一层层传，话到郑祁耳中，却喷了口酒："你说何物？"

"听说是……刺猬。"管家作揖，很为难。

"将……刺猬呈上来。"郑祁总觉自己的话有些怪异，又道，"把送刺猬的人搜一搜，如有可疑，撵了；若无，请进来。"

郑祁已在新房内，大喜之日，那小妾却着一身白衣，幔帐中，身影依稀。

"为何不穿喜袍？"他温声问道，似怕大声一呵，吓到这人一般。

"公子不知，我家中规矩，素衣为喜，白衣为贺，如今我白衣素裳，正是心中喜悦难抑。"小妾淡淡答道。

"我听阮氏说，你来我府是为报恩，可有此事？"郑祁黑眸望着白衣，左手拇指却有些紧绷，连带着黄梨色的扳指隐约亦有些锐气。

"夫人是女子，我从不对女子扯谎。"妾道，"只是，公子真的不记得了吗？"

郑祁心头一颤，望见幔中人一段白皙的颈，恍惚想起那一身白羽蓝翎，温柔婉转，转念一看，又似迷途中遇见的皎白容颜，他心中似有触动，又有快意，待伸手去扯幔帐，却听到管家在外禀道："公子，那奚山君并无可疑，似乎十分富贵，应是哪家的公子化了名与您开玩笑。他道此次来除了送贺仪，还有要事一桩，便是来寻失散多年的未婚妻。"

郑祁看着呈上来的一块似是刺猬的东西，却着实不是刺猬，也已不会动，乌油发亮，敲一敲，硬不可摧，嗅一嗅，似有淡香，细品，又无了。

妾凝神望了一会儿，道："公子拿匕首切下一块，便知。"

郑祁依言，用随身的匕首切下一块，霎时，异香满室，恍惚中使人不知身于何处，哪年哪月。许久，才如梦醒："莫非，是……是望岁木？"

妾远观雕成刺猬模样的香木，眼中有了些微笑意："素闻望岁木生于深山瘴气之中，四周环水，树身有千年蛇龟看护，嗅一嗅能增寿十年，香可镇妖祟邪祟，入药则百年不老，一屑万金，唯有缘人可得。"

郑祁闻言大喜，深吸一口气，喝道："来人，请奚山君！到荣安堂，上请，设席！！"

他转身待去，迈出了门，才温和道："不必等我，可先歇息。"

妾垂目，拾起床头的书简，指节白皙而手心空白，面皮干净无妆，偏偏额间精心描绘一点殷红花钿，说不出地诡异。

她无名无姓，亦无指纹。

奚山君扫了席上的菜色一眼，珍馐百味，巧功极思，却似看到了空气。郑祁微微笑道："可是不合君口味？撤下，重做。"

奚山君摆摆手，满上酒，略显浓密的眉皱起："不必，我只是性喜杯中物，对餐食没多大讲究，如此便能勉强凑合。"

郑祁觉得此人十分狂妄，心中厌恶，却微笑额首："君果非常人，不同凡俗。今日送上如此贵重的礼物，与弟痛饮三百杯，如何？"

奚山君抿抿唇，脸颊便微微鼓起，乌黑的眼圈倒显出了几分生气，他摇头，慢慢答道："今日却是不可。我来寻妻，人寻不着，反倒醉了，不成体统。不过，二百杯却是无妨的，总不误事。"

郑祁惊诧此人不通世情，但面上不露，斟酒问道："兄寻妻寻到我家中，想是有些眉目了。可是与我家有什么缘故？"

奚山君一口饮尽，点头道："她此刻正在你家中。"

郑祁又问："尊夫人生得什么模样？我家中除了婢女，实无年轻女子。"

奚山君面目略显出些羞涩，配上那副毫无血色的面容，让旁边的人无故浮起一身鸡皮疙瘩。他回想着，双手高高低低比画着，最后落定在腰身，微笑道："她幼时，我得缘见过一面，只这么高，生得倒是这人间难得的高贵秀美。"

郑祁有些尴尬："那时距今日倒是多久了？想必嫂夫人亦变模样了吧。"

奚山君长叹感慨道："如今，应是与我差不多高！"

奚山君是个颇为颀长的少年，郑祁听他越说越不像话，敷衍道："我家倒无此等高挑女子，想是君找错了。"

管家在旁，多嘴了一句："怎么没有，小夫人不是和少爷一般高吗？"

郑祁不留神，酒杯扫落到了地上，转眼却笑了："我那愚妾定然不是。她天生贫贱，是我花钱从她妈妈那里买来的，又怎会是贵人的未婚妻？"

奚山君抽动脸颊，撇嘴道："别是藏了我的未婚妻，不肯交出来吧！"

郑祁不悦拂袖道："小人之心，我一片真心报君，竟被你如此羞辱，张贵送客！"

管家来拉人，哪知奚山君却抱住红木桌脚，霎时间，打滚哭闹起来："哪有这样的道理，你藏了别人的媳妇，还不许人说，真是无赖混账王八蛋！拿了我的礼物，却要过河拆桥，更是狼心狗肺乌龟肠！"

郑祁白皙的面孔憋红了，冷笑道："张贵，把那块东西还给奚山君，给我连人带物打出去！"

奚山君捶地哭道："你当我不知道你削走好大一块吗？望岁木闻一闻能多活十年，你还老子十年寿数，老子才走！"

郑祁拍桌，森冷道："还从没有如此威胁于我之人活在人间！"

奚山君挂着乌黑的眼圈回瞪，呸了一声："老子怕你就搬家，把奚山活吃了！威胁得住老子的人还没投胎呢！！"

郑祁俊雅的面庞被气得暴了青筋，皇子贵人们刚走没多久，此时实在不宜出人命。谋划许久，他才咬牙道："你到底如何才肯走？"

奚山君拿金袖蹭蹭眼泪鼻涕，眨眼笑道："把小夫人请出来，让我看看是不是我那苦命的妻。"

郑祁额角生疼，不耐烦地挥挥手，示意管家去请新妾。

奚山君坐回席上，安然厚颜地吃酒。听到不断靠近的脚步声，才放下杯。

"是你寻我？"妾看到这样一个苍白怪服的人，平淡问道。

席外侍奉的丫鬟小厮却纷纷屏住了呼吸。他们初次看到女子，有些害怕，又有些痴迷——第一眼不觉什么，第二眼长长看下去，却不敢呼吸了。

奚山君走到她身旁，围着她顺时针转了几圈，又逆时针绕了几圈，踮脚比画完这妾室的身高，脸上才算带了笑。最后站在妾对面，抬头，与她两目相对许久。郑祁不悦，想要阻止，妾瞬间察觉到了什么，垂了眼帘。奚山君苍白的面容却变得更加苍白，用绣着金丝的袖子揉了揉眼睛，袍子上的灰尘也揉到了脸上，可他并不肯错开眼，带着黑眼圈的双目也显出几分勉强的温柔。他的视线移到妾的额间印，初始翘起的唇角却缓缓垂下，也不知想到什么，左手撑住桌角，右手扯着妾的袖角，别过头去，一吐气，大颗大颗眼泪瞬间滚下，全无声息。

妾颇为奇怪，低着头由他去哭，沉默大方，并无异态。

郑祁握紧扳指，心思百转，若他们真是未婚夫妻……

一时间，偌大的花厅，竟静悄悄的，除了奚山君压抑的哽咽，只能嗅到不知从何处传来的冷淡香气了。

"你可哭够了？"过了许久，妾黑眸冷淡地望着湿透的袖角，收回，又递上侍女呈上的巾帕。

奚山君吸吸鼻子，擦了把脸，郑祁冷道："你因何而哭？"

奚山君又看了一眼妾的黑眸，其中有死寂，亦有临毙前吸取人世的最后一口生气。他不忍再看，蹂躏了一把自个儿的脸，才哭哼出声道："她并非本君的未婚妻。"

郑祁狐疑，目光在二人身上转过，才道："只为此事？"

"呸，这样一个如花似玉的美人儿，难道还不够教人伤心吗？！"奚山君犹自悲戚，却被管家命人给扔了出去。

是夜，郑祁命人紧随其后，欲杀其泄愤。死士跟去，眨眼间，少年竟已杳无踪迹。又四寻奚山，竟无人知是何处。疑是邻国细作，却无头绪。而仆人所收明珠，竟也在翌日晨起之时化作一块石头，他不敢声张，暗暗懊恼。

三月暮春，桃花大盛，乡间习俗，择色泽艳丽的春酱，制成殷红的桃花饼祭祖，余下的则放到家中，制成胭脂供妻女使用。郑祁家中封邑供奉不少，均是上等脂粉，母亲妻子连奴婢身上都是那股子香，郑祁走到何处都是这等庸脂俗粉的味道，心中十分厌烦，便躲在妾房中作画。

说来，新妇入门半月，郑祁夜间只去过一次，是夜妾熄烛侍奉，闭目任郑祁动作，肌肤温暖丰腴，迎来送往，除了吃痛时不睁目亦不发声之外，与寻常女子并无不同之处。郑祁顿感兴致索然，不等天亮便携衣散发而去。

白日明亮，妾坐偏远亭中看书，郑祁与友人远远看到，又觉风华大茂，额上殷红，明艳伴着冷清，让人爱不自禁。郑祁夜晚再去，却仍觉寡淡无味，失望而归。如此折腾几次，阮氏笑道："郎君素来爱画莲，此次莫非娶了个莲花仙，特来报怜爱之恩？只可惜，只可远观，不可亵玩，忒为难恩人了。"郑祁挑眉，颇觉恼怒，再不踏妾苑。

国公府隔壁原是安王京中府第，安王因结党，被除三族，家中空荡荡，凋零下来。街巷相传，夜间子时安王府中总有脚步声和喁喁私语，怕是有邪祟，再无人敢往，彻底成了荒屋。请了几回道士也不济事，只得听之任之，国公府为此还封了与安王府相邻的一座院落，正是后来妾所居的园子。自妾入府，这里又闹得越发凶狠了，男主人既冷落妾，隔壁又似有祟物，傍晚之后，此处竟宛如空室，人迹鲜至。妾却安稳，每日夜间仍在园中掌灯读书，泰然处之。

又至夜间，妾翻了几页书，忽听窸窣砖瓦声响，抬眼，却是个衣裳发亮、面容苍白的少年，趴在墙头，捧腮望她，目光灼灼。

妾不以为意，低头读书，策论文章，诵读一遍，已然熟记。半盏茶的工夫，书已翻完，墙头少年含笑看她，妾浑然不觉，又从后向前，倒默一遍。合上书时，抬眼，少年已趴在墙头熟睡，顶着两个黑眼圈，酣然香甜。

此时门外却道郎君将至，姜淡然从树下拾起一根敲杏子的金击子，站到墙下，轻轻一捣，那花衣少年便倒回隔壁府中，扑通一声，哎哟一句，似个孩童，边骂脏话边去了。

郑祁刚进园，便听到隔壁传来异声，背僵了一下，伸手去拉姜衣衫，却觉指尖冰冷而带香气，眼睛颤抖了一下。姜淡淡看他，目光隐含压迫，许久，郑祁才松手，面无表情道："随我入书房，此处不宜居住。"

姜道："孔孟之书，不语怪力乱神，公子又在怕什么？"

郑祁面目变得益发僵硬，深深看她一眼，拂袖而去。

第二日，姜读书时，花衣少年又来，仍是顶了一个肉团髻，裹着一块四方巾，却换了一身干净麻衣，趴在墙头目光灼灼，而略显期待。

"我今天的衣裳好看吗？"奚山君笑着问道，"我自己缝的，街上行人都这么穿。"

姜并不答话，然则合上书卷，抬头看他许久，才道："你生得不好看，如何穿都不好看。"

奚山君哼哼唧唧，从墙头上爬了下去，边跑边怒道："阿箸，她又嫌我。"被唤作阿箸的似乎是个年幼的童子，骂骂咧咧几句，领着他不知到了何处，再无声响。

姜望着墙头，她今日未梳髻，平静的眼睛盯着墙头被少年踩倒的一簇黄色野花，晚风吹起乌发时，额上红印也如那少年的目光一般，灼灼起来。

平王世子回京供奉，在别院中闲来无事，邀郑祁吃酒，席间请了"挑金楼"的姑娘，其中一个唤作奉娘的，特别貌美，且舞姿美妙绝伦，刚被梳拢没几日，便被王孙公子们捧成了花魁。平王世子命奉娘陪郑祁，此女善逢迎，也得了郑祁几分欢心。平王世子对奉娘玩笑道："平素不爱我们这些粗鲁的臭男人，今日便送你个探花郎，好好文雅一番，料想枕榻也香几分呢。"

郑祁年二十，中了探花才入的翰林，听闻此言，对奉娘温文一笑，倒教这女子羞红了脸。

酒意益浓，郑祁昏昏欲醉，平王世子便命人去国公府禀告一声，留他到了厢房，着奉娘侍候。

一时酒劲，郑祁摸索着奉娘，倒有了几分肝火，扯了衣衫，留待枕席，亲吻一番，温存一次，微笑问她："探花郎又如何，可令你更欢愉？"

奉娘亲吻郑祁喉结，摸索郑祁胸前胎痣，笑道："郎君一贯粗鲁，今日倒十分温柔。"

郑祁手指僵了，凝望她片刻，又摸了摸她的肌肤，十分丰腴温暖，却无香气。奉娘呻吟起来，郑祁双手一路向上摩挲，到了颈部，竟用了大力气，掐得她喘不过气来。望着奉娘惊恐的眼神，郑祁冷道："你我何时见过？"

奉娘惶恐讨饶道："说起来恐怕郎君生疑，可妾也未承想世间竟有如此离奇之事。前些日子，妾熟睡，睁开眼，竟坐到了白孔雀身上，四周可触星斗，那孔雀说要为我寻个如意郎君，只是不许我睁眼，更不许开口。果然之后我便承恩郎君，我当时心中既欢喜，又担心，摸索郎君胸前，竟有一道胎痕，后又有几次见到郎君，因雀仙叮嘱，一直不敢言语，与公子的露水姻缘像一场美梦，唯恐梦醒，可这一日终究还是到了。最后一次承君恩宠后，白孔雀已有两月未出现。"

奉娘哭泣道："妾几乎绝望了，不想今日又见郎君，始知仍蒙雀仙恩佑。"

郑祁浑身冰凉起来，喘着粗气，气急败坏地套上衣袍，摔门而去。

妾正眠，眉头蹙起，似梦到什么，忽然抱头嘶喊痛吼起来，指骨凸起，额上生出了密密的汗。郑祁黑眸审视了她许久，才握住她的手，只觉冰凉肌骨，犹如美玉，是从未碰过的销魂滋味。

他年少聪敏，从未被人欺骗过，此时却被异类骗得团团转。若她真是当年那只白孔雀……

郑祁似怨恨又似怜惜地看着妾，许久，妾却睁开了双眼，平淡地望向郑祁。

"你恨我吗？"郑祁盯着她的眉眼，轻声问道。

"为何？"妾问道。

"为我当日掐死你，丢入芙蓉塘。"芙蓉塘位于御花园去东宫的途中。郑祁为博仁义名声，救下雀王，后又担心帝王心存芥蒂，便狠下心肠，在怀中将雀王掐死，于未掌灯的雾色中，将雀尸体推入芙蓉塘。之后装作寻找失踪的雀王，又哪知迷了路，遇到皎白的绝色之人，回想起来，如此巧合，那人正是雀王所化。

妾垂目道："我此刻是人，非你所想。"

"我第二日托姐姐去捞你的尸首，并未捞到，便猜测你是否未死。如今你还活着，当真是天厚郑祁。"

妾垂下眼睛："你确实得天厚爱，连东宫也妨碍不得你这天命之人。"

郑祁握住她双手，爱怜溢于言表："此后有我一日，雀儿与我共享富贵。无论你是报恩还是报仇都无妨，只要你不离我而去，设计哄骗于我，都随你。"

妾淡道："奉娘与你有段夙缘，而我与君非同类，恐同榻伤君性命，特此安排。待国公六十整寿，借府中吉运便可消弭我身上异味，君何不忍耐几日？"

郑国公寿辰正是五月初十。确实没有几日了。

郑祁温柔笑道："何曾有异味，说的可是你身上香气，我倒是巴不得时时闻到呢。"

妾抽回手，冷道："这几日，郎君自便。"

语毕，放下幔帘，将郑祁目光隔于外。

郑祁自幼便是个表面十分隐忍宽容，心中却极有城府之人。他平素私事从不暴露于阳光之下，似乎觉得黑暗之中无论做了什么，总不会妨碍阳光下自己的模样，因此十分爱惜自己累积的名声。

近日他动作不算小，主上贵妃都隐隐有些不悦，思忖再三，只得撒开手，并未亲自拷打太傅，只让狱卒下了几味无色无味的毒物，碾碎在食物中，让太傅症似重病缠身，渐渐耗死罢了。谁知老匹夫弥留之际，竟一口血喷在他的衣袖上，死死攥着，大笑道："前日吾梦孔夫子，夫子问吾你几时死，老夫惶惶然，说太子天命之人，却早死，我怎知他？孔夫子却道，是耶，太子不若君卑鄙，不若君无耻，不若君多矣，太子既早死，想来君要长命百岁，亲眼看着自己无子送终。"

郑祁阴冷着面庞削断了太傅的双臂，食指一试，老人已然气绝，唇边犹然带笑，赴死如生。郑祁心中却不舒坦起来，让狱吏牵来了几条恶狗，将之处理干净后，才冷冷一笑，算是作罢。

他转眼去准备父亲郑国公的寿宴，新来的厨子备了几份菜单让他选，郑祁拿毛笔刚圈了几个，便看到一样菜色——锦绣朝凤图，他以前未曾听过，颇觉好奇，厨子讨好道："这是小的家乡宴请贵客时才用到的一道菜，将樱桃荔枝各色鲜果雕成彩凤，再将各色雀鸟的肉烤熟，捣成泥，浇汁，添成凤尾，便成了。"

郑祁本就多疑，对妾身份尚未完全信任，眼睛一暗，计上心头，吩咐厨子用雀鸟的肉泥裹时令蔬菜，做成肉丸子，命人给家中老少一人送了一份，让家仆记下各人的反应。

这方报完小夫人吃完吐了，郑祁还未放心展颜，那方却道夫人吃完也吐了。

郑祁关切去问，大夫却道是夫人有了身孕。郑祁大喜过望，一连几日都欢喜畅快至极，同平王世子吃了几回酒，那奉娘也在，望着他，楚楚可怜的模样，心中倒也怜惜，便命人赎回家中，放在妾身边暂且当个奴婢。

奉娘善剑舞，年幼时曾有缘跟舞姬公孙娘子学过一段时间，一招"流雪回"学得最像。素裙翩飞而宝剑起，白雪回落则锋寒厉，黑发随风与长袖齐飞，腾跃而使人不知惊鸿何方。

奉娘时常在妾身边舞剑，谦卑而惶恐。妾倒也自然，席地坐在花树下静静观看，偶有一语点破奉娘舞姿中疏漏之处。下人们看得如痴如醉，对妾所说的话颇感不屑，不过贫家女子出身，还能懂得挑金楼调教姑娘的高明？日后都是妾，谁还高谁几分不成，都是玩物罢了。

郑祁从不许下人携带尖锐锋利之物，虽喜爱奉娘舞姿美妙，但每次舞完，剑还是要收好封库。随着国公寿辰临近，郑祁又命奉娘改良一番，用绸替剑，在宴席之上献技。

妾是夜却未读书，她坐在树下静待奚山君。

奉娘早早睡了，迷迷糊糊只看到窗外一盏暗黄色的灯笼，披了件衣裳，隔门问道："今日已经是第五日了，您为何不肯请大夫，苦苦撑着？"

妾已经失眠五日，日日头痛欲裂。她以手撑额，另一只宽大的袖子却挥了几挥，示意奉娘退下。奉娘再也无话，又叹自己还是天真，唯唯告退。却听妾问道："奉娘，你说，孤还有没有活路？"

奉娘心中一颤，鼻中却有些酸意："您是雀王，雀不曾死，王怎会亡？"

妾却淡淡笑了："粉饰太平亦是女子的本性吗？"

夜风吹起妾的衣袍，她头顶上的花树沙沙响动，摇曳许久，才坠下一枝花苞，抖落在青石上。她拾起花苞，眯眼道："须知万物皆有少年早衰之时，焉知我便强过谁？"

忽然，树上却倒垂出一个脑袋，晃着黑眼圈笑道："你是我的妻子，自然强过这世间千千万。"

妾抬头，那双不甚漂亮的眼睛正望着她，目光炯炯，似贼也。

她席地而坐，他一个倒垂晃落许多花叶，全落在她的素衣和黑发上，还带着淡淡香气。这花别名"今朝"，素为已故国母秦氏钟爱。

妾似乎早料到他会提到此处，问他："你夜夜寻来，似晦气缠身，让人烦恼。既然如此自信你我有姻，可有信物？"

奚山君微笑，从锦衣中掏出一片红锦包着的竹简，抖落开来："有你太太太太爷爷的婚书为鉴。"

而后奚山君挠挠头，伸出四个手指头，纠结着浓黑的眉毛道："一太七十年，四个太应是……够了吧？"

妾接过书，上面的墨迹已略微腐朽，书着"乔公女，三百岁，太平日，嫁扶苏"十二字。书后的金泥却是大昭高祖的御印，渗入书中脉搏筋骨，似乎不曾淡过。

妾的头忽然剧烈痛了起来，手指骨节挣得惨白。垂额握住婚书，额上红印似一滴血珠，映着婚书上的金印，分外红艳狰狞。

奚山君凝视她许久，才含笑道："你看来很痛。"

妾停滞了许久，几乎喘不过气来，许久，才抬起头，逼近奚山君的眼眸，黑黑的眼珠中空荡荡的，似乎化出胸中的最后一口热气，冷漠问他："此时不宜成婚，敢问山君，还需何礼，才算重诺？"

奚山君脚钩着树枝，肩窄而身长，身子晃晃荡荡的，显得有些凄凉孤独。他轻轻抱住妾的颈，许久，才轻轻笑道："盖上指印吧。你死了，我找谁呢。"

五月初十，是个好日子。这日子好在它明明没什么好的，朝中人人却偏偏欢喜得像过年。这一天，是郑贵妃的父亲郑国公的生辰。而郑国公也是个妙人，生了个能生儿子的美貌女儿固然很妙，但更妙的是他生了个权倾朝野的贤臣郑祁。

国公生辰前的那些日子，满城"今朝"都开了花，一大片一大片地缀在枝头，俏生生的，蔚若云霞。

传说昭王还是皇子的时候求娶先后秦氏，秦老将军曾刁难说："若园中今朝花都开了，吾当嫁女。您生下来的时候虽是冬日，但臣听说宫中所有的花都齐齐绽放，连已枯死数年的金昙也连开八日不败。想来小女是个平凡人，出生时毫无异象，只有无名野树开花，何德何能内佐天命之人。"

求亲的那一日初初立春，金贵的花都不肯开，只将军府园子内的野树荼蘼，好似打了这位金贵皇子的脸。可皇子偏偏不肯走，喝了三泡茶，依旧看着野花肆虐灿烂，旁的名树枝头凋零。

老将军预备下逐客令，一个丫鬟模样的小姑娘却抱着杆长耙低头跑了过来，也不顾皇子坐在树下，拿着耙子踮脚捣花，似是撵人。老将军心中得意，面上喝骂她道："没看到贵客吗，无理至此！"

当年的三皇子微微一笑，道无妨，轻轻站起了身。谁料那丫鬟却轻声道："小姐方才也骂奴婢，说今朝花都开了，怎么还不给她制新胭脂添妆！"

老将军冷哼："只开了野花，何时都开了？"

丫鬟义正词严："老爷请看，此树别名'昨昔'，此花正叫'今朝'。"

老将军脸气得通红，咬牙问婢女："几时改的名？"

丫鬟捧起脚下的野花，微微抬头笑道："昨昔还是今朝，您问哪一个？"

老将军看到婢女的模样，忽然目瞪口呆："你你你怎么在……你给我滚回去……滚回去伺候……小姐！昨昔今朝都不许妄想！！"

小婢女小脸莹白，还带着微微的茸毛，稚气地问他："那奴婢替贵客问一句，若此花结果，便叫'明日'，可好？"

老将军气得差点仰翻过去，点着婢女的额头，喷了她一脸口水："明日也不可！"

小婢女用袖子抹掉脸上的唾沫星子，小心翼翼地问道："那……那后日呢？"

三皇子扑哧一声笑了出来，他被众人怂恿着来娶大将军的幼女，原只是为了一个赌注。他的弟弟穆王道，若他能娶到将军之女，穆王便娶了内城东街太常家的丑女。

老将军是出了名的飞扬跋扈不怕权贵，他战功显赫，平定四国，全靠一双手、一支枪，除了效忠主子，从不与权贵结交，并许下狂言："若秦氏门前十里长红，必是老子又得了封赏。"

如此还有谁敢轻易求娶他家女儿？如今圣上是封无可封，睁一只眼闭一只眼，乐见其成儿子们打赌之事罢了。

三皇子转眼看着小婢女，含笑脉脉，小婢女却如临大敌，对他道："您这样笑，让旁的女孩儿看到，十分不好。"

三皇子便又笑了，正想拱拱手告辞，回宫认输，老将军却板着脸，咬牙切齿道："吾家无嫁妆，殿下若不嫌弃，便将这等厚脸皮的今朝移到宫中吧！"说完，拂袖而去。

三皇子娶亲当日，将军府前江山万顷，十里红妆，元庆宫中却只移植了百棵今朝。

如今，今朝在民间家家户户都有一两株，不因这花瓣如何奥妙，却喜它生命旺盛，落地生根，伸手可触。

昭后去世，城中的今朝便再没开放。如今成了太子宫的昔日三皇子殿的百棵今朝，也全被一场大火烧死。今年五月，是时隔两年，今朝第一次开放。街道两行，粲然明丽，许多这样淡色的花瓣，攒到一起，更显妖娆，须知它原先本不起眼。

奉娘日日用绸缎练舞，似乎益发不顺手，于国公生日之前病了，那一场舞却是跳不得了。郑祁追求无瑕，心中便宛如有了一个疙瘩，十分不悦。阮氏却道妾与奉娘形影不离，兴许妾也会呢。郑祁又想起年少时白孔雀的一曲舞，心中一动，便去问妾。妾看着郑祁拿来的白绸，那质地十分柔软，她点点头，算是应了。

昨夜刚下过雨，抬眼时，今朝的花枝已探入窗内书桌，柔软而带着潮凉。妾把书放好，若有所思地盯着花枝瞧，郑祁却把花折了，扔出窗外，冷笑道："这等贱物，也配长在我府中！我竟不知，还有漏网之鱼。"

国公府上的今朝，早年都刨去了，如今只此一株。

姜声似冰坚："今朝花死，公子功劳。明日人亡，可是天意？"

郑祁却朗声笑了："它若不死，天意不灭，我又何来明夕！"

姜也笑，但笑意极淡，如冬日阶前白霜，吹一吹就要散了。

第二日，五月初十，国公寿诞当日。姜依旧一袭白衣，袖上泛着蓝色云纹，束玉冠而作男装装扮，模样秀美清贵，逼人魂魄。

郑祁看看她的模样，皱眉道："你今日跳舞，缘何男子装扮？父亲从未见过你，何不盛装环佩，予他一个好印象。"

姜眸极黑，含笑道："世人重色，公子亦不例外。我色足矣，男女有何区别。"

郑祁从未见姜这样笑过，只觉头晕目眩，又隐约在何处见过。他想起父亲国公在女色上亦不是十分收敛庄重之人，万一生出事端也不美，便温声道："孝心到了就是。"

国公生日，到的第一位客人是平王世子。他与郑祁情谊还算深厚，世子嬉笑道："莫嫌我赖皮蹭饭，只是听说府上今日请了内城最有名的伶人，你是知道我最爱凑热闹的，因此便早早来占座。"

郑祁拍拍他的肩，笑道："早早备了世子的席座，祁岂敢怠慢贵客？"

平王世子随他入了席，水榭上搭了台，台面四面清澈幽碧，倒是十足的好风景，只是离宾主有些远，伶人唱时众人也就听个模糊罢了。郑祁是个多疑的人，如此摆设，更多是出于爱惜自己的命，怕伶人行刺罢了。

朝中人来得不少，除了当今主上亲弟穆王，重臣们个个都露了脸。待到优伶登台，酒席就要开了，却听门人大嗓门惊惶道："清阳长公主到。"

登时，鸦雀无声。众人头疼了起来。提起这位长公主，真教人不知如何是好。倒不是她何等骄纵，何等任性，何等桀骜，只是，单单她是由皇后教养长大，又深受帝宠这两条，浑身不自在的大有人在。

郑祁皱眉，今日皇亲们倒有赏赐，但皇子们十分不愿在主上面前落个勾结外戚的名声，连三皇子都没有到场，可这个未出嫁的公主却无声无息地来了。他与清阳素来没什么接触，此番恐怕来者不善了。

然而众臣也只能跪迎，抬眼看没有内侍宫女，亦无摆驾起鸾，正疑惑间，却见一身玄衣的清瘦少年缓缓迈步而来，他提着剑，剑尖明晃晃的，还未染血。

玄衣在大昭，只有太子穿得。

众臣颤抖起来，四顾惶惶而汗流浃背。那少年走来，剑尖指着郑祁的喉，怒道："抬起头来！"

郑祁缓缓抬起头，唇角带着温和的笑："不知，长公主有何见教？"

这羸弱玄衣少年分明是个十四五岁的少女。姣姣眉发，眼中的恨像一团火，要把所有下跪的人一个个烧死。

清阳冷笑道："你不怕吗，郑大人？"

水榭上的伶人喉儿莺莺，意儿依依，距离太远，他们仿佛不知发生了什么，郑祁也从未下令让他们停。

"这样一个燕儿天，小娘子独个儿行桥边，桥上路人纷肆看，谁家娘子恁大胆？……"

词声声传来，郑祁微微一笑："臣怕什么，臣有何可怕？"

清阳手中的剑刺破了郑祁颈上的肌肤，她握紧剑柄，冷冷问他："深夜入梦时，皇兄可曾向大人索过命？！"

那伶人又唱道："明月曾经锁阑干，垂柳闲话过夕阳。行人垂首看春花，三寸绣鞋灰扑满。女儿自古见识短，有智饶是大过天，漫漫寻寻，觅觅难难，只当一首女儿赞。好女孩儿忠义全，死生为赴父兄难。儿郎活过重阳天，想必又弹这首赞。曲儿弹得一年年，哪个饶她活见天！……"

郑祁手握住剑身，朝后一顿，便将清阳甩开，口中却故作惊讶道："哎呀，微臣惶恐，失了分寸，切莫伤了金枝玉叶。"

清阳一个弱质女孩儿，被他甩到了地上，手掌蹭破了皮。她眼中噙泪，撑着剑，起身冷笑道："你有何不敢？众人均看出皇兄仍有喘息，只是假死，你却进谗言予父皇，生生把皇兄活埋在母后的陵寝，让母后在天之灵，亲眼看着自己的儿子惨死！当真好狠毒的心肠！你亦有父母，既知道父母生辰，盼父母长命百岁，想必也知道父母何事皆无谓，但求儿女平安。大将军死时交还全部兵权，母后已经偏居一宫，皇兄更是恬淡品格，从不见外臣，退无可退，尔等依旧步步紧逼，毒死母后，害死皇兄，狼子野心至此，只恨天，怎么不劈尽你们这帮毒蛇禽兽！！"

群臣脸上结了密密的汗，听到这样诛心的话，吓得魂魄俱散。

郑祁眯眼，一字一句："自古都是君要臣死，臣不得不死。公主当真不清楚吗？我既是臣，何时能决君命！"

清阳怔怔地呆在原地，发髻垂下一缕，有些散乱，台上女子还在咿咿呀呀唱着："良辰美景这般天，浩荡洪水何时泛。小娘子这般到桥头，只为看，看那航船哪个同她还。女儿个个皆苦楚，朝颜白头悉从权，这个么人生，也么个长生，气断魂消方知晓，世间诸事轻薄不过夫妻离散，淡薄不过骨肉相残！……"

她茫然看着戏台，就那么看着，眼泪却滚落下来，似潮水来袭，手指摸到脸颊时已经猝不及防，哽咽，而后大声悲鸣。

众臣望着小公主似乎疯了的模样，均一脸冷漠地嘲弄。风过时，今朝花似一道屏障，花瓣稠密而淡雅，自远方旋卷而来，隔开了清阳和郑祁的视线。

郑祁晃神之时，一道冰冷的剑光已经再次指到他的颈间。清阳眸子直直地瞪着他，歇斯底里道："既是如此，我也想教郑大夫死，你可肯死？！"

郑祁头发纹丝不乱，冷笑道："臣从来只事一君，便是天子。公主他日若嫁乞丐，生得娟妓奴婢之流，也教臣三跪九叩吗？"

清阳咽下泪，哑声笑道："你不必威胁我！你刨我母兄根基，我日日煎熬，今日肯来，便知再没有活路。只是杀了你，报了仇，此生才不枉为人女、为人妹！"

众臣抬眼，看着郑祁，目带急切，亦有阴狠的共鸣。

郑祁却仰头大笑，面露杀机："祁自幼便只愿做君子，奈何君等咄咄逼人，好教祁为难。"

那些伶人唱完，鱼贯而出，其中一个梳着包包头，苍白脸，黑眼圈特别显眼。他混在其中，看着远处的清阳，长长地叹出一口气。

清阳眸子一暗，握剑正欲使力，却被不远处一样东西弹中手背，瞬间失去力道。"咣当"，随着剑一齐落地的是一把山河扇。墨色染朱，分外妖娆。

平王世子起身，微笑伸手道："公主妹妹又在顽皮些什么，随臣一齐观戏吃酒，可好？臣明日便要回封地，下次再见妹妹，不知要到何时了。我们兄妹，正是要好好联络感情。"

清阳愣了，平王世子的眸光含笑，水泽熠熠，满是怜惜。他走近清阳，握住她的手，温柔道："妹妹今日有眼福了，听闻郑大人有爱妾善舞，你不妨一观。"

随后，细长的手指揩掉清阳眼中的眼泪，啧啧道："可怜见的，明明是你胡闹，旁的人不知道，还以为国公府怎么欺负公主了呢。"

不理众人目光，世子拉着清阳的手，便回到席上，弄得众人摸不着头脑。

唯郑祁眸光闪动，和父亲郑国公交换了眼神，领着众人，回席吃喝，仿佛什么都不曾发生过。

又过少时，沉闷鼓声如雨点，水榭上出现了一道白色屏风。从远及近，缓步走来一道修长人影，如云亦如雾。那人手中似乎抱着一把古琴，席地而坐，则鼓声渐消。

屏风外走出一个黑衣素颜的女子，不绾妇人发，而面如润玉。女子手中握着长剑，一飞身而如花跃枝头，珠玉溅瓷。颈中肌肤白皙，木钗在黑发飞扬中淹没，唯余风声。几个剑花翻转，恰似鱼入龙门，水生翻滚。

郑祁有些不悦，他已严厉禁止舞时用剑，此时奉娘却拎着剑跑出来了，着实不懂分寸。且奉娘之前告病，今日又突然出现，透出古怪。

屏风后隐约响起裂帛之声，而后琴声如山寺钟声，悠然渐起，起初低沉似兽鼓，压至最低处，又高拔如雀鸣，婉转滴沥，撩人心扉。

士大夫中有懂音律之人，郑祁亦是个中翘楚，听闻乐中变故，面色皆陡然一变。这分明不是古琴能发出之声，可那屏风后之人，确实似在操琴。

黑衣女子闻听鸟声随之跃高，她挑剑提膝飞裙，伸臂刺入身旁参天古树。女子双目妖媚而带挑逗，唇角梨窝闪动，众人皆看得痴痴迷迷，而她手中的剑已剖树三寸，不见如何使力，枝叶却离树身，颤颤巍巍飞向水榭对面的众人。众人提防不及，均被绿叶打中，落了个狼狈不堪。郑祁侧身，手指接过从眼前飞过的树叶，朝黑衣女子一笑，那黑衣女子也笑开了，剑掩红颜，半遮半掩，却艳惊四座。

"好个奉娘，不想她竟有如此手段。"郑祁转着手中的玉扳指，笑着对平王世子开口。

"还不是探花郎调教得好？剑虽利，于你，却是无牙虎，岂能伤人？"平王世子眼中含着笑意，手中握着白玉酒杯，似醉似醒。他身旁的清阳却把目光移向屏风，怔怔地看着那道人影，如坠梦中。

屏风后的鸟声渐渐从婉转变得尖锐，而后凄厉，似被扼住了咽喉。

郑祁想起了幼时被自己溺死的雀王，朦胧的夜色中，它的眸子分明还带着对自己的喜爱和信任，却渐渐变成了泪光。当内侍亮起宫灯时，他松开了手，看着那身白羽蓝翎沉入水中，鸟儿的泪也被芙蓉塘掩去，只剩下掌心灼热滚烫。太监见他神色有异，问他怎么了，他却几乎要哭了。他道："我的雀儿不见了，不知去了哪里。"

那时手攥住胸口，只有痛是真的，其他的统统是假的。

每一句话都是假的。

他知道屏风后的人就是雀儿，他知道，她还在恨他。可是，这种恨却让他心中涌出异样的满足。从没有什么该是他的，却得不到的。异类如何，死物如何！郑祁虽非皇室，却是天命之人。求全得全，求仁得仁。

鸟声渐渐消止，奉娘一式流雪回，枝头的白色花苞便整朵垂落在剑尖，她顺着剑的方向缓缓抬起头，水的对岸坐着郑祁。

众人拍案叫绝，哪知琴声又起，纷扰悠扬而杀气四溢，屏风后响起清冷淡漠之声："卿等今日齐聚一堂，赴此盛宴，孤心甚慰。"

曾在太子宫中侍奉过的洗马听闻此言，却蓦地从座位上跌坐下来。

东宫素来门禁森严，除了太子师和一众配臣，从未有其他外臣见过太子，更遑论听得太子只言片语。在座的，只剩他，还识得。

郑祁听到琴音，便陷入了迷思。

他仿佛走到纵横捭阖的朝中局势，畅快淋漓，逼得对方无招架之力，雄心壮志，豪情顿生，正难以自拔，却蓦地听见裂帛之音，从屏风之后传来，只是瞬间，屏风内的那把古琴已碎锦而出，如剑一般飞向郑祁。

他猝不及防，却被一段白绸缠住了脖颈。

他们猜得不错，屏风后本不是一把琴，是一段绸。

屏风裂口处，可窥到清冷人影和一点嫣红。人影握住白帛的另一端，收紧使力，望着郑祁，淡道："不用剑，焉知孤便不能杀尔？"

郑祁想要用手挣脱，那绸缎却益发紧起来。他伸手打翻酒杯，想用残杯割断白绸，却手脚弹动，如泥淖中鱼，不过垂死挣扎。

这厢，清阳却已然跪下，泪如雨下："臣给太子请安。"

而太子洗马则瘫倒在地上，如泥。

郑祁瞪大眼睛，不敢置信地望着屏风内的那一点胭脂玉颜，绸缎上还带着妾身上特有的冷香。他想起什么，血涌翻滚，脑海中匆匆闪过一些画面，最终定格在送葬当日。

那时的他奉旨走到太子棺木前，假作安抚太子，实则用三根铁针插入太子头颅内时，嗅到的，也是这等香。

"公子对孤的恩情，孤日日铭感，不曾忘怀。"少年声冷，寒气逼人。

郑国公跪在地上，不断磕头道："太子饶命！"众臣如丧考妣，连滚带爬往外逃。而屏风后的少年却低低笑开："众卿急着去何处？何不一同送郑大人一程？"

语毕，手一收，郑祁轰然倒地，恰恰没入池塘中，一声脆响，血水四溅，落湖而生巨响。

众人哭着求饶，屏风后的少年已经收回染血的绸布，在屏风上缓缓书下一段话："鸠兮佞兮，何占鹊巢。凤兮飞兮，无处归乡。明日兮，已无明日。岂无太平，扶苏已亡。"

那少年扔下白绸，吐出人世间最后一口浊气，口中却含着血腥之气。

他从屏风后走出，白衣蓝袖，玉冠冰凉。

众臣跪在那里瑟瑟发抖，他却如睥睨万里江山，平淡笑道："原来，你们怕的不是人，而是人死后还会讨债。"

风吹过时，白色的袍角也缓缓扬起，他道："从今日起，孤唤扶苏。如有一日扶苏来取卿等性命，那才是你们真正该怕之时。"

他单单凭着最后一口气忍到如今，而后，口中吐出一口鲜血，黑眸缓缓闭上，风却又起。众人被这阵怪风眯了眼，再睁开眼睛时，水榭之上，已空无一人，只余下一扇血迹斑驳的屏风和地上伏着的一块处处挖洞的古怪木头，上面安静地躺着十三股丝线，随着风，俱要散了。

这酒席吃得惊心动魄，清阳最后哭得昏厥了，平王世子抱起她，走出一片混乱的国公府。府外奉娘早已候着，手中攥着一封书函。她跪下道："殿下，太子有书，命妾送来。"

平王世子摆摆手，笑道："不看也罢，定是教我好好安顿你，顺道罚清阳抄《女诫》百遍。行踪虽诡异，我却料他死不了，只是不知又到了何处打谁的秋风去了。"

奉娘低头问他："妾帮太子，只因他曾救妾一命，让妾免于水祸，世子又为什么？"

世子笑睨她道："我父王非穆王，而我也非穆王世子。除了忠君，还有何法？"

他抱着清阳踏上马车，脚步顿了顿，回头，看着奉娘的一身黑衣，半晌，才眯眼道："话说回来，你当真是一只孔雀，还是一只白的？"

奉娘抿唇，微微笑了："妾是。"

三　翠申

奚山卷

翠申者，后族也。貌美而喜翠衣，族除大母皆男儿，妻多童养，一生不渝。辈居奚山，性聪颖，善窃物。

————《异人集·四卷·太史纂》

不知此处是何处，但见四周阴冷冷地结着寒霜，四壁无光，亦透不过风来。

一身白裳的少年公子刚犯了杀孽，却终于睡了一次安稳的觉。被雀王努力压制的钻心之痛每每午夜发作，月上柳梢时，静谧不再是安眠最好的作料，而成了叫天不应叫地不灵，承受炼狱般绝望的绝好契机。

每次瞪大眼睛，望向天际，那里是璀璨的星月。它们的灿烂和明目张胆，却只能教躲藏得这样费尽心机的少年公子一脸苦笑。

做美梦时每每觉得锦衣玉食、随心所欲是最好的，可是到了扶苏此处，一片虚空反倒强过一切。

他醒来了，身畔紧紧地依着个人。黑暗之中，那人双手环着他的腰，分明沉睡之时，一双细臂却像无法拨掉的苍耳子，狠狠地扎根。

他诧异此人是谁，那人却缓缓睁开了双眼，带着笑意，收回双臂，坐直身躯，挥了挥袖，四角皆明，满室霞光。

是那夜夜爬墙的登徒子，一纸婚约便赖着不肯松手的奚山君。

"公子醒了？"

这是一间石头房子，潮湿阴冷。除了一张石头床，空荡荡的房中只剩下一口暗红色的大木箱，箱子上结了厚重如茧的蜘蛛网。

登徒子在霞光中又笑了。她端详他眉眼，道："瞧着好了些。可想吃些什么？"

扶苏从石头床上起身，斟酌片刻，才敛衽行了一礼道："近日有劳山君照顾。"

登徒子奚山君本来伸出手，要去握他手，许久，才收敛了心神，点了点少年带点红晕的额头，笑道："如何能不照顾你呢？养大了才能煮了吃肉喝汤啊。"

扶苏愣了，许久，才淡道："能成为山君盘中物，是孤的荣幸。"

奚山君推开了石头门，门外竟已是一片青山之景。她负手，紧紧地互相握住方才温柔抚摩过他的左右掌，一双眼睛带着浓重的倦意，结着红丝。她打了个哈欠道："你是谁的孤呢？此处独我一人为君，公子还是改了自尊的毛病。"

此山便是郑祁遍寻不到的奚山。

扶苏瞧着四周之景，有些诧异。

他幼时自打断了奶，兴许是喝上米糊糊开始，也兴许是更早，从握住第一卷书开始，便经常梦见各种各样的山川。它们的模样醒来之后依旧清晰，用小工笔描出，教宫中有见识的匠人、阉人或者专门做测绘的官员看，竟均是实实在在能叫得出名字的山脉。他的祖父真宗十分惊讶，直到有一次偶然梦到岱宗泰山，他依旧描画出来，才让祖皇彻底下定决心，立父亲为百国太子。

梦中的他显然不是为了成全父皇才不断地梦着山峦，他只是在寻找什么，可是一直寻不到罢了。直到十来岁时，梦到一座不起眼的生着繁花异草的青山，这梦才终结。

那座山无人知晓在何处，作为一桩无法了断的悬案，成了一幅山水画挂在平吉殿的书房之中。如今平吉殿付之一炬，画自然也没了。

但是，梦中的山却出现了。

正是奚山。

那幅画他读书累了养神时经常端详，每一朵花苞、每一片草丛都如旧时友。眼前奚山一景一物，悉如梦时，真教人惊讶。

扶苏有些信婚约之说了。虽然不明白太祖皇帝为何会让孙辈和一只不知道原形是什么的化外之物定下婚约，但梦中寻山，到奚山则戛然而止也不免说明了天意。

扶苏一贯是个不在意世事、不深究根由之人，略一思索也就作罢。

石头房子在半山腰上，仰头，还能瞧见山尖上的一点白雪。常年不化，好似少白头。一路上，能瞧见许多不同的翠色石头，深浅不一，阳光一照，晶莹剔透中出现一条条海藻一般的纹理，瞧着颇具意趣。少年俯身，摸索了好一会儿小石头，黑黑的眼珠瞧了好一会儿，虽然面容安静，但心中却觉得有意思极了。

再朝前看，是一片橘子林。眼下是六月，橘枝茂密丰盛，却还未结果。橘树散发出淡淡的辛香，叶子比平素所见的北方的柑橘橘叶更小一些，也更圆润一些。

兴许不会很甜。扶苏想起了《云农术》一书中所载："橘根若深，则叶尖尖，小蒲扇状。根深而叶厚，橘红则甘。反之涩苦，不宜食。"

脚下忽然被什么绊住了步伐。低头，竟是一个巴掌高的大嘴小童子。吊睛细眉，双髻乌黑油亮，小小的脸儿，刁钻古怪。他动作极缓慢僵硬，十分古怪，似是转不了弯弯，直直撞上了扶苏。

"是汝！"这小童子僵硬地叉了腰，缓缓地抬起了头，愤怒道，"汝害吾！红颜祸水，进谗言，将吾那圣明的君主变成了商纣周幽，呔，吃吾一拳！"

小童子缓缓再缓缓地抬起僵硬的小拳头，像痒痒耙一样在扶苏的白袍上恨恨地捶了一拳。

扶苏低头，那小童子的大嘴却突地吐出一块嗑好的核桃。少年忍不住，用蓝袖遮脸，双眼露出了淡淡的笑意。童子脸红了，怒道："无礼无礼，放肆放肆！知吾何人，小小人间太子就胆敢取笑，待吾杀将了汝这祸水，再以死相谏吾君！"

语毕，大嘴又慢慢再慢慢……吐出一块核桃仁。

扶苏忍不住，转过身，克制许久，才大笑了起来。

那童子闻此却哇哇大哭起来："不知吾乔阿箸竟被区区凡人欺辱至此，唯以头抢石尔！"

哭完，大嘴又漏了一块核桃，然后朝身旁的一块翠色石头撞了过去，却扑了个空。

扶苏一路行来，瞧见的那些翠色石头，此刻竟都弥漫在一阵白烟之中。不到片刻，烟消散一空，呼啦啦走出一群着绿衣翠袍的少年，美貌白肤，十分可人。一路笑笑闹闹，朝扶苏、童子二人走去。

童子要撞的那块石头亦在一阵白烟中，变成了个十二分笑靥嫣然的美少年，闪过身，伸了伸懒腰，笑道："阿箸，你若日日嘴贱得罪君父，何愁我等没零嘴？"

说完，捡了个掉落在地的核桃仁，扔进嘴里，扬长而去。

那些石头幻化的美少年经过扶苏时，语气不咸不淡。

"嗯，生得不错，虽然比我要差了些。"

"难为我们晒太阳等他这许久。"

"君父还不许探看，这暴君，啧啧！"

"方才爹爹又被娘打了一顿，跑去找君父哭了。他真是死性不改，暴君最不耐烦瞧猴哭。"

"今儿天儿不错。太阳大。"

"二五、二六跟上！"

走在最后的不是美少年，而是两只美小猴，桃儿般的小脸儿，眼似含水，黑亮稚气，一身翠色毛发，柔软明丽仿似美人大梦初醒，一种皎然之态。

被称作二六的猴崽似乎刚出生不久，另一个大一些，害羞地瞧着扶苏，探着毛茸茸的小脑袋，细声道："君父夫君，人的手可暖和可软啦。我喜欢你摸我，能不能再摸一摸？"

山的正中有一座食寓，形似山下农家屋舍，茅草铺了很厚的一层，但依旧瞧着十分单薄。屋舍前围着一圈篱笆，篱笆中有三五成群的小鸡和一只长大了摇摇摆摆的公鸭子。

扶苏站了片刻，瞧着鸡群。

"公子在看什么？"

"我在等它们说话。这座山连石头都会说话。"

少年长身玉立，转过身，撞见一双笑得弯弯的眼。

奚山君此刻不大流氓，也不大暴戾，只是看他。她食指指尖有微小的火光，遥遥点在了小鸡身上，嗓音有些干哑道："好，便听听它们说些什么。"

一只小鸡说马上要开饭了，另一只说整天吃秕谷吃不饱。公鸭子嘎嘎道："我在人间吃饭，主人家中筵席多，每次剩下许多鱼肉果粮，全是我们的。人说积善之家，必有余庆。这漫山遍野的猴子，穷苦成如此，一定是干了什么缺德事儿。"

奚山君摸了摸鼻子，挥了挥衣袖，那些话便听不到了。她朝前走，侧头笑道："连鸭都知道我不大好，万事皆不能瞒住天地，看来我真是缺德事儿干得太多了。"

扶苏停下脚步，望着屋舍，淡道："山君做的缺德事儿只报应到了外物之上，不过落得衣食无着，可我却不知做了什么，报应到了自己头里，插了三根毒针。"

他又问道："我还能活几日？"

奚山君转过身，含笑道："你可知道我做了什么，才被上天惩罚，使得如今奚山万物皆长，唯有粮食不生；俯首所拾皆是瑰宝粹石，却个个皆修成了精，不能拿去换粮反倒嗷嗷待哺？"

"愿闻其详。"

奚山君坐在了一块翠色无瑕的石头之上，石头剔透美妙至极，若卖到人间，连城无价。她一身麻衣，微笑道："二百八十年前，从家中带来的粮食珠宝消耗完，耕种所得又甚少，我开始率众在山前杀人抢劫，每杀一人，得二三枚换粮币，便取下一块树皮，记下死的人数，短短五十年，奚山上的树，有一大半都没了皮。之后奚山脚下再无人迹，而我无论走到何处，都会被雷劈。躲在石头房子中，雷劈不进来，便开始劈山上的其他活物，我只得出来，生生遭雷劈，由天泄愤。那大概有百年的时间，难熬得我几乎不愿再提起，每次天色暗沉下来，我便如你今日，问自己，还能活得几日。"

"之后呢？"

"之后，雷不劈我了，天开始捉弄奚山。先前结满甜橘的树一夜之间，全长出了苦橘，辛勤垦出的一大块水田生出了盐，稻谷不生。那些种粮的地方长满了曲连无尽的鲜花异草。那是我不曾见过，谁都不曾见过的美丽妖娆。"

"我见过。"扶苏打断了她。

奚山君道："何处？梦里？可是这些花草统统含有剧毒，不能吃，不能卖，更不能摸，只能瞧着它们盛开，然后常年盘踞，冬日雪来了才败。"

扶苏的鬓发整齐紧致，朝着玉冠的方向结去。阳光一照，少年公子的侧脸竟仿佛与玉冠浑然一体。他默默地侧耳倾听，奚山君笑道："我做了这样多的缺德事儿，遭了结结实实的报应，可是，公子猜我活了多久？"

扶苏抿唇，淡道："雷劈不死，天饿不死，没人插针，无父封棺，山君命可真好。"

奚山君左手负在背后，右手伸出三指，含笑道："本君活了三百一十六年。公子若想多活几日，只需亲我一亲，沾些本君的寿元便好了。"

扶苏迟疑了片刻，轻轻走去，低头，捧住奚山君的脸，许久，才低声道："男女授受不亲，山君逼我娶你。"他亦是一笑，浅浅的眉，淡淡的眼儿，瞧不出丝毫为"男女授受不亲"的困扰，朝着这山怪的额头，冰凉干燥的唇印上，轻轻一亲。他认真道："这样我能多活几日？"

奚山君含糊地嗯了一声，垂下头，经久不语。随后，她咳了咳，负手朝食寓缓缓迈开八字步："孩儿们，开饭了。"

扶苏见到许许多多绿衣人、绿毛猴儿，食舍内瞧来，绿油油的一片，教人眼花缭乱。听奚山君方才言语，这些人或猴皆是价值连城的石幻化而成的。

他自幼吃食，都在一室之内，一人之席，无论偌大宫室多少宫人，无论窗外飘的是花还是雪。侍从像是从不会说话的哑巴，窗外花落鸟啼时，浅浅一音，反倒更像是在同他这个孤僻太子问候聊天。

七岁之前，有母亲同他喋喋不休，他生性喜静，瞧着她，也只是淡笑不言，心中私觉母亲聒噪；七岁之后，男女不再同席，父亲以读书的名义把他圈在东宫，除了对着太傅，他几乎没有了开口的必要，更没了言说的欲望。

奚山是个特贫瘠荒唐之处，这里的饭桌之上，除了粗糙的谷粱便是干瘪了的蔬菜。可是，即便是坐在一群猴儿幻化的少年身旁，即便他们好奇地看着他，自以为窃窃私语其实声音大得全都灌入他耳中地评头论足，他还是不假辞色地吃完了一大碗粗粮。

扶苏饿了。饥饿感如刚凿开的泉水，喷涌而来，惶急中带着解脱。

"君父，人间的太子也这样吃饭！"二五坐在高台之上、奚山君身侧，他年纪小，吃相颇是粗鲁。奚山君宠爱他，常同他讲些人间的故事，在他心中，人间的贵族是再斯文不过的了，何时都不会堕了姿仪。

"可是，他没有撒米在桌上啊。"奚山君蹙蹙眉，拾起二五碗边的饭粒。

二五的父母翠元、三娘被她派去人间采办，须得一二日方能回来了。于是，晚间她要照顾二五、二六这两个小崽子。二六刚会走路，这会儿正被奚山君一勺一勺地喂着吃饭，眼珠子好奇地盯着台下一隅的白衣公子。

　　"吱吱！"二六激动地指着扶苏叫。

　　奚山君微微皱眉，顺着小猴子爪子的方向看，才发觉，扶苏已经放下筷子正襟危坐，盯着粗瓷碗，脸颊仿似有些发红。

　　"公子，如何了？可是饭菜不合胃口？"奚山君声音不大，问了一问，原本喧闹的屋舍却忽然安静了下来。暴君在奚山，积威甚重。她若开口问些什么，旁的猴儿是不会插嘴的。

　　扶苏有些困惑地瞧着碗，许久，才抿唇道："孤……不吃人。"

　　碗内一个小人儿，只有小指大小，被热气蒸得全身发红，两团小小髻，正是那嗑胡桃的小人儿，自称阿箸的。

　　少年用白玉一般的手指拨了拨，那小人儿却瞬间抱住扶苏的指腹，朝上拜了一拜，哭诉道："山君，小人害吾，与吾有龉，预泄愤，生吞吾！"

　　奚山君放下了二六，小猴子刺溜窜到了一旁。

　　她走到了小人儿身旁，苍白的手一伸，那小人儿便从扶苏指尖跳到了她手掌上。

　　负责食舍的翠家子孙三六跪倒道："君父饶命，我一时大意，不知阿箸在米缸中，误蒸了他。"

　　小人咧开大嘴，抱住奚山君的手指，不依地哭诉道："你若不罚了三六同那小太子，吾便以头抢地！"

　　奚山君冷哼一声："诡谲狡辩，拨弄口舌，恃宠生非，今日我罚你变核桃人时如何说的，若再起坏心，构陷他人，真身只会越变越小。"

　　奚山君洞悉一切，知道小人儿故意躲在滚烫藏满热谷米的粗碗中，心志坚定，忍耐十分，只待到扶苏啖他入口，再跳出来陷害。

一时语毕，阿箬的身子竟变得更小，不过米粒大小，可是眼中啪嗒啪嗒掉眼泪，全落到了奚山君长着茧的削薄掌心上。他的声音也更尖细："汝是暴君，吾乃奸臣，从前便说定。汝相公来了，汝便变了，变心之人无错，吾又何错之有！"

奚山君怒气升腾："一张嘴翻云覆雨黑白颠倒，何处学来的！"

阿箬握紧了拳头，颤抖着道："是他教的，全是他教的！会说的话都是他教的，你若不喜欢，便去问他为何这样教我！我常年禁于幽闭，瞧不清他生得什么模样，也知道是个聪明绝顶的公子，你日日同他一起，这般好，现在却要嫁旁人了，可知天性就是这样的无耻之徒，忘恩寡欲，无情无义！"

众人听闻此言，脸色都变了，呼啦啦跪倒一片道："阿箬生来如此，口无遮拦，山君息怒。"

奚山君面相似痨病鬼，瞧着没什么气势，可周身却透出暴怒之前的气息。扶苏瞧着她许久，思索道："你既同我有婚约，又与谁定了前盟，甚是不妥。"

奚山君双手紧紧交握，静静地瞧了他许久，才弹了弹指，阿箬顷刻变成了三尺多的小童子，哭哭啼啼，却仍犟着头，不肯服软。

她压住怒气，转身，躬身，伸出手，轻声道："二六，来。"

二六吱吱两声，双眼水汪汪，有些被一贯待他慈祥的君父吓着了，躲在二五身后，不肯去。奚山君面色冰冷，一双黑眼圈显得有些瘆人，伸出左手，狠狠一握，食寓中所有的饭菜都瞬间被法术挥到了泥地上，一声巨响，毁得彻底。

山君冷笑一声，扬长而去："既然不愿好好吃饭，那就都别吃了。"

奚山君一下午没出现，到了晚饭，众人忐忑不安之时，她却出现了，神色如常，一身麻衣，居于高台。

有几个翠衣少年抱着几本账簿向她报告了些什么，这些政事处置完，众人依旧垂头恭候着，不言不语。

"吾错了。"童儿阿箸抽噎着上了前来。

奚山君面前一盏清茶已经去了余温，她低头摸了摸，才道："不觉这样晚了，开席吧。"

从厨肆走出几个少年，抬锅的抬锅，抬碗的抬碗，嘘了一口气。

可是碗上明显有粘住的一道道痕迹，奚山君抚额，叹了口气："你们都是死人吗，我摔碗时，为何不劝一劝？一生气便摔碗，显见得不是什么好毛病，我们家又这样穷。"

诸少年提到嗓子眼的一口气终于放松了下来，笑闹道："可不是吗，君父就是戏本里面的暴君，特别像，生气了就会摔东西呢！"

"对，戏里皇帝都摔东西，不摔东西的皇帝不是好皇帝呢。"

"君父才摔过几百个碗，比起人间的皇帝，每次生大臣的气，就摔古董玉器，君父算是脾气特特好的暴君呢。"

奚山君笑了，眼弯弯的。

敢情在奚山，"暴君"是夸人的。扶苏黑黑的眼珠望了望四周。

"没事儿，碗不用钱，君父，我能烧！"一个头发焦黄的绿衣少年笑了，他是山中专门负责烧陶器的十九，方化成人几年，对烧器有些天赋。少年笑道："尽管摔，咱们家泥巴多。"

奚山君被哄得心花怒放，咳了咳："开饭吧。"

那厢阿箸扯着奚山君的长袖哼哼唧唧："吾错了。"

奚山君哼了一声："说说错在何处，才准你吃。"

阿箸急了一脑门汗，他本是极自负的人，从来都是秉持着全天下的人都错了他也不会错，谁说他错了这本身就是世上最大的错误的想法，转了转眼珠，才理直气壮道："吾言语太得体，太犀利，戳了汝的痛脚！"

奚山君瞥了他一眼，道："你是错了，错不在说得多好，错在说得好的时候旁人听不懂，说得难听的时候，旁人又听懂了。"

打着礼教的幌子，把你教得这样学富五车任性志坚，一身酸气偏偏理直气壮，是想祸害谁呢？可弱小如斯，又能祸害得了谁呢？

扶苏一直思索自己晚上到底睡在哪里，月亮已经照到了山涧之上。所有人都像是遗忘了他，当他慢慢嚼完饭，整间食舍只剩下了他一人。

鸡群鸭群也不再叫了。不知它们在用人听不懂的话说些什么尖酸刻薄教人脸红的话，扶苏望了望四野，彻底迷路了。

他想回到石头房子中，可是四处皆是岔道。

远处传来低沉的呜咽声，高了远了，又近了低了。他喜读些志怪小说，并不觉害怕，深一脚浅一脚地走在草丛中，才发现，那些绿衣人、绿毛猴儿又变回了石头，躺卧在草丛中，安静而祥和，仿佛他们从未如白日那样生动过一般。

不知走了许久，望也望不到尽头，石头房子却丝毫未露出踪迹。呜咽声又仿佛变成了有曲调的歌声，带着几分凄楚，也带着几分沧桑。是男人的声音。

扶苏站在了原地。四野空旷，毒花散发出迷人的清香。风来了，吹拂在了少年太子的脸上。他仿佛回到了许多年前的梦中。那时也是这样。梦中的他也如此时误入了歧途，周遭的空气中带着只能刺痛他的苦难，一停顿，便双眼饱含泪水。

晚风袭来，带着清爽，方知到了立夏。

远处一团橘色的灯火，静立在了一条小道上。

他朝小道急切走去，也朝灯火走去，伸出如玉的一只手，却触到光滑冰凉的一段竹。竹的另一端是一个提着一盏结着蜘蛛网的宫灯的人，只留给他一个高挑单薄的背影。

她紧紧攥着竹竿的另一侧，像是攥住了什么不能再失去的东西，沙哑道："夜黑路冷，公子，莫再……莫走丢了。"

是奚山君。

她不肯握他的手，想是讨厌他，可她那样用力握着他也握着的竹，却教人无言，不知她在退缩些什么，又在执拗些什么。仿佛竹子没了，魂也碎了。

奚山最大的石头是一个叫翠元的，他的妻子三娘是奚山君先时从家里带来，配给了翠元为妻。夫妻二人共有二十六子，子又生孙，孙又生子，三百余年，除去资质不佳夭折的，共存活二百余众。二百余众又有一百多拾了媳妇化了形，算起来，大大小小，满奚山有三百八十三只。

翠氏子孙皆是翠色，遗承自大父翠元。区别便是有些毛发翠色深一些，妖妖娆娆，有些翠色浅一些，似晴空碧湖。

他们皆美，美得仙妖不辨，总不与凡俗同品。

翠氏子孙除了大父翠元是个好色胆小之徒，其余子孙都十分专一痴情。他们的姻缘与人间天上皆不同。旁的人或他族总要等成年之后，父母之命媒妁之言，就算轻浮些的，也逃脱不出一见钟情再见倾心三见定终生之说云云，可翠氏子孙却自幼便有决断，他们的妻子都是自己选定，然后抚养长大。

他们天生有一种本领，能拾到有灵性的石头，若与他命中有姻缘，放到颈上佩戴，自然汲取他身上灵气，越来越美，若是无缘，则会被他们反噬，吸得玉髓皆失，干枯而死。而石头在颈上待了些年岁后，会化形成猴，再过些日子，猴儿吸取日月精华，又会化形为女子。待到此时，翠家子孙长大了，妻子也养大了，便是他们的成亲之日。

十分奇怪也十分有趣的姻缘。

满山之上，天气晴暖之时，常常可见举止温柔和蔼的少年轻轻为一个旁的颜色的小母猴儿抓虱子梳理毛发。他们一生相依，终生相伴，遇到危险时，妻子便化作原形，系在夫君颈间，一生而同生，一死而同死，永不相离。

扶苏终于适应了这里，却一直未见传说中的大父翠元、大母三娘。他们被派去做采买，原本三两日便可回，可如今已经过了七八天。

奚山君卜了一卦，神色古怪，干笑几声，把龟壳收回袖笼，道："不必为他们挂心，三娘心眼忒小，不使使性子，心中舒坦了是不肯回来的。"

翠氏子孙一听此言，也都有些尴尬地笑了笑。他们的爹爹倚仗自己生得貌美，常常弄出些风流韵事来，可手段不大高明，人又胆小，次次都被母亲发现，二人不闹个人仰马翻鬼哭狼嚎是绝不肯消停的。

十七、十八、十九、阿箐帮奚山君办妥扶苏一事，便要回澄江赤水年水君处复职了。谁知他四人走了没多久，竟又急匆匆使法术教几个方士回来告知，人间起了瘟疫，近期莫要出山。

又过了七八日，翠元、三娘夫妇依旧未归，奚山君再卜，竟彻底没了音信。她叮嘱众猴儿照顾好二五、二六两个小崽子，便要独身去寻。

"孤与山君一同去。"扶苏略微思索，也起了身。二五、二六夜夜与扶苏、奚山君同住石房中，颇是依赖二人，奚山君要离去，他们心中本就难过，见扶苏也要走，一个抱胳膊，另一个抱着大腿，哇哇大哭起来。

奚山君疑惑道："你去做什么？"

她其实想问，你去能做些什么。

扶苏却淡道："大昭有旧俗，女子易装出远门，若无兄长夫婿跟随，被认出了，是要遭欺辱唾骂的。"

众少年看了看男装打扮一贯粗鲁残暴的山君，向来与"需要兄长夫婿保护的女子"大不相干，不禁闷声窃笑起来。

奚山君心中一窒，慢条斯理道："你未来时，我活了三百余年，独自出山不知凡几。"

扶苏却站到她身旁，沉默许久，才淡道："除非你把婚约烧毁，否则自我来此，没有我跟随，你便不能独自去人间。"

他想了想，像个顽童吓唬另一个顽童，睁着黑黑的眼珠，悠悠道："那里人太坏，逮到你，要作法，宰了你，放在火上烤，你怕不怕？"

奚山君被噎得很辛苦，她想说这是老子惯常做的勾当，我比谁都凶残。可是，话到嘴边，却变成缓缓而宠溺的微笑："怕，怕极了！"

扶苏与奚山君扮成了兄弟，风餐露宿，一路朝距离奚山最近的左镇而去。

夜间扶苏头痛之症又犯了，奚山君用术法压制，也只能克制一时，治标不治本。出了山，到了人间的民居，因人群越来越密集，扶苏死死咬住唇，不肯叫一声，唯恐被旁人听到生疑。

奚山君瞧他咬得嘴唇红红斑斑，心头像被人狠狠踩着，勉强笑道："疼便喊出来，敲了一更，都熟睡了，无妨碍。"

扶苏眉目皆结了汗珠，眼珠睁得大大的，望着布满灰尘的高高的房梁，许久，喃喃道："才一更啊。"

他所有的手指都蜷缩了起来，死死抓住被褥，可被褥柔软而不大吸汗，骨节像从水中捞出，不断地从掌心滴出汗水。许久了，奚山君见他痛成如此，也不曾叫，反而有气无力地睁开眼，虚弱问道："几更了？"

她坐在黑暗屋舍的一把凳上，静静看着扶苏，毫无倦色："二更。"

少年额上暴出了一道道青筋，冷淡的眉眼变得狰狞起来，唇角却忽然流出一股鲜血，滴答，滴答，染到了被褥上。

奚山君心头一恸，迅速捏开了公子扶苏的口，把左手手指塞进了少年口中，厉声道："咬！"

门外的更夫姗姗来迟，在幽长的夜晚中敲响了梆子。

少年没有咬奚山君的手，只是握住那只手，眼珠黑黑的，言语中带着颤抖："三更了？"

奚山君点了点头，于黑暗中，望着少年的眉眼。

痛苦挤压了所有的知觉，扶苏终于在黑暗中凄厉无助地惨叫起来。他狠狠地握住奚山君的手，奚山君坐卧不安，脸侧至一旁垂下，不肯看他。

黑夜中，再无人听到这凄惨，更无人知晓其中缘故，奚山君背脊僵硬，直直望着前方，任由扶苏手心颤抖冰冷，任由他如救命稻草一般抓住她的手。

他痛到极致，惨叫已非人声。她却依旧不肯回头，瞧扶苏一眼。

清晨时，她问他为何等到三更才肯发出声，少年如是答道："何必教他人知晓我这样痛，同情或者不怀好意的揣测，都非我所欲。到了三更，再多愁苦烦恼的人借酒浇愁怕也熟睡了。"

她又问他为何肯教她看见他这般惨状，少年又答："我为何沦落至斯，这般凄惨无状，你心知肚明，若嘲弄或同情，皆因你识我。你既识我，便无不妥。"

奚山君哈哈笑道："公子昨日之声，先时犹如田野青蛙，呱呱呱呱，后又如草中蝼蚁，咿咿咿咿。"

她果真嘲弄了他。

扶苏单手撑起身，中衣内晶莹皮肉亦流过不少汗珠，蒸腾出了热气。他默默瞧她许久，才淡笑了一笑。

到了左镇，询问时常换粮的店铺，店家告知倒是确有一对夫妇相携买粮，可是之后左镇长官曾氏女眷出行上香，曾家小姐生得国色倾城，众人都去围看，待到散了，这对夫妇竟一同不见了。

奚山君听闻此处，心中便有了几分计较。翠元是个瞧见美色就走不动道儿的，识得许多风月伎俩，八成瞧得曾小姐貌美，魂被勾了去，走不动道了，要去勾引逗弄一番。三娘霸道强势惯了，自是不肯依。这夫妇二人行事素来荒唐，眼下不知已惹出些什么是非。

路途中众行人聚而说道齐、楚两国现下皆染了瘟疫，一时克制不住，今日封了多村，昨日又死了几人，议论纷纷。只这瘟疫与边陲左镇显然没什么相关，奚山君听过便罢，未放心上，与扶苏一同去了曾家寻人。

哪知未行至官邸，便听到一个不大妙的消息。

原来，曾家从前些日子起，丧事一件连一件。阖府上下，大前日方哭了老太太，前日老爷子就去了，老爷子方与老太太排排摆好棺，夫人昨日又眼瞧着不行了。今晨方起，去摸少爷，竟也凉了一半身子。

曾老爷哭得昏天黑地，爹娘双双断气能说是喜丧仙去，夫人死了可说是身体羸弱感染了风寒，可儿子死了算什么，精壮壮一个少年郎，平日能吃能睡能嫖能赌的，但见是个恨得人牙根痒痒的败家子，可到底是家中唯一的子嗣，真教人哭断了肝肠。

来不及想曾家到底造了什么孽，单单猜想下一个不知是自己还是女儿，曾老爷就已然瑟瑟发抖，寻人里三层外三层地看守着院子，道士、大夫随身备着，寸步不敢离身。

曾姑娘，那名被唤作红枝的小姐，也十分惶恐忧伤，凄凄惨惨地哭了几场后，行为益发古怪，再也不肯教下人接近她的寝居，每日独自一人在绣阁中喃喃自语，道士做了几回法仍不见分晓。

奚山君和扶苏在附近的民居寄宿，住了下来。

第二日，听说曾老爷也莫名其妙地病了，奚山君才皱眉道："三娘着实太任性了。"

扶苏道："山君觉得这些人之死均是大母三娘所为？"

奚山君叹道："三娘何处都好，独独太泼辣霸道，眼中不揉一点沙。"

扶苏揣测道："或因大父翠元与曾家姑娘有染？"

"恐怕不是有染，是翠元又动了真情，热热切切要同那姑娘厮守了。"

"为何叫'又'动了真情？"

夕阳把柳影全映到了朱红门上，门可罗雀之中，曾府显得一派死气沉沉，奚山君无奈饮了一口茶水，才道："翠元太多情，遇到一个心仪的姑娘，便要痴迷一阵子。可也就这一阵子，过了些日子，便全无一丝情意了。这毛病打过也骂过，却死活改不掉。故而说是'又'。"

扶苏淡哂道："既然如此，三娘何必忧心忡忡？终归要回家。"

奚山君冷笑道："那泼妇遇到翠元便全无章法了，平生所有气力，除了生孩子，剩下的，但凡死前还有一口气，也要用到拆散翠元同别的女人上。"

扶苏不解道："山族这样害人，杀了凡间的人，不会遭报应吗？先前山君说自己因杀人劫财得了报应，三娘不怕吗？"

奚山君啐了一口，恨铁不成钢道："如何不会，如何没有！这鬼世道，我们即使使用障眼法哄骗了人，都会遭雷劈，更遑论害死几条人命！那泼妇又岂会不心知肚明，不过是死不悔改！"

她方语毕，天色便变得阴沉起来，乌泱泱一阵云叠来，风卷着闪电，片刻便聚集到了官邸后院上空。蓦地，一声响雷，震得人耳膜欲碎。

奚山君脸色变了，走出民居，扶苏欲跟上，却发现她行走极快，如风一般，就这样消失在眼前。

当奚山君掀开珠帘，绣楼上已经十分热闹。

满地皆是水，养荷花的细瓷缸碎了一地，荷叶上几条小锦鲤垂死挣扎，不停扑腾。窗台上一只花猫蹭掉了一只新绣鞋，长叫一声，张开尖尖的牙团团的嘴，叼走了可怜的鱼，从奚山君脚下刺溜窜走。

一个满身焦黑的人转了身，已瞧不出原来样貌，只一双黑眼珠泛着恨意，缓缓转了转。这人瞧见了奚山君，口中吐出了一团黑气，手中却尚提着一把宝剑，宝剑的顶端亦带着焦黑。

她与奚山君四目相对，两厢无言。许久，这被雷劈得焦黑的人，却露出一口洁白整齐的米齿，红了眼圈儿，伤心道："他不肯跟我走。"

听声音，却道是个文静的女儿家。奚山君目光转向不远处，香气扑鼻，一片软色娇红的帐帷，却连叹气都懒得叹了。一张女儿床，挤着两只野鸳鸯。相貌倒都称绝色，可惜皆在瑟瑟发抖，没什么仪态气质。

"我与翠郎真心相惜，望姐姐成全。"满头朱钗的母鸳鸯哭得梨花带雨，我见犹怜。

"我杀了你全家,曾姑娘!为了一个男人,你死了全家,你怎么还敢说,同我夫君真心相惜!"被雷劈焦的人不敢置信,一掌劈在绮罗绣的屏风上,那一片湖光山色瞬间被雨打风吹去,裂成丝丝缕缕。

"我欢喜翠郎,至死不渝!"母鸳鸯痴痴地望着公鸳鸯,眼波流转,全是爱意。

"你呢?"那瞧不出面貌,声音文静的女子望向了生得仙气飘飘的公鸳鸯。

公鸳鸯端的一脸仙人相,却胆怯得像见了鹭鸟的蚌壳中嫩肉,被黑人目光这样恶狠狠地打量一圈儿,竟哇地大哭起来,泪珠子却也不大值钱,一直掉,一直掉。他哽咽道:"娘子,我错了,我知道自己错了。"

公鸳鸯原是大父翠元,被雷劈黑的则是大母三娘。三娘听闻此言,缓了缓颜色,柔声问道:"错了可改不改?"

翠元哭得惨烈,鼻涕都掉了出来,可饶是如此,瞧着依旧是仙人气度,只是此时不顾颜面地啜泣道:"可我是真心喜欢曾姑娘,喜欢就是喜欢,怎么能改?"

三娘撩起袖子,文静地咬牙切齿:"那我呢,你喜不喜欢我?"

翠元哭得肝肠寸断,好似死了爹娘:"喜欢,我喜欢娘子。"

说完,漂亮的眼珠为难地瞧着身旁拥着的曾姑娘,仙气飘飘,声音却越来越小:"都喜欢。"

"翠郎!"曾姑娘眼睛亮晶晶,十分感动受用。

三娘后退了一步,手背揉了揉眼,良久,才红着眼,拿剑指着二人道:"奸夫淫妇!我杀了她,划花她的脸,看你还喜不喜欢她!"

翠元啪嗒掉泪珠子,抽噎道:"她就算毁了容,死了,我也喜欢她,这喜欢终归覆水难收。而她若死了,我定然心如刀绞,娘子不如连我一并砍了。"

曾姑娘却也凄惨道:"夫人,你既已杀我爹娘兄长,只因不愿我二人在一起,此时又何苦留我同翠郎于人间挣扎,我们愿意一同死在夫人剑下谢罪！"

"你闭嘴！"三娘口燥脸红，显是说不过她。

"你呢！倘使……倘使我和她二人，你只能选择一人，你又选谁？"剑尖刺到了翠元的喉间。

翠元看着三娘许久，才含泪闭目道："之前是你，遇到曾姑娘，便是她。"

"三娘！"一直静静看着三人闹剧的奚山君终于开口打断这有些难堪的场面，"休要再问。"

"翠元生来多情，癖好如此，近乎痴，也近乎疾，你便忍了此一时，随我先回去如何？"奚山君瞧着三娘神色变幻不定，面部的肌肉不断抽搐，又道，"府中这几人尚不到头七，现下还了这阖府性命还不迟，也免得附稷追着你劈。"

相传，附稷是一种天鱼，手持雷槌，游弋云间，专劈世间不行正道之徒。

三娘却低下了头，许久，才问道："山君，若二郎当时娶了那个女子，你又当如何？"

奚山君笑了："他若娶了那个女子，我岂不欣喜若狂？他若如世间俗夫，只重女色，我岂不欣喜若狂？他若有朝一日眼泪也能横流，我岂不欣喜若狂？"

三娘低声道："我与山君不同。我喜欢的人若是也喜欢我，便只能喜欢我一人。哪怕他喜欢旁的女子只是一时一日，我也断然不会教他好受。他喜欢我不能是最喜欢，更不能只是浅浅的喜欢，最喜欢时还有次喜欢，浅浅喜欢我那深深喜欢又给了谁？他只能喜欢我。"

语毕，焦黑的手从胸口处掏出几粒珠子，作势狠狠一揉，奚山君脸却黑了，眨眼间攥住她的手腕："你莫要胡闹，捏碎，就真的要遭报应了！"

三娘执迷不悟，恶狠狠地瞧着曾姓女子和翠元："这人毫无廉耻，为了心上人情愿放弃忠孝节悌，枉生为人，连我等化外之族都不如，今日若能教她父母兄弟因她而死，这人寿终之时永堕畜生之道，我日后就算被雷劈，也心甘情愿！"

"接下来呢？"在官邸外民居中等待的扶苏听到此处，红炉火上煨着的一壶茶水也煮沸了。扶苏取了壶，润了润杯，淡淡一笑，问道。

奚山君吃了好几杯茶水，才无力道："你猜。"

扶苏想了想，道："嗯，三娘变成了石头。"

奚山君一口茶喷了出来："你怎么知道的？"

三娘那时语毕，口中便念念有词，恶狠狠地盯着一对野鸳鸯好一会儿，把翠元骇得满面汗泪交替，霎时间，她竟……变成了一块石头。

一块焦黑的巨石。

扶苏淡道："三娘苦苦纠缠，杀了一众人，偏偏不肯杀翠元和那女子，摆明是不舍得杀翠元，也不肯杀死曾姑娘让他伤心，如此一来，还能做些什么，离开翠元看他二人逍遥她决计是不肯的，可翠元得的这等风流病一时之间又不会同曾姑娘断了，故而只能闭目隔耳，不听不看，陪在翠元身边，等他回心转意。"

奚山君有些惊讶，也有些赞赏："你年纪尚小，竟这样聪慧。"

"之后呢？你便回来了？"

"我带不走她，便只得来找能带走她的人了。"

曾家连死五人，晴空朗日又遭了雷劈，仆人都觉邪门，惶恐中，竟拿着包裹纷纷逃窜，扶苏与奚山君一起登府时，偌大一个官邸空荡荡的，只余几个道士卷了几串珠子朝外跑，连侍卫队都不知所终。

堂前五口棺，从老到少排列，皆面色惨白。

闺阁之处隐在姹紫嫣红深处，傍晚日落，余晖洒在孤单单的甬道之上，一时多少寂寞。奚山君穿门而入，步履沉稳地上了楼阁，推了厢房一扇折门。翠元和曾红枝已不知所终。室内空荡荡的，鸳鸯戏水的花样还未完成，镇纸压着，风吹过，水纹似乎也荡开。

奚山君一副痨病鬼模样，仰望那块无五官五觉的石头，它滑稽可笑，自欺欺人，似要这样在别人的闺阁中，固执地沉默下去。

"瞧我带来了谁？"奚山君在夕阳中微微一笑。

扶苏被她拉得跌跌撞撞，拂去白袍上的灰尘，拱手行了一礼，玉冠冰凉，乌发柔密，垂到了胸前："苏冒昧来此，还请大母赐见。"

那石头许久都没有动静。扶苏望向奚山君，她下颌一抬，示意他再看，扶苏转身，黝黑的石壁上却渗出一层水。

"她哭了？"扶苏不解。

奚山君走近石头，伸出手，巨石竟裂了一条纹，凭空长出一张嘴，乖乖吐出了五颗火红的丹珠。

奚山君笑眯眯地看着石头，斯文道："我猜，她不是哭了，是吓到失禁了。"

霎时间，巨大的黑色石头变成了一块光泽柔润的白玉，无瑕的身躯上却布了一大块的暗红斑痕，白玉下垂着一把蓝色玉穗，共四十根，丝缕分明，握在手心，刚刚好。

奚山君把白玉放入衣襟内，五颗丹珠则分别塞入五具尸身口内，不多时，堂前棺内的五人俱有了呼吸，面色红润起来。

她与扶苏一同离去，两日间，出了左镇，又翻过了两三座山，待到快至奚山辖境，却瞧见路旁成荫的树上，栖息着一只翠色猴儿，身躯形态是只普通猴儿，但凭空却教人觉得不知何处强压了这世间众猴儿一头，仙气飘飘。

猴儿瞧见奚山君，从树上跳下，入了她的怀中。

奚山君折起一枝柳，狠狠地抽了那猴儿一顿，冷笑道："怎么，那样天仙似的美人儿也腻了，想起回家了？"

猴儿被抽打得鲜血淋漓，一双水汪汪的眼只瞧着奚山君讨饶，却不敢呼痛。

"曾小姐呢？你可坏了她的身子？"

猴儿吱吱两声，连连摇头。

"她已回了家？"

猴儿又点了点头。

"前日还在海誓山盟，她如何肯的？"奚山君讥讽道。

猴儿摇身一变，又成了貌美白肤的仙骨少年，垂头，低声如蝇蚊，几不可闻："我不喜欢她了，就这么摇身一变。"

任哪个痴情的姑娘瞧见风度翩翩的心上人变成一只绿毛的猴子恐怕都会吓得尖叫昏倒，曾姑娘腿没软，还能跑得这么快，足见人与人生死相许的深情也不过如此。

"有趣吗？"奚山君又拿柳枝狠狠地抽打了翠衣少年一下。

少年泫然欲泣："无趣极了。人与山族在一起，诚如那些道士所言，没什么好下场。"

奚山君抿紧了唇，脸色阴晴不定，许久，才扔下柳条道："我着实恶你，不愿瞧见你这张脸。"

翠元也不敢辩驳，委委屈屈地摇身一变，又变成了小猴儿，跳到了奚山君肩上。

扶苏一直沉默不语，正午的太阳照在了那只翠色毛发的猴儿身上，它颈间竟系着一块闪闪发光的东西。

奚山君侧身一瞧，打了翠元的头一巴掌："窃物的毛病几时能改掉，到底也清清淡淡地修了这么久的道了。"

翠元委屈地用爪子抱住头，却自觉理亏，益发不肯言语。

扶苏定睛瞧去，猴儿颈间的那块东西正是三娘化成的白玉。莹莹泽泽，温润贞静。

翠氏族人，皆善窃，大父翠元，为个中翘楚。

扶苏第一次远观整座奚山，才晓得它原本这样高。可是纵是这样高，夹在巍峨群山之中，也不过是个巨人丛中的矬子罢了。

"此山为何唤奚山？"扶苏问道，"我看过《群山册》，大昭十几代的地图也都读过，从无一山叫奚山。"

奚山君微微一笑："公子且闭上眼。"

扶苏点了点头，只觉被那人握着手，随着风一阵行走，鼻子被雾气润得潮潮的，再睁开眼，已到了半山腰的石头房子处。

她松开他的手，身上的麻衣吸了草丛中的晨露，变得湿答答的。

"我小的时候不爱读书，嫌书卷太沉，亦不爱抚琴，厌琴声太闷。哥哥问我想做什么，我说我想看人。"

扶苏淡淡一笑，一袭蓝袖白衫，侧身问她："为何爱看人？"

奚山君微微愣了愣，才道："我同我哥哥说，看很多很多的人，才知有些人为何这样可怖，另一些又为何这样可爱。读不懂的书反复读了总能读懂，弹不会的琴谱练多了也终有一日可闭目而奏。那人定是也一样，看多了便明白了。"

"如此，山君在山上三百年，可看清楚了人？"

奚山君垂眸道："我做了山贼，昏天黑地地杀人，瞧他们为了求生手段百出，绝望挣扎，又怎会不明白，人性不过如此，名利中打滚，生死中取重，可爱的人变得可怖，可怖的人也变得软弱。"

扶苏有些诧异，却带着些不浓不淡的语气道："你本就错了。"

"为何？"

"你用恶意去试探世间至恶，如何能得善果？你并不知道会得到这等答复，可见山君竟白白枉费了三百年的工夫。你并不懂得人心，至今仍然天真。"年纪尚幼的扶苏点评三百多岁的老山怪，青涩光洁的面容却带了几分辛辣，教人咂摸不出是何滋味。

她仿似没听到，早早陷入了沉思中："这些又说远了。那日我哥哥听我这样讲，便说……"

"奚者为奴，怜我奚儿，因于闺阁囹圄，终不得见世间川峦、人生百态。"

奚山君席地而坐，身旁有清澈河流盘旋而过。她笑了，眼睛像那些被她冬日擦亮的星星，能照亮人间："公子聪慧。我哥哥正是这样说的，他说赠我雅号'奚山君'，我之后来到此荒山，有奚山君，方有奚山之名。"

扶苏弯下身，对着她，淡道："山君的哥哥定然不大爱山君。"

"为何？"

"我若是山君的哥哥，定然会狠狠斥责山君一顿，再罚山君抄写上千篇《女子规》，教你绝了此等念头。"

"又为何？赐我奚山君之名如何便是不爱我？"

"女子在大昭生活本就不易，行为举止皆有眼睛盯着，动辄得咎。有福气的女孩儿皆是未出嫁时有父兄爱护，出嫁之后佳偶守候，无论名门闺秀还是小家碧玉，不外如是。倘使你生了反骨反倒受苦。若不灭你反骨，日日增长如此气焰，放纵你心中欲望，焉知便是爱你？不过害了你罢了。古来有一番作为的女子固然载入史册，但命运坎坷，轰轰烈烈之后，却是长久的寂寞。我若有妹，岂舍得她颠沛流离过证得大道，情愿她寂寂无名却平淡无波。固有一日她得荣耀垂名，也皆因此女有兄，上了战场救了君国，治了洪灾利了万民，为她挣得诰命贞妇之名。何故推脱自己之责，一身荣辱皆绑于女孩儿身上？"

"那……那倘使先打一顿，而后罚一千遍抄写，再赠此名又是何意？"

"他似乎在斟酌，究竟要把你养成什么样的姑娘。"

扶苏夜间头又痛了，奚山君日间处理滞留的政务十分疲惫，早早沉睡了。

他与她名为未婚夫妻，却逾了本分，躺在一张床榻之上。

他与她之间，隔着两块石头，二五与二六。

这样荒谬的，与山怪同榻的日子，扶苏从未尝试过，可是在疼痛湮没所有的感官之前，为了不吵醒奚山君，惹怒这暴君山怪，他跟跟跄跄地推开了石门。

初来的那晚，听到的苍凉男声又遥遥传来。他倒在草丛中抱头痛苦呻吟许久，却依旧无果，只得努力转移自己的注意力，辨着这声音究竟在说些什么。

"满山之月，花鬼鸟仙，酆都之城，正阳无人。打散的，寂寞之徒，忘却的，年岁偶驻。一落拓，万片彩云随风没，竟秋时，俺老儿痛攒千年，一声哭。"

公子扶苏，听了许久，终于听得全部，缓缓地喃喃重复出来。

打散的，寂寞之徒，忘却的，年岁偶驻。

扶苏压抑了许久，念着念着，鼻子却终究酸了起来，似乎要被撕裂的额头抵在湿润的青草之上，少年重重地喘着气。奚山君喜欢看人，他却不大喜欢。奚山君是因不懂，她满满天真却装得世故，可三百年何曾入门，而他却因为太懂，满满世故反作白衣无垢，十几岁已是风霜眉眼。世间从不由人低头，人似豺狼形，皮愈加厚，嘴异样软。一旦俯首，无论高高在上还是深深低贱，生生不息，满眼都是得不到将来的痴怨。

翠元与澄江赤水的年水君是老交情的好友，因着巴结神君，众山族也总会连带着给他三分颜面。

奚山君央翠元焚香祷告，请来了千里之外的填壑方士。这一族居于南国楚地，生得虽是人形，但个子极小，只有一两粒黄豆叠起来高。祖辈都是修道人，喜穿道袍，戴秋叶巾。可有一处，却不大像道士。那便是任凭道行多高，仍旧管不住自己的嘴。这与翠元天生仙骨却改不了好色偷盗的毛病有异曲同工之处。填壑方士一族十分贪吃，且什么都能吃都爱吃。一般山族求他们，不过是农忙时请他们吃些害虫杂草，此时奚山君想到请他们，则是苦于扶苏之疾。

他们的首领有些痴迷地瞅着石床上昏迷的扶苏，惋惜道："这是多好看的小公子啊，怎么便不想要了，请我们来？"

他们以为奚山君请他们来是为了解决不要的废物。

翠元有些妒忌地瞅着扶苏的面庞，阴森森地露出两只利齿："若轮得到我，何劳方士们亲自动嘴？"

奚山君冷笑一声，翠元背脊发凉，诺诺退到了一旁："都听山君的。"

方士们疑惑拱手，齐声道："请山君说明。"

奚山君一笑，拍了拍手，便来了几个翠衣少年，捧来各色糕点果子，瞅着填壑方士垂涎的眼神，热情道："不急不急，方士们远道而来，本君囊中羞涩，没什么可款待的，些微水酒糕点，聊表谢意。"

众方士口中说着客气客气，却已然扑到了点心山中、水果海里。

待到一炷香灭，风卷云残，桌上清扫一空，连盘子都被生吞入腹。

那首领打了个嗝，道："楚国这几日闹瘟疫，树皮都教伶仃虫啃完了，便是我，此前也结结实实啃了好几日泥。山君如此知情识趣，有何请求，吾等若有微薄用处，敢不尽力？"

奚山君垂目瞅他们皆吃得肚儿圆滚，才一笑道："实在不是什么大事。躺在榻上的公子，是我未过门的夫婿。他万事皆好，只有一处，因先前落了难，遭人毒手，颅内被贼人插了三根针，幸而有雀王相助，暂时保住性命。然而疼痛难忍，大罗真仙也吃不消，绝非长久之计。我思量许久，这才想起请方士们相助，吃了这几根针，救我夫婿于苦痛。大恩大德，本君另有所赠，绝不亏待方士，只是但求万事小心，勿要伤他身躯脑颅。"

那首领眼珠转了转，怪笑道："山君心计颇深。先摆上这一席，教我等餍足，原是怕我族人一时失控，不知轻重，动了你那夫君脑壳。放心放心，他生得这样好看，我决计不忍。"

奚山君拱手不语，只微微笑了笑。

首领只带了二三方士，从扶苏耳中爬过，沿着曲曲折折的甬道，要到达的终点是少年的头颅。

扶苏睡了一觉，做了几个不太太平的梦。一会儿瞧见母亲的脸，一会儿又看到父亲。许多毒蛇生着美人的面庞，不断地扑向母亲的身躯，她却一直微笑着，看着父亲所在的太极殿的方向。窗外明明是橘色的天空，云却变成了血一样的颜色。扶苏拼尽了全力，也无法靠近母亲，任由那些毒蛇咬住母亲的脖颈，把她的后冠淹没。

许久之后，他听到了幼时睡前经常听到的歌声，谁哼唱的已然记不太清，可是每天晚上的安眠似乎都是因为这温柔的声音。

"麋鹿何食，食吾昭谷，采野之萍，露满向东。麋鹿何处，馨香吾铺，采野之茅，涉沼以东。麋鹿何歌，亦鼓亦呼，伐昭之竹，晚屏自东。麋鹿何乐，乐吾之乐。吾愿有鹿，惜吾之鹿，长乐长乐！"

为何要用自己的粮食、自己的床铺、自己的鼓瑟、自己的快乐去养一只鹿，如何才能因此得到更多的快乐？

扶苏不太明白，睁开眼时，果然……也没瞧见这样一头麋鹿。

只有一头怪，倚着石床，睡着了。

奚山君赠了填壑方士一套剪纸，是她法力倾注，素来心爱的一样东西。吹一口气，便能变成骏马香车、美酒瑶姬。马车日行千里，若无指令，昼夜不停。不论车外是什么情景，车内总是一片春光明媚，水袖楚腰，如履平地，如入仙境。

这些小人欢喜坏了，翠元却十分哀怨。这原本是他央求奚山君许久，请她相赠之物，前些日子好不容易说通了，今日君主却转眼赠了他人。

"但凡我有什么错，宝物也不该便宜那些茹毛饮血的侏儒。"翠元仙气飘飘，振振有词。

奚山君本在眯眼午休，方歪了一小会儿，听到翠元来了这样一句，随手抄起几上一卷书，扔到翠元脸上，冷笑道："但凡有些廉耻面皮之人，做了那等事，都不敢在君主面前这样理直气壮，依你的语气，不知道的还以为功劳盖过了天。"

翠元想起什么，瞬间蔫了："三娘不肯见我。"

他白皙颈上系着的红瑕白玉，这些日子始终十分黯淡。翠元盯着白玉许久，嘴一撇，眼圈儿开始发红，眼瞅着金豆子要掉了，奚山君喝住他："闭嘴，不许哭！有这番缠着我哭闹的工夫，还不如去求扶苏。"

翠元对于"扶苏"二字十分敏感，狐疑道："我们夫妻之事，与一个外人又有什么相干？他带着孽债来到我们家中，不知何时便闯下杀身大祸，虽说与山君有婚约，却不过是当年乔公心中不满，一腔怨气洒在大昭皇室罢了，恩怨是非，山君一向聪明，自然参得透。我们皆知你那便宜夫君早已作古，你好不容易隔绝人世，逍遥化外，何必再蹚这等浑水。"

奚山君阴恻恻地瞧了翠元许久，直到他打了个哆嗦，才搁下笔道："你既知道我生平事迹，又清楚我脾气品性，便知我最不耐烦瞧见旁人哭。怎么，还不肯滚吗？"

扶苏许久没有换衣服了。他有些洁癖，此时却不得不忍耐。那日他梦中不知发生了什么，再醒来时，额上的红印淡了，头也不痛了。

石头房中冰冷冷的，推开石头门，门外层层青草之上，是一套新做的衣衫，与他素日所穿，布料针法皆如出一辙。

他有些诧异，但是依旧带着新衣去了溪水之畔，却被眼前的情景震住了。河畔挤得密密麻麻的，满眼望去，皆是绿莹莹。扶苏走近，也望着水面，溪水十分清澈，倒映出清晰的人影，除此之外，便没有别的异动了。许久了，那些绿衣少年却依旧一动不动地望着水面。

"噫，今日为何无风？"其中一个如是问道。

"我不喜欢风。"另一个回道。

"有风好。临风而立时，水中的我最英俊。"

"无风好。四野平静时，才能显出我文秀内敛之美。"

"肤浅肤浅，不管什么时候看、怎么看，我都这样好看。"又一个对着溪水，笑出白晃晃的牙，"美人是这样的，不得不感叹造物不公。"

"我最近十分烦恼。"一个刚化了人的翠衣少年叹道。

"为何？"众猴儿齐声问道。

"我生得这样倾国倾城，以后我拾的媳妇太过自卑，羞愤而死可怎生是好？"少年郎哈哈大笑，狡黠而得意，转眼，却与扶苏四目相对，后退了几步，捂住眼道："晃瞎猴眼。"

众人见扶苏来了，行了礼，观他貌美出众，胜过许多，便开始长吁短叹起来，不多时，悻悻然，作鸟兽散。

扶苏对着水面，瞧着水中人那张冰冷冷如臭石头一般的脸，许久，忍不住了，露出细白的牙齿，青色柔顺的眉毛意外地舒缓开。

不远处的树后，隐藏的一袭黄衫正牙齿打战，抖得厉害。

"何人藏在树后？"扶苏敛了笑意。

那袭黄衫继续抖，抖抖抖。扶苏朝那树后缓步，还未到，便见黄衫隐藏的地方冒出一阵白烟，烟散了，人却不见了。

地上草丛中，好一摊水。

这一日，扶苏坐在橘树下读书，二五见他疲惫，便化成石头供他放书吃茶。夏日风暖，不一会儿，少年有了倦意，倚着翠石合上了目。有人蹑手蹑脚到他身旁，扶苏睁开半帘目瞧了一眼，又合上，不动如山。

那人摸了摸扶苏的衣袖，比了比袖长，似乎在看合不合身，许久，才满意了，但要离去，却被扶苏攥住手腕，他缓缓睁开眼，问道："你是何人？"

眼前是一个黄衣女郎。那身衣裳十分明亮，不知是什么布料，握起来十分冰凉，好似暖阳入了冷水，刺得人眼痛，凉得人心惊。那样的黄便直直地映入扶苏的眼中，未给他丝毫缓解之力。

他错开了目，带着寒气淡道："不要让孤再问第二遍。"

女郎扑簌簌掉泪，地上又是一摊水。她跪倒在地，磕头道："臣有罪，万死难辞，无颜见君！"

扶苏一怔，松开手，又道："你抬起头来。"

女郎抬起头的那个瞬间，衣着打扮皆是古时制式，扶苏乍望一眼，却觉得所有的血液都在奔腾涌动，几乎冲破了皮肉，可是，待瞧见那张脸，那管血又被冻住了。他审视她道："你是何人，又有何罪？"

黄衣裳的女郎，原本生了一张玉白温柔的脸，可惜，半张脸上，蔓爬过一朵红花，直直延伸到发际。她自惭自己容颜，又垂下头道："臣有罪，辜负了主公。"

扶苏若有所思，站起身，伸手拉她起来，语气缓了一些："你定是山君口中所言大母三娘，几时见过孤？"

石头二五化成猴儿，扑到三娘怀中，笑道："母亲，你可算肯出来了，父亲知错啦，都急坏了。"

三娘转身，奚山君从石头房子中，方方走出，正阴恻恻地看着她。

她擦了擦眼泪，福身笑道："让公子见笑了。妾有故人，与君相像。"

白日的时候，扶苏曾提着灯寻找那片歌声，却无功而返。奚山君知他心思，朗朗笑了，夜间提了一块烧肉和几坛酒，带着扶苏朝山崖走去。距离山崖越近，月光更加皎洁，歌声也越发清晰。

"山君带我拜访何人？"

奚山君道："正是你遍寻不获的歌声的主人。我能带你回来，全靠此人一块聘礼。"

"望岁木？"扶苏思绪清晰，在黑暗中，对着奚山君，语气略有局促，"山君，苏一直有疑问，不知可问否？"

奚山君脚下未停，道："公子但说无妨。"

扶苏顿了顿步子："孤知山君为君，亦知山君为化外山族，更知与君有婚约未尽，然则，然则……孤并不知，山君是男子还是女子？"

奚山君缓缓回头，幽幽道："本君自是男子。"

扶苏又顿脚步，几乎滑了一跤，奚山君才用手拉下眼睑道："骗你的。"

他稳了稳身形，奚山君嘴角翘了起来："曾经可男亦可女。"

扶苏僵在原地，奚山君把头抵在他胸前，笑得弯了腰道："傻孩子，女的，女的。"

有些无奈地抽动了手指，少年整齐的黑发绾着玉冠，即使永远那样浅那样淡的一张脸，在月色之下，此刻也变得有些错觉的温柔。

歌声戛然而止，远处传来苍凉洪亮的嗓音："奚山君何故扭捏，做出女儿态？"

奚山君笑了，晃着宽大的麻衣袖子，携住扶苏的白衣朝前而去。

"大哥莫要取笑，一时忘形。女子就是这样麻烦。"奚山君如是道，扶苏望着眼前之景，却有些惊讶。

这是一块生在石壁中的参天古木。如松非松，似樟非樟。夹缝生存，而生机勃勃。瞧着它，每一片叶子在月光下都闪闪发亮，仿似瞧见了生命中的无限生机。

它很高，生着一双藐视生灵的双目，眉毛白得垂到了树下，粗壮的树身上盘踞着一条花皮的蟒，粗若成人拳头，嗞嗞地吐着鲜红的芯子，三角头上的一双三角眼仿佛淬满了毒，凶神恶煞地望着扶苏，缓缓蠕动着，带着危险的气息。

"是个上等的脆骨头。"那树似人一般，深深地吸了一口气，树身缓缓摇晃起来，发出沙沙的响声。

"瞧着就香甜。"那嗞嗞吐着芯子的蟒恶毒地盯着扶苏，瓮瓮开了口。

奚山君提出酒肉，放到树下，笑道："许久没见哥哥们，还是这样活泼。"

蟒一头埋在糯米一般的白肉之中，狼吞虎咽起来。树却用眉毛卷起一壶酒，淋入口中。许久之后，二怪方噫叹道："什么时候才能如二百多年前那样，畅快地吃一顿肉呢？"

扶苏想起奚山君所言报应，那些日子，这些疯狂无所忌讳的山精，恐怕杀了不少人。

奚山君指着扶苏对那树道："这便是兄长一块皮换来的夫君，今日带他来拜见哥哥们。"

扶苏凝望大树许久，才知它便是书中所说能增寿治百病的神木望岁。原来生得这个模样。

最幸运之事，莫过于身旁全是无价之宝，最不幸之事，莫过于这些无价之宝都比你强上许多，有些还生着脚。扶苏想起奚山君形容奚山之语，又行了个礼。出了这个山头，他是人人喊打人人都得尊敬跪拜的百国太子，在山中，他却是最小，处处行礼。

"你多大了？"那生着三角眼的蟒听闻此言，似乎一瞬间变得慈爱起来，瓮声瓮气和蔼地问着扶苏。

扶苏道："苏辛酉年生，今年刚满十六。"

望岁木笑了起来，树叶抖落了下来，有些落到了扶苏肩上，起初亮晶晶的，后来却瞬间化成了灰烬。

它用眉毛卷起一壶酒，扔给奚山君道："你那会儿来的时候多大？"

奚山君微微一笑："十六岁。"

望岁笑了："对，穿着一身红衣裳，好看极了。我和老三角都以为你是个脆骨头，这么多年没吃过肉了，一定会饱餐一顿。可谁知不能吃呢。"

奚山君斯文地饮了一口酒，笑道："哥哥取笑了，教我夫君听到，还以为我穿红衣裳会变好看，本是貌丑之人，平白给他希望做什么。那一年，我本是怀着敦亲睦邻之意，带些家中的点心给哥哥们享用，哪知点心都硬了，不能吃了，这才惹得你们发怒，要吞了我。"

老三角点头道："幸亏当时天亮了，不然吞你入腹，你可就无处诉冤了。"

扶苏问道："何为脆骨头？"

"于我二道，这世间只有四样生灵，脆骨头和硬骨头，能吃的和不能吃的。脆骨头为上佳，能吃且好吃，硬骨头为最差，不仅不好吃，吃了还会折我寿命。"望岁木道。

望岁木的寿命全来自这世间生灵，它吃何物，这物剩余之寿皆会转到树身，物死而岁增，便是这棵树修的大道。

"你又可怕报应？"扶苏不解，他对山族所修的道处处存疑。

望岁笑了，震得整座山似乎都在颤动，仿佛听到了天大的笑话："我只怕寂寞，只怕不死。"

望岁垂眸戏谑奚山君，声音渺渺："奚山君，你可怕报应？"

奚山君一身麻衣，微微一笑："我与兄长一母同胞，兄长不怕，我又何惧之有？"

扶苏似乎听明白了："山君亦是棵树？"

奚山君莞尔："错了。公子错了。"

"山君与望岁君是亲生兄妹？"

"又错了。我们三百年前在此结拜，它万年之寿，我自称为妹。"奚山君叹道。

"山君却与望岁君一母同胞？"

"对了。"

这回，对了。

奚山君看着人间的孩子有些困惑的面庞，微微笑了。如果一切的开始只是为了这一天，瞧见一个还未长大的公子扶苏，那么这一天的开始，又将是为了一切的结束。

夜凉如水，风起天高，对着月光，喝了这么多年的酒。

她和望岁，都在等待那个结局。

"画亦生贼，贼女妙龄，害王子命。丙寅年八月初十，阴时。"

——《情事略考·宗室》月山人

三百零三年前，太祖为太宗，当时还身为继承人的敏言公子定了太尉之女为妻，公子心中忐忑，不知美丑贤恶，连番设计而不得见，逼不得已，决定夜探太尉府。可惜夜中起雾，公子误入太尉府中表小姐的闺房，瞧见小姐自画像，心魂俱失。那小姐，成了日后的太宗皇后。

七十年前，理宗长女青城殿下躲在了后花园的花丛中偷看热闹，她那年十八岁，到了婚龄，正等着皇父的一场琼林宴。彼时，状元先至，年方十五岁的小神童，低着头，一团孩子气。榜眼来了，生得不错然太瘦，探花后到，才华横溢却为人娇。余下二甲陆续到，不是年纪老，便是礼貌少。小殿下躲在蔷薇丛后，好不烦恼。一场宴会，诸君高谈阔论，公主的芳心好似墙头草，胡乱摇。诸君谈罢休却疑惑，那小状元一晚都只捧着鱼食喂饵，一只玉琢的手伸入碧水中，头都未抬。宴毕，小殿下勉强觉得探花更胜一筹，正欲写下花笺，派宫人呈给皇父，可惜她那皇帝爹爹喝得得意忘形，自比紫薇丛中一朵黄牡丹，非要画师画一幅《百贤图》，画师说状元爷请抬头，那孩子搁下鱼食，缓缓抬起头，笑了一笑。自此而算，孩子成了大昭第一贤相，青城成了大昭第一剩女。整七十年。

五十年前，齐、楚二国交恶，谢侯丈家——齐王并其妻齐郡主皆毙于楚王手。侯带死士狙王，却中埋伏。有其貌不扬的舞姬替他挡了一剑，谢侯负伤隐遁，后战西突厥，建不世功，封侯上侯。战胜归国，途遇奴隶市。摊前挂画像，贩女奴。奴等皮色皆庸俗，侯却停住脚步。原来奴中有曾救过他性命的舞姬，正囚于兽笼中，双目含泪。舞姬被救，封谢侯侧妃。后，峰回路转，因齐大夫誓死保命，齐郡主原未死，亦被寻回。侯妻妾俱全，郡主年二十，夭。

屈指数来，大昭皇室，无论男女，皆是些痴情种子。可巧合的是，这些情事，又大抵与画相干。

这一年，齐明十年，继太子春日寿终，秋日之时，穆王世子，竟也命悬一线。

说起来不过寥寥一语，可是万事皆有因由，这因由却长了。

话说，与奚山翠濛一脉山峦千里相连的便是穆地。穆王是今上同母弟，之前因打赌输了今上而不得已娶了穆王妃。如今已同丑女穆王妃育三女一子，两个女儿出嫁时因生得丑，太后把孙女们由郡主封成了公主，多陪送了一份嫁妆，才算堵了一众驸马的嘴。一子便是当今太后最宠爱的王子成觉。传闻当年太子未死时，所受的关爱还可和他匹敌一二，其他的皇子，哪怕是贵妃生的三皇子和小皇子，都要靠边站。

为什么？这一提，却少不得要说到太宗一脉。高祖当年只有一女，便从旁支过继了个与他相似的侄孙继承大统，就是后来的敏言大帝。敏言娶了当年名闻京都的美人妫氏，生出的儿子一个赛一个地有仙气儿。传了十几代，到了哲宗处，儿子更是个个把不住就要上九重天的德行。太宗一幅画像传到哲宗代，子子孙孙却无半个像他的了。平素百姓过年爱挂历代陛下的小像挡灾，结果越瞅越别扭，好似皇家曾出过什么丑闻似的，嘀嘀咕咕，传得煞有介事。每到过年，整个皇室青云罩顶，像被打了脸。

今上太后是武将家出身，从小养成的审美使然，平素也不喜欢孙子们这副模样，奈何儿子媳妇生得都不差，横竖改不了门风了。到了太常卿家丑女第四次怀胎，太后娘娘愁眉苦脸等着内侍报喜说"王妃又给您生了个丑孙女"，结果，一扭头，是个小子，而且，重要的是，这小子，一点也不丑！

更重要的是，他颇似一个人。皇室中人瞅了小王子一眼，皆弹冠相庆，他们这么多年的耻辱，终于洗刷一清。

这个穆王世子，生得极漂亮极霸道。十几岁的年纪，未长开，眉眼便恨不得飞到天上去了，和太宗小像就如同一个模子刻出来的一般。史官的盖棺之论——"主额正颐阔，眉扬长而目醇威，近之则觉天姿，不敢观也"，再一次派上用场。

从此，太后把他当成了解救众人于危难之中的心肝儿，眼里再容不下别人。穆王世子成觉五岁从穆地进京读书，在皇子们读书的百子阁内，除了偶尔为诸子讲经才出现的太子，他的待遇是独一份的。今年，自太子暴毙，陛下一直郁郁寡欢，穆王称病，让成觉回封地侍疾，他伯父一言不发，挥挥手，便准了。

成觉方回国，却入了魔。

这个少年，正值青春好光阴。他爱过宫女红珠，也与尉迟中郎将家的闺女互赠过情诗，曾经睡过第二侯的女儿——门庭教养最森严的朝莺莺，也面对天下第一的歌姬崔素素坐怀不乱过。

可是，他回国的当日，却娶了一幅画。

妖红花轿，吹吹打打，百里红妆，空空荡荡，新嫁娘没有手，也没有脚，不会说，更不会笑。

那只是一幅画，一幅用比少女的皮还要温润细腻的材质作出的画。

少年伸出了红袖中的细长手指，一张瘦成骷髅的面庞上，眼睛瞪得死死的，拉着绢画的轴，仿佛一头柔顺的乌发瞬间滑落，绢就这样晃晃荡荡定格在了少年面前。

画中有个人，嫣然一笑。

成觉沉默了。许久了，少年干裂的嘴唇缓缓吐出一大口干净的鲜血。他握着画，仰望蓝天许久，那些吹打的声音早已停止，穆王与王妃却开始放声哭泣。他听到他们的声音，费力挣扎着，却无法回答——死亡原来是这样的。

奚山君秋收完橘子，奉旨到天边洗星辰时，却在五帝座旁瞧见一个枣红衣衫的小哥儿，不知打哪儿来的山君，凄凄凉凉，游游荡荡，像只无头的苍蝇，在云中飘来飘去。

"小哥儿，你打哪儿来，可是不习惯？"奚山君有些慈祥地搭讪，因她十分懒散，擦星洗辰的活儿总磨蹭到最后才能完成，可不完事儿下不了凡，天天脚不沾地儿，着实心慌。这会儿眼瞅着来了个冤大头，又是个新人模样，不利用一番怎么过意得去。

枣红衣衫小哥儿闭上了目，有些不耐烦，一把推开奚山君的丑脸，吐出一个字："滚。"

奚山君瞬间卧倒，在云层上滚过来滚过去，最后厚着脸皮滚到枣红衣衫小哥面前，娇嗔道："可是这样，小哥儿？不要不合群嘛，小哥儿。"

枣红衣衫少年脸黑了，叹了口气，坐在一颗不甚亮堂的小星星上。小星星刚眯眼，还没睡稳，舒服娇羞地哼了哼，少年脸色变得难以言喻地七彩斑斓。

他四处张望，眼中盛着的小小河水刚刚静止，又陷入凄凉。少年安静了一会儿，青发长长的，如同孔雀开出的屏，也像一把青山扇，垂到了厚厚的白云之上。

奚山君有些没趣地甩了甩抹布，哼着小曲儿去旁边擦拭了，她今年负责北部七宿三千一百二十三颗星，一切并无异样，而负责三垣之中太微和紫微二垣的山君却叫苦不迭，说北极五位中有四位暗淡无光，太子座几乎瞧不清楚了，四辅也有三星擦不干净，不知染上了什么污浊，这些皆是去年已有异象的，倒还有些心理准备，只是今年，内五帝座也不教人省心，北帝一脉动静颇大，原本是极亮、极狂妄的星子，几乎盖过黄座，这些日子竟也慢慢暗沉下去，蔫蔫的，教诸位山君一阵猜测，人间究竟发生了什么。

"不过一年，天象怎就如此了，好不晦气！"众山君私语纷纷，那些代表苍生人脉的星辰，如今不再明亮，瞧着急人，却不是他们微弱的法力所能挽救的。

奚山君干了三天三夜，终于熬不住，扯过一片云头，沉沉睡了起来。等她一觉醒来，滚来滚去按摩酸沉的腰骨时，那个奇怪的枣红衣衫小哥儿终于开口了，眼睛带着狼目一样的明亮。

"我来是为了寻人。"

"你肯说话了。寻谁？"

"我的第一百个仇人。"

少年说到"仇人"二字时，不带恨意，不带愤怒，已经完全变成了疲惫。

奚山君笑嘻嘻地问道："为何是第一百个，之前的九十九个呢，你吃了？"

少年的唇很红，眉毛几乎狂妄地挑到九重天上，他有些暴躁地来回走动道："死了，都死了。我寻了好久，一箭一箭地，都弄死了。"

少年细长柔软的手掌上有清晰的茧，他是个会用箭的高手。

奚山君站起身，扶正了包子头，弯了弯眼道："说来听听。"

少年似乎已然被这虚冷无尽的星河云山逼得有些筋疲力尽，他的思路并不是那样清楚，有时还带着些含混不清的词句，他说："我到了许多陌生的地方，不，并不陌生，那里就是我的封邑。可每一个去处都没有我的侍卫、我的仪仗，那些人从我身旁走过，并不知道我是谁，无人唤我殿下，我也不认识他们。"

"又是一个小殿下。"奚山君带着深意打量他，"最近的殿下多得像筛子下的秕谷。"

"我瞧见一个衣冠楚楚的人，一旦瞧清楚他的模样，便隐约知道那是我的仇人，我在此之前从未见过他，可这一刻却不由自主地挽起了弓。我双手发热，杀红了眼，总觉不尽兴，如同染上瘾，兴奋地寻找每一个仇人，有些是世族豪庭的子弟，有些只是乐师巫医农人，可他们一点也不冤屈，他们定然曾经无数次欲将我置于死地，我杀了他们，是为了让他们死得血也流不出来，再也无法害我。我活了这么多年，第一次如此快乐，如此期盼着杀更多的人，嗅到更多的血腥味。复仇让我得到了快感，虽然我并不知道我们之间的仇恨究竟是怎样的。"

奚山君啧啧惋惜："小哥，你很是浪费。九十九块肉，红烧清炖或是爆炒，过去在我们山头，能吃不少时日呢。"

少年白皙美妙的脸颊有些抽搐，双眼本是冰冷带雾，可是左目却不知为何，一瞬间，生生涌出了泪。他说："我知道我已经不是我，我早已离开了我的躯壳。我为自己报了仇，却不知道这是不是每个初初死亡的人所必须经历的——了结了过往的宿怨，脚下方才有路。可是我依旧瞧不见自己的前路，在杀了九十九个人之后，快乐到极致时，那些人临死前的痛苦一瞬间全部投射到了我的头颅之中，我无法承受这些悲伤辛酸，再睁开眼睛时便来到了这里。"

奚山君安慰道："你的罪受完了，据说这大概是要飞升了。你帮我擦完这五百颗星星，我便行行好心，托着殿下的尊臀往上一抛。三十三重天要是收了殿下的臀，殿下就能成仙君，若是殿下原地落下，等我明年来时，再抛一抛试试。"

"不，并非如此，我还有一个仇人，我心中清楚。"

"你如何知道的？"

"你头上有道绿光，绿得很，好像初春的嫩豆苗。"

"你娘头上才有绿光，你爹头上有绿光！等等，你在背后摸什么！你从哪儿变出的弓箭！你你你……你要干什么！"

"你能保证我射你的时候你嘴上不喊疼，心里也不喊疼吗？"少年红艳的面庞在半明半昧的天河中带着诡谲冷漠的阴影，他语气哀伤，像是在哄他生前那些莺莺燕燕的小情人，"莫喊疼，你要是疼了，我也会疼，会很疼。"

奚山君抱着头飞泪鼠窜，她在天河之畔施展不出一丝法力躲避，身后的三连弩却像刑天的斧一样寒厉地劈来。

"你玩真的！老子凭什么为了你这个小崽子不哭不疼！别射我发髻，我最烦人碰我的发髻，不准三连发！！老子这是造了什么孽，我的相公啊，我那能吃能跑会笑会呆，食用、暖床两处受用的小点心哟，还没咬上一口这就无福消受了！"奚山君的包子头上插了好几支金箭，眼见就要变成刺猬，碰巧被在初云观夜观天象的地仙紫金散人瞧见了，这仙人腾云而来，白拂尘化解了箭气，才惊诧地攥着那枣红衣衫少年的手臂道："殿下缘何游走到了此处？"

奚山君瞧着一云皮的金箭，惊魂未定，麻衣拭了额上的汗，喘了好几口气，方抬起头，却见紫金散人反手扣住那少年的脉搏，厉声质问道："何处邪祟，借真龙身躯行此阴私之事！何等荒唐，他又岂是你害得了的？！吸他阳寿，损他阴福，你又哪来的本事消受！"

阳寿？阴福？真龙？

奚山君心中怒怕交加，转了转眼珠，镇定下来，拂去堂皇逃走时衣袖上沾到的云气，诚恳问道："敢问仙家，这位公子竟是真龙身？"

既是真龙身，便是苍天选定的人间之主。

紫金散人道行高深，瞧出了奚山君的斤两，朝她的头顶望去，答非所问："山君好手段，短短三百年修为竟有万年法力。"

奚山君露出笑，慢条斯理道："全凭机缘罢了。今日多谢道长救命之恩。只是略有疑惑不解。我眼前的小哥若是条真龙，又怎会此时魂归天河？而道长既修逍遥道，不受二十四仙府辖，又何必理会些微闲人闲事呢？"

紫金散人伸出兰花指，念了句诀，便出来四个方士，一人握着一条金绳，将手持金弓的枣红衣衫少年沿四角缚了起来。他只瞟了一眼奚山君，带着些微轻蔑气，扬声道："我知山君听我此言，心中暗生妒意，酸若青桃，不过为着你那小夫君并非真龙化身，无缘帝祚罢了。"

奚山君笑得唇角生了窝："仙人怎知，我那小夫君便无缘人君之位了呢？"

紫金散人眉骨险峻，忍住厌恶道："孽障，兴风作浪这些年头，未把你除去，只因天尊一片仁心，又兼有仁义君子背后为你求情罢了！你何等冥顽不灵，竟瞧不出眼前的殿下是爱民敬天修来的帝王命吗，他注定生生世世是帝王，与你那小夫君殊不相同！"

奚山君蜷紧了左手，脸上依旧带笑："道长是在告诫我，莫要再枉费心机？"

紫金散人高深莫测，云气中，眉骨显得益发高耸，瞧得出，真身应是虎狼牲畜类，他哈哈大笑起来，似觉得奚山君太过可笑，挟起枣红衣衫少年，飘然远去，只留下一句再清晰不过的话："你错了，我想对山君说的是，昭帝太子，从来没有当皇帝的命。他一身孤消孽障，绝无此等福报。"

奚山君淡淡一哂。

又过了许多时日，奚山君干活干累了，就坐在云层上，仰望着更遥远的天空，那里没有星星月亮，一片漆黑。她身旁黯淡的小星星轻声细语问道："奚山君，什么是'当皇帝的命'？"

奚山君拿块脏脏的抹布擦拭它的身躯，许久，才吐出口气，温柔道："大道至公，你占得十全十美是命；大道不公，你终日不得安生也是命。一日骤喜是命，一步错满盘落索是命，得意是命，失意更是命，幽微处的选择是命，生下来第一眼看到的人也是命中注定，因从他起，这一生便有了因果的源头，大道的照拂与喜恶的警醒。当皇帝，是最凶险的命，最苦的因，却又是最宽的道。"

小星星从抹布中小心翼翼地探出一双黑豆一般的眼睛，缺心眼般稚气说道："那个道士就说你夫君没有那个命！你不要再费力气啦，还是去寻你哥哥吧！"

其他的小星星也点头表示同意，奶声奶气问道："奚山君，你找到你哥哥了吗？你总是说他藏在我们的身体中，你找了这么久，找到他了吗？"

奚山君拍拍袍子上微凉的雾气，站起身，穿透每一个小小星辰的耳膜，恶狠狠地咆哮——

> 哥哥，出来！
> 哥哥，你快出来啊！
> 我知道你在这儿。
> 别躲在里面不出声！
> 出来出来出来啊！
> 我擦过三百万颗星辰，还有三千万颗没有擦。
> 我等了三百年，还有三千年没来得及等。
> 天垣这样大，藏得住小小的你。

人间扶苏正在教二五、二六拿炭笔在石头上写字，却从天而降一道光。小猴子们呆呆看着光栽到橘子林中，跑去寻，只瞧见一块大坑，坑边静静躺着一卷书。除此之外，旁的什么都无。

扶苏翻开书，却无字。他夜间挑灯，石室内藏书左右翻来不过那几本旧时的典籍，少年有些无趣，便忆起白日捡来的无字书，拾起再在烛火下映照，书页荧荧魅魅的，闭目后睁开，竟瞧见一行行发光的字。他颇觉得有意趣，便读了起来，原是个才子佳人的话本子，可不一会儿，眼睛极涩，支撑不住，干净少年困得倒在了石桌上，昏昏沉沉。

他似是去了书中，做了个颇有趣的梦。

如同扶苏与堂弟成觉被皇祖母极有创意地唤作"凤凰儿"与"明珠

儿"一般，他梦中化作的从老宅中来的旁支公子与太尉家的二公子又一时齐名。

也说不准这一世姓什么，这些简陋的话本子，总是不清不楚的，家乡何处、气候温湿、盛产何物大抵语焉不详，支支吾吾，总带着些捉襟见肘的意味，可号从何来、生来何等典故、相貌何等巍峨、衣带何等风流又说得似他家邻里一般平常，王孙公子仿佛街上的菘菜一般寻常，由你挑拣。真真教人哭笑不得。

扶苏莫名入梦，成了这本子里的一个显赫宗族的公子，号"敏言"，相貌据说十分妙，不知是否呵气如兰，也不管读书的人信不信，反正瞧见他的男男女女皆痴醉了。

敏言与话本中太尉家的公子一样有名，只他的是贤名，三岁背《孝经》，五岁取熊胆，从娘亲股下生来便恨不得彩霞异香漫天，美德似太阳普照大地。而太尉府的二郎得的则是恶名，外人观这小郎君，恰似一团黄连卧在薄荷草上，生得清新光洁，可舔一口却不得了，若不苦得你夜夜翻滚，日日大汗，定然不肯干休。二人这一路走下去，一个想是必要万古流芳，另一个怕也逃不过奸臣史上的名垂千秋。二人本无什么勾连，除了在朝堂上唇枪舌剑，幕僚你抓我一下我挠你一爪，这一生也就是这样稀松平常的政敌，可天子一张诏书搅乱了两家的两锅粥，敏言与太尉二郎乔公子要成亲家了。

原是天子陛下觉得敏言与乔公子之妹乔植十分般配，便忍不住激动的心颤抖的手写下一张诏书，众卿家可有异议？有异议的可以撞柱子血谏当场，寡人誓死捍卫你上书的权利，然寡人也终身享有不采纳尔等意见的权力。

朝堂众人噤若寒蝉，乔二公子缓缓笑了笑，卷着衣袖，薄荷般清爽的少年慢吞吞地走了，敏言公子却发出了一声丁香般姑娘的叹息，哀怨地望着身后一拨又一拨蔫蔫的红袍子，怎就无人去撞柱子，教他也瞧瞧史书上所载的血谏奇观。

老宅子的小公子估计打小压抑在后宅中，这身躯洋溢着一股思春期不寻常的气息。扶苏躲在敏言的壳子里十分燥热，回忆话本子，他这时节合该在鹦鹉桥上，不早不晚，不紧不慢，不骄不躁，仪表翩翩，遇见一个十分美貌十分心仪的姑娘，为了这姑娘，敏言公子之后会坚持与乔植退婚。

这一日，果如话本子所述，手下幕僚如中了邪一般，死拉着敏言上桥，一池春水中的皱纹荡漾得也太巧，桥上的姑娘们来来往往，瞧见这玉面柳姿、臀翘腿长的公子也不禁一阵燥热，扶苏素来是个脸盲的少年，横竖瞧不出敏言爱得荡气回肠要死要活的绝色姑娘在何处，只是既要迎合话本子，少年便深沉忧郁又带着温柔的目光盯着四周的姑娘们，瞧着她们匆匆而过，揣测到底谁才是这本子的"女旦"。

"噗"，有一股鲜血好似小喷泉，漫天洒落。

清晨的阳光还很好看，春日，四处都青青嫩嫩。

扶苏心口微微燥了起来，解了颈子上的一颗盘扣，那小喷泉又洒落得大了一圈，他转身，以为自己定然会瞧见一位美得作者满笔尖胡言乱语也说不清的"女旦"，可前方，却只有一个喷着鼻血，呆呆看他，满脸血糊糊的三寸丁小姑娘。

这姑娘定然不是绝色的美人儿，因她刘海长得盖住了脸，因她头顶泛滥着教人恼火的绿光——一道只有他能瞧见的绿光，扶苏更加燥热，咕咚咽了口口水，脑子乱糟糟，却顺着腰线握住了一件冰冷的东西。

此时的远处飞马奔驰来了什么，一大早就清清爽爽，好似世上再没那样干净齐整的少年，映着大大的太阳，眨着睫毛小小的光圈儿就来了。

扶苏拔出了寒凉似水的佩剑，他的心沸腾得十分痛苦，疯魔了一般渴望宰了眼前对着他喷鼻血的猥琐三寸丁，而前刻还呆呆瞧他、鼻血糊了满脸的三寸丁却仿佛感知到什么，飞速转了身，对着鹦鹉桥畔驱马而来的少年尖叫道："你别过来，你再过来，我就……我就跳下去！"

桥下是清水，波光粼粼，淹死一个三寸丁无压力。

马上的少年眼中含着笑意，缓缓驱马，略躬身，带着闲适，温柔道："我定然会过来抓你回去，所以小孩儿你千万别迟疑，快快下去。"

三寸丁用白色的绢袖蹭了蹭鼻子上的血，朝着敏言的方向后退了一步，如临大敌："我真的会跳的，哥哥别不相信我，我是个顶顶有出息的姑娘，平素说如何就如何的！"

这弯弯的鹦鹉桥，一左一右，站着两个美儿郎，平静娟秀得可以入画，可中间一个三寸丁，上蹿下跳，生生坏了景致。

扶苏压抑住宰了三寸丁的冲动，收回了剑，那厢马上的薄荷郎却已笑得像徐徐绽开的白牡丹，对着三寸丁很认真地道："我知你素来有出息，那就快跳下去。你死了，我同陛下请旨，封你做鬼郡主。"

三寸丁僵了，许久，竟扑通一声跪在马前，一把鼻涕一把泪，好不热闹："大佬，我错了！大佬，我只是想吃虾肉云吞才跑出来的大佬！你饶了我，不要逼我死啊大佬！你名声已经这样坏，再逼死亲妹妹，情何以堪啊大佬！"

少年清爽跃马，拿着马鞭对准了三寸丁的额头，微笑道："别逼我踢你下去，既说到，便要做到。守信一事打你幼时我便耳提面命，朝三暮四出尔反尔的小孩儿最是惹大人厌烦，学不好，就在水下待一待，什么时候明白了，什么时候爬上来。"

三寸丁忍住眼中的两泡泪，转身望着扶苏，嘤嘤委屈地道："未来的夫君，你何时接我过门！妾已不堪虐待，百爪挠心，生不如死！"

扶苏饶有兴致地看了半场戏，这会儿却愣了，细长干燥的手比了比三寸丁的个子，恰恰到他胸前。他悟到眼前的三寸丁便是敏言的未婚妻乔植，只是不知当朝的陛下怎么就觉得这是桩良缘了，可三寸丁已然看出他嫌弃之意，沉痛教育道："常言道，莫欺少年穷，您不知实则还有下句，便是'莫欺少女低'，待到我长高的时候，不是我吹，哪儿还轮得到您来娶。虽然个子不高似乎是我伟岸人生中的最大缺陷，但是我爹爹很高，我娘亲也很高，我日后定然更高，少年你要知足，少年你得清楚，我今年才十三岁，每日喝两斤牛乳，言尽于此，我为人含蓄又温雅，你好好揣摩。"

说完，视死如归，扑通一声，从桥上跳了下去，水花溅起三寸高，马上的高贵少年依旧挂着心不在焉、居高临下的清爽微笑。寥寥言语便可知这实在是一对亲兄妹，但扶苏和他的幕僚小伙伴都惊呆了。

天子陛下说，乔植与敏言绝配，大概说的是性别。

扶苏做了敏言，渐渐体会到了妙处。他从老宅中显山露水之前，朝中无不以太尉家的乔二郎马首是瞻，当然，粗鄙话本子的漏洞由此也可见一斑，史上何曾有谁家未及冠的少年郎把持过朝政，入阁的多半胡子拖地，眉间成川，倘使不曾不苟言笑，也会装聋作哑慈眉善目一番，为的便是麻痹皇帝老儿，挂上"耿直忠臣"或"世外山人"的标签，这叫政治的魅力，也是行为的艺术。可乔二郎的存在却太过不伦不类，少年分明尚挂着虚职，但素日哼一声笑一句，总教满座皆惊满堂惶然，天子不动不怒，由着他这般，他老儿乔太尉也似缩头乌龟，每天晃荡着白鹤补子不闻不问，宽大的袍子里养了好几只龟壳，单单扶苏上朝时无聊瞥了几眼，就瞧见好几样长得不同的，都是些新鲜珍奇的，打了蜡，莹润可爱。

乔太尉年少时因相术名闻天下，举为孝廉，后一时娶了主公独女更是平步青云，战时又利用占星之术狠狠立了几次大功，奠定了新帝国第一人的位置。三十六功臣中颇有一些不服气，但因讹传乔太尉既然精通相术便也懂施法害人之术，后来有人寻他麻烦又都莫名暴毙，诸人便老老实实压下不满，恐防遭灾。这位太尉是真真正正的"相爷"，一生如月，伴在君前。可惜乔太尉的二子既未继承他老子的相术，也未学到几分谦虚谨慎，除了这少年的清明光艳，是真如他老子当年一般，敲打芳心，入人神髓。

乔太尉共有三女，皆传奇。一个生来头发少，一个见人只会笑，还有一个最奇怪，从来没到三寸高。头发少的大姑娘不爱富贵不尝情水，似是生来便目空一切，十五岁左右，不吭一声出了家，临行时只道："但凡人命，皆由天意妄肆而定，我不入红尘，此生不驯。"连带发修行都不必，生来的尼命。见人爱笑的二姑娘倒是个貌美的姑娘，处处皆好，唯有一处不好，便是不喜穿华衣美服，每每绫罗绸缎加身便痒痛难耐，十指并用，鲜血淋漓，直要把一身皮挠掉，骇得丫鬟仆娘只敢予她布衣荆钗，十三岁上下，太尉府前布施粥饭，有乞丐登门乞讨，二姑娘心善，亲自盛了一碗，二人一对眼，水波荡漾，火光四射，一碗饭附赠了一个千金小姐，当夜，二姑娘竟与那乞丐私奔，逃出百国之外，至今仍无踪影。

朝廷内外皆笑言是乔氏父子作恶所致，家中女儿竟皆是此等命数，不是孤寡一生，便注定一生贫贱。一众目光盯着三姑娘，她有压力啊，压力大了，便没日没夜地发愁，一愁就吃不下饭，一吃不下饭，于是，就……没好意思长高。这个三寸丁更为众人耻笑，简直是太尉府最大的笑话。敏言一派提起她来更是欢喜无限，只因乔二郎素来白玉无瑕，高山流水一般，连杀个把政敌都手段高明狠毒，谈笑清新，完美得令人碰壁，而唯有他这亲自教养一手带大的小妹成了额头上一个墨点，抹一抹三寸丁，好似乔二也跟着灰溜溜了一般。

先前众人均知这未及冠的少年有手段，却不知道他的手段竟到了这般。三姑娘乔植将来嫁给敏言公子，乔二郎的污点一瞬间就会变成敌人最大的污点，一纸并不公正的婚约，乔公子又把敏言不动声色地拉回了起跑线。

扶苏虽是戏外人，但若私心看来，他反倒喜欢乔二这般少年，一时阴险狠毒，一时又清风拂面。心中又总觉乔二熟悉亲切，连带着他做些什么坏事，自己也颇是酣畅淋漓。

横竖是个话本子，黄粱一梦，扶苏兴之所至，便与乔二结交，更觉此人虽胸中城府深厚，行事阴毒，却总能与他想到一处，无法使人生厌。

依照书中所言，敏言鹦鹉桥会遇到一位姓妁的佳人，这一生便开始抗争，转折，直把狠毒丑陋低矮的乔植杀死，书卷才到空白尾端。可那日三寸丁的出现搅乱了妁氏的登台，之后妁姑娘也再未出现。

四月之春，反倒是三寸丁，频频出现。

敏言与乔二郎彼此恪守本分，兢兢业业地在朝堂上做着仇敌，私下里，偶有往来。为数不多的交往中，少年与三寸丁有了第二次相遇。

乔太尉府中有一大片池塘，池塘中种着一大片睡莲，接天莲叶，红销香骨，万种凉月晓风情蔼。

扶苏早听过这一片莲，方方吃过一盏茶，那样素淡干净的少年便从红莲丛前走出。他难得地笑了笑。世上造物总这样神奇，任凭世上多少平庸，也挡不住这一个好水好山捏成的神仙骨。大概只得话本子，才敢这样大胆妄为，生生造出。且，扶苏隐隐猜到，这本子来自他们家先祖的一宗旧事，却与史书多有不符，便只当张冠李戴之戏看了。

池塘前有一树枣，叶子绿得发了墨，枣儿青得泛涩，遮天盖日，还没到成熟的季节。

乔二郎穿过回廊，走到树下时，顿了顿，抬头眯眼看了看，似是在望着什么，敏言遥遥看着，有些诧异，因为他瞧见乔二眼中泛起了雾色和冰冷，平素只有清亮笑意的眼眸中，竟第一次带了些旁人无从琢磨的情绪。也或许，那些时候的他才是看不透的样子，而此时的冰冷，反而真实。

乔二再转眼，已瞧见远方的他，带着真挚和温和唤了一句。

敏言兄。

"敏言兄，自你从咸阳旧都而来，弟竟一日也未邀兄来寒舍，细思来，好生惭愧。只怪素来公务烦琐，竟阻了你我二人叙话，今日我在水榭中备下薄酒，特地赔罪。"

乔二说话滴水不漏，敏言手中捏着金粉请帖，觉得自己好大脸面，受宠若惊。只恨不得今日朝堂上不曾伸脚踢着身后的大司农，让他梗着脖子骂乔二放任部曲吃空饷，小儿误国。来往见面，小儿此时殷切真诚，他好不心虚。

在敏言壳子中的扶苏也无奈，若不照着话本子走，瞧这情形，似是这梦永不会醒。虽则也有一二好处，便是在话本子中总也千杯不醉，敏言公子酒量奇好的声名传了出来，但坏处也不少，便是任凭满口金齑玉脍，总吃不出滋味，每如嚼蜡。

他此一时应邀来府，便是因知晓后事，那话本子中的佳人妠氏本是太尉府家的远房亲族，年幼失怙，寄人篱下，寒酸凄凉度日。扶苏琢磨着创造一次天雷地火的相识，才子佳人，英雄美人，总要有人牵线，方巧，乔二送了帖。

故而，酒席上，顶着敏言壳子的扶苏便有些目光游离，他思索着如何才能寻到妠氏，可对面清爽如仙的少年，何等城府，一时套话，倒也不易。二人饮了不下三壶，扶苏沉痛告罪，但请离席出恭。小厮们恭恭敬敬地跟着，他只能踩着恭桶，翻墙溜走。

书中说道妠氏住在海棠园，敏言曾经夜探佳人倾诉相思。那一段情真意切，扶苏记得二人泪眼婆娑，因一面成劫，各自诉着相思衷情，敏言天生会情话，彼时对着黑暗中深闺的少女道："我只是想再瞧你一瞧。我怕再也瞧你不到。"这是扶苏听过的最阴森的一句话，略回忆，一身鸡皮。

他在恭桶外的天地游荡了一会儿，已被这大园子弄得灰心丧气。君不见，满园皆是青葱木，花果琳琅好人间；君不见，远处两三闲暇猪，陪着山羊与孔雀。平白一个园子，雅致成这样，却养着些谁也不养的畜生，私下里饮酒时长史暗骂乔二郎妖孽，只喜与畜生为伍，如今看来也有几分出处。只是回忆书里，黑灯瞎火，敏言还能摸到闺阁，被黑暗中只见过一面的少女震得浑身一哆嗦，泪眼婆娑，真确定没认错，不是被羊挠了？

谁知道呢。

他站到大树下，有些眩晕，头上却砸过几粒青苦未熟的枣。一抬头，枝叶翠密十分，什么都没有，扶苏心想二公子倒也别致，园子里什么都有，大概连猴儿都养着，这会儿调皮了，便来戏耍人。正想着，发上又砸了两粒枣，瞧这不懂事的猴儿！

他再抬眼，来不及缩回的小小身形却已暴露。嗯，三寸丁。

短小短小，却乖巧地抱着大树，梳着两个羊角辫，好似一个拨浪鼓。

"三姑娘可要下来？"扶苏微微笑了，瞧着她头上的绿云，压抑住拔剑杀她的冲动，温柔问道。

三寸丁抹了抹泪，学市井汉子拱手道："谢相公公子仗义，因我顽皮，吃了我哥哥的罚，这才在这儿哩！你且好走，我自蹲着！"

扶苏面容平和，也回礼道："那便不打扰三姑娘，我自在树下略歇一歇，你且莫淘气，往我头上投枣儿。"

三寸丁小手握着一把刚拽下的枣子和叶，洒落在少年的衣裳上，有些迟疑地问道："这样？"

扶苏不恼，面无表情点头，但也理解她哥哥为何总这样稀奇古怪地罚她。实在是……不讨喜的孩子啊。什么都不懂，却要装得这般世故。

三寸丁痴痴琢磨了一会儿，才看着满是灰尘的小手，似是对少年，也似叮嘱自己一般道："这可得好好记住，你示好时，别人许是不欣喜，下次且换旁的。"

扶苏问道："这可很难？我朝着你扔东西，你喜欢吗？"

三寸丁疑惑了一会儿，回道："相公公子不吝赐教，植原欢喜。只是我也不知。幼时厨娘朝我面庞扔饭时，我十分欢喜，因不必忍受饥饿；可母亲朝我扔东西时，我又惧怕十分，担心她气急难克。这算是喜欢还是不喜欢？"

扶苏叹气，拾起枣儿扔到树上的小孩儿羊角辫上，淡淡问道：

"如何？"

小孩儿乔植却兴奋了，如一只猴儿从树上蹦了下来，扶苏眼前一片黑，这是他与乔植的第二次切磋。

那孩儿跳到了他的身上，抱着他枣红冰凉的戏服，带着孩子特有的柔软和贴心埋在他颈间："我欢喜你扔我，你瞧着也欢喜我，真好。你真喜欢我，我也真真喜欢你，这可好哩。"

扶苏算了算，自己在这里已经待了两月有余，却没有一丝离去的迹象。每次睡醒起来，依旧还在话本子中。朝堂上私邸中的人一个比一个鲜活，有每天憋着一股劲地递折子给满朝文武添堵的御史，偶尔也会在酒楼中抱着文武贪官醉酒酩酊，哭成一团说着当年我们也曾是同年的知己好友你如今怎么就这样坏了云云；也有攒着银钱等待脱去贱籍的婢女二丫，不仅准备嫁给隔壁家的小子，而且离奇的是隔壁小子居然身高五尺二，据说很俊，还有个大名叫狗剩。写话本子的不带这样认真的，每个人都有起承转合，人物塑造丰满得有点假，一向平和风雅的扶苏心里断了几根弦，他宁愿回奚山闻猴骚。

敏言手下门客三千，鸡鸣狗盗之徒也有几名。托他们寻妗氏下落，却只得到寥寥数语，再深寻究，似乎太尉府也并不曾接济过这样的亲戚。他身边人人鲜活，唯独话本子中吹得九天玄女下凡一般的女旦不见了。

她去了哪儿？敏言不与她在太尉府后花园相逢相知相亲，乔二郎也不会为了她举兵征讨海外十三部落，继而谋逆身死，敏言更不会因为乔二郎之死而轰轰烈烈抛弃乔植，而后娶了她，圆满结局。倘使不成全这一双英雄美人，这戏本又如何落幕？

京都的夜色格外美，此时的百国诸侯还没到四分五裂的地步，成家子孙也还未有互相角逐残杀的惨状，更不存在他父亲那样充耳不闻天下事的天子，信步沐浴在月光下，天下一统四海升平的闲适令人心醉。

他同司徒家的四公子秦郎饮酒而归，微微带了些醺意，瞧瞧，世界越发真实，他如今连吃了酒水也会醉了。秦郎醉态可掬，对着敏言行大礼，他老子是铁杆的敏党，这一厢哈哈踉跄笑道："我知公子敏大度，亦知乔二郎心毒，何度能容侏儒妻，何毒谋嫁侏儒妹？"

月光像放冷了的马蹄糕，白而洁，扶苏怔了怔，微微笑了，枣色的衣衫在天光夜色中随风作响。他说："是而称为大度，是而称为心毒。天地原各有各的命，一任高洁无手攀，一任低贱乱足踏。她岂想这样低矮，又何见得这侏儒便愿成为我的妻，二郎的手足？你生来又可选择做大度还是毒祟，莫非长成如此，父母无功，师长无功，司徒府的高院墙无功？世人皆凡人，凡人皆辛苦。"

空气中有一声脆响，远处的巷角，脏污的桌几，白瓷汤汁溅了一地，小小的三寸丁还没有桌子高，刘海都拢在了厚厚的虎头帽中，双手空空，却用抱着碗的姿态凝固在那里。扶苏看见三寸丁，微微愣了。

他缓步上前，低压着嗓音躬身问道："三姑娘为何在此处？你又逃了出来？二郎待你严厉，逼得你跳水爬树，为何仍不改？"

泥地上洒落的是白胖的虾肉云吞，本是一品绝色，此时却在泥土中黯然。少年靠这孩儿好近，头饰珊瑚红冠，白玉的脸颊被酒色逼得红了起来，连睫毛也这样长长的。三寸丁呆呆地看着他好一会儿，才蹲到地上，捡起云吞囫囵塞进了口中，没有知觉地嚼着。少年皱眉，这样脏，便捏着这孩儿的下巴，逼她吐出来，孩儿却抿着唇，像是饥饿许久的雏鸟一般，惶急咽了下去，许久，才哭着说："我在水里蹲了许久是想着太尉府外的云吞好吃，趴在树上两个时辰也是因为太尉府外的云吞好吃，可是它们并不好吃，太尉府外也不好玩，然而……等我嫁给你，再要到这样不好看的太尉府外吃着这样难吃的云吞，怕是更不能了。"

扶苏轻轻拍了拍小孩儿软绒绒的虎头帽，眼不自觉弯了，问道："为什么？"

三寸丁含泪哽咽道："相公公子，你这样不喜欢侏儒妻，如我哥哥有个侏儒妹妹一般厌恶。他惧怕丢脸，把我藏在太尉府中十三年，那你呢，你娶了我，是不是要把我藏在哪里三十年。二哥说，只要我嫁给这世间最好的男儿，便任凭我的相公把我带到天涯海角，看悬崖上的红花也好，看海底的白珠也好，天高水长的一辈子，永不管我。可我怕我嫁给你，跳河爬树也无济于事了。"

他低着头挥了挥长长的枣红衣摆，向秦郎示意，身后的那人打了个酒嗝，歪歪扭扭地由小厮扶着，走了。

天冷了，扶苏抱起了这小小的孩儿，高高举着，摆在眉眼前微笑端详。他淡淡说道："如此，何不遂了我的愿，趾高气扬地长高，教我欢喜你欢喜到打仗、吃酒、读书、抚琴都忍不住带在身边，这才是天高水长的一辈子。"

三寸丁眼睛鼻头都是红的，瞧不出半分可爱，只是惨兮兮地不忍卒睹。她伸出三个指头，小心翼翼地说："虽则看着是孩儿模样，可是我都十三岁了哩！一者长高的难度比海深，二者、二者男女授受不亲。"

扶苏微微笑了，把三寸丁放回原地，又叫店家做了两碗云吞，喝了些汤水，发了酒意和寒气，再抬头时，孩儿小小的脸庞如明月尖尖，左手抱着碗沿，左脸贴着碗身，泛着泪疲惫地熟睡了。

甩过府中的丫鬟养娘，逃过层层侍卫，不知是翻墙还是爬狗洞，再在熙攘不曾见识的人世寻到这样一碗想吃的虾肉云吞，于她，大概是战战兢兢太过惶恐的一天。

枣红衫子的少年背着虎头帽的三寸丁，怎样瞧都有些滑稽。尤其他卷起双袖，露出一双白皙莹润的手臂，与斯文优雅更不搭边。

太尉府前有几盏橘黄的八角宫灯，长长的竹挑着，在风中忽明忽暗。

他背着乔植缓步走近，小孩儿的呼吸绵长有序，在他耳边，带着暖意。好生奇怪，他今日一点也没有杀她的冲动。

府门前焦急等待的一众奴婢突地看到他，都有些无措，领头的青衣双髻少女最先反应过来，跪倒在地。后面的奴婢也都瞬间跪倒。

那青衣少女露出一段修长的颈和半张明媚的面，沉静磕头道："奴向公子敏请安，公子千岁。"

扶苏觉得颈间有些紧，之前看到乔植便会浮现的杀人冲动又出现了，虎头帽罩着的小小脑袋这时垂到了他的下颌旁边。少年忍了忍，那青衣少女却跪着伸出一双纤长无瑕的玉手，温顺道："女儿声誉为重，请……公子敏把三姑娘还与奴。"

扶苏凝视这女孩儿许久，灵机一动，才眯眼问道："尔是妫氏？"

少女似乎恍若未闻，低声道："二郎今日盛怒，家中奴婢已槌杀十人，你若在此，阿植恐双腿遭殃，公子何不速速离去？"

扶苏捏住少女的下巴，淡道："孤问尔，可是妫氏！"

青衣少女并不言语，许久，却抿紧唇，倔强地不肯抬头。

那话本吹捧，妫氏是天下第一人。

扶苏忽觉眩晕，再醒来，已在奚山石头房子中。二五、二六蜷在他身边熟睡，口水三千尺。

他真真切切地做了一场大梦。

十七休沐了几日，带回了人间的消息，扶苏方知，堂弟成觉病在弥留，派往各国发丧的使臣团都已经在咸宁穆王宫待命，祖母宣太后凤仪滞留王宫，似是因两位孙儿凤凰儿与明珠儿先后遭遇不测而悲伤过度，连食了三月的素食，汤药也是绵延不断，太医令言说如此下去绝非摄养所宜，劝令即止，但老太后似是打定主意，不肯回京都了，任凭陛下几次情真意切的上请陈情都没有用。

穆王世子成觉自四岁时拜别咸宁二殿来到京都百子阁读书，一直养在太阴殿宣太后膝下。因祖母伯父宠爱，行事素来肆无忌惮。扶苏与堂弟成觉脾性不投，关系亦不大和睦，一个未来的陛下，一个未来百国最大的诸侯王，反倒常因一些琐事生出龃龉来，虽则往往是成觉挑衅，扶苏并未放在心中，但他这堂弟因他的态度益发闹起脾气来，只让前后七十二殿鸡犬不宁，众人自然不敢让他忍让，但里里外外受不了，都请太后娘娘调停，陈情时又不愿得罪成觉，便只说，太子与穆王世子又拌嘴淘气了。苍天可鉴，扶苏自幼埋首古籍，每天的功课又排得满满的，大儒们给太子上课都是前脚进后脚出，只把小太子累得连话都懒得多说，哪儿来的兴致与人拌嘴淘气。

十七道，年水君与他们这些下臣闲聊时曾说起成觉此次的灾祸，乃是三朝元老、已故的云相云琅所画的一幅仕女图惹起的祸端。这幅画所画的是他心爱之人，故而画中气息纯正横溢，后因机缘巧合，不知是哪方的邪祟走进了画中，因这一点气息庇佑，反倒教它练出几分气候，有了迷人移物之力。前些日子，云相之墓被瘟疫腐气所侵，青城殿下倍感不悦，倾尽自己封邑三国之力为云相重修墓陵，陛下因解姑祖痴心，为云相一生未嫁，又感叹云相生前文武功德，便默许这墓规格高了一档，青城放开手脚，似乎把一辈子的痛苦和遗憾全倾注到了这一方土地之上。打开墓室时，这位拄着凤头拐杖、白发苍苍的老公主却傻眼了。墓室内什么都无，伴着棺椁的只有遥遥相望的一张黄衣仕女图。云相当年推辞青城殿下婚事的一番说辞到现在还振聋发聩——"臣自幼入道，无姻缘，但容天地君王。"

他说他一心向道，对女人没兴趣，心里只有天地君王；他说青城殿下之姿，足配天人，些小臣卿，齐大非偶；他说臣此生此世不娶一人，殿下但可放心。

青城殿下的愤怒和憋屈到了极致，当即一口气提不上来就厥过去了。一直领旨陪同她老人家监墓的世子成觉心细如尘，察觉墓室内异状，好死不死取下了那幅仕女图，结果又好死不死地被画中隐藏之人缠住，行事大异于常，而那画撕不掉烧不毁，即使扔到几千里外，第二日定然又安安稳稳地回到成觉枕边，道士、巫族、神婆都请过，却无济于事，成觉梦中夜夜与画中女巫山云雨，醒来时却日复一日地消瘦沉沦，这才落到今日油尽灯枯的境地。

在此之后，青城殿下也一直缠绵床榻，她老人家是万念俱灰，铁了心不打算活了，撩起膀子打算死了就去地底下跟云琅拼了。一幅画闹得皇室两位重量级人物这样惨烈，也真真是千百年之罕闻了。

"画中人画的是哪家贵族小姐，画中之人底细来历又如何？"扶苏一边与十七扯着闲话，一边拿朱笔批阅这些日子积攒的山中事务，奚山君临行时把政务移托给了扶苏，为此隔壁几个山头都在抱头痛哭，绿毛猴家最近行事春风化雨，不抢粮食不打群架真真教人受不了，有道是人爱犯贱天不容，猴也一般，被仇人折磨惯了，他一改风格，你反倒受不了。

十七捧了捧核桃，吃了几颗才道："画中的不知是当年哪家的贵族小姐，大抵是因青城殿下之威，云琅与她二人并未挑明，这段情谊便无疾而终了，后来云相想是感念，又爱她颇深，方留画入棺为伴。至于画中之人，说来，却是公子您无疾而终的侍妾呢。"

十七语气暧昧，笑得促狭，扶苏继续朱批，一副你爱说不说，你说了老子也不会感激你的表情，十七无趣，摸摸鼻子道："公子可还记得您的初礼妇人质水？"

初礼妇人，就是教王子们行云雨之事的千挑万选出的良家女。扶苏顿了顿朱笔，倒想起这一桩来。扶苏因是太子，十六岁生辰方过，宣太后便开始张罗初礼妇人之事。而这件历朝王子皇孙都一帆风顺的事，到了扶苏身上，却出了个岔子。说大不大，说小不小，全由成觉对他太子哥哥的一片"痴心"所致。

也许有些人，生来就是注定的冤家。而冤家有的你没的，便都是好的。成觉便是这么一个逻辑，太子哥哥的，我的、我的都是我的。他想要的，是我的，他爱的，是我的，他恨的，更是我的，他感兴趣的，是我的，他瞟了一眼的，也是我的，除了他不是我的，他的都是我的。于是，千挑万选的良家姑娘质水悲剧了。

当年一溜纯情可人的小姑娘排排站在小太子面前，太后娘娘一边摩挲着怀中小世子的青发，一边喜滋滋地问大孙子："儿啊，你瞧瞧，喜欢哪个？"

扶苏正在看前朝学士张颌的《濯雪集》，抬起眼，从激动得直哆嗦的小姑娘们身上淡淡扫过，随手指着距离自己最近的大眼睛少女问道："你叫什么？"

少女脸颊红了，笑着露出了石榴一般齐整的牙齿："妾叫质水。"

扶苏敲了敲书，淡道："质水与濯雪，倒是个好对。"

说完，便垂目看书了，宣太后怀中看似乖巧的少年却笑了，挑起飞扬跋扈的漂亮眉眼，一双眼微微转了转，便好似搅动了一池桃花水。

那一夜，质水没有被送到平吉殿，她在路途中被成觉堵住，在枯草丛中幸了。质水身后的宫人女官吓得惨无人色，谁也未想到穆王世子如此行事。宫人秘告宣太后，太后为了顾全成觉颜面，只得另派了一名良家女，而质水则被关了起来。扶苏素来有早睡的好习惯，随侍的太监虽则提醒少年今晚是成人的大日子，少年依旧早早睡了，他那天做了个好梦，梦里吹吹打打，娶了个瞧不清楚脸庞的小姐。后派去的姑娘在平吉殿侧殿坐了一夜。扶苏醒来方知换了人。他去太阴殿向祖母请安，途中，却遇到看押质水的老宫人，原是她心存不忍，守在此处密告了太子。按宫例，初礼妇人如失贞，则必然杖毙。如今为了掩盖龌龊，就要草草行刑了。扶苏想起了《濯雪集》，那倒是本难得的好书，他请安时，为护质水性命，想了想道："成觉如喜欢，给了便是。娘娘何苦为了儿左右为难。"

宣太后脸红了。成觉已央求她一夜，说质水是他难得瞧中的女孩儿，兄弟间赠个把侍妾在皇室中本是寻常之事。

后来，质水被送到了成觉殿中。

再后来，质水被成觉吊死在了殿前树上。

再再后来，陛下下旨，太子尚小，选初礼妇人之事可推迟些许时日。一推迟，反而推迟到了太子薨，自然也就没了初礼妇人。

十七说的画中人便是死后不甘的质水，她因机缘巧合，去归于泰山的途中遇到云相墓冢，她觉画像异常美貌可爱，不自觉抚摸，却莫名其妙被画困了进去，又机缘巧合被成觉拿了起来。有道是报应不爽，世间之事本是这样一环扣一环。

扶苏却似被雾水笼罩，他已记不得质水长得什么模样。十七笑道："水君多年前，曾瞧过那画一眼，画中人一身黄衣，生得倒是极好的，可面白赤足，眼睛无神，捏着一粒黑色棋子，却不是什么可爱模样。不知成觉是怎么迷上画中人的，才教其有了可乘之机。"

扶苏忆起这嫡亲堂弟，无奈时却也说了句冷笑话："他喜欢的，素来是与我相干的。"

十七干笑："山君善妒，公子不宜与旁的女子牵扯。"

扶苏又握住了朱笔，手指白润，骨节分明，微微低头，淡淡笑道："奚山之主啊，想来是我最大的债主。"

少年悬浮在半空中，看着明珠环绕的榻上，面色憔悴的自己。他想起了寝宫含元殿外的枫叶，秋天时，也是这样，带着最后的红艳干枯消失在泥土中。好像，再也不能挽回。

"殿下的心愿我已满足，为何还不回去？"紫金散人蹙眉看着眼前半透明的少年，他似乎并不如自己想象中的那么聪慧。

成觉的青发垂到了腰际，少年环抱双臂，冷冷吐出口气，道："我的仇人还未死。"

紫金散人忍气劝道："妠氏既然出现了，你的仇人一定会死。可是这人死了于你有何益处呢？你体内浊气太重，一时被邪祟惑住了，才会生此执念，待过两日，喝两剂汤药便好了。"

那半透明的身体变得益发淡，成觉并不妥协："不亲眼看到她死，我如何安心。"

紫金散人从未见过这样别扭的小孩儿，嘴角不可见地下垂了一些："你恨她何处？她未见过你，也未爱过你，更未阻过你，你恨她何处呢？"

成觉冷笑："我九十九个仇人已杀，只剩下她，岂可甘愿！"

紫金散人暗恼这王子脾气大，不识好歹，若非世代君命，他又岂肯出手相救，只道："你若杀够一百人，就中了那女子之计！质水诱你杀仇人只为破你前世累计功德，成全她的情郎，教你今生无法如意！若非我及时把她收服，归于虚空之境，你怕是早已抱恨终天。你说你想见画中之女，我也遂你心愿，将你藏在书中，借扶苏之身带你一游，如今万事皆休，怎还不肯收手？"

成觉转过头，合上了目，眉间微微拧起，他沉默了一会儿，才说："我虽带着过往记忆而生，却独独不记得她的结局是如何。我……想看看。"

隔壁山头的山君们陆续回来了，奚山君却仍未归。众猴撇嘴，君父是惯会躲懒的，那天上不知有着如何逍遥情景呢，如今有公子掌家，友睦四邻，绸缪衣食，她便益发怠慢了。

奚山君若是听见这话，定然要呸他们一脸。她此时是被一件事绊住了手脚，实在回不来。原来，这几日，工作快要告罄，接近尾声之时，天上竟新来了一颗星，小小的，皱巴巴的，发出乌青的光芒，跟颗梅子一般。任凭她如何去擦，都不见成效。起初还不肯说话，后来肯说话了，却一直掉眼泪，奚山君的抹布被它哭得能晒出一摊盐来。

"你究竟是如何了？这般没完没了，恼人哪！"奚山君着急了。

那颗梅子又开始啪嗒啪嗒掉眼泪："山君不知，我……我被那贼道士变成星星前，曾看到过轮转镜。我的情郎喜欢的姑娘不喜欢他，他以后无妻无子，孤苦一生。一思及此，我便心头绞痛，不自觉地掉眼泪。可恨我帮不得他！"

轮转镜是经过岩海骨山，秦广王殿前悬着的镜，可知往昔与未来。

奚山君思忖了，才道："你莫哭，把你情郎的八字给我，我与你排一排，人之前途虽不可测，然则些微细节之处亦聊可自慰。"

梅子哭得打了个嗝，道："我听家里的老人说，他生下来的时候正值长赢朱夏酢米浆之时，但具体的日子已不得而知。"

奚山君从怀中掏出龟壳，叹气："时辰可有？有了时辰，算一算方位坐宫姻缘也是能算个六七分的。"

梅子想了想，道："我祖母说，因我家住在官道旁的村落，那夜她睡得极不安稳，约莫四更天刚过，天微微透了点亮，便听到杂乱无章，嘚嘚的马蹄声，他们应是去各国报喜的使臣。祖母起床烧水时，隔壁里正家已挂了红布，只道是国喜，大昭有后了！"

奚山君麻衣一晃，龟壳掉在了云上。

奚山君如何心情暂且不提，扶苏却过得十分忙碌充实，几乎将那话本子的怪梦抛到脑后。然则细细思索，真觉荒唐。那时节，似是回不来了，偶尔竟觉娶了乔植也不错。养着这样一个奇怪又厚脸皮的孩子，生活没有了人世的规则，也就变得有趣许多。旁人只道，乔二郎对侏儒幼妹态度隐晦严厉，与平素温和待人一贯不同，却不晓得，这少年在以旁人看不出的耐心教养乔植。他与乔植几次相见，从她谈吐言语，便知这姑娘完整地读过《左传》《春秋》等史，亦懂得几分丹青古琴之道，纵横捭阖的黑白之术。若无有心人支撑，以乔植母族落魄寒酸，素来被皇室冷待的趋势来看，又怎能被这样细致抚育。须知，乔植长兄已是前车之鉴，堂堂太尉嫡长子，却远离京都权力中心，活得窝囊至极，十分不显。

这一日，扶苏依旧按例早早休息了，与早些年处理东宫政务不尽相同，这些山怪百无禁忌，从不讲什么道理。若要与他们和平共处，少不得要给些受用的物事。譬如翠大善理账务，便借去附近几个山头帮旁的小动物们整理陈年的旧账；而三二善交际，便与那些山族男丁吃酒联络感情；十九会做陶，便用奚山的红泥制出了几套上顶精致的陶饰，送给了临近各山府的姑娘们。这些日子，翠家子弟各尽其用，此一时笼络，虽不至人人夸好、山山点赞，好歹为奚山君挽回了些许名声。又因奚山君昔日淫威，总也不至于被诸府得寸进尺小瞧了去，一怀柔一威慑，邻里反而日渐和睦，山中各猴儿也都滋润许多。

这夜，他睡得极香甜，约莫轮值的四一沿山道敲完数十声梆子，他竟又做了个梦。此梦与之前的话本子大不相同，瞧起来雾腾腾的，并不清晰，确凿是个虚无缥缈的梦，与敏言无关。

可这梦来得好生蹊跷。

这一次，他不是任何一个人，每一幕却历历在目。

三寸丁已经跪在廊外两个时辰，似是他那日送她回去之后的情景。廊上金钩挂着的鹦鹉都被巧手的小丫鬟裹了一层暖耳。人说宰相门前七品官，连鹦鹉也金贵了些，只有小姑娘薄薄棉衣上一层寒霜，白净的鼻子上也似乎结了冻，茫然地望着那紧闭着却透着丝丝春意的房门，有些难过，有些慌张，也有些不知所措。

太常寺的两位主管大人已经等了许久，来时见她跪着皆有些尴尬，匆匆行了一礼便眼观鼻鼻观心，等着乔二郎传唤。二郎昨夜染了寒气，咳了一整夜，辗转到了清晨，方歇下。

内官丫鬟们不敢搅扰主公休息，只引二位大人到了侧殿去，目光扫过三寸丁时，冷漠中带了几分寒意。三寸丁只能装作没有看到，想是已经习惯了这样的处境，继续麻木地跪着。

又过了会儿，一个身着青色裙裾绣着大团杜鹃的少女推开了门扉，暖气荡得三寸丁一颤。

"阿植，你为何还在此处？"环佩叮当，额头白皙高耸，原不是个一般的姑娘。是扶苏见过的妫氏。

三寸丁也一愣："表姐为何在此处？"

两个时辰前，她还没有跪在此处的时候，表姐便在此处了，因这两个时辰并无人进出。或者，昨夜表姐根本没有回园子里。三寸丁一僵。

妫氏淡淡一笑："二郎倦怠不适，昨夜烧了起来，我向他禀告你已回来的消息，二郎一直沉默不语，我不敢离去，便只得随着众婢侍候他用药，后与众人在外间角房迷糊一会儿，醒一会儿，不知觉就到了现在。"

三寸丁抬起头，蹙着眉道："表姐，你的身份，不必在哥哥面前低三下四，便是母亲、舅父死了，妫氏另有骄傲。"

妫氏弯腰，轻轻点了点三寸丁的额头，嫣然一笑："小家伙，你可在他面前骄傲起来了？你二哥如何的性子，你可是不知？你昨日腿未断是他烧迷糊了，还未来得及发你。他方醒来，修容、墨言正在伺候梳洗。你且莫等了，丁、李两位大人递了折子，一议事又要好一阵，跪在这儿，他又不承你的情，到时被他白白冷嘲热讽一番，又何苦呢？"

三寸丁摇摇头，认真道："我哥哥对我可好哩，你不知道。"

妫氏像是听到了再好听不过的笑话，扬起白皙的一段颈，溢出清脆的笑声，随后，捏捏那张棉花一样软软的小脸，笑道："许是呢，只我还没发现。可怜你若不这样想，倒是活得尴尬。人得看清自己的命，不是看轻，是看清。姑母死的那天，我就知道，你若不莫名其妙地死了，定然有比你如今还要悲惨千百倍的一日。可现在你只是活得冷落尴尬，许是他真的待你不错呢。"

说完也不理这孩子是否能听懂，便踩着云一般的步伐从容悠闲离去。而乔植果真……听不懂了，她耷拉着虎皮帽，云里雾里地思索表姐这一番话，然后跪在原地神游天外，连一身白色狐裘的少年抱着暖炉，带着一众美人儿、太监、幕僚从她面前走过也不曾发现。众人都看着她咻咻笑，这小侏儒……还真是傻得可怜。

待她回过神，摇了摇头，看着空无一人的寝殿，愣了。二哥呢？

三寸丁一日只思考一回，思考完便懒了，她可有可无地跪着，眼睛扫着殿内主位上摆着的一盘青皮橘子和一碗酥酪，冻僵的脚益发地凉。

哥哥去哪儿了，快点回来啊，就算是打断了腿，至少也能在被窝中疗伤，况且定然有橘子和酥酪吃，且不用读书挨骂，而昨夜已尝过虾肉云吞，这桩买卖怎么想都不亏，反而是天大的美事哩。

然后，然后三寸丁就歪头睡着了。至少，她觉得自己睡着了。

再然后，她被一床被子闷得快死了，随后，伸手，只摸到一段柔软光滑的银丝冰线，一个激灵，被吓醒了，才发现自己手中紧紧握住的是二哥的一段袖。

一阵冷厉的风，两张折子砸到了湖蓝屏风外。乔植透过一角，看到两位身着红色朝服的男人远远跪着。她从被褥中微微探出头，则看到兄长一段锦绣如画的发。淡淡的薄荷香萦绕了整个寝殿，殿中未点任何香，乔二郎素来不爱香。乔植眼珠黑白分明，瑟缩了，安静地听着兄长言语。

"本君素来厌烦那些谄媚之词，苏庭和纵有三分能耐，可凭他一人之力伐西渝，远远不够，陛下拿他打我的脸，我一个孩子又懂什么，又惧什么，这半壁江山没本君，固然也能靠他吃掉，可是，若想讨得几分好，却是痴人说梦。这几日我称病不朝，陛下几次欲探望都被苏派劝阻，圣意难测，反不如教他们吃了苦头再说。你们就闭上嘴，消停些，且看他们的手段。敏言那样狂傲，不过被苏庭和、李池等人当了枪使。"乔二郎依旧在微笑，但语气却带着疲惫，似是大病未愈，说完一阵话，便咳了起来。

乔植几如条件反射，一双小手迅速抱住了兄长的腰，暖意横溢，压住了二郎身上的寒意。他微顿了顿，却未推开乔植，只继续在屏风内道："命谢季在京畿布置好，这几日，陛下便有圣裁。你们且警醒着，尚书阁中众人口风都要紧些，李梁玉同他夫人外室那等嘴账看看笑话已可，莫要闹大了教敏言抓住把柄。他如今嚣张，又胜我当年许多，犹未见陛下动怒些许，便知偏袒之意。饶是尔等不动，陛下为他，也饶不了苏庭和。"

其中一人本声如洪钟，却因有顾忌，压了几分嗓音道："不日，主公便要成了敏言内兄，这一番安排，我与诸位大人猜测，实不懂主公深意啊。倘使预派三姑娘去夺那狂悖小儿之志，并不大妥。三姑娘实在……实在生得寒碜些，怎能得内宠，反倒不如妫姑娘妙些。"

乔二还未来得及言语，乔植贴在他背上，传输着热气，却紧张地吞咽着干沫子，心跳得厉害。这一时，满室又陷入寂静之中。许久，那白衣少年才带着几分咳意，淡道："为何你们总要猜测本君是为了夺他的志？他有何志可夺？不过俗物庸夫耳！与之相处，似若与三娘相处，浑身上下遮也遮不住的乡巴佬气息。"

乡巴佬……乔植抱着乔二的双手委屈地缩了回去。乔二冷哼了哼，三寸丁又条件反射地笨拙抱住了。

屏风外的另一人似是悟了，拊掌笑道："吾君大智！何苦夺他志气，只这一人，便可恶心那无耻小儿五十年！"

乔植鼻子有些酸，这些大人，惯常不会说人话，惯常不会注意到再小的三寸丁也会伤心。

乔二却闭了目，道："他二人若能相守五十年，倒解本君心头大患。你们且退下，若陛下依旧问起病情，只说渐好了，过几日便可上朝。"

二人诺诺，躬身退出殿外。

三寸丁这才有些委屈不满地道："旁的坏人要害别人，总要避着那人，可哥哥要害我，为何从不避我！我的相公公子日后若不喜爱我，哥哥脸上便有光了吗？我是二哥养大的，他们只会说二哥教导无方。"

白绸黑发的少年冷冷推开三寸丁，没有平素的一丝温和，淡道："谁准你同我说话的，既然醒了，便滚出去。"

三寸丁很苦恼。苦恼得几乎把一头黄软的胎发悉数揪掉。二哥不理她了，是的，不是冷嘲热讽，不是责备处罚，不是她这样容量的小脑袋所能想到的任何一种相处方式，二哥只做了一件事，不理她。

她以前也想过吃这碗虾肉云吞的下场，抄书、罚站、挨打各种档次无压力，譬如抄书一事她早已炉火纯青，双手能同时写不同字体，罚站则可以有很多花样，顶书举棋金鸡独立，水里、陆上、树丛中，都隐藏着一只三寸丁，一二三呀不许动。挨打倒还干脆些，只不承想，二哥这辈子表情最丰富的时候却是她挨打的时候，轻一些，要皱眉，重一些，也皱眉，这一窝子的丫鬟娘子最怕打她，不知是轻些好还是重些好。

可她吃了一碗云吞，这一切都没了。哥哥不罚她了，早出晚归，寒气郁郁不散，白裘乌发，面带醉人微笑，却益发不合群。对，旁人说是仙气儿，与哥哥口中的乡巴佬完全不同的气息，可是在乔植看来，就是不合群。谁也走不近他，他也不走近谁。

他罚她斥她，作如是观，他冷她淡她，又作如是观。一时间，小小的三寸丁胸腑中好似冷雪热汤替换着一来一去，可是，平复了，每日一思，头脑里满满却都是如何认错了。虽然检讨逃家吃一碗虾肉云吞如何也触及不到灵魂深处，可三寸丁的灵魂深处却觉得再也不能这样。

她怕二哥不理她。这世上只有他肯理她。

梦中的公子扶苏看着话本子中乔植的脸，安静地看着。他觉得自己有些不妙，叹了一口气。

乔植站在府门外等二哥。

雪日，暴雪不息。她穿一件夹袄，略显单薄了些，可是这孩子自幼便像个小火炉，倒也不惧冷。她趴在门缝处，剪得光秃秃的小手扒住了一点点门，踮脚站在被雪掩埋的铜耳朵下方，倒是益发不显了。

乔二郎的六骑青凤日纹马车还未到。乔植的虎头帽上堆满了雪籽，一吸一呼，便氤氲出了雾气来。她就安静地站在那里等着，忽而想起什么，又飞快地在雪中奔跑起来。她跑回自己的院落，抱回了一把皂色大伞。飞雪连天中，遥遥地，小老头一样的管家已经小跑着去开门，乔植跑得更快，雪中的脚印一串串，密而重，"吱呀"一声，铜铃拉出了低闷的声响，她在雪中喘着气，高高地举起了伞，笑着抬起了头："哥哥，二哥，下雪了哩！"

然后，那小小的笑颜就僵在了脸上。

她还没想起下一句话该说什么，昔日大泗宫中名望最重的六品女官秋娘已经伸出一条厚厚的棉裤腿，踹在了小儿的心窝上。三寸丁一个仰翻，在雪地中滚了几滚，后脑勺磕在了那株府门前百年的梅树上，总算停了下来。

树上掉落的雪块全沾在了三寸丁的眼睫毛上。

秋娘擦多了头油，发丝根根服帖，脖颈挺括，围着一块厚厚的麂子皮，声音严肃而高拔，眼睛清明，目不斜视："谁碍了殿下的路，老奴又护驾了！"

三寸丁头有些晕，垂目行礼时，鼻血已经一滴滴落在了雪地中，晕染出了一朵朵红花。

秋娘身后是一个裹着貂裘的女子，身姿格外玲珑，却瞧不清模样，露在外面的右手素白一片，只皓腕上戴了一个血玉镯，质地细腻纯透，颜色瑰丽十分。

她微微松开裘，扫了一眼三寸丁，像是瞧见一粒令她困扰的灰尘或是锈了的钉子，伸出纤纤玉指扶住秋娘，温声道："二郎可下朝了？这畜生为何就这样跑出来了？他养着玩耍却不好好看管，冲撞了本宫一次两次本不必计较，但日子久了，便瞧出这小东西的本性来。这样乖戾难驯，二郎想也早腻了，便打杀了罢。"

乔植惊恐地低着头，瞳孔缩了起来。她觉得胸口剧痛，益发喘不过气来。

"是！"秋娘依旧目不斜视，可是微不可见地，唇角浮出一丝微妙的笑意，躬身扶住女子的手道，"殿下，二郎如今是益发体谅陛下了，太阴殿娘娘很满意。"

女子也添了笑意，遥遥望着梅树道："今年瞧着花生得也都齐整，真配吾儿，素儿捧了送到郡君殿中。"

站在末位名唤素儿的丫鬟脆脆地应了声，朝着梅树走去，怜悯地看了三寸丁一眼，伸出双手来剪枝。那一厢行刑的也来了，乔植喉咙中咕哝了什么，最后却干涩地压了下去，她磕了磕头，闭目道："孩儿谢殿下赏赐。"

那被称作殿下的女子颇有兴致："我赏了你何物？你快死了，小畜生。"

行刑的汉子握着一把铁锤，抵在孩童的太阳穴。那样轻轻一声脆响，定然脑浆四散。

三寸丁咳了咳，忽觉喉头腥甜，张嘴却吐了一口血，用夹袄蹭了蹭嘴唇，压下血意才道："殿下肯这样轻易放过孩儿，孩儿含笑九泉。"

那殿下眉眼却变得阴郁起来，她缓缓踱了几步，右手揽过貂裘，露出一身红裙，才轻声道："你知道自己像什么吗？"

镶着红玉的步摇漫漫荡荡，带着旖旎的弧线垂到了小孩儿的脸颊，乔植头脑昏沉，觉得好看，便伸出小手去抓，却被那殿下一只玉手狠狠拧住，略长的指甲扎进了小孩儿五指间的肉涡，乔植猛地一痛，摇了摇头。

这女子眼神蓦地变得冰冷，却柔声道："你小时候经常偷吃蚂蚁吧，因为很饿，所以看到蚂蚁就往嘴里塞。杀死它们无关良心，也不用考虑后果，甚至吃过之后也只是觉得这味道太恶心，正是如同我瞧着你的样子呢。"

吃掉一只蚂蚁是世间最恶心也最简单的事，乔植想了想，明白了她的意思，小声道："酸的，并不难吃。"

女子伸出笼在袖中的手，指着天，冷嘲道："你可知它为何这样高？"

小孩儿认真答道："人和畜生有路可以走，可这土地却变得肮脏拥挤，小鸟也要有路，所以才有了天。"

她曾经花费一天思考这个问题，故而很快脱口而出。

女子笑了，她用手指捏起了小孩儿的下巴，那一双懵懂的大眼刚好对上了冰冷血腥的锤。她说："天之高是为了蔑视你的血液的卑贱，是为了看着你如何不容于世，凄惨死去！"

继而，猩红的唇吐出了二字："行刑！"

小孩儿额角带着血印，看着锤重重落下。她手中还握着伞柄。

可等了许久，锤未落下，却有如溪流般的血滴到她的眉间脸颊。

一滴，两滴，奔涌而来，眼中满是猩红。世间静止了，许久，行刑的汉子如一块巨石，轰然倒塌，惊悚了每个人的每个毛孔。

内城古朴的钟声响了起来，那扇高大的门再次开启。乔植听到了熟悉清脆的铃铛声。六马而腾、勾勒青凤的车徐徐驶来。

马车外站着一个挽弓的少年，黑发薄唇，广袖像两只快要起飞的纸鸢，在风中作响。

他微微笑了，好一个檀郎："母亲杀母亲的蚂蚁本君自不管，可动了孩儿的孩儿却不会手软呢。"

轰然倒塌的汉子额上一支竹箭，不停地渗着血，瞳孔扩散开来，死不瞑目。

三寸丁愣愣地看了少年一眼，不同于刚才的视死如归，惧意如波涛袭来，棉裤瞬时濡湿了，在冰冷的天气中，尿臊味和双腿间一股热烟好不明显。

她在被子里已经哭了两个时辰，自觉十分丢脸，如何都不肯出来。

被子外静得骇人，她知道，做了这么无耻的事情后，有洁癖的二哥若还肯理她，才真真是出了鬼。

丫鬟们走动的声音也静止了，不知过了多久，三寸丁肿着眼，没精打采地扒开一角被。

这是她的闺阁，可一草一木、一瓶一器却都是二哥添置的，没有人间的俗气儿，也跟她这俗人不大般配。

窗前坐着一个少年，握着一卷书，半边侧影在雪光中，如玉磋磨。

"哥哥？"三寸丁抽泣，喊了一声。

"嗯？"少年未抬头，手枕脸颊，瞧书瞧得认真。

三寸丁指着窗外，又掉下了两串泪和两管鼻涕："哥哥，下雪啦！"

"你是觉得我瞎了？"少年收回平素的微笑，淡道。

三寸丁泣不成声："哥哥嗳，我知道你这辈子都不想再搭理我，方巧出来这丢脸一事，我也自觉活不下去了，今天这么多人瞧着，尿床什么的日后连我孙子都知道了！我这便撞墙去了，你好好活着，日后莫忘了给我烧几捆儿纸！"

少年待她一贯没好声色，这会儿，却忍不住笑了，真真白牙秀眉，好看得没了章程。

三寸丁吸着鼻涕，傻傻看二哥。少年却一把从被子中把她捞起，放在怀中，蹙眉问道："城外的云吞真的这么好吃？"

三寸丁觉得忒委屈，呜呜哭了两声，头摇得像拨浪鼓。

少年拨开小孩儿的刘海，看到一点凝固的血迹，怔了怔，许久，细长温润的手指才放在那一方小小的额上，淡晒道："你这样淘气，原不必为了一碗不好吃的云吞这样灰心。城东谭老记做得倒是有几分滋味，待你好了，我教人带到家中做与你尝一尝。"

三寸丁只一味哭道："我听闻城外有杂耍人，手中连抛十个八个橘子不落，城外的姑娘们翻花绳也能翻出几百个花样哩！哥哥又不会，做什么哄我！谁钻狗洞便是为了一碗云吞了，只我到底时运不济，一出门，灯笼都挂上了，路上黑黢黢的，只能吃碗云吞罢了。"

她一贯怕死了乔二，可乔二一时对她有几分好颜色，这憨大胆便横着肚子长，真真教人好气又好笑。

乔二郎淡淡瞥了她一眼，小孩儿噤了声。

他手畔恰恰有一盘清香四溢的脂腻橘，南国供来之物，极为清甜，少年拿起了两个，在这暖和的小闺房中上下抛了起来，试了几个来回，又添了几个橘子，细长的十指像是有了生命一般，那几点如同小灯笼一般的橙红越来越高，也越来越快，直至少年收起双手，一捧橘子又乖巧地回到他的手心，小孩儿看呆了。

少年咳了咳，问道："你说的可是这般？"

小孩儿傻傻地点了点头。

不知又过了多久，雪下得更大了。时人崔景曾写诗赞道"吹落廊花红一点，回首人间白半城"，便是说这雪下的态势。前些日子扶苏在话本子中看到这首诗，倒愣了愣，崔景并非虚构之人，一时间，心中糊涂，分不清这本子真真与假假。

他在梦中，不觉寒冷，可那些小厮丫鬟却个个兜着手，抱着暖炉，来来往往的，带了些平素没有的瑟缩，可见是冷极了。说起这些丫鬟小厮，他又思虑起一桩，觉得话本子极不靠谱了。太尉府中，居然有可称为殿的建筑，而且还是两座，空前绝响，匪夷所思。平素走动的丫鬟小厮也不过是些大家都有的，可跟在乔二郎君身边的却尽是些宫侍阉人，左右教人想不通。

渐渐地，随着寒风，人少了，先后矗立着的两座宫殿在飞雪中也看不大清晰了，遥遥地，雪地中只有一个红衣白帽的人，双手抱着瑶琴，渐渐地走了过来，这人是正角儿妫氏，她与乔植是姑表姊妹，极是亲密，如今还未到后来，为了一个男人你死我活之情境，姐妹二人常在一起玩耍、练字、抚琴，这一回，想是妫氏无聊，又来寻乔植玩耍。她与乔二郎关系有些暧昧，令人玩味，倒不是书中所说乔二对她相思一片，反而像是这女孩儿对乔二有些放不下，可碍于骨气，又不肯亲近的模样。

妫氏生得清雅，玉石般的肌肤，花神般的情态，与三寸丁天差地别。丫鬟们接过瑶琴，她正要解下沾了雪的斗篷，却看到闺楼外将将被盖住的脚印，遂问道："二郎在？"

丫鬟们点了点头。其中一个伶俐，解释道："二郎说不必姐姐们侍候，她们便都去了角房等待，表姑娘来得也巧，我这便去通传一声。"

妫氏摇摇头，道："他们兄妹说闲话，我一个外人，凑什么热闹！只这琴刚调好音，最是好玩儿的时候，你们交给三娘就是了。"

方才答话的丫鬟不知想起什么，忍俊不禁："我们也难得见二郎这样平易近人，可到底不合他那样神仙人品，姑娘也去劝劝，二郎素来肯听你的。"

妫氏愕然失笑，素手扶了扶新簪的一排玉珠子，一点红唇笑出两排整齐的牙齿，清秀文雅极了。

她便朝阁楼上去，边走边对身后丫鬟笑："二郎几时荒唐过，只他兄妹自幼叙话，便是鸡同鸭讲，二郎气性偏也大，知道那孩子爱自由，却要看着她，一步也不肯放了，一时可心了，真真是掌心上明珠养着，头上做窝捧着，不知道怎么疼才好！一时不听话了，又是打，又是罚，花样百出的，看得人都累。我这些年交往的小姊妹，哥哥们奔前程，素来是不大理她们的，说了二郎这模样，她们却道，宁愿要自己的哥哥，不理就不理，娘家混得一口饭，婆家才是一辈子！偏二郎不懂这……""道理"二字还未吐出，方踏上楼阁的这妙姑娘本笑着同丫鬟说话，一转身，凝着窗阁却愣了，于是，嘴上的话便怎么也说不出来了。

雾气漫漫腾腾，炉火烤暖了闺阁。窗前两个身影，一白一黄。白衣的是个公子，黄衣的是个孩子。公子抱着孩子，背对窗格，黑发垂在了束腰上。一块碧玉玦钩住一段发，露出一点侧脸罢了。孩子的小脸倒是看得清楚，隔着额发，笑容好看得要把人融化。她跪坐在少年怀中，看着那双细白的手撑开一段毛茸茸的红绳。绳儿啊，比她的斗篷还要红上千倍，一支火一把星子，也没有它明亮温暖。

黄衣小儿歪头看着，稚气的目光全放在了花绳上，她在揣摩哥哥造出的第一百个花样，这样厉害的哥哥，比城外的那些小姑娘还要厉害上千倍，她这样想着，就要赖抱住了哥哥的颈，腻在他颈间说着："我哥哥是世间最好最好的哥哥，先前有人用一万个铜钱同我换，我说那得考虑考虑，可是，如今，十万个铜钱，一百万个我也不换。世上的好东西可多啦，但都不是我的，只是我有这一个哥哥，他们却都没呢。"

她的哥哥还在僵硬地撑着花绳，在少年眼中，这世间就没有比这一段小姑娘的玩意儿更俗气的东西，他铁青着脸看花绳，可透过红绳别致的图案，窗外有一个美姑娘正在看看花绳的他。

许久，少年把小孩儿从颈间又安置回怀里，淡道："你这憨孩儿素来爱说鬼话讨嫌。日后随你夫君过活，哪儿还记得哥哥。"

小孩儿撇嘴："夫君又不好吃！哥哥打我我也认，骂我听着，可这样惩罚是个什么说法儿！我若嫁了人，这辈子便再难见哥哥，你若心中烦躁，冷疾犯了，又找谁发作？"

少年冷道："你惯会撒泼，顺着杆子往上爬！我养你为了什么，你知道也罢，不知道也罢，但无用这个威胁到本君的道理！敏言如何待你，只凭你日后的手段，带着神佛做嫁妆，自己不修为，照样没什么造化！"

小孩儿不说话，打着牙战，害怕地用头抵着少年，把体内的温度一点点传给少年，泪却掉了，她埋怨道："我活着本就没出息，本就艰难，你何苦拆穿？"

少年面色发冷，怔怔地看着胸口处的小孩儿，没有表情地吐字道："你觉得活着费力，任凭谁也没好过多少。何苦生为人，人就是这样苦，你倘有本事，下辈子便托生为一块石头、一棵树，无知无觉，天生天养的，那才妙。"

扶苏笑了，静立檐外，望着这三人。妠氏表情尤妙，她似爱极这二人，又似恨极他们，似不防备，又似心底早就有几分预感，一时间，一张俏脸青白交错，最后，眉眼俱愣了。

少年心念一动，一挣扎一解脱，睁开了双目，却仍在石头房子中。

这是第二梦。

道士望着天上日月的更替，看着病床上气息逐渐微弱的少年，最终有些恼怒，宽大的袖子拂起凉风，给了一直垂头沉默的少年一丝警醒。他说："殿下，天寒也冷，胡不归来？"

少年忽然笑了，他抬起头，带着无穷的艳色，狠狠说道："道士，杀了她。"

道士有些烦躁，重复道："我早已告诉你，她死了。天机不可泄露，你生来虽没有那段记忆，但后续之事还不清楚吗？"

"我上一世行军打仗，戎马半生，却为一个女子所害，落得如此结局。"

道士终于忍耐不住，怒道："既然如此，今生为何还入了这等陷阱！你说你恨她，却对她这样不舍，自寻死路，与人何干！"

少年笑了："道士，我说杀了她。"

道士用拂尘指着他的心，指着那一点不灭的金色的光圈，冷道："它不死，这黄衣女如何死。"

少年闭目，伸手探入胸口，表情变得扭曲起来，他费力地掏出了什么，道士却踉跄地后退了几步，有些惊诧，也有些不敢置信。

他把心掏了出来。

心神俱失。

他诚恳说："道士，这事儿其实不大难。"

紫金散人觉得荒谬极了，问他："世人做任何事都有前因。我救你是因救了人间天子，可累计三百功德；天上那山君看你目光不善，是因为想要除了你，扶持她的夫君；质水潜伏画中，寻机害你，散你功德，是因你生性狂悖，害了她的性命；而你呢，分明神志清楚，却甘愿为一幅画所迷，前前后后，已历经三百余年，仍不肯放下？"

世子成觉攥着心脏忽然笑了："我不要它了。不是那些仇人害得我如此，是它。这样便安好了。"

是这颗心教他这样狼狈，是这颗心教他这样惨痛，是这颗心教他那样死去。

紫金散人自畜生化形，不，自他是一头小狼崽子起，吸取日月灵气，入了道门开始，几千年中，从未碰到这样奇怪的人。

少年从毫无生气的肉体袖口处，掏出一幅卷起的绢画。

画上是一个姑娘，他看过千万次，从未揉过眼睛。她长得那样好看，是他自入人世洪荒，有记忆开始时，从未见过的好看。她熨帖着他的心，眉眼唇角像是为他而生的契合。

他之前只见过她一次。那一天，是他的娶亲之日。

他站在鹦鹉桥的左岸，簪着珊瑚枝；她站在鹦鹉桥的右岸，凤冠霞帔。

他看着她，在风高天暖的八月夜晚，朝他走来。

他伸出了手。

然后……然后，发生了什么呢，他不记得发生了什么。他瞧不见凤冠霞帔下的那张脸。

他记得每一个瞬间，包括每一个妄图害死他的政敌得意的每个瞬间，但是，除了这个瞬间。他知道一定是她最终害死了他，所以，他来寻仇了。

他看到黄衣女子画像的那一瞬间，便知道，画上的人就是盖头下的她。

这个……妖女。

紫金散人望了望日头，疲惫道："还剩半个时辰，长命香就要燃尽了。纵然太后凤气深厚，也抗不过命数。"

化成画中女子模样的质水与他交合时，吸了他大半阳气，趁他昏迷之际，携着他，诱他洞逆前缘，把他的政敌一一杀尽，损了三千功德，三魂六魄如今只剩一魂，入不得泰山，升不得仙天，这才不沉不浮，进了天桓，碰巧被紫金散人撞见，处置了质水，方挽回最后一点生机。又幸得太后凤气镇压，神志也悉数寻回了，可正当紫金散人觉得三百功德唾手可得时，熊孩子出了岔子。

穆王世子成觉玩腻这人世了，他什么都不想要，只想看一看画中女的真身。

紫金散人在心里暗骂熊孩子，明面上却不便得罪，屈指一算，他过往与那山君相公的过往，倒是休戚相关，故而便把过往之事化成一个半真半假的话本子，诱扶苏上当，借他充沛精气带奄奄一息的成觉到前世一观。

孰知熊孩子得陇望蜀，还想宰了最后一个敌人，而这厢扶苏似是因触动玄机，渐渐对过往之事有了些感应，纵然不翻看话本子，竟也能自发做一二照应前事之梦了。

人间这趟浑水益发浑浊，倘使让二位天尊知晓了是他所为，莫说成仙，给他拴条狗链子都是轻的。

"我还有最后一个心愿。"熊孩子还有话说，手中一颗红心，凤目却卷着桃花滴溜溜地转着。

"她死了！真死了！老道若扯谎，便罚狼族下辈子被羊烤着吃！"紫金散人忙不迭地开口，真真怕死他了。

"如果不能亲眼看着她死，我只想知道她是如何死的。"

"世子……殿下，真的真的是最后一个要求了……吧？"

扶苏没料到自己还有第三梦，但来时，却如决堤的江水，任谁也无法挽回这结局了。

敏言还是非妁氏不娶，乔二郎还是出征了，乔植还是被抛弃了。

他最后的梦，不是话本子的大团圆。这次的他，又是敏言，可是，却只能困在敏言的意识深处，不能动弹。这个敏言是活生生的！

扶苏怔怔地望了四周一眼，这里是大昭旧都太平都旧宫室，迁都之前的旧都城，于今日已成为江东侯谢侯封邑，由谢家世代守护。

苍老的男人坐在太极殿的那张金椅上很久很久，所有的感官却已经迟钝了。袅袅不绝的香气从瑞兽口中吐出，敏言深深吐了一口气，扶苏感觉到了发自这老人全身心的疲惫感。

终究还是教他当上了帝王。

一切都尘埃落定了。

乔二，乔植，少年和孩子，不管风华绝代还是赤子天真，如今都从这话本子中消散无踪了。

扶苏一直想看到结局，看到时，心中却在苦笑。还有谁比他蠢，为故事中的人煞费心神。

老人凝视着殿前的香炉，七八月的天，粗大的白玉柱子都沁出了些汗珠子。他却似是已然干枯，通体冰冷，与这炎热绝缘，也与这世间牵绊日浅。

"四福何在？"他颤巍巍地开了口，苍老的皮囊几乎撑不起那高贵的玄色衣袍。

大昭尚水德，以玄黑为帝王之色。

四福是个眉毛垂到脸上的老太监。他身子骨还好，小跑到帝王身边，压下心中几个时辰的焦虑，逗趣道："在，在，奴婢在呢。"

老人反应迟钝，缓缓转过浑浊的眼珠，问道："现在是什么时辰了？"

"陛下，武德门未时的钟方敲过半刻钟，只是今年依照夏令，算来，尚不到您午休的时辰，御膳令进了几道消暑的汤水，奴婢试过，未加冰冷死物，几味薄荷紫苏，倒还算清爽。"

"不，寡人是问，今日是八月初几？"老人摆摆手，打断老太监的话，语速陡然快了些，略微坐直了身子。

老太监四福的心直打鼓，最近几年圣人宠爱姜夫人，一颗心扑在了给了他青春的齐姬身上，倒不再提起此日，他还以为圣人自此放下了，到底底下人连同谢侯爷也能消停几年了，年年此日到臣子家中巡视，巡视完了还要毫无例外地冷着脸申斥堂堂一个侯爷一顿，四十年无遗漏，真不知谢侯是怎么煎熬过来的。

他是从老宅中伺候敏言一直到今日的老人，故而知道那些事，可是新人年年有，旧人年年变，因为这日子获罪的不知凡几。圣人虽龙威逆鳞难测，倒也不是不讲情由之人，可到了每年的今日，真真天子一怒，伏尸百万。

四福硬着头皮答道："回陛下话，今日……是初十。"

太极殿陷入了死寂之中，老人不知在想什么，四福的眉毛却跳得益发快，满面都是晶亮的汗珠。

许久，那高高在上的天子竟露出一点笑容，缓缓道："原来到了皇后出嫁的日子啊。"

皇后……哪个皇后？

今年的反应为何与往年都不同？

四福不知天子是何心思，只得顺着他的话道："是呢，四十年前，娘娘就是今日嫁给陛下的，陛下当时还是个公子。"

天子带着些回忆之色，微微笑道："四福，你可曾见过还是新嫁娘的皇后？她那时节是什么样子，你可还记得？"

到底……是哪个皇后……

四福的汗水益发多，那一日，可是嫁了两个皇后。一个，是陛下的心头肉手中宝；另一个，是陛下的……眼中钉肉中刺。

可是，那一日之后，全变了。

是谁？天子说的到底是谁？

四福揣度上意，可终究还是心疼这益发糊涂的老主公，只给了他一点好的回忆："奴婢……见到了。娘娘啊，那一日穿了一身水一般、柔火一般暖的嫁衣，洛水河岸的绣娘采了三月新开的玉棠雪贯做花印色，选了吉时飞过高岭的火凤之态入绣，八十八个绣娘，连一瓣叶、一只眼都要做三日方才能成，满都城的百姓都说，隔着花轿，那份清贵都能冲天。您和皇后拜见先帝时，奴婢斗胆看了一眼，那时奴婢还是个孩子，却知道，男人这辈子都不能瞧见这样的姑娘，瞧见一次，他们就再也无法把别的女子放在眼里。您说娘娘多好看呢？奴婢觉得好看极了，无人能比的好看。"

老人摆了摆手，有些混乱，却道："不对不对，寡人记得，皇后的衣裳上什么都没有，那是一件十分干净喜庆的红衣裳，绣着几簇我不认得的花。她生得倒是万分好看，就同她闺房中的小像一样好看。"

四福苦笑，他还是猜错了。他以为陛下忘了，他以为陛下同先皇后生了五子一女，先皇后专宠了一辈子，到底是独一无二的情分，他以为另一位皇后只是一个得不到的影子。

可是，谁会把一个影子揣在心里一辈子。

"你说，寡人那时好看吗？皇后瞧见寡人的第一眼，可欢喜？"老人口中似是问着四福，可是目光穿过了空气，不知聚焦在什么地方。

扶苏感到敏言整个人在颤抖。

"陛下行冠礼的时候，诸侯都说公子敏是前三百年后三百年都再也寻不到的好看的公子。"

敏言忽然笑了："比之乔二如何？"

四福沉默了。

敏言的皱纹笑得更深了："你倒是越老越实诚了，老滑头。听近身侍奉皇后的奴婢道，我行冠礼的时候，皇后说，他们夸我好，只是因为他们未曾见过她弱冠之年的哥哥。"

他带着些咬牙切齿的欢畅淋漓道："可惜，乔二郎未到弱冠，便不在了。"

乔二郎终究还是死了。

扶苏苦笑。乔二郎死了，阿植命运只怕急转直下，比畜生还不如。

话本子中，阿植被抛弃，可到了此处，敏言为何称阿植为皇后，虚虚实实，扶苏已经不知如何判断这荒唐的一切。

敏言又陷入了沉思，许久不语，太极殿外，有小太监轻轻叩门，四福松了口气，去门前应事，才知，姜夫人见天热，便带了炖品来天子处撒娇笼宠。这小女子是益发恃宠，不知分寸了。自从先皇后妫氏不在了，后宫就没太平过，今日是你称大，明日是她受宠，一个个千娇百媚，环肥燕瘦，瞧着天子平素胃口是颇好的，只是今日是否还能消化，四福在敏言身边四十年，都不敢断言。

"陛下，姜夫人求见。"四福弯了腰禀道。

老人回过神，却无不悦之色，只道："让她进来。"

四福倒有些意外了。四十年中每到此日，陛下总是异常歇斯底里，带着与天相持的固执，在元皇后的旧宅，也就是如今谢侯爷的家中，砍着园中的每一棵海棠。

是爱还是恨？这究竟是什么？四福品着总觉不对味，许是年纪大了，对着逐渐圆了的月亮，都忍不住叹息落泪。

这样的男人，这样敏感多疑，这样阴狠狡诈的男子怎可对一个姑娘如此，这样的一个帝王啊。

他只见过她一面，却疯了一辈子。

姜夫人是个十分高挑挺拔的女子，面貌白皙清丽，肩膀瘦削，走路时总带着些从容，一身鹅黄素衣，目光纯然而带着对人世的好奇和渴望。

这么……不祥的女子。

四福打从心底对她反感，可是这女孩是已故的相爷祁恒所献，祁恒为人清正不阿，深为陛下和万民信赖，因此这女孩倒也不为诸臣所排斥，一路扶摇直上封为夫人，也未见御史上谏女色误国，而当年的妫皇后于专宠一事上，可没少受折磨。

"迟娘来了。"天子的笑意很明显，扶苏感到他蓬勃的心跳，这一刻的敏言，似乎变得快乐鲜活。

"妾思念陛下，便来了。"少女的脸颊有些发红。

天子的眼睛变得温软。他小心翼翼，想把女孩捧到手心，伸出了一双瘦长干枯的手，少女把小手放入他的手心，老人把她拉到身畔，软语道："这几日朝堂繁忙，迟娘还好吗？"

姜夫人点头，双颊绯红："妾去海棠园中赏了几日花，在膳房中吃了几日不同的菜色，又和旁的夫人、姬妾们说了许多的民间故事，觉得十分开心呢。"

天子的笑意更深，温柔地抚摩了少女的长发，眼神迸发出少年郎才有的盎然生机。他说："这很好，你该是如此的，如此便很好。"

四福想起了元后，那个一身素朴红衣、站在鹦鹉桥畔的女子，她若嫁给陛下，爱上陛下，想必也是姜迟娘这样的性子。养在深闺，万事不知。

可是，一切都是陛下和他的想象，而姜迟娘也只是与他们的想象相合罢了。

"陛下，妾听到一个怪吓人的故事。宫中姐姐们说海棠园中闹不干净，还是个十分漂亮的美人，每年只在八月初十出现。妾有些害怕呢。"姜迟娘依偎在天子怀中，呢喃撒娇道。

扶苏察觉老人的肌肉变得僵硬，许久，他推开了这绝色的女子，冷冷嘲讽道："没有。"

迟娘被推得有些踉跄，自她进宫，千娇万宠，陛下还未待她如此过。她到底没见识过这位陛下的手段，只当他是和软的老人，温和的夫君，便负气道："陛下又怎么知道的？"

敏言怔怔地看着她，许久才低声道："我等了四十年，她都没来。她不会来了，你放心，这世间哪一处哪一年哪一日都会闹不干净，却不是太丘宫中每一年的今日。她不来的，夫人放心。"

她不来的。

四福孱弱的老心脏有些堵。

姜夫人带着疑惑，一步三回头，留恋不舍地走了。敏言却似一段枯木，失去了最后的生机，他说："寡人这辈子，从没想得到却得不到的东西。"

四福知道天子被这个问题困扰了许多年，略显尖厉的嗓音带着些干涩劝道："陛下，您从未……从未求过元皇后啊。您求的从来不是她，所以不曾得到！您要的是皇后，皇后陪伴了您那么多年，为您生了五子一女，皇后娘娘虽有福得伴君前，可她又何尝不是上天赐给陛下的恩典。"

敏言笑了："若连四福都不解，世上恐怕再无人懂寡人的心。孤家寡人便是这么回事儿，怎么来的，就要怎么去。"

四福听闻此语，心中翻江倒海地酸涩。他说："元后娘娘是好，可是陛下，奴婢斗胆问一句，她那样好的时候，您在哪儿呢？"

她那样那样好的时候，您在哪儿呢？

回乔家老宅，看旧时闺房，又有何用。什么都不打紧，什么都不伤人，但错过的、不要的缘分化成一辈子的执念，谁又能如何。

"寡人身为成家人，便知此生六十年，一年三百六十五日，一日十二时，欢愉不过蜉蝣天地之一瞬，快乐不过一年零星之几日。没有瞧见她的时候，天下倒还是个天下的模样，她死了，天下却变成了一桩桩琐事。从此我活着仅仅是为了熬完最后的日子，不管二十岁还是六十岁。她不可恨吗？寡人多希望掐死她！"敏言的笑容带着惨意，也带着腐朽的强弩末路之感，"我掐不死她啊，她死在我的面前，轻飘飘地成为我的结发妻子，我抱着她的尸体坐在鹦鹉桥上三天三夜，我们的头发早已纠缠在一起，她却再也不肯睁开眼。"

四福跪在光滑的水磨石上不停磕头，老泪纵横："奴婢有罪，奴婢该死……奴婢有罪，奴婢该死！奴婢是懂陛下的苦的，可是，奴婢想着日子久了，还有什么坎儿过不去的，陛下，四十年，整整四十年啊，您年年探望元后，可曾瞧见什么了，她回不来啦。若她回来，她不是她了，您又该如何呢？"

"寡人记得她的眼睛，记得她的气息，记得她的神态，记得她爱过的人，记得她的执着，若有来世，只要我还是我，她就还是她。"扶苏不知道是他的心在无端地痛，还是这老人的。

"若是娘娘不愿再与陛下牵连呢？"

"寡人杀了她最爱的人，抢了她最爱的人最想要的东西。她失去的一切，来世都要从寡人手中讨回。"

四福忽然掐尖了嗓音，颤抖道："陛下，奴婢有急事禀！谢侯长子和王妃已跪在殿外三个时辰。陛下，谢侯爷病势汹汹，不过这几日之事，他老人家是江东世袭罔替的爵，可如今府中却没有一个正经的世子，奴婢斗胆请陛下为元后娘娘积福。"

敏言目光突然变得冷厉如霜，他把桌上高高的一摞忽视许久的竹书悉数挥倒在地，字字带着冰碴子："莫要以为上上下下都被谢氏打通关节，寡人便要如谢季的意！寡人是许他世袭罔替，可没承诺不断了他的后！"

谢季？

扶苏忽然想起，之前梦中，在乔二郎处听过这个名字。昔日的乔派少年将军，京畿司谢季。

四福受了谢家的好处，又与天子素来感情深厚，只迂回道："陛下，老奴只是一条贱命，死不足惜。陛下继位，天下归心，万民太平，上百华国还敢求什么呢？可坎离阁中，二十八功臣，如今已去七七八八，谢侯爷又敢求什么呢？谢侯之错，错在一语之谬害死乔皇后，陛下何不令谢家子孙万代为娘娘守陵以赎罪呢？"

敏言冷笑："一心二主之人，难测忠佞！"

四福从宽大的衣袖中掏出一个上了锁的小巧玉盒，连同一把玉匙呈到敏言面前，垂头道："陛下，谢侯叮嘱奴婢，玉盒中是他老人家的忠心，也是陛下寻到娘娘仙踪的唯一途径。"

扶苏听到此处，正待细看盒中为何物，额头却似被人猛地一弹，惊怔间，竟醒了。

"这狼道人！"身着麻衣的痨病鬼掌心施力，无字书碎了满地，扶苏缓缓睁开了眼。

奚山君从天界应卯回来了。见此场景，气急败坏。

她抬起少年白皙的下巴，端详了一会儿，才冷笑道："还好，没失了魂。这贼子，竟拿一本无字书拐了我的相公，你倒实在，这样肯上当！予你本什么书都能读得趣味！"

扶苏站起身，一双冷清目，缓缓凝视奚山君许久，才道："山君瞧着眼熟。"

奚山君面容苍白，病态丑陋，听他此言，竟觉心虚，后退一步，冷笑道："瞧着秋风紧，怕不是吹乱了公子的脑子。"

扶苏淡淡一哂，不再言语，于桌上陶壶中倒出两杯清水，一杯递予她，一杯啜了一口，才道："无字书不大有趣，但我梦中之景着实鲜活。我遇到一个小小的姑娘。"

奚山君从鼻中哼出一口气，道："莫说小小姑娘，大大姑娘与你也有干系。老子去天上洒扫几个星星，挨个数，这么大地儿，也能碰到你的旧情人。"

扶苏愣了，奚山君益发盛气凌人，一只脚踩在石椅上，指着扶苏道："质水说她差点成为你的第一个妻子。"

那颗梅子大小的星星在与她告别时，是这样说的："我叫质水，爱过的少年曾说，和濯雪很配。"

唤作质水的姑娘，一直期待着成为那个一直低头看书的少年的妻子。哪怕最卑微，哪怕很快被抛诸脑后，可是，为着他同她说话时的和善认真，曾经那样期待成为他的第一个妻子。

但是，因为穆王世子的不平之心，少年霸占了原本干净的质水。绝望的质水害怕冰冷粗暴的少年，期望瞒天过海，可最后依旧被发现。那些日子，还在看着《濯雪集》的少年并未因此而生气，反而把她赐给了穆王世子。而成觉因为太子的毫不在意，转而对她恨之入骨，在冰冷的雪夜，把她吊死在树枝上。那么多殿中的宫人曾经走到垂死挣扎的质水的身边，可是，却又漠然地走去。

质水的希望变成了绝望，质水终于在雪夜死亡。

扶苏带走了质水的心，质水又带走了成觉的魂。

世间的因果，从不是因为死亡，而是因为希望的彻底破灭。

奚山君没有做什么，她只是在擦星星时，碰到了迷茫的质水，又在黑暗中，用星河为她指了一条去往云相墓冢的路。

扶苏还沉浸在那场梦中，他欢喜，也失落，更想诉说："我与梦中的小小姑娘说，等她长大了，便带她去看悬崖上的红花、海底的白珠，欢喜她欢喜到打仗、吃酒、读书、抚琴都忍不住带在身边，天高水长地过一辈子。"

"然后呢？"

"然后，她死在了长大嫁人的那一日。"

齐明十年八月初十，穆王子愈。越明年，出使江东。

五 酆都 奚山卷

　　"酆都，西南城，冥族居，吏治判理。"

——《幽冥集·酆都》蜀人

　　奚山君打从天上回来，便生了些灾。隔壁的隔壁，翠濛山君与广陵的城隍长女订了亲，本是件喜事，她连吃了几回酒，回来却有些晕晕乎乎的，施不得法术，步履好不凌乱。天渐黑，酒意未散，一不留神，草鞋绊住了石块，身子一摔，头上磕出如桃大的血包。好不容易歪歪扭扭回到山上，一杯茶没入口，便有子孙禀告，道山下有人送礼前来，说是庆她订婚大喜。奚山君一听便知来者找碴儿了，定是翠濛那处的客人摸错地方了。她本未当回事，只说讲明事由，推了便是，哪知山下当差的猴儿愁眉苦脸地捧回个大盒子，禀道："君父，却说是给您的，并无错。我还未问旁的，那人便走了。"奚山君一时诧异，端详那盒子许久，瞧着并无异常，便轻轻打开，竟是好大一条斑斓的毒蛇，盘踞在内，瞧见奚山君，便猛地昂头，咬上了她的额头，出招狠戾，似有些法力，为取她性命、夺她修为而来。化外之地，野兽甚多，嫌弃修行艰苦，便去恃强凌弱，谋取旁的野兽的修为，本也是常事。这蛇在翠濛山君处盯了奚山君许久，见她醉得狠了，必能讨得些好处，这才暗中化了个假人，前来送礼。它自个儿躲进了盒子里。

　　奚山君酒瞬间醒了，打掉那蛇，见桌上有烛，轰鸣一声，顺手一掷，便用法力把那蛇烧得焦黑。可蛇毒已侵入了额头，她寻到老三角望岁处，还没来得及说什么，就歪倒了。方方醒来，却又听闻，素来与她不睦的几位山君，竟趁火打劫，结连成帮，要来寻仇。并已在山下扯了旗，叫嚣着要她以死谢罪。

扶苏亦听闻此事，却觉十分诧异，他未曾想，奚山君一个女子，惹是生非的能力竟这样出众，她好端端的时候，欺男霸女，趾高气扬，谁也不敢轻易得罪她，只是但凡听她有些不好的苗头，本还不至树倒猢狲散之境，却已有人按捺不住，上门要除恶务尽了，真教人哭笑不得。

奚山君脸一阵青一阵白，牙齿咬得咯吱咯吱的，扶苏却道："山君保重。我且下山看个究竟，或可化解。"

翠元、三娘也忙不迭地跟了去，山下正骂得热闹。

这一簇，长着牛角的山君恨道："老天有眼，奚山这帮臊猴子也有今日，有种教奚山君那个王八犊子别躲，跟咱大战一场，好好清算清算！"

小猴子们掏掏耳朵，只当没听见。扶苏一听便笑了，行礼道："敢问山君，清算些什么？"

牛角君咆哮："凭什么你家过年过节送礼就要逮我家子孙吃，三百年都不带换换的，专拣我家吃！"

"竟有此事？"扶苏转身，小猴子们脸红红的，有些尴尬道："我们饿嘛，他们家肉多。"

那一簇，长着羊角的山君声泪俱下："吃完还说我们膻！奚山君你个臭不要脸的！"

扶苏正要劝慰，又有长着鸡冠的山君咬着小手帕道："你们谁有我惨！她看见我就两眼放光，想非礼人家，想把人家扒光！臭流氓！"

二五咽了口口水，硬着头皮道："洪昌君，君父并非想要非礼你。"

鸡形洪昌君却忍不住颤抖的泪水，捂住尖尖的嘴，抽噎道："呸！那个臭流氓每次都摸着我的鸡冠说'小家禽，快些快些长大吧'。谁是家禽啊！谁没长大啊！长得高了不起啊！"

扶苏望了天一阵，才无奈道："山君们受此大辱，苏十分同情。敢问各位山君，此时却待如何？"

牛角君道："让她每年过年送只猴子到我家做叉烧！"

羊角君道："教那个臭不要脸的玩意儿为她发起的人身攻击向我道歉！公开道歉！贴告示道歉！告诉大家，我们不膻，猴子更膻！"

洪昌君翘起兰花指："让她砍掉一只手，哪只手摸我的鸡冠的，就砍掉哪只！还我的冰清玉洁无瑕之躯！"

扶苏道："奚山上的猴子皆是石头，石头是不能食用的，这倒有些为难。若教奚山君道歉，却是不难，我或可写封书函，亲自代奚山君向诸位贵邻道歉。至于砍手，诸位知，她性子记仇，睚眦必报，若是少了手，此一时因伤忍痛不便还嘴，可待她好了，吃了这等大亏，岂不变本加厉？"

翠元这方暗自上山，绘声绘色地学着，奚山君额头上本绑着白色布带，此时带子竟一扯，身形极快，不过瞬间，跃身到了山下，踩在巨石上，撩了袍角，眼圈乌黑，眉带邪气，冷笑道："要单挑的上前！要我把猴儿做叉烧的上前！要折我手的也一同上前！"

牛角君惊疑不定，见她行动便利，伤并不在手脚之上，便暗自叫苦起来，可此时架在油锅上，不得不上前。只见奚山君麻袖中登时飞出一段麻绳，把那牛儿绑得结结实实，冷笑道："但见我平素为荣寿君留着面子，从不肯逮山君山上儿孙反是错的了。山下凡人多少杀猪宰牛，你怎不个个去讨公道？"

牛角君挣脱着，叫骂了几句，奚山君拿着块粗布砸到他嘴中，对十六等人道："牛里脊煎了，牛腿清水去煮，牛角磨了做些药材卖到山下兑二斤杏花酒，牛下水做下酒菜！"

牛角君傻了，羊角君见她雷霆手段，直骂道："你个臭不要脸的！当心遭雷劈！"

奚山君呵道："杀人才遭雷劈！这世道弱肉强食，除了杀人，我杀谁都是天经地义！"

羊角君哑口无言，只"你你你……"地说不出话来。奚山君却笑了："福德君，你可知我为何每每只挑牛吃？"

羊角君不确定地回答："为我留些面子？"

奚山君笑了："因我平素嘴巴金贵，确实勉强不得自己去吃难以下咽之物啊。"

羊角君一口气没上来，噎了过去。牛角君神色变幻，为自己的肉比羊肉胜出一筹有些高兴，又觉得其实自己是要忧伤的。

鸡形君吓住了，含泪道："我……我……"

奚山君挑了挑眉毛，高深莫测："你不是家禽？"

小鸡君边跑边哭。

扶苏忽而有些好奇："山君，禽肉好吃，还是兽肉好吃？"

"诸般禽兽，皆不如君。"

二五在溪边捡到了一个婴孩，他提着篮子晃晃悠悠过来时，倒把众人吓了一大跳。

他说他要养这孩子做媳妇，奚山君一打开包裹的小被子，是个带把的，二五消沉了好几日。

嘴唇红红的，眼睛亮亮的，鼻子翘翘的，怎么就是个男娃娃呢？

奚山君略一犹豫，掐指一算，似是有些来历的，身上还带着若有似无的仙气，便留下养了。二五抱着不丢，呵护备至，奚山君冷眼瞧他几日，心知反正也留不长，便由这孩子去了，平素三娘也会帮着照顾。

起初只当这是个普通的孩子，谁知到了夜间，周身竟发起幽蓝的光来，虽然微弱，但在黑夜中，十分清晰。

奚山君觉得事情益发不寻常，抱他到望岁木处，这万年老树只瞧了一眼，便道："快扔了，惹祸惹祸。"

奚山君回到石头房中，从麻衣袖筒中掏出一块龟壳，来不及卜，三个冰冷的铜钱已掉落在泥地之上，这是三百年来从未发生之事，使得奚山君愈发心情沉重。

"快些松手，你君父的本事你是知道的，如今铜钱落地，实在算不得吉利。扔了他，我给你捡个更好看的媳妇儿。"翠元似是看出事态的发展兴许会很严重，便也板起了脸。

二五抱着婴孩，摇了摇头。

三娘哄道："好孩子，娘中午给你做好吃的，明天去集市给你买冻梨子吃，你便听娘的，把他丢了。你瞧他虽生得可爱，可内里是什么还不晓得呢。"

二五眼睛雾蒙蒙的，想掉眼泪却忍住，转头，瞧向了奚山君，乖巧的孩子在向她寻求最后的希望。

奚山君素来疼他，一年中大半时间，他都是跟着奚山君的，父母反倒都没有她亲了。这会儿桃子尖的小脸儿带着哀求，奚山君思及因奚山穷困，这些孩子着实懂事，也着实可怜，平素从不曾有过什么过分的要求，瞧了那婴孩许久，才道："留下吧。是祸躲不过。"

二五破涕为笑，抱着那婴孩作了个揖："君父，我把他养得乖乖的，等他长大了，便放出山去，一准儿不能祸害咱们家呢。"

翠元叹气："山君平素雷霆手段，为何这会儿要顺着二五呢？这婴孩分明同扶苏一样是个祸根，一时之仁，后患无穷。我去阿年处讨个章程，问问他的来历，再做处置。"

三娘不赞同："眼下人间瘟疫闹得十分凶狠，齐楚郑魏几个大国都封了城池，你再去人间，不大妥当。过些日子再出山。"

翠元衣带飘飘，却已远去："我走水路，此事不宜耽搁。"

三娘见他走远，已劝不过，想起什么，转头，对奚山君道："自从公子离都，大昭的景象眼瞧着一日比一日差了，似是难逃颓败之势。人间如此，却也罢了，如今连天界、山府都颇不停当，真是多事之秋。前两日，十七从年水君处寄信来，讲了一桩奇事。原来，痘神、辰更仙都瞧上了一位天尊的高徒，这仙人去人间历练了几百年，本为了积累不世功德，日后回天宫再升一格掌一方山河。原本安安稳稳的一桩好事，辰更仙却按捺不住寂寞，私下凡间，会了情郎，这些年，执掌时辰换日夜遮星辰的竟都是她手下的臣子，前两日事发，有人匿名告发那位天尊纵容弟子勾引女仙，你也知道，两位天尊……素来是见不得对方好的，思凡本是小事，如今却闹大了。"

奚山君"哦"了一声，笑道："想是痘神又有什么动静了？"

三娘摇头，也笑："想来我们这些山族，虽性子偏左一些，却也一贯循规蹈矩，如今反倒是天上的坏了世道。痘神原本与辰更仙有约，天尊高足下界，她二位都不许作弊寻由头去探望心上人，趁那仙人凡身，道心不固之时去勾引，此时辰更仙竟私自下界，痘神焉能善罢甘休？她到道祖处哭哭啼啼，你也知道，她情绪一乱，人间的孩子多半是要生灾长痘的，道祖仁心，命人下界去缉辰更仙，谁知在九嶷山寻她的仙身，可灵体却全然寻不到踪迹。辰更仙似是打定主意不肯让众仙坏她姻缘，一坠凡间，便抛了真身，如今茫茫人间，嗅不到仙气，如何去寻？"

奚山君眯眼道："仙界鲜见这样痴情的。莫非人间的瘟疫正与此事有关？"

三娘道："谁说不是呢。道祖道法深厚，本能寻到，可是他算了算，却说人间原该有这一劫，竟莫名放过了辰更仙。痘神吃了个哑巴亏，窝了一肚子火，心中埋怨道祖处事不公，思量许久，不能平愤，便打算借着自己的司职把辰更仙逼出来，所以……"

"所以，她便放了瘟疫到人间，十六方瘟神下界了一半，人间已有近百年未下瘟疫，道祖也挑不出毛病，更何况，十六方只下去一半，大昭虽元气大伤，却不致灭种。想必辰更仙和那人间的相爷仙骨灵根有知，也会不安。到时又能把辰更仙逼出，真是一石二鸟，好计谋。"

三娘点头："近日年水君接到法旨，道祖命他在赤水澄江中施法，护住渔民，谨防水界也染了瘟毒。十七写信来，便是告诫我们小心一些，提防那八方瘟神路过。"

二五生病了，得了风寒，烧得极重。

那婴儿长得又大了一些，唇红红，腮粉团，瞧着惊心动魄地美丽，带了几分异相。奚山君又算了几次，凶象益发显露。她倚着石桌小憩，如今既已修道，梦便少了，若偶尔为之，定然也是上天有所启示。

她这一日，便做了一个极古怪的梦。

奚山君梦见天气转暖，到了夏夜。她站在一块从未去过的肥沃草地之上，那里有一棵极高的大树，比起望岁也不遑多让，树下站着一个孩子。

那孩子伸出手，痛苦喊道："君父，救我，救我！"

奚山君留意孩子相貌，不仅与翠元有几分相像，与三娘也有几分相似，但是着实没见过，她有些疑惑地朝那树下走去，可是，刚一接近，却听到嗡嗡之声，聒噪至极。

她抬起头，却被骇住了。那棵大树上满是蝗虫做的窝，它们在啃噬大树，那孩子痛苦地哭泣，伸出手，却不能动弹，他说："君父，是我啊。"

奚山君又迈了一步，树上的蝗虫却似听到了动静，都停止了轰鸣，一双双黑漆的眼珠瞪向了奚山君。奚山君瞧着密密麻麻的眼珠，吞了口口水，头皮发麻，可是，来不及逃，千千万万的蝗虫已朝着她袭来，她对面的孩子忽而露出了诡异的笑："你不肯救我，只能如此了。咱们，一起去死。"

瞬间，那孩子长高长大，重重的蜂群外，天上的云不停变幻流走，她瞧他变成英俊的少年，又瞬间长了皱纹，添了白发，弯了腰身，拄了拐杖，到最后，脊骨完全弯曲，皮松松垮垮地挂着，蝗虫齐齐啃噬着奚山君。他垂头不语，许久，才抬起头，身骨几乎腐朽，脸却变成了另外的模样。

他微微一笑，诡异道："君父，你瞧瞧我，好看吗？"

那张脸，是年轻的……扶苏的脸。

奚山君尖叫一声，却从梦中惊醒。

她脸上满是汗珠，神经质地望着四周，扶苏并不在石头房子中。

奚山君推开门，风雪灌入了衣衫，正要去寻扶苏，远远地，却来了一个愁眉不展的黄衫人，正是三娘。

她一见奚山君，好似瞧见了主心骨，抱住她，泣道："不好了，二五不好了！"

奚山君心口一紧："如何便不好了？寻常风寒，怎么就不好了！"

三娘哭得说不出话，只不断重复道："快去看看，山君，你救救他，快救救他！"

床脚的摇篮里，婴儿额头益发饱满高隆，整个人，却宛若吃了精血一般，不断咯咯地笑着，带着餍足之态。二五躺在床上，呼吸微弱，毛色黯淡，面容枯槁，小爪子上青筋暴起。

他瞧见奚山君，样子分明十分欢喜，却滚滚落了泪，虚弱道："君父。"

奚山君眉心一皱，鼻子有些酸涩，到了床沿，轻声道："好孩子，你觉得如何了？"

二五点了点小脑袋，依旧是平时的笑模样，却没了生机。他反应已经有些迟钝，缓缓道："我觉得我马上就要好了。我刚刚梦见了冻梨子，咬了一口，还像我小时候吃过的那样好吃，真好啊。"

二五长到六七岁，吃过的最好吃的东西，也不过是年节时，其他山君捎来奚山的几个梨子。奚山君一时不舍得吃，又怕坏掉，便把梨埋在雪里冻起来。二五小时候夜里时常惊哭，跟着她睡的时候，他一哭，她便取个梨子，拿木勺舀了喂他，二五便不哭了，眨着还残留泪珠的眼睛，瞧着梨子，眼睛亮晶晶的。他觉得这是世上最甘甜的果子，兴奋地问她："君父，这便是传说中的王母娘娘的蟠桃吧，这样好吃。"

奚山君便笑，给他拭了眼角残留的泪，讲会儿故事，小猴子就沉沉睡着了，一夜不闹。

思及前事，瞧见二五如今油尽灯枯的模样，奚山君心中惨然，为他把了把脉，却更难过，勉强笑道："我这就去给你买冻梨子，等你睡醒了，想吃多少吃多少。"

她转身，想要离去，二五却哇的一声哭了，眼中带了点对未知的了然，惶恐哽咽道："君父，你抱抱我，好不好？自从我长大，你平素便只抱弟弟，好久没有抱过我了。君父，你不要走，我不要梨子，也不要蟠桃，什么都不要，求求你抱着我，我不想死，我知道我不懂事，家里哥哥弟弟侄儿们一大堆，谁也不该求爹娘或者君父多疼爱一点，可是，君父，你抱抱我，在我死之前抱抱我，我一个人，好害怕。"

奚山君忍了半晌，平息了，才冷静道："你好好休息，莫要想太多。我教你母亲去给你买梨，我也去求药去。"

二五抱着被子，缩在墙角，他瞧着奚山君离去，眼泪止住了，咬着牙，再未作一声。

摇篮中的婴儿，眼睛分明还天真，此时却带着阴冷瞧向了二五。

奚山君求各处的仙医给二五看症，他们皆摇头，说是大限到了，如何也是无法起死回生了。奚山君隐隐觉得与那婴孩有关，便从二五那里提来了，自个儿看着。

瞧了几日，并无什么端倪，可是，离了二五，婴孩似乎也没了生气，饱满水润的小脸瞬间干瘪了下去，过了几日，竟莫名断了气。

奚山君实在是摸不着头脑，可是，又过几日，二五自己竟奇异地好了起来。但是，这孩子似是变了一个人，不再如往常一般那么爱说话了，瞧着奚山君，也不如往日亲昵。

众人倒也未来得及关注这等小细节，二五终究无事，大家都十分欣喜，十九为哄他这小弟弟开心，又因他是卯年出生，甚至为他造了一套十二只形态各异的兔儿形状的小碗逗他。

奚山君却觉得哪处不妥，她做了那样诡异的梦，心中总是隐忧。翠元又还未回来，她只得打起精神，时刻留意着。

未过几日，却又有了一桩喜事。三娘发现自己有孕了，奚山君把脉时一算，方方一个多月，与那婴儿来奚山的时间相符。

她似是悟到了什么，时常不留神，一双眼便瞟向了三娘的肚皮。她知道里面躲了个什么，只有她清楚。

梦解开了。

"三娘，如今事多冗杂，这孩子要不得。"奚山君细细观察三娘的神色。

三娘脸色却瞬间变得苍白："你在说什么？"

奚山君问道："虽是你的孩儿，倘使是个祸根，可还留得？"

三娘有些踉跄，她一贯十分听奚山君的话，垂下头，眼圈都红了，却忍住泪，许久才道："都依山君的。只是……只是阿元知道了，必会大闹，不肯干休，既然你……不，我把腹中……这团骨血扔了，你便……你便不要告诉他，我曾经怀了孩儿，免得他伤心。"

奚山君瞧她这样难过，许久，才笑了笑，抚摩她的额发，温和道："骗你的，傻姑娘。他既是你们的孩儿，父母皆是天生天养的灵根，几时会生出什么祸害来呢？"

三娘却哭了，捶她道："你何苦这样哄我。我刚刚快难过死了！你这山贼，没皮没脸没心没肝的东西，欺负了公子，还欺负我！我们都欠了你的吗？"

奚山君笑了，眼弯弯的："他是欠了我的，但你没欠我，是我欠了你。"

她又道："这两日，我因公事要出趟远门，不在山中，便为你输些法力加持，等翠元回来，再教他为你保胎。"

奚山君朝三娘肚子输了大半晌法力，脸上的光却是黄红交替，一会儿平静一会儿痛苦，没正形的笑脸极少如此严肃。最后，一道刺目的光返回到了奚山君体内，三娘却有些惊愕，她从来不知奚山君法力这样高深，收法时灵力如此强劲。

奚山君胸口一窒，口中一哽，似欲吐什么，却又强行咽了回去。她拍拍屁股便走："我这便去了，少则三五天，多则半个月。"

三娘不承想她这样惶急，还未叮嘱些什么，已不见人影。

奚山君走到半山腰时，才发现扶苏一直跟着。他安安静静的，她的听觉又有些退化，竟一时未听见。可巧转过头，怔了一怔。

这公子原来一直在她身后不远处跟着。

"你想必做错了什么事，才走得这样惶急。"扶苏瞧着她，眉浅浅眼淡淡。

奚山君阴恻恻地道："你跟踪我？"

扶苏没什么表情："是，我跟踪你。"

奚山君体内有些东西在躁动，她压抑住，神色有些古怪，却笑道："你快回去，我倘使使了法术，你定然是跟不上的。如今疫病四起，哪处都不大太平了，我在奚山设了结界，料想是安全的，你老老实实待着，我过几日就回。"

她呼吸有些急促，语速也极快。转身便要施法，甩了扶苏而去，少年却握住了她的麻衣，道："我知道，那个婴孩是什么。"

奚山君心中一惊，转头扫视了扶苏一眼，扶苏却道："我从书中瞧见过，前几日二五突然重病便有些生疑，后来查出三娘怀孕，我才笃定，兴许同正源时代的一个传说有关。"

扶苏从蓝袖中掏出一只长长的物事，另一端凸起的是极薄的铜镜面，上面镶嵌了许多碎玉红蓝石，石下是金身，在阳光下瞧着十分耀眼。

他把这物事贴到了左眼眼眶，铜镜面对准了山下。少年眯起了眼。

奚山君在山上这许多年，从未见过这东西，微微调理气息，问道："这是什么？"

扶苏转了转圆筒，自言自语道："远方有瘴气，今日不大瞧得清，相隔三座山的地方叫什么，那里有许多尾巴极长的小松鼠和一个瞎了眼的男子，他抱着一只极肥的小猪。"

"翠濛山君？你看到了？"奚山君狐疑地盯着扶苏手中的细长筒，有些吃惊。

扶苏唇角淡淡地扬起一道弧："多智而近妖。你与我并无什么不同，何必怕我拖累你？"

他又道："相传正源时代，初有人之时，神州之上曾兴起过一次瘟疫，那时的瘟神肆虐猖狂，脚印遍布所有的土地。《正源志》中记载，时有女子，嬉戏于滨水水畔，踩瘟神摄鲲脚印有感，后十月怀胎产下一子，此子所到之处，人畜皆染时疫，先死者往往为母。二五捡到的孩子，大概就是瘟神摄鲲。他领命下凡，生在水中，随着河流到了奚山。摄鲲为了长大，吸取了二五精血，可二五只是个孩子，并不能教他提升多少，于是他便趁三娘怀孕之际，脱了躯体，一股仙气钻入她腹中，趁机汲取三娘和翠元道行，再害了他夫妇二人，等到诞生之日，必能大有作为，顺利完成上天的使命。"

奚山君目光盯着那碎玉宝石镶嵌成的细筒，并不在意扶苏的话，微笑道："仙人们行事自有考量，他们任性时，我们却不能直接对抗，生生应了也是常有的，你这样聪明，到底也印证了，上苍仁慈，为大昭留了一脉生机。"

"是你给了我一息生机。"扶苏摇摇头，指着细长的筒道，"这东西我取名叫千里眼，据说是仙人遗留之物，父皇又镶嵌了这么些东西，后来赐给了我。每当我无聊时，想看看外面的世界生得什么模样时，便拿来瞧一瞧。他埋我时，将它陪葬在了棺中玉枕之旁。"

"这次为何坚持要出山？"

扶苏瞧着奚山君灰败的面庞，反问道："你为何还未倒下？明明生生把摄鲲的灵体引到了自己的体内。"

她为三娘保胎，其实是强行带走了瘟神。

奚山君虽吃惊他竟猜到此处，却也怕唬到他，稀松平常道："我未到终点，为何会倒下？你跟在我身后，就是为了看我倒下？"

扶苏淡淡笑了笑，伸出双手："你倒了，我从后面接住你，便能报恩了。"

奚山君缓缓摇了摇头，黑眼圈益发黑。她说："劳你费心。既然你提醒，我知自己对你恩情似海，又岂会教你这样报答。"

扶苏把千里眼举到了橙染的天空中，转了转筒，道："太阳马上要落山了。"

奚山君知他不会轻易离开，且自己身体不能久撑，叹了口气，只能放弃让他回去的念头，继而扣住了扶苏的手，使出了最后一丝法力，麻袖鼓起了风："这世间，唯一能化解瘟神戾气的地方，在蜀国酆都。"

酆都黄泉之水与天河相接，送瘟神到黄泉之水，溯回天河，便能解了这疫。

奚山君法力尽失的时候，是在两天之后，距离酆都还有半日的脚程。

她口中逼出了一大口鲜血，瞧了扶苏一眼，怕他看到了心生不安，又咽了回去。她说："你背着我，莫要走官道。我恐怕快要不能压制瘟神，到时祸害了凡人，教他依傍人身，传染疫病，反酿成大祸。"

扶苏点点头，把云纹的袍摆系在腰间，背起了奚山君，这才发现她清瘦得可怜，几乎感觉不到什么重量。

天色渐渐黑了，他们在有月光的小道上赶路。奚山君有些昏昏沉沉，却不敢睡着，勉强笑道："公子可会唱歌？"

扶苏摇摇头："不大会。每年祭祀春神时，父皇会交给我教化的任务，我唱不好，二弟三弟时常替我唱。"

奚山君眼弯了起来："唱一唱，乡野何曾有人听？不好又如何。"

扶苏眉眼淡淡的，玉冠下的黑发在清风中缓缓飘扬起来，带着温柔旖旎的弧度。他垂目道："你若笑了，我便摔你下来。"

奚山君伏在少年的背上，费力地点了点头。

扶苏的嗓音十分清爽冷脆，可是哼唱时，却没有一句在调上。

奚山君听完之后，闭上了眼，许久，握紧了双手，脸憋得通红。扶苏脸色微黑，严肃道："你试试笑出声来？"

奚山君哈哈笑了起来。她搂着扶苏的长颈，直起背，好似一只长长嘶嚎的狼，就那样对着白白的月光，笑得喉中的小舌头一抖一抖，气贯长虹。

扶苏愣了愣，发现自己的威胁不奏效，却没有松手，又紧了紧。许久，扶苏才道："再淘气，摔死你。"

奚山君一张丑脸朝扶苏脸颊凑了凑，她像只小动物，亲昵道："公子扶苏，有没有人对你说过，很喜欢你？"

"他们或者惧怕我或者轻视我，大多并不喜欢我。"

奚山君的声音忽而变得响亮，她笑了："是，他们是对的。我也不喜欢你，不……喜欢公子扶苏！"

扶苏的表情很微妙，少年淡淡地翻了翻白眼，附言一句："我也不喜欢你。"

若问鄟都何物最多，那定然不是旁的，而是……棺材。鄟都有百国最大的木料集市，也有市面上最好的棺材。楠木、梨木、梓木、香樟木，能想到的，这里都有。雕飞鹤、雕青松、雕红狮，百子千孙，仙女托骨，真是……喜气洋洋。

奚山君呢，奚山君把扶苏的千里眼典当了，买了一个最普通的棺。

然后，棺材抬进了离十王殿最近的善人庄，也即是存放无人认领的异乡客户的死人庄。

再然后，奚山君躺了进去，闭目，合棺。

她叮嘱扶苏，为了借鄟都地下黄泉之水涤荡瘟神戾气，送他归入天河，之后的七七四十九日内，绝对不可以在阳光下开棺。

绝对不可以。

她凶神恶煞、表情狰狞、痛不欲生地吓唬扶苏，扶苏坐在一旁烤火，烤山芋。他在想念自己的千里眼。财不露白，果真是千年不变的至理名言。

他不喜欢妖女，这话可是真得不能再真切。谁会喜欢她？

扶苏坐吃山空了几日，只能出去谋生路。不知为何，鄢都的疫情，是蜀国最轻的。鄢都的红油汤饼十分有名，红汤香面，晶莹柔韧，扶苏站在摊前许久，才淡淡问道："店家，招不招伙计？"

若论一个高高在上的太子是如何走进餐饮行当乃至面条业的，只能说，他唱歌没什么天赋，做菜、拿刀、拉面却是一把好手。什么都需要靠天赋。比如他做太子做得被人活埋逼宫，颇教众臣鄙夷，可是，揉面煮汤，小火咕嘟咕嘟时，大家便都赞好了。

不过三十日，鄢都皆知，十王殿前，有个小哥同阎君抢起生意了，吃他汤饼的比给十王上香的多。

小麦脱壳，面粉纷纷扬扬盖上乌丝淡目，扶苏险些忘了，棺材里，他还有个一直未曾醒来的未婚妻。

距离四十九日，还剩半个月。

这几天，蜀国全国戒严，路人都少了许多。吃红油汤饼的人也少了许多，店家打起了瞌睡。

扶苏眉毛和睫毛上都是面，手中还握着一块圆圆白白弹性十足的面团。

有些事总是一瞬间发生的，而这些瞬间发生的事往往给人造成一辈子的阴影。扶苏就阴影了。

"小子，上十碗汤饼。"来人呼出了一口寒气，他的嗓音十分熟悉。

满脸面粉的扶苏抬头，瞧见了微服私访的天子陛下，他爹。

连蜀国都有了瘟疫，几个皇子殿下显然已经起不了安抚作用，天子陛下也坐不住了。

他终于，也来了。

"十碗？"扶苏垂着头，使劲揉面团，仿似那并不是一团面，而是一团扎手的刺猬。

陛下扬扬眉，点头。

陛下身后只跟了稀稀拉拉几个侍卫和最宠爱的三皇子成葛。

侍卫精悍利落，成葛紫衣翩翩。

店家也醒了，瞧见来人不凡，殷勤地伸手帮陛下脱去银貂大氅。扶苏瞧见了那件银色氅衣，根根茸软，在冬日的阳光下闪着亮光，瞧不到一丝杂色。

少年太子卷起单衣的袖子，呼了口寒气，两只细长的手开始一点点展开面团。

"这是店家的孩子？"陛下十分平易近人，与店家聊道，"看着，十分能干呢。"

那店家笑了笑，他无儿无女，瞧扶苏温和懂礼，又是个孤儿，本就有意收养，日后留待养老，便默认了，躬身笑道："只有一把力气，贫贱之人，不值一提，不值一提。"

陛下也笑，他年轻时十分英俊，人到中年，添了一丝皱纹，却不显苍老，反倒威严神气许多："你只有这一个孩子吗？那定是十分爱惜了。"

店家哈腰道："为了活命讨生活，哪还记得疼他爱他，饿不死罢了。贵人呢？贵人想必多子多福。"

陛下笑了，扶苏扬手，拉开的面在空中变成一丝一缕，隔断了他和陛下的目光。他低头，留意到了自己挂着的一件破旧肮脏的围袍，手滞了滞。

扶苏有些冷，侧头对着空气打了个喷嚏。

陛下也沉默了，良久才笑道："我有十八个儿子，五个女儿。"

以前他常说，我有十九子五女，二十有四，听着好像儿死，是个不大吉利的数字。

紫衣的成葛听闻此言，微微笑了笑。少年生得美，又十分高贵如意，笑起来，便格外夺目，好像一簇停驻在墙角的蔷薇花，翘起嘴角，就是一室春光。他生得最像陛下，天子怜爱他，常常在众臣面前说道："诸子之中，唯葛肖我。"

扶苏把面放入了煮沸的锅中，奶皮子色的骨头汤咕嘟咕嘟煮沸了一个个气泡，炸开之后，重新生出。

他把劈好的柴火投入了烧了许久的火苗之中，然后卖力地鼓唇吹着。

店家又闲话道："小老儿常听人说，贵人们若远行，并不会带长子，一般承嗣的孩子都会留在家中，以防万一，不知可是真的？"

齐明七年时，京都天灾地裂，天子带走了所有的妃嫔子嗣，只余下平吉殿太子和哮喘发作的皇后。齐明八年时，魏国将军吴兆谋反，陛下顺应民意御驾亲征，身旁唯一带的子嗣便是成葛，贵妃郑氏随驾。

公子扶苏一直很笃定，这是天降大任。父亲虽瞧着对他不大亲近，但是古往今来，教育太子不就这么回事儿吗，嫡子和其他的儿子终究是不同的，嫡子必须做的，其他的孩子不必做，嫡子想做的，陛下不想他做他便不能做。

他时常把这两件事看作父亲对自己苦心栽培的典型代表，也看作父亲看重自己的标志。都是一样的，旁的太子也这样过来的。虽然大一统之后的太子就从未落过什么好，死的死废的废，可是，谁能说，他们的父皇不是为形势所逼，不是打从心眼儿里期冀他们苗壮成长，只是未来被张狂的现实打败罢了呢？

扶苏的自我安慰机制一向十分完备畅通。

少年一边卖力地鼓着风吹火，一边偏着耳朵听。他希望听到父亲说是的，是这样的，长子就是要承担起长子该有的责任，无论是天子之家还是平民庶户，大家都是一样的，为了家族的繁盛兴旺，虽然喜爱长子心疼长子，却只能硬起心肠。

他认为陛下会这样说，他觉得他爹是这样的。

陛下愣了愣，颔首道："话虽如此，但既出远门，若不带着钟爱的儿子，不知他寒暑饥渴，不知他衣食住行是否样样顺心，心中难免惦念。这么着，出门自然也就不能安心了。这个孩子便是我与妻子所生的长子。"

成葛低头，瞧向了陛下。他还是个十五六岁的孩子，少年弯了弯蔷薇似的唇角，笑了："父亲。"

陛下拍了拍他的手，瞧着灶内炉火一瞬间生了起来，明亮旺盛十分。烟有些熏人燎目，那个贫贱的少年就蹲在炉火旁，不停地用乌黑的手背挡着眼睛。

扶苏端来了十碗面，垂目站到了一旁。红汤白面，好生诱人。这一行人显见得是礼仪教养十分好的人，吃面时动作依旧雅到极致，并无半分市井之徒的模样。

店家也垂手站在一旁伺候着，不敢搭话。一时间，铺子有些寂静。

"好吃吗？"众人都吓了一跳，可是这声音如此嘶哑，十分刺耳，教人无法忽视。

他们抬起头，才注意到是做面的孩子，他满面面粉，身上脏兮兮的，瞧不出模样。店家也吓了一跳，他不明白，扶苏的嗓音为什么会突然变成这样。

陛下碗内还剩半碗面，依他平素进食，倒勉强称得上满意。

陛下并未抬头，只是道："面有些硬，汤水没有滤过，还有骨髓的渣滓，这样看来，你的面，在我家的厨子中，只能算得上末等。"

成葛放下了竹箸，他一身紫袍，缓缓笑着，手中握着一块双鱼暖玉，扔到了扶苏脚边，道："赏你的。你虽不大规矩，放在我家中，庖厨如此是要砍头的，但父亲近来食欲不佳，你让他吃了这几口，总算对我有恩。"

店家捧着暖玉，叩谢道："贫贱之人谢公子。"

一行人又远去，扶苏端起了天子剩下的面碗。他站在十王殿中，捏起一根面，面无表情地吃了下去，唇边、脸颊上刻意抹的面粉都扑簌簌掉了，少年的面庞在阳光下，深一块浅一块，斑驳得骇人，与那尊在暗处矗立着，令人不寒而栗的秦广王有着异曲同工的冷硬。

面吃完了，便喝汤，他仰头，那碗剩下的白汤便悉数倒入了喉咙。

寒冷驱解了。

邻家的姑娘喜爱他，每每吃他做的面，付钱时总呈上一枝黄澄澄的麦穗表示爱意。他积攒了许多麦穗，然后用手揉搓，把麦粒放在破口袋中，饥饿苦恼时便吃上一些。扶苏握着麦穗好一会儿，才想起该回去了，可是，腹中一阵翻滚，如同无法压抑饥饿的欲望一般，此时的呕吐也难以抑制。那碗他飞快吃完的面全部吐了出来，最后，又吐出一块沾着血的黑炭。

他其实是知道的。他知道陛下是什么样的人，他知道陛下从来不是活在他心中的那个温柔的父亲，他知道陛下预杀他而后快，他知道陛下一旦发现他仍活着会是怎样的恼怒忌恨，可是终究……还想活着啊。

刚才便是如此。低下头，听见他的回答的一瞬间，头脑一片空白，只记得从炉灶中拾起一块滚烫的热炭，拼命恐惧地塞进喉中。他怕父亲认出自己。幼时每每读到《战国策》，豫让吞炭漆身，音不为人知，身不为妻识，隐其形状只为伺机报复时，总觉得人若被逼到伤害自己，无法用头脑解决问题的话，那么，无论他的意志如何坚定，终究注定会失败。

豫让果真失败了。而他，也早成了亡命之徒。

扶苏不知道自己的嗓子还会不会好，也许一辈子就这样嘶哑难听了。多像誓言，一辈子的事，都只是因为一时嘴快，许诺了就沧海桑田覆水难收。

十王殿前有一口井，听闻井是地下之水，与黄泉之水相接，十王旨意常常通过井水传给世人。此时的井中却忽然喷涌出一股水，大白日的，扶苏眼睛跳了跳。

那股水直直地朝殿中冲来，扶苏用蓝袖遮住了眼。许久，水却没有溅到他的脸上。少年微微仰起了头，水化成了巨大的手掌，在他的发上温柔地摩挲着。

"公子，棺中寂寞，唱首歌来。"遥遥传来这样熟悉的声音。

奚山君总是花样百出。扶苏面无表情，用嘶哑难听的声音唱起了《春祭》。

"秉性厚重，巍巍春风；润泽天人，再敬谷雨。吾神有冥，父慈子承。"

"你唱得可真难听，比之前还难听。"那只手掌静默了一会儿，捂住了他的双目，"我知道人间的孩子爱哭，我知道他们在一个个梦变成不大相符的现实时，唯一能做的就是哭泣。可你是个太子，你得有骨气，你一张棺材脸，瞧，多得天独厚的掩饰，你不该哭泣。对，你爹不喜欢你，哈哈，我告诉你一个秘密，我爹也不喜欢我，不，不光我爹，我哥哥都不喜欢我，好笑吧……唉，你还是哭了。"

那张没表情的脸，十分汹涌地在水织的掌心中喷薄眼泪。

而那只手则狠狠地压住少年的眼睛，可眼泪却掉落更多，悉数砸在了麦穗上。黄泉中的水，不，是远方棺材中的奚山君伸出长长的手恶狠狠道："再哭，再哭我宰了你。你爹不喜欢你有什么大不了的，我爹不喜欢我，我不也活了三百多年！他可没我活的年头长，他所有的崽子都没我活的时间长，到头来，再不喜欢我，给他上香供肉的也只有老子！"

扶苏肝肠寸断，是真的肝肠寸断，他问她："我爹不喜欢我没关系，你爹不喜欢你更与我没关系。可山君知我何愁谓我何忧，山君吞过炭吗？"

那只手掌打了个滑，似乎有些尴尬，然后缓缓伸入少年的腹中，扶苏只觉腹内火烧瞬间浇熄了，那只手挺嫌弃，一边揉一边不耐烦地问道："还疼吗？疼你还敢吃炭，小孩儿一旦读书多，就要矫情。人间的太子就是小孩儿中的小孩儿，矫情的爷爷奶奶，矫情的祖宗！"

过了四五日，扶苏的嗓子好了一些，店家也从沸沸扬扬的传闻中知道了那一行人正是微服的天子和三皇子，后悔得捶胸顿足，若陛下留下几字墨宝"天下第一面"，他的面馆何愁不威名赫赫大杀四方。

而这厢天子与三皇子分道扬镳，天子巡视完已回皇都，三皇子也要改道去平国。

过了几日，却听说三皇子尚未启程去平国，反而留在了鄞都，不知什么缘故。距离七七四十九日还剩两日时，三皇子下令，鄞都全城戒严。

扶苏隐约觉得不妙，他趁夜离开了汤饼铺子，在善人庄等着奚山君启棺。第二日，果真汤饼铺的店家被侍卫带走了。十王殿附近所有的民居都被掘地三尺搜查了一遍，人心惶惶，所有人包括郡守在内，都如没头苍蝇一般猜测高高在上的三殿下到底在寻什么。

扶苏却再清楚不过，那日多半露了馅，成葛寻的正是自己，只是他也颇为费解，自己面容掩盖，吞炭变音，垂手恭敬，究竟是何处让他看出端倪。

七七四十九日的最后一个白天，太阳格外明亮。

扶苏在等太阳下山。等到太阳下山，他的未婚妻会带他离开这里。没有人能及得上奚山君的法力脚程，没有人能抓住他。

这是他离不开她的唯一理由，也是他隐忍她的一切的唯一理由。

事关性命，事关活路。

不清楚究竟从什么时候开始觉得活着是世间唯一重要的事了，他从不曾畏惧过死亡，可是经历过死而复生，才渐渐知晓贪生怕死。

夕阳西斜的时候，扶苏几乎开始舒展眉毛松口气，善人庄外却十分嘈杂，像是官兵呵斥问询路人的声音。

扶苏眯眼望着太阳，那群人的声音越来越近，太阳与水面逐渐贴近，还有半炷香的时间，只要半炷香的时间，就要晕染东海了。

扶苏打开了棺材，奚山君面容恬静，宛若真的死了一般。他挡住了所有的阳光，披散了黑发，然后躺进棺材，一寸一寸地与她贴合，头颅、手掌、躯干、鼻息，他比她略高，脚方方卡住奚山君的一双脚。

任凭谁来看，这只是一具面容朝下的男尸。没有人瞧得见他身下完整覆盖的奚山君。

大昭有令，凡得疫病而死之人，均面部朝下，不得见天，防止尸体腐烂过快，未及下葬，又生疫毒。

"殿下，只剩下善人庄未查了！"扶苏并未闭目，他在合上的棺材内听得一清二楚。

"殿下，此处还有未下葬的疫人，不宜查看！"

紫衣的成葛嗅了嗅空气，陶醉地笑道："大兄，快出来吧。臣弟都……闻到了呢。哥哥天生带香，每到冬日，平吉殿的香气都与别处不同。弟从小到大，可都记得……太子殿下的气息呢。真好闻啊，你们可闻到了？"

众人嗅了嗅，除了尸臭，却什么都未闻到。其中一人硬着头皮道："殿下，此地实在不宜久留！如今疫情如此严重，这处又是疫毒的源头，殿下贵体金安，大昭社稷日后还要仰仗殿下！"

成葛却充耳不闻，露出蔷薇色的唇角，微笑道："大兄，自从你杀了小舅父，我便一直等你再出现，可惜你迟迟不来，害得臣弟好生寂寥。你既不来，臣弟只好来了。"

他低低叹了口气，仿佛真的遗憾，许久，却伸出紫袖中的手，扬起来，面色渐渐变冷，大声道："开棺！"

扶苏面目冰冷，手心却微微浸出汗来，他死死握住奚山君的双手，闭目，屏住了呼吸。

成葛笑道："继续。"

他又深深地嗅了一口气，道："哥哥，自你走了，无人同臣弟讲经，与臣弟抚七弦琴，和臣弟下黑白子，臣弟，真的……好寂寞啊。"

扶苏脸颊上的汗珠滴到了奚山君的眉眼上。

扶苏藏身的棺材被掀开的一瞬间，奚山君却忽然睁开了眼，迅速翻身压在少年身上，她与扶苏四目相对，望着他皱得十分紧的眉毛，轻轻地亲上了他的嘴唇，然后缓缓笑了笑。

还是个……不大成器的孩子啊。这样娇美，这样……让人想要摧毁。

世人怎会喜欢他，他们只会想把他吞解入腹，寸骨不留。

奚山君的麻衣十分宽大，杂乱枯黄的发同她喜怒无常的性子那样贴合，好似变了个奇怪的戏法，他一瞬间就再也不会被人看见。

轰隆隆的巨响，飞扬的灰尘弹入到了空气中。

天彻底黑了。

太阳主阳，而这世间瞬间堕入了阴，坠入了密不透风的黑暗。

"回禀殿下，这是一具得了疫病的尸，殿下后退！"侍卫迅速用袖子掩住了鼻。

成葛的脸在黑暗中变得十分阴沉，他望了望四周，那一具具棺木中，没有一个藏的是扶苏。扶苏的气息慢慢变淡，善人庄死寂而腐朽，黑暗中，教人难以忍受，难以立足。

停了许久，众人开始头皮发麻的时候，成葛才笑道："太子殿下生性恬淡，一定很不解，臣弟为何在你如此潦倒之后，还是要你非死不可。因为，有时候，生与死之间，差别大得很。

"太子，臣弟先行一步，你虽爱做缩头乌龟，弟却不能全无敬悌君兄之怀，今日，便算了。咱们……日后定会相逢。我希望那一天，太子不会仍如丧家之犬一般，端着一碗面，穷酸落魄。父皇看了，可是……连眼都没眨一下呢。"

所有的人都离去了。这里又变得寂静空冷。

扶苏睁开了眼睛。奚山君移开嘴唇，侧面，微微笑道："公子，你又躲过一劫。"

扶苏望着天际，月亮出来了，他却伸出双手，摆正奚山君笑眯眯的脸，亲吻她的嘴唇："我有没有告诉过你，我是个睚眦必报的小人？"

奚山君但笑不语。她有些抵触扶苏的亲吻，朝后仰了仰，方才是为了隐去他的气息，才迫不得已亲了他。

他却紧紧固定着奚山君的头，一边亲吻她，一边冷淡地问道："我有没有告诉过你，我其实是个为了活下去可以不择手段，利用所有人的人？"

他全身有些不自觉地痉挛，他在害怕，他险些就死了，可是他死前，还坚信着，只要奚山君不死，自己就不会死。幸而天黑了，太阳消失了。奚山君有时狠毒，有时却愚蠢。他死了或许还有转机，她死了大家就都完了。

他叹息着："我险些，逃不过这一劫。"

因奚山君曾说过，亲她便能添寿。扶苏不停亲吻她，没什么情欲，他为自己的无耻和悲哀喘不过气来，只能找更无耻或者更纯粹的人寻求喘息。

奚山君哼了一声："我真的，不喜欢公子扶苏。"

扶苏声音低哑，他淡淡笑出了声，仿佛这是句挺好笑的话，眉眼益发地淡："谁又喜欢你呢，山君？"

奚山君退还了棺材，赎回了扶苏的千里眼。

他们回到了奚山，一路听闻，瘟疫渐渐消退了。大家感念天子的恩德，正是他不顾危险来到民间，才使得瘟疫也被他的仁德所感化啊。

这是个难得的仁君。

翠元从年水君处回来了，却讲了另一番原委。原来十六瘟神之一摄鲲性喜水，倚水而生，道祖不忍生灵涂炭，瘟毒一旦入了江河，传播得会更加迅速。他向年水君下了密令，一旦摄鲲入了水域，便立刻驱逐。纵之又害之，道祖的权衡之道没人能琢磨透。年水君为防万一，封了赤水、澄江两大水域，故而临水而居的二十余国都未染疫。摄鲲生存的江水没有容身之所，他又不愿无功而返，便直接从天河而下凡间，以婴孩之身在小溪流之间飘荡，伺机养成法力，去人间施播疫种。须知，他本没多少法力，只依靠宿主汲取灵气，才渐渐能肆虐人间。

这与奚山君和扶苏的判断相符。

奚山上的大大小小都吃上了扶苏做的汤饼，他们从前虽然口中不提，但心中不免觉得扶苏就是个百无一用的书生，虽然从天而降走入他们的生活，干下了有一个未婚妻叫奚山君这种丰功伟业，又俊美得像个纸糊的假人，但终归是少了点味道。可是有了这些奶汤汤饼，书生便有了一种用处，还显然是十分教人心动的用处，瞧着一碗碗汤饼，翠家的猴子们扑通扑通地，都爱上这小孩儿了。

多甘甜的汤，多滑不溜手的面啊。

多耐看的小孩儿啊。

而那日在棺材中的模样仿佛是错觉，扶苏为了一条活路，依旧继续不动声色地讨好奚山君。他把第一碗汤饼递给奚山君，带着淡淡的笑，清爽的温柔。奚山君恹恹地抬头瞧了他一眼，冷哼道："虚情假意。"

扶苏眉眼是冷的淡的，可是堆积起温柔，却好像用工笔细细勾勒了桂树轮廓的皎白月亮，很好看。他舀了一勺汤，淡道："我能虚情假意一辈子，你不必苦恼。"

奚山君一口吞了汤，咂巴咂巴嘴道："没什么味道。"

但还是吃完了那碗面。扶苏瞧她吃饭的模样，倒有几分世家的教养，可是，这副竹竿一样的身躯下藏着的更多却是市井孩童的淘气和由内而外的戾气。

奚山君拿袖子蹭蹭嘴，慢条斯理道："公子，咱们不能继续这么着了。这条活路，虽生犹死，你活一万年和活一天，有什么区别呢？

"人说贤妻帮夫，我确凿自己顶顶贤惠，有朝一日，你功成名就，不必相谢，对我笑一笑便可，啊，对，就是你说的那样儿虚情假意的笑。我很喜欢。"

六　嫁狐

大昭卷

有姓有苏，灵宝之狐。世代居隐僻，慕繁盛，好嬉闹，性淫乱，与人为婚。

——《雅品》之卷一五《万妖格》

扶苏做了个梦。他的父亲在宏定殿中大宴群臣，阿觉，三弟带着其他的小兄弟到了殿外放爆竹，留他一人坐在殿中，面对那些或苍老或年轻，但看着他无一不充满深意的面庞。

他觉得殿中十分燥热，可是坐得却比方才直了些，面无表情地吃着身旁的食物。环顾四周，只有郑贵妃在。她与母亲同岁，可看着比母亲美艳年轻许多。扶苏每每困惑，高高在上的陛下会那么喜爱郑贵妃，他读过历代陛下召幸女子的笔记记录，比起其他陛下对宫中女人一月中有三日宠爱便被称作"过宠"，八日以上称作"专宠"而言，他的父亲，一月之中，有二十日在贵妃宫中度过，又该称作什么？

三朝元老陈宰辅年迈致仕之前，曾因此问陛下："中宫何事有失，致陛下行事如此偏颇？"他的父亲的回答，他至今不懂。陛下如是答道："贵妃于你们是红颜祸水，于我却不是。皇后于你们贤德可靠，于我已非如此。"

扶苏坐在群臣面前，透过额帽上的珠帘，看着那样一张张遥远的不怀好意的面庞时，竟益发平淡下来。人本该如此的，不是吗？厌弃的永远比得到的多。他的母亲，只不过是陛下众多厌弃的东西中的一样。而他，即将，变成另一样。

他饮下桌上的白浆，身体却突然变得不受控制地忽冷忽热起来。他僵硬地坐着，众人的权势欲望都在金灿灿的大殿中堆积着，它们压向他，又变成一张张狰狞的面具。

陛下忽然转向他，冷漠地问道："太子，何谓臣？"

他似坐在冰盆中，上身却仿佛被热油泼了一般，冷热交替，痛苦不堪。何谓臣？再望向远处的下位，他们却全变成了饥饿垂涎的畜生。他指着他们，对他的父亲说："陛下，豺狼虎豹皆是您的臣。"

"你呢？"他的父亲从帝位走下，来在他的身旁，然后，俯身问他。

扶苏觉得身上的皮几乎被热毒褪去一层，他强撑着，却不语。

他不是，不是陛下的臣子。即使这人世全部对陛下俯首称臣，他也不会如此去做。

一身黑袍绣龙的父亲，冷漠地把他从座位中提起来，打了一巴掌。

梦中的他，似乎更弱小，只有六七岁的模样。连他也早已不记得，这些事是不是真的存在过。

"不是，我不是陛下的臣，豺狼虎豹也不是我的臣。"他被陛下那样高高提起，身材瘦小到脚尖无法点地，却平静地垂下眼帘回答。

陛下望着他，那眼神像是对着厌恶至极的仇敌。他明白，他被当作一只小猫小狗丢弃的日子兴许不会太远了。

那时，是他最后一次，让陛下以及任何一个人看清他眼睛中的东西。

他与他的父亲对视。

父亲啊。

以后，再也不会了，无论多么痛苦，再也不会了。

他醒来时，面庞正缩在柔软温暖的貂皮中，浑身还是忽冷忽热。另一张苍白丑陋的面容，贴在他的脸颊上。

"奚山君。"他唤她的名字，声音却因生病变得沙哑低沉。

扶苏体内似入邪气，发了烧。已有两日。

她过了许久，才醒来，揉了揉眼睛，问他："怎么了？"

"饿了。"扶苏觉得饥饿如此难以忍受。他无法诉说自己感知上的痛苦，痛苦在这一刻都仿佛变成了饥饿。

奚山君伸出蜷缩的右手，张开时，手心已经出现了一朵灿烂的火苗。她的面容在火花中依旧黯淡无奇，却奇异地柔和起来："起吧，该吃晚饭了。"

扶苏点点头，随着她一起到了食寓。翠元依旧不在，去了年水君处玩耍，虽然接近过年，年水君公务繁忙，不怎么搭理他。可是翠元认定朋友便不大会变通，他不会因此而减少热情。

扶苏低头吃着米饭，咸菜偶尔夹起几块。他一贯如此安静而不引人注目，可是今日，吃着吃着却忽然十分困倦，等到众人反应过来时，他已经把整张脸都埋到了粗糙的土瓷碗中，竹筷掉落在泥地上的声音也显得异常尖锐。

四三走到了扶苏的身旁，晃了晃他，可是，少年却瞬间歪倒在了地上。奚山君从上座站了起来。二五走过去的时候，不小心用绿色的脚趾碰到了扶苏的衣袖。袖子下的皮肤显露出来，肿胀得骇人。

"让开。"奚山君迅速握住了扶苏的手腕。她把此脉，却是时沉时慢，教人听不清楚。输入一些法力后，扶苏仍全无动静。

"他怎么了？"三娘惶急地从猴子中穿过，也扶住了扶苏。

奚山君额上浮出了一层细密的汗珠，又再次把了把脉，却依旧毫无所获。三娘摸着他的额头，竟是滚烫的，继而咬牙切齿地对奚山君道："他的烧还没退！"

奚山君脱掉人间的孩子的鞋子，他的脚也浮肿得不成样子。三娘瘫坐在地上，开始捶奚山君："你这个混账东西，我就不该把他交给你！他是个小皇子，不是你这样的山贼怪物，你让他每日吃这些东西，睡那样冰冷的石洞！"

奚山君不耐烦地拍掉三娘的手："等他死了，你再哭岂不更好？"

说完，奚山君便背起扶苏，朝食寓外走去。

"君父，你要带公子去哪儿？"三六刚从灶舍出来，用围布擦了擦手，看到奚山君背着扶苏离去的身影，愣了愣。

"你这倒霉孩子，给公子吃了什么？！"三娘无处发泄，一把抓住无辜的儿子，开始搏着他打。

"不用担心，灵宝君总有办法。"奚山君回答三六，背着扶苏，继续往山下走。

灵宝君住在灵宝山。如果把奚山比作穷得一条裤子穿一辈子的穷娃，那么，灵宝山就是富得看着隔壁家孩子奚山吃糙面馍馍，就羡慕得拿自己家的白面馍馍去换的地主家的娃。

灵宝君是个有钱且十分慷慨的老妇，原身是只狐狸。灵宝山养什么都能很轻易地成活，比起奚山，这里简直是一块福地。不过灵宝山如同遭了报应的奚山一样，也有一番奇遇和造化。一千多年前，灵宝君还是一只寡妇狐，带着八只狐狸崽子在灵宝山艰苦度日，没有妖识之前，她似乎便是只风流的狐狸，因她的八只崽子的爹都不是同一只公狐狸。有一日，灵宝山从天而降一个玉白的细口小瓶子，长得颇好看。灵宝君爱臭美，整日顶着小瓶子，在山中行走。不知为何，那段日子，出现了一堆奇奇怪怪的精怪要抓住她、宰了她。灵宝君被逼得走投无路，护着八只小崽子，坐在山崖掉眼泪。

可天却并未因为他们的悲惨，而显出丝毫的阴霾。灵宝君福至心灵，想到这一切的倒霉运道，兴许与她顶着的小瓶子有关系。她愤恨地摔碎了小瓶子，却突然从瓶子中冒出一股浓烈的青烟。青烟瞬间变成了白胡子老头。

老狐狸和小狐狸看呆了。老头说他是天上的，炼丹炼得记错了日子，提前打开了炉子。还未被炼化成丹的精怪竟然都变得暴躁而威力百倍，而他则被反噬，失去法力。他们搏着他打，要与他同归于尽。老头没办法，想了个法子，躲在了丹房中的小瓶子中。谁知徒儿不小心，把瓶子当成无用之物，随意扔到了人间，这才被灵宝君捡到。妖怪们闻风跟了过来，把可怜的一家九口几乎逼到绝路，在瓶子中的老头也着实有些过意不去，便犹豫着要不要出来。正在此时，灵宝君砸了瓶子。

从此，寡妇狐走了运。这不知名字的天上来的老头出于歉意，给了灵宝君几颗丹药，并把老狐狸收作人间挂名的徒儿。灵宝山吃的喝的应有尽有，九只狐狸孝敬着他，老头过得十分惬意。等到老头恢复了些法力后，便禀天上，降下旨意，剿灭了一群精神错乱的山怪，而老头点化过灵宝君后，也随众天兵而去。灵宝君没过几日，便化了人。后吃了丹药，法力大增。近百年前，更是在一众山君中，第一批飞升，正式接管灵宝。

灵宝君记得师父的恩德，为了不堕师父名头，所以待人一向慷慨大方。她师父据说姓李，是天上有名的炼丹仙，在她飞升后传授给她不少炼丹的妙方，故而众山族有了病痛，都爱找她治。

而这位山君处处都好，却独有一处不好——但凡逢平头正脸的公山怪来灵宝医病祈丹，灵宝君每每以娶自家的老小为交换条件，否则不治。

公山怪每逢此时，无论病成什么德行，都立刻生龙活虎、精神奕奕地逃之夭夭。

提起灵宝君，就不能不提她家的狐狸小姐。灵宝君一并生了三个儿子，五个女孩。因她的风流性子，孩子们多少遗传了一些，对男女之事的花花肠子总比别的精怪多一些。三个儿子刚刚化人，就被山下的女子迷了眼，哭着闹着要去人间寻找幸福。过了两年，大儿子被妻子家请的道士打瘸了一条腿，哼哼唧唧地单腿跳回山上；又过了两年，二儿子瞎了一只眼回来；三儿子坚持的时间长一些，据说迷住了人间的一个县主，可是县主未过几年，又迷上了一个美少年，暗中谋划杀夫，狐狸三少只得黯然趁夜逃回灵宝，从此，三只公狐狸每夜对月悲春伤秋，望着山前的淡海长吁短叹。而四个初初长成的狐狸小妹吸取教训，不再去人间寻找伴侣，反而嫁给了生得俊俏些的山族。但诸位皆知，既是山族，又大多非天生美貌的族群，生得好看又能好看到哪儿？狐狸小妹们花容月貌，个个都觉得自己委屈，总去人间养些漂亮的小情夫，以慰寂寞。夫君们听闻后，做得也绝，到人间把那些情夫给生生撕了。正所谓百因必有果，狐狸小妹们盛怒之下又反过来把自己的夫君们给撕了，搬回灵宝山，随母亲一同做了寡妇。从此，老幺狐狸小妞虽渐渐长大，却绝无山族问津。

灵宝君一想起此事，就老泪横流，点着一众女儿的头道："我不记得，我养的是一群黑寡妇啊，怎么就能一拍脑瓜子把丈夫给撕了呢！"

灵宝君也因此事，日日把小女儿带到身边，悉心教导，不肯让她跟姐姐们一起玩耍，生怕唯一一个囫囵的女儿也学了坏毛病。狐狸小姐唤作秋梨，长得跟秋梨也有些像，身材臃肿，满面斑点。性情倒十分好，没有姐姐们的半分凶悍，但因从未见过生人，所以很有些怕羞。

奚山君把扶苏背来时，秋梨怯怯地躲在老母亲身后，看着一向熟悉的奚山君和她背着的全身都肿了的奇怪的人。

"奚山君来了。稀客稀客。"灵宝君抿嘴笑了笑，拿着龙头拐杖指了指肿了的扶苏，"他是谁，如何了？"

奚山君笑道："灵宝君且看看吧，似乎不行了，我查不出病症，只能向您求助。"

灵宝君满眼笑意地瞅了奚山君一眼，颇意味深长地道："你应是知道我这处的规矩吧。"

秋梨羞红了脸，垂着头，不敢看奚山君。

奚山君却嬉笑道："知道知道，我保证秋梨姑娘嫁给好人家。"

灵宝君绷紧脸，吓唬她道："可不许你拿你们家那群猴子搪塞，他们太穷，秋梨一天食八碗米饭，你们家养不起！"

秋梨羞得耳朵都红了，嗔怪地看了母亲一眼。

奚山君拱手诺诺："我们家这样穷，哪里配得起姑娘呢。我说的好人家，可是人间的好男儿。"

秋梨的脸唰地变白了，面目上的点点斑点更加清晰。灵宝君皱眉："人间不可。人间的男儿都浮躁虚荣，不成体统。虽说我们家世代与人都有联姻，但这些年，我奉法旨，去人间巡视夜游，见每家每户顶上都是黑烟滚滚，便可知，如今人心不古，已不复先圣时期的教化。"

奚山君笑道："这样家中冒青烟的岂不一目了然？总有好人选，您但可放心，交给我就是了。"

灵宝君犹豫一阵，可看了看女儿的容貌，最后还是点了头。她拄着拐杖去瞧扶苏，拿拐杖奇怪地在扶苏身上敲打一番，才吃惊地拿长袖掩面道："这孩子竟染了疟疾，快抬走，治不得了治不得了！"

说完，便要闭门送客。奚山君也吃了一惊，诡异地看了扶苏一眼，问道："真治不好了？"

灵宝君拉着女儿离得老远，怒道："我还骗你不成！也劝你早些把他烧了，不要遗祸我们千里一脉！"

奚山君蹙眉许久，才踢了蜷缩成一团的扶苏一脚，冰冷一笑："这样，也就没办法了吧。你时运不济，莫怪我。"

郑国国都七商最近几日，搬进一家大户。不知世系何家，但排场不小，家资颇是丰厚。初到七商，便高价盘了十几家酒家、茶社、布坊、染织场、珠宝铺子、楚红馆，惹得一众大商眼红热议。听说当家的是个老头儿，姓有苏。这姓颇怪，倒像是上古氏族，鳏夫一个，膝下只得几位姑娘。其中大姑娘管着珠宝铺子，曾戴着帷帘出铺子，一阵邪风刮过去，纱帽被刮掉，露出面容，竟是个国色天香的美人儿。全七商都沸腾了，到有苏家求亲的男子挤满了宅前的大道。

谁知有苏家的老不死竟挺着肥油肚子，捻着花白胡子道，他们家年纪靠前的四位姑娘皆是新寡，要娶可以，概不奉嫁妆，而最小的姑娘，则奉全部家资，但非状元之才将帅之勇不见。

五姑娘怯怯地躲在门内，邪风未吹，众人也鼓足了腮帮打算自个儿吹起纱帽。姑娘羞得捂着纱帽，大脚丫往内宅跑，那如球一般的身躯瞬间感动了所有男人。

世家豪商公子呼啦走了一大半，穷家男子涎皮赖脸盯着老汉喊岳丈，有苏老爷跷着腿坐在黄金椅上修指甲，挑起八字浓眉，看了穷家男子一眼，啐道："你也配！"

方才还熙熙攘攘挤不动的街道，这会儿已经渺无人烟，除了歪在有苏府门前，一直沉沉睡着的瞧不清脸的乞丐。

有苏老爷阴沉地瞧了乞丐一眼，漫不经心道："把他给我打走。"

扶苏醒来的时候，是在深夜。四周鸡犬不闻，他发着烧，摇摇晃晃地站起身，却发现此处并非奚山，而似乎是人间。天上星子这一夜十分灿烂，他瞧着星辨了辨位置，才发现此处竟是在中南之处。

约莫……似是郑国。

扶苏从未来过郑国，只知此处是他七皇叔成据的封地，在大昭，算是个千乘之国，国力十分雄厚。国中聚集做生意的胡人偏多，流动之人也多，颇难管理。而郑王成据亲生四子，收养四子，八位公子都素有贤名，一人分管一处，成据不偏不倚，对八子同等对待，倒把郑国治理得井井有条。

他未被扔进定陵中时，听闻七皇叔家中因立世子之事，几个育有子嗣的王妃夫人正闹得人仰马翻，八个公子也各有派系，明争暗斗，互不相让。世子之位本应由王后之子荇接任才合乎礼数，但郑王妃死得早，几位侧妃皆出于世家名门嫡系，身份颇是高贵，缺少母亲保护的荇的地位便变得尴尬起来。荇有掌管钱粮的养兄伯清相助，本来松了一口气，可转眼，掌管兵马总司的四兄季裔与六弟莙最近又走得近了，令他十分焦灼，惶惶不可终日。

荇今年十七岁，正是娶妻的好年岁。之前因太子暴毙，按宗室礼荇需守丧一年，议亲之事也因此暂且搁置，可过了年开了春，无论如何也该提上日程了。

扶苏脑中的信息一晃而过，并未放在心上。他抬起手，上面青青紫紫，肿胀未消，有些细碎的小伤口，竟流出了黄色的脓水。

他读过一些医书，自己也懂辨症，但见自己浑身是泥，被丢弃在旁国的油腻巷子中，心中便明白几分了。

应是……治不好了吧。他想了想，清楚了，走入一栋栋民居之间的小道。月上中天，四野清晰，房瓦泥坯因年代久远，散发出阵阵腥气。米铺、豆铺、饭馆、酒肆，扶苏嗅到不同的气味，一家家走过，心中也默默念着。他与旁的人，关心的东西总是不大相同。

到了郊外，终于寻到一口井，接了水上来，浑身酸痛的感觉更甚。拿水擦拭了脸和身体，映向井水，才发现，自己已经面目全非。

嗯，病得看不清脸了。

啊，包子。扶苏这样想着，忽然便想起奚山君的包子头，困意和饥饿再次涌来，他靠着井边，沉沉睡去。

不知为何，他这次似乎并不觉得自己快要死了，他想，若他还能醒来，便是时候去找另一条生路了。这条路上，没有奚山君，也没有那么多光怪陆离之事。

果真醒来的时候，却看到一众黑压压的人头。扶苏被附近的邻人团团围住，他们手中都拿着石块，凶神恶煞又颇为忌惮地看着扶苏。

"你用了井水吗，乞子？"一个年纪大的老者皱着眉问扶苏。

扶苏点点头，黑黑的眼珠望向众人，不明所以。

"砸死他！他喝了井水，分明得了疫病，还敢用井水！！"众人尖叫起来。

"慢着。"老者似乎是此处的里正，举起手，众人暂时安静起来。他又问扶苏："你可是郑国人？"

扶苏摇摇头。他站起身，想要离去。本以为到了郊外，人烟稀少，便可暂避一避了。

老者的面容却瞬间变得阴狠，大喝道："不准放走他！他没有户籍，不是郑国人！打死他，把他的尸体烧掉！！"

人群把扶苏围得更紧，他们拿着石头，带着疯狂和说不出的兴奋，狠狠地掷向了他。那些石头带着棱角，划破了扶苏的脸颊和衣服，血和脓水溅了出来，飞落在人群身上，他们惊呼一声，恐惧道："这乞子竟然把病传给我们，太可恶了！！"

"不要用石头，把他烧死！快，拿火把来！！"老者一声长呼，他的脸上也溅到了脓血，十分气愤地拾起一支长长的竹竿，狠狠地敲砸在扶苏头上。

扶苏身体极度虚弱迟钝，并不能躲过，浑身是血，倒在了地上。他双手依旧未蜷缩，一只手向天，一只手抚地，平展而坦率。这是他第二次面对这样赤裸裸的敌意，可是无力回天。第一次是被封到棺木中，合棺的那一刻。他因为无法承受的彻骨之痛，瞬间睁开了眼睛，却眼睁睁地看着棺木合上，所有的光全部消散。最后一刻，合棺的人那张裹着白绸的面庞上，嘴角还留着一丝明显得意的微笑。而这微笑，是因为自己的死亡。

眼前这些人的愤怒与兴奋，也是因为自己即将死亡。他本已把第一次死亡藏在心中，努力维持平静。然而，到了第二次死亡，却发现，在这样的人世，不与任何人牵连，这样静静活下去的想法也是行不通的。

第一种毁灭让他痛苦，第二种毁灭换来了原始的认知。

到底是存在造就了毁灭，还是毁灭使他意识到了存在，扶苏已经无法辨明，可是，那根棍打在自己头上的一瞬间，所有的痛苦却让他再一次有了一定不能流眼泪的警觉。

他想起那只泉水变成的手，纷繁的记忆定格在那只手上，当时奚山君捂住了他的眼睛。

他缓缓伸出了手，可是所有旁人的手中握着的都是杀死他的利器。

扶苏无从选择，握住了那根冰冷的竹棍，老者一颤抖，把竹棍迅速扔了。扶苏扶着竹棍，艰难地站了起来，所有的人都因为疫病下意识地后退了一步。

一个年轻人拿出了火种，一边警惕地看着扶苏，一边递给了里正。里正似乎因为炙热叫嚣的火舌安了心，他点燃起火把，猖狂地把火把往面目全非的扶苏脸上戳去，老人瞪大了浑浊的眼珠等待扶苏后退或者痛苦卑微地求饶，所有人也再一次放松。手中握有绝对会胜利的利器，让平凡的他们变得更加勇敢，也更加卑鄙。

可是扶苏却毫无表情地伸出肿胀的手再一次握住火把，他把手攥得死紧，尽管烤灼的红炭把他的手烧得一片血色淋漓，可是扶苏握紧的手却益发地紧。

所有的人都拿出了火把，他们已经没有兴趣围绕着一只肮脏腥臭的老鼠打转，决心解决掉这个卑贱的少年。

于是，所有的火把都投掷到了扶苏身上。

白色的沾了泥土的袍子瞬间燃烧起来，扶苏看着自己的衣衫被点燃，火舌蹿向他的胸膛和头发。

在明亮的火光映照中，那些疯狂的面容里的狰狞阴影也更加厚重。扶苏低下了头颅，如果前一秒他还在以天下之子的身份平静地瞧着这群人，那么，这一刻，他却掉下了所有人都无法看到的，因火光而黯然失色的眼泪，这是为了他的父民。

多么可悲的父民，生平这样团结，竟只是为了残害另一个人。

历代的太子都被教导要爱君爱民，可是，瞧，有些太子不是被君杀死，就是被民屠灭。倒霉些的，譬如扶苏，有生之年两者都曾碰见。

所有的人都恐慌了，他们看出势头不对，火光中的人正朝他们一步步逼近。

扶苏觉得烈焰快要把他的心挤压出来，这世间剩余的一切也许统统是假的，可是，让别人也随着自己一起痛苦才是真的，从别人的惨叫声中明白自己的痛苦生得什么模样，才是真的。

他们尖叫，他们逃离，他们甚至不知为何会变成如此。得了瘟疫的肮脏乞丐不应该沉默地任他们欺辱吗，不该哭着祈求他们的原谅吗，不该静静地跪拜在他们脚下等死吗？

火烧尽了扶苏的衣服，眼泪只会如油一般，让火烧得更旺。

如此卑微的皇子，如此辛酸的一生，如此残忍的死亡，究竟是因为什么？

可是，走到那些人之间的最后一刻，他却停住了脚步，闭上了眼睛。他沙哑道："你们走吧。"

扶苏以前读书时，常常看到快意恩仇的游侠儿和坚定不渝的刺客，他们活着就是为了杀人，以牙还牙、以眼还眼的做派贯穿始终。读到时觉得畅快，大抵因为报复是使失衡的心得到解救的唯一方法，可是，此时的他，并未从报复中体味到快乐。

这或许本就不是一桩快乐的事，反而会使死亡变得没有穷尽，甚至连最后的一丝残存的气息也因为恨意而灰飞烟灭。有些人并不明白苍天是怎么一个苍天，因你痛苦时他绝不会出现，可你欣喜时也定会让灾难隐藏在不远的前方。

远处来了一队骑兵团，首领是一个红发银盔的少年，他凝视着这一片火光，大手一挥，再次决定了扶苏的生死。

明明只是一个寻常的冬季，可是，对于扶苏，这辈子，只有这个冬天最难熬。

仿佛永远都过不完了一般。

扶苏除了奚山君外，又多出一位救命恩人。他不知道这人叫什么名字，只听到奴仆、婢女唤他"四公子"。

扶苏除了胸前和左臂被火灼伤了以外，其他都还好。奇异的是，他退了烧，全身肿胀的病症也消失殆尽。似乎是火把所有的脓血逼出，所以病便奇怪地好了。

这世上总有许多奇怪的事情是书和除了书之外懂得最多的扶苏无法解释的，但是万幸，扶苏莫名其妙地活了下来。

四公子肤色古铜，眼睛明亮，力气很大，精力旺盛。比起成觉的冷酷，这个少年的粗暴反而显得十分明朗清晰。不高兴了，一锤下去，高兴了，一锤再下去；伤心了，随行的宫侍要陪他舞起两把大锤；兴奋了，把剑劈进树中一阵乱搅。

总之，是个武疯子。但是，这个武疯子有个奇特的爱好，他喜欢捡东西，尤其半死不活的。他把自己当作观世音菩萨，心地善良，善良得可怕。谁能想到堂堂七尺好汉常常抱着一只受伤的小兔子眼泪汪汪喊"乖乖"，谁能想象他的院子里随处可见受伤未愈到处乱窜的小动物，谁能想象小猫、小狗趴在这样男儿头上，他吃一口，猫儿、狗儿哄去一半。

扶苏深刻地明白了，自己为什么会得救。

他看着四公子的排场，隐约猜到，眼前的这位四公子大概也是他诸多堂兄中的一名，他好像见过他，但是已经不记得这位堂兄的名字。大昭有百国之多，扶苏有三百多个堂兄弟，记住每个人的名字几乎不可能。

既然在七商，那么应该是七皇叔的子嗣。

四公子似乎很喜欢扶苏，摸着他的伤口，眼睛亮晶晶地问着还疼吗，好像扶苏是个可怜的小动物。

扶苏黑黑的眼珠看了他一眼，点点头。没错，很疼，尤其你那只跟铁块一样的大手拍到肩上的一瞬间。

他眼睛不眨地看了四公子一会儿，才指着四公子的头发问道："为什么是红的？"

四公子表情有些不自然，含糊道："我是父王拾回来收养的，我娘是海外飘的夷人。"

"你生得不像是夷人。"扶苏淡淡道。他的面容虽比旁的成家子弟粗犷一些，但打眼看来，还是昭人的清秀。

傍晚时，宫侍忽然一声尖叫，吓了四公子一跳。这人掐着嗓子说："公子，明天要见太傅，你的作业还没做！"

四公子浑身一抖，瞬间像被吸干了汁肉的烘柿子，瘪了下去。

有书侍端着碟子和一摞书纸出现，低头禀告："公子，据臣所知，您要作三篇关于粮荒的策论，十首赞年节的诗，三百篇书法，还有……还有上次被太傅罚的五百遍抄书。"

四公子瞬间站了起来，咆哮道："你们是死的吗，我每日忙着军中事务，哪有空做这些，就不能长点眼，帮主子办妥了吗？！"

书侍抖着手，含泪道："臣已尽力，策论做了两篇，诗做了八篇，书法不敢下手写，因您……因您的字太……太秀美飘逸，太傅罚抄的书想必不会细看，我便写了四百遍。"

四公子放下筷子，拎起了锤，怒道："反正就这些了，那福老儿若是再罚我，我便在父王面前同他拼了！看是我的锤硬还是他的戒尺硬！"

书侍跪在地上，痛哭流涕："可不敢啊，好公子。你若如此，臣等只好投江做那冤屈的三闾大夫了。"

扶苏许久没有吃过良米和新鲜的蔬菜肉食，他低头埋在碗中不作声。

四公子叉着熊腰，团团转了半天，表面恶狠狠雄赳赳，可心中却有些发虚，思揣若做不完，那福老儿罚自己的时候定然不会手软，一帮兄弟个个精乖，在父王面前打个小报告，自己便吃不了兜着走了。上次因为踢倒了书桌，扬长而去，被父王逼着脱去外衣，背着枯树枝跪在太傅面前负荆请罪，一众兄弟为此嘲笑了他半年。这种事，若再发生……

四公子头痛，抬起眼，扶苏依旧把伤痕未愈的脸埋在碗中，斯文秀气且快速地吃着，他眼珠子转了转，咬牙大喝一声："我处于危难，这位兄弟，你救还是不救？"

扶苏抬起黑黑的眼珠，看了他一眼，干脆道："我不识字。"

四公子说:"他们说,你每日都偷我的书看,而且是很晦涩艰深的书!"

扶苏顿了顿拿着筷子的手,慢道:"除了策论。"

由于有帝国第一读书达人的相助,四公子顺利过了关,除了太傅把策论扔到他脸上之外,写的诗竟然破天荒地得了赞扬。

太傅福先生听说是始皇派去寻丹药的臣子徐福的后人,据说他家祖先在海上漂泊许久,远至蓬莱,也未见神仙出没的痕迹,只得垂头丧气而返,可却怕始皇怪罪,便隐姓埋名起来,在当年鸟不拉屎片草不生的郑地谋求生计,改姓为福,去了旧时的徐姓。福家祖辈都是做大饼的,烙得一手好大饼,培养了六七代,才生出一个会读书的福太傅。

福太傅是个倔老头,教学生读书时一板一眼。因他深知将来的郑王位会在八个公子之中产生,所以对他们益发严格。福太傅说一国之君持神器之重,小可利一方社稷,大可定乾坤万民,绝不可轻率,故而一直坚持骂是爱打是更爱的教育原则,八位公子中不恨他的寥寥无几。

这老儿今日见一向难管教的四公子都顺利交了作业,难得地笑了笑:"今日聚而讲学,我便说个故事,同公子们谈些有趣的东西。"

诸位公子警觉地瞅了他一眼,随后低头称是。

福太傅拿着戒尺,略微沉思,开了口:"殿下们,战国史可还记得?"

众公子又称是。

"七公子,汝可知,卫氏变法是哪一年?"

七公子起身,应:"孝公既定,天下大分大合,秦实蛮荒,民弱兵疲。卫孙鞅,素贤,应公令,入栎阳。三年,说变法修刑,公善之。"

福太傅点头:"正是。今日,臣说的便是公孙鞅入秦都之后的一段旧事。估摸上下,应是孝公五年。那一年,临洮粮收艰难,管粮仓的小吏却失察,留种的粮仓教几只灰鼠打了硕大的洞,又接连几日大雨,粮种全遭了湿霉,眼见,下一年颗粒无收,饿殍遍野,臣斗胆,问各位殿下，若为秦公，当何如？"

众人思索片刻，粗想，不难不难，再细一想，瞄了嫡子荇一眼，都成了无嘴的葫芦，老僧坐定，谁也不做那出头的鸟。

福太傅淡笑，看了看座下，开口："八殿下年纪最幼，且先说。"

八公子年仅八岁，"啊"了一声，指了指自己，众兄弟低头，无人救他，瞬间义愤填膺："打死那帮混闹的老鼠，诛它九族！"

太傅敲敲戒尺，依旧笑："稚子天真，不知鼠辈最是猖獗，子孙无以计数，虽九族除尽，十族百族早诞矣。况，虽是鼠祸，杀尽百世，救不得一方百姓，亦不济事。"

七公子知道，接下来就是他，没得推诿，洒洒脱脱地站了起来："国家粮仓，总有一二可救济，派个使臣放粮就是。"

太傅道："七公子说得有理。老臣再问，我朝开国至今，可曾放过粮仓？粮乃国本，临洮大县，百姓十万，仓尽而民未餍，届时，国库空虚，战国兵事，一触即发，秦弹丸苦寒之地，何以立足？"

大公子是个温雅人，脸微红，清咳，站了起来："不知，不知我从宗室，自内闱，带文武，清肃令，国之上下，共省一县粮种，何如？"

太傅笑得慈祥一些，点头："殿下大贤，为君当如此。只，卫公孙初变法，成效不显，文武哗然，于孝公，颇有微词，兼有大夫势重，威胁宗室，公虽是贤公，可从上至下者，阳奉阴违者不知凡几，又何如？"

诸子哗然，擦了把汗。说什么这老头儿都有讲不完的理，自己只活了一二十年，他活了七八十年，说也说不过，怎么同他讲。

嫡子五公子荇淡哂，站起了身，青色的衣摆微微撩起，朗声道："若是我，临洮一地，民可发安居令，家居临洮未足三世者，按姓氏，令分三十县，借商君酷政，举国下令，凡持安居令的临洮之民，行至何地，邻人县政必置其安居。足三世以上者，仍留临洮，临接八县，按贫瘠富庶，募粮种各一，或可救民。"

太傅笑意更浓："孺子可教，想至如此，难为，难得！虽举国搬迁，然三世之下，根基甚浅，婚姻尚少，总不至骨肉分离，三世之上，家族繁茂，虽不可擅动，却知借商君东风，重整民籍归属，大善。但，尚有一事，老臣不解，或许殿下可解惑。民分三十县，颠沛流离，未及终地，已去一二，便是到了所分之县，水上浮萍，毫无倚靠，碰上邻人欺生，又去一二，十分之民去了四分，秦地三十八县，民生不定，可有赞你仁厚的？战国六君，天下诸侯，可有称你得道的？无道的昏君，纵使劳苦，又有何下场？"

五公子苻心中暗恼，面上却笑："俱是纸上谈兵，夫子焉知，放我于秦地，我不成事？"

剩余的几个也没提出什么好意见，一众兄弟因为一窝老鼠被刁难得下不了台，福太傅同郑王议事时说起这一桩，郑王先是笑，后来脸色倒也难看起来："当真无人想到，如何做？"

福太傅捻起胡须，叹道："除了四公子说要回去思量思量外，旁的公子都未想到好法子。不过，这等问题，于方通庶务的公子们而言，确实难了些，答不出也无妨。"

郑王冷哼一声："微小处才见真章。"

"话说，有几只灰老鼠……"红发的四公子绘声绘色地用白话对扶苏讲着他理解的偷粮案，一旁的书侍们捏了一把汗。

"听不懂。"扶苏冷淡地回答，继续低头扒饭。什么叫秦国里面有个姓卫的人，这个人好似惹了不少祸，什么叫几只胖乎乎的可恨灰老鼠偷粮吃，什么叫有一天晚上阴云密布，打雷闪电，狂风暴雨，第二天，所有的粮种就不能用了，什么叫如果你是秦始皇，一个郡县的人都要饿死了，你会怎么办？

从不知道大昭宗室的精英教育是这个德行，书都读到狗肚子里了。

"不是始皇，是孝公。"书侍的脸红透了，恨不得把头埋到地里。

"不是吗？"四公子露出白牙，皱起眉，苦苦思索，不知是笑是恼。

书侍颤抖着悲愤道："请让臣再为扶苏公子叙述一遍。"

书侍颤抖着又讲了一遍，扶苏终于听懂了，他问道："诸位公子怎么说？"

四公子咧嘴点评："八弟说的最合我胃口！"

书侍攒泪，装作没听见四公子的话，继续朝下说。

扶苏又拿起了筷子，"嗯"了一声，表示自己知道了。

四公子咆哮："你的人性呢！你的救命恩人明天就要被打板子了，你还在吃？！"

扶苏觉得如果打板子能让这群堂兄弟脑子清醒一些，打打也是有必要的。

他又淡淡点头，表示知道了，表示自己还要继续吃。

四公子拿头磕桌子："到时候，太傅又同父王说我无用，父王又要骂我除了一身蛮力，除了打仗，什么都不会。读书这么难，难道父王以为所有姓成的都同那死鬼太子一样，能在短短十年读完藏经楼的书吗？"

读书达人太子从六岁到十六岁，读完了大昭国都最大的藏经楼的书，据说约有三万本典籍，一年三百六十五日，十年三千六百五十日，他究竟如何读完的三万本，至今还是个谜。

扶苏低头不理他，吃完最后一口米饭，才道："这件事情，并没有准确的答案。但，或许郑王殿下和太傅心中却有一个极明确的答案，只是公子们无人猜出而已。"

"学生以为，秦国地偏贫瘠，不宜擅动，可借粮魏国。"四公子挺直颈子这样答道，看着太傅的脸瞬间变青，却暗叫不好。

席上诸位公子鸦雀无声，四公子额上瞬间生出了密密的汗，福太傅沉默许久才开口："何讲？"

四公子望天背书："魏一向富庶，对邻韩国，垂涎已久，若得，南可与楚分庭抗礼，东则与齐成掎角之势，魏如果答应借粮，秦可许魏，有朝一日魏攻韩时，借道函谷关。"

福太傅眼中精光大作，冷笑："函谷关何等重要，国尚不稳，竟还要招虎狼，他借函谷关，反攻秦，又该如何？！"

四公子似乎早有预料，又答道："秦国国力虽弱，机会却绝佳。一者，秦地处偏僻，易守难攻，魏以秦为盟向东攻，得利更多，断不会时机不恰，四面招敌；二者，魏若吞韩，楚赵则必以为芒刺在背，三国交锋，秦可谋发展矣。"

福太傅脸色瞬间变得阴晦："民生尚无以为继，君不思救民，竟握民生为秉，借机图谋天下，若公子为君，多佞！"

四公子神情瞬间变得黯然，他不复平日的开朗无理，苦笑了笑，看了诸位兄弟一眼。他们果真神情各异，尤其是荇，面容几乎扭曲。

四公子低声说了一句什么，所有人都没有听见。

七商新豪有苏氏家院子里挂着一面旗，黑色的底子，上面描的竟像是古时部落的图腾，笔触时浓时淡，颇具灵逸诡谲之气。有苏老爷抱着玉壶，扛着肥硕的肚子在阔气晃眼的院子里踱来踱去。

"爹！"大姑娘一身红纱，飞着媚眼就款款摆来。

有苏老爷抽搐："我是你爹，不是干爹！摆这风流道子给谁看？"

大姑娘噘嘴道："整日闷在房里，无聊死了。你既是爹爹，家中最大，想个法子解解闷。"

"去去去！"有苏老爷不耐烦地推搡大姑娘，"把你妹妹喊来，她夜夜观气，可观出个章程来？到底要嫁谁？"

大姑娘哼了一声，扭着腰肢骂道："瞧瞧这街上家家的黑烟，有几个心善！出了青烟的不是乞丐就是奴婢，再没有撑得起那鬼祟丫头的眼的！娘把她娇气成那个样子，也不撒泡尿照照，自个儿配不配！雷劈了的焦心种子，想也想不明白，那张脸怎么就成了我们家的姑娘！"

不一会儿，五姑娘眼泪汪汪地来了，有苏老爷眼瞧着她，更像一只水汽足的大梨子了。

有苏老爷清了清嗓子，咕咚灌了一口茶水，和颜悦色道："姑奶奶，瞧准了吗？"

五姑娘细声细气地诚恳道："爹爹，我虽勉强自己这几日，可有些事终究勉强不得。我实在不愿意嫁给人，您能同娘说说吗？"

"为什么啊？"有苏老爷赔着笑。

"我……我小时候……"五姑娘声音更低。

"什么什么？"有苏老爷听不清，支棱起耳朵，胡子一抖一抖的。

五姑娘忽然用手捂着胖乎乎的脸，哭了起来。

有苏老爷哄了半日，她才好，抽抽搭搭地说起了缘故。事情不算大，但有苏老爷估摸着应是心理阴影的问题更严重。

五姑娘未化人的时候，因为哥哥们都去人间寻姻缘，对她说人间极美，花团锦簇，她便对人间充满了好感。听说顺着灵宝山下的淡海朝前走，就能到人间。五姑娘小时候狐憨胆大，趁着夜晚跳进了淡海，顺着水，小狐狸游了起来。她游啊游，游了好久，游到小小的圆滚滚的火红身躯都变得湿透，游到精疲力竭，天悄悄放明，银河也被白日蒸发得黯淡的时候，终于到了一块浅滩。那里都是鹅卵石，小狐狸抖了抖毛，就上了岸。

岸边却坐着一个掰着红薯吃、满脸红薯泥的灰不拉儿的红发小怪物。她饿极了，怯生生地看着红发小怪物手中的红薯。那小怪物却好像没有看到她，一边狼吞虎咽，一边掉眼泪。

"你知道人住在哪里吗？"小狐狸如是小声问道，却死死盯着小妖怪手中的红薯。

小怪物哭声很大，盖过了小狐狸问路的声音。他一边号一边恶狠狠地掐着红薯皮："为什么不肯认我，我也是我娘生的，凭什么不认我！为什么说我是怪物，为什么要把我扔掉！我死了也不会放过你们！！"

小狐狸蹲坐在了小妖怪身旁，她看他十分悲戚，用火红的小爪子拍了拍小怪物的肩，道："嗯，你是你娘生的，不要伤心，我也是我娘生的。你长成这样，是妖怪啊，我也是妖怪，你看，我比你难看得多，至少你还像人。"

小狐狸认为像人是美的唯一标准，她很羡慕地看着变成人的小怪物。

"狐狸精！"小怪物终于注意到了身旁坐着的狐狸，一屁股瘫在鹅卵石上，尖叫一声，"狐狸会说话，我的娘！"

小怪物手中的红薯震掉了，小狐狸飞快地把红薯扑在软绵绵的小肚子下，问他："脏了，你还吃吗？"

小怪物眼中的泪珠眨巴掉了，他惊讶地看着小狐狸，很久，才摆摆手，悲从中来："这是我在厨房偷的最后一块红薯，吃完就要饿死啦。反正早晚都得死，你吃了吧。"

"你为什么会在这里，你的爹娘呢？"小狐狸边塞红薯，边问道。

"我娘生完我，没两年就死了。"小怪物眼泪又出来了，他咬咬牙，忍住道，"我爹说我是个妖怪，一直不肯认我，我娘陪嫁而来的媵姬是我的姨母，她偷偷把我养在别院中，我今年五岁，该进学了，姨母对爹爹说了实话，想请求他让我进宗学读书。今早来了几个侍卫，我满心欢喜，穿上了最好的衣裳，以为他们要带我回家，结果，他们却把我扔到了森林的深处。"

小狐狸听着听着，掉出了眼泪。她的眼睛圆滚滚的，饱含同情的泪水："你原来是人啊。人不是好的吗，人为什么要把自己的幼崽抛弃呢？"

小怪物绝望地望着天，吐了一口气："为什么呢？"

善良的小狐狸背着小怪物，走出了森林。他们悄悄地趁夜进入了城里，小怪物说他从没见过爹爹长什么样子，他想见见爹，然后就可以放心地死了。

小狐狸虽然还小，但毕竟是有苏一族的妖怪，会一些法力。她用皮毛团团抱住了小怪物，然后隐住了身形。他们爬上了高墙，进入了人间的富贵处。

富贵乡里处处亭台楼阁，轩榭华梁，就连房顶垂下的祈福角都是用软玉刻的。小狐狸被迷了眼，她和那个小小的妖怪，不，是小小的，生着一头红发的人，仰望着这里，像坐井观天的青蛙，跳出了井底的图圈，深深地被迷惑了。

小狐狸很兴奋地咯咯笑着："这里就是人间啊，可真美。我从没见过这么好看的地方。"

红发孩子却垂下了头："这里，本来是我的家。"

小狐狸用皮毛紧紧地裹着他道："不要担心。住在这么好的地方的人，心地一定十分善良。你爹爹只是从没见过你，你生得这么好看，他见了一定喜欢你。"

红发孩子拽住一缕红发，眼睛变得黯淡。他说："如果有法术，能把我的头发变成黑色就好了。"

小狐狸同情地用尖尖的鼻子蹭蹭他："我可以让你的头发变黑，但是我娘说，欺骗不是好孩子该做的事。你去见你爹爹，然后告诉他，你很想他。如果他愿意留下你，你要诚实地告诉他你的头发还会变成红色，可如果他还是打算把你扔掉，我便带你离开人间。"

红发孩子眼睛亮了，郑重地点了点头。小狐狸合十爪子，夹紧胳膊，口中念念有词地转圈圈，不一会儿，从腋下掏出了一块红色的纱囊。

"这是有苏氏的香，你放在身上，虔诚想着你想要变成的样子就好了。"她用小爪子为红发孩子梳了一个漂亮的发髻，然后把他推出了自己保护的小小圈子，一声尖厉长鸣，对着黑夜，把四周的侍卫都引了过来，然后，才渐渐隐去身形，小声道，"一个时辰后我来取香，你小心藏好。没有香，我会慢慢失去全部法力，变成普通的狐狸。"

"然后……"五姑娘泫然欲泣，有苏老爷叹息着打断了她："然后，他意识到了有香的好处，不肯还给你了，是不是？"

有苏家的香可是好东西。狐狸精一族化人时的美貌全凭此香。香越浓烈，面皮益美，越能惑人。

"不单单这样。"秋梨的泪又涌了出来，"他趁我法力消退，现了身形的时候，命人把我抓了起来，送到了厨房。我失去了灵识，越来越虚弱，睡醒的时候，娘已经在我身边。她老人家救了我，帮我寻回了香，我这才能化成人。"

有苏老爷心道，倒不如不化人。这孩子是有苏老爷看着长大的，她还是狐狸的时候，十分漂亮，化了人，反而十分不成气候了。

"那红发的孩子如何了？"有苏老爷问道。

秋梨想了想，似乎有些迷惑："娘当时站在树林中，她抱着我，不知为何，极温柔地对着远方的一个小孩子行了一礼，似是感谢那个孩子。而那个孩子一头红发，却正是害我的人间小冤家。"

红发？

有苏老爷淡淡笑了笑，不远处的梅枝在料峭的寒色中，缓缓绽开小小的花朵，似是入画推砚的一瞬间，墨色结冻在笔尖，暗香凛冽。

当夜，老爷坐屋顶观气，发现确如大姑娘所言，郑王城内处处黑烟滚滚，满目疮痍，令人一观便觉扫兴，但重重黑烟缭绕中，虽不明显，可细细看来，却发现一缕青色的纯净烟束，直冲云霄。

天又冷了几分，年节还有半个月便要来了。四公子今年方满二十，便被赐了处宅子，从郑王宫中打发了出来。却也因为如此，扶苏能在这里养病躲灾，不引人猜疑。

"你一直看书，书有什么好看？"四公子耍了一会儿刀，雪花一挽，反手抵在扶苏袍子上搁着的书卷上，他这一手极俊，在冬日的阳光下，洁白的牙齿同刀刃都亮得晃眼。

扶苏拍掉刀,抬眼瞧着他,慢吞吞道:"好看。"

"你想考状元,当京官?"四公子拿过婢女递来的锦帕,擦了擦汗,笑道,"你若志向小一些,我可举荐你在郑地当官儿。"

"我不做官。"扶苏摇摇头,"母亲说,若我有日做不成官,便远远地躲起来。她希望我能娶个贤惠美丽的女子,生几个娃娃,衣食无忧。"

四公子愣了愣,又笑了,左边唇角有一个小小的梨窝。他道:"我娘起初和你娘说的一样,后来,就不这样说啦。她死之前,要我守在这里一辈子。"

"公子,大公子、二公子和五公子造访。"长史打断了二人的对话。

"谁让你这蠢东西多事的?"从花厅缓缓踱来几个身影,人还未至,其中一个对着长史和四公子便笑骂开了,"四弟这些日子不但功课长进许多,也不爱同我们厮混抢酒了,我来瞧瞧这是中了什么邪,还是红袖添香藏了个……人?"

四公子对着扶苏使了使眼色,扶苏走过月亮门,到了隔壁的花园,隐伏下来。

"四哥。"三个少年一行走来,荷对着四公子极淡地行了礼,继而旁若无人地坐在了石凳上,嗅了嗅石桌上的茶香,触着扶苏遗下的茶杯玩味道:"四哥真藏了个人吗,茶还有余温。"

四公子抱住杯,咕咚喝掉,笑道:"我刚使完刀,才倒的骏眉,正巧教你们赶上了。"

方才大嗓门调侃的正是二公子,他道:"咱们的五郎怎么稀罕骏眉,父王刚赏他二两罗朱,还是今年新采的。楚使来时,说是八王叔特意留给父王的,整个楚国统共也就只有一株树,父王转眼,不对,是眼还未眨一眨,就把茶赐给了五弟。"

四公子眉梢笑意更深,他道:"父王素来爱五弟,罗朱配玉郎,再好不过。"

荷生得极好,在郑国,素来有"小宋玉"之称。可五公子很厌恶这个称呼，不喜欢别人议论他容貌如何，更不喜欢听人调侃。此时四公子虽是一片赞美之意，五公子却心生厌恶，冷声道："我是什么玉郎，若同四哥一起出门，能让邻女趴在墙头看的总归轮不到莳。"

大公子伯清捣了捣莳，暗自抚额。他们这一行前来，本是拉拢四公子，这会儿倒像是明枪暗箭了。四公子虽一向因一头红发引人非议，而不被父王喜爱，可不知为何，父王却白白让这个养子掌管了兵马司，教他们这些兄弟，想忽略都不成了。

莳话语刚落，也暗自后悔了，正要说些什么描补一番，四公子却得意扬扬大笑起来："小玉郎这样说，便是称赞哥哥是大玉郎了。"

众人都黑线了。什么神经，怎么能粗成这副德行？

而此时，躲在花园花丛中的扶苏却被浓香逼得几乎跳出来。他察觉到说不出的怪异，用袖口掩鼻，手指悄悄地从花朵中划过一道缝隙，却瞬间僵了，黑黑的眼珠移到了明艳耀眼的姹紫嫣红之上。

他第一日来此园中，此前一直在客房养病。

"四弟的花园还是这样生机勃勃。寒凛冬天，还能有一园子名花异卉的，只有四弟了。"温文尔雅的大公子赞道。

"四弟，这是毛病，得治。爱那些半死不活的固然算了，只是爱纸花是什么意思？虽瞧它总绽放着，但总少了些韵味，不及真花婀娜多姿。"二公子摇头，不赞同。

这些花是假花，叶也是假的。扶苏触到的一瞬间，便察觉到了，这些明艳逼真的花，只是用香草浆纸，随后染色，折叠描画而成的。

"我素来习武，是个不大读书的粗人，瞧不出什么韵味，只爱热闹。花期不同，颜色也不尽相同，如想让所有的花同时出现，永不凋残，便只有这个法子了。"四公子笑了，又蹭了蹭汗珠，对五公子莳道："五郎，你瞧远处，所有的牡丹和凤尾都是我亲手而折。"

牡丹？凤尾？

莳如坠冰寒。四公子是何意？是暗示与他为敌，向他宣战的意思吗？他也想尝尝做王的滋味吗？

郑王室诸兄弟笑闹着离去，扶苏缓缓站起来，走出了假花丛。

那些假花恐怕稍经风吹雨打，便俱要一夕散了吧。并不如四公子说的那样轻松，仿似一朝成了，一日两日一年两年就不用管了。如此算来，假花比真花，更需用心良苦，费尽心机。种下假花的人，心思如此，表面却这样豪爽鲁莽，莫名地教人……毛骨悚然。

扶苏静静地瞧着满园的花团锦簇，北风吹来之时，呼出寒气，才察觉，早已是深冬。

冬日初初开始的时候，他被奚山君丢弃。原以为要在奚山度过一个穷困潦倒的年节，如今或许还算好，只是今日一观，四公子也似是心机深不可测，居于此处的时日恐怕亦不会太久了。

但在此过年总归有人间的烟火，总归不会再被饥饿四面伏击，无招架之力。

不知为何，他想起了二五同二六的笑颜。

有苏老爷从边塞胡境购进了三千匹骏马，他预备开牧场。郑国人震惊了，才恍然意识到这家人并不是比一般富豪稍富贵一些的门庭，这架势，俨然是陶朱猗顿之流。

他家的姑娘出入亦变得十分阔气，五辆马车拉着的香车在七商环绕一周，香风明丽，华冠公伯，连郑王同诸位公子都戒备起来。

"臣看了有苏家呈上的世系族谱，似是周朝近戚，秦皇统天下，他们便隐于山林，不问世事，此次入郑国国境，如此大张旗鼓，恐有所图。"太傅福大人皱眉禀告。他只知有苏氏是商朝冀州之族，不知道周王朝还有一支。可族谱文鉴作不得假，证据确凿，教人颇费思量。

只是，他们这样露富是图谋什么？

"福卿，仔细想想，骏马三千匹啊……"成据意味深长。

福大人眼中精光大作，拍膝道："臣考虑不周，竟未想到此处！他怎知……怎知大王正在兴建弓骑兵营？"

成据微微一笑，闭上了眼："有苏氏在向本王示好。孤该赏赐些什么才好呢？"

殿中燃着一团暖香，龙口吐出的烟雾渐渐攀爬氤氲了郑王的面庞。烟雾缭绕中，老太傅赫然发现，八位公子中，生得与王最像的并非公认的苻。

他想起了那个女人死亡时痛苦的叹息、死不瞑目的神情、眼角垂下的血泪，以及、以及一头红发的孩子哭泣的面容。

"福卿。"

"是，臣在。"

"阿芸今年多大了？"

"你唤什么？"那双温柔的手抚住了他的面庞。

"我叫……臣叫季裔。"一头红发的孩子有些犹豫不安地转身，看了母亲一眼。

"殿下，这是我新收养的四子。他的母亲是个夷人，去世得早。"他的母亲淡淡一笑，"我家殿下慈心，非教奴收养此子。他资质有些愚鲁，又不大爱说话。"

那双温柔的手把红发的孩子揽入了怀中，眼睛十分明亮地瞅着他："哈，长得真好。阿湘的孩子和我的孩子，都一样，是神赐给成氏特别的礼物。"

"奴婢惶恐。他卑微下贱，如何能同太子殿下相比。"他的母亲垂下了头。他看着母亲，也学着她的模样，自卑地把头垂了下去。

"不，他们是一样的。"那双手温柔坚定地把他的头颅抬起，才微笑道，"太子一向寂寞，季裔，难得来京，请陪陪他。"

他茫然地看着四周，远方，有一个小小的穿着玄色衫子的孩子，抬起头，站在树下看着浓密枝丫上的一样东西。

红发的孩子走到比他更小的孩子的身旁，问道："太子殿下，您在看什么？"

"嗯，红头发。"刚满三岁的孩子盯着他的头发，看得不眨眼。

他自卑地把头缩在领口，太子殿下却摸着那头红发，呆呆地看着，许久，才笑道："真有趣。"

随后，太子殿下却移过目光，望着树道："母后娘娘莫名把我的球扔到了树上，教我自己想法子。我在树下待了一下午，却百思不得其解。你可会爬树？"

远处漂亮高贵的皇后听到太子的话，忍不住偷偷翘起了唇角。

季裔看着小不点的太子殿下苦恼发呆的表情，显然并没有对他的头发、他这个人散发出什么恶意，对着他的母亲也没有说出什么讥讽嘲弄的言语，心中不知为何变得暖烘烘的，忍不住卖弄，三两下蹿到了高高的大树之上。

他费力地拔出球，坐在树杈上，向太子殿下远远挥舞着手，小太子呆呆道："啊，了不起，捡到了。"

听到他不带掩饰，真诚而天真地夸赞自己，季裔露出因换乳牙而缺了齿的嘴巴，笑了。小太子对着阳光下有些刺眼的堂兄，眯起了大眼睛，道："我叫成婴，你可喊我阿婴。"

季裔在高高远远的大树，晃动着小脚，开心地把双手鼓起，他咧开了小嘴："我叫……"

叫……什么来着？

扶苏从遥远莫名的梦中醒来。

郑王下了一道旨意，有苏氏原系周朝贵族，身份尊贵，自迁郑国，倾力襄民，于社稷有功，闻家有贤女，与孤之子可成良配。

郑民面面相觑。这旨下得太莫名其妙了。虽然有苏家是挺有钱，怎么就成了前朝贵族，怎么就尊贵了？况且你有八个儿子，他家五个女儿，怎么良配？难道堂堂殿下还贪图一个豪商家的产业？这未免太可笑了。

但郑王旨意就这么下了。

当夜，八个公子有七个睡不着。因为除了年仅八岁的八公子，其他各子皆含苞待放，正在佳期。

他们的门下谋臣思来想去，一致认为郑王这个旨不可接，下得太没文化水准了，谁接都讨不到好果子吃。

而有苏氏接旨后，便对外声明，要把家产全部给五女，做得颇是露骨。郑国迟迟未立世子，郑王整日调戏调戏这个娃，申斥申斥那个，除了因苻是嫡出颇受宠之外，谁出头接这个旨，无异于对郑王殿下说：爹，您看我现在当世子以后您死了当郑王成不成。

所有的目光都胶着在了五公子苻身上。

苻自幼心高气傲，怎肯娶一个来历不明的据说还是丑女的女子。他暗中恼恨，表面上却是一派温和贤公子的模样，堵住所有探视的目光，却死活不接腔。这个旨反正说的是孤之子，孤的子亲生的、后养的太多了，本公子就是不接了，怎么样吧！

撑了没两天，大公子坐不住了，同苻商量道："不如我接了吧，你嫂子是个明理的人，有苏家的姑娘做个公子的贵妾，也算给她脸了。"

苻暗地里冰得发臭的脸听闻此言刚和缓一些，四公子季裔却跪在郑王寝宫前郑重磕头接了旨。众位公子瞬间炸了锅，老四这红毛小子，到底是喝什么奶长大的，胆子怎么就这么肥！你一个养子，虽有些权但无势无宠，后院更没吹枕头风的娘，怎么就敢堂而皇之、大大咧咧地接了授意给未来世子的旨？

五姑娘秋梨这厢听闻接旨的是郑王家的红毛小子，拍着大腿便呜地哭了起来，这是哪世修来的小冤家啊，怎么就又摊上了他！成了亲，若知道她是先前的那只小狐狸，还不扒了她的皮做坐垫。

她哭着闹着找老爹爹去了，老爹爹却喝着闲酒搓着花生米，哼着诗经的《关雎》，没空理她。

"把各处铺子的地契都打点好，装到姑娘嫁妆里。还有上好的胭脂水粉朱钗翠宝都买好，同二掌柜的说，要今年穆商的新样式，他们家产珠，款式考究连京中都比不上。嘿嘿，对了，收购一百坛二十年以上的陈烧酒，成亲那日拜了亲家，咱们回家请乡邻热闹！"有苏老爷的嘴没闲着。

"爹，我不嫁！"五姑娘满眼泪花花。

有苏老爷拿金丝袖子蹭了蹭姑娘的泪眼，咪地笑道："怎么就这么爱哭，你那夫君可还没哭呢，瞧瞧你化成人的这副模样，我的小姑奶奶！"

秋梨哭得更大声："我不嫁给他，我要回家，同娘说，你欺负我！"

有苏老爷翘了翘半边嘴角道："成，尽管回去了，反正你不嫁他，这辈子指定嫁不出去了，也就甭整日绣些鸳鸯交颈、连理合欢的花样子了。先前弧琅山君家大姑娘得过花痴的疾，发春期嫁不出去，结果有一天发狂，自己捣着自己的肚子，最后把自己捶死了！"

秋梨抽噎声戛然而止。

"妹妹，连隔壁山头穷得要死的奚山君那鬼模样都能找到婆家，你又何苦担心呢？"香风飘来，大姑娘媚眼一抛，拉着妹妹的手，咯咯笑了，"若真得了花痴，我的男人分你几个也就是了。咱们是狐狸，可不讲什么三贞九烈！"

有苏老爷皮笑肉不笑，却一把揪住大姑娘的耳朵道："小丫头，再兴风作浪，我把你一巴掌扇回灵宝山。二姑娘、三姑娘、四姑娘可都开始收拾包袱了，戏差不多看完了，您就尽早启程得了。"

接着，他凑在大姑娘的耳旁小声狠戾道："她若嫁不出去，我好不了，老子让你也安生不了！"

大姑娘一把搂住有苏老爷，低声冷媚一笑："你骗我骗得这么苦，我会让你事事顺心？天下没这么便宜的事！先前你说你暗恋三娘，这才一直不婚，我自是信你，可谁知你竟喜欢上个带把的，决定做女山怪了，本姑娘的脸被你打得至今都抬不起来，那些山头没良心的骚货都笑话我呢，我若不报这个仇，岂不显得本姑娘性子太软！"

大姑娘当年云英未嫁时曾经喜欢过一个穷且丑的臭小子，臭小子不肯娶她，她才琵琶别抱。结果偶有一日，大姑娘在人间找小情夫寻欢，竟听女伴幸灾乐祸说起，臭小子竟然预备洗手做羹汤，嫁人做女子了。她雷霆震怒，一巴掌把长得有几分似臭小子的小情夫拍死，她的夫君寻她而来，见她衣衫不整，与她打了起来，大姑娘一时恼怒，就把夫君给生生撕了。家中姐妹问出了何事，她没好气遮掩，道是夫君把情夫撕碎了，她一时恼怒，把夫君撕了。谁知妹妹们早就不耐烦家中管东管西的夫君，便依葫芦学样，荒唐下去。

说起来，小妹嫁不出去，灵宝山背来如此骂名，她自己如此悲惨，似乎都跟眼前的臭小子脱不了干系。

大姑娘恨意滔天，有苏老爷却不耐烦，一甩袖把她甩到了地上，啜了一口酒，对五姑娘和蔼道："我承你娘恩情，答应她一定帮你寻个夫君，你既如此坚决，不肯嫁他，便嫁我好了。"

五姑娘含泪拜爷娘："爹，我嫁。"

做成垫子也总比穷死、饿死、被欺负死好得多。

腊月二十一。

四公子和五姑娘成亲那日，七商城内十分热闹。郑王宫中派出的内史在有苏府外宣读了郑王的亲切问候，表达了愿与其世代永结两姓之好的心愿。

都说冬日萧肃，万物养生，不宜擅动，普通人家也不选在此日结婚，更何况是公侯之子。可郑王殿下不理这些。

吹拉弹唱的蓝衣内侍官在迎亲的路上激昂澎湃，他们奏的架势不像是喜庆的桃夭，倒似战歌。季裔看着肥硕得像只球的红衣新娘被满头大汗的喜娘背进花轿，瞧着围观的郑民好奇地盯着他的一头红发，先是微微笑了笑，笑着笑着却笑出了滋味，朗声大笑起来。他豪气万千道："今日是本公子的大喜之日，凡我郑国之民，皆可到我府外领赏！吃酒嚼肉，凡我所有，无有不应！"

郑民欢呼，喜不自禁，心中却暗想难怪是蛮夷后人，收养之子，粗鲁鄙薄，毫无仪态！哪像王妃之子苻，一举一动，高贵威势，天生君相。

五姑娘战战兢兢地等着小冤家掀帕子，额上沁出了密密的汗珠。谁知见青色毛靴走近，却不见掀盖头，竟直接脱去了她的衣服。

秋梨更加惊愕，浑身战栗着不敢反抗，她想起了幼时被人抓住时的场景。他们拽住了她的耳朵，抓起了她的皮毛，粗鲁地缠了一圈又一圈，最后，狞笑着把她扔进了柴房。

四公子看着新婚妻子一身肥肉，面无表情地在她身上动作着，她虽十分胖，但肌肤吹弹可破，被自己一抓，便勒出了可怜的血痕。

她似乎在不停地颤动，却咬住牙，不作声。

按在新娘肩上的虎口，缓缓变得潮湿起来，四公子愣了愣，停止了动作。

她哭了。

他掀开了新娘的盖头。

秋梨颤抖地压抑住哽咽，害怕而怨恨地看着他。

四公子迷茫地看着那一双眼睛，好似曾经在哪里见过。他有些无措地拿喜帕擦去了新娘的泪水，低声而颓唐地说了一声对不起。

秋梨依旧很恐惧，她处在矛盾之中。虽然一点也不想嫁给红毛小子，可是如果不靠财力诱惑，又没有妖或人肯娶她。若一直无人娶她，有朝一日，如同弧琅山的姑娘一样得了花痴，思春期发泄不出精力，自己把自己挠死，也未免太过窝囊。秋梨下定决心，心想红毛小子只不过不想看到自己的脸罢了，于是她重新盖上了盖头，闭上眼，上下牙直打战："我……会做个好妻子的，你不要宰了我。"

秋梨闭上了眼，赤裸的手掌握得死紧。许久，四公子却震天动地地笑了起来。

四公子和五姑娘关系居然异常和谐，他带媳妇拜见郑王，郑王有些惊愕地瞧着儿媳妇圆润的身板，一旁的诸位公子千幸万幸，偷笑不止。

秋梨垂下了头，四公子也垂下了头，郑王挥挥手，让他们去了。

途中遇到迟来的五公子苻，苻讥讽道："四哥，新婚大喜。四嫂不光嫁妆丰厚，体态也十分丰腴，若非新婚，我还以为四嫂有了喜！"

秋梨含愤带臊，抬头看了苻一眼，便是这一眼，苻却似望见了什么，浑身不自在起来。

秋梨闻到了空气中清爽的香气，她嗅了嗅，问苻道："你抹了什么香？"

季裔奉旨去练兵，三千匹塞外的骏马随着五姑娘的嫁妆而来，悉数进了弓骑兵营。诸位公子暗地垂涎，但想了想五姑娘的相貌，不平之心瞬间犹如臀后之气，酸臭过后，消散荡然。

他们白日做梦，若能不娶有苏家的姑娘，又能得到有苏家的骏马兵团，该有多好。

苻瞧着四兄益发不顺眼，他心中如同长了一条毒蛇，时不时咬自己一口。所有的公子不把养子季裔放在眼里，那是他们无知，可是，只有自己知道，一些事情的真相。若是父王下了一盘很大的棋，一切将远非如今众人所想的局面。自己虽然同几个庶兄弟一路拼杀，可是父王哪一日玩腻了想翻盘，不要自己，也是轻而易举之事。因他，比任何一个人都要清楚那件事。

四公子最近表现优异亮眼，苻同大公子一直商议此事，他们有些吃不准，现在最该防范的究竟是六公子芥，还是四公子季裔，或者说，芥和季裔二人本是一体。

六公子之母，侧妃王氏如今也有些焦灼。她与郑王妃斗了一辈子，最终气死了王妃，成了一时赢家，但后来又来了一群身份高贵的小狐狸精，自己也渐渐失了宠，虽育有子嗣芥，可芥在荇的光芒的映照下，几乎灰暗得教人注意不到。她思前想后，只能勉强让芥笼络季裔。谁知养虎为患，季裔也从先前的不起眼变成如今这般强势。

　　那个女人的儿子，决不能让那个女人的儿子，夺去了王位。荇不该站在这里，至少不应该以嫡子的身份站在郑国，当年究竟是哪里出了错？

　　王侧妃心中虽生出疑惑，却被恨意压过，恨着恨着倒教她想出一招阴损毒计。

　　说起六公子芥，与四公子相处一向融洽，他二人反似亲生。芥曾对四公子笑说："哥哥一头红发显得颇是英伟不凡，想来，哥哥的亲父亲母也应是俊美不凡的英雄人物，只可惜英年早逝。"

　　四公子黯然叹道："死得尸骨无存，谁知道呢？我倒是听旁人说，我亲母是教人害死的。有人暗中给她下了毒，死时七孔流血，好不悲惨，可惜，我那时太小，已不记得。"

　　芥的表情变得很怪异，他干笑道："世事无常，看开便是。哥哥要学会认命，身为郑王养子，如今不是照样过得富贵荣华，养尊处优？"

　　四公子当时便哈哈笑了："六弟说的是，我自己也对如今的命运颇是欣慰。"

　　芥此番听闻母亲一番耳语毒计，皱眉道："四哥平素虽大大咧咧，却并非无脑之辈，我们如此设计他，难保他看不出。"

　　王侧妃拍了拍儿子的手，踌躇满志："放心吧，季裔不会甘心的。即便看出，他也会照做。"

　　季裔一向颇有军事才能，他与穆王世子成觉，是天生的将帅之才。成觉十三岁时在昭王宫中摆出犄龙阵，当时朝中大将，无一人能破。因那阵相太过诡谲险厉，龙形大军颈部皮骨，各处大脉，都被钳制，稍一动弹，便引得周围兵力围堵，陷入死境。当年随父王进京上贡的季裔也见此阵，却将龙眼位置的两支小军队突围出去，联合偷袭龙颈、龙口处的敌军，龙头处一旦活动，敌军遭到反噬，一寸一寸溃败，小军队吃尽各处分散的敌军，直至龙尾腾起，敌军溃败。

当年，季裔也不过是个方满十六岁的少年而已。只可惜，穆王世子光芒太盛，有谁会注意一个宗室的养子。如若难遇良君，这一生，尽其所能，也就只能是一国的千乘将军了吧。

季裔在短短三个月内把弓骑兵营训练成了一支可对远作战的队伍。骏马皆是千里良驹，将士也均是善骑马、骁勇能战的好手，一大半选自季裔的嫡系，是他一手培养而来。

郑王很满意，对季裔大加赞赏。他预备继续扩充骑兵营，但是暂时不打算上报朝廷。

诸位公子都察觉到形势不妙，他们在推测郑王如此厚待老四的用意。大公子伯清向荐提了一计，试图摸摸父王的想法。荐在朝堂上说愿与四兄分忧，四公子表情晦涩地望了荐一眼，郑王却笑了笑，下旨让荐襄理季裔建军。

荐和伯清稍稍心安，二公子却不赞同二人的想法。他认为，兴许郑王只是想让荐知难而退。他也许还把荐当成胡闹的小孩子，从郑王迟迟未立世子，并且也未对荐予以重任便可见一斑。

六公子最近颇是趾气高扬，他进入四公子府中的时候益发多，与四公子的关系也益发密切。荐因母亲的关系与六公子一向互相为仇，荐在家宴上看到四公子和六公子坐到一起，未瞪六公子，却朝着四公子冷哼一声，颇是不屑。

大公子闹不清荐与季裔为敌的目的，季裔是养子，与君位无缘，荐越是仇视季裔，无异于越是把军权推到有继承权的六公子身上，此举绝不明智。

可是苻却这样做了，他不把六公子放在眼里，与季裔反而渐成水火之势，令人摸不着头脑。苻去了军中，处处与季裔为敌，在郑王面前告黑状的次数不胜其数。而军队的维持也举步维艰，每次去向大公子要粮要钱，都似乎在扯皮。学堂中，太傅、二公子也在变着花样地刁难四公子，季裔腹背受敌，处理这些鸡毛蒜皮的事简直挑战他智商的极限。

如今，已是齐明十一年的农历三月。

大昭第一读书达人贪图安逸，似乎已成了四公子的私人秘书兼作弊利器。但是，他只处理琐事，政事不沾，策论不写。

远在七商城内另一侧的有苏老爷，一边享受着婢女的酥手揉捏按摩，一边望着远处，冷冷笑了笑。

"爹爹，我相公给我买了串珍珠串子，您瞧。"秋梨面色红润，长着肉涡的小胖手指着颈内一颗颗圆润饱满的珠。

有苏老爷"嗯"了一声，眼角闪过笑意，却道："去库房取三万金给五姑娘。"

"爹爹，你怎知……"秋梨本来不好意思提要钱买粮草的事，东拉西扯了半天。

"女生外向。"有苏老爷瞥她一眼道，"我得不负你娘所托，把你的下半辈子弄得舒舒服服稳妥了才能走。"

"我娘她老人家知道我嫁了什么样的人家吗？"秋梨害羞地垂下了头。

"知道。我送信回去，告诉她，你嫁的是当年的救命恩人。你娘极宽心，教我有何事，但可砸银子。"有苏老爷望着夕阳，全身舒服得眼角快耷拉下来了。

"瞎说！"五姑娘闷闷不乐了，"他明明是害我的人，虽然他不知道我就是当年的小狐狸。但他如今待我这样好，我又不忍心耿耿于怀前事。"

有苏老爷温和地笑了笑，意有所指地问到旁的问题："你可知，你相公最近的日子有些麻烦了？"

五姑娘摇摇头，却咕咚咽了口口水，有些紧张地问道："何事？您一贯能掐会算，帮女儿瞧瞧吧。"

有苏老爷垂眉道："四公子府中藏着一个祸根，府外也有一个。"

"我该如何做？"

有苏老爷吹了吹手掌，掌中便凭空多出一块白玉雕的东西，他递给五姑娘道："府内的祸根好对付，府外的祸根则要靠府内的压制。四公子也有一块同样的东西，你把这个小东西同四公子的调换了，然后给府内的祸根。"

"祸根，啊，你是指……是指……"五姑娘难以置信地看着有苏老爷，她磕磕巴巴道，"他可是您的，您的，既然未死，您为何偏要置他于死地？"

有苏老爷笑了笑道："有些人，我给他生路，他自己却不大愿意走。这种人，死过之后才能活。以前的活着叫屈辱，叫痛苦，死了才解脱了，痛快了。他想死，想痛快，我便让他尝尝痛快的滋味。但是，你是知道的，你爹爹性子古怪，虽然随和，却不爱让人太痛快，尤其是他的太痛快搁在我的不痛快上。所以，让他一直如此痛快，非我本意。"

郑王宫内有一处院落被封了起来，听说是郑王妃入宫之后住的第一个院子，地方不大吉祥，郑王妃生第一个孩子时难产，落地一个死胎，后来院子便被封了，只找了个瞎眼的老内侍打扫打扫。

王侧妃在郑王妃死了之后，去花园赏花，路过此处，却似被煞气冲撞，一直生病，药渣子堆成山了却都不济事，后来寻来巫族，从人群中瞧见了个子小小的四公子，说这个孩子有戾气，本性恶毒，洒了心头的一碗血在这院子里，以毒攻毒，侧妃的病便可好了。

四公子虽是个养子，脾气却倔，他跑出了宫外，不知去了何处。过了几日，却自己走了回来，跪到了郑王面前。这孩子满脸脏污，郑王冷冷地看着他，巫人奉旨掏出了一把极寒薄小巧的匕首，拍了拍四公子还带着热气的小胸脯，像是打量着哪块肌肤更好下手。

从此之后，一向勤勉好学的四公子不再读书，他与扶苏一样，不理政事，也不懂策论。如果说那三千匹马是干燥的蘑菇走进了湿地，焕然勃发起季裔生命的开端，那么，秋梨更像孤独饮酒时的那轮明月，纯洁而安详，代表着永久无尽的陪伴。

无论外人和兄弟们如何讥讽，四公子待秋梨一直很好。

秋梨却颇有危机意识，她的神经原本是同她的夫君一样粗大的，可是有苏老爷一句话说得她整日忧愁起来。先前一日能食八碗饭，夜宵还能喝碗燕窝粥，现在郁郁寡欢，七碗就够了，燕窝粥还不许放红枣。把食量与她一样大的四公子吓了一大跳。

他摸了摸秋梨的头，却不似发烧，可那神情却分明说他那活蹦乱跳的老丈人死了没多久。过了不一会儿，秋梨掏出一沓银票，给了四公子："相公，我知道你近日忧愁，爹爹让我给你些钱周转。"

四公子错误地以为自己抓住了事情的精髓，摇了摇头，把银票推了回去，粗声道："这玩意儿救不了我的急，女人家成日想些什么。你我既是夫妻，我便永不弃你，无论你是穷还是富。"

他越说，秋梨的头垂得越低，胖梨子的女人心，红毛小子你不懂。

秋梨落寞地把偷来的玉牌递给扶苏的时候，扶苏面无表情，黑黑的眼珠淡淡地看了秋梨一眼。

秋梨又落寞地像过年时蜡梅枝头飘落的一撮雪，游魂一般离去。

此时已然三月，满眼都是油菜花的黄绿。

骑兵营颇具规模之时，郑王向陛下请旨，立成莳为世子，兵马总司却交给了成荇。季裔除了三千骑兵，一无所有。

所有人再一次不明白郑王殿下了。荇当了世子并不显得十分高兴，莳也没有失败者的颓废，反而更加猖狂。

有苏老爷又购进了七千马匹，送进了弓骑兵营。大家都笑，这老儿疯了，有钱无处使，再进万匹也难为女婿买来世子之位。

季裔无兵可用，莽总是推托，不肯放人。他无法，向郑王请旨要兵，却被郑王狠狠申斥了一顿，颜面尽扫。

朝臣皆知，季裔要被弃了。

季裔十五岁起，帮郑王练兵，郑国三军三十万兵士，大半精良，与穆楚之师可匹敌。三十名高级将领中有二十五人是年轻的将军，多数靠季裔请旨提拔。

季裔的嫡系为之不平，要转向旧主，弃去现在的编伍，季裔却阻止了，他只是喜欢简简单单地练兵，期望有朝一日，能和穆王世子成觉一论高下。毕竟诸如学识，诸如国政，诸如策论，并非有心便能学，并非有法便可解。可是，现今，连这样一个微弱的愿望也已然如火中之栗，难取难得。

福太傅出了一道题，论郑与昭。

郑是郑国之郑，昭是大昭之昭。

四公子苦笑，他对此一贯不懂。他问扶苏："你可知如何论郑与昭？"

扶苏看着他，但来不及回答。因为四公子醉倒了。武疯子对武、对兵不感兴趣了，他开始品天下名酒，做这世间酩酊逍遥之人。秋梨这只胖梨子，似乎笃定嫁鸡随鸡嫁狗随狗这一千年颠扑不破的真理，她也随着夫君喝得如同泡到酒桶中腌渍过的梨，皮肉皆红。

扶苏没喝，他嗅到了不同的气息。危险又在进一步靠近他逐渐安逸的生活。他窝在一个窝囊公子屋檐下做雀鸟做幕僚，可是当恼人的太傅只出策论不讲风花雪月之时，逼得这鸟也无法捉笔谋生。窝囊公子的爹同去年的鸟爹一般，凶猛非凡，正在谋划一锅端了儿子安逸的巢穴，教这鸟儿，无娘的孩儿，无处偷偷生还。

六公子成莽一日上朝，告养兄季裔意图谋反，弑弟夺位，大恶不赦。成荇在一旁听得胆战心惊，季裔却宿醉，立在朝堂上，正眯着眼养神，浑浑噩噩，没听清成荇说了些什么。

郑王问荇，证据何在，荇说季裔暗中征兵，七商城外二十里，一万骑兵，已经悉数配备，有万人做证；季裔酒后无德，在家中多次撂狠话，迟早要杀了成荇这黄毛小儿，取而代之，有内官婢女为证；另，季裔家中藏有曾得瘟疫之徒，季裔表面救治，暗中借毒淬毒，害人之心，郑人皆知。

正所谓欲加之罪。

荇说得唾沫乱飞，郑王听完，表情微妙地问季裔："你有何辩解？"

季裔不语，却抬头，遥遥望了颈子高挺的世子荇一眼。他笑道："臣问世子荇，您可信？"

荇的目光投向季裔，清澈的眼中带着一闪而过的恨意，却随即跪倒，对郑王诚恳道："儿臣不信，四哥如此待我。"

荇冷冷笑了笑，满目期待地望向了郑王，郑王却平淡地挥了挥手道："无可采信。若他欲夺位，何必只杀荇？尔等何德何能还可活？只养子尔，不必怀此心。"

只是养子，何必怀此心。

郑王高高在上，嘲讽地瞧着季裔，季裔额上青筋全都暴了出来，最终在纱衫之下，握住了双手。

大公子伯清却出列道："焉知他不怀此心？正因酒后，才脱口而出如此真言，教人触耳惊心！我亦听说季裔暗中征兵之事，若需练兵，为何不通过五弟和父王？大昭王法，私自群聚练兵者，弃市！"

为何不通过五弟和父王？季裔唇齿干涩无力，淡淡笑了笑，却再一次低下了头。他在此国，虽衣食无忧，却从无尊严。

父，兄，弟，何人之亲？与他有何相干。

郑王又深深望了季裔一眼，冷淡道："杀之何必过急？若真谋反，永远不迟。"

朝臣哗然。众位公子用探究的目光看着季裔，鄙视和看好戏的神情随之而来。

季裔跪倒磕石，掏出了骑兵团的玉符。

他觉得自己胸口的那一块肉在溢出血，却晃晃荡荡，剩下了痛，而无法哭泣。

酒已经无法救治全身的冰冷，等到秋梨寻到他的时候，满园的纸花已摧残殆尽，连根拔起。

那些纸花把他埋了起来，他低着头，如同无数次秋梨在水中瞧见的自己自卑的模样。

"公子？"秋梨细声细气地喊他，她为了寻他，在公子府中不断穿梭，跑得满头大汗。微胖的身躯在残花中显得益发荒谬可笑，可季裔还是转过了身。

他转身瞧着他可笑的妻子，这如同他的红发一般可笑的妻子。无人尊重的价值，无人看到的存在，无人爱惜的善良，可是，却鲜活地充斥在这个空旷的公子府中，教人窒息，教人绝望。

秋梨低声喊着"公子"，可是季裔却痴痴怔怔地掉出了眼泪。

他一无所有，只剩下一个妻子。他不清楚自己费力筹谋为了什么，可是，却有那么一瞬间，觉得如果莽所说的谋反是真相，该有多好。

"阿梨，若我谋反，你又如何？"他微笑踉跄着问妻子，不惧这满园的耳朵流言。

秋梨愣了愣，却瞬间对着季裔，郑重跪倒，收敛裙裾，行了一礼："君当如何，妾当如何。君是乱臣，妾做贼子。"

季裔益发放浪形骸。他用千金买坛酒的传闻响彻七商。第二日，郑王削了季裔的俸禄。四公子便到酒馆赊酒喝，小厮下人每每拉不回，秋梨只得背他回府。

他在妻子背后，大笑道"驾""驾"，好似在骑着骏马驰骋，辱妻辱己，围观的郑人俱把四公子当成郑国最好笑的笑话，名声响彻邻国齐楚，成了宗室教育子孙的反面教材。

四月初十，郑王宫中政变。内城禁卫军三千余人围堵郑王宫。首领千卫校尉拔刀啸道："奉吾主四公子旨，郑王不仁，践踏草民，狼子野心，蠢蠢欲动，昭天子碍兄弟情，迟迟不忍，然为君之臣，食君之俸，姓成之氏，定清君侧！"

宫中哗然。一千近臣侍卫负隅顽抗，也只克制半个时辰，眼见形势突变，宫中侍婢哭声震天，三更之钟鼓敲响了三声，从庆戎门外霎时冲进一万大军，原是世子苻带兵而来，瞬间把禁卫军团团围住。众人如久旱之木，逢着甘霖，欢呼振奋起来。

苻命人活捉千卫校尉，大公子伯清下令，凡遇抵抗，格杀勿论。四更时，晨色熹微，千卫校尉拔剑自刎，血染玄旗，临死之时，长呼泪叹："吾有愧公子，有愧苍生！"

郑王身披黑袍，站在城楼之上，远远望着苻，黑发夹杂白霜，散在肩上，甚至还未来得及梳起。

他淡道："吾儿甚蠢。"语气却带着说不出的悲伤和宠溺。

季裔被锁链穿过了骨头，传闻他力大无比，不用此法，恐怕逃脱。把他从睡梦中带走的是世子苻。

这一切发生在三更之时。

季裔睁开了双眼，看着苻，满身是汗，喃喃道："你来了。"

秋梨一夜未睡，她胖胖的手掌摸了摸季裔的额头，欣喜道："烧退了。"

季裔烧了一夜。苻怔了怔，却依旧挥了挥手，侍卫掏出了几乎生了锈迹的琵琶锁。平时无处可用此器。

锁链尖钩，寒锋煨血。琵琶锁刺入了季裔的皮骨，秋梨尖叫一声，颤抖着，手指蹿出一阵失控的妖光。

苻目带阴毒，指着秋梨道："她是蛊惑四公子造反的主犯，抓起来！"

苻心中藏有私密，欲除之而后快。

季裔唇齿溢出鲜血，不敢置信地望着秋梨。秋梨倒退一步，寒风骤起。

"相公，阿裔，你莫慌，我救你。"她无措地使出所有她懂得的法术，口中说着你莫慌，可是，她却比任何人都要慌张。

季裔猛咳一阵，摸到窗前桌几上未喝完的烈酒，皮肉活血挣得绷紧，周围军卫瞧着他牙关死咬，反射性地比他还痛。

季裔仰起了头，捧着烈酒，灌入口中。他低下头，赤红的眼睛瞧着秋梨，许久，才捧着她的脸，冰冷道："你是狐狸？"

秋梨点点头，双手变成了赤红的爪子。她把妖力灌注在季裔的背上，缓缓把琵琶骨拔起，季裔却紧紧攥住了那双狐狸爪子，问道："我与你有何因缘，为何来到我身边？"

秋梨颤抖地伏在地上，她闭上了眼，想起了任人鱼肉任人捆绑的自己，想起那头季裔才有的红发。她撒了谎，心中也在质问这样莫名其妙这样愚昧蠢笨的自己："有人抓我，你救了我。"

她的相公曾经害了她，她阴差阳错，此生不得不没有尊严地嫁给他。可是，阳错阴差，却又……喜欢上他。

季裔似乎放心了，长长呼出一口气，微微笑道："阿梨，我不嫌弃你丑，不嫌弃你一日八碗饭，更不嫌弃你是个狐狸。还请你此生莫要嫌弃我生有一头红发，嫌弃我害你背着骂名，做了乱臣贼子的妻房。倘使有余力，日后带我的骨灰到山林之间，我愿同阿梨在一起，永远在一起。"

他推开秋梨，颤颤巍巍地站起来，目光如炬，望着荇："放了她。"

荇冷笑道："凭什么？非我族类，人人得而诛之。我带她去见父王，可是为了给你顶罪，好四哥。"

季裔嗤笑："可是，我厌倦了这样的日子，不想再活下去了呀，阿荇。"

秋梨红色的尖利爪子刺入了季裔的手心。她不舍得自己的夫君，满面泪水，像是泡了水的梨子，依旧十分难看。季裔把枕边新折的梨花递给秋梨，手掌抚摩着她的脑袋，叹息道："我答应了娘，阿梨。"

四公子跪在了地上。他不看他的父王，百念成灰，却口噙笑意。

"千卫校尉可是你一手操控，季裔？"郑王看着儿子，淡淡问道。

"是。"季裔垂头。

"为何？孤待你有何不薄之处？"郑王握紧了扶手，面色依旧不变。

"没有，臣身为养子，深受君恩。"养子季裔笑了。

"你可有同谋？"郑王呼吸不畅，闭上了双目。

"有。"季裔猛地抬起了头，兴奋道，"养子季裔的同谋正在这大殿之上！他们与我共谋郑室，共谋窃位，辗转反侧，欲除王与世子，日夜忧思，苦不成眠！"

季裔双手反缚，后背被鲜血拓成一条溪流。他站起身，哈哈大笑地指着前列中的两人，朗声道："臣有同谋，与大公子伯清谋，与六公子荇谋，与王侧妃谋！"

伯清和荇瞬间大惊失色，跪出官列，齐齐大声道："父王，儿冤枉！"

福太傅呵斥道："罪臣季裔，你可有证据？"

季裔从胸口掏出几封信，砸到荇脸上，他的语气益发兴奋，好似等了许久，就在等这一刻："这一份，是荇和我今年三月暗里私通的信件，他告诉我，世子荇对我怀恨许久，若不行动，恐失良机；这一份，是荇弹劾我造反之后所写，他说自己费尽心机，教我众叛亲离，只为让我下定决心，带军中死士早些起事；第三封，荇说，若我起事，杀了王与荇，日后他登大宝，定然封我做千骑将军，万户之侯！"

荇瘫坐在地，额上忽然生出了汗珠，他不敢置信，大吼道："我从未和你通过这样的信件，季裔，你这下贱的夷人，怎敢如此冤我！"

季裔大踏步上前，拖着的锁链上全是血迹。他拽住荇，冷笑道："我是不是杂种，你和你娘最清楚，不是吗？"

一旁的伯清看着如山一样的季裔，嘴唇嗫嚅许久，却说不出话。

太傅把信件拾起，递给郑王。郑王面色复杂地看了季裔一眼，许久，才道："是莽的笔迹。"

莽猛地磕头，额头都渍出了血印，他惶然，扯破喉咙道："儿臣冤枉！我从未写此信，这是，这是季裔心思歹毒，仿我笔迹，为了铲除我，为……为……"

"为了什么？"郑王冷笑。

荇眼底一片阴郁，不明所以地望着众人。

莽却如同被掐住嗓子的母鸡，瞬间说不出话来，他心思一转，不停磕头哭泣道："这都是我母妃的主意，这是我母妃为了把我拱上世子位做的事，她最清楚我的笔迹，是她仿的，是她，是她！"

"与王侧妃何干？！"福太傅厉声道。莽却喃喃道："父王是知道的，我母妃嫉妒成性，当年王妃有孕在身，她便买通宫婢医女，在安胎药中下慢性毒药，害得王妃娘娘早亡，害得大哥早死，荇也一直体弱多病，养在别院。她一贯如此恶毒，她是做得出这种事的，与儿臣无关啊！"

荇握紧了双手。

朝中众人鸦雀无声，他们不确定再继续听下去会不会惹起龙威大怒，虽然这些事，聪明灵通的高位臣子早已心如明镜。

莽神经质地望向了四周的龙柱，他道："不对，大哥没有死，大哥没有死。我明白了，原来如此，原来如此！"

大公子伯清狠狠踢了莽一脚，莽又惶惑不安地闭上了嘴，望向了上位——郑王的眼中正闪过极度的痛苦和快意。

"王侧妃谋害王妃一事，稍后孤亲审。"郑王有些疲倦地道。

"为何现在不审？为何当年不审？你需要什么？物证还是人证！若要人证，我就是最大的人证！这些红发从未消失！"季裔悲凉地望着他，大声道，"母妃死前痛苦地呼喊着您的名字六个时辰，可是您却不去瞧她一眼，任她那样孤单地七孔流血而死。她抱着我，问我为什么，她抓着我的手，眼中的血泪好似河流一般，我担心那条河流干了，母妃便去了，我用巾帕不停地擦着她的眼泪，可是她依旧被人毒死了，她死不瞑目！"

他指着荇道："荇甚至被强制送走，没来得及看她最后一眼！我把那块巾帕埋在宫外的树下，我等着您问我母亲是否还留下什么遗物，我等着您忽有一日对我说，我思念王妃，我便把那块带着她的血的帕子给您看，告诉您，娘一点也不恨您，她不舍啊，那么不舍得离去，任凭血泪流干。可是，郑王殿下，您从未问过一句关于我娘的话，甚至任由王侧妃剜走我的心头肉，任由她欺辱我娘，任由她毒死我娘！"

郑王把御案上的奏折全部砸到了季裔脸上，咬牙冷声道："住嘴，你这怪物没有资格唤阿湘娘！"

季裔哈哈大笑，无限凄凉道："对，我是红毛怪物，我是养子季裔！"

荇心中一痛，却收敛神色，咬牙道："父王，请处置逆贼季裔和成荞，大哥伯清似与此事无关，还望父王明察秋毫！"

季裔一步步走到伯清面前，居高临下，一字一句道："你和荞不是一伙的吗，你不是受王侧妃和荞所托，来做荇身旁的细作，挑拨他同我之间的关系吗？你如何无罪，你同我一起造反，你甘做荞的走狗，我这反贼说你有罪，你怎能无罪！"

伯清恐惧地望着他，道："你疯了，季裔，世人皆知我同世子手足情深，又怎会去密谋与你等害他！"

季裔大笑道："天信你，我不信。"

他们把一个个细作安插在他的府上，他也一一还击。

伯清看着荇质疑的眼神，咬牙对郑王道："季裔一派胡言，毫无证据，诋毁儿臣，请父王还臣公道！"

季裔的手却瞬间放在了伯清的胸前，他眼中充满疯狂的光芒："杀你罢了，何须证据！"

语毕，手鼓如擂，一捶重击，伯清僵直了身子，眼睛瞪着季裔，闷哼一声，直直倒在了地上。

群臣哗然，大惊失色。医官赶来，打开伯清胸前的衣衫，摇摇头，十分惊惶道："大公子五脏俱已碎裂，无法复生。"

荇倒退了几步，直直地看着季裔。他朝着荇走去，眼眸中充满着复杂的说不出的温情。

郑王大喝道："保护世子，莫让这怪物靠近！"

弓箭手团团围住了季裔，他却依旧一步一步，拖着厚重的锁链，步履蹒跚，艰难地朝着荇走去。

他听不见他的父王口中说着什么，亦听不见福太傅说些什么。他此生匆匆而来，又要匆匆而去，最后一时，他得赶去同阿荇说最后一句话。

不知是谁，双目眦起，瞄准了季裔，放出了第一支箭。所有的箭支亦瞬间离弦。

"不！！"荇忽然怔住了，颤抖着，忽然大声开口，可声音却被箭气破空时的声音盖过。

季裔直直地看着荇，却忽然跪倒在地，他背上中了许多支箭，他口中吐出了鲜血。

荇眼中带泪，问季裔："你想说什么？"

季裔看着他，染了血的手从衣袖中颤抖着掏出一块巾帕，递给他，微笑道："阿荇，我把害你的人全杀死啦，以后，你要好好当世子，当王。娘教我好好守护你，我为人粗鲁愚笨，只能做到如此，日后，便全靠你自己了。"

他一直想着辅助阿荇，日后做荇的大将军，可是，荇不相信；他折出凤尾牡丹，悉心做出千花万艳，愿倾尽全力缔造盛世，把王位拱手予他，荇依旧不信。

他说："请不要，忘了娘。你我生而红发，本不是娘的错。要做怪物，我自己一人做。阿荇是王，天生的王。"

郑王妃湘怀孕时被人下毒，拼了命生的孩儿却是红发。她痛不欲生，郑王把那小小的孩子锁进了宫殿，对外宣称早夭。他接连收养了三个儿子，才敢以养子的名义把大王子放出。王妃因着郑王殿下的爱充满期待，不顾受损的身体，又生了第二个儿子。

又一个红发的孩子。

季裔眼睛明亮，望着他，干笑了笑，凄凉低声道："你与父王这般设计陷害我，要杀掉我这个妖孽，我虽恨你，却无法怪你。前些日子，我救了未死的太子成婴，若他日后得势，你可求他，饶你一命。"

那一千禁卫，若无郑王旨意，如何便能毫无征兆，围攻郑王宫。他的爹爹嫌他这个孽障知道得太多，嫌他一头红发竟是嫡长子，嫌他碍着了荇的路，若不杀掉，如他先前供词，辗转反侧。

荇双手捂住脸，泪水却从缝隙中掉了出来。许久，号啕大哭起来。他无法估量这个奇怪的人世，他不知事情为何会变成如此，他低头看着自己的一头黑发，如同死寂的眼珠，教他害怕，教他难过。

季裔双手用力，拔掉了刺入胸口和四肢的箭，他踉踉跄跄，朝宫外走去，他要死在他的明月身旁，那里才是他的坟墓。福太傅却大喝道："抓住他！"

宫外却忽来侍卫急报，他慌不择路，撞倒了季裔："报！自称扶苏之人，生擒两千禁卫军，带一万弓骑兵来和殿下交涉。

"他说，若不放大王子成芸，便攻入郑王宫！"

那些日子，太子殿下还很小。树上的孩子得意忘形，朝他招手道："太子殿下，我叫成芸，喊我阿芸吧！"

他终于想起来了。

季裔躺在血泊中，这样想着，望着天，笑出声来。

白衣蓝袖的少年坐在红色的骏马上。他眯眼望着城楼之上他的七王叔，和那个已经满身脏污、奄奄一息的季裔。

"放了他。"扶苏一声叹息。

他身后的千军万马看着城楼上的主帅，群情激昂，义愤填膺。

"你终究……还是反了。"郑王淡淡地看着季裔，轻声道，"阿芸。"

芸是他和王妃期待着未出世的孩子，整日厮磨在一起，想出来的名字。郑国有一支民歌，相传已久——"阳华之芸，入死而生，高滋芳华，洵直且侯。采其德馨，勿念花容；采其才盛，勿念花容，邦土仕国，唯彼德才，勿念花容。"

高山深云之处，种着如我的孩子阿芸一样的高树。他直而挺拔，德馨而才盛。我不愿他容貌生得何其好，只愿他用馨德盛才，安邦定国，百死而后生。

不愿他容貌生得何其好。

上苍何其圣明。

他离不开阿芸的军事天赋，却那样深深厌恶着他的容颜。

成芸哈哈一笑，他极开怀地对着扶苏嚷道："殿下，反得好，反得老子出了一口鸟气，反得甚好！我不敢做之事，殿下替我做了！"

殿下？

哪家的殿下，需要让成芸这个名副其实的殿下唤一声殿下？郑王眯眼细看，却吸了一口冷气。

竟是这个殿下！

他果真如传言，还活着。

"殿下何事造访，竟拿我国之兵士对准国君！"郑王微笑守礼，却讽刺道。

扶苏仰头，淡道："郑王殿下，我殷殷来此，是为您献一段策论。"

郑王愣了愣。

"论郑与昭。论国为郑，百万之民。三十为军，七十为民。粮存丰满，黍稷高积。近接齐楚，远对穆卫，千乘之尊，秉鹿中原。论国为郑，楚魏为盟，三年之贡，万万入宫。大郑非偶，天子之弟，宗氏一尊，八子二嫡。民富而尊，官绅吏豪，平而为民，起而为军。论国为郑，唯独明珠，论天为昭，无尊无仪。天子朽腐，百国离析，盖有起伏，狗死喘息。论郑与昭，得邦与国，粲然珠明，落死狗腹。明珠死狗，屠戮涣洗，若肉之炙，缓缓需时。吾王不耐，忍昔越忍，大国夫差，频添火薪。论郑与昭，时机之至。举国之力，可反之矣。"

凭借举国之力，郑国可反昭了。

嫡子之争算什么？长子之死算什么？为求郑国快速稳定，以图日后得到天子之尊，一切都是值得的。

扶苏眉眼坦然地念完，四野鸦雀，俨然无声。

"七皇叔，"扶苏淡笑道，"我可猜中你的心事？"

季裔猛咳，咳出了血水，而后大笑道："公子扶苏，妙人也。"

郑王握紧了双手，对苻冷声道："点烽火台，突围调兵，杀无赦！今日在场，除骏马外，一人不留！"

扶苏握着兵符，挥手朝着城门，冷淡道："玉符在此，攻！"

身后千万骑士应声震天，季裔却叹道："你何苦救我，我本就求死。"

扶苏愣了，许久，才道："既如此，我求死之时，你又何苦救我？"

季裔笑了："我不知那时你求死。"

扶苏眼珠黑黑的，瞧着他，淡笑道："那我也不知，此时你求死。"

季裔眼睛亮晶晶的，他说："我若能活，又能陪殿下做些什么？你知道，我不爱念书，不懂声乐，书法也写得很是不能入目……"

扶苏想了想："你总要吃饭，你又很能喝些酒，足矣。"

他们两个无巢穴、无父母的鸟儿，经常聚在一起，啄一啄米，啜一啜酒。

季裔哈哈笑了，他点点头，说好。

他叹息说，此生多遗憾，不能同穆王世子一较高下了。

他夺去了侍卫手中的刀，闭上了眼睛。他说："殿下，大军将至，快走吧，快离开这里，如有来生，芸做殿下一人之将军，一人之国士。"

扶苏望着他，风吹起了他的黑发，他心中有些极难过的东西在不断跳跃，他想大声说不要，可是，还来不及开口。

那刀刃极薄，成芸又想起了那一碗血。他不能连累唯一待他好的亲人，失去生机。

扶苏念很多书，活着，还有很多用。而阿芸，书念得少，除了折满园的花，把四时放在一起，做着朝朝暮暮的梦，似乎已经没有别的用处。

忽而，一阵狂风刮来。众人未反应过来，高楼之上，已多了一个身穿麻衣的少年，既高且瘦，形容苍白，生了痨病一般。

他大口一张，成芸竟瞬间被蒸发殆尽，变成了小纸片儿，在稍显阴冷的日光之下，飘飘荡荡，被少年吞入腹中。

所有的人都被这一幕惊呆了。

少年却瞧着扶苏，许久，才缓缓笑了："夫君，病愈之后，一贯可好？"

扶苏握紧了缰绳，却点点头，淡道："好。"

她也点头，笑道："那很好。如此，便随为妻回家吧。"

她一语完毕，宽大的衣袖一挥，城楼下的千军万马连同扶苏已经变成一张张小纸片，如激烈澎湃的海水一般瞬间涌入她的袖口。

风停了。

城楼之下，一片空旷寂静。方才的千军万马，像是一场梦，让所有的人恍惚心惊。

这少年对着郑王揖了一礼，微笑道："郑王殿下，告辞。"

她转身飘然而去，郑王握住刀柄，朝这少年刺去，却扑了一个空。

那片身影已消失无踪。

灵宝山上。

"多谢恩公对小女的救命之恩。"

"岳母大人，如今，孩儿是您的女婿。"

"多谢恩公肯娶小女之恩。"

"嗯？嗯。"

"说起此事，老身不得不万幸，当日耗尽百年功力，救活了扶苏。这才有了奚山君的神通广大，扮翁招婿一着。"

"是。"

"其实，说起来，秋梨原本应是极美极香的孩子，只可惜她丢了香，我后来勉力将她变成人形，却无法把她变得好看一些。说起来，老身便想起当年，若非你抱着她出了郑王宫，我还不知如何是好。"

"啊，原来阿梨便是那只火红的小狐狸啊，怪不得眼熟。那日，阿苇从别院回到宫中，我十分欢喜，途经厨肆，看她可爱可怜，为了给苇积善德，便放生了。"

"可是阿梨的香至今仍未寻回，我心甚忧。"

"原来如此。"

七　青城篇

奚山卷

　　"青城主，三国邑。性爱奢珍，终生洁。不与男子近。无疾而终，葬安陵。"

——《昭主集传·青城篇》

　　自从季裔醒来，便自动请缨，要带着妻子秋梨和一万骑兵远去大昭、鬼蜮与东侨的边界，一个唤作清桓的三不管之境谋生。清桓常年酷寒，因此鲜有人居，季裔此去，避祸为第一要务，而避世，则是第二，亦是他私心所愿。

　　那一万骑兵化作的纸片被奚山君装在一只木匣子中，绑上了注满法力的红绳，而后才递给大难不死、骨头却留下了永久损伤的季裔。她说："到了清桓，打开红绳，唤一声'奚山之令，命尔放行'便可。"

　　扶苏站在距离奚山君有些远的地方望着季裔，季裔深深地看了他一眼，却抚住胸骨，跪下道："臣此去无期，主公珍重。"

　　扶苏眉眼浅淡，没什么表情，却扶起季裔道："我与君少年相遇，一场意气，以恩换交，却把你逼至今日绝境，愿君此去清桓，自有一片洒脱。"

　　他回眸，黑色的明亮眼珠瞧着奚山君，嘴角微微抿起。他与季裔所经历的一切，皆是他这未婚的好妻子设的圈套，像用残食诱着饥饿的小动物一般，轻蔑地戏弄着他和季裔走到此处。她到底想要什么，扶苏陷入了浓重的疑虑之中。

　　季裔擎住秋梨的手臂，要她一同跪下，复对奚山君行一礼："先前并不知道我那老丈人便是夫人，所幸未曾失礼。多谢夫人再造之恩，还望夫人悉心照顾主公，抚养他长大成人，我自与秋梨长拜长生牌位，求您万福千岁。"

奚山君微微一笑，黑眼圈又浓重了几分。她说："扶苏如若一直千岁，终有一日，我定然千岁。"

扶苏垂下了眸，转念想来，此语或许是她想当皇后之意？

树上几只灰色的麻雀似乎瞧见了他，不断啼鸣。奚山君抬头，眯眼望着树梢，忽然笑了："终于来了。"

她转过身，对着季裔道："此次去清桓，若走陆路，一路恐遇险阻，不妨顺澄江而下，到了平境，再转往赤流，约莫二十日，便可到彼处。我臣翠元与澄江赤流之主年水君是昔日旧交，由他护送你们而去，想必年水君也会看他薄面，助你们一臂之力。"

郑王此番气恼至极，正欲借百国之力通缉季裔，奚山君如此思虑尤为缜密。翠元站在河畔，撑起木筏，对着岸上的黄衣三娘，啪嗒啪嗒掉眼泪，梨花带雨道："我翠元大小好歹是个打不死的大山怪，生得又这样花容月貌，岂能给人撑筏子？真是君道不复，为美色所惑，残害臣子啊！苍天啊！"

三娘无奈："我若是你，便老实去了。你活这么大，除了卖痴撒娇，怎就不知胳膊扭不过大腿！"

翠元撒气道："你同她一个鼻孔出气，既如此，何必同我困觉，又何必生我的孩儿！你同她生去！同你念念不忘的二郎生去！"

远处的奚山君眯起了眼，望着翠元，冷哼了一声。

翠元吓了一跳，打了个嗝，眼泪默默缩了回去。季裔抱着木盒，哈哈大笑起来，对扶苏道："主公，这里有趣极了，也甚逍遥洒脱！"

自从扶苏回来，季裔病愈离去，奚山又恢复了往日的平静，以及……一成不变的贫穷。二六已经爬行得很利索，能够自己独自上树了，二五年纪渐大，却一直没有变形，还是绿毛的猴儿模样。他以前十分乖巧，可自从上次病愈之后，便不大爱说话了，也不肯再朝奚山君身旁凑，只有偶尔跟扶苏学写字时，才露出些笑。

奚山上来了稀客。

那一身黑衣的女子带着几百只鸟嘴长翅膀的族群，黑压压挤在石头房子前，扑通通跪倒在扶苏白袍之下，深情道："公子，奴家终于寻到您了。"

扶苏后退，平淡道："奉娘，许久不见。"

那鸟国的女王陛下感慨道："奴家命人寻了您许久，可饶是天下遍布奴的子孙，也万万没想到您竟来到了山族设的结界之中。先前，听闻我的下等子孙说在奚山瞧见一个从未见过的白衣秀美公子，奴家还将信将疑，今日前来试探，没想到竟真是您。"

她嫌弃地瞥了一眼奚山君，低声道："公子，此人在我界，素行不良，既穷且奸，是出了名的流氓，您何等人品，定是被她欺哄，才被迫留在此处。奴家此行目的便是亲自来接您，您随我一同去了吧。"

奚山君微微一笑，蹲下身，捏起奉娘俏丽的尖下巴道："雀王陛下，您口中既穷且奸的流氓，已经怀了你家公子的种，奴家生是他的流氓，死是他的死流氓，他去哪儿，奴家便只能跟去哪儿。这可怎生是好呢？"

奉娘尖叫，喉中的小舌头都在抖，惊疑不定地看着扶苏。

扶苏黑黑的眼珠瞧着奚山君，许久，才拾起书，淡道："奉娘，你还是去了吧。若是为了救命之恩，你已还过。"

他蓦地想起前事，陡然觉得有些不对。当年年纪还小的太子殿下，素日的常服自然是玄红之色，当夜不过是因夏日殿中太热，仅穿了一件宽松的薄寝衣去芙蓉棠读书纳凉罢了，结果教人看成了妖精，他走到塘边，又刚巧看到一个小女娃正扑腾，提溜起来，原来是一只长着雀嘴的小家伙。小家伙硬说太子殿下是她的救命恩人，太子殿下便很坦然地点了点头，大大咧咧地承认了。谁知那么多年后，这小怪物成了鸟国的陛下，还在他被封在定陵之中假死之后，一路哭哭啼啼地带着一群鸟把他背了出来，糊住了他的喉结，自己则变成了老妇模样。小白雀变成的老妇人热切地说"殿下，您一定要为死去的皇后娘娘报仇啊"，扶苏抬起头，这小鸟眼中的仇恨火焰可比自己嚣张多了。

死了娘的仿佛是她。

报恩的真相，其实，就是这么不堪。秋梨对季裔，奉娘对他，他对奚山君，血淋淋的教训。

扶苏居高临下，瞟了奉娘一眼，道："错了，应该是，陛下有何所求，用得着苏之处，但说无妨。"

奉娘有些心虚，许久，才拿帕子攒着眼泪，抽泣道："奴，奴这次实在是无法了，殿下，您一定要帮帮我。"

奚山君在一旁抽了抽唇角，这世道，谁是流氓还说不定呢。

话说，话说鸟王陛下奉娘是个勤恳修炼的，好不容易七灾八劫，有冤报冤，有仇报仇，清清白白战战兢兢地走到了今日，有功德就去修，能助人就助人，从不吃人害人，几千年如此自制，就为了修成仙，着实也不容易。到了最后一步，雷劫也过了，可就是死活无法飞升，陛下郁闷得吐了好大一盆血。她四处去仙山寻访仙人，众仙却也说不出个道道，后来还是一位地仙，为人十分古道热肠，借着年节上天复命时，专门访道友仙君问了一问，这才知，那二位顶尖尖的老天尊又闹了起来，奉娘就是他们闹将之下的苦主。

二位天尊打从封神时代就没看对方顺眼过，虽说有些同门情谊，但瞧各处人马，五岳三川，洛澄黄长，地府十殿，天君人王，哪处的主位不是此二尊的门下在争，你今日做了泰山君，他明日定然入主华山殿，这位的徒儿去人间朝堂历练立了大功，那一位的高足必定做了奸臣佞相，专拣绝世功臣扒皮鞭尸。二位天尊虽都是一脸和蔼相，白胡子比仙女裙都长，可死活寂寞几千万年，偏存着孩童兴致，从天上斗到地下，又从人间顶到冥界。甭管多少重天，两个老人家不乐意了，连天君殿都要搅得鸡犬不宁。天上诸位都知道默默站队，连灵宝天尊家的狗都知道挺着腰子吼道德真君家的猫！

这厢说雀王要回天归位了，灵宝天尊正欣喜来了个得力干将，那厢，道德真君不乐意了。小小一只白孔雀，生平只拉媒保胎干得顺手，素来没什么惊世功德，这千年空下的神职，凭什么平白教她占了便宜。恰逢仙君们开茶会，真君指桑骂槐道：有些老儿后门拉得忒阔气，一门上下皆畜生玩意儿，妖气冲天的也只管往回拉，天上霞光都要染了鸡屎味，到底还要不要脸！

灵宝门下多牲畜，似是这位天尊的审美喜好。

灵宝天尊冷笑了，甩了拂尘道，天上人间皆知，我灵宝门下，就从没出过道心动摇之徒，虽是些灵物修成，然个个秉性单纯，感天地之气而生，比有些道貌岸然托生的不知强到哪里去。

道德真君是这样一种原则，无论师弟说什么，只要依照他说的反着来，便能得到这天地亘古不变的真理。更重要的是，假使能打消师弟的锐气，倾尽全门之力亦无不可。

道德真君禀天君道，既如此，愿同灵宝打一个赌。

天君对二尊争来斗去心中早就腻味得不行，面上却笑道："自是依允，然则彩头却教寡人定罢。赢了的，三千年内，瞧见对方，都要行礼，心中不得流露愤懑之情。至于人选，也由寡人来择。一个灵宝门下，一个道德之徒，皆尔等得意门徒，道心不移之人，谁先弃道，陷落凡尘，便作输论如何？"

二尊皆称善。

灵宝门下的人选，落到了奉娘身上，天尊旨意，若她能赢，不拘什么手段，届时立下功德，定能得以飞升。

"与孤何干？"扶苏诧异了。

奉娘只管莺莺呖呖地哭："公子哪知，天君旨意，我此次不仅要附身到七十年前的青城殿下，也就是您的姑祖身上，更需勾搭得当年的云相爷放弃道心，喜欢上青城殿下，这才算赢。奴虽法力不弱，可用此倒行逆施之法，走魂之后，无暇顾及真身，需龙气呵护七七四十九日，以防野兽啄食。可龙气岂是寻常可得，奴无法，这才想起公子。”

奚山君冷笑："好个陛下！你糊弄谁呢？寻常野兽谁敢近你之身，定是你得了消息，道德真君要趁你施法之时，派门人损你真身，这才想起扶苏。扶苏未死，尚是百国太子，料你猜想，道德真君到时定然也要顾虑几分。你打的好主意。我善于卜卦，尚不知道德真君究竟支持谁做人间君主，若他存心要害扶苏，躲他还来不及，哪有自己送上门的道理！”

奉娘可怜道："公子是山君未来夫婿，山君在旁，又岂会袖手旁观？”

奚山君心下不喜奉娘三分，她心思太过阴毒，此一事，既利用了扶苏，又利用了自己。奚山君面上不显，脑筋却转了转，诚恳道："不是我不肯帮陛下的忙，只是此事说来，倒也不必陛下这样大费周折。细想想，陛下一心向道，素来没有凡心，在这人间赌局中，反而不易赢了。这样吧，我来生个法子，教陛下既得了彩头，也不必担心真身毁损。”

奉娘狐疑道："有这等好事？山君想要奴做什么？”

奚山君益发诚恳："听闻陛下手中包罗万物，有几样好东西连我都未曾见识过。若陛下因区区在下之力赢了，便借我一样宝物使使，也就足够了。”

这一年，青城殿下二十岁，按照纪元，是她喜欢上状元郎云琅的第二年。

长公主每日起榻，总有两桩事要办。

第一桩，对镜梳妆贴花黄，努力打扮成世间最美的姑娘；第二桩，走到太液池尽头的尚书阁，等待入阁的少年云琅。

等到他拒绝自己的爱意，青城便沿着雾气终年不散的河畔走回太液池的源头，这一天便结束了。

太液池河畔有许多许多垂柳，绿荫伴着日光，望过去，是天与地的恒长，瞧不清楚远方。

青城这一路走得十分无聊，便时常与宫女在青石板上比赛。划拳分胜负，小公主常常输，瞧着宫女一双白兔般的小脚，乖巧认真地往前跳了一格又一格，慢慢就离自己很远了，隔着风，挥着帕子仰颈道："殿下，这里能瞧见云郎。"

青城常常直呼云状元的名字云琅，到最后，却惹得身旁一众芳心，都跟着她喊了"云郎"。说不清，唤他的名字，到底是因为骄傲，还是卑微了。她觉得自己很骄傲，可是，那些了解她的女孩儿，声声喊着"云郎"，却无意识地让她只能这样卑微。

倒也不知为何这样喜欢云琅，可是，这种感情，似乎如一朵花，栽到了再合适不过的土壤之上。她时常梦见他，时常假装不经意地邂逅他，也许是桥边，也许是花间，也许在宫宴，也许是朝堂。这宫中朝中总在发酵，哪一年哪一日她又不顾规矩振振有词地骂走了番邦求亲的王子，或者挽起袖子同求亲的世家子干了一架，脸上挂了彩。青城成忍冬是世间最不懂规矩的姑娘，少年云琅常常对这死皮赖脸的邂逅显得无奈，却只能对她微笑。她并不时常想起云琅，因为只要一想起他并不喜欢自己的事实，心里便难得快要窒息死亡。

云琅字白石，是福州云氏嫡长孙。云氏已经许久没出这样出类拔萃的人才，一族都视他为希望，可是他却自幼喜道，目下无尘，眼中除了君王百姓与朝堂民间，从未花费些微时间，思索过这些人情琐事，尤其是男女之事。

母后为人温柔敦厚，时常委婉提醒道："忍冬，天上的星星月亮也很好看，你为何只想着看看，却从没有想过得到呢？"

那些，是太过遥远的东西，只能仰望着，欣喜着，却永远无法得到。故而，如同云琅呢。

父亲理宗陛下秉性刚硬，也曾为此拔出锋利的御剑，扔到她脚下，怒气冲冲道："我成家从未出过这样窝囊的公主，也从未出过这样不识抬举的阁臣，要么杀了他，要么自刎！"

忍冬觉得脚边冰凉透骨，捂住了眼。她许久才露出一条缝，偷看父亲的脸色。父亲并没有生气，平静地瞧着她。

杀了云琅，她便活不成啦，可是杀了自己，云琅定然还好端端活着，穿着渥丹色的朝服挺拔安静地站在那里，更可怕的是，也许第二日他便忘了自己。

"父亲，我需要好好想想这个问题。"忍冬愁眉苦脸地拾起剑走了。当日下午，阳光正好的时候，内侍有些为难地回禀道："陛下，太液池旁的两棵小树不知被谁给砍倒了，又不知怎的，埋成了小土丘，上书，上书……"

"上书什么？"理宗边批折子边问。

内侍捏着嗓子，道："忍冬与云琅之墓。"

理宗顿笔，好大一滴墨。

她好有出息。让她杀人，提着剑，却只敢拿树泄愤，一杀杀两棵，死了埋一起，一个叫忍冬，一个唤云琅，公主泪提书，再做亡夫妻。

陛下没脾气了，打定主意不管这姑娘了，那座墓成了太液池尽头翰林院和尚书阁的笑话，无聊时说起，没人觉得腻。

云琅脚下生风，入前三宫回禀政事时，偶尔也瞟见过那个小土包，却未放在心上。

忍冬猫在好似磕掉牙的断树后，瞧着那个挺拔的背影，长吁短叹起来。唉一声，掉一滴泪，叹一声，抹抹眼。

忍冬自从两年前，在蔷薇丛中磕着头，失去过往记忆之后，再也没哭过。她不知道人在什么时候会掉泪，可是瞧着"忍冬与云琅之墓"，横看竖看，真真绝望得没办法了。

二十岁的小公主觉得绝望是这样的，可是，人这一辈子，选择了什么样的路，就得受什么样的苦。她二十三岁时，按照纪元，喜欢云琅的第五年时，绝望又变了另外的模样。

这一年，二十一岁的云白石已从尚书阁中挪出，坐稳了九卿之首奉常的位置，离开了太液池的尽头。月光再清疏，照亮了那一丛丛阁楼，可青城面朝着阁楼，在夜晚安静的太液池畔倒退奔跑时，却再也瞧不见日日坐在阁楼之中，一身渥丹色长袍的少年。他那样一丝不苟，在烛影摇曳中翻阅着一沓又一沓文书，却从未抬头瞧见远方柳树下的自己。忍冬觉得自己的脖子定然是历代公主中最长、最挺的。她得这样这样抬着脖子，这样这样踮脚，才能瞧见云琅。有些公主高贵优美的螓首这样练就，想起来怪难为情。

可是，现在，再抬起头，那里空洞洞的，一片黑暗。

忍冬讨了陛下的旨意，开府建牙。

公主府挨着奉常寺。隔着院墙，忍冬伸长耳朵，都能听见云琅的声音。她就整日坐在院墙旁边绣花种花，困倦时，便躺在榻上，没什么仪态地发呆。阳光中有许多飞尘从眼前飘过，她总是在想，自己这样一动不动，也许有一天会被灰尘淹没，也许有一天，忽然就没这样喜欢云琅了。

那一天，一定是个顶顶美的美梦。

二十三岁的老姑娘了，偶尔带着狐假虎威的鹦鹉在内城晃荡，那些高高的冠帽对她都已视而不见。饶是她有三国之势，又如何呢？一个古古怪怪的老姑娘，阴暗些想，也许明儿就憋不住，疯了呢。

皇室也开始刻意回避"青城"二字。青城成了陛下、娘娘会脸红的话题，寻常人轻易不敢提。忍冬喜欢搜集长得奇形怪状的小动物，偶尔碰到在奉常院门前，按节气晾晒祭祀用具的云琅，便把搜罗来的小猫小狗晃到云琅面前。

"云卿。"

"是，殿下。"

"你觉得我这只狼买得如何，听说是只雪狼的幼崽，到了冬日，满身的黄会变成雪色，威风凛凛，一口可以咬断猪的颈子！"

"殿下，臣觉此物通体发黄，毛发垂地，耳朵尖尖，鼻头圆圆，舌头垂在下颌，应是只狗，且是只长不大的狮犬。"

忍冬经常抱着小狗灰溜溜地悻悻回府。云琅有时候挺讨厌的，讨厌在，他只说真话。

忍冬过了韶华，可二十一岁的奉常卿炙手可热。听说太尉家的二姑娘与司空家的幺女当街打了起来，娇滴滴的两个大美人儿，发起狠来，比泼妇都不如。到最后，事态演变过甚，太尉平素便瞧司空不顺眼，两家又是对门的邻居，太尉大人站到院墙上，握着火把，隔空跳骂："兔崽子，我说战你说和，我说赈灾你说国库空虚，老子好不容易瞧上个女婿，你还来抢，只管放马过来，今儿我不烧了你家，老子明天御前改你的姓！"

司空本是文弱人，这会儿也不干了，扶着梯子摇摇晃晃就爬了上来，拿着一团黄泥咬着牙就往对面扔："我……我扔死你！对我还敢挺草包肚子，当年你一家土匪草寇，被齐王军队打得抱头鼠窜，还是你祖爷爷我拿着皇令保的你，这会儿撅什么腔，别当旁人不知道你的底细！这个女婿我要定了，你敢烧你祖爷爷的家，你祖爷爷明儿就挖了你家祖坟！"

听说这场骂战酣畅淋漓十分热闹，听说京畿兵马司李将军过来调解时泪流满面，这边挨了巴掌那边吃了一踹，后半夜，才算消停。

听说，他们要的女婿，便是新任的奉常卿云白石。云白石素来目不斜视，显见得没什么勾搭姑娘的心思。这女婿，八成是老丈人们先相中的，姑娘们被爹妈蛊惑了，便觉得那是个私人的物件了，又皆是飞扬跋扈惯了的顶级豪族，乍一听闻有人抢，可不就抢着板砖上了。

第二日，太尉与司空因为治家不严，被罚了三月俸，陛下想起了自己不争气的女儿，脸上也不好看，便把此事含糊过去了。

又过几日，福州云氏老封君太阴殿请旨皇后娘娘赐婚孙儿云琅，配的是世家明氏之女明澜，百国闻名的美人，今年方满十四。

云封君陈情道，云、明两家是世交，明澜自幼倾慕云琅，云琅与她青梅竹马。

皇后想起自己快到二十四龄的女儿，叹了口气，应允了。

旨意下到奉常院的时候，忍冬听得一清二楚，几步之遥就是云白石，可是这几步之中，隔了几千块砖石。

她的侍女站得很远很远，传旨的太监好似念不完这段话了，"佳偶天成"其实只有四个字，忍冬却觉得他每一个字都拖得气力十足，好像不震死隔壁的她，便不肯罢休。

血滴在了她的长裙上，浸透了一层层湖色的绸。

那一块砖纹丝不动，忍冬捶了半晌，血肉模糊，却哭了。她把自己的脸贴在了那些滚烫得能烧死人的砖上，努力不让自己发出任何哭泣的声响，全身毛骨悚立，用尽所有的力气警惕，就怕不远处的云琅听见一丝一毫。

所有的人知道自己卑微地爱慕他是所有人的事，这件事，她从不肯让步。她若是不维持自己的尊严，教他觉得自己其实是个爱得十分骄傲、活得十分洒脱的姑娘，教他知道自己离了他，依旧活得这世间最快乐，若是不如此，恐怕，活不下去了。

可是，这世间，除了风寒咳嗽无法抵御，还有哭泣无法忍耐。她把十指咬得鲜血淋漓，喉咙中发出的压抑到极点的喘息却无法抑制。

她知道他们定然都听到了，因为隔壁的院子蓦地一片沉默。忍冬全身冰冷，手脚发软，完全走不动了，她只能趴在地上，疯了一样地伸出双手，扒着泥土，像昆虫一样，朝远处爬去。

这是她这辈子第一次这样卑微，那些咸的苦的泪水全落入了泥土中。

那一段路是她自从婴孩时，走得最费力的一次，她觉得自己几乎快被途中的每一根草叶打败，它们似乎柔软，却那样伤人，如同自己的心。能伤害到她的，一直只有自己这样明白赤忱的心。

她在公主府消沉了好些日子，后来，才听说云琅拒婚了。

云琅捧着圣旨到御前，如是说道："臣一生向道，从无男女之思，若勉强成就姻缘，不过害人害己。祖母一片慈心，殿下娘娘美意，白石实不敢遵从。"

陛下估计也考量到了自己那没出息的女儿，拧了会儿眉，淡淡应了。

忍冬的一亩三分地变晴了，她本该欢喜，可是却陷入另一种痛苦之中。二十三岁的忍冬，所能想到的最大的悲剧，不是云琅从未喜欢过自己，也不愿娶自己，而是，他不会喜欢任何人，不愿娶任何一个女子。无论是任她们从十八岁喜欢到二十三岁，还是从二十三岁喜欢到几岁，无论她们怎样努力或者假装不努力，都没有用。

忍冬并不愿意认命，可是命运这样令人捉摸不透，在她自鸣得意还依旧坚持什么的时候，已拖曳着她的生命远远离开了最初的梦想。她蒙然不觉，每日早上依旧咬着竹盐水好大会儿，就为了遛猫遛狗时笑得白牙晃眼，被他远远地瞥一眼。

忍冬时常觉得，她要是个爷们儿，这世上的小姑娘便没有不上钩的。可是云琅这么个长年被李聃"勾搭"的男人，上辈子是吃了秤砣投胎的，打从生下来，便以教成忍冬从龙退化成毛毛虫为己任。

她二十五岁的时候，陛下和娘娘已不大搭理她，由她在内城撒欢儿。偶尔宫中春日祭祀，她进宫请安，正瞧见奉常卿大人为各家的姑娘、儿郎分福，拿柳条蘸了春天的第一场雨水，拂在年轻人的额头，冠旒从容，益发显得面色如玉起来。

贵女们含羞带怯地排队瞧玉郎，忍冬却忙得没时间，这厢排队得了福水，一眨眼，又飞回队尾重新排了起来，一趟趟地不亦乐乎。到最后，青城殿下的黑发几乎被春雨湿透了。她却又笑意晏晏地挺直腰板，站在了一身黑衣月章的奉常卿大人面前。

"殿下，这于礼不合。"云琅含蓄温和道，像对个不懂事的孩子一般劝解道。旁的人都被青城殿下逼得有些崩溃了。

忍冬是个顶顶霸道顶顶张狂的人物，她从一缕缕湿答答的头发中，拨出一双极大的眼，恶狠狠地震慑道："我堂堂公主，理应得到这世间最大的福气。不过几滴雨水，改明儿下了，我接一缸，教人还你！再这样磨蹭，余下多少，便教你都喝了去！"

云琅微微愣了，平静地看着她，许久，才从怀中掏出一块清新绣竹的软帕，递与她，含笑道："非臣不识抬举，只接这场雨时，正值夜间，殿下嫌铜盆声音扰你清梦，便隔墙泼了好大一罐玉液，臣虽尽力躲了，可不免殿下的玉液依旧入了这福水几分。"

云琅的笑那样温柔好看，忍冬的脸却黑了。她还记得自己半夜提着满满的尿壶叉腰骂人的张狂模样，当时睡得迷糊了，重雨砸金，魔音灌耳实不能忍，头脑一热便冲了出去。

因为这桩事，忍冬羞愧了好些日子，终于意识到，自己素来是太容易冲动了。她去皇寺中上香，见大和尚们个个品性温和有礼，教人如沐春风，心中不免羡慕三分。倘使自己软和些，兴许云琅也会对她另眼相待几分。

她念了几日经，却益发心浮气躁，本欲放弃时，府中的管事娘子因为痢疾之症不敢沾荤腥，刚吃了几日素，便抱怨不迭，只道是天天饿得没力气，瞧着什么都没了脾气。

忍冬眼睛一亮，这娘子素来可是个炮仗性子。她本就不信这些神鬼修行之说，念几本经如何便能移了性子。管事娘子的话却提醒了她。大和尚们之所以这样温驯和蔼，皆是沾不到荤腥没力气的缘故啊。

忍冬是个无肉不欢之人，尤其是五花肉中的那一层薄薄的糯米肉，公主殿下的脾气都是靠那一块肉养出来的。可是，今时不同往日，忍冬悟了，她开始茹素。

约莫吃了半个月，昔日威风凛凛说话刻薄的青城公主成了一块颤巍巍的豆腐，似乎一拍就散。她黑着眼圈恹恹地提着猫狗在奉常寺前等了一会儿，瞧着云琅身如松柏从蓝轿中走出，那些曾经瞧见他便一阵阵涌动的热血又一瞬间冒了出来，像刚凿的新井一般，无防备地喷涌出来。她看着他，依旧无法如同想象中变得平静优雅，教他一见，便刮目相看。

她几乎能听到血液涌动的声音，好似一个虚不受补的人猛地吞掉一块油滋滋的大肥肉，忍冬眼一黑，就没了知觉。

忍冬醒来时，婢女朝她努力地挤眉弄眼，她想起什么，蓦地坐了起来，掀开帘子，双目炯炯，看到了十分愕然瞧着她的丹衣云琅。他正在院内极远处低声叮嘱煮药的小童子，诸如"白芍药，熟地黄明日可添入一剂""如今夏季，约几片薄荷叶似也清爽，有益病人""此药并不苦，殿下应可入口，乌梅瓜子肉还是略等些时候再进""这些鸽肉虽好，她也需补，但要些章法"，等等。

瞧见忍冬醒来，云琅淡淡一笑，遥遥行礼道："臣云琅冒昧，情势危急，唐突了殿下，望殿下见谅。"

云琅在为他抱忍冬回府一事而请罪，忍冬面带菜色，嘴唇发白，瞧着他一副避自己不及，生怕被自己赖上的模样，心下暗恼，才难道："你身为臣子，瞧见君主生病，为何不见丝毫忧心之色？"

云琅垂目道："臣愿罚俸一年自惩，望殿下宽恕臣形容不露之罪。"

云奉常说了，自己不是不关心，只是脸生得这个模样，你看不出罢了。

忍冬素来表情丰富，跟个猴儿一样，碰到云奉常这样面部瘫痪的，真不知摆什么脸了。她病得时间长了，一肚子邪火，瞧见廊下肃立的丫鬟身旁一个绣花绷子，上面还插了根针，操起针便歪歪栽栽地跑到了云奉常身旁，诈尸一般，真真教所有人都吓了一跳。

然后，然后她攥住了云奉常的一只如玉般的长手。丫鬟、侍卫几乎都崩溃了，他们最不愿意瞧见的那一幕终于发生了，殿下的花痴病病入膏肓，终于忍不住对云郎君用强了。

云琅个子颇高，长长的睫毛好似少女小指上的一截，半张脸沐浴在暖得晒人的日光中。

他依旧没什么表情，安静地低头瞧着忍冬的动作。忍冬没有撕烂这外表温和内里冰霜的青年的衣裳，她只是拿绣花针狠狠地扎了云琅的食指。血珠迅速溢了出来，云琅用一双黑得清透的眼睛望着忍冬，除了疏离和恭敬，仍没有一丝旁的表情。

忍冬的脸皱成一团，嚣张的气焰却一瞬间全部熄灭。她抬起头，轻轻抚摩了云琅略微冰凉的玉白面庞，泄气十分道："云卿，针无法使你感到疼痛，太阳无法暖热你的肌肤，至于从不能超脱五行的我，又还有什么办法呢？"

云琅却迅速后退了几步，黑眸没有表情地瞧着她，用只有两人能听到的声音，温和道："殿下，不要再这样近地靠近我，我不能忍受。"

他转身告辞，忍冬望着日光，躺在了院中的美人椅上。她蜷缩成一团之后，再用力蜷缩，那些她养的猫儿也学她的模样团成一团，与她并排坐着，喵喵叫。

许久，侍女们都担忧地瞧着她时，忍冬发声了，她吐出的也是"喵"。猫儿与忍冬，喵喵声起伏不停。侍女们都呆了，当她们都觉得忍冬疯了的时候，忍冬却抬起头，轻轻问道："你们可知我刚刚用猫语说了些什么？"

"奴婢斗胆一问。"诸美齐齐道。

忍冬一本正经道："我在骂云琅啊。"

其中一婢忍不住怜惜地瞧着她笑了："殿下骂了些什么，也教奴们解解气。"

忍冬站在了美人榻上，叉着腰，对着隔壁院子，用尽平生力气恶狠狠地震天骂道："云琅，你这个油盐不进不长眼的乌龟儿子乡巴佬，我堂堂三国之主瞧上你，你当真以为你祖爷爷祖奶奶没有烧出几百根高香！我若如历代公主般的脾气，这会儿你早就被先奸后杀沉了塘！素来不肯撒泡尿照照，我这样如花似玉、弱柳扶风、油头粉面、不胜娇羞的姑娘看上了你，你还真以为是自己好成谪仙了，拿着黑底锅挡头，你好大的脸！看上你是我瞎了眼，你也瞎了眼不成！"

弱柳扶风？油头粉面？不胜娇羞？

隔壁院子的几个低等官员憋笑憋得难受，相互挤眉弄眼了半晌，瞧向主位上峰，那秀美的儿郎倒还面色如常，一边翻着文书批阅，一边淡淡笑了："殿下的学问进益了。"

忍冬出了一口恶气，后有一日，欢欢喜喜地参加她爹爹娘亲举办的年宴了，不知哪个不长眼的礼官又把她同云琅的座位排在了一起，公主恶狠狠地一眼瞪过去，好几个礼官掉眼泪了。平素没把他二人排到一起，总是连口骂着蠢材废物，这会儿排出惯性了，反倒又招惹了这个姑奶奶。

她能顶着巨大的压力做帝国第一剩女，不是没有理由的。青城殿下的凶悍常常被老太监当作床头故事，吓坏了不少刚入宫的小太监。

她是个挺有气性的姑娘，自然没给云琅什么好脸色，当着他的面大口啃着油汪汪的水晶肘子，偶尔斜过去一眼，真如挑衅。

云琅姿态清雅，吃了几口，便停了筷。他素来谨慎，从不会在宫宴中放纵自己。

忍冬知道吃不饱的痛苦，那种不关心云琅整个人就不对劲就抓心挠肝的习惯真真要不得，可是，终究养成了。她从荷包中，腾地掏出了一把精致的小刀，陛下娘娘脆弱的神经绷紧了，他们方才一直装作没瞧见这个丢人现眼的闺女，可终究宠爱了这么些年，眼风带也带到了。

群臣鸦雀无声。他们以为忍冬恼羞成怒，要划花云奉常的脸面了。

可忍冬不，忍冬恶狠狠地切了一大块肘子，连脆皮带肉，夹到云琅盘中，冷冷道："吃！"

诸侯们原本兴奋的老脸瞬间灰败了。真想把这个丢人现眼的丫头片子重新扔回娘胎回炉。听闻侄女先前骂了云琅一通，诸王满心以为姑娘脑子回来了，再不会被一个男人迷得颠三倒四了，都拍手叫好，可今日一瞧，成家宗室一张几百年的老脸被打得啪啪响啊。

云琅黑黑的眼珠看着忍冬，许久，却笑了。他道："殿下有疾。"

忍冬呸道："你才有病。"

云琅食之有味地吃完一整块肘子，才抬起头，认真严肃道："殿下有二疾。"

忍冬斜眼："你全身上下都有病，你爷爷有病，你奶奶有病，你爹爹有病，你妈妈有病，你姐姐有病，你哥哥有病，你儿子有病，你孙子有病，你重孙有病，你玄孙有病。"

云琅低头恭谨地听她骂，许久，才抬起头，唇畔竟挂了春风一般清爽的笑意，众人皆看痴了，他却道："殿下之疾，一在从不肯听人说完话；二在，常使吾……如此开怀。"

忍冬的脸本来黑硬得如茅坑中的石头，可是，听到他说这样的话，心里努力撑着不笑，不一会儿，却趴在金丝楠木的食桌上，肩头不停耸动。

二十五岁的忍冬，曾经那样深切地恨着自己的心上人，可是在他说了如此坦荡荡的话之后，却忍不住笑了，心中满是暖意。

二十八岁时，她的堂侄女，年方十六岁的齐郡主成泠随着父亲，她的堂兄齐王年节来皇城朝拜时，有些困惑费解地问道："姑姑，你喜欢云相何处呢？他固然是这世间少见的好男儿，可是依照侄女看来，亦非好到能让姑姑喜欢十年之久啊。"

这时的云琅，已经以百国第一人的名头载入了史册。大昭史上，虚年二十有六，便拜了右相的，只此一人。

她的父亲垂垂老矣，破格拔擢了云琅，意图为自己的儿子，她的弟弟成灿奠定江山基业。

成泠时年，已与江东谢侯议亲，等待年后春枝发芽的时候，便嫁给那个传说中惊才绝艳的儿郎。忍冬在想，自己年少时，如阿泠一般年轻的时候在干什么。那时，她方方在花丛中磕着石头失去了记忆，整日天真懵懂，戴着草帽在太液池畔钓虾，无忧无虑。后六宫的人却都在嘲讽她，说她那一日十分丢脸，被小状元当众拒了婚。可是她的父亲是难得的识才之人，并没有因此怪罪小状元，反而直接把他放入了尚书阁，而未按例入翰林。

她与云琅未相识，便已结仇。忍冬睚眦必报，本是十分窝火。一日，她的那些玩伴在太液池中行舟，各家贵女们剪了一束又一束莲枝，把整只简陋古朴的小舟几乎堆满。忍冬素来爱荷，瞧见荷花，很轻易便安静下来。她们待腻了，都上岸了，忍冬却滞在舟上吃起甜酒来，酒虽甜蜜，可用荷叶杯饮多了，也有了五六分醉意，便握着荷叶睡着了。伴着花枝清甜的气息，忍冬想起了她失去很久的怀抱，那似是属于母亲的，又似是属于心底的一个宁谧的影子。她在睡梦中并不安详，先是听见打雷，又听到雨声，蓦地惊醒，天上的云变幻得那样快，雨水早已淋湿了所有的花叶，还有她的婴红长袖。

然后，她瞧见了雨雾中的那个人。

一身渥丹色朝服，身姿挺拔，步履清雅。

她看不到他的脸，雨水打湿了她的脸，太液池常年不化的雾挡住了他的眉眼。她瞧着他朝自己走来，便觉得是心底的那个人，终于回来了。属于她的怀抱，连雨水都无法遮盖的温暖，就这样，好似在她等了很久之后，经年之期，归来了。

她忘了自己喊了什么，那人停在了那里。她迅速地摇着木橹，哭着说求你不要动，不知是雨水还是泪水，啪嗒啪嗒，都砸在绿叶红花之上。

那是她失去了许久的东西，这世上再无人知道了，可只有她，一直这样艰难地铭记着。哪怕失去了味觉，失去了感情，变成了一粒草籽、一片乌云，也铭心刺骨地无法忘记。

她这样深切痛苦地思念着他，是思念教她走到今日。

那是她失去记忆后第一次见到云琅，她站在舟中，手上握着一朵荷花。她蓦地流了许多鼻血，血液顺着手心滴在了那朵荷花的根茎上，她颤抖着把那朵花递给了岸上的少年，似乎很久很久以前，他离开她时，也是这样大的年纪。

她声音嘶哑，酸涩得五脏都快要挤出来："荷称君子，吾见汝端明秀雅，赠君此株，聊表寸心。"

原本，这是一段太正经太合乎话本的邂逅，忍冬想起时，都几乎被自己感动了，这辈子，说出这么一本文雅端方的话，也并不那么容易，可是，荷花中却羞答答地露出一只绿肥绿肥的毛毛虫，被雨水砸得一哆嗦，爬到了云琅的虎口上。

云琅蜷手握住了毛毛虫，斯文有礼地说谢殿下，臣很喜欢。他带着毛毛虫走了，忍冬和手里的荷花一起发呆。

这样一段往事依旧无法解释她喜欢他的缘故，可是，却足够回答成泠的问题。

"他是我的心上人，这才是他做对的唯一的一件事。你瞧他不过如此，可是在我眼中，他却是天地至美。而天地至美，本无常主。所以，他迟迟不属于我，也不属于任何一个人。"

二十八岁的时候，忍冬的生命中发生了三件大事。第一件，她的父亲死了；第二件，她变成了帝国的长公主，她的嫡亲兄弟继位了，年号胜文，称景宗。

而第三件，西突厥攻打大昭，战火连绵，满朝哗然，小将秦鼎崭露头角，请战西突厥，云琅作为监军，跟随到了战场之上。朝中理宗时期的老臣一直瞧云琅不顺眼，新帝践祚，政局未稳，短期之内，本应求和，可云琅却力排众议，带着秦鼎和十万将士去了战场。

与西突厥交火的前三战，云琅都输了。被先帝架空了权力的一众老臣趁机挑拨，景宗性子绵软，便疑了三分，当时国内舆论，儒生道徒都压倒性地骂着云琅："黄毛小儿，不堪大任，急功近利，不啻叛国之徒。"

忍冬走到外城，时人纷纷在骂云琅，奸相卖国之说络绎不绝。傍晚回府之时，陛下已命人查抄了相府，撤了云琅之职，命边塞守将秋大林羁押云琅回京。

相府中，值钱的统共只有五件衣裳和几串铜钱。如此寒酸的三公，世所罕见。众臣却叫嚣道，云琅定是携了家产而逃，本就预备借突厥之乱谋反。一时间，众志成城，积毁销骨，云琅的三件常服和两台朝服摆在太极殿之上，就等景宗下定决心，一把火烧毁。

忍冬戴上她的青鸾冠，穿着那身青黑绣着太阳和乌鸟的直裾朝服，走到自己的弟弟面前时，这个年轻的天子笑了。他说："皇姐来得正巧，云相此人不可信。朝中一心，今设祭礼，来日定除此乱臣贼子。"

忍冬也笑了。她站得那样挺拔，少年时的碎发现在都变成了柔顺漆黑的发丝，它们不再乱跑，安安静静的。她抱着那沓薪柴之上的衣裳，朗声道："陛下，臣心中有惑，还请陛下解惑。"

天子与青城是亲姐弟，心中虽不悦她此刻出现，却挂着笑敷衍道："皇姐但说无妨。"

青城抬起了头："依照诸大人所言，云琅此人，定然狡诈坚毅非常。他五岁时通读百经，六岁时中童生。七岁拜入太傅门，八岁研习帝师术，垂髫辩输三大儒，十岁连中小三元，十三岁初入帝王门，却因岁小而被先帝取消了状元资格。十六岁终于跃龙居，矢志不做三国婿。尚书阁中理政事，东方既白仍未眠。为官曾有千斗俸，养活万家贫儿郎。朝中三十中郎将，云相哺育十之八。三届状元探花郎，见之皆敬为恩师。黄洛两水决百年，狡儿六载千秋业。蜀陇旱涝常年灾，王君寝食皆不安，云氏定得疏水法，粮供流民仍有余。一朝战火烽烟起，转脸便做叛国郎。仁君忍弃学士恩，门生尽唾上师衣。

"众君既然皆有将相才，今日羞辱云琅之时口舌琅琅，昨日敌入家门，为何充耳不闻，满朝缩头！他自幼如此聪颖坚毅，世所罕见，为何先帝驾崩时不趁乱举事，反倒如今才兴窃国之心？臣实在糊涂至极，还望陛下解惑，究竟是云白石的心太善变，还是陛下和大人们太过明察秋毫？"

等闲变却故人心，却道故人心易变。

朝中济济满堂，却忽然都安静了。老臣涨红了脸，指着青城骂道："女子何故上朝堂？牝鸡司晨者，陛下岂可听耳！她来此，不顾廉耻，是为了自己的情郎，诸君，莫要被她哄骗了！"

天子挥了挥手，咬牙道："皇姐退下，寡人可宽恕你犯君之罪，但尔终不可为了私情，让忠君之臣寒心。"

青城又笑了，她的笑容好似一层薄薄云气挡不住的热烈朝阳，眼睛明亮放肆得惊人。她说："天下万民皆知，云琅是我青城心心念念的情郎。吾与情郎心意相通，他平生知己只我一人，他是我，我也是他，尔等今日烧他衣衫，不过懦夫行径，何妨烧了我这三国之主泄愤？"

景宗的脸色变了，怒斥道："皇姐，莫要儿戏！"

青城却变了颜色，冷笑而似不惧身后刀枪剑戟千军万马，掷地有声道："他们若是忠君之臣，我便坦然做奸佞之君，又何其欢喜！今日我烧己身为云琅辩白，若从头至尾未曾发声，足见吾心之坚忍同云相之诚，只愿陛下再宽限云琅十日，十日之内，云琅倘使未大捷，陛下再做处置如何？"

青城从侍卫手中夺过火把，站在薪柴之上，闭上了眼睛。

太极殿上，火焰轰然燃起的时候，所有人的脸庞都被那明亮灼痛了。他们都说从未瞧过这样胆大妄为，这样大逆不道，这样不识好歹，这样……痴情的女子。云琅的门生似有触动，心中惭愧，哭倒在一殿之上。

"皇姐！"年轻的天子惊呆了，他瞧着橘红嚣张的火焰蹿上了姐姐的朝服，喉咙哽了半晌，才颤抖道，"何至于此，何至于此！"

可是，他终究没有下旨救火。天子握紧了拳。

众人看着火焰中，眉毛也被燃着的忍冬，都不忍地闭上了目。

忍冬觉得很痛，她咬紧了自己的牙齿，努力让自己忽略这种痛。她抱着那叠衣服，缓缓地把它们攘入自己的胸口之中，却想起了云琅的拥抱，心中酸涩得很想哭。火苗缠上她的手指和那沓衣服时，烈火中，所有的东西都模糊了。她那样想念他的拥抱，怀念得如同那些辛苦茹素的日子瞧见糯米肉的一瞬间。她知道，他必定曾经在很遥远很遥远的时候，抱她入怀，那样珍重，那样怜爱。那或许是他们的前世，只有她记得的前世。人说讲虚妄之事是因无知，只有忍冬知道，她划定了一个虚无的前世，只是因为，太想得到。

当烈火烧遍她的全身，她想，她确凿，上辈子欠了云琅。只是，从未想过，欠他这样多。

忍冬不知，自己竟还能活着，可是，当她睁开眼时，人间已经变了天。她昏迷了不知多久，听说，云琅在那十日之内大败突厥元帅忽而朗，之前三战皆败，不过是诱敌深入之计，如今早已战胜回朝；听说，她的母亲庆德太后对天子极度不满；听说，听说……青城殿下已然薨逝。

忍冬被母亲接到了身边，保护了起来。她住在侧殿一个小小的院子中，孤独地度过了一个又一个生辰。直到她三十三岁的时候，她的弟弟景宗听说因为行事不当，被太后怒斥，次日，百国诸侯便联名上书，希望天子退位。云相退朝，闭门不理此事，无论诸王谁请，一概不纳。

再后来，又过了些日子，听说她的弟弟病逝了。新一任的天子，是她的侄儿，景宗的嫡子成汕，人称真宗。

她若还"活"着，恐怕已成"长又长公主"。

太皇太后娘娘宫中没有铜镜，是一件世人皆知却不明其故的事。如同太液池畔的双柳墓，竟然因为当今的帝后邂逅于斯，如今已经成天下万民心中有名的姻缘圣地。而那些载着她那样绝望的爱恋和不堪的少年时光的曾经，就这样，随着她的死亡，也渐渐逝去了。

她的母亲垂垂老矣，抚摩着她的面庞，流泪道："我儿若颜色如故，此时想必也已生了皱纹。"

忍冬少年时就一直闯祸，一把年纪了才肯消停。她一直觉得她爹是不世出的明君，她娘是史册排名前三的贤后，从他们忍了她这么久，从没有亲手宰了她，就可见一斑。

忍冬挺沮丧的，自己这么个鬼模样，烧焦得连皱纹都不长，那些曾经有过的，只有公主娘娘才有的霸道和单纯，似乎早已随着恭桶倒进了粪坑。

她喜欢云琅的第十五年，已经足足有五年没见过她的情郎。她知道云琅也许没有忘记自己，因为她为他争取的十天就这样变成了一辈子。

可是，依照云琅素来的模样，没有忘记也仅仅是他还没来得及忘记。

太皇太后去世了。国丧的钟声敲响的时候，太后，也就是她的弟媳带着三尺白绫来了。她恨了自己很久，如果不是自己这个长姐，也许到现在，她还是皇后，而非太后。

忍冬觉得人虽固有一死，但绝不是这么个死法。所以，忍冬带着金银珠宝，很大气地从老娘给她准备的地道里逃跑了。

外头的人间终究是太平了，比五年前的人心颓靡、惶惶惑惑不知好了多少。她隐姓埋名，置办了宅子，又喜气洋洋地做了云相的邻居。

第一日，她命人给云相府送了一把热情洋溢的菠菜，重新调戏到心上人的感觉，乐不可支。第二日，她又命送了一把粗绿新采的野草，想起云琅那张困惑无奈的脸，忍冬窝在椅上十分开心。

她很喜欢读些志异怪闻，但是自从被火烧了，眼睛便不大好使了，命账房先生念了几段，终觉有些不是味道，便作罢了。

夏日的黄昏，漫天的橙红云霭，韶染了整个院落。黑暗之前最后的光明让人那样眷恋。昏昏欲睡的忍冬似乎是惊怔间才想起，她的美人椅不在了，她身旁的那些陪伴了她半辈子的小美人也都不在了，一睁眼，终究物非人也非了。再也没有人不停地挥着手帕，对远方的她温柔道："殿下，这里，也可以瞧见云郎呢。"

她叉着腰，踩在竹色的摇椅上，意气风发地张大嘴时，对着隔壁竹影婆娑的院落，却发不出一丝声音。

无论是爱还是恨，她都无法再告诉云琅。

那一场火，烧坏了她的嗓子。

云琅常常在竹林中走动，她听得出他的脚步声。

他常常站在林中读书，林影斑驳，沙沙作响时，忍冬便坐在腥松的泥土上，双手抱膝，听他念书。

云琅似也喜爱那些鬼怪狐灵，常常读些此等逸闻。他的声音很好听，清清淡淡中，一些字句却已带了吸引人的温柔。

"时有雨，张生背书奔于荒野，四郊悄然，只闻乌啼。夜半子时，绰约灯笼，红黄四提，无有归依，遥遥荡来。生大骇，跌步而陷污泥，瑟瑟不能举身。久，陡然睐目，笼中竟非火色也，盖美人抱珠环舞，皆烛芯高低，莹润不可方物。生痴怔，触之，却轰然火光，付之一炬。"

忍冬听得入迷，一墙之隔，云琅读到"轰然火光，付之一炬"，突然想起什么，沉默了下来。第二日，他已换成别的故事。

忍冬翻遍了藏书，却找不到那些故事的源头。他总是讲着教忍冬开心的故事，书里的书生和精怪全是圆满的结局。院中的桑葚果子熟了，她握着一大把，边吃边听故事，看着满手的红紫，料定嘴唇也是这等精怪颜色，云琅再一本正经没有语调地念着书生迷上了哪家的精怪，便显滑稽了。

故事就是故事。忍冬笑得乐不可支。

她决定吓他一吓。

她教下人寻来了野猪牙和灰色兔耳，嘴上、指甲上涂满了桑葚汁。晚霞漫天的时候，忍冬爬上了院墙。她的记忆一闪而过，前世兴许也有这样忐忑的时候。院墙让人心颤，只是因为隔壁风光秀美。

云琅背对着青苔满布的瓦壁，手中握着一本书，莹长的手指点在了书页中的某一处。他靠在竹树上，认真地念着什么，她模模糊糊地，瞧见他的影子，便从院墙上栽了下来。

竹叶似乎也受了惊吓，全落在了云琅的直裾袍上。

云琅没有转身，他继续读着："有怪踩月而来，美如秋水，清如山河……"

然后，果真有个兔耳獠牙的黑色怪物踩月而来，从背后缓缓又缓缓地踮脚抱住了他。她的泪水全部沾在了他的长衣之上。若是她还能美如秋水，清如山河，还能时时刻刻寻着理由见到他，该有多好。

这是忍冬这辈子第一次抱云琅。云琅怔了怔，书掉在了厚厚的竹叶之上，瞳孔一瞬间放大，握着书的手有些晃动。他低头看着环着他的那双手，枯瘦焦黑而伤痕斑驳。

云琅闭上了眼，他轻声道："殿下，臣曾说过，对于殿下的靠近，臣不能忍受。"

忍冬六十七岁的时候，按照纪元，是喜欢云琅的第四十九年。那一年，并没什么大事，除了，云琅离世。

他临终的时候，她没有去。世人相传，云相临终时面目十分安详，他无愧万民，含笑而终。忍冬想起了自己还年轻时的那些日子，所有的人都说她在蔷薇丛中对云琅一见倾心，她依旧没有那刻的记忆，只是现在仔细想来，这辈子，兴许只有那一刻，自己和云琅才真正心意相通。

那时，蔷薇内的小殿下忙着东挑西拣，蔷薇外的小状元忙着低头喂鱼。还身为少年人时，瞧着这世间，真的真的很无聊。无论是嫁人，还是考取功名，都一样无聊。而人生最快乐的一日大抵便只在死前的那一日。将死之时，说的每一句话、做的每一件事都觉得这样有意思，是因知明天再也不会继续。

他们未曾互通情谊，他们不是夫妻，所以，一生都是那一墙之隔。

她想起自己还没有失去声音，还在太液池奔驰的时候，每一日问云琅的问题。

云琅，这件周代的爵你觉得如何，是假的吗？

是的，殿下。

云琅，你觉得那只猫生得怎么样，我瞧着胖了些。

是的，殿下。

云琅，你说，这百国之中，我可是最美的姑娘？

是的，殿下。

云琅，你喜欢我吗？

不，殿下。

君心何坚决，到死无两意。

云琅入殓时，听说怀中只有一本磨破了的《孙子兵法》，这是他临终叮嘱。

不必依山河而居，不必厚待云氏，不必享宗庙配祀，只要此书陪伴便可。

陛下悲痛万分，曾经翻过那本《孙子兵法》，上面密密麻麻，全是些蝇头小字，甚是潦草，似是每日赶写。无人辨认出，那些字究竟写的是什么，只剩下卷尾一段空白处，字迹勉强瞧得出。

那只是一句没头没尾的话。

"有怪踩月而来，美如秋水，清如山河，生呆若木鸡，爱而不能忍，甚倾之。"

爱到何处，已不能忍受咫尺之距。

甚倾之。

生甚倾之。

忍冬一直在想，她这辈子究竟为何来到这等红尘浊世，前半生富贵荣耀，后半生形同鬼魅，这样起伏不定，生命中还有什么是恒常的。后来细细思量，她的来与去，似乎一直在持续一件事，那便是，和时光赛跑。

和这一生的时间赛跑，还能，喜欢他多久。

她垂垂老矣，经常昏昏入睡，那一日，再次醒来时，才发现，一切不过是一个赌局。

她赢了，变回了那个痨病鬼模样的奚山君。转身时，一袭白衣蓝袖、芝兰玉树的扶苏，倚着不知从何处跑来的梅花鹿，正坐在橘树下读书。

他抬起了眼，淡淡笑道："你回来了，好险。"

好险，没有输。

奉娘欺瞒了些事实，那个六十年前，只是天尊造的幻境，并非真正的六十年前。没有人改变得了过去，更何况真正的云琅是仙体，一举一动关碍苍生，诸仙自有分寸，不愿打扰。奚山君以阐教门徒之身，代奉娘做了回冤大头，奉娘却颇不厚道，未说出天君的最后一道意旨。

哪派门徒若是输了，便永远留在幻境之中。

奚山君有些惊讶："那上了云琅身的是道德门下的哪位高徒？我临行前，特意把对前生心上人的爱意保留在青城身上，教她对云琅一往情深至斯。云琅六十五岁寿终，之后如何了？他对青城最终动了凡思，岂不要留在幻境之中？"

奚山君笃定，只有真情，才能换取爱意。

奉娘笑了："山君虽赢了，可云琅至死也未承认喜欢过你，故而并不算输，你不必为他担心。他费尽全力，设了一个双赢的局，实乃我两教之幸。"

奚山君眉头微蹙，问道："是哪位仙人如此仁厚，对我这样关照？"

奉娘苦笑道："天君突下旨意择的人，只知是个十分聪慧仁厚的公子，带着记忆进入赌局，除此之外，奴也一概不知晓内情。这四十九日心中十分忐忑，总怕把你害了。"

奚山君面上笑道："我拿着对前世心上人的欢喜对陌生人，不曾动摇半分道心，又如何能输？陛下过虑了。"

奉娘斟酌良久，才掏出一面镜道："这面镜是灵宝天尊赐下，若我方局势危急，便会显现红光。这四十九日，可一直是红光啊，山君，故而我这样担心。莫非，误打误撞，奉旨入了幻境的便是山君前世的心上人？"

奚山君不假辞色，似笑非笑地伸出手："陛下马上就要飞升，我这等微末小人尽了全力只为讨生活，还顾及什么前世的心上人呢，只盼陛下临行前遵守承诺，把你珍藏的那几套人皮赏予我，我那小夫君马上要出山念书，不置办几个身份怕被人生吞了哪。"

八 三公篇

昭书·上

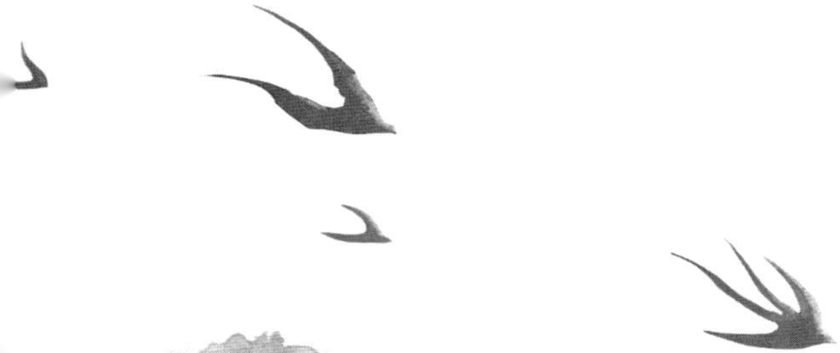

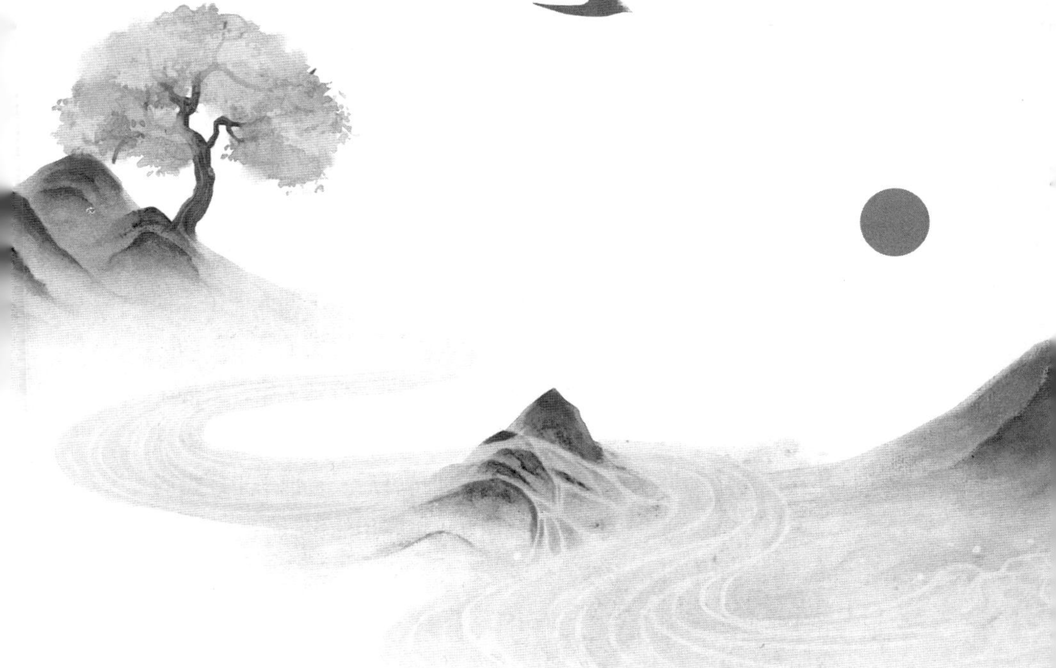

　　三公者，素来两相一将。此吾与诸君皆无异议。然则将星可为女子耶？孝武朝曾有例，女子一时掌三军。吾与晋阳令泽辩，泽曰一时之计，终成将星者仍武忠公芸也。芸逝，天子泣于堂，三日不朝，由此可见一斑。吾笑言，女将纳后宫，安得复提。泽不以为然，道皆妄言，武天子与女无私情。泽素慕武朝，自与吾唇枪舌剑，然，史辙早消，吾与友不过野话一二，窥探圣朝事罢了，岂有定论耶？

——《野趣·说史篇》

　　十年前头，平王找了相士算平境大运，那相士据说是前朝国师褚上人之子，文王卦卜得极准，敲一敲龟壳，便知乾坤。平王此人一生，便应了他的封号"平"。幼年不出彩地在王子堆里混着长大了，封王的时候默默混在哥哥们身后，谁当天子都没他什么事儿，待到大婚，又娶了个不起眼的王妃，不出两年，安安稳稳地得了个子，虽然这个子生下来瘦不拉几，虽然这个子太后太妃们看一眼便撇脑后了，但平王还挺满意，至少是个男孩儿。而平王世子渐渐长大，也同他幼年时一样，混在一众秀美钟灵的王子中间，开始了平淡无奇的一生。

　　相士晃晃龟壳，睁开一双锃亮的小眼睛，笑着说："卦象好啊。"

　　平王眼睛都亮了，如何好啊，莫非他有朝一日能成诸位王兄里最有钱、最受百姓喜爱如穆王一样的大贤王？莫非他哥哥的儿子们一朝死完他儿子有朝一日能顺位继承当上皇帝，而他临老当个皇帝爹？莫非全天下的土地，有一半在某一年寸草不生，他哥哥一怒之下道："全给了平王吧？！"平王想入非非，心怦怦跳，问道："怎么个好法？"

相士哈哈笑："王爷大福，有生之年，平境都如今日一般太平。"

平王瞬间两眼发花，挥挥手，蔫了起来。那相士却捻着山羊胡，不肯走，迟疑道："不过，大运之中倒有个小小的劫，不知当不当讲……"

平王兴味索然，打着哈欠道："先生但讲无妨。横竖不过哪年又发了水，封地粮食又不够了……"

相士断然打断他的话，道："并非如此简单。依照卦象看，平境倒像是要出女祸。"

"如何个女祸？"平王眼睛亮了，生活已然如此索然，若是有个美貌的妲己、褒姒挠去他的心肝倒也不枉此生。

"似乎，似乎……若无意外，贵宝地应是要出两个……祸国殃民的皇后了。"

平境共分三郡，东郡、澄江和金乌。东郡为边境重兵把守之地，澄江以大昭第一淡水澄江为名，而金乌取名，则是因钦天监手册记载，此地为百国中日头最圆最大，观日景最美之处，后才以金乌命名。

金乌与澄水接境，泛舟观日一向是文人骚客最喜好的，故而金乌一向人群熙攘。高谈阔论儒帽风流的是茶馆妓楼的书生，沿街叫卖粗衣油腔的是商户，优哉游哉依柳而行的是马车中的公子闺秀，一身皂衣粗声浓痰呼来喝去的是衙吏，观形容，一切皆一目了然，泾渭分明。只是最近一两年却来了一伙看不出道的家伙，均是黑衣束发，手捧只船，行街叫嚷，似做买卖，句句念着："唯吾大道，素行封谨。耻有遗漏，但凭随心。无有穷富，无有名利。如梦虚妄，皆可变当。"

如有人好奇上前，那些人手中捧着的极小极精致的船只便发出耀眼的金光，小小纤毫毕现的十六金窗，扇扇璀璨摄人。

听说有富人嫌生活无趣，卖梦入金窗，说要换取人生至乐，三日后出来，便丧了斗志，不到一月，把万贯家财抛得干干净净，离家出走，不知去了何处；又有贫穷书生，自小算命相士皆说是大贵之相，却命途多坎，考了十五次秀才仍未中，他素来口头挂着的话便是娶妻当娶郑光华，做官当为商李丞，商鞅、李斯均是先朝赫赫有名的丞相，而郑光华则是当今贵妃郑氏堂妹，小小年纪便艳名远播，书生听闻可卖梦，便把美人与高官厚禄的梦卖了，入了第八扇金窗，换取衣食无忧，待他出来，果真不出半年，便意外得了良田千顷，锦衣高楼，衣食无忧起来。只是秀才依旧不中，郑光华也在年后堂兄郑祁封侯，郑氏权力达到巅峰时许配给了二皇子。书生热衷算命，固执认定自己当日入了金窗，棋高一着，复找相士算命，相士却叹息良久，并不言语，只是摇摇头。有好事人问相士，相士说书生命数中的金光已在一夜之间消耗殆尽，如今不过小富即安耽于逸乐，哪抵本命中的权倾天下名扬百国。

自富人走了书生阔了，那些黑衣人手中的小小金船益发显得神秘起来。富贵人沉吟逡巡不敢进却又忍不住诱惑，穷人个个趋之若鹜。不多时，金乌、澄江两境一夕巨富一夕卖妻变得不甚稀奇了。有好事的贼趁夜偷到过一只船，映着月光还没瞧出个细致明白，那金船便自己燃了，半晌，只留下余烬。

平王也听闻此事，与王妃嘀咕几句邪术之类，便没下文了。他素来是个懒王，加之因算运道灰了心，封地政事多半交给了世子成玖，自个儿游山玩水逍遥自在，自是不管谁富了谁又穷了。富户纳税穷汉接济，税银不曾少粮仓不曾多，也就罢了。

平王世子更是个懒人，便更不理了。只是与他一齐赌钱逛楚馆的几家纨绔公子不到半年却因此换了几茬，着实教人窝火。

"报……世子，司徒公子来不了了，司徒老爷换了梦，莫名其妙把所有的铺子卖给旁人，带着公子走了。"小太监擦了擦满头的汗。

成玖微笑着轻摇山河扇，捏着的酒杯却瞬间碎了。环顾四周，寂寥无一人。

东郡边将章将军有一女，闺名咸之，芳龄十五，素来传闻美貌仙姿，见过的人无不愣神震惊，飘了手帕摔了扇的都算是正常反应。

金乌太守之女，小书呆恒春七八岁时曾见过咸之一面，满口念着"金屋可藏卿，芳草可饰卿，朱唇不必点，蒹葭何须念。凤鸣到殷商，鸾鸟双周旋，心惊偱慢跳，寒冬似春暖。复有万古念，丹心竟又迟，一日忽闻说，此为……章咸之"。魂不守舍地回到自个儿家中，嘟囔着便迷糊发了热，辗转许久仍不好。自此，咸之美名更是传了开。

便是这样的咸之，摽梅之龄，将军府的门槛显见地换了几十个，连平王也含蓄地表达了要结两姓之好的美好意愿，可是将军却始终缄默不肯。有得不到美人的世家子私下含恨道，这美人难道心这样野，难不成要去做皇后吗？咸之听闻，回道："有何不可？才貌如斯，吾自己尚不忍糟蹋，又岂能便宜尔等庸俗无能之辈。咸之不只能做皇后，还可做元后。此生若非位居元后，则镇守边关，报国为民。"

此语，不可谓不狂妄。平王听闻此言，想起先前相士的话，复又想起太子人品，倒也觉得有几分实在的天作之合，便作罢了。只是咸之美貌才名刚刚传到陛下耳朵里，太子却薨了。如此一来，章咸之反倒益发嫁不出去了。

可她不大担心，章将军亦不大担心，父女俩安心守在东郡，翘首等着以文立国的东佾哪一日想不开拼了老命，恰有一身好武艺的父女俩便好抛头颅洒热血，誓死报国了。

故而，章咸之那番话的最终解释落到实在处，已变成：我想当大昭第一位女将军。

可惜，东佾还没来得及想不开，章咸之自己反倒先想不开了。

她做了一个梦，梦境十分真实。梦中的她途中遇到一个快饿死的书生，给了那书生一个饼，转眼书生却成了权倾朝野的右相；当朝本来已逝的太子诡异地未死，到她家来提亲，她见他一眼，魂飞魄散，几千万只白鸽齐齐从胸怀中散出，转眼，己身已经站在中宫殿中，昔日忍辱的太子成了天子。

皇帝陛下表面对她温和甜蜜，十年专宠，心中却冷淡无情，想要的只有父亲手中的一道阴兵令符。恰逢东侉出兵大昭，父亲被任命元帅，与东侉殊死抵抗，右相大人却弹劾父亲通敌卖国，意图谋反，皇帝陛下毫不留情，下令满门抄斩，父亲血溅白旗，她亲眼看着，尖叫出声，昏死过去。醒来时，已经身在冷宫，寒气逼人。

再过十年，从未见过的小太监却不知从何处拿出令牌，让她乔装成宫女逃出宫，刚出宫门，还未至城门，丧钟却响起，原是右相大人病逝了。

小太监说："右相大人当年，只能保您一人。如今，也只能保您一人。"

她道他为了一饭之恩，小太监却说，当年去提亲的，除了太子，还有右相。

转眼，皇帝陛下却已追到，居高临下，握着柄剑，抵在她的颈上。他问她令符在何处，咸之泪如泉涌，五味杂陈："您究竟喜欢过我吗？"

如若他曾喜欢过她，为了江山稳固，战功彪炳的父亲或许依她看来偶尔显得盛气凌人；可是，如若他只是口蜜腹剑，虚与委蛇，那她的父亲凭什么要忍受搭上满府一百六十三条人命的厄运！

"不曾。一分一毫一时一刻都不曾。"皇帝陛下看着她，冷道，"既然不肯说，那就把这个秘密变成没有秘密。"

鸳鸯共连理，结发为夫妻。

她想说，令符早在大婚之日已给了你，可是，那剑尖渐渐穿透她的心脏，一切又归于沉寂。她躺在虚茫一片的黑暗中，痛入骨髓，蜷缩成小小干瘪的一团，远处走来一个黄衣少女，看不清模样，却讽刺她道："这回，你可瞧清楚了？

"章咸之，你记住，他不喜欢你，一分一毫一时一刻。咸之，我将能借之物都借与你，你可能瞧得清晰？"

咸之呼痛，却突然睁开了眼，满脸汗泪。她茫然看着闺阁之景，却不知自己身在何处，只是痛得哭都哭不出，握紧手，手背上的青筋暴了出来，转身，金架上的鹦鹉却摇头晃脑地念着恒春的诗："一日忽闻说，此为……章咸之。"

大丫鬟跑来，莺声燕语，细声软语："娘子，有白衣少年求亲，称自己为孤。"

又有三两个不成器小丫头嬉笑低语："门外有个书生，中了暑，倒在了我们家前。"

时间：齐明十一年六月初六丑时一刻。

地点：赤水源头襄河一艘破船坞上。

人物：四个沉睡书生，一个渔夫，外带一个丑布偶。

事件：黑稠不见五指的河水中，有一样东西正在悄无声息地往上爬。爬着爬着，眼珠子掉了，爬着爬着，半截胳膊甩开了。他爬呀爬，爬呀爬，终于爬到了船头，巍巍颤颤地站了起来，却不小心被木槛绊了一脚，一个趔趄，胳膊又甩掉半截。腥臭味瞬间弥漫了整个船坞，书生们靠着书篓睡得很熟，此起彼伏地交换空气，蒙然无知，有一个似乎还做了美梦，笑得起了褶子。那东西摸黑拾到了眼睛和胳膊，又安了回去，而后使劲吸了一口气，似乎闻到了好闻的气息，缓缓而僵硬地扭了扭脑袋，正对着月光的，是一张腐烂了一半的脸庞。而扶苏身后的篓内却跳出一个小小的丑布偶，冲着那东西就撞了过去，那东西一时不防备，被布偶撞到了河水中，心中懊恼极了，却被凶悍的小布偶狠狠往下摁，口中咕咕哝哝发出些刺耳的声音，渐渐沉入了水中，水面一片悄然，唯余船家划出的水纹，波光粼粼。

船尾一直靠着书篓的扶苏迷迷糊糊地伸手到了背后篓中，摸了一阵，却瞬间坐起了身，脑子空白了一瞬，努力忍住一丝窃喜，才没有表情地瞪着船夫道："了不得了，我媳妇呢？哪儿去了？谁偷了我的人？船家你偷人了！"

船家声泪俱下。

船头，没了呼吸的黑衣少年脚下的水面却缓缓浮现出一个一身麻衣、梳着东倒西歪的包子头的布偶。

本已在睡梦中悄无声息死了的黑衣书生却闭着目，伸出了苍白嶙峋的手，浸到冰冷的水中。

许久，黑衣书生睁开了眼，仿似久病的阴冷面庞上挂了一勾不显的讽刺，食指、中指从水中捏起一个湿漉漉的丑娃娃，虚弱喘道："谁家的丑妇人不要了，莫要脏了一池水。"

事件结果：扶苏莫名其妙多了三个结义兄弟。一个姓章，一个姓黄，一个姓嬴。

姓章的是个姑娘假扮的，生得千万般美貌，脾气却跟成芸一样，粗鲁暴躁，一手推倒一个成年壮汉，大家都看出她是个女的，却没人敢说。

姓黄的是个啰唆得没了边儿的少年，心眼多得像蜂窝，有些被害妄想症。任何一件事教他去想，总能得出两种结论，一是除了他旁人都是坏人，二是所有人活着的主要目的就是陷害他。虽动不动就爱脸红，但请相信，这是天生的，与脸皮厚薄无关。

至于姓嬴的则是一身黑色长袍，连儒帽也是黑的，随身背着药炉，整天阴森森病恹恹地靠在船头，一副下一刻就要病死的模样，给谁都没好脸，与扶苏的没有表情虽无限近似实则大不相同，扶苏的没难度，这个难度大。

总结起来，章小公子是别人都不如他，黄小公子是别人又欠了他，嬴小公子是别人别靠近他，扶苏，扶苏则是别人别……发现他。

齐明十一年的六月初六，公子扶苏觉得这一天，是他自从认识了丑山贼奚山君之后的那些穷日子中，最古怪的一天。

特异美貌的章公子挺爱拍人肩，拍肩于他而言，似乎是种与人见礼的方式。大半夜遭了水鬼之后，烛光荡漾中，这个诡异的少年从船头拍到了船尾，从左肩拍到了右膀。拍黄公子的时候，先是不敢置信再万种惊喜，拍赢晏的时候，一头雾水外加肃然起敬，拍扶苏的时候，本来心不在焉，谁知拍完左肩，章小爷的脸比上好的绢纸都白，再拍右肩，跟跄了好几步，勉强稳住脚步，挂了个极勉强的笑脸道："弟闻听各位公子皆欲往昌泓山求学，既然有缘聚于此处，日后又是同窗，不若，以天地为敬，结为异姓兄弟吧。"

来了，来了，终于来了。

其他三个少年都在心底叹了一口气。他们基本可以确定眼前的美貌公子是个女人了，而且基本确认，自己可能被讹上了。

不怪少年们这么想，最近六十年，不知由哪位姑娘带出的风气，女扮男装上学还是挺流行的，爹娘送去的还都是一等的书院，就指着姑娘们自个儿争气，挑出个金龟婿来，把户籍迁到大国去。

为什么？因为诸侯国太多了。什么？诸侯国多又怎么多了？昭天子虽不欢喜，但各国诸侯皆私下有令，除士人外，国与国不通婚。也就是说，在户籍制度森严，各国地盘又太小的情况下，这就好比一个窝里的老鼠只能自行婚配，就算母的富余了，一公多母，也绝对不能便宜别家的公老鼠。

于是，凭什么呀，好不容易生了个如花似玉的姑娘，不去配别国英俊富强的男儿郎，还要配隔壁邻居抠脚的大汉吗？所以，家中生了姑娘的，但凡爹娘家族有一点资本，也要把姑娘推到大国书院去，不为别的，就为挑个大国的士人女婿，日后高中了，好提携家族，摆脱贱籍。既然国君不仁，做了初一，那就休怪庶民做这十五了。

大昭建国三百余年，如今民风已十分彪悍。各国之间互相封闭，除了边界走商，使者互访，民间极少互通信息，既然如此，姑娘们也就不大顾忌什么名声了，就算在外面闹个不好看，可回自个儿家，关了门，日子照样过得有滋有味。

规矩，那是给贵族女子守的。庶民女子要想改命，除了卖梦，只有嫁人这一途径了。是政策带来了民俗的改变。

这些日子，家中有预备出仕的少年郎的贵族家庭都闻书院色变，有些古板的，情愿孩子在宗学自读，也不肯教他们出去见见世面，被几个不知所谓的庶民女子移了性情。姑娘们女扮男装的手段登峰造极，有些书院，严格测验了，也不免漏了几尾鱼。

而少年们，之所以判断眼前的美貌儿郎是女子，是因为，据说女扮男装的姑娘们，酷爱与人结拜。

这不，他们只是坐个船，躲个雨，就已经被她瞄上，非说有缘，非要结拜。

扶苏并未出声，不动声色地等着，可是那三人都是来回地试探发招，仿佛扶苏不存在。扶苏扭头，清水中荡漾的是一张平凡木讷的面庞，霎时间觉得，自己大概是自作多情了。

扶苏用了奉娘给的人皮，换了张脸和名字，如今叫姬谷。这张脸不好看也不精明，反倒显得有些粗糙，那些眼高于顶的姑娘是瞧不上的。这姑娘说要与自己结拜也许只是捎带，为了让场面看起来更圆融。

他媳妇年后突发慈悲，扔给他一个包袱，说为了响应天上人间养童养婿的主要目的，本着不悔夫婿觅封侯的原则，让他去平国孙大家处求学。扶苏觉得她想当皇后想疯了，可是听说孙大家山门中的藏书可比拟大国，便自觉闭了嘴。临行时这山贼给他绣了个一模一样的自己，丑得令人发指，还一直慈祥地说想家了就看看娃娃，她就是娃娃，娃娃就是她。换言之，如果娃娃被他怎么着了，奚山君必然十倍百倍地对他怎么着。

扶苏多想扔了这镇宅利器，可惜没机会。

少年面无表情地神游天外，回过神时，三人已经拍板决定结拜了。没人问他的意见，扶苏也没什么意见，因为这三个人没一个是吃素好惹的，此时说要结拜只是各怀鬼胎，他懒得得罪他们，只是决定以后渐渐避开他们。

上岸休整时，破庙外，一人扯了一条柳枝，大半夜的，月亮白得瘆人，四滴鲜红的血溶到了一个破碗盛满的烈酒中。

"天极为约，太一明誓，紫宫定盟，末星为鉴，吾四人今日结为兄弟，血脉共融，心形相一，互敬互爱，永不相害。"章姓少年如是震天吼，咕咚咽了口血酒，眼睛却直直瞪着扶苏。

黄姓书生小脸红扑扑的，微笑道："弟十七，诸位孰为长兄？"

章女似乎挺待见黄书生，眉眼一扬，漾出些美色道："兄十八。"

嬴晏虚弱地咳道："十九。"

扶苏面无表情地大言不惭："我为长兄，今及冠。"

公子扶苏这一年满打满算，刚过十七岁的生日。这世间，有些人坏得很出色，比如成觉，也有些人，坏得不出挑，坏的目的只是为了愉悦自己，比如扶苏。

四人论了兄弟齿序，彼此见了礼，从长兄到四弟，依次是姬谷、嬴晏、章甘、黄韵。他们皆未行冠礼，均无表字，便只以兄弟排序互称。

扶苏垂目，却听见黄四郎低缓温柔道："弟素来不信那些空话，既然诸兄长都喝了血酒，日后若违今日盟，残害了彼此，便教哥哥们遭五马分尸、暴晒吊颅之刑，如何？"

这是伍子胥的死法。

扶苏听着不对劲。哦，敢情就他们三个当哥哥的得发誓，谁害他谁当伍大帅。瞧着一脸温柔，脸红着都能给人下套。

嬴晏久病苍白的脸上显得很沉默，但许久之后，他点头应允了。

章甘啐了口唾沫，热血沸腾地瞪着扶苏道："对，教那等小人天打雷劈，死无全尸！"

扶苏淡淡笑了，喝了口血酒，拍了拍蓝袖上的尘土，拱手道："既已结拜，本预与诸弟在船中畅饮一番，奈何我囊中除了束脩，已无余钱，只得步行去孙大家处，如此，兄便先行一步了。"

他面貌平庸，举止却是说不出的烟云水气，风流高士。背起书篓，便要扬长而去，谁知篓中的布娃娃却瞬间卡在了庙门外的香炉口，死活拔不出来。

那点可怜的洒脱姿态也被破坏殆尽。

少年无奈地望着在香炉中头脚拉扯笑得一脸张扬无耻的布娃娃，觉得大山怪的法力无处不在，教这样一个他，原本大可以清淡婉约一些的公子在此处，看着三人脸上灿烂的笑意，也不禁带了些怒火。

他想拂袖而去，扯断这点禁锢，那吊着布娃娃颈上的绳结却绞着香炉，更紧。

黄四郎看着那娃娃，微笑道："隐约听闻兄长是有妻室的，这娃娃与我那未谋面的嫂嫂有何关联？"

章甘有些狐疑地看着自己的左手。摸到过去，为何没摸到此等变故？她……不是他的元妻吗？

扶苏哽了下，回头解下娃娃，握在手心，手指把娃娃的包子脸捏得益发丑，冷道："是有一房妻室，生得貌美如花，静如处子。真真是这世上最好姑娘，从不上房揭瓦，与日月争着发亮。"

孙大家名湖，字泽堂，孙武后人，乐安人氏。昭文帝之后，举族搬迁至平国金乌昌泓山，过上了半隐居的生活，世代靠居山讲学为生。

之前的几代夫子资质平庸，教出来的弟子也平庸，如今的孙夫子是瞧着平庸，挑选的弟子也皆是落魄世家弟子，可是，组合的结果却并不平庸，反而逆天。先帝手下尚书阁曾誊录二十年中中了文武榜的三甲出身，平国昌泓书院竟足足占了三十人。平国虽地方富足，却是个十足的小国，教育不兴，一国百年能中十人都实属运气，更何况一郡一山。百国都震惊了，纷纷打听孙湖是何人，可是，除了知道此人是孙武后人外，旁的一概似是无甚过人之处。众人皆以为是偶然，可是三年后，他又举了三十文武进士，十五文，十五武，不多不少。孙湖弟子出身寒微，反而能使先帝放心去用，除此之外，他的弟子皆有一个好处，都是文武兼备，虽达不到顶尖执牛耳之界，或者无出将入相，拜三公之才，但文者颇识行军连纵之法，武者皆具治国入微之目，真宗十分赞赏。

到了哲宗朝，孙湖已成为教育界的一块活招牌，士子们哭着闹着要去瞻仰当世孔夫子，生得好的、家世好的却憋了一肚子火，孙夫子不收不收，说破嘴仍是不收！莫非穷的落魄的调教出来特别有滋味？大家百思不得其解。

扶苏与嬴、章、黄三人是一起到的。那三人坚持非与结拜兄长一起步行前往，这一路，倒也摸清了彼此底细。

扶苏自称是战国时晋国没落贵族姬氏五世孙，手中的名帖和推荐信一应俱全；嬴晏则是孤儿，前朝嬴氏一族叛乱，九族皆被云相处斩，只余一痴儿。行刑时云琅曾言，嬴氏逃不过三代，三代之后，若不亡，人人得而诛之。而嬴晏便是这痴儿的后人，到他处，已传了三代。他来平国本意含糊，似是并非一开始便欲往书院读书，而是为了寻人，可不知为何，最后却改变了心意；至于章甘，只说是世家后人，却未说明是哪一家，姓章的世族说多不多，说少却也不少，有名堂的便是那么三家，一是凤阳章氏，二是崔城章氏，三便是秦帅弟子，抚东将军章氏，众人依他来时方向，猜测可能是凤阳与抚东两家中的一家；而黄韵黄四郎，形容十分贫寒，面容温和，性格却冷辣多谋，他不掩来意，求学的目的便是为了有朝一日，效仿先祖，登上三公之位。至于他的先祖是谁，扶苏在脑中想了半天，从西周太公开始数，也没数着姓黄的。

孙夫子孙湖是个中等身材，不大起眼的男子，虽貌不惊人，双目却十分明亮，他考校学生，不选文，不比武，十分简单明了：先自报家门，再从远处接待学生的草庐处，走到孙夫子喝茶纳凉的石亭即可。

许多贵族子弟仰慕孙湖，也曾穿寒衣，造假名，可是，孙夫子老眼毒辣，扫一扫便瞧出了。

看着又一个垂头丧气被扫下来的璟郡王氏子孙，章甘有些抓耳挠腮：“他怎么就瞧出来了？！一身衣裳比乞丐还破，人长得尖嘴猴腮，分明也没什么世家气度！”

黄韵含笑不语，嬴晏闭目养神，扶苏神游天外。

前头的人被刷了一大半，还有一个抱着孙夫子的腿，撕心裂肺地哭道：“夫子，俺真穷，俺家真穷啊！”

孙夫子淡定道：“不，你是贵族后代。”

章甘在远处树荫下跳了起来，骂道：“扯淡！这人我可注意观察了，手上满是厚厚的茧，若非家中贫寒，哪能生出这许多！”

黄韵继续含笑不语，嬴晏继续闭目养神，扶苏继续神游天外。

终于到了最后，轮到兄弟四人。孙湖考校得也有点不耐烦，对着紫砂壶嘴，灌了口茶水道：“树下那四儿，一起来。”

章甘一路走得战战兢兢，转眼看那三兄弟，没心没肺，一个比一个衣带飘飘，一个赛一个步履胜仙。

孙夫子眼皮瞟也没瞟四人一眼，问道：“教我选儿，儿有何处过人？”

章甘舒了口气，自信地露出雪白的牙齿道：“我生得俊，见过我的人都说，这世上，能与我一较高下的，只有穆王世子觉。”

一身破衣到哪儿都背着馒头的黄韵笑道：“我家贫。”

一身黑袍到哪儿都背着药罐的嬴晏默道：“我病弱。”

一双蓝袖到哪儿都背着布娃娃的扶苏淡道：“我脸皮厚。”

孙夫子依旧未抬头，瞧着莹润秀致的壶身道：“还有呢？”

章甘腾地从背后抽出一把亮闪闪的宝剑，上蹿下跳飞花乱舞道：“先生，我武艺高强，从小到大，就没人是我的对手，我能徒手劈倒碗口粗的树呢，可厉害啦！”

黄韵道：“我家贫。”

嬴晏道：“我病弱。”

扶苏道：“我脸皮厚。”

孙夫子挑眉：“没有别的了？”

章甘挺直胸膛，双手背在身后，笑出酒窝道："亲爱的先生，请允许我给您背段书吧，我会背全本的《诗经》外加《战国策》《昭书》呢。"然后，摇头晃脑地背了小半个时辰。

黄韵："我穷。"

嬴晏："我病。"

扶苏："我……"

孙夫子抬眼，打断扶苏的话，啼笑皆非道："我知道你脸皮厚。"

而后，抬头扫了四人一眼，指了指章甘，章甘的眼睛瞬间亮了，夫子却道："你走，他们三人留下。"

章甘愣了，合着载歌载舞半天，就落了这么个下场，敢情谁脸皮厚谁才招人爱啊。

"为什么！"少年章愤怒了，咆哮了。

孙夫子打了个哈欠道："你自己心里清楚。"

少年章咬牙，心道，我清楚你个头，可想起什么，浑身一激灵，随后从行李中扒出一张纸，恭恭敬敬道："这是一位贵人教学生给您的。"

孙湖看完却脸色大变，站起身，冷硬道："我今日碍于他的情面，只得将你留下，但尔在书院中需洁身自好，好自为之！贵人瞧中了什么，你比我清楚！"

孙湖半旬以来，陆陆续续从一千多名子弟中挑出了三十人，便封了昌泓山。学堂中右挂李聃像，左挂孔丘图，中间还有一尊栩栩如生、高宽皆约三寸的孙武彩塑。

三十名学子来自百国，穿着一样的云水鹤衫，拈了三炷香，拜祭了祖师，这才在后舍分配了房间。扶苏与嬴晏一间，黄韵与章甘较走运，一人分到了一间较小的房。黄韵家中特贫寒，恩师孙泽堂便命他定时去山下采买或做些琐碎的零活充当束脩，作息与诸位师兄弟并不相同，故给他单独分了一间。至于生得极俊的章甘，因他力气极大，众人倒也未往他是个姑娘处考量，只想恩师兴许特别看重他，才另辟一间与他。

章甘实在想不明白："为何兄长们同四弟那样混不吝的回答，反倒选上了，而我表现这样齐整，却不得人心呢？"

扶苏淡淡看她一眼，并不回答。他面容平凡木讷，只一双眼睛，十分清澈孤艳，教人看了，未免脸热。

黄韵笑了，道："我与两位哥哥其实都瞧出了，孙大家选人并非按照贫富去选。过往说他只选贫家子，应该只是巧合罢了。他老人家实是个十分任性的人，一切其实全凭眼缘，任凭王孙贵胄还是贫民乞丐，瞧不上的如何都不会选，不过深谙众人心理，最后推说他选不中的皆是世家子弟罢了。所以，我们又何必讨好他而去庸人自扰呢，只要坦率地告诉他我等是怎样的人，所求何物便足够了。至于他愿不愿意给，就看他想要什么样的弟子了。"

章甘迷茫地瞧着黄韵，慌张问道："弟所求为何物，我为何没发现？"

黄韵温柔地垂下眼睑，轻声道："弟说过了，弟家贫。"

章甘迟疑，转身望向扶苏、嬴晏二人，问道："那你二人呢？"

嬴晏阴冷道："我是将死之人，上任途中漂泊此处，何物都不打算求。"

章甘努力压住心中翻腾的恨意，又直直看着她此行最大的仇家扶苏。

扶苏言简意赅，语气极淡："我只是告诉夫子，请神容易送神难，我既来了，就没打算走。"

她笑了，装作不经意地拍了拍扶苏的左肩，本欲探知他所说真假，却因此不经得知了什么，有些傻眼。

先前以为扶苏只是为了捏造身份才说自己已娶妻，谁知他在逃亡期间竟真多了个未婚妻，可这女子，在她的预知梦中，从未出现。

章甘本应是扶苏命中注定的元后，陛下闻她美名，曾在太子过完十六岁的生辰时，下密旨给章戢，令他好好教养女儿学识礼仪，不得随意婚配。后生事故，太子薨了，这旨意便轻不得重不得了。而今章戢已知太子或许未亡，更不敢轻易决定女儿咸之终身。直到前些日子，陛下又下一道旨意，命她到昌泓书院读书。今日孙夫子肯收她，亦是看在陛下旨意的分上。

可这个露出些微轨迹的"未婚妻"，究竟是从哪儿冒出来的？

自打来了昌泓山，回到这样一个静僻愉悦的人间，在奚山的那些日子恍惚得教人疑心只是一个光怪陆离的梦。万事皆好，有山有水有食有书，扶苏松了一口气。唯一令他有些警觉的就是义弟章三郎，每每站在自以为隐蔽的暗处，心机深沉苦大仇深地望着自己。

扶苏估摸这位"三弟"与自己有仇，只是不知道这仇是从何处算起的。可是，奇怪的是，她没有任何举动，做得最多的，不过是瞪得他如芒刺在背罢了。

扶苏自幼时起，从未与年龄相仿的少女相处过，自然也不知如何相处，她虽生得貌美，可惜扶苏年纪不大，倒也未到对女色缠绵的年纪，再加上有奚山君那样厉害的未婚妻，故而碰到那些同她一般刁蛮任性的姑娘，便躲得老远。

少年章甘瞧着扶苏，也有些迷茫。他似是自己梦中瞧见的那个样子，可又有些不像。梦中的那个男人没有扶苏这样淡泊的性格。扶苏走进书院的藏书阁，能一日一夜不吃不喝，若是如梦中那个眷恋权势的男子，显然会对周遭的一切都有着极强的掌控欲，可是，扶苏对什么都视若无睹。别人随手把玩的是金玉，他随手握着的是一只丑得肾亏的布娃娃。

扶苏是这样一个怪人，可是，问世间，是否此山最高？显然不是。有人比他更怪。此事说来话长，但不得不说。

四人自打结拜，每天行起坐卧，几乎都在一起，本无亲疏之别，可日子久了，却渐渐显出差异来。他们兄弟，章甘对黄四十分关心，黄四喜与晏二下棋谈道，晏二却总是跟着扶苏读书习字。

错了，应该说，晏二很喜欢观察扶苏，黑衣少年握着书，目光敏锐，常常透过扶苏面皮上的那张面具，便若有所思起来。晏二是个杀伐果断之人，在书院中，与人下棋，比拼狩猎皆干脆不留情，实不像病亏短寿之人，可是每日三餐地煮着炉上药，形容鬼态枯零，毫无血色，又教人确凿他活不过几日。

他待旁人都极其阴森，唯有瞧见章三、黄四二弟，才难得带些温和之色。嬴晏极精通周易之术，能断八字、看手纹、卜吉凶，曾为昌泓山上众人批过命，皆道精准，可十分之数，却总保留一分，众人打破砂锅问到底，嬴晏只道泄露天机者往往福薄而长寿不死，命途多舛，而他宁愿福厚而少年死，却不愿风霜啜尽而白枯骨。

扶苏想起了奚山君长袖中的那方龟壳，她也是个极精通此术之人，且活了不少年头。

章三却讥笑晏二装神弄鬼，他说他能知过去未来，卜算命术，不过是雕虫小技。有同门丢了钱袋许久，嬉笑教章三来寻，这美得摄人心魂的少年拍了拍那人的左肩，便嫣然一笑道："你去厨下寻。师兄前日夜间偷吃夜宵，钱袋掉在米缸外的老鼠洞口。"这同门去寻，果应。从此，众人更信服章三，而暗觉嬴晏所学不精。

嬴晏不以为意，只叮嘱章三道："你莫要处处玩火，不知谁天生有此异能，只瞧着崇气冲天，心思诡谲，莫名诳了你，施给你几分，便教你得意起来。"

黄四郎倒不耐烦听这些机锋，搬着棋盘断了两人的话，拉着嬴晏到林中树下下棋去了。黄四痴迷黑白纵横之道，逮住人就非要来几局，全书院赢过他的寥寥无几。夫子是之一，晏二是唯二。

黄韵下棋下到最后呈现的莫不是一派风波诡谲的意向，看过棋局的人也往往赞叹不已，觉得妙趣横生，但是夫子总是趁他把局势摆成之前扼杀，而晏二则是纵容他摆成山河万象，再一子截杀。黄韵含笑道："嬴二哥，几时弟才能赢一回？"

晏二撂下棋子，带着倦意咳道："今日就到此处，这玩意儿，只同你玩着还有些意趣。"晏二每晚休息极早，天一黑便沉沉睡去。

是夜，嬴晏莫名其妙地"死"了一回。

那是他们兄弟四人进入昌泓山的一个月后，漫天星子，却起西风。扶苏一向埋在书舍读书，不分昼夜。这一日，如往常，等到夜深归来时，拎着纸糊的灯笼摸索推开了房门。谁知屋中有火光，低俯下身一瞧，却是晏二倚着药炉子睡着了。他从木床上抱过一张薄衾，刚披到这少年的身上，手掠过他的鼻子，却僵了一僵。又没有呼吸了。

扶苏有些无奈。

这书院中无人知晓，晏二一近夜晚，便彻底没了呼吸，如同死人一般。他之前无意发现，本想背他去看大夫，可那双阴沉的眼却瞬间敏锐地睁开了，毫无异状。

晏二从不喊他大哥，总说他"其心可诛"。

扶苏猜测，这人或许本就是与奚山君一样的族类，只是隐藏得太深。

扶苏正待离去，那少年却又睁开了眼，叹息了一声，喃喃自语道："麻烦了。"

他抬眼，看到扶苏假扮的姬谷，审视许久，才道："难为我费这许多功夫追踪你。姬谷今日已自首归案，你又是谁？"

第二日，大清早，扶苏推开门，竟真瞧见个大麻烦。

一个颇为清秀的朱衣小姑娘跪在了寝舍之前。她见是姬谷开门，也吓了一跳："你……你为何在此？嬴判士可在？"

晏二最后一件黑色儒衫方方系好，转身，咳了起来。他从这小姑娘身旁走过，冷道："你走吧，见到我的真容，也没用。"

朱衣姑娘猛地磕起头来："求大人救救我爹，他只是错判一案，不当至如此境地！"

晏二沉声道："为他一人昏聩无能，害得真凶逃逸至今，方归案。"

朱衣姑娘抬起头，眉眼间还是一团稚气。她说："我怎不知爹爹昏聩无能，但他本性善良勤恳，为官二十年都如一日，从无丝毫懈怠，便是因知自己智有所不及，恐贻害百姓，所以以勤补拙。他月前翻案宗，才知自己错判了案，已主动向平王和天子请罪，并全力追缉真凶。知错能改，善莫大焉。何况此案并未对百姓造成祸患，判士为何因此折他寿命，小女不服！"

晏二拂袖，冷道："愚女！你又怎知，因那伙强盗未及时处决报到，又做了几起大案，害了陇东多少条人命。他们扔尸到云海赤江，那处是极阳之地，被害之人无法安息，只能再害人换命，这一翻一算，又死了多少人！此事之起，便皆因你那无能的爹，我左迁此处，途中被怨气一路纠缠，亦是因他！可恨他从些微江湖术士处，寻到我在此处，又知你命数极贵，竟握你手，一同入梦，摘了我的面具，见我真面，妄图乞命，苟延残喘，不拘了他重判难消我心头之恨！"

天渐已大亮，朱色衣衫的小姑娘垂下头，啪嗒啪嗒掉眼泪，却紧紧闭上了唇，不再作声。

"恒春，你为何在此？"孙夫子打了个哈欠，从后院走到寝宿，唤众弟子起身早练，却被眼前跪着的小姑娘吓了一跳。

原来，这个小姑娘是金乌太守之女，孙师娘娘家甥女，远来探亲，今日方抵昌泓的恒春。

晏二冷漠而去，临行时目光隐晦不明地望了姬谷一眼。

恒春站起身拭泪行礼，孙夫子摸不着头脑。

待到下学，众人回寝，恒春已不在原处跪着。姬谷松了一口气，推开门，差点绊倒。

是，这小姑娘不跪在门外了，她跪在了门内。

嬴晏推门进入，却只当没瞧见此女，阴沉着脸拎药炉熬药。恒春已经跪了整整一日，可是她却不肯让众人看到，只跪在暗处。

姬谷一直凝视着她，许久，躬身，好奇地问道："嗯，你还能跪多久？"

恒春是个颇为老实的小书呆，她说："若是每餐给两个馒头，还能再跪两个日夜，若是不食不饮，大概只能熬到明日辰未之时。"

姬谷点点头，用平淡得没有语调的声音道："那也很了不起了。"

恒春含泪道："我昨日亲眼见你被下油锅炸了，你分明是那贼伙的头领，为何没死？"

姬谷黑黑的眼珠看着她，平淡道："不告诉你。"

恒春垂泪点点头："哦。"

此一刻，远处忽而飞来一只纯紫色的莺鸟，毛发生得极具光泽，行止也显高雅。它翩然飞来，却直直撞在了晏二身上。

恒春低呼："阿柯！"

晏二被它撞得咳嗽了起来。

这鸟儿是恒春途经金乌时，被一阵阴风吹到了牛车之上的。它受伤颇重，颈上竟是人手掐痕。恒春怜惜，便养了起来。

而这一切发生的时候，姬谷早已拿起了书，看了起来。

恒春见那小鸟儿莽撞伤人，跪扑，把它圈在了怀里，眼圈红着道歉道："判士原谅则个，小女并非故意无礼于您。这鸟儿生性桀骜，还未养熟，冲撞了您。"

晏二却未顾及她，反倒走到姬谷身旁，抽掉他手中的书，扔到地上，捂着胸口大咳道："你到底是何人？"

姬谷面无表情，想了想，从脸上揉掉了一层面具，那是一张比姬谷更平凡的脸。他说："我本是世家子，听闻孙夫子所收之徒大半农人，乡党中有年龄相仿的庶人，思量许久，便给了江湖匠人一年的粮，做了一张面具，借那人的名声，来此求学。"

匠人中倒也不乏这样会换脸做面具的，楚国中就有此等能工巧匠，制出的面具巧夺天工。

姬谷这话说得极顺溜，一张脸虽依旧没什么表情，但还算诚恳坦然。

晏二垂下头，又咳了起来，不知信未信。许久，他才点起烛火，指着跪在地上的恒春，面庞冷秀方正："夜深，姑娘请回。"

恒春抿着唇，眼泪又掉了一串。她说："我爹爹还被拘着，大夫说熬不过这二三日了。我知父亲大错已酿，无意为难大人，只是事到如今，小女唯有求您一途，倘使不尽力，小女寝食难安，大人虽不能答应，但请不要阻隔春尽孝。"

她扶着中间的屏风站了起来，夜色已全黑，小姑娘却又推门而出，跪在了外面。

姬谷重新戴上人皮面具，平淡道："此女甚是聪慧明理。"

白日跪在无人经过看到之室内，并不以自己之势众人之力干扰晏二判断，夜间跪在门外，是为男女大防，亦因不肯打扰晏二休息，此番行事，极是妥帖。

转眼，晏二却已然平躺在铺，无了呼吸。姬谷正要秉烛看书，却被药炉绊倒，手扶住晏二的床榻，方站稳，无意竟触到晏二黑衣，冰寒至极，还未收回手，口中吐出一口热气，雾气之后，却浮现了一层水波诡谲的旋涡，旋涡静止之时，姬谷颅中刺痛，委顿在地，双目一闭，脑中却瞬间浮现了一些再清晰不过的景象。

黑衣的少年一身黑色仙鹤补袍，戴着狰狞的面具，坐在了阴森公堂。惊堂木一拍，许多形体虚幻、脸色苍白的祟便被押出。它们齐声喊冤，那堂上的黑衣判官像做过千百遍一样熟稔，威武刚正，沉声呵道——"汝等可知，此生在人间犯了何罪？

"汝生为贱格，却不肯认命，妄图富贵，夺财偷运，可知有罪！

"汝生而富贵，却恣意矫佞，暴戾无常，轻人贱己，可知有罪！

"汝前缘受尽劫难，今生原可苦尽甘来，却瞒天欺己，休妻虐子，只为另娶貌美有钱之女，兴家发达。汝可知那貌美女子前缘原是虎狼食尸之辈，而糟糠本是天母历劫到尔家点化，幼子他日可位极人臣福荫五代！蠢极！愚极！

"汝今生高寿有福，一生行善，本无罪过，理应放回轮回为人，然汝之儿媳今日生产，竟得残疾痴儿，本判本百思不得其解，翻《人世录》，观汝平生，却发现尔一生之行善竟皆在父母子女造孽之后，行善之后遂心安理得，日日安睡，从不思整理家风，痛改满门之非，这才报应到孙辈。何者为善，善此物若为填恶念，与恶又有何不同？大恶，大鄙！左右敕令，拉入猪狗之道！！"

姬谷恍恍惚惚中，额上满是汗。忽而，被人攥住了手臂。他睁开眼，似梦非梦中，判官的那双眼也睁开了。判官极是惊愕地看着他，面庞被月色照得极为苍白。这夜间竟是判官，白日却是个病弱快死的少年晏二哑声问道："你未离魂，竟能看到？！"

离魂入梦才看到地下之景的那个，正在门外摇摇欲坠地跪着。

据说，她极贵。

第二日，天蒙蒙亮，是晏二推开的门扉。恒春红肿着眼珠，目光却依旧清澈。她已一日一夜未睡。晏二冷冷看她一眼，才道："休要跪了，昨夜我已放他回去。念你拳拳孝心，便暂且饶你父亲几年寿数，天意如此，倘使他先死了，反倒阻了你的命数。今日一去，不可同任何人提起此事，若再害我左迁，我便把你那蠢钝如猪的爹爹放进油锅里炸成丸子！"

少年晏二十分不理解这世上还有人笨到把强盗杀人案硬生生判成自杀案的，正如他也不大清楚自己是怎么小小年纪一升再升，坐上左判的位子的。他判案生涯唯一的耻辱便是没按时拘来那伙强盗。只因金乌太守放过，一夜之间失踪，可更莫名其妙的是一夜之间又悉数出现，三十几个贼，齐刷刷地自动投案，他们纷纷说不知到底是谁杀了自己，哭着闹着要赢判官做主，只道死前嗅到一股奇怪的香气，像是来自什么不知名的树木，少年晏二冷笑了笑，把他们统统扔到了拔舌狱。至于真正的贼首姬谷，也在之后的一夜，迷糊地自动投案而来。他说自己因贼账不均，早已被同伙杀害抛尸许久，却不知为何，双目如被蒙障，一直寻不到入泰山的归途。

少年遥想之前，一路跟踪"姬谷"而来，却发现一切十分不对劲。这个"姬谷"太纯净，让他一时拿不定主意要不要去拘。眼下瞧来，幸亏没拘，若冤枉了人，又要左迁。这次被贬到平境极东上任已经是极限了，再迁，就掉东海了。

此事告终，书院恢复了往日的平静，恒春母亲曾修书与姊妹，孙师娘之后便把恒春带在身边教养。往往前院孙湖带着众子弟奏起《秦行伍》，后厢便响起了毫无韵味的《楚女》。偌大的书院多了个姑娘，一窝少年本该沸腾如鼎，但从恒春所奏之曲，便知她是个十分古板无趣的小呆子，与以美著称的"楚女"没什么关联。

年少慕风流，比起齐刘海的小恒春，山下镇里"兑馆"中身材丰满能歌善舞的少女们要更有吸引力些。故而，这窝半大的毛孩子常常趁着孙夫子出外访友的时候，窜到镇里玩耍。往往学着爷们儿壮着胆子喊"给我最漂亮的姑娘！"却引起少女们大笑。少年们面薄，觉得羞耻，而遥遥的雾色中，却走来一个背着藤柴的湖衣少年，冠带风流，青山翠玉之美，缓缓含笑，行止大方得仿佛这里不是什么勾栏之地，反倒像是道馆寺庙："小生买柴而来，口中甚渴，想讨杯茶水，姐姐们。"

少女们瞧着他就痴了，一窝蜂地去倒茶，这一脚绊了那一踩，争先恐后着，倒似谁喂他一口便成了福气。

众生不忿，转眼瞧去，竟是师弟黄四郎。少年古怪，身上有股子不辨年纪的劲头，透着骨头的温润和偏执，哪一样，都不带人间烟火。

他身后却有梳着整齐头发的少年僵着脸问道："你来这里做什么？"

众生又低声喟叹，这才是个真正的美人，气质天成，可惜怎长成了个男人。

黄四郎笑成两个月牙儿："三哥，弟渴了。"

有少女一人抢过众女，纤纤素手捧着水走到了黄四面前，眼波含笑："郎君请用。"

章三脸更僵，伸手粗鲁地夺过瓷碗，递到黄四唇边："喝！"

黄四有些抱歉地看了少女一眼，浅浅低头啜饮了几口水，章三却似一只坐卧不定的公鸭子在旁边怒道："不过一担柴，怎就没用到了这个田地？"

他把碗往黄四手中一塞，背起柴，大步朝前自去了。

黄四为抵束脩平素做些采买。此时晃了晃瓷碗中的茶汤，看着远处已走远的章三，低着头，睫毛盖住了眼珠，唇角却带着扩大的笑。

"多谢姑娘。"

这声"姑娘"不知意有所指，在唤谁。

自那日起，黄四虽揽下学中杂物，但劈不动柴火，扛不动蒸笼，下山气喘，上山嘘嘘，章三公子便同情地统统包办了，可但凡有一日嫌累了，眯上眼，便听到笑意盈盈的一句——"五马分尸，暴晒吊颅"，章三瞬间惊醒。

而平素大家也都知晓晏二有个随时昏倒随时醒的臭毛病，横竖死不了，便也不大搭理。姬谷饭后回房，夕阳徐染，晏二药炉中正煮着药，却已倚着门昏了过去，这判官当得也忒殷勤，人间还未昏沉，他阴间已忙碌起来。姬谷这等冷漠的，虽极愿意从他身上踩过去，可是，脚还未踏，心中不平至极的章三却粗着嗓门指着他吼："大哥唉，天打雷劈你！"

姬谷扭头，瞅着扛着一张新采办的梨木桌压得额上青筋直炸的章三，点点头："嗯，死不超生你。"

兄弟四人，说来，是有几分别扭和矛盾的。你喜我，我恨他，他防他，他又在笑他。

图书在版编目（CIP）数据

昭奚旧草 . 1 / 书海沧生著 . — 广州 : 广东旅游出版社 , 2023.7
ISBN 978-7-5570-3042-1

Ⅰ . ①昭… Ⅱ . ①书… Ⅲ . ①长篇小说—中国—当代 Ⅳ . ① I247.5

中国国家版本馆 CIP 数据核字 (2023) 第 081772 号

昭奚旧草 . 1

ZHAO XI JIU CAO. 1

出 版 人：刘志松
责任编辑：陈　吉
责任技编：冼志良
责任校对：李瑞苑

广东旅游出版社出版发行
地址：广州市荔湾区沙面北街 71 号首、二层
邮编：510130
电话：020-87347732（总编室）　020-87348887（销售热线）
投稿邮箱：2026542779@qq.com
印刷：河北鹏润印刷有限公司
（地址：河北省沧州市肃宁县工业聚集区）
开本：880 毫米 × 1230 毫米　1/32
字数：228 千
印张：8.5
版次：2023 年 7 月第 1 版
印次：2023 年 7 月第 1 次印刷
定价：69.80 元（全 2 册）

旧草昭奚之

书海沧生 著

广东旅游出版社
GUANGDONG TRAVEL & TOURISM PRESS
悦读书·悦旅行·悦享人生

中国·广州

昭奚旧草

目录

『植，三百年，嫁乔荷。』
可阿植死啦。

奚山君·扶苏

我在等她发现，轻轻喊一声『哥哥』，
我便好装作不大喜欢她，牵着她的小手回家。

乔植·乔荷

九　三公篇

昭书·下

　　书院后侧有一池水，春天时，夫子撒下了黄四采购来的一袋种子和一袋肥，本预留待夏日与众生风雅赏荷，可末了只长出一片死胖死绿的荷叶，苞都不肯结。

　　重暑来的时候，孙夫子硬生生撑了场面，对着硕大的荷叶，和众生吃了一局酒席。人道流氓易醉，书生易痴，这会儿反了，书生一个比一个像流氓，喝得不亦乐乎赛神仙。孙湖看着满园翩翩少年，心中豪气万千，哈哈笑道："试看昭三公九卿，吾昌泓山文武几何！"

　　黄四吃酒吃得飞快，似是十分喜欢这杯中物，伸出舌尖去接琼浆玉露，一身湖色长衫在风中吹出水墨晕染的春光，待到壶空，却抱着一把古琴撑坐在水草之上，他弹的不知是什么，却是仙人之曲才有的无穷美妙，应到孙夫子之豪言，便拔高澎湃起来，微微垂目一笑，魔道成了仙家，欲望脱俗起来，风停不了，人看不够。

　　孙夫子闭目，银筷敲打杯沿，一喝一和起来。曲毕，黄四郎竟仰天倒头就睡，一头炭黑的长发像浮藻一般浮在了池水之中，似一萍聚，却又快散。

　　少年章三十分紧张疼爱这小兄弟，看他酒后狂悖，恐着了凉，慌忙去池边接他。池塘边一块不知是什么的东西，却绊了少年章三一脚，他一个重心不稳，扑通栽进了水中。

　　晏二转眼，瞧见少年章三在不足半人高的池中一边扑腾一边骂："哎呀！我不会游泳！哎呀这荷叶这么滑溜抓不住啊！！"越扑腾反越远离岸边，岸上另一个小兄弟则依旧醉得不省人事，心中暗自觉得二人荒唐无德，死死皱着眉头，捣了捣姬谷道："大哥速去速回！"

众人看这兄弟四人，看笑话看得喜滋滋的，合不拢嘴，扶苏无言无表情地瞅了瞅晏二，真想问一问——孤长得就这么像你家养的冤大头？

但鉴于他不大惹得起这判官，便脱了外衫，跳进了水中。

少年章三扑腾着抓到了那唯一的一片荷叶，风吹起时，送来清爽之气，一呼一吸，他脑海中却瞬间浮现了许多画面，似乎看到荷影重重摇曳，快速闪过丰盛肥美继而枯瘦凋零的年年岁岁循环往复。荷叶莫非也有前世今生？竟似比人还要复杂，章三不察，天旋地转起来，如死了的一块皮子，握着荷叶的茎，缓缓地垂头滑入了水中。

扶苏远远游来，却觉鼻翼荷叶清香益发浓郁，岸边的人影都被大雾笼罩起来，浓稠得似入了油缸，除了那棵荷，什么都瞧不清了。章三白皙的手还在滑落，扶苏托起少年的下巴，那被水氤氲的倾城绝色就这样如明月般摊开在少年手臂。扶苏怔了怔，心中漏了半拍，似乎想起什么，又仿佛忘了什么。他回过神，荷叶却变得硕大无比，宽可遮天，汪着一碧水，朝着他的额头泼来。

扶苏紧紧搂着胸前的少年，直到失去意识。

他曾得过一本天书，做过一二荒谬之梦。今时，又有一梦，倒不在黄粱小米一锅煮熟之机，反在无花之荷下得到一二虚妄真知。笔者录至此时，也觉感慨，世人之梦颇繁，亦颇烦。然前因后果，巧合中便有定数，想吾众人也愿世事通透自由，方觉活得洒脱爽利。则此一荷叶生梦，便须得一提。

公子扶苏醒了过来。世界变了，他也变了。

眼前之景全不认得。遥遥便听到洪钟之音。

他自觉全身濡湿，低头，却见自己一身漆黑干瘪，四肢细长，从头上垂下两条长长的丝绦，无力地匍匐在脚边。

什么？他成了什么？

抬起眼，却见周围的一切大得可怕。远处有几个身披锦缎丝绸的女子一路粗声震耳而来，她们高可参天，宛若《志怪录》中所记载的巨人。这些女子路过他的身旁，脚大如船只，娇俏地跺一跺，地竟也跟着抖了三抖，扶苏险些站不稳，只得用手吸着地面。

"姐姐们听说了吗？二公子今日在宫中作赋，一举夺魁了呢。"其中一个巨大的女怪物张开了猩红双唇，唾液喷洒在扶苏身上，好似下了阵雨。扶苏躲在了一片焦枯的叶后，似是牡丹开败后的残枝，只是比他素日所见，亦大了许多倍。

"二公子今年不过七岁，却这样出息，不愧是殿下所养。当真是龙生之子，果与凡俗下贱很是不同。"另一个梳着明月髻的少女巨人也张开了口。

"嘘，此语莫让大人听到。大人仁厚，虽不爱那凡夫俗女，但是大公子小姑娘到底是亲生，咱们在殿下身边侍奉，言语更需谨慎。"这一个年纪大些，声音也稳重一些。

"呸！提起那等贱妇，犹觉可恨，前些年已然病入膏肓，谁知竟还能勾引大人，生下这小畜生！大人许诺过殿下，得了殿下，便再也不入那村妇屋中，小畜生竟是生生打我等同殿下的脸了。姐姐又不是不曾见，殿下那些日子伤心成了什么模样！"明月髻巨人喷出的阵雨更剧烈了，扶苏担忧地拉了拉叶子。

"唉，那孩子倒也十分不争气，已三岁，竟还不会说话，一脸痴傻模样。大公子不喜欢她，大人一年到头，也难得瞧她几眼。"老成稳重的巨人感叹了一番，便携二女匆匆离去了。

扶苏松了一口气，可是还未回过神，却忽而察觉天慢慢变得阴沉，逐渐阴沉，更加……阴沉……

莫非天真要下雨了？扶苏裹着叶子转过身，却看到两只黑得不像话、大得不像话，以及……凶残得不像话的眼珠。

熊！熊！！熊！！！

扶苏喉咙干痒，还没来得及开口，已经被一巴掌拍晕了。

等他再醒来的时候，才发现那不是一只巨熊，而是一只……巨婴。

大大光亮的脑袋，胖乎乎的小手，一身破破烂烂的衣衫，匍匐在地上，虎头鞋早已磨烂，露出血糊糊的脚丫。

眼下青光，眼中凶光，双爪支起，正十分严肃，却又隐隐有些兴奋地瞧着他。

"啊！"巨婴十分有气势地用食指点了点扶苏，扶苏在泥中滚落。

他支撑着想站起来，巨婴却咯咯笑了起来，一只手十分凶残地捏起他的两条丝绦，另一只手则摁住他的身躯朝后拖。

不过一霎时，两条丝绦便脱离了身体，他发觉自己十分痛，竟如被人扯掉膀子一般，似乎这时才明白，丝绦并非外物，而是此刻的他身体里的一部分。

他变成了同巨人一样的怪物，不，也许她们不是怪物，只有他才是。那对他而言巨大的婴孩双眼晶亮地瞧着他，裂皮的小嘴张着，许久，在他脚下，滴下一滴丰沛的口水。扶苏对着干燥泥土之上的那摊"小湖泊"怔怔地照着，直到口水被泥土吸收，曾经相貌十分美妙的少年这时才反应过来——在婴孩的眼中，自己只是一只秋天里将死的、有趣的值得玩弄一番的蟋蟀。

公子扶苏遇见一片极胖的荷叶，变成了一只极瘦的蟋蟀。这比当时亲眼瞧着自己的棺材封死更让他感到纠结。荒诞诡异之事，每每在他命运之中频频发生，令人惘然。

眼前的巨婴，不，确凿说来，这是一个两三岁的幼儿，她蜷缩起冻得有些红肿的小手，然后，一把拢住了扶苏。

公子扶苏虽然极其厌恶麻烦，但心中颇有经纬韬略，万事只要他肯狠下心来，总有一番成就。偏他自幼仁慈冷漠，这才碌碌无为到今日境地。可这会儿，他却闭上了眼等死，不打算再为自己筹谋些什么。因为，面对的是这样纯真野蛮的生物，任何纵横捭阖之道、阴阳权谋之术都是无用的。

他感到荒唐，却又一次笑了。总算，不是死在成氏的手中，这已万幸，并且于他而言，足够仁慈。

可是，那又脏又年幼的孩子没有捏死他，而是双手把他捧起，放在了枯萎的牡丹枝头上，在渐渐沉水的夕阳中，趴在泥土上，不停地看着他。

他与她对视。这个极小的孩子想必便是那些女子口中的小姑娘，瞧她一身绸缎穿得这样褴褛，脸上、手上、脚上布满刮伤，便知道生活得如何懵懂而辛苦。眼下的花园枯零零一团，连鸟儿都不曾来此栖息，她却与园中的泥土滚在一起。

那双干净明亮的大眼睛瞧着他，很久。

他丢失了触角，找不到方向，一时无法逃跑。等到孩子的肚子开始如响雷一般咕咕作声时，扶苏望着她益发垂涎的眼神，头皮发麻起来。远处传来阵阵清晰强烈的震感，他还没反应过来，这小小的孩子已经以迅雷不及掩耳的速度，把他塞入口中。

柔软和濡湿将他包裹。扶苏腹中一阵恶心的绞痛。

孩子却没有咬他，只是鼓起腮，安静地把他含在口中。远处传来一个粗嗓女人的打骂声，她拎起小小的孩子，狠狠地扇了一巴掌，扶苏感到强烈的震动，一瞬间，四溢的浓烈的血腥味将他包围。那孩子却死死地抿着唇，把他含在口中。

"作死的东西，一会儿工夫，又啃起煤灰来，狼心狗肺！吐出来！"女人捏起了小小孩子的下巴，她却沉默地咬紧了牙齿，血液在口腔中，染红了扶苏的身体。

女人大大的脚掌踩在了那还不曾学会说话的孩子的虎头鞋上，被干涸的血迹污了的脚趾再次印染出鲜血。小小的孩子抬起单纯的小脑袋，痛苦地朝后缩着脚挣扎，瞧着这女人，带着强烈的却还很懵懂的恨意。

"反了天了，谁准你这样瞧我的！"那女人伸出了尖利的指甲，阴冷道，"再看，拿烙铁烙了你的眼！"

孩子蜷缩成一团，咬紧牙，不停地朝前爬着。

再没有声响。

扶苏也没有再听到任何声响，他的世界一片黑暗，缺少氧气，所有感官都被鲜血的味道淹没。当快要窒息的时候，却被一只冰冷的小手从口中取了出来。

又映上了那双稚气却凶残的眼睛。

他们到了一个房间。空荡荡的房间，只有一张覆盖着丝绸锦缎的床——如同这孩子身上的衣物一般，破烂陈旧的丝绸锦缎。

孩子吐出了一口血。月光下，那双小手还捏着一块干瘪的馒头，狼吞虎咽地啃食着，双眼却依旧小心翼翼而凶残地盯着扶苏。

扶苏不知道一只蟋蟀苦笑是什么模样，但他的确苦笑了。

孩子掏出一块口中刚嚼过的馒头，放到了蟋蟀面前。

扶苏领悟了。她在以养一只猫儿的姿态养一只没了触角的蟋蟀。

他觉得孩子的目光很熟悉，好像在哪里瞧见过。

他埋头吃着那一团粗糙的馒头，因为饥饿太痛苦。这是他还是人时的娘子带给他的最深刻的教训。怎样死都好，千万莫要饿死。

她看着他，直到困倦。尔后，小孩子把小蟋蟀放在枕边，沉沉睡去。

扶苏找不到方向，在孩子的床上爬了许久，直至筋疲力尽，所有的修养都变成绝望之后的压抑。

阳光再次照到他的身躯上时，扶苏睁开眼，却发现自己已经不在破破烂烂的床榻之上。四周有一些黑黑硬硬的茬子，令人无处下脚。

"啊！啊！"他听到了那婴孩的叫声，风从扶苏的身旁掠过。许久，才发现，自己被那孩子放到了小脑袋上。

她带着她的新宠又回到了王国——那块干枯的小花园。她是小花园里的王，她征服了一切，包括这只不知从何处冒出来的小虫子。

孩子凶残而骄傲，孩子君临天下。

她喜爱在枯树下不停地爬着圈圈，偶尔玩得开心兴奋时拿下头上的小蟋蟀，紧紧地攥着摇晃，扶苏几次觉得自己快要死了，但她却又松了手，把他轻轻放回小小的脑袋上。

大部分时候，小国君并不开心。而小国君不开心时便在满布花刺的牡丹、蔷薇残枝中穿梭，累了，就坐在枯萎的花丛中瞧着小花园外的大人。

扶苏极度疲惫，刚刚眯上眼，却从孩子光滑的小脑袋上滑了下来。

他摔在地上，是因为那孩子垂下了头，几乎低到泥土之中。

小王国外的一男一女两个奴仆正在欢快戏谑地讨论着一个叫马陵的将军。

扶苏知道他。马陵是大昭建国之时，一个十分骁勇善战的将军，但根据史书记载，同他的百战百胜齐名的，是他残忍奇怪的嗜好。相传他当年降服于昭王的唯一条件就是，每年要开三次荤腥，而每一次荤腥要吃一个幼儿，不超过三龄的最好，皮滑肉嫩，是女婴则更好，因女婴天生柔软而带着清香。

当然只是几本史书这样相传，谁也未知真相如何。

"马将军今日来府中做客，殿下教我等倾力招待，可真为难。我们府中哪有他爱吃的那稀罕物呢？没化开的包皮死羔羊，这兵荒马乱，城中每日倒也有不少，可马将军嘴巴刁钻金贵，不吃死物！"

"怎的没有？奴手头就有一个！"扶苏认出了，这是之前打骂孩子的那个女人的声音。

"林娘子，别开这等玩笑！你那个可是你奶大的姑娘，大人若是知道了，还不把你我给宰了！"

那被称作林娘子的女人显见地朝小花园的阴影处瞧了一眼，目光极阴厉残忍，小小的孩子感知到了，在树后全身发抖，她从地上抓起了小蟋蟀，这样的小玩伴小宠物。扶苏看到了她眼中的恐惧和这样的年龄不该有的浓重的悲伤，而后，在那个女人再次说话之前，孩子又把扶苏塞入了口中。

扶苏在黑暗和窒息中再次感受到了孩子的战栗，她的舌头发烫，牙齿在颤抖，可是嘴巴却紧紧闭着，试图把小蟋蟀扶苏保护在她弱小的生命中最安全的地方。

林娘子的声音又传来，她提高了嗓音，大声地朝着花园的方向："她是哪家的姑娘，丧门星！唤她声姑娘你问殿下认不认！殿下今日生辰，她死了，倒是宾主尽欢了！"

"这娘子忒狠心，论理还当叫你一声乳娘！好歹奶了半年，总该有些不一样的。"

"生下来刚学会喊一声娘，便把她娘给克死了！奶她半年，我到今日霉星还在脑门上罩着，我的夫君便是因她充了军！她若哪日再开口，死的便是我！你今日收拾了她，倒算我的救命恩人了！"

"一张嘴说得轻巧，到底是条人命，要是你生的，指不定哭成什么模样！"那人啧啧道。

"生她的人没了，不在了，死透了！她没有娘，没有人哭她！面目全非，在阴曹地府也见不着她的亲娘，又能向谁告状！"林娘子咬牙切齿，目露凶光地瞪着树后。

蟋蟀扶苏看到了亮光，小小的孩子张开了嘴。

他朝着光明跳了出去，转过黑黢黢的身躯，一抬头，那孩子正双手攥着枯草，靠在树后，满头大汗，颤抖着张大了嘴巴，无声地痛哭着。她的鼻涕眼泪都糊在小脸上，瞧着那么脏、那么小的孩子，扶苏却平生第一次，为了一个毫无关联的孩子，难过起来。

他跳上了孩子的脸颊，那不断汹涌喷薄的眼泪润湿了他的身体。眼泪的咸涩，比血的腥味还让他感到难以忍受。

扶苏再次跳回到枯草中时，抬起了眼仔细打量着孩子。孩子的眼睛，他确凿见过，曾经在哪里，无意却非常频繁地见到过。

这个孩子从白日到深夜，一直躲在枯树和牡丹枝之间。她就趴在树后，偷偷地瞧着园子外的一切。从明亮的天到一片漆黑，再到无数藕色的宫灯一盏盏被侍女踮脚点起，人流穿梭，无数梳着双髻的少女引来达官贵客。一派欢笑热闹，人间又现仙境，是扶苏曾经日日看见日日厌烦的那些场景。

那个孩子偷偷看着这一切，直到传说中的将军马陵到来。

这是个年过三旬的壮年大汉。腿腹肌肉十分发达，被长靴紧紧裹着，脚步十分有力。眼睛狭长凶狠，唇凸，络腮满面。他极高，比引路的婢女、侍卫高出不少。为人有些粗野无礼，但行动举止敏捷，与史书所述无异。扶苏大概知道自己在何处了。他来到了秦末昭初建立的另一个战国。此时诸王混乱，他的先祖昭王五十岁方才起兵，但短短五年便得到了半壁江山。而此时在昭国，能被称为殿下的只有一人——昭王唯一的子嗣华国公主。眼下深秋进冬，又逢公主寿宴，估算时光，这场盛会正是《昭传》中最闻名的一幕，四杀局。

主角是昭王唯一的外孙，七岁的乔郡君，同手握二十万精锐之师的将军马陵。（"郡君"：本系女子封号，始于西汉，沿用至清。本文称男子为郡君，一者是架空之故，二者意予乔荷以特殊称谓）

马陵拥兵自重，为人凶狠有谋略，虽然投靠昭王，但反心日起，自请镇守西郡，实则是欲脱离昭王的控制，借助西方诸侯之力，顺势而起。昭王坐卧不宁，不能忍，设下三计，预备借公主寿宴剿杀马陵。马陵称病不去，昭王无奈，只得借口此宴亦是为他践行之宴，强令他接旨。

此中三计，第一着，便是利用侍女手中的八角宫灯，灯中烛火是匠师精制，蜡尾含毒，遇火则蒸出剧毒。按这一路行程严苛计算，到设宴的大殿之前，侍女和马陵都会被毒死。

可惜……

马陵停下了脚步。树后的小蟋蟀和小孩儿都屏住了呼吸。他声音洪亮，不耐烦地问道："这园子种了什么花，香气甚是厌人！"

随即粗鲁地用手扇风，而后，竟不小心甩落侍婢手中的宫灯。

灯灭了。

马陵外表鲁莽，内里实则十分聪敏细致。他早已察觉这盏宫灯比其他的燃得都要快。

侍婢惶恐，跪到了地上，颤抖道："将军恕罪。此园是先夫人所栽，荒废已久，并未种什么。"

马陵哈哈大笑，对身后的侍从道："说起来，咱们的司徒大人，倒还有个情深意重的糟糠，可惜粗俗不识礼。"

前方一行宫灯，从反向迎来。

"何人在此喧哗，打扰先母九泉清净。"十分稚嫩却清冷的声音。

"禀郡君，奴婢瞧着像马将军。"尖细嗓音传来，是个太监。

"嗬，小郡君！今日可吃了奶？"马陵有些轻蔑地朝前走了几步，弯下腰，瞧着眼前一身素衣佩暖玉的孩童，拊掌，笑得乐不可支，好似这老成的孩子本身便是什么有趣的玩意儿。

八盏宫灯高高提起，素衣孩童——郡君乔荷抬起头，瞧了马陵一眼，又低下，轻缓吩咐左右道："传令下去，将军马陵对我不敬，笞二十。"

语毕，眼皮都未掀一下，又一身素衣，清淡离去。

马陵愣了，随即几乎气疯了，怒骂道："黄口小儿，滔天之胆，敢如此对我说话！"

寒风吹过，八盏宫灯摇摇晃晃。暖黄的宫灯之中，七岁郡君缓缓回过头，发上的素色束带飞到了他的脸颊上："传本君令，将军马陵唤本君黄口小儿，大不敬，念其从军有功，从轻发落，笞一百。"

他的目光扫过小花园，小蟋蟀瞧着他的面庞，竟也觉得有些说不出的熟悉。小孩儿瞧见乔郡君，却几乎缩成一个不大饱满的小球，不敢抬头瞧上一眼。

可是乔荷却瞧见了他们，径直走了过来。他身后的太监拨开了牡丹丛，小孩儿缩得更厉害，瘦小的背几乎弯成了一座拱桥。

"把她的下巴抬起来。"乔荷冷静得不像个孩子。

小孩儿扑腾着小手挣扎着，可还是被大力气的侍卫捏起了下巴。这孩子缺乏营养，生得丑陋十分。只有一双眼睛，瞧着有灵气一些，可惜下午哭肿了，益发丑。

"照亮。"乔荷如是下令，七八盏灯都映照到了小孩儿的脸上。她畏缩着，十分不安，又想把小蟋蟀扶苏塞进嘴里了。

可惜扶苏瞧清楚了她的意图，钻进了黑暗之中的枯草丛，远远地望着乔荷和她。

"甚丑。"乔荷端详这婴孩半晌，才淡淡道，"走吧。"

那一众高贵离去，这一簇卑贱却并未被命运眷顾。小孩儿还是滚泥巴养蟋蟀的小孩儿，小花园凶残的国君，被大人只言片语便吓到惊恐躲藏唯恐自己被吃了的小哑巴。

果然，那一夜马陵成功遭陷。扶苏知道之后发生了什么。

公主按照昭王吩咐，在马陵的酒菜中也下了毒，这是第二着，可惜马陵十分谨慎，只肯喝自己带来的酒。第三着，舞姬助兴，公主抚琴，众臣行酒令，由马陵抽令牌，那令筒上沾了毒，毒遇水即化，再饮酒，手指碰到酒，毒便入了酒，亦算花费了心思。但马陵岂肯受骗，他右手沾了筒，之后便再也未用右手握过酒杯，这一次亦是失败。公主愁眉难欢，昭王酒过三巡之后，只得令太监送来两卷恩旨，第一卷庆贺独女生辰并赐外孙封地，第二卷则是放马陵去西郡驻守。

马陵果真喜不自胜，放松了戒心，正待接旨，郡君乔荷却打断了一切，他先是向自己的母亲祝了寿诞，之后，瞧见马陵，便哭闹道马陵对自己不敬，不肯领刑。

马陵暗恨，可众臣皆瞧着他，在接旨之前，只得一切忍下，陈情自己对昭皇室忠心日月可鉴，生生挨了笞刑一百二十下。好不容易挨完打，半死不活，终于能接旨了，乔荷却变得极快，竟向马陵庆贺，弯眼一笑，伸出手讨礼沾喜。

马陵无奈从袖口摸出一块平时手握把玩的冰白玉雕的小貔貅，双手恭谨地递给了乔荷。乔荷喜不自胜，反复摩挲，竟像是十分喜爱，他瞧见貔貅肚腹中有一点瑕疵，口中哈出水汽，正待擦拭，却忽然吐了污血，倒在了地上，沉声疾呼三次"马将军毒害本君"，随即竟昏死过去。

马陵还未接到旨，便被以谋害皇室嫡裔的罪名入了牢狱。马陵部将不服，说昭王陷害，寻来西方、北方几位德高望重的诸侯主持公道。昭王大度，教诸侯共审。孰料，却查出马陵右手手指藏了毒，想来马陵包藏祸心，藏毒本就设计寻机毒害公主，最后因与郡君结怨，才转而谋害小郡君。此毒如不浸水，便不会挥发，寻常之人根本无法察觉，若非小郡君当时哈一哈气，水汽沾在了貔貅之上，当场毒发，之后饶是无意触水身亡了，恐怕也与马陵没什么干系了。此人用心当真十分狡诈狠毒！理应枭首！

如此大恶之人，昭人民风淳朴，皆十分恨他，他手下将领迫于世论瞬如一盘散沙，对昭王亦只能服服帖帖，再难成气候。行刑之日，世人唾沫几乎淹死这纵横一世的将军。马陵临死之前，对着昭王殿的方向，哈哈大笑三声，道："枉做小人者马陵，十三年后成氏天下必易姓！固有此计此心腹在，何须陵谋反！"

他说此话之时，那染了毒的小郡君还在病榻之上昏迷。醒来之时，已是一月之后。

天更加冷了，小蟋蟀扶苏越来越虚弱。他知道自己快要死了。身为人之时，因有名利羁绊，死之时格外不肯甘心，可变成一只小蟋蟀，这样短暂的性命，却日日觉得开心无忧。

他平生不言"喜爱"二字，心中独独对眼前不会说话的孩子珍爱异常，连自己也不知为何。他视她如子如后，总觉得这样顽强可怜的生命这样活着，是对卑微荒唐的扶苏生命的延续和祭奠。

他始终不清楚自己为何会来到此处，可是当花园小君主日日把他顶在脑袋上，同食同宿同玩耍，遇到危险时便把他含到口中时，当他为她用怪腔怪调唱出一首又一首《诗经》中的歌，没有触角寻不到方向时，便只能永永远远、长长久久地和她在一起时，方才觉得，只有这样一个孩子是如此深切地在乎他、喜欢他，只有她完完整整地属于扶苏。那是他永远无法从父母、妻子、兄弟甚至任何一个人身上寻到的东西。

他寻找到了这样一个人。

甚至猜想，这只小蟋蟀或许便是他无法探知的前世。

可惜，一只瘦小的蟋蟀熬不过冬日。他快要死去，却要留下这苟活的孩子，继续孤苦。然而，可惧的并不是一只小蟋蟀和小婴孩的生离死别，可惧的是，他并不如黄四弟一样，有知未来之能，也不清楚她活到几岁他们便再会相聚。他太过清楚，这个孩子终有一日，会被这样的命运作践夭折，而这个日子，距离他的死亡甚至不会太远。

他不愿她这样死去，正如他曾经那样痛苦地挽留过母亲的生命，即使明知会失败一般。

花园的小角落里挖到一杆几乎快要腐烂的竹条，他每日在上面爬过千次，直到竹条上的毛刺和不光滑被磨掉。小孩儿白日去厨房拾些残羹冷炙，他也随她而去，在厨中艰辛地搬出一点点烧过的炭末。攒了许久许久，那炭末才够。小蟋蟀用沾了炭末的牙齿啃凿竹条，直到一排坚硬的牙齿全部掉落，那些黑色炭末才悉数被印到竹条的凹痕中。

小孩儿看到小蟋蟀艰难拖来的竹牌十分开心。她攥在手心，睡觉时也攥着。

郡君乔荷终于醒来。他体内余毒无法全部清走，公主爱儿心切，日日以泪洗面，遍寻名医，却终无所获。当日为毒死马陵，用的是无解的剧毒，乔荷绝顶聪慧，只哈气，沾了些许，虽不致亡命，但此后却再也受不住四时之气侵袭，身体终究有了阴损。

这一年冬日，乔荷十分不耐寒，他殿中地龙已烧得十分热，书房寝殿中皆摆了七八个火盆，却依旧无法抑制住那一份寒气。

冬至之时，小郡君又吐了血。

这些日子十分寒冷，小孩儿却只寻到一身薄薄的夹袄。那是她那早逝的娘亲手缝制，在她一岁生辰时套到她身上的。过了年的三月小孩儿就要满三龄了，这夹袄显然已经太小，只能敞着怀勉强穿着。

她冻怕了，冬日里不再到处乱爬，只缩在树下和屋中，把扶苏握在手心中，替他哈着暖气。

她知道小蟋蟀变得全身僵硬起来，她知道他尤其好看的两只黑眼珠渐渐失去了神采。

她不知道，他就要死了。

冬至后的第二日，天稍微暖和一些。乔荷起了身，咳了一阵，嘴唇发白。

他的床头来了一只奇怪的小蟋蟀。

小蟋蟀的触角很短，似乎曾经被截断过，重新长出。

他瞧了瞧那只蟋蟀，唤来了侍婢。侍婢把小蟋蟀清理走了。

可是，没过多久，长着短短触角的小蟋蟀又出现了乔荷的书桌之旁。这清秀异常，气色却极差的孩子端正席地而坐，正在刻字。他的腰间系着的暖玉在氤氲的炉香中逐渐沾染了雾气。

小蟋蟀猛地扑向了乔荷的手，乔荷手中一痛，放下了攥刀。小蟋蟀瞧着这卷书，迅速地瞧着，乔荷却目光一冷，掏出素色的手帕，捏起了小蟋蟀，摔了出去。

它折断了一只脚。再次爬到乔荷身旁时，小郡君已经察觉到有些不对劲。

他看着折了腿的蟋蟀再次艰难地爬上了书桌，它从他刻着的书中，从一个字艰难地跳向另一个字。它咬断了自己的一只手臂，手臂上沾着极其少的血液。那些血液点到了那些字上。乔荷冰冷瞧着，如白玉一般的小手从一个沾了蟋蟀血的字移到另一个上。那是四个字："植乔救君。"

小蟋蟀筋疲力尽，全身剧痛，僵硬地躺在了书册之上。本想需要费些气力，在书房中找出有这些字的书引乔荷去看，可是……

合该天意。

他黑黑的眼珠瞧着乔荷一身素衫，披着白色貂衣远去的背影，第一次笑了。

小蟋蟀笑起来的样子虽然极其丑，但此时才明白，没有表情的一张脸并不能掩盖所有的情绪。好奇、天真、快乐、善良，那是冰冷无法掩盖的。

扶苏也是如此。

他想起了小孩儿柔软的小脸和那双十分凶残又深藏怯懦的眼睛，这一生，加上前生，再也不会有谁值得让他付出这样竭尽全力的真情了。

蟋蟀艰难地用一只手一只脚爬到他的小女孩儿身边，那是个不会说话的孩子。

他们不必交流，他们时常交流。

他爬回到了那棵老树下。老树上高高的地方吊着几个裂了皮的几乎失去水分的石榴。没有人撷取，没有人肯为它剪枝。这是一棵石榴树，是小孩儿的母亲所种。

小孩儿面朝着冬日阳光下，干裂得快要死去的那棵树，对着仿似笑着一般裂着口的干果睡着了。她张着小嘴，小小软软的脸颊上还带着红晕，扶苏小心翼翼地跳入她的口中，也安睡起来。

她的手中还攥着他送给她的竹片。

乔郡君找不到植乔。他找了许久，无人叫植乔。乔树冬日多死，植不活，亦救不了他。

小郡君每日忍受寒毒之苦，无法克制。

定元三年，西北二方残余诸侯终于随着马陵的死亡，也相继归顺大昭的这一年，冬至后的第十日，下了雪。

太尉府中，一个角落的小花园传来了撕心裂肺的哭声。

那个一身破烂褴褛的小孩儿，趴在泥土中，不停地用脑袋撞着石榴树。她那样痛苦，那样哭着，不知如何抑制。

她的小蟋蟀死了。他变凉了。她把他含在口中，却救不了他。

无人知道天意如何，只是合该天意。

乔郡君这一日又走回这个小花园。

他抱起了这个孩子。她极暖，暖得合他心腑。

孩子张口咬住了他的手。小蟋蟀的尸体从她口中掉出。

孩子的眼泪全都落到了禁锢着她的冰冷手指上。冬天好像也消融了。

他捏起小孩儿的下巴，问道："你唤什么？"

小孩儿一直哭。

红肿的小手捶打着这眼前的入侵者。他入侵了她的王国。

入侵者瞧见了她手中的小竹片。他抽了出来。

那是两个刻得极其端正费力的小篆。

郡君乔荷冰冷地瞧着这孩子，许久才道："喊我的名字。若你能喊，我便养你。"

小孩儿瞧着被茫茫大雪覆盖的小蟋蟀，许久，在乔荷的臂弯中，垂下头，落下泪。那滴眼泪滚烫，融了小蟋蟀身上的雪迹。

"二哥。"小孩儿声音嘶哑，白雪茫茫中，眼珠没有焦点，许久才张开口。她把母亲克死，即使学会如何说话，却不肯再开口。

乔郡君眉眼淡淡舒展，并不嫌她脏，双手圈住这孩子，淡道："走吧。"

素色的靴子踩过了小蟋蟀的尸体。他转身背过的那一片白茫茫大地，枯死的枝头上，再也禁不住石榴果。九月时兴许曾经火红逼人，可是，滚落的一瞬间，亦不过溅入白雪，又被白雪掩过。

扶苏死之时，看到了三百年前的雪。他僵硬痛苦受尽折磨，不能亲口同他的小女孩儿告别，却为他的小女孩儿取了个极好听、极端庄的名字，刻到了竹片上。

他唤她"乔植"。

若问栽树为何故，乔木成植可参天。

生与死，不过是一瞬之间。可是，不见，就是再也看不见。

红珠果必有翠叶因，风流亭也因流风起。

话本子何曾假了。

待他清醒时，章三也醒了，睁开一双乔植的眼。

荷叶依旧肥硕，黄四的长发还飘散在清池之中。

自那日，扶苏待少年章三好了许多，似是个真心实意的兄长模样了。黄四郎依旧不大讨喜，总是抢扶苏碗中的肉，一眼瞅不着，便被弯弯眼血盆大口吞了。他们的日子就这样过去，哥四个日复一日，打打闹闹，当时只道是寻常，唇枪舌剑，嬉笑怒骂，仿佛四方小诸侯，为疆土之割据，谁也不肯相让。

瞧那堂上夫子常笑问，诸儿日后愿为何？

章三郎翘起鼻子——儿想做官，大官！

多大的官儿？

除了皇帝谁最大？

三公。

三公中可有忠诚勇武赤血红肠大将军？

两相一将。

既如此，我便勉强做三公罢。

少年章三活力无限，叽叽喳喳，黄四却昏昏欲睡，一夜春风吹红了桃花，纷纷扬扬往他袍中钻。夫子心念一动，笑道："你们瞧，四郎可入画。若谁画得好，今日午餐，便教师母赏你等二两烧肉一壶酒。"

扶苏和晏二对望了一眼，电光石火，竟一个低头泼墨，另一个咳着白描起来。这些小书生来书院两年，个子皆高了不少，一身湖衫，长身玉立，真真儒雅好看，只言片语也不好形容。春风沁人心脾，孙夫子想起"三公"二字，心念一动，此次闭山专注教徒三年，倒并非没有三公之才。

出乎意料，结局竟是素来大老粗的少年章三赢了众生。扶苏和晏二技法高人一筹，可他们眼中，黄四弟是一张无赖的脸，怎么画，都不讨喜，反而桃花灼灼喜人，喧宾夺主。

画送到后院，小丫头恒春有些迷糊道："瞧着章师兄是对四郎爱得紧了，画得才这样温柔喜人呢。"

孙夫子与孙师娘对望，沉默许久，夫子才冷道："可见章三十分拎不清，还不清楚陛下为何下了那样的旨意。"

孙师娘折了一枝桃花，轻轻簪在恒春鬓角，笑道："人是会变的，相公。自由时节，年少时，都敢向天偷几日。你道谁不宽容？人性如此，相公何必迂腐呢？"

章三得了二两烧肉一壶酒，兄弟四人倒人人有份，解了馋。温柔黄四一边吃一边埋怨："这肉怎的做得淡而无味？"

他素来有个毛病，约莫是小时候家境未败落时，养刁了舌头，吃什么都无味。

少年章三不插话，他素来也是吃独食吃惯了的，不大让人，最后一块肉也吞了。黄四眉毛挑了几下，柔声道："三哥，出卖弟的色相吃到的肉，可还香甜？"

晏二肃着脸斥道："你已不是孩童，却坐卧无相，言语狂悖，日日偷懒，幸而夫子宽宏随性，否则还有你今日酒肉？"

黄四微笑："二哥，来日若有人肯嫁你，我给嫂夫人挣十里红妆。"

这娃嘴死贱死贱的。

扶苏看章三磨牙，晏二咳嗽，他却神清气爽，黄四转目真挚道：

"当然，大哥能娶到布娃娃大嫂这等贤惠美貌善解人意的女子，也是兄攒了祖上八代的功德。"

扶苏：代吾问候汝母……

　　端午节的时候，平王世子代表平王前来慰问山上的学子，每人都发了几只米粽和一条腊肉。远方清桓的堂兄阿芸正巧此时亦通过奚山君寄信而来，皆是些闲碎琐语，什么到了阴天下雨自己的琵琶骨又隐隐作痛了，什么他爹郑王到现在还在四处贴头像通缉他，日子真没法过了，诸如此类。扶苏许久未见自己这堂弟，他递给自己那一条腊肉时，却依旧一身华服金冠，手中摇着山河扇，边摇边笑。

　　冷淡少年心底深得不能再深的地方生出一些嫉妒，瞬间觉得身份地位算什么，娘靠谱算什么，爹靠谱才是真靠谱。

　　阿九没有认出他来。瞧他笑的那个弧度便知道。

　　平王世子在一众王子中行九。

　　姬谷，不，是扶苏接过腊肉的时候，看了平王世子一眼。他觉得自己的眼神传达的东西特别多，可是平王世子瞅见了，就一个感觉——哟，这人眼珠可真黑。

　　所以，会错意这种事时有发生，并且很有效地推动了剧情发展。

　　世子发完粽子和肉，又发表了讲话，代表平王表达了对学子们的亲切慰问，展望了一下学子们将来的大好前途，期冀大家在下次大比之年，拳打穆楚，脚踢郑魏，再次雄霸功名榜，扬平国威。

　　算起来，科举之日也不到两年了。最重要的是，马上要举行郡试了。

　　平王世子一番演讲，说得众人热血沸腾。他含笑而立，玉树临风，少了几分纨绔气，文雅可亲许多。

　　忽而，想起什么，他又加了一句："本殿隐约仿佛听说，孙师娘收了一个女学生？"

　　孙师娘说确有此事，她思揣恒春年纪还很小，便命恒春穿着一身书生服来谢恩了。小姑娘恭恭敬敬地行了礼，肩头栖息着一只紫色小鸟，那小鸟却发出如鹰隼一般的仇恨目光，望向了平王世子。

平王世子微微笑着，山河扇收拢了，把鸟捏到手中，漫不经心地道："这鸟不错。恒春姑娘，去年过年时，太守夫人似乎带你一齐进王宫，拜见过母妃。那时，这小鸟还不在。"

恒春愣了一愣，扶正帽子，又道："世子殿下好记性。这鸟儿是去年年后得来的。只是……只是，谁家小姐进宫敢造次到带鸟去的呢？"

平王世子笑了笑，把鸟还给了她，便率众离去了。

扶苏黑黑的眼珠子却又默默移向了紫莺，他忍不住，抒了一抒尾羽。紫色的小鸟，书上还未写过。可是，一抒，不得了了，那鸟儿竟炸了毛，转身，狠狠地啄了扶苏一口。一旁略带心虚的章甘一直遮着脸，生怕被小书呆恒春看出。可惜，恒春抱着鸟，向众师兄见过礼，便垂着头回后院了。她临行前，转身回望了晏二少年一眼，弯着眼睛讨好一笑，鞠躬，充满谢意，再转身，却同鸟儿一齐撞到了树干上。

众位所谓的师兄笑得死去活来，小书呆揉了揉鼻子，转身，又含泪朝众行了一礼，这才拎着鸟儿一同离去。

恒春今年十一二岁，是个年纪不大的小姑娘，却有礼得像个古板的老儒士。大昭崇尚道学，说谁谁像个儒士绝不是夸奖之词。可是，矛盾就在这儿了，官家提倡道学，道学却不能作为科举考核官员的标准，难道要翻译《道德经》，顺带研究庄子变成的蝴蝶究竟是什么品种吗？典籍太少太浪漫，能注释成治国之道走出一条道学主义大昭化太困难。治国又不能靠浪漫，靠浪漫的那是夏桀商纣周幽大傻瓜！所以，儒家虽被认为过于古板拘礼，但因有诸多当世注解，作为科举考核的科目，众生还是要研究吃透的。这个过程中，吃透并且喜欢上儒学，终生进入儒门的学者官员倒也不在少数，眼下朝廷除了党羽之争，诸国权力平衡之外，最大的争辩点便在儒道之间。

说起结拜的这四人，姬谷读书太杂，不道亦不儒，章三同样非道非儒，因为三公子是砍人派的武家。至于黄四，是显而易见的儒派，他的举止一贯以孔圣为模子。而晏二，十几岁便莫名其妙地做了阴间的判官，想入儒家也不大可能，是个正宗的道学之士，崇尚自然，只是今日瞧见"儒生"恒春如此，却也觉得有趣，阴沉的面庞倒泛出几分笑意。

天渐渐变热了。书院每日下学，孙夫子钻回后院之后，学子们便不大顾忌形象了。平地有个习俗，啃完西瓜不扔皮，蹭一蹭三年吉。大家依照习俗，总是血盆大口狼吞虎咽完红的瓤黑的子，再留皮擦汗擦脸，扔去皮，扑通一声，往河里一跳，解暑消热又去尘，教旁的国的学子看了一头雾水。人与人之间总有些从众效应，虽然大多是些斯文孩子，但毕竟才十八九岁的年纪，大家渐渐都学着平地子弟拿西瓜皮蹭脸，蹭完再洗澡，扑腾得可欢了。

可是，这茬子为难了一向大大咧咧的章三公子，他从不与众人同一时间沐浴。更诡异的是，这些日子，少年章三身上总是跌得青一块紫一块，那张天仙化人似的脸黑得像他时常帮黄四倒的炉渣，想是踩到什么摔住了一般。众人关切，问他如何了，他起初不语，最后却一拳捶在了方采买的西瓜上，拾起龟裂的一大块一边啃着，明亮的半月眼儿不忘狠狠地瞪着众人，最后，众人莫名地被他瞪出几分心虚，摸摸鼻子俱散了，只余下黄四、姬谷蹲在一旁，斯文而飞快地捡西瓜吃。穷怕饿怕的孩子真心珍惜食物。

少年章三不光生活中遭遇尴尬，在学中诸事也都颇不顺心，因而益发郁躁。十月本是这一届的郡试之日，可因为与先后丧期冲突，被挪到了十一月中。孙夫子居住之山昌泓在东郡与金乌交界之处，却被划入东郡，去郡都需三日之久，十月半学子们就要准备完毕，提前结伴而去。章三本不欲去，他可是借着章家的名头进的学，若被父亲发现一众学子中竟有自己的"儿子"，指不定会气成什么模样呢。

可思来想去又没有好的推托之词，大家来孙夫子之处无一不是为了谋取功名，他若说不去，反而遭疑。十月底最后一次的骑射课程，这厮出了个歪主意。依照夫子安排，马场现今提供的马匹俱是成年马匹，弓箭的距离也变远了一倍，靶标则变成了线拉控制。这本难不倒章三，他自幼便在军营长大，一身好功夫，但是眼下却也顾不得了，学子们在树后轮换着拉靶，章三眼力好，第一次拉靶对准的是黄四，看他俊秀温柔，没……舍得；第二次对准的是晏二，看他病弱气喘，也没……忍心；第三次是姬谷，看他学业平凡，人品一般，既然结拜了，有难需得同当，大哥，得罪了！

章三公子暗自咬牙，装作没看清靶，一箭射向了树后的姬谷。

姬谷的左臂瞬间被寒光利刃射穿，血喷溅出来。众生围了过去。章三先是窃喜，再是跳马，一脸惊慌，哭天喊地地朝姬谷扑了过来——"大哥，弟对不起你！"

姬谷飞来横祸，肩膀剧痛，额头上的汗一瞬间全出来了。章三抱着他，边哭边摇，身上还有着淡淡的好闻清香。姬谷脸色苍白，推开了他，虚弱淡道："三弟，你瞄准了！"

章三哭得涕泪横流："大哥，你杀了我吧，耽误兄长科考之期，弟一死都难以谢罪！"

黄四握住箭尾，看了姬谷一眼，低声道："大哥，你忍一忍，不会太痛。若痛了，你便同弟讲明。"

姬谷还未点头，这厮已十分快速淡然地把箭拔了出来，血溅了温柔少年一脸，他却面不改色。

姬谷觉得心脏都停止跳动了，痛得面无表情。

晏二撕下衣衫一角，把伤药倒在伤口上，瞟了章三、黄四一眼："瞄准了，大哥是你们的杀父仇人！"

黄四十分诧异委屈，用温柔的眼神无声地指责着二哥，章三却心虚地顿了一下，旋即又拉住姬谷的手，大声哭了起来："大哥，弟会一直寸步不离地照顾你的，直到你伤势痊愈。倘使无法参加这次郡试，兄长也不要灰心，有弟陪着你！"

呵呵，目的达到。

"大哥，你手不痛吗？莫要看书了。"少年章匪夷所思地瞧着姬谷右手握着的书，他手臂白帛缠绕的地方已隐隐渗出了血。

姬谷抬头，望了章三一眼，轻缓放下右手，淡声道："这便好了，你自行去吧。"

"那可不成。我章三岂是那等不负责任的小人？今日是我害得兄长如此，定然要看顾你到痊愈才能放下心来。"章三双目弯成两轮新月，他皮肤白皙而毫无瑕疵，坦率笑起来，十分可爱。

扶苏淡淡看他一眼，墨色瞳不见深处的眸子含着些微不知名的放松，他揉揉眉心，问道："明日师兄们便要起程了，你何不一同前往？本是无心之失，何必这样介怀，反倒显得迂腐。"

章三公子头摇得像新年随风而起的纸鸢，左右不停。他大义凛然："我岂是那等贪慕虚荣不顾手足的小人！兄长这样劝我，是教弟以死谢罪吗？！"

屋中一角一直摆着棋局，默不作声的温柔黄四忽然抬头，轻声道："大哥本不必忧心。横竖，三哥去了，也考不上。弟说得可对，三哥？"

章三又气又羞，咬住贝齿，粗声愤道："对！"

他反过来，却有些低声地对黄四道："四弟虽面貌温柔慈蔼，但素来油盐不进，倘使教你此次考中，便可在郡中做官了，听说东郡多美人，娶一个成家立业倒也不失为美事，四弟以为如何？"

黄四细长白皙的手指把白子朝前挪了一挪，笑道："东郡有何美人，能配得上弟？弟不做官则已，若成，必万人之上。况且，美人又不能吃，何苦寻她，不若娶家财万贯，落得衣食无忧。"

章三脸青了。黄四对面执黑子的黑儒衫晏二吃了白子，虚弱道："杀。四弟，你又死了。若为官，尔定是这世间最奸佞、最贪婪的。"

扶苏黑黑的眼珠望了三人一眼，他说："世人崇尚贤德清明之官，可为君者未必容得下此种臣子。为佞者又焉知不长寿多福？至清之水中鱼，易遭鹰鸟折损。"

黄四拾起白子，温和存笑道："难得有大哥这样的知己。只是不知，弟为官之时，又能否遇到如大哥一般的君主。那倒算是造化了。"

晏二遥遥想起自己夜间权柄所握《人间录》，一语双关，不咸不淡地笑道："你将来的造化又岂是今日所能想到。"

黄四表情微妙，深深瞧了晏二一眼，许久，才笑得意味深长："你又……知道了，二哥。"

诸位师兄连同晏二、黄四都整装离去了，山中瞬间空了起来。自他们都去了，章三待姬谷反倒不如之前尽心了。这少年时常打鸟猎兔，玩耍得得意忘形，早把扶苏之伤抛诸脑后。

扶苏倒也不以为意，他在藏书楼一寸土地，便能寻到十万方圆，世俗之事何足挂齿。

转眼十月已至，平都金乌却传来了不好的消息。据闻孙夫子一听，气得摔了好大一个周时的泥窑古瓶。

这桩事，却是与一贯温柔不惹事的黄四公子有关。黄四素来考前爱猜题，因昭立国三百余年，王道渐衰，黄四闲来无事，破了一个典故，说是"礼坏乐崩之始，夏亡商灭之终"应如何论。他同众人一番好讲，滔滔不绝，引经据典，几乎把人听痴了。谁知今年郡中出题便是这样邪门，竟一字不差，出了这样一道策论。诸人脑中皆是黄四的侃侃辩论，论点论据多数借鉴了黄四的说法，到最后，九国卿共同会审，此次郡试竟成了平自立国以来，最荒唐的一桩群体舞弊案，始作俑者便是黄四。眼下，一大批学子便要在年前择日处决了，孙夫子的弟子占了三分之二。

有道是怀璧其罪，有未入罪的学子写信回来，叙了前因后果，怜悯一众待斩师兄弟，把信笺都哭花了。

孙夫子气得直哆嗦，登时写信给朝中弟子，可大多却推辞不应，说是此案牵连甚广，况且此前听闻此事时已然多方奔走，只是眼下各国司法自治，平国之事世子一手把持，连朝廷都难以插手。言外之意就是，恩师之恩虽不能忘，同门之谊亦不能负，但此事，爱莫能助。

章三听闻此事，几日内险些哭瞎了眼，抽噎不止。他们这些兄弟相处了近两年，各自情谊不浅，眼下落了这等罪，旁人虽瞧他反应过激了些，但尚可谅解，只觉他情深义重。

扶苏一贯沉静冰冷，瞧着黄四与晏二临行前未下完的一局棋，磨砺完黑子，又揉搓白子，夜深烛光吹灭了，直直在黑暗中坐到天亮。

晨光熹微之时，才歪了一会儿，却在梦中瞧见了晏二。黑暗之中，他戴着面具，一副判官模样，见着扶苏，便上前用双手紧紧握住了他的手，鬼面狰狞，却略带着沙哑伤感道："大哥不必费心，晏此生注定有此一劫，大限之期恐已有论数，本是贪恋人间兄弟情谊，才迟迟不肯走。此一时，便借机了了尘缘，去了罢。只是四弟之事，你万万莫要插手，他寿元绝非如此，切记切记！"

话语刚毕，扶苏却蓦地惊醒，心中清醒这是二弟前来托梦。他从幼时便从未尝过几分兄弟情谊，思及一贯冷硬的晏二梦中也有了温软之语，低头瞧着未完的棋局，一时鼻酸难抑，如玉一般的手抵住了额，许久，才睁开眼。

他不懂尘缘为何物，一贯除了方正书中所言，便从未有多余的眼光眷顾旁的人和物，可自从前世遇见了他的小女孩儿，心自此便不干净了，像是从仙界云端坠入了尘世，有了牵挂，教人费尽思量，迷雾中挣扎。

书上说知己者难求，书上说唯"情"字缠绵伤人，眼下的兄弟手足情谊一时竟也似是悟了，苦涩与热忱在心中交替，扰不胜扰，痛不自禁。

他推开窗，章三却用着他的小女孩儿的那双眼痴痴地掉着泪，在诸位待处斩的师兄门前皆放了个火盆，一刻不停地漫天撒着纸钱，像是着了魔。

扶苏见到此景，心中大恸。

他收拾了几件衣衫，便向孙夫子告辞了。孙夫子抚摩着扶苏的脑袋，苦笑着，表情却比哭还难看："连你也要明哲保身吗，谷儿？"

"去吧，去吧，一日之祸，万念皆休，人心叵测，怀璧大罪！老夫毕生心血全废，从今之日，再不收徒！若有违誓，形同此砚！"孙夫子衣冠邋遢，纹理不修，抓起手边几乎磨得凹了下去的沉砚，朝着墙壁上挂着的平素得意之作《山河图》砸了过去，轰然一声，图毁砚碎，墨汁四溅。握紧了沾染墨汁的手，老泪却瞬间纵横满面。

扶苏面色清冷如故，跪了下来，依照入师礼磕了三个响头，而后，孑然一身，如来时一般，踩着淫淫风雨而去。

平国国都金乌仍如平素一般热闹，这里是个小盛世，平民百姓的生活从不会因什么学子的集体舞弊案有什么改变。若是穆地，文礼之国，想必动静便要大得多了。

扶苏击了登闻鼓，王殿前诉冤。

依照礼法，击登闻鼓者，入殿前需三滚钉板，挨三百答。

等到平王世子酒饱餍足开审之时，只瞧见一个浑身血淋淋的少年。他伏在地上，披头散发，勉强抬起头时，眼珠却异常地黑。

平王世子打着哈欠，昏昏欲睡："殿下何人，何事击鼓，速速报来！若有不实之言，即刻处斩！"

扶苏艰难地抬起头，握紧双手，这是唯一一块还好着的皮肉。他苦笑着开口，沙哑道："九儿，你好大的威风。"

平王世子哈欠没打完，就从王座上跌了下来。

三日之后，平王世子亲审舞弊案。九卿说不必再审，已然查明，殿下放心，平王世子火急火燎，对众人一通臭骂，说是此案有如此之多疑点，事关士人，怎可如此草率结案！

平国廷尉觉得自己快委屈死了，当时呈案时，世子正醉卧美人膝，连看都懒得看，只道了一句知道了，便把他给撵走了，这会儿怎么就成了他们的罪过！

平王世子手握描金扇，点着廷尉的脑袋，气急了却笑了出来："狗仗了人势行的些混账勾当，淫威平时没耍够这回倒要到本殿头上，成，你们既然让他不舒坦，来日他若让我不舒坦，你们一个个也甭想舒坦！"

九儿，阿九，这世上，除了他那位身份最高贵的堂兄，再无人这样唤他。

平王世子头快痛死了，他绞尽脑汁，也没想到，堂堂太子避祸竟避到了他这小国之中，还牵扯进了这样一桩大案。然心中也颇为埋怨，这素来与他亲厚的堂兄来了此处竟不想方设法通知一番，否则又何至于出了眼前的事。可他哪知，那日他赠肉粽之时，扶苏眼神的一番"天雷地火"被那样曲解。

最后，让众人跌掉眼镜的是，此案竟又复审了三日，最后以冤结案放人而告终，什么猜中题目虽百年难得一遇但是存在了想必就是合理的，什么大家写得一样反而证明没作弊因为换你，你有那么蠢吗？一番义正词严说得众臣脸灰蒙蒙的却不敢驳了这小祖宗的面子，被革去功名的三十余人择日设考，平世子亲自督考。

扶苏伤口略好些便在考场外候着，等到黄四诸人走出之时，才缓缓直起身子。晏二是被抬出来的，他在考场发了高烧，勉力做完，已支持不住，瞧见扶苏，声音虚弱，断断续续地唤了句："大哥，莫要离开……"便沉沉睡去。

黄四瞧着扶苏，衣衫虽在狱中脏了些，可衣冠发带整齐如故。扶苏淡淡笑了笑，道："四弟这些日子，一贯可好？"

黄四亦是一笑，温和道："好，狱中伙食亦有几片肥肉。"

扶苏想起之前他亦常抢他碗中肉，有些年岁倒转之感，嘴角浅淡笑意深了些，道："兄也有食肉。"

身后一众师兄衣衫褴褛，十分狼狈，却顾不得形象，皆拥着扶苏，沉痛哭泣起来。

扶苏担心晏二病情，便要去医馆亲自看顾，平王世子仪仗出了郡院，众人跪倒，这少年目光一扫，瞧了他堂兄一眼，却不敢声张，只火烧眉毛一般说了句免礼，便远去了。

黄四把一切望在眼中，一贯微笑的嘴角抽搐了下。

所幸晏二只是疲劳过度，加之身体虚弱，并无大碍，众人也便放心了，去了客栈，洗了尘倦，倒头睡去。

可待到第二日之时，姬谷、黄四二人却莫名其妙地失踪了，像是从人间蒸发，行李衣物皆在，人却不见了。

扶苏失踪之事颇有一番因缘诡异，暂且不提，此时却说穆地，王子成觉接了天子一道旨，打点了三千兵马，一身铠甲戎装，便从咸宁府出发。且说闲话，这少年今年方满十七岁，姿容皮色却日益大盛，因貌美还闹出了一个不大不小的乱子。

传闻赵国郡主到访穆地，从未见过她这堂兄，行至青州境内，恰巧遇到成觉率众秋围，一见风姿，竟魂飞魄散，成觉一行离去，小郡主却得了相思之疾，一路缠绵哀思，眼见距赵国日远，只得强打精神，到穆国都再寻名医。世子恰巧奉王命，在左白门接待来使的堂妹，赵国郡主方下鸾轿，却见到那日林中之人，喜不自禁，病瞬时好了大半，可是转眼，看到身后众位臣工跪地拜倒，请穆王世子安，才知心上人竟是嫡亲堂兄，心中一时骤痛，大喜大悲之下，竟吐了一口血，昏厥过去了。

若是如此，还不算完，之后却闹出了春秋时的"文姜诸儿"之乱，一桩探亲琐事平添了七八分绯色。赵国郡主待在穆国不肯走，穆王世子于女色上一贯又无所收敛，二人之事在穆国传得沸沸扬扬，赵王几次三番写信给郡主，郡主却避重就轻，时时与堂兄腻在一起，据闻还因醋海生波处置了成觉几个美姬，俨然把自己当成了世子的妻房。赵王被气得一病不起，命赵国司徒直接带王旨到穆国，扔到了郡主脸上，强行把她带走，后来将她草草嫁给了赵国一个没落的世家子，才算将此事揭过。

成觉虽俊美，德行却不足以让人信服。但与穆王世子美貌齐名的可不是他的无德，而是军事天赋。年初，南蛮小国又起兵举事，挑衅穆国，世子率五千人，以雷霆之势带兵奇袭，三日之内，灭了七族一邦三万余人，南蛮跪地求和，愿年年纳币，俯首称臣。成觉一战成名，名震大昭内外。各国诸侯暗自嫉妒穆王生了这样一个好公子，可又不得不巴结穆世子，趁机献了多名美姬，只盼能让英雄落了美人怀，成就联姻顺道联国之美事。可惜穆王妃治家极严，这些女子并未生出什么波澜。众人见王妃手下走不通，在太后面前献礼说好话的日益多了起来，只因众人皆知，穆世子的婚姻把持在太后手中。但老太后总是笑眯眯的，说世子还小，不急不急，心底却计较一番，莫说这些庸脂俗粉，这世上怕是无人能配得上她的明珠儿。可转念想起若是凤凰儿还活着，此刻和明珠儿站到一起，又不知是哪般风姿，谁又压了谁一筹，思及此，心中不禁又悲戚起来。

此是前事，点到为止。便是这样一个用兵如神的少年，此刻却奉天子旨意，带了足足三千兵马，朝东而去。沿路各国诸侯宴请成觉，送了许多奇珍异甲，仍旧寻不到他此次行动的一丝端倪。成觉此一路也未铺张，只着一身枣红铠甲，可在众兵士之中，眼睛太过明亮高傲，显得格外扎眼。

这个冬日，尤其地冷。成觉骑着白如山间之雪的骏马殊云，背着金箭，在山道之间疾驰。他身后的三千军马扬起了寒气和飞烟。殊云之美，仿佛已踏过尘世之埃，奔越飞起，带着冠着红缨白珠的少年将军，驰骋在天边云皑。

路上渐渐弥漫起大雾，翻过越姬山，马上就要到平国境内了。

越姬相传是战国时的越国夫人，姿容秀美，越国国灭，夫人战死，化身为山，生生世世保卫越国子民。此山因此便被命名为越姬山。而越姬山终年大雾，远远瞧去，仿佛是这石头夫人的衣衫缦带，平添了几分旖旎美色。

此一日，天着实阴沉，到了辰时，太阳才慢腾腾地冒出山尖。雾气虽未散去，但青山映着朝阳，别有一番疏朗气韵。

成觉快马疾驰，他治军极严，这一路，身后兵将竟无一人开口闲聊，灌了风尘寒霜，士气依旧高昂。

可是，越姬山脚一个奇怪的男人吸引了众人的目光。

男子戴着草帽，脚上一双布鞋，瞧不清楚面容。

成觉一看到他，反而笑了。挥手，命众人停下。

"云卿来了。"

男人也笑了，从怀中掏出一个檀木的盒子，单膝跪下，温柔道："殿下已至，敢不亲迎？此为薄礼，望吾君笑纳。"

成觉伸出细长的手，男人缓缓将盒子递上。成觉打开盒子，嗅到了一股浓重的腥甜，眼睛眯着，眉毛却舒展开来。

天上乌云瞬间汇聚，雷声轰鸣。

男人摘下草帽，温柔道："殿下，要下雨了，容小臣避一避。"

成觉俯身望他，似乎未听明白他说些什么，却被男人一瞬间圈住了脖子，只在这枣衣少年耳畔轻轻笑着，喷出微微的热气："殿下气运旺，替小臣挡一挡，也不枉费臣这般艰辛，取到殿下心心念念之物。"

他轻轻乞求殿下，躲在他的铠甲下，温柔问着："好吗？"

不过一瞬间，惊雷忽起，劈到了那一身铠甲之上。

十 判相

昭书

　　左相嬴晏，嬴氏孤，性情洁，癖不与人交。白衣身，年
二十，立奇功。退夷十万，芳百年。

——《名相赋·第三章》

　　这个冬日格外地冷，平国东郡的酒馆生意十分红火。环绕着东郡，隔断五关的护城水赤溪百年未结冰，今年却奇异地上了冻。这并不是件好事，因为赤溪水势湍急，是平国和大昭东疆天然的屏障。多少次，隔海相望的东侉夷国以命相搏过了五关，却面对赤溪束手无策。

　　"赤溪今年忒怪！水势这样急，竟也结成了铜镜面。昨夜降了白，婆娘添了两床被一个炉还是架不住地腿凉。今儿早上，我晨起磨浆水掀豆皮，打着哈欠，眼没睁明白，你猜怎么着？倒腾半天磨没动静，只听嘎嘣一声脆！"酒馆旁边的小贩子边舀甜豆腐递给几个喝了夜酒的客官边笑道。

　　"如何了？"几个穿着胖大棉衣的酒客追问道，其中有一个是军爷，正常休沐三日，与朋友约到城内饮酒驱寒。

　　"哈哈，说了怕您不肯信！夜里太冷，野外的媚猫子钻进了磨里，它本就冻僵了，我一转磨盘，压住尾巴，嘎，断了。"豆腐贩子眉飞色舞，从腰中掏出一段细长的黄色尾巴来。众人啧啧称奇，这媚猫子本就是个稀罕物，传说里有些灵通，是个极吉祥的物事，山野人迹罕至处才或可见到一二，逮它何其难，倒是自己送上门了。可见天气寒凉，连这等灵物都受不住了。

"我听先人说，猫子断了尾巴也不会死，可是真的？"其中一个问道。

贩子又舀了一碗递过去，点头笑了："正是呢。我婆娘说它灵乖，不敢随意伤害，便把它放了。又常听人说它的尾巴也有几分灵性，可保平安，我便系上了。"

酒馆对面是一个妓馆，二楼的窗推了开，到了午时，这些女子方有些动静。最近东郡的楚馆生意都不错，大昭刚打了一场胜仗，锐不可当。近了年节，便放松了些。楼上几番娇俏笑骂，其中一个丫鬟模样的小姑娘探头问道："豆腐郎君，媚猫子尾巴卖不卖？"

那几个客人伸长头，却瞧见室内几个对镜梳妆、香肩半露的女孩儿，顿时色授魂与。丫鬟慌忙遮窗，休沐的军爷却呸了一口道："几个青楼女子倒值得你们这样了！这才是没见过世面呢。"

男人们笑了："军爷见识过谁，还比这楼中的姑娘美？"

那人嗤笑道："墙角烂泥，岂可与日月争辉！"

那丫鬟并不能瞧清楚相貌，梳着双丫髻，年纪尚小，一头乌压压的漆黑发挡住了眉眼，倒也不恼，轻声道："这世上美人何其多呢，我们自是见识不够，但倘使你见识够了，却也益发不肯说这样的话，折损旁的姑娘家的名声了。"

大昭对女子约束甚重，良家女子不可轻易见男客。这丫鬟是拐着弯儿骂当兵的呢。

那军爷轻贱地瞧了丫鬟一眼，鄙夷道："俗妇无知，却未想无耻到如此地步。我说的小姐比尔等高贵了不知凡几，不单单有这人间没有的容貌，还有一副忠勇肠报国心！数数你楼中上下多少女子，便算上这天下所有的美貌女子，除了床上勾腿迷男人的功夫了得，还剩些什么？倘使万万个青楼女抵得上这么一个小姐，我倒要跪地认错了！"

"她是谁？"小丫鬟是个斯文的姑娘，心头虽含了一股怒气，但挡住了身后几个欲俯身骂人的女子。

"大将军章戟之女，章咸之！"

这军人一语，却惊四座。

章咸之确是个世间难寻的女子，貌可倾城，原是个做太子妃的人才，却在两个月前，与携天子旨意的穆王世子一同进入了军营。一身戎装，海上迎战，破了东侉五次奇袭，连素来聪慧骁勇、不按常理出牌的穆世子都大加褒奖，屡次赏赐，以旌其功。

那丫鬟怔了怔，正要开口，酒馆深处却传来一阵低咳，打破了这着实难堪的场景。

暗处的一桌，与青黑的墙壁相邻，一身黑衣的男子哑声开口问道："如尔所言，天下的女子倒可以这女子为典范了？"

他扶着竹椅，酒碗半温，缓缓站了起来，踱步到了众人之间。

这是个年约弱冠的少年，眉眼生得好俊，可惜颜色极差，如蒙煞气。他站得极直，身不染一丝尘，冷成这样的天，却只穿了薄薄一层黑衫，青发成髻，牢牢系了一层黑乎乎的缎。

"正是！"那军人点头道。

黑衣少年语带讥诮，紧紧攥住净白的手道："生得貌美是其父母之功，边关领兵若因一片沽名钓誉心肠，以她为典范，这世间干净清白的女孩儿倒被逼得只能以貌取人，埋怨父母，为名利而愚弄天下万民了。"

窗旁的小丫鬟愣了愣，倒未想到有人替她们辩白几句。只是，章咸之是何等人品，街头巷尾口口相传，说她的不是反倒成为众矢之的，于是，便道："公子侠义仁心，何必与这莽夫一较长短？章姑娘何等高贵，与我们这等女子并无哪里相干。她自好她的，我们也活我们的。"

那兵人啐道："何不问问天下男子，是愿娶你口中的清白干净的婊子，还是章姑娘？"

黑衫少年眉毛生得极是齐整青郁，由面生相，应是个心中有城府的善断少年。他瞧着屋檐下粗长的冰凌子道："你心中敬佩章姑娘的忠勇肠报国心？"

"正是。"

"你说这世间只懂依附男子，不懂行军打仗的柔弱女子都是婊子？"

"不差。"

"如此看来，你不只敬佩章姑娘的忠勇肠报国心，更敬佩这样一个忠勇肠报国心的女子是个貌美的……婊子。"黑衫少年拔掉了那块冰凌子，闭上了眼。

"你！"兵人与朋友一众皆愣了。

"她身在豪族，是因有一个好父亲；她有一身好武艺，是因有一个好师父；她能走上战场，是因为未婚夫是未来的百国之君。此三者，无一不是男人之功。而你口中的婊子，之所以家境贫寒，是因为父亲征兵远去，继而沦落风尘，是因为饥饿荒凉战祸连年时无天子国君父官救济；被你等骂作婊子，却是因为这偌大天下的男子从未把她们当作人。婊子成了婊子，反倒没有依靠男人了。"少年声调忽然变低，瞧着低低的天，道，"章姑娘之所以成了这独一无二的章姑娘，皆因这世间万万千千的女子无法成为章咸之。"

这些日子，都在谣传，章咸之已被陛下内定为未来陛下的皇后。黑衣少年也似乎知道些什么，故而说得似是已成的事实。

那几人皆被噎住了，小丫鬟趴在窗口揉眼睛，揉着揉着，她身后的那群女子却皆低声哭泣起来。最后，此一兵士仍冷笑道："那也是命！天命里有的便是这么一个受万人景仰的章咸之！全天下的人，无论男女，瞧见的也只会是这样一个章咸之，而非勾栏里无人记得名字的丫鬟！"

少年却忽而望向了豆腐铺的贩子，提声道："您的媚猫尾巴可愿相卖？"

那豆腐郎君同酒馆老板均怕事情闹大了，冬日开张生意本就不易，闹起来反伤和气。黑衫少年递过一块碎银子，豆腐郎君连忙解了充作如意结的猫尾巴，递给少年道："小公子，够了够了。眼下天寒，瞧您身体欠佳，何苦与人作这口舌之争？"

黑衫少年略笑了笑，稍显古板郁结的面庞上带了几分舒缓。他望着窗畔瞧不清面容的小丫鬟道："你为何想要猫尾巴，所求何物？"

小丫鬟双腕交叠，黑发初初盖过双目，下巴尖尖，怯生生道："一者，我……我的小鸟儿丢了，听说猫尾巴能祈求心愿，使人心想事成；二者，我爹爹身体不大好，我想再求个愿望；还有、还有传闻中媚猫原是月娘化身，我渐渐大了，他们都嫌我木讷，不肯娶我，便想靠猫尾改一改运道。"

黑衫少年握着猫尾如意结，朝上一抛，便到了那孩子怀中。他笑了笑道："倘使你长大了，这世间的男子心心念念的还只有章姑娘，若我未死，你不嫌弃，我便回来娶你，可好？"

小丫鬟愣了愣，风吹起她的头发的时候，踮脚，黑衫少年已走远。她用小手摁住额发，瞧他背影，低低唤了句"师兄"。

转身，一群浓妆艳抹的女子边感怀身世无奈道："小冤家，都说你的小鸟儿我们未曾见了，你还敢日日寻来！"

可是，它就是从这儿飞走，再也不见了的呀。

且叙前事。

东郡在大将军章戡和赤溪的守候下，几乎成了一个铁桶。平王世子刻意避其锋芒，派来的文官都是些不理事的，东郡反倒益发像是章戡一家的封地了，郡中子民皆以其为尊。家有男丁者，十四五岁成人时，大多送入章戡军营，由章戡磨炼，立下奇功者不知凡几，世人颂称"章家军"。

章戡亦是位十分仁厚的将军，每年冬日都设粥棚施粥。三年前，独女章咸之不知为何，竟得了天子旨意，女扮男装去昌泓山，学成归来，刚归家便到了军营，后来仗打赢了又日日来粥棚处看顾着。她自任性着男装拜孙夫子为师，这两载，行为举止变得十分古怪。一会儿哭，一会儿笑，一会儿寄信说何日何时东佾奇袭，一会儿又喃喃自语她此生注定不嫁帝王家。

说起东夷佾国，居于东海之上，与大昭隔海相望，虽是夷国，但崇尚周礼孔论，与大昭上百华国相比，礼数学识毫不逊色。但因地处偏狭，物产不丰，为谋发展，野心日盛，礼仪之学渐渐成了掩盖虎狼之心的屏障。

大昭自哲宗继位，二十余年，东佾时常挑衅，大大小小的战役经历不下百场，章戟镇守此处十余年，一直忠心耿耿，但两方作战，有输有赢，东佾又惯爱偷袭，虽讨不到什么便宜，可惊扰百姓，教人烦不胜烦。直至去年，这种双方对峙的局面却改变了，章将军宛若神助，每次东佾带人偷袭之前，他便早早命人做好准备，每每杀敌措手不及。东佾主帅，时年二十岁的嫡次子八皇子铄羽而归时，总要咬牙切齿骂一声"老匹夫"。

东佾偷袭，年年都要来个七八十回，可是咸之却次次都能料到，章戟惊讶孙夫子竟教了女儿如此之能，咸之却锁眉不语，道是并非夫子之功，全是梦中仙女指点。

怪力乱神之事，他一生以命博取功名，本是十分排斥，之后发生一桩事，却又不由得他不信。

咸之又做预知梦，告诉父亲穆世子近日会来求娶，她央求他定要拒绝。章戟与穆王素无交情，穆世子又是个世家争抢的香饽饽贤婿，何时轮得上他一介武夫，便笑笑应了。孰料几日后成觉果至，一者带了陛下旨意，教东、南两军借过年之机互相切磋战术，二者带了穆王书信，信中颇委婉，卿有佳女，我有佳儿，或可结秦晋之约？

他想起女儿所言，梦遇仙女，这才如醍醐灌顶，知道女儿所说不假。

他愁云满面，成觉像是看出，笑了笑，不以为意，扔下旨意，带着三千兵马进了军营。章戟在将军府设宴款待世子，章咸之不得不帷后见礼，世子成觉冷冷一笑，掀开珍珠色的鲛绡，一身戎甲低头瞧了咸之半响，众人皆诧异，一国之世子竟会如此无理，他良久却道："天下闻名的美人，不过如此。"

章咸之本该气恼，可瞧着少年郎那样高高在上的倨傲和如玉的容貌，抽出了软剑，架在世子颈上，却是一笑："那我该做点什么，便向世子证明，我不是不过如此？"

世子成觉与咸之订约，若在三月之内，教天下人皆知晓这世间有个章咸之，他便自动请旨，解除婚约。

尔后，咸之进了军营。过几日，东僰又来，犯在了有仙人相助的咸之手中，便宜她立了个奇功。自此，她声名渐隆，令世人刮目相看。

平国有三郡，三郡皆有八门，门外四里，极阴之处，设有盖奴坑。坑里埋的都是些无主的罪犯、乞丐、奴婢尸首，官府因嫌逐个埋葬麻烦，便设了这大坑，破席一卷，草草堆埋了事。若有远方亲友寻来，或可去府衙领个牌子，取一把铁锹，到坑里捞一捞，运气好的，尸体未化，还能认出是你家三姑八姨；运气不好的，就看见一堆骨头直直瞪你了，可真真活活吓死人。因此，府衙虽有此制度，但是领牌子的寥寥无几。

这一日，却来了个怪人，在主簿处一连画了八个钩，领了八张通行牌，问他寻什么，也低着头不语，病恹恹的，远远看着，让人心生寒气。

他拿着铁锹寻了二十八天，一整个年下。每日太阳未出，便背着铁锹去了，天黑透了，才满身尸泥回了城，有些时候太晚了，就在城门外的沽河旁，靠着枯树吃酒。城门处的士兵说他酒后便会哽咽不止，一整夜断断续续的，好不瘆人。

不知这怪人又寻的是哪门亲？生时怎不珍惜，由人死在这荒凉处，这会儿跑出来，哭得浑似死了爹妈。卖酒的都认得了他，一身黑衣，通体阴气，孤独鳏寡，等闲人不敢近身。

这一日，他又买酒，卖酒的忍不住问他："郎君今日可有所获？"

那身黑衣连同儒鞋都沾了湿润的泥土，小公子摇了摇头，抬起眼，却给了酒家一个笑。这笑想必发自真心，显得周身有了些人气。酒家也展眉："郎君想是放开了，这样也好，莫太伤心，便是美酒佳酿，吃多了也伤身。"

黑衣的书生用袖抹了抹眼，提起酒壶便去了。酒家略一晃神，再看书生走过的土地，竟平添了一道蜿蜒的血迹。他骇叫了一声："小郎君，你可是受伤了？"

书生已走开十步之遥，却愣了："嗯？"

他眼中挂着两串泪，不，是两道血，涓涓不绝。

一片伤心不成泪，为难冷面人，涓滴心头血。

书生望着河水，靠在一棵树下吃酒，这棵树面貌挺拔，似松非松，似柳非柳，冬日依旧垂着翠绿的枝条。

他握着酒壶，在树下洒了一圈酒水，才道："树兄既已有灵体，何不陪弟吃口酒？我在此处将近三旬，每日哺酒与兄，树兄却迟迟不见，是何道理？"

河水极深，在黑夜中泛着粼光。月光衬着粼光，又折出微微的亮光。书生沉默了一会儿，吞了几口酒，那树却也不语，待过了会儿，树后却冒出袅袅白烟，白烟中走出个着长衫的黑影来。

黑影迟疑了会儿，行了个礼，道："你自吃你的酒，过你的日子，寻我做甚？"

书生不语，把酒壶递到了黑影面前，道："无有知音，甚是寂寥。"

黑影倒也识趣，吃了口酒，温雅道："世上人很多，寻我一棵树能说什么？"

书生笑道："观兄形体，应有百年，风吹雨摇在此处，不啻人间百岁智者。小弟有难事不解，可家中兄长不在，无人能解惑，故而请教树兄。"

黑影觉他似是误会了，但也不修正，只道："你且说说，我且听听。"

"世间有人爱我，有人憎我，有人说我是对，有人说我是错，如此，我当听哪一句？"

"有某说你对，是因你所说之事合他心意；有某说你错，是因你所做之事与他所想相悖。说你对的许是你说了他不敢说的，承担了他不敢承担的，故而爱你，故而对你击节称赞，可你未必真的对，也未必在意真相；说你错的许是你真错了，因你之错太过明显，已暴露诸人之中，而诸人皆是知道真相之人，他们不语，暗自看你笑话，直接说你错的许是耿直，许是憎你，但你应谢他直言这一回。"

"我幼时开始读习经书，每日寅时必起，沐浴焚香而颂三百余遍，故而欲望浅薄，可我现在仍如旧时虔诚，却为欲望折磨，这又是何故？"

"无人爱你无人憎你时，你不爱他亦不恨他，如今有人爱你有人憎你，你自动情，情为种，种子已种下，强作无欲无为还有何用？"

"我日日等待仙去天宫，却夜夜活在地狱，我向往前者，但总摆脱不了后者，又当如何？"

"地狱的都在等着仙去，神仙住的不过是白日的地狱。除了不分昼夜的光明，天宫有何处强过地府？"

"先时我不信人间何物是长久的，总觉人与畜生无有不同，因人一生如此短暂，悟到什么，也只剩来不及。古时南乡有真人无常，他说：'斯命短矣，造化不提。'树兄怎么看？"

"人的寿命短到连造化都是笑话，好与坏也不过暖水热火一遭，你体会过炎凉世故，便知晓活过为最美之词，死了是最真之话。"

"树兄若生为人，觉得如何'死了'才好？"

"若是我，我想死到山涧，天地之间无人寻到，连鸟兽都不去的地方。"

"为什么？"

"这样尸体就能慢慢腐烂消散，不用与这来去都匆匆的人生一般。听闻骨头化得慢一些，可以慢慢等，等到灵魂骨头都变成这空气的一部分，我便彻底融入这世间，同这世间一般污浊自在了。到时候，再没有人嫌弃我，也没有人，为了求取我拥有的最后一样东西，而哄骗我，同我说这世间存有许多真情的假话了。"

"嗯。"

东佾大军又来袭了。这次主帅依旧是佾国八皇子闻聆，可是，兵马却增加了十倍，足足十万人。因为探子报，赤溪一脉结冰了，厚得可行人行车。三关之外，最大的障碍解除了。

百年难得一遇的时机，就这样来了。

闻聆踌躇满志，喂得兵强马壮，先前一战，被穆国世子成觉一箭留下的疤痕还在肩上鲜活地提醒着他，此仇不报，寝食难安。此时正在年节，昭人都松散起来，天时地利人和皆占，若不攻下平地，借为跳板，逐鹿中原，恐怕连天都不应了！

佾人又来了。

军讯传到东郡将军府，是三个时辰之前。章戟反应敏捷，慌忙脱了常服，着了戎装，正欲去点将台点兵布阵，却被成觉拦住了。

"大将军，再等等。"成觉一身枣色纱袍，手有一搭没一搭地叩着乳色茶碗，袅袅的烟断断续续的。

"三关总兵忌禾、赤榕、张正虽都是猛将，但智谋不足，关内人手不足，定然挡不住十万大军！殿下，此时不去，更待何时？！"章戟代表大昭皇帝心中骂了东佾皇帝千百次，大过年的也不消停。

"大将军，你莫不是忘了手中还剩多少兵？"成觉不耐。章戟骂手下没脑子，自个儿的脑子也只是桃仁大小。

章戟跺了脚，心中暗恼。这下被陛下和成觉这小儿坑惨了。前些日子，成觉另拿出一张密旨，从章戟处调十万精兵去南国，趁南蛮各部士气低落，预备一举拿下南三十部落。为防有变，成觉便守在东偌一处，穆国另调了上卿云简率兵。

只是便是有大昭明珠，擅长以少胜多、阴险狡诈的成觉又能如何？东郡大营剩下的三万人皆是老兵弱将，满打满算上三关各八千兵马，也不过五万余人，胜算少之又少。

成觉瞟他一眼，心中暗骂老匹夫不成事，口中却道："云简方才来信，三十部落已悉数归顺，他带兵赶回，最早明日，最迟后日也就到了，大将军何须忧心？"

章戟按捺住怒火道："殿下说得好生容易，那这两日怎么办？"

成觉啜了一口茶水，沉思片刻，懒道："三万兵马暂且全布置在郡外，为防敌军扮成流民，这两日权且紧闭四门。"

"三关百姓六万余人怎么安置？若是出了事，稍不留意，这万世臭不可闻的便是某！"章戟咆哮，脸色铁青，知道成觉这是打定主意陷他于不仁不义之境，在花厅中辗转不安，许久，才对一旁的丫鬟道："请小姐，快去！"

章大姑娘此时也正在苦恼。丫鬟慌乱而来，她未披厚衣便去了。

"父亲，如何了？"章咸之匆匆朝成觉行了一礼，瞧着爹爹那张比茅坑还臭几分的脸，轻轻问道。

"东偌又来了，这次带了十万人！"章戟咬牙切齿，恨恨地捶了桌。

章姑娘大眼一亮，名扬天下的机会到了："父亲，儿随您一同！"

她思索着穿什么甲衣，梳什么发，如何腰肢更细，眉眼更俏，如何飒爽英姿万人仰。

成觉挑眉，打断了章咸之的思绪，低声冷道："大姑娘，此时可又有良策？"

章戟攥住了女儿的手，眼中充满光芒："如何做？仙子如何说？"

章咸之忽而冒了一头冷汗，想起了自己正在烦恼的这一桩——黄衣仙已经许久没入梦了。"我……我……她没说。"貌美端庄的姑娘像被掐住了喉咙，瞧着她爹，许久，才敢吱声。

章戟跌坐回了椅中，双手抱头，脸色发乌。

成觉却笑了，缓慢的语调中带着冰冷阴霾："老匹夫，不靠运气不靠娇女儿，便打不了仗了不成？"

却说三关邦民一向淡定，只要秦将军没倒，平王没倒，就算东佾冲出三关，他们也大抵不会逃。可是，这一次，苗头真的有点不对。

来的不是一千敌军，而是十万。抢的不是边城的一点粮食货物珠宝玉器，而是在牺牲了沉船十几艘的代价之后，看也没看地直奔三关。

守静潼关的是个废物，东佾八皇子一挥令旗，三两下强攻，守将忌禾便丢盔弃甲，搂着夫人美姬一路往内陆逃了。

十万兵马逼近了佳梦关。总兵赤榕刚上任，原是章戟手下最得力的战将，与东佾八皇子对战不止十次，此番新官上任不到一月，自是一派士气昂扬，不肯退让。

佳梦关内兵马八千，赤榕虽以少敌多，心中却颇有筹算。八皇子一路经过水战，战马俱是从海上运来，兵马又都有些晕泻之症，东佾每次讨不到便宜的缘故便在此——后力不足，中看不中用。

赤榕暗自嘲笑忌禾是个无用的废物，可是，转眼间，十万兵士团团围住了佳梦关。

他在烽火台上遥望战车上的八皇子，才发现，这厮的眼神十分不对劲，乌黑中透着熊熊烈火，八皇子以儒将自诩，无论何等战况，喜怒从不形于色，这样毒辣兴奋的表情在他脸上还没出现过。

等到城下的每一个士卒摆好盾牌，火弩已经朝着关内射去。赤榕愣了。两军对垒还没见过这样的，不等对战几回便开始大规模进攻。

可是他来不及想清楚。因为千万人攀着墙梯已经奔涌而来。

城内没来得及准备应对如此多人的石头和火弩，赤榕也中了箭。他挂了免战牌，妄图延缓一日，等援兵而来。

昭佾双方早有共识，若主将受伤，可挂免战牌一次，停战一日。

对方也挂上了，赤榕吐了口血，方松了一口气，可是，不到片刻，那块乌黑的牌子又被取下了。

等到他的首级被东佾八皇子一剑割下时，赤榕做了冤死鬼，还没弄明白事态为何变成如此。

免战牌这次不奏效了。

短短三个时辰，东佾兵马却已冲破海战和两关。佳梦关战死三千，剩下五千兵马和万余百姓如今束手就擒。

东佾匹夫，蛮夷之国，不守信用！

人，乌泱泱的人。

他们都是大昭将士，为了妻儿守在关内。一朝主帅被杀，城墙攻破，没来得及死的，便成了待宰的羔羊。

"皇叔！"八皇子闻聆恭敬地对帐中的一道黑影行了礼。这临时搭起的帐却没有丝毫敷衍之处，四角都挂上了东佾皇室的象征——朱红色的鸾雀玉垂。

帐内的人身份尊贵至极。至少八皇子目前也只敢挂上两盏。

"嗯。"帐内之人声音低哑，可是周身戾气却十分重，站在帐外恭恭敬敬的闻聆结结实实打了个寒战。

"谢皇叔为孩儿在上皇面前美言，孩儿才有机会报月前一箭之仇！"闻聆揉了揉胸口，想起先前被穆国世子成觉射的一箭，恨意又涌上心头。

东佾局势与大昭大不相同，东佾除了当今的皇帝，还有一个精力旺盛的高寿太上皇。太上皇年过六旬，退位之后，依旧风流不减，弄出了几个小皇叔，眼前的便是最小的，与闻聆年龄相仿，深受上皇喜爱。皇帝陛下倒也不动如山，朝权如今毕竟还在上皇手中把持着，他待这幼弟也素来放心，因为倘若他百年之后有个什么不测，饶是死在上皇前面，继位的也绝不会是这幼弟。

闻聆受父亲之命攻打大昭，欲图啃下平国三郡，移民于此，站稳根基，以谋他日兼并百国，问鼎中原。但是章戟守在此处，强攻软攻都不奏效，他同母的哥哥煽风点火，他爹便对他十分不满，褫夺了军权，拿了帅印。

小皇叔一贯不理国事，行为举止捉摸不定，此次却为他出了头，向上皇要了十万兵马。

闻聆几乎流泪了。他爹太抠门，给过最多的一次也就五万，他拿什么跟以勇猛著称的章戟拼？想想上皇陛下手挥一挥，不当一回事地给了小皇叔十万兵马，饶是他再尊崇礼学，深知孝悌之意，也不禁酸了酸——人心到底是偏的。

小皇叔嘴一贯十分狠毒，一路上把他的用兵之法削了个七零八落，用人布阵皆亲力亲为，这次马匹陆运、海上火弩战也全是他的主意。

"皇叔，这次咱们挂了免战牌，不守信用，唯恐被上百华国诟病我们大佾……大佾……"闻聆难以启齿，其实他心中也不齿这种行为，但是奈何令符在皇叔手中，他刚挂上免战牌，立马被他老人家拿板子打了手，跟训小孩儿似的，最后还是闻聆亲手拿回的牌子。

帐内之人却望了帐外人一眼，寒声道："说什么？粗鄙夷狄，不识礼数，毁约背信？你等一日，他们便不说了吗？要想腰杆挺直，不是别人说你直你便直起来了！等到他们恭维你腰直的时候不直也直！脸糊上几层金玉才敢出门的畜生，胆肺也教狗吃了！我几时许你挂免战牌的，自己手贱，便要背得起骂名！"

闻聆汗流如注，然心中所求他甚多，只得咬咬牙，忍了："是，皇叔教训的是。"

"佳梦可降了？"许久，帐内之人才疲倦问道。

"是。连将士同普通百姓两万余人，皆已降。"闻聆小心翼翼地问道，"敢问皇叔，这两万昭人当如何处置，是要编入行伍还是关押起来？"

帐内人沉默许久，才握紧朱色的皮套，冷寒道："就地坑杀，一个不留！"

　　已过了一日，虽然成觉神情依旧闲适，可章戟已经等消息等得焦灼万分了，咸之从未下过厨，这会儿怯生生地捧着一碗汤团来，却也难减老爹爹的一脸怒气。

　　听过原委，成觉瞧着窗外的蜡梅，顺手折了一枝，若有所思道："大姑娘，这世间可真有报梦的仙女，莫不是你日有所思，夜有所梦？"

　　咸之含着两汪泪，垂头丧气道："一向是准的，去年年初，自我做了……做了一个梦，便夜夜能梦到。日子久了，她生的模样我都记得一清二楚。"

　　成觉额上一粒明珠，在寒日中依旧温润，他的表情却不若明珠柔美，泛笑讽刺道："可有大姑娘生得美？"

　　咸之厌烦透了这种毛骨悚然的感觉，赌气道："她若非鬼神，为何形貌如此清晰？殿下说我梦中所见为虚妄，我便画与你看。横竖殿下和父亲是不信的，看一看也未尝不可！"

　　丫鬟奉上笔墨红黛，咸之似是十分熟稔，不消一盏茶的工夫，便了了。

　　"父亲，且看。"

　　章戟心中乱成一团，几十年报国为民的好名声仿佛顶上悬刀的西瓜，顷刻便要落得一片惨红了，哪里还要理会这小儿女的拌嘴耍痴，把画一把夺过，揉成一团，恨恨扔到了角落。

　　成觉的眼睛只在画上一闪而过，再伸出白皙的手，瞧着那变成一团滚落在角落的废纸团，只得停滞在空气之中。

　　"报……报大将军！"副将随着探子一同面色苍白，跪倒在了章戟脚下。

　　"如何了？"章戟声音发颤，近乎咆哮。

　　"禀将军，忌禾弃关而逃，赤榕将军战死，贼子已夺两关，现下只有阳靖总兵张正苦守，一个时辰前似也受了东佾八皇子一锤，眼下受了重伤，生死未卜。"

成觉目光冰冷，浑似被人生生抛入冰窟之中，他咬牙道："不过才一日，这帮酒囊饭袋！"

副将忽然泪流颤抖道："殿下！东佾上皇九子还下令把佳梦关两万军民就地坑杀，听闻无……无一人生还！"

章咸之跌跌撞撞抓住了副将，掉了眼泪怔道："多少人？再说一遍！"

"两……两万！"副将泣不成声。

章戟瘫软到了地上，呆滞良久，才哈哈大笑道："完了，全完了！千古罪人，罪人章戟！"

章咸之哭倒在了父亲肩上："爹爹，这可如何是好？陛下知道我们兵败，定然怪罪！"

"不能输，我们不能输！"章戟忽而抬起头，攥住了女儿的手臂，目光如炬，"令符呢，令符在哪儿？"

成觉听到"令符"二字，嘴角浮现了一丝诡异的笑意。他转身，彻彻底底不安好心地瞧了章咸之一眼，轻声道："大姑娘，陛下之前赐婚太子，如今父亲盼与章家结成秦晋之好均是为了这样东西，本殿也很好奇，值得赔上太子和我正妃之位的英兵令符究竟长什么模样？"

因为成觉的过于直白，被戳破了遮羞布，父女二人脸白如纸。

没有人见过传说中的英兵令符长什么样，因为它只是个传说，存在于三十年前的传说。

三十年前的国丈秦鼎刚挂帅印，出兵鬼蜮，却节节败退。鬼蜮三十万大军，勇猛彪悍，又性喜吃人，大昭兵士与鬼蜮对抗的那些日子，活着回来的兵士都说，真如人间炼狱。每一个兵士如若沦入鬼蜮人手中，不过瞬间，便变成支离破碎的白骨。据说，鬼蜮军队打嗝时的气息，都带着挥之不去的血腥气。他们是人间的魔，是人无法对抗的"魔"。

可是英兵令符出现了。

最后的结果是，三十年间，鬼蜮大军，从无一日进犯大昭。

没有人知道发生了什么。见过的人只说了四个字——"闻风丧胆"。

人间的魔，遇见的是地下的英烈。

相传，这道符，在章咸之手中。要作为嫁妆，带到帝王家的东西。

可是，太子"死"了。

成觉此行奉父亲旨意，为的便是这道令符。

章戟忽然明白了什么，看着成觉，冷汗流了满面。他和女儿似乎陷入了一个巨大的陷阱，只是自己还未发现。穆王一向以陛下马首是瞻，又怎会生出抢"太子"婚的念头？这次，怕是逃亡的太子真的失踪，短时间内无法应了婚约，才会令陛下不得不指使穆王世子求婚。陛下未直接赐婚，大概也是因先子后侄，抹不开面子，这才换作指使穆王求婚罢了。

这弯弯绕绕的心思暂且不提，有一件事是不会更改了。那便是——无论太子如今如何了，这令符，陛下绝不会允许旁落外人之手。

"大姑娘不想嫁给本殿，本殿亦不愿强人所难，既有今日契机，不妨就此交出来，我也顺应交了差事，如何？"成觉扬起眉，露齿一笑，伸出了手。

章咸之被他的目光打量得后退了好几步，许久，才哭丧着脸道："没有了，爹，令符早就没有了。"

章戟站不稳了："你说什么，哪儿去了？"

章咸之握住了手，勉强镇定道："卖了！我卖与换梦人了，我用令符换了我同爹爹两条命，和……和……"

"和什么？"

"和太子扶苏的孤独终老，妻儿不得善终！"章咸之咬牙，偏头闭目道。

她爹爹终于吐了一口血。

"大姑娘可真是个会算账的聪明姑娘。"成觉不怒反笑。

咸之咬牙，心一横，瞧向了成觉："在金乌，在黑衣人的金船中，他们说我是天生的皇后命，谁娶了都能当皇后！我说我不当皇后，我要当女将军、女元帅，用代表皇后命的英兵令符同你换——此生当不了皇后！"

成觉不是想娶她吗？他还敢娶吗？

成觉的黑眼珠更加冰凉，他未有反应，章戟却一巴掌打了过去："孽障！你可知英兵令符是谁的？你可知令符是干什么的？！"

咸之被打得脸颊肿了起来，却哈哈大笑道："英兵令符不是章家祖传之物吗？它不是为了保章家老少的命才存在的吗？它不是陛下日日垂涎之物吗？它保不住你，爹，它保不住你！"

章戟大手捶地，捶出血来："妇人误我！章家污名史册，全因妇辈！"

他掐住娇娇女的脖子，咬牙切齿道："英兵令符是秦元帅用命换的，召唤的英烈也都是卫国的秦家军。英兵令符的存在为的是解救天下黎民苍生和太子殿下一条命！不是你我的命！你这无知的蠢物！"

章咸之迷惑了，摇头道："不对，不对。既然是他家的东西，梦中他为何要夺取？"

章戟几乎咆哮："太子为何要夺！这原本便是秦将军予他的，临终前，千叮万嘱！"

成觉之前一直气定神闲，除了知晓上卿云简快至之外，笃定令符也会被逼出，打胜仗、完成陛下给的终极任务，世子本来稳操胜券，此刻却也头疼起来。最终瞧了这父女一眼，冷声道："通通闭嘴！副将听令，抽调一万兵马守好四门，凡有关内百姓要求入城，通通不准！剩余两万人随我从小道入阳靖关！"

书生吃醉了，就靠在树兄身上假寐。夜色极深，水光荡漾，树兄静静低头望了他，却瞧见了奇怪的东西。

他飘飘荡荡到了大殿中，已沉沉睡去的黑衣书生，此时却握着惊堂木，冰冷瞧着被提上来的一个个犯人。

他言语比平日阴厉无情，若是审到男女通奸之事，便要判男子去势，女子幽闭，在阴间囚禁三百日后才能放入轮回道；审到儿孙不孝父母，则面容益发阴沉，拿着手上神鞭，甩到那些不孝之人的身上，骨与肉眨眼间脱离，堂下之人受不住，骂他昏官，阴毒小人，书生便冷声讽道："这世上的阴毒小人一日不除尽，我便一日领着这虚名，既有你们，几时轮到本判做阴毒小人？"

此语一毕，却又更加愤恨，他咬牙切齿道："把这世间不仁不孝之徒都投胎为人，下一世让其子女依法炮制！不受尽苦难不许重归阴世！"

书生身旁主簿并书吏战战兢兢，面面相觑，不知他今日如何了，压着恐惧唤了下一人，却是一个为谋家产杀兄害弟之徒。树兄飘到他身旁，瞧着赢晏，见他目光直而阴寒，暴怒含愤，与他目光对视，书生却浑然不觉，看着堂下人，仿似得了切肤之痛，只挣得白皙手骨狰狞，咬牙切齿问道："你为何杀兄害弟？"

那人泣道："小的一时糊涂啊，但见万贯家财要分作三份，心疼之下，便起了歪心。"

恍惚间，书生面容变得狰狞，阴厉的面具似乎瞬间附着在了面上，冷声又问："你同你的兄弟可是一母所生？"

那人夯着胆子道："虽与小的一母同胞，但是得了钱财，却也是各归各家，各自奉养老小，小的虽有私心，为了银钱害了兄弟，却也是人之常情，判官大人开恩哪。"

书生听闻此语，却沉默了，他沉默了许久，沉默到握着惊堂木的细长双手青筋都凸起，忽而放声大笑，笑到这神殿都颤抖起来，一旁被羁押戴着锁链的也惧怕得细声哭泣起来，原不知这判官是这样可怕的。

等到风平浪静，树兄瞧见书生眼中一片模糊，他凄凉道："痛煞我也！原是人之常情，竟是人之常情！！"

树惊诧间，摇曳了几下树枝，长长的树叶兜头落下，却也砸醒了树下的书生。天亮了，他缓缓地睁开眼，就那样瘫倒着，没有倚靠地咳嗽了起来。

他仰头看着树，平淡一笑。

"树兄，最后一问，国土与民，孰重？"

"民重，国土更重。"

"何解？"

"民有敬老爱幼之德，故而永不相绝，然国士为国土之寸争，可死九族，如此，莫不清楚，孰重？"

远处有颠破了草鞋往城内奔跑的难民，他们哭喊着"夷人来了，快逃"。

书生凝视着那如同残破的蜂房中的弱蛹一样拥挤而来的平民，许久，才转头，缓缓笑道："树兄都懂便好。我问你这许多日许多难题，你都懂便好。明理方能自在。"

树的精魄本在饮酒，可那虚幻处，握着酒壶的指节却益发冰冷。

书生又道："此处这么冷，你可介意？"

黑影不知他何意，摇了摇头。

"此处只有赶路之人匆匆经过，你长住于此，可孤单寂寞？"

黑影又摇头。

"此处……"

黑影打断了他的话："你日日去盖奴坑，寻的是谁，我或许见过。"

书生猛地灌了一口酒，在惨淡的月光中微微笑了："日后再也不去啦，不劳烦树兄挂怀。"

"为何半途而废？"

"我每一具尸体翻过，今日才知，他不在那儿。"

"他在何处？"

"你的脚下。"

"什么？"

"人间镜中看轮回，我找遍每一寸土地，除了脚下。不，这大昭的每一寸土地都是他。"

书生忽然坐起了身，黑影问他："书生，你要去哪儿？"

"关外。"

"那里正打仗，你看来往凄惶的流民。"

"莫拦。我与树兄缘尽于此。你既都懂得，便要做得。日后关外传来什么信儿，且莫难过，自在修行这天地间，管他神鬼天佛。"

"我知世人，饶是你拼尽全力，也断不为些微情谊去与你付出同等情谊。虽不知你此行为谁，你我皆是滚滚红尘中的埃土，何必苦求于此。"

"但勉力做吾应做，世事无常，我若不尽本心，还有谁肯为他？"

晏二伸出手，抚摩了一串绿枝，轻轻折下放入胸口，绕着大树，把酒水全浇在了树身上，便转过了身。他一身黑衫，解开已停歇三十余日的马车，手握缰绳，并未迟疑，喝了一声"驾"，蹄声嘚嘚，瞧不清楚的眉眼，消失在了泱泱的灾民之中。

大树是个瞎子，他闭着眼。

灾民遥望乡关，却发现城门已然紧闭。他们在沿途中听闻了两万军民被活埋坑杀的惨状，一路上恐惧疲惫至极，宛若一串竹篮中的青蛙，跳不出，只能叫着比谁都凄惨的歌。

"军爷，放我们入关吧，军爷！我们有老有小，定然不是细作！"一个男子背着老娘，牵着幼子，扑通跪在了城门之前。

站在高高的城门之上，一身铠甲的兵士挥一挥手，身后一排弓箭手面色肃穆，挽起了满弓。他呵道："还不快滚！大将军有令，不许任何外民入关，强行入关者，视作敌军，格杀勿论！"几个柔弱的妇人听闻此言，自觉没了生路，两眼一黑，昏倒在了地上。剩下的灾民开始放声大哭起来，畏惧地望着高高的城楼，除了两眼分泌的无用的东西填满每一条沟壑，张开大大的嘴，再也无计可施。

一个衣着褴褛、瘦如干柴、身量尚矮的小小少年从众人中站了出来，吐了口浓痰，激愤道："我爹爹是章家军，我哥哥也是章家军，爹爹前年死在阵前，哥哥们去年死在敌手，今年，一转眼，我也要死了，可是不是死在侪人手中，而是死在章家门前！倘使让我血溅这城门之前，能教你们认清我们是大昭的亲人，能给剩下的人一条生路，今日，我便随爹爹哥哥们一齐去了！"

一语刚毕，他朝城门上撞了去。

鲜血几乎一瞬间迸发出来，瘦弱的少年满脸是血，倒在了城门之前。

所有的人都呆住了。

城门之上的弓箭手放下了手中的箭。

可是那个发号施令的将士依旧挥着长矛，满面泪水，指着众人，目光坚毅："军令如山！不许入！放入一匪，误的是大昭江山！"

大树依旧闭着眼。

它送走了黑衣的书生，遥遥地，又来了个黄衣的书生。

黄衣人温柔地蹲下身，扒着它周身的泥土，问它，你恨吗？

恨……吗？

死了很多很多……昭人。

瞎子，你恨吗？

瞎子，还觉得世间万事与尔无关吗？

瞎子啊，我的瞎子。

黄衣书生温柔地从树下挖出了一个漂亮的纸鸢，细长的手指拂去纸鸢上的灰尘。

纸鸢上斑斑点点，满是血印。寒风刮得凛冽，他轻轻松开了手，纸鸢便飞过了关山。

闻聆忧喜交加地望了望裹得十分严实的辇帐，他这恶毒的小皇叔，当真恶毒得有些手段。等过了三关，平国唾手可得。

一路上，以太平闲散著称的平国人呼儿唤女，哭泣不停。他想起了死前被缚着手的两万残兵昭民，像一只只被打折了腿脚的家狗，用尽了生命最后的余力，齐齐惨叫起了亡国之音。

他从未亲眼看着这么多人在自己的眼前失去生命，佳梦城中下起了大雨。年前，盼来的不是雪，竟是暴雨。

东佾兵士铲着泥土的手在颤抖，他们无法再继续下去，因为那一张张绝望的脸在哀求。他们与这些人一样，穿着战袍。可是，不同的是，见到这等人间炼狱，他们再也不会选择第二条路——宁可战死，也不会投降大昭。

"这是没有骨头的下场！"闻聆说将士个个心惊胆寒，他的这位皇叔却没有任何表情，说了这样一句话。

"大昭太平太久了，如今绝了皇嗣，正是好时机。"

闻聆愣了一愣。皇嗣不是早就绝了吗？

朱红步辇中的那两条腿毫无动静，许久，那人才伸出手，闻聆垂眼，小心翼翼地背起了眼前的少年。

他的小皇叔素来深受皇宠，可只有这一条，让他永生隔绝于王位之外。

东佾上皇九子闻爽，是个不良于行的瘸子。

"皇叔，孩儿瞧这阳靖关一时半刻便可攻下，您不妨先进些食物。这一路行来，上皇唯恐食物不周到，吩咐孩儿带了几个宫中的庖厨，一路上不可短了皇叔的汤食。"闻聆背着小皇叔在阳靖关外的树林中走动，闻爽许久未出步辇，深深地吸了几口气，先前一张紧绷着的脸慢慢变得柔和一些。他道："辛苦你了，八皇子。"

闻聆笑了笑，却不作声。他这皇叔性子一向古怪，恐说些什么，便惹得他怒了，反而不美。

"八皇子，你瞧，大昭好吗？"闻爽凝望着远方，阳靖关中炊烟不绝，却被大雨浇熄，那座城池，如今一片死寂。可是，他知道，一旦日光出来，里面有数不清的粮食谷物、珠宝金币，还有数不清的穿着堂堂冠冕的昭人。

"好。"八皇子笑了，"闻着就芬芳。"

闻爽也笑了。饶是前方一片阴雨，天都在为那场大昭史上出现的最悲惨的杀戮而哭泣，也掩盖不住他们志在必得的快意。

"天快亮了。"双腿无知觉垂着的少年望着天色，神情却有些晦涩不明。

八皇子微微一怔，朝林中又走了几步，才轻声道："皇叔，两日一夜了，睡一会儿吧，孩儿为您守着。饶是大昭明珠来了，也不怕。"

少年点了点头，伏在闻聆背上沉沉睡去。林中风动了，八皇子摸到背后少年披着的狐裘，帮他戴上了兜帽，沉目望了望阳靖关。

这是东佾人世世代代的梦想，就像狼崽子生下来就会厮杀。

美梦成真之前，总是无尽的焦灼。

未入阳靖关，穆王世子等到了他日思夜想的上卿云简，章咸之盼到了日思夜想的情郎。

降服三十部落立下不世奇功的上卿云简，正是失踪已久的黄四郎。

兄弟四人还在一起之时，三人知其脾性，下棋做学问每每要求最好，每日三时、每年四季拼命加餐，便笑他道："沽名钓誉入魔深者，四郎也；口舌之欲挥之不去者，四郎也。"

这样一个黄四郎，单枪匹马，跪在了成觉面前："殿下，臣幸不辱使命！"

成觉笑了，下马，拍了拍他的肩："干得好，云卿！一鸣惊人，不愧是云相之后，青城殿下提携之人！"

云简，福州人氏，古来贤相第一人，云琅之族孙，云氏遵照云琅遗言，隐居三代而不仕，而云简，恰巧是第四代。

章咸之愣了许久，才泪如雨下："四弟，你去了何处？"

云简一身白色铠甲，含笑瞧着章咸之不说话。

章咸之一身红衣女装，当他不认得自己，双手束起发道："我呀，三哥，章三啊。"

云简一路疾驰而来，眉眼结尘，却依旧秀美温润。他微笑道："三哥，好久不见。"

章戬环顾四周，不见一兵一卒，慌忙问道："敢问上卿，我章家十万兵马呢？"

云简缓缓一笑，温柔道："什么章家十万兵马，简未曾见过。"

章戬慌了神，厉颜道："上卿，昭佾战事如此吃紧，莫要再开玩笑！若无兵马，你我众人，今日皆要命丧此处，恶名昭著百年了！"

云简掏出手帕，拂去脸上的尘土，才灿然笑道："今日兵败，臭名昭著的是将军，死的也是将军，与简有何相干呢？"

成觉狐疑地看了云简一眼，他却转身，垂下眼，笑道："殿下，陛下有旨，您给臣剿匪的十万兵马，依旧还纳入禁卫军中去。至于大将军，若然守关不力，战死了，他再派兵马来助阵；倘使打了胜仗，自有加官晋爵之日，太子殿下与章姑娘的旧约依旧不改！"

成觉胸口大闷，指着他，许久才道："你！你怎么敢同陛下私下……"

穆王之臣，竟事两君。

成觉本打算趁着佾乱，耗死章家军，神不知鬼不觉地吞了十万兵马。他起初是想把十万兵马悉数并入穆营，即使陛下追究，也不过是再吐出一半罢了，眼下被云简背叛，主动权已不在他手中。

云简浅浅一笑，轻道："我许诺殿下的事做到了，许诺章姑娘的事也做到了，与陛下结缘，全赖二位提携。我于越姬山上已料到今日，殿下何必怪我今日背信弃盟，不能忠心耿耿？"

他转眼望向了章咸之，带着深深的情意，也带着深深的恨意，只是依旧温柔，依旧微笑："三哥，你呢，你把郡试的题目泄露与我之时，把我引荐给陛下之时，可曾料到，被你一眨眼害了的吾等，也是你今日的下场？"

章咸之怔怔道："你竟这样想我，竟这样想我！我当日给你试题，只为让你高中，何曾想过要你死！"

"你害我这辈子都要凄凉，都要寂寞，何尝不如去死呢？"少年弯起了眼，白皙的皮肤好似敷了一层又一层的粉，笑意这样冷，又这样僵硬。

他骑着马朝着她缓缓而来，这世界仿似便只剩下他们二人了，情意与恨意交织在一起，她瞧着他，心碎起来，不知如何是好了。

他们相遇时，是在一只小小的船舍中。她拍了拍他的左肩，又拍了拍他的右肩。

那时冲破胸腔的是什么，是亲眼瞧着太阳挂在天空，暮色落入碧海的尘埃落定，是命运的转圜，是从此站定一步一步的江山万里。

爱的人不同了，一切自是都不同的。

平国金乌水畔，长着一种叫"檀央"的草，长相普通，却深具君子之德。因落日余晖常常洒在湖面之上，别的水草吸了日光水色，生得益发茂密浓翠，深受恩泽，可是檀央依旧是原来的模样，舒展而浅淡，温柔而不见虎狼之势，素来为文人骚客所喜，称其"九德俱备"。

他便是这样的君子檀央，而她是照亮君子的太阳。太阳的爱意何其浓烈，却暖不热檀央的心。

咸之很绝望，鼻子一酸，忍住泪，低声道："你是不是……是不是一开始便同世子认识？"

云简把手帕递给了咸之，温声道："我认识他，同认识你，一样久。十一年的六月初五，我为贼人所劫，饿倒在章府门前，你命丫鬟赶我走，路过的殿下成觉却给我一餐饭，一袋馒头。"

章咸之胸口唇齿俱苦涩起来。当日她心中乱作一团，惧怕命运的到来，便本能地把他推开。这一推，竟推得这样远了。

一切，又都变了。

她想起什么，尖叫道："大哥呢，大哥与你一齐失踪，你回来了，他人呢？"

云简闭上了眼，笑了笑，苦涩道："自是，从君所愿。一袋馒头，谁给的，到头来，又有什么区别。我是贱命，他身为百国太子，本应福泽深厚，命为何也这样贱？"

从君所愿。

章咸之打了个激灵，许久，眼泪却抹也抹不去了。她望着他的眼睛，不敢置信，却逐渐绝望起来："你杀了他，你真杀了大哥！"

她狠狠捶着他，双目赤红，泣不成声："你为何没有遭到五马分尸之刑，为何没有天打雷劈，死不超生啊！"

他仰头望着黑夜，这天也灰蒙蒙的："若群星有灵，我何至于还能活到今日任你再骂上这遭。"

天极星空曾起约，同为手足永不害，哪个若是违前盟，阎罗殿前不能容。

章咸之魂不守舍，哽咽道："我夜夜都梦见你们回来了。你不理我，一直朝前走，他说他不当皇帝了，一辈子就做姬谷，做我们的大哥。可是，说完这样的话，却朝着大海的深处走去，我追过去，大哥却已经被海浪淹没，鲜血把海水都染红了。我的裙子也沾了他的血，那么黏稠腥涩，无论如何洗，都洗不掉。"

她说："我梦中得了一份考卷，原想助你一飞冲天，步入青云，谁知酿下弥天大祸，险些害了诸位师兄性命。"

白衣少年轻笑道："三哥，你几时与他们那样情深，你只是怕他们死了，回来找你报仇，正如你对大哥，不，是对太子扶苏那样廉价而动摇的情感。

"你不知道扶苏对你情根深种吗？你不知道他每日吃完晚饭便抱着书坐在窗前，等你经过，只是为了多看你一眼吗？他每次瞧见你的眼睛，欢喜紧张得手足无措，就那样沉默地瞧着你，却从不肯多与你说句什么，只唯恐你心生烦恼。已做了聪明人，又何必再装傻？"

道路两旁开成云海的束离花落到了少年的肩上，他温和而残忍道："你把考卷给我时，如何叮嘱于我。你让我告诉所有的人，书院中的每一个人。扶苏与平世子交好，倘使日后株连入狱，如有一人不死，如有一人与平世子有所互通来往，那便是扶苏！你通过这样的方式，告诉盘根错节关联着的成家人已故太子还未斩草除根！告诉天下诸侯扶苏的行踪！陛下送你到书院读书，是为了让你日后辅佐太子，你为陛下所制，不敢轻举妄动，只好借刀杀人。你虽算漏了什么，虽然此事明明与他无干，他却去了。他同我说三弟对着空荡荡的房间烧纸钱，看得他心中悲恸。他说他没有感情，他说他不明白兄弟手足的感情为何忽而一日，来得这样亲密汹涌，教他烦恼，不知所措。"

"你说，若不是你，我如何确凿，大哥便是太子扶苏，便是我的主公成觉预备铲除的人呢？"他眼睛弯弯的，声音几许温柔，"不是我，也有别人。"

红花落到红衣上，黑发的俏丽美娇娘却狠狠地摇着头，她眉眼带着杀气，掷地有声，说服了自己，也掩盖了心中的浮动："是你杀死了姬谷，是你杀了他，我终究只是想想，我什么都没有做！"

云简躬下身，双马并行，这一团白云怅然地抱住那一团红日，他叹道也似泣道："我邀他去越姬山上赏花，他带了一提五花肉。他与我，皆过得那样不如意，都是难忍饥饿之人。越姬山上雾气浓，束离花比山下开得早。我同他说，是我与你合谋设计了他，我同他说，我们都想要他死。他问，倘使他死了，我们又能得到什么呢？我杀了他，便能还了世子恩情，你杀了他，便能心神安宁。这样看来，我们都有所得，只有他失去了。他死在了束离花丛中，被我用淬了毒的长剑一剑穿破胸脏。他临死的时候，明明身体还在抽搐，可是却长长久久地闭上了眼睛。他的眼中有泪，不知是为你而流，还是为我而流。我害怕他哭，害怕他死了还要哭，便挖出他的双眼，放在了盒子中，呈给了世子。"

他与她这样拥抱着，目光却天各一方。他眼中的泪水几番奔涌，终究含笑吞下："倘使当日是你施舍给了我一顿食物，那结果会是怎么样呢？我会为你卖命，我为你痴狂，我欢喜了你，你喜欢了大哥，我便不用弑兄杀弟。"

在瞧不见彼此的对面，一个几乎发狂，一个险些成执。

她逃过了命，以这样的方式。

她终于放声大哭，云简却温柔到冷酷道："你不是喜欢我吗？你说你喜欢黄四郎，你强迫自己喜欢黄四郎，如今可成功了吗？"

闻聆、闻爽养足了全副的精神等着大昭明珠，可是，明珠未到，却等到了另一个不速之客。

阳靖关本来只剩下不到千人。可是，这一步之遥，竟因那人的到来，显得举步维艰起来。

说起来，本不是多么了不起的人，也不是何处骁勇善战的将军，可是，却那样，一身布衣，满面磊落地站在东佾十万兵马之前。

单人匹马，手握刚鞭。

他说："谁若想进关，先从我尸体上踏过。"

十万兵士发出震天的笑声。

他们在蔑视，蔑视着眼前瘦弱得连头都似乎抬不起来的男人。

"关下何人？"闻聆笑得如见到一只尘世间随处可见的蝼蚁。

那人声音不那么洪亮，甚至因连日赶路带着深深的倦意。他说："在下昭人。"

"你与总兵张正是何关系？"

"他为官，吾为民。他重伤已死，而吾未死。"

闻聆笑了，对着身后的朱红步辇道："皇叔，大昭爱国的良民来了。"

闻爽也微微笑了，残忍道："既愿报国，那便从他尸体上踩过去。"

"得令！"十万人之声齐齐发出，声势浩荡，直达苍天。

雨水湿透了那人的布衣。他面色苍白，表情却十分冰冷阴沉。男人缓缓拔出了鞭，手骨瘦弱可见伶仃之态，却在雨水击中那明铁所制的鞭上，溅出水花的瞬间，一挥手，最前排的一行士卒直直地倒在了地上。

八皇子一愣，众人皆一愣。

"殿下，待末将取这昭狗首级！"一个小将骑马横戈而来，他手中的银枪对准了那个孱弱的身躯。

寒光闪烁，兵鞭互抵，一个回合，那鞭却捶碎了小将胸前的甲，左手一瞬催进，而后又在雨水中缓缓扯出，那将士直直望着前方，胸口的心却已被刚鞭挑出，晃晃荡荡，似是禁不住的模样，须臾，直直砸在水中。

等到成觉、章戟等人赶到阳靖关时，却被眼前的惨状骇住了。

城还是那座城，城外的雨却更大了。雨水结成溪，溪水自西向东蜿蜒而至，流到众人脚畔的却是鲜血染红的滂沱。

千人用人墙堵着两处城门，被雨水和人墙挡着的城门却显得那样孱弱，仿佛随着他们无尽的胆战心惊，吹一口气，城墙便如纸，塌了碎了，随着几万人的性命去了。

"来者何人？"副总兵的脸被雨水侵蚀，他瞧不清雨中的军队。

"是我。"章戟一身金甲，如同高山一般的巍峨，出现在众人的面前。

可是，他在他们眼中找不到丝毫敬意和激动。那一双双陌生而仇恨的眼神仿佛他是等待了十年的仇人，终于等到撕碎他的这一刻。

他是他们的大将军。可是，两万百姓被活埋的时候，他不在。门外那单枪匹马的羸弱少年未着战甲，以一敌万的时候，他不在。

那少年说，千万不要打开城门，千万不要，拱手送出大昭。

他们问他为何而来，他说，我哥哥不在，我得为他守住家。

"放他们进来。"副总兵声音疲惫沙哑，咬紧牙，挥了挥在雨中湿透了的令旗。

他耳中一直听着厮杀攻城的声音，多害怕，下一秒一切都变成沉默。那代表，那个本不该成为希望的少年，在他们的希望中终于彻底死去，而这，将变成他们的绝望。

随后，只会是更加疯狂的重响，只会是雨中的再一次活埋。可是，这一次，他们没有那么多人。因为，那些他并肩作战的战士早已为大昭的天子献出了只有一次的生命。屈服在战争面前是最无耻的表现，但击溃他们的不是敌人，而是迟迟不到的皇恩浩荡。

城外的八皇子闻聆忍怒望着死在自己面前的近千名东佾兵士，问道："汝为何氏？"

"嬴氏。"

"嬴氏叛昭，被云氏诛杀九族，海内有名。你要当忠昭之臣？"闻聆仿佛听到了什么好听的笑话。

"嬴晏一人，可洗嬴氏百年污名，云氏繁盛，未必不出奸佞！"嬴晏闭目。

闻聆笑了，命手下士兵叩了紧闭的城门。

城内回复他的是士兵的沉默和百姓的颤抖。

闻聆高声呼喊："尔等可知，为昭出战的是昭人中的叛逆，人人得而诛之的嬴氏遗孤！"

城内的众人愣了。

副总兵握紧了拳头。

嬴晏眉眼低垂，静静地看着被风雨吹蚀的斑驳古城墙。

他的曾祖父装疯被放过的时候，云相曾指着曾祖父的背部说，嬴氏无脊梁，若三代不亡，人皆可诛之。

他出生时，听说祖父早在父亲出生时便死在囚牢之中，而父亲也疯了，在角落里头发凌乱地吃着一碗馊了的麦饭。囚禁着他的官员告诉他，母亲生了一个男孩。父亲顿了一下，朝着官员的方向磕了三下头，说想看他一眼。嬴晏被抱到父亲面前时，父亲含笑，打破装麦饭的瓷碗，割腕自尽。

嬴氏自曾祖开始，都只留世一人。别人的家族传承的是爱和财富，嬴氏传承的是死亡和孤独。

嬴晏闭目，等待人尽可诛杀的命运。

门内的昭人仿佛沉寂了千万个轮回，副总兵才轻轻开口："嬴氏救我。"

今日，是嬴氏救我。

他身后千千万万的昭人涌来潮水般震天的吼声："嬴氏救我！嬴氏救昭！！嬴氏救我！嬴氏救昭！！"

章戟像被这突如其来的齐整声音震到，不由自主地颤抖起来。

闻聆阵前走马，执枪大笑起来："你们不肯诛他，是因为明知他撑不了一刻钟，不愿脏了自己的手，原来道德凛然自诩礼仪之邦的昭人就是这样对待恩人的！云氏的预言竟是这样实现的，代代屠尽，诛人诛心！"

嬴晏垂目，闻聆以为他动摇，心中窃喜，骑马又往城墙的方向去了三步，可是三步之外，嬴晏却冷冷地举起鞭："但踏一步，死！"

"不识抬举！给我杀了他！"闻聆眼神阴冷，挥了挥手，身后成千上万的战士又瞬间像蝗虫一样，扑向嬴晏。

门内沉默了很久，副总兵看着死死紧闭的东城，并没有瞧向本该毕恭毕敬的章大将军和世子成觉，而是肃穆着，看着人堆做的墙，下了命令："开！"

"何？"众人齐问。

"开城，救嬴氏！"副总兵本来带着阴霾的眼睛现在变得笃定。

"好！"千人含泪齐呼，"开！"

"昭人可死，不负嬴氏！"千人齐齐高呼，涌出佳梦关，却始终无一人转身，望向章戟、成觉众人。

他们不配。

城开了。护卫古城的清河现在一片污浊。

"二哥！"章咸之如遭雷击，怔怔地望着前方，许久，不成言。

那个昭民布衣，那个一身黑色纱衫的少年有些迟钝地转了转眼珠。他的胸口和腿上，都有一支长长的箭，手中握得紧紧的、紧紧的刚鞭上，挑着的是一颗头颅，上面是一双处于极度的惊恐中不肯瞑目的双眼。

他的身旁，是扑不灭杀不完的敌军。

章咸之对上了那双眼。鲜血从黑衣少年的唇角流下，又滴在残尸的双目之上。他面孔阴沉而带着隔绝人世的疏离，静静地拿着挑着头颅的刚鞭对准了章咸之和她身旁面色惨白的云简。他说："不许喊我二哥。"

他迟缓而痛苦地放下了刚鞭，咬紧牙关，狠命一握，胸口的箭便随着淙淙的鲜血拔出。那张脸，望着他们，带着像是割去身上的每一块血肉一般的痛楚，混着泥水和鲜血的手，握住了长箭，在黑色长衫的下摆重重一划，那块原本与长衫是一体，针针相连、线线相依的布，直直坠入了泥水中。

"晏与尔等，从今而后，形同此袍。"他呼出人世间最后一口热气，赤红的双目含着热泪，却嘴唇发白。

"二哥！"章咸之跌坐在了地上，满脸泪水。

云简沉默许久，却指着他问道："嬴晏，你痛不痛？"

嬴晏望着他和章咸之，摇了摇头，平静道："劳君关怀，不痛。"

"为何不痛？那是你的血你的肉，是你的手足！"云简收起笑容，脸色变得严肃，意有所指。

嬴晏听闻此语，却仿佛听到了多少荒唐的笑话，大声笑了起来："你问我？"

他望着眼前的那十万大军，雨雾中瞧不清楚面庞的敌人："今日之痛，伤不到血脉，痛不到骨髓，折磨不到心脏，何足道哉！"

"你知道？"云简愣了。

嬴晏却不答他，又转向了战场，拾起鞭，勉力咬牙道："闻氏匹夫，还有何人应战，出！"

雨下得更大了，站在雨中的人却连接了天和地。

昭人涌到了嬴晏身旁。

"你所求为何物？大昭予尔多少，东侔十倍百倍奉上！"闻聆知他只有一人，而自己拥有千千万万，可闻聆和他的千千万万开始怕他。

嬴晏的黑发贴在了脸上，他想了想，才道："晏……晏所求不多。"

"那是何物？"闻聆心中一喜。

"我哥哥用他的命换了我一命，我得帮我哥哥守住大昭，守住他的疆土子民，不然，若是这样便到了黄泉路上，可怎么相见。"

他的眉目那么凄凉酸涩，射入腿骨中的箭还在不断渗出鲜血。男人拖着残足，稳稳立在天地之间，为的不是家国天下，而是，一个"义"字。

义是什么？姬谷曾为了他每日熬药，在他撑不过时背着他去看大夫，每夜在他离魂时，因害怕他再也醒不来，而坐在他的身旁，夜夜浅眠。他活不下去的时候，姬谷若还有一口气息，也要分给他半分。

义，不是活着，于一处活着；而是，死的时候，总有一个人，比自己死了还要难受千倍百倍。

血是不能选择的亲人，义是自己选的。人生自有识，奔赴的也是这点向暖的希望和义气。因禀天地，故不能弃。

本打算弃世而去的嬴晏没有被姬谷放弃，努力偷生的姬谷却被结义的兄弟联合扼杀。

没有人行了义之后，想要姬谷这样的结局。

固我有死，非你剑下。即便我应死，也不该是在你的剑下。不要怕哥哥复仇，也不要窃喜死亡的哥哥无法再报仇。

姬谷不会死。

嬴晏会替他活着，替义活着，只要没有真正完全地躺下，只要还有那一点呼吸，即使这一生都要这样不人不鬼地活着，他也会好好活着，把他们给哥哥的悉数还给他们。

嬴晏甚至曾无数次想象他们是怎么杀死哥哥的，他一遍一遍地模拟着，像被凌迟一样地记着，生怕自己忘了。

"闻氏匹夫，我要的，你可能给？"他大声问着那十万兵马的首领，可是，鼻子和口中不断涌出鲜血，让他面前一团模糊。

他能听到自己的呼吸，却渐渐听不到对方的回复。

雨停了。

一身黑衣的嬴晏，眼睑缓缓垂下，却用尽最后的力气，粗暴地捶着自己的头，试图让自己清醒一些，却最终坚持不住，重重地跌跪在雨中。

他的心跳快到自己能听到，眼睛却那样睁着。

他死了之后，因世代积累的功德，会升天。

而姬谷，不，是扶苏因枉死只能在泰山魂灵归处等待。

再也瞧不见了。他骗自己的，说着好好活完这辈子就能黄泉相见的话，是骗人的。

嬴晏从未觉得自己此生这样酸楚过，因这世上，还有跨越过生死的东西需他费力看破。

可是，他却不争气地看不破。

战旗猎猎，寒风又送，关山多远，一张纸鸢，他方到。

纸鸢落到了嬴晏的身旁。雨水打在那鸢的身上，晏二的手指动了动。

人形的纸鸢摇身一变，变成了一个瞎子，一个活生生的人。

瞎子双目空荡荡的，轻轻伸出手抚摩着依旧挺直脊背跪着的少年，无声叹息地掉出眼泪。

"痴儿，还劝我放开，你为何放不开？"

嬴晏垂目，缓缓迟滞地开口："何人送我？"

纸鸢化作的人从胸口掏出一层薄薄的东西，覆在了眉眼之上。平凡不起眼的一张脸，路过千万遍都要忘记。

扶苏变回了姬谷的模样。

他颤抖着说："二弟，是我。"

未等他再说些什么，晏二却笑了，笑得比哭还要难看："大哥，我……我那日……告诉你，不可……离开……金乌，你为何……为何不听？"

他当日出了考场，殷殷告诫，是因为瞧见他命中的每条路都走到了死胡同。

将死的少年攥住了眼前宛若乞丐一般的少年，带着痛楚和不甘。他以为自己陷入了死亡之前的幻觉，可是有些话再不说，就太迟了。他压抑痛哭，却呕出一口鲜血："大哥，我知道你便是那个与我一同吃酒讲道的树兄，我知道你被人害死，被人埋在那棵树下，我知道这世上千千万万个坏人，我不能求你信谁，可是大哥，你若不相信，这世上还有一个嬴晏，就算死去又该有多难过、多孤独呢？"

扶苏紧紧地搂住他，哑声道："你很好。可你，还能陪我再活多久？"

嬴晏心口一酸，捂住胸口的血，淡淡一笑道："很久……很久，等……我……看见……昭人……都学会笑。"

他歪头，似是沉沉睡去，扶苏颤抖着合上了他的双眼，望着城门，悲怆道："千千万万人口口声声为了大昭江山，大昭江山不是一个将军、一个殿下、一个皇上，而是一座山、一条河、每一寸国土、我手上的这条人命！"

空荡荡的眼皮下连泪都流不出，少年仰头大笑起来，状若疯狂：

"夫唯万万人为我一人，万万人载我一人之身，万万人不愿我活，万万人求我大赦，我又为何人，善为何人，恶为何人，犹若木鸡，生不如死，又为何人！"

众人惊愕十分地瞧着风吹来的一只纸鸢变成大活人，云简静静地看着他，章咸之却下了马，唤了军医过来，扶苏听到声响，极防备地抱住晏二，咸之心头一酸，轻声道："我不会害二哥，你放心。"

她迟疑着，要拍拍扶苏的手，却被他避开。

咸觉阴阴一笑，望着云简："云卿，你负我两回了。"

他以为扶苏未亡，是云简手下留情。

云简却似不曾听见，一直静静地看着扶苏，那人似是有些感应，茫然抬起了空洞的眼眶，许久，才沙哑道："东佾主帅何人？"

"你是何人？"东佾八皇子在马背上弯了弯腰，眯眼瞧着这随军冒出来的古怪少年。

"扶苏。"少年抬起了脸，"我叫扶苏。是方才那人的兄长。"

"你们家人都爱半路窜出来当英雄？"闻聆一笑。

"非吾弟爱当出头鸟，奈何世人都爱指望别人。"扶苏慢慢摸索着站起身，拱手疲惫地朝着声音的方向行礼，"殿下行个方便，就此去了吧。"

闻聆啼笑皆非："嗬，小儿，我不与你说！教大昭明珠出来应战！"

咸觉挑眉，笑了笑，手握的金弓缓缓攥紧。

"小儿，你说你叫什么？"朱红帘中的少年一直沉默着，却忽然开了口，目光从帘中透出，审视着貌不出众的少年。

扶苏，公子扶苏，他……不是被刺杀了吗？

"上九殿下。"扶苏猜到真正的主帅是谁，"你我幼时，曾有一面之缘。"

齐明元年，大昭秦将军大败东佾，逼得当时的东佾上皇不得不进贡岁拜，当时同行的便是上皇九子。闻爽当年虽然亦是不大年纪，但是对坐在大昭陛下身旁的玄衣小儿的印象，近十年都无法褪色。

他捧着一盒珍宝，对着那比他还小的孩子，一路三跪九叩，那孩子却一直未说话，直到他跪倒在他脚下，那孩子才问道："九殿下，东俆在东海之上？"

他点头称是，那孩子却道："你可曾见过夜叉？我听闻东海之上多有夜叉，貌似人形，却殊不通人性。"

大昭朝堂一片笑声，父皇的脸几乎被气得发紫，他心中觉得屈辱，抬起头，那孩子正透过额上的珠帘，眼珠黑黑地俯视着他，高贵而冷淡。

那时他的腿还是一双好腿。

朱红色的皮套渐渐缩紧，闻爽的心被恨意蹭得痒痛难耐，最后，却压住沸腾，开口笑道："原是大昭的太子殿下。改时易世，一向可好？"

他掀开了帘，亦是个秀美端方的少年，瞧着不远处满身血污的少年和其空荡荡的眼眶，闻爽便忽而笑了："啊，这样瞧起来，太子并不怎么好呢。"

扶苏缓缓道："时运不济，晦气连连也是有的。只是，我这太子都过得这样潦倒，大昭还有何可图谋的呢？"

闻爽哈哈大笑，像是吐出了许久未能吐出的一口恶气："爽自昭返俆，途中遭遇海贼，自此伤了双腿。我于榻上一十二年，曾立下宏愿，此生若不能杀进大昭太平都，宁愿自裁于东海。"

扶苏平静问他："殿下伤了双腿，便要杀我昭人两万。我昭人枉死两万，又该回报东俆多少呢？"

闻爽眉眼带了杀气，寒气逼人，伸出双臂大笑道："公子扶苏若有能，杀尽我俆又何妨？"

八皇子提锤，冷笑道："无能太子，睁眼好好瞧着，大昭之民，如何因你父子，惨死殆尽！"

长袖在风中阵阵作响，闻爽举起了令旗，十万兵士齐齐震天呼喊起来。

扶苏手握成拳，惨然笑了："我闻阳关有箜乐，又闻东海有夜叉，箜乐似如山间雪，皑皑不闻人间怨，奈何夜叉出东海，张牙舞爪皆是君。"

"你！"八皇子闻聆大手一捞，银锤锤向扶苏，那少年垂着头，左手却牢牢地握住了他的腕："八殿下，我今日来到此处，若不使君等有生之年不敢再犯大昭，又岂肯自认扶苏，断了自己这一点生机！"

闻聆一愣，似乎未曾想到眼前的瞎子还能接他一锤，朝前再挥，却使不上力，低头瞧见左臂，却一阵剧痛，额上登时浮了一层薄薄的汗，手中的锤也咣当一声，落入了黄泥水中。

而后，扶苏松开了手。

闻爽却怒道："杀了他！取大昭太子首级者，赏金千两，晋三级！"

闻聆痛呼一声，成觉却忽而朗声笑道："前方瞎子冒充我大昭文和武肃圣德明远皇太子，我军将士凡取这冒认者首级者，赏珠万粒，晋五级，配郡主！"

大昭天子日日思念早夭的太子，每年祭天，便多封一个字，思念愈增，封号愈多也愈美。而这样多的封号，究竟是想要平吉殿中腐朽的太子复活，还是，让群臣心知肚明逃亡在外的公子扶苏万劫不复，永世不得超生？

白袍少年云简握紧了双手，忽而从马上翻下，呼出一口寒气，在雨中，磕头三呼道："臣云简向太子请安，太子殿下千岁，千岁，千千岁！"

一身红衣的章咸之在雨帘中瞧着那个单薄的背影，嗓音哽咽，从马上而下，跪倒道："罪臣之女章氏咸之叩见太子殿下，殿下平安千岁，德馨万年！"

三军皆寂，好似这世间本就这样安静。

扶苏却没有转身，许久，才麻木道："众卿，何不同安？"

他从胸口掏出了一个丑娃娃，丑娃娃的发上别着一支通体透润的玉簪。

那簪子被少年牢牢地竖立在手心。

缓缓地，白皙的掌心被刺破，鲜红的血液喷涌而出。玉簪像不知餍足的婴儿，不停贪婪地吸吮着鲜血，一节一节发亮起来，变成了血玉之艳色。

章咸之愣愣地瞧着簪子，许久才凄楚道："臣女叩启殿下，敢问殿下，臣女随身之簪为何在殿下手中？"

天上的乌云瞬间汇聚。

雷霆大作。

黑色的雾萦绕在天边，风卷起了泥土。

扶苏用手摩挲着通体血红的簪子，淡道："此非姑娘之簪，而是我母亲的遗物。姑娘只是代为保管，何来疑问？"

暴雨不过是一瞬间，再一次从天而降，毫无征兆。

此非上天之意，而是人力。

远方的泥土震动起来。

每一寸黄色的泥土如同龙背上的鳞片一般，裂开了。

章戟的手背在颤抖。他张张嘴，还没说出些什么，黑雾环绕中，那每一寸裂开的泥土中，却如春雨之后争先涌出的春笋一般，缓缓浮现出一个个黑盔黑面、手握重甲的战士。

巍峨如山，器重千斤。

每一个战士都闭着双目，面无表情。可是双手握着的千斤重的刀枪剑戟，却指向了佾人所在的方向。

密密麻麻的，足有二十万之众。

"英兵，是英兵！"章戟的嗓音几乎变了。他没想到，自己有生之年还能见到他们。三十年前的他，不过十八岁，却亲眼瞧着这十万英烈如何撕碎敌人的铁喉长城。

那一次，鬼蜮的兵卒吓破了胆，可是，大昭的军士经此一役，也几乎全军解甲，永不入军门。

那不是人所能承受的东西。鲜血、杀戮、屠城、死亡，没有任何一个词能将战争诠释得如同"英兵"二字这样清晰。

"它们"足够了。适用于任何一场战争。

在场的所有人瞧着这密密麻麻萦绕黑气的森森兵甲，虽茫然究竟发生了些什么，但腿脚终究发起了抖，心神欲碎。

他们都安静了。无论是昭人还是佾人。

帐内人咬牙切齿："昭太子，好手段！"

扶苏冷道："我要尔等承诺，有生之年，绝不犯昭！"

闻爽握紧了皮套，脸气得发青："若我不肯呢？"

瞎子无眼，垂头平淡道："那便俱投东海，做一池夜叉，依君宏愿又何妨？"

额戴明珠、一身枣色铠甲的殿下成觉却忽而拊掌，笑了起来："佑吾太子华盖天下，运道无双，天助也！"

靠着一支簪，拾了天大的功劳。

"孤无天助，倘使此簪归尔，不过废物。"

没用的，没有人能得到这个令符，包括他的父皇。只有扶苏这样血脉中流着秦家血的子孙才能驱使秦门祖辈的英烈。每一代秦家人与泰山王定下盟誓，死后不入泰山归途，不慕轮回，但成英兵，魂碎沙场，忠君报国。

少年抚摩着簪，低头问道："大昭主帅何在？"

章戟跪倒在地，哑声道："罪臣在。"

"传孤旨意，修书东佾上皇，若不赔我大昭枉死两万余人性命，安顿三关百姓损耗，十万佾人同两位殿下，俱填东海。"

"是。"

"传孤旨意，将军章戟私欲熏心，迟不发兵，贻误战机，祸害苍生，罪孽深重，然存一念向善，能迷途知返，犹有可姑息之处。孤命尔为枉死军民修万民祠，跪六十年两万日，谢罪万民，此生寿尽便下一世偿还，你可服气？"

"老臣……遵旨。"

扶苏摸索着，把红得发亮的玉簪重新插入了丑娃娃发髻，随后，沉默良久，才道："传孤旨意，行军令符者，先后秦族遗。孤及冠娶妻，令符为聘。"

雨中，黄衣的少年依旧静静地看着他，凝视着他手中戴着簪的娃娃，温柔不语。

成觉却眯起眼，用金弓对准了黄衣的云简，昔日的黄四。

云简看也未看一眼，白袖化去了利箭，伸出如玉一般的右手："殿下，拿来吧。"

成觉不怒反笑，打量云简许久，才道："瞧你形容，并非凡人，究竟是何方神圣？"

云简不答，走到了瞎子面前，握住了他的手，轻声问他："大哥，我杀你，你可恨？"

扶苏几乎捏碎他的骨头。

云简便笑了："这就好。若无爱的女人、恨的男人，活在人世还有什么趣味呢？"

他伸出手，轻轻一召，成觉囊中的木盒就到了手中。黄衣的少年从中掏出两粒眼珠，双手冰凉，缓缓放入了扶苏空荡荡的眼眶中。

"莫要再做睁眼瞎了，相公。"

扶苏睁开了眼，少年一手抹面，已变成了那病痨鬼。

是奚山君。

布娃娃变成了碎屑，随同簪子从他胸口飞出，继而没入奚山君袖中。

她伸手摸索他眉眼："我知你恨我入骨，可瞧着这事实，你还是要谢我。我杀你，你方有活路。"

她握着那簪子，垂目道："你的聘礼，我先收下。"

扶苏面无表情，一双明亮的眼睛却不知为何，不停地掉着眼泪，他捂着胸口，与她一指之距，面面相望。

奚山君转目，远远看着脸色已灰白的章大姑娘，突地笑了，弯着眼道："你害他无妻无子，归根结底，不过是不愿与他终生为伴。姑娘莫怪本君心计，我亦在局中，人生长短，须得试一试，才不后悔。"

东佾退兵了，至闻聆即位，终此一生，未曾来犯。东佾答应赔偿两万被坑杀的将士家属每人十两银。

这场战争结束了。在史册上长久记载着，并被史官不断讽刺着的"乙申之变"，浓墨重彩的只有两桩事。一是，孝武天子素爱罚人跪祠堂的癖好由此而生；二是，一条人命值十两。

扶苏沉睡了几日，做了许多梦。可是，那些梦皆如走马灯一般，过去了，什么都不曾留下。

他醒来的时候，奚山君已不在，章咸之坐在他的床畔哭泣。他不明白她为何而哭泣，可是，他在最需要她那些深刻而真诚的眼泪时，她不在。

二弟还没有醒来，但是保住了一条命。

大夫说等到来年春暖花开的时候，嬴晏的伤口就会痊愈了，虽然会留下伤疤，可是行走奔跑欢喜痛苦，都不会妨碍。

扶苏离开将军府的这一日，下起了茫茫大雪。

章咸之赤着脚跑进了雪中，她认真而带着歇斯底里地问道，簪子为何在他手中。

他掏出了那支簪子，有了胸口的熨帖，暖得润手。他回答眼前的心上人，也或者是曾经的心上人："章姑娘，这世上，厌恶我憎恨我想让我死的人有很多，只因为我是百国的太子，你又何须为此耿耿于怀。可是，爱我的人，却要因此费尽心机，保全我的性命。虽然，这个世界中，这种人寥若晨星。不，或许，只有一二人罢了。

"卖梦者要靠龙凤之气续命。我母亲未死之时，把所有的凤气给了卖梦者。从此，那些船属于我。

"母亲用命为我换了一条洞察先机的金船，外祖秦氏用历代忠魂换了我一条命。"

所以，他早就知道了他的心上人不肯嫁给他，不肯当皇后，宁愿教他无妻无子，也要做大昭唯一的女将军。

章戟大将军老泪纵横，问道："殿下，您当日求娶咸之，时至今日，可还愿娶她？"

章咸之眉眼呈现出绝望，眼泪的奔涌像是恐惧到极端，又像是痛苦到极端。

他瞧着她眼中的泪水，想着，三弟生得可真好看。兴许，先前让他对她那样疯狂喜欢着的缘故，也只是少年时，那份干净的关雎之梦。这样一个窈窕淑女，不入帝王家，也入别人家。

只是，再不与他相干。

远在千里之外的奉娘不知如何，遣族中麻雀找到了将军府邸。雀鸟从天上扔下一封信，来自已回了金乌的平王世子。寥寥数字如斯言道——三皇子数月前从鄮都行至平国途中失踪，兄防之。

他想说，那日求娶章咸之的另有其人，并非他。他若有喜欢的女子，求娶时怎舍得要她保命的东西，只会把全世界能保住她性命的东西给她。

梦中与婴孩时期的乔植再见，他一直在思索，如何才能永远不失去自己想要的东西、想要的人。后来，临死之时，真真教他想出一个好法子。

他让她们住在他的心上，走到哪里便带到哪里，记忆有多长，她们便有多么长寿。

那么那么喜欢章咸之，许是也因一双眼。她长了一双和乔植一模一样的眼睛。可如今再看，似是自己的错觉。

她是乔植的转世又如何？

"齐大非偶，姑娘志向远大，非吾所能匹配。"

穆王世子整兵归国，向将军章戟辞行。花厅的角落，那幅画还静静地待着。他蹲下身，拾起来，再展开，也只是这世间无数个一瞬。

然后，瞧着这皱巴巴的白纸上黄衣的姑娘，许久，才稳住身形。

贴着胸口的那里，也有一幅画。几乎要了他命的画。

画中，也有一个黄衣的姑娘。

她们，生得一般模样。

又月余，三皇子成葛返太平都，求旨天子，聘娶金乌太守之女恒春。

十一　冠昏

奚山卷

"大昭国礼，冠与婚同，吉。"

——《旧俗·文帝》

扶苏回到奚山，就听闻奚山君生病了，身子发虚，正喝老母鸡汤补着，敷着块绿巾子哼哼唧唧——据说是离魂太多累着了。

章三弟梦中的仙女、他背篓中的布偶、黄韵黄四弟，扶苏掰手指数了数。

怎么就没累死她。

这厮脸皮厚，装作什么都没发生，开心地握着他的手，打量了一番，啧啧道："瞧我相公都瘦了，此番下山三年没吃好饭吧？"

整天跟我抢肉抢酒你不清楚啊！

扶苏几乎一口气没提上来。

他已经不知道这厮想要什么了。或者换句话说，他和奚山君中肯定有一个人病了，然后两个人还都觉得自己没病，病的是对方。

奚山君和扶苏有些默契，都已懒提此事。这山君掏啊掏，掏出一块馒头，说后山头有个书生饿晕很久了，随你救或是不救。

扶苏知道奚山君说每句话、做每件事都有些企图，不会没事这么好心，他带着狐疑去后山一观，竟哑然。

原来是真正的云简，云氏族人。

少年穿得破破烂烂，晕在树旁，树上吊着几只翠色小猴子，一会儿晃荡着摸摸他的头，一会儿又杵杵他的脸。

猴儿们见扶苏来了，都作了个揖，齐声童音道："给君父夫君请安，这儿有个人快死了，君父命我们每天喂他一粒续命的丹药，有太阳的时候拖出来晒晒太阳，说等您回来就开荤，现今您回家了，我们便抬走蒸蒸煮煮吧。"

晕倒的少年脸色苍白，显然饿了许久。

扶苏抱起那些猴儿，驱他们去别处玩耍，径自把馒头撕成一条条，就水喂了云简。

奚山君远远踱步而来，从袖口中弹出一粒赤色丹药到云简口中，又晃悠悠去了别处。

约莫半个时辰，少年醒了。他口齿清楚，道自己本要去书院求学，途中却被一阵黑色的风刮到了此处，之后便再无知觉，只觉腹中饿得厉害，这块馒头真真是及时雨，救了命。

扶苏一问："兄何时被卷到此处？"

云简是个温柔和气的人，想了想道："齐明十年的五月初一。"

距此年岁，已过三庚。

云简说兄长看着面善，又救我一命，真当以手足相待，不如我二人结拜。

扶苏苦笑，连说拜过了，你还有二哥、三哥。

云简一愣。

扶苏觉得脑仁儿疼，只能道："你饿晕了，动不了，有人勤快，帮你拜了。"

佯装散步的奚山君撑着耳朵听，听到此处，笑眯眯地转头道："好孩子。快来快来，你大哥拜不拜不打紧，本就冷心冷肠十分迟钝，只是需得拜一拜你大嫂方好。"

云简啼笑皆非，觉得这夫妻二人十分促狭有趣。当然，前提是少年不知道他的"好大嫂"扛着他的脸四处招摇，干了些什么。

三人相谈甚欢，云简细问之下，方知一阵怪风，令他在山中蹉跎了整整三年，如今科举抱负皆是无望，不禁黯然。

扶苏见他此状，心下思揣，奚山君这样一闹，如今天下之大，怕是没这无辜的云小郎容身之处了。他正苦恼，奚山君却指了指东南方向，扶苏明了她意，便道："平国世子与我素来有些渊源，我写一封举荐信，你去寻他，自有一番奇妙境遇，定不辜负你。"

奚山君微微一笑，也道："云小弟不必忧心。这世上真真假假极难分辨，怪风许是帮你躲祸也未可知。我算过你的命数，今年方才起运，鹏程万里，定有高飞之日，耐心等待便是。世人之命皆有定数，他人他国无有变动，又怎助你扶摇直上。"

扶苏心下冷笑，这山贼言之凿凿，不知哪句话是真，哪句是假。她此番把他变成了云简的救命恩人，又令云简与章咸之再无缘分，如此肆意妄为，虽不知何意，但已倒行逆施，真真狂妄不驯至极。

三两翠氏子孙化成人形，护送乔装过的云简走了，扶苏三年来第一次回到日间喧闹夜间寂静的奚山。他靠在大树上看日出，又想起了自己被锁在大树中的时候。

昏天黑地的世界，只有晏二弟的一口酒。

没有人比他更清楚比父亲封棺更痛苦的事是什么，他知道他一辈子也忘不了对黄四弟的恨意和晏二对他的真心。这些是磨灭不了的东西，他明白自己活着的意义，人都是记忆的俘虏，活着就是为了装满记忆。

爱与恨同样重要，因为它们就是彼此。

太阳升起的时候，山变得金灿灿的，少年的白衣蓝袖也变得金灿灿的。一身麻衣的奚山君坐在了扶苏身旁，她离他很近，静静地看着太阳升起的地方。她知道那里很快会变得耀眼刺目，就像扶苏原本该在的世界；她知道黑暗与那块土地格格不入，灿烂的人生中，疯狂恶毒要适时隐藏。

奚山君抱膝问他："会不会画画？"

扶苏点点头。

奚山君慢条斯理："春日晴朗，不若画个我。"

扶苏白皙的手握着树枝，垂头画了一会儿，好一个痨病鬼，手中握着春花，拉开的唇角却带着僵硬，她希望自己在他的笔下是笑容灿烂的。可她做不到。

奚山君轻笑："记住了吗？"

扶苏抬起头，平静地看了看奚山君的眉眼，点头。没有拆穿她的丑陋。

奚山君摇身一变，变成一个黄衣裳的美人，淡淡一笑，看他，眼中有些晶莹。

黄衣啊黄衣，山中的三娘也是黄衣，梦中的小孩儿也是黄衣。

扶苏心口一窒，绞痛难忍，他大概已经知道了什么，却有些不想承认。

"长这样能记住吗？"

扶苏苦笑不语。

奚山君没正经，摇身一变，又变成了一只大蝈蝈，仰头认真道："长这样可得记住啊，下次变了样，你又记不得谁是你娘子了，到头来，埋怨我唬你。"

扶苏伸出双手，合成半圆，那蝈蝈便跳在了他的手掌上，少年手指带着微凉，抚摩着她的头，淡淡道："莫再胡闹，乖乖坐会儿，吵得我头疼。"

蝈蝈乖巧地坐在少年手掌中，他们一同看着太阳，好像不眨眼，灿烂的生活就要开始。

她不知道，少年很想哭。

他不知道，山君曾经也许是个美丽的姑娘，曾经也许被他梦见过。

沉寂许久的奚山终于有了喜信，扶苏和奚山君要成亲了。

婚期是扶苏定的。

春天下的第一场雨把小猴子们浇透了，他们都有些无精打采，三八在还有些寒气的饭舍添了几个火盆，火焰赤红赤红的，他们围成一团，扶苏就坐在火盆后教他们习字。

有些乖巧的，诸如二六，就小爪子握着黑炭认真写；有些不乖的，诸如刚满两个生辰的二七、二八双胞，就卷着尾巴在地上埋头胡画。可二五这样渐大的孩子，反而益发不爱说话，浑然不如幼时的淘气天真。

扶苏先写了个"壹"，猴儿们累得手疼，又写了个"大"，猴儿们说无趣无趣，扶苏问他们想要学写什么，这个问"肉"怎么写，那个说"桃"长什么样儿，还有几个小的，嚷嚷着要学写"好吃的"，后来掰掰小爪子，发现是三个字，就简化成了"吃"。

扶苏忍不住笑了。奚山君在积压很久的公文后探出了头，也微微笑了。

他们认真地学写"吃"，学会了"吃"则又依次闹着要学写"父""母"和"君父"。过年时候猴儿们还剩了些果子没舍得吃，扶苏教一个字，小家伙们就塞一粒果子到扶苏口中，他看着他们笑，然后挑眉道"孤其实可是坏人"，小猴子们齐齐摇头，指着不远处的奚山君，齐刷刷道："不，她才是！"

奚山君拿竹卷砸了好几只。

其中一只好学的指着扶苏在地上画的字道："扶苏，你写错啦，'君父'是两个字，你写了一个。"

扶苏食指指着那个字，念道："'妻'，这是妻子的'妻'。你们的君父，是孤的……妻。"

奚山君愣了，扶苏垂着头，淡道："孤与奚山君，缘分颇深。吾为母守孝三年，如今年届弱冠，正值婚期。"

他是在询问奚山君？不，太子小哥没打算询问，他就是在淡淡地安排，淡淡地通知。

素来行事诡谲的奚山君却未反对，只是顿了顿笔，好一会儿，才道："你也该有个子嗣了。"

婚礼定得慎重，七月初七。

奚山上上下下忙着筹备婚礼，奚山君收到了一封书函，扶苏也收到了一封。

奚山君是白日收到的，来自翠元的故友年水君。年水君历经三千余年修炼，由天君下法旨，终于要与下凡修持三十六年的洛水君成亲了。

扶苏是夜间收到的，两只夜叉抬着一个青面獠牙的查察司官差，带来了二弟嬴晏的一封信。

信上说他已痊愈，如今在江中徽城查一起公案。原来泰山王过年时，例行巡查卷宗，却发现一件束在轮转镜后的悬案，如今结了好厚一层灰，泰山王翻了一番，什么都未说，只将此案交予了他，说是由他来管最是恰当。这便升了一格，做了徽城的判官，来到这旧都城。若扶苏想寻他，只管去江东。

暂且不提晏二，说起这化外事，年水君倒是个人物。他一个坑里的，竟修成了仙君，拜在灵宝天尊门下，掌管一方水域，大权在握，如今还要迎娶道祖的幼徒洛水君，真真羡煞旁人。千年前，水坑逐渐干涸，王八阿年被逼无奈，背井离乡，去了赤水，谁料王八进了绿水，竟然修炼成了造化，五百年前得以飞升，更因相貌秀雅，行事不拘一格被灵宝天尊看中，收为末徒，从此青云直上，二百年前掌管了四水之一、八流之二，在三位天尊处都是数得上的神君，百年前，又因天君属意，预将四水中赤水与洛水合流，而洛水历来是道祖门下管辖，谁当二水主君二位天尊自然相持不下，天君无奈，便命年水君与道祖幼徒洛水君结亲，大婚后二人共治。

这喜日就定在今年五月。

婚礼筹备折腾了月余，奚山君、翠元夫妇连同子侄辈的皆去帮忙了，留守的则为奚山君打造嫁妆，两桩大事赶在一起，奚山上上下下忙得晨昏颠倒，连扶苏也未闲着，替奚山君处理了不少积攒的公文。

正是忙的时节，翠元夫妇却还添乱，他二人自打赤水处观礼回来，就闹起了别扭，不再说话。听闻翠元前些日子老毛病又犯了，同一个蛟女勾搭在了一起，迷了好一阵子，等到年水君夫妇礼成了，他才清醒了，把年水君气得不行，一同从正源时代修行来的精怪，不论品阶高低，翠元大概是唯一一个没修成仙的了，年水君道他不懂清心寡欲，成日与女子厮混，自然是难修成的，多次提携也不见成效，只气得不理他这石头兄弟。

六月初九是扶苏成人的日子，按照人间的礼俗，他从童子变成男人，要束冠了。

奚山君一个大山怪，素来没羞没臊，此时竟十分注重这礼节，提前两旬，便出山采办。她能一日千里，披星戴月，竟是谁也未带的，眨眼便不知去了何处。行前问她何日归，只说少则一旬，多则半月。

半月她也未归，又过半月，已整整三旬，仍是不见人，众人道她素来守时谨慎，从未如此过，均有些担心，询问相熟的仙家君主，却都无人见过她，翠元使通玄术，令几个方士千里去寻，也是无果，竟像从三界蒸发了。

扶苏倒是吃睡读书一如往常，众人不忍责备他不上心，虽则快结姻缘，可终归山君也不是他顶顶如意的人。

又过两日，她竟是自己回来了。

是在夜间。石头房子的门也是石头凿的，旁有陶碗大小的机关，一触动，便自然打开了。

可这一日，她却似忘了，只是敲，有节律地不停敲着，直到扶苏从梦中慢慢苏醒。

月光皎皎，这位山君竟与素日不同，眉如蛇信，眼似秀水，勾人心魄。

扶苏微微眯了眼，但见她垂眉一笑，语速极慢："相公，近日可好？"

他沉默不语，缓缓侧身，放奚山君入内。

奚山君似乎累极了，倒头便睡，扶苏方醒，一时睡不着，便在橘木架子上寻了本经看。

晨光熹微，他去溪水边整理衣冠，奚山君笑意盈盈地跟着他，他去食舍吃朝饭，她依旧坐他身旁，笑意盈盈地看着，他去橘子树下盘膝讲经，小猴子们牙牙学语，摇头晃脑，她也摇头晃脑。

三娘愁眉苦脸地经过，无精打采地与扶苏打了个招呼，仿佛没瞧见奚山君。

待到夜间，奚山君天一黑便倒头睡成一摊烂泥，可是铜环敲动石头门的声音又缓缓响起，只把一头散发，睡入黑甜乡的扶苏再次敲醒，他打开门，愕然了。

一个月前。

这一日，咸宁府十分热闹。穆王宫刷洗得干干净净，连各殿的墙角和恭桶都明亮可鉴，严肃端庄。素来不爱出门的穆王妃傅氏也早早盼在了府门之外，一身素色衣衫，提着拂尘，被隔在远处的百姓热热闹闹地翘首看着，果然如传言，貌不惊人。

他们的世子成觉，自从归国之后，脚步从未停歇，手握天子谕，三年来东征西讨，大昭四邻被小世子打得焦头烂额，真真是天生的战将，"大昭明珠"声名远播，西陲鹿陵国国王吃过他不少苦头，据说御膳房三餐必做的两道菜就是"红烧明珠粉""油泼白圆子"。

今日匆匆回来，众人虽不知他如何变成什么模样，眼却已经开始红了。自然，不是感慨相思一片赤忱，而是盘算起来，万里河山，金山银矿，珠圆玉润，如今全要归一个有实体而非一个只有"世子"二字代号的少年郎了。可少年郎，今岁不过十九岁，算算穆王日日吃药的身子骨，小世子二十五岁上下拥有这一切，应不是太大的问题。

人群中，挤着一个貌不起眼的络腮乞丐，身材瘦长，眼圈浓重，一双眼睛看似憨呆，偶尔却晃过几分说不出的狡黠。

"七月兮流火，汗滴兮禾叶，重重兮影影，世子兮辛苦。"他一边嘟嘟囔囔地念着歪诗，一边四处张望着。

今年六月的花开得格外娇艳，咸宁府素来以花闻名，兼民风比穆地别处开放许多，因此街上卖花的女子十分多，每每含笑对着年轻男子荡个媚眼，对女孩儿们多是一句"姑娘，世子爷可还未娶王妃，瞅瞅您生得俊的，好比奴手中的花哟……"于是，小半个时辰后，满街的小伙儿姑娘头上插满了，熙熙攘攘地瞧过去，好似一出又一出莺红柳艳的戏。

乞丐也从地上踩落脏掉的花中拾了一朵，别在耳畔。嘿嘿一笑，别有风情。

小世子手执马缰，身背玉弓，骑着殊云，一身枣红骑装卷着风，终于呼啸而来时，差点没被满眼的花花绿绿晃瞎眼。

他鼻子嗅了嗅，脸色登时泛起黑。

小世子对花香一向过敏。

忍不住打了几个喷嚏，再低头，看到小姑娘们满头花花红红眨巴着眼含羞带怯的模样，脸更黑了。

"驾！"小世子扬起马鞭，踩紧马镫，呵斥一声，正要疾驰离去时，眼前却蓦地，滚出了一样脏得发臭的东西。

"世子爷，救命啊！"那臭东西号了一声，开始原地打滚起来。

成觉勒紧缰绳，马前蹄跃起，颠簸得他左臂的伤口又洇出血来。

成觉人生中第一次见到一个人的感觉是用"痛"形容的。于是，便似乎如摆脱不了的命运一般，这辈子每次见到这个人的感觉都是痛。

"何人造次！"成觉阴狠冷辣地望着他，右手扶住了左臂。

身后的侍卫纷纷拿出了刺刀。

那团东西缓缓抬起脏兮兮的胡子，眼圈浓重，鼻涕眼泪一眨眼便出来了："求世子爷可怜可怜小民，给小民一口饭吃。已经饿了三天，走不动路了，这才堵在您回宫的路上。"

成觉看他一身脏污，心中厌烦，眉都皱了起来，但碍于身份，不便同这等蚁民计较，便挥了挥手。他身后的侍卫掏出几块干饼，扔到了乞丐的破衣上，呵斥道："世子仁慈！还不速速离去！！"

乞丐抱住了饼，头上的那朵白茉莉蔫了吧唧地垂到了眉毛上。谁料他囫囵咬了几口，却似想起什么，扔了饼，抱住成觉座下骏马的前腿，开始哭号起来："这顿吃了，下顿可怎么办呢？！"

这话，不可谓不得寸进尺。成觉面孔抽了一下，没了什么耐性，掏出金箭，挽起了弓，眼睛微眯，睥睨着马下的那一团脏兮兮。

这匹马是大昭名驹重云的子孙，重云当年是敏言大帝南征北讨时的坐骑，相传毛色雪白无杂，可因蹄上常溅血，后来前后腿全变成朱红色的了。而重云的子孙多纯白毛发，以晶莹剽悍著称，却鲜有朱红蹄。说也奇了，成觉出生的那一年，大昭皇家马厩却出生了一匹纯朱色蹄的重氏驹子孙，便是如今成觉身下的这匹，唤殊云。

殊云同他主子一般，是个有洁癖的好少年，脏兮兮一扑上，它简直要炸毛了。

成觉食指、拇指绷紧，围观的百姓都屏住了呼吸，他身后的门客重重咳了一声，成觉挑眉，冷笑着看了他一眼，那人瞬间噤了声。

随即，箭尖便如雷似电射入了脏兮兮的后背。

脏兮兮看准时机，吐了口中预先准备的一摊猪血，哭得更凄厉了："世子杀人啦，杀人啦！"

围观一众哗然。

侍卫上来几人要把这乞丐拉走，却见他边吐血边下盘极稳地抱着殊云的前腿。奈何彪悍侍卫几人，竟拉他不动。

更诡异的是，受这样一支不留情的穿心箭，他竟不死。

"堂堂一国世子，竟然如此残害一个没饭吃的柔弱乞丐，苍天啊，你何在！"脏兮兮咆哮得更欢了，成觉身后的谋士门客咳得此起彼伏的，围观的姑娘小伙们吓得脸早就白了，脏兮兮悄悄瞟了一眼，小世子的脸黑得几乎下一秒就要滴出墨汁来。

"请世子移驾到马车，臣等定会严惩这刁民！"穆地的配臣闻风出城迎接，见到这番景象，皆汗流浃背了。

"不劳众卿。"成觉黑亮的眸子森然地看了那团东西一眼，哈哈笑了，扬起马鞭。

殊云嗅到猪血的味道本已蠢蠢欲动，此时又受了刺激，便迎着风狂奔起来，蹄下那人被拖得身子忽上忽下，众人道他多半会马上放手，谁知那乞丐竟一路都死死抱着马蹄。待到了穆王宫广正门前，那乞丐已然被黄土裹了，分不清鼻子、眼了。

王妃傅氏本来满面欣喜，看到马蹄上吊着的人后，整个人脸色都变了。

"儿给母妃请安。"成觉自幼养在太后宫中，与亲母感情本来一般，但见她忍着酷暑等在宫外，一片慈母之心，请安时倒是真心实意许多。

傅氏冷冷看了马下的乞丐一眼，拂了袖："不敢受世子大礼。今日是庶人受此罪，明日焉知不是我！"

成觉却缓缓一笑："儿何曾如此待过庶人，不过一泼皮狗，想是别国的细作，死都死不了的。"

他捏了捏那乞丐的脸，脏兮兮却白着眼昏厥了，口吐白沫，不知死未死。

恰像是专门同世子作对似的。

王妃狠狠瞪了世子一眼，命侍从把乞丐抬进了外殿。

自此，亦请了三五名医，拔了箭，清了伤口，那乞丐却一直未苏醒。王妃怕此事伤及世子声誉，着医女日夜守着这乞丐，恐防生变。

随后，穆国最大的三座藏宝阁，穆王宫守卫最森严的张鹿阁、翼火殿、柳璋楼，接连几日遭了贼。

乞丐也无了踪迹。

穆王要疯了。

云水衫、通天冠及附稷刀。

一衫感天时，袍中藏四季，晴时阴爽，雨时骄阳，袖中雾气氤云端，水舟两三行；一冠消五气，为君者常有骄、嗔、戾、妄、障气，戴一日消一气，五日气全消，有德之君必备；一刀除奸佞，为臣者幽生不臣之心，附稷自出，不追得那奸人身首异处，自不会停。

嗯，正源时代神物。全没了。

到！底！是！哪！个！鳖！蛋！顺！走！的？！

守卫内宫的郎中令小脸被穆王扇得红红的，雄赳赳气昂昂的廷尉进来禀事说，大王大王，我们境内杀人放火率逐年下降了呢。他胸脯挺得老高，就等着一朵两朵大红花，穆王煞白着脸，掂刀要劈了这不长眼的。

文臣武将跪了一溜，都被大王御手拿折子砸了脸，文的弱质纤纤，倒了一地，武的皮糙肉厚，跪着默默流泪。

成觉肃立在第一排，想了一会儿，看着暴怒十分的父王，琢磨琢磨，觉得不对劲儿，就道："父王，眼下最重要的难道不是还没被偷走的锦绣图吗？"

群臣上上下下尖叫震天响。

要死了要死了要死了！！

成觉回到自个儿的大襄殿，手捧着金盒，脸都黑了。

最后一件至宝，他爹给他了。

他爹说，除了吾儿近身，天下何处有太平？

这是多高的评价啊。

他爹还说，但是，锦绣图如果在你手里丢了，你就直接去守城门吧，那个简单点。

要不是坐在金光闪闪高台上的是他爹，成觉真想骂他八代祖宗。

成觉打仗归来，正是松散的时候，身边美妾环绕，珍馐百味，好不闲适。这么一折腾，好了，再美的小姐瞧着也是骷髅，再好的美味品着也如嚼蜡。

成觉与他父王一生只有一位王妃不同，这少年郎十分花心。环肥燕瘦，在他眼中，各有各的美。可近些年胃口却小了，专一了许多。

他如今的美姬都着嫩黄衣衫，都有盈盈大眼，下巴尖尖，口齿如糯米，发若青云烟，都带着一股子稚气。

世子的大襄殿被宫卫和军队围了个水泄不通，蚊子从天而降，都有捕蚊网等着你。

成觉思度，这贼无声息地便来了，偷了层层守卫的人间至宝却又无声息地去了，普通会武之人是做不到这一步的。八成，是什么妖人用的邪术。可是，当下若他说去请道士，难保不会触了父王的霉头。他父王此人，生平最恨道士。

心思一转，少年却眯起眼低声嘱咐道："着我令，殿内统统撒上糖粉，把养蜂人唤来。"

过了三日，是夜，贼无音信。

成觉摊开锦绣图看了看，这是三百年前大昭同番邦海外的作战地形图，传言是当时一位王子所绘制，纤毫毕现，天才手笔，一直被收藏在旧王都谢侯府邸，后成觉出生，自识字始，便一直为此物央求祖母，最终太后被他磨不过，便连同云水衫、通天冠及附稷刀一起，将此物赏赐入了穆王宫，成为穆王宫至宝。三百年间大昭内外曾有三次著名战役，后能划定如今的百国版图，全仰赖此图。虽然瞧着朴实，但十分珍贵，图上另有蝇头笔记一二，描绘着各类战形图，配合天时地形，一应俱全。

成觉触及了记忆深处的往事，那人恐怕也没想到，他经年累月做出的地图会得后人如此重视吧？毕竟，锦绣图耗时那么多年头，费尽那么些人的心血，都是为了最后一战。

而那一场惨烈残忍的战争，那人……输了呢。

少年气息忽而有些不稳，他站起身，负手来回走了几步，手微微有些颤抖。这张图，是他等到那个人的关键。

殿外系着的铜铃微微震动，荡起了清脆的响声。

这一夜似乎天也助贼，漫天黑空，望不到星月。几乎凝滞的空气能听到每个人的呼吸。养蜂人提着一纱笼精挑过的毒蜂，在阁外安静地候着。

殿内摘了夜明珠，熄了灯火。

三更的梆声刚刚响起，蜜蜂却开始躁动起来，在笼中不停扇动着翅膀，四处乱撞。

成觉摸了摸胸口，锦绣图不翼而飞。

贼终于来了。

成觉唇角勾起了笑，狭长的凤眼在黑暗中益发明亮。他拿起背后的金弓，眯起了眼，抿紧唇，朝着黑暗中的纱笼，缓缓拉动了弓。

那箭上不知绑了什么，射中纱笼的一瞬间，倒像是白日里阳光砸到了孩子玩的沙包，沙笼一瞬间便亮了起来。

成群结队的蜜蜂都随着光亮，如汹涌的江水一般冲破了笼，每一只身上都沾染了那点阳光。

四周的侍卫初始被晃花了眼，适应了光线才发现，那点光只是夜光的珠粉。成觉午后，命人磨了一颗三斤重的夜明珠。

穆地虽产珠，但夜明珠仍是难得的珍宝。众人出神地看着这妖异的一幕，成觉却挥臂喝道："追！"

他要的是这贼，管他丢的是什么锦绣图，用的又是什么珠！

这少年一身枣红披风，黑暗中，盯着那些沾了珠粉的蜜蜂，侧容益发险峻漂亮，缓缓勾起一个亮如星火却阴狠彻骨的笑。

众人随着蜂，穿过重重宫殿高阁，却一路追到了马厩。

然后，脚步停了下来。

几匹棕马于睡梦中被惊醒，傻呵呵抬起了头。

铺天盖地的蜜蜂嗡嗡地撅着屁股，贪婪地啃着食槽边上一块……圆圆的烂木头。

崇明殿。文武百官。

穆王吸了一口气，不管用，又吸了一口，才张嘴问他儿子："圆木头是贼？圆木头把锦绣图偷走了？圆木头准备穿着云水衫，戴着通天冠，左手附稷刀、右手锦绣图密谋造反是吗？"

成觉挑了挑眉："它怎么造反的我不知道，但是是这块木头把锦绣图偷了。"

穆王眼瞪得比他儿子发束上的明珠还要大，当了一辈子的诸侯，再没这么窝囊过了，生了个引以为傲在百国横着走的儿子，不光坑旁人，还坑爹。他气笑了，指着圆滚滚的木头对群臣道："咱们的世子既这么说了，那就限世子三日内追回失物，将这木头贼就地正法！"

成觉："……"

众臣高呼："大王英明！世子殿下英明！"

世人对法术并无太多了解，偶尔遇到些有道术的修行之人便说遇仙了，碰到些他解释不出的便说撞到不干净的东西了。仙人寻常并不肯去人间，饶是去了，也是为了历劫或者转露天机；至于地下的那些，就更加不愿去人间了，阳气如此茁壮，无异于靠近一个又一个火盆，这得是多想不开就为了去你家茅厕床头吓你一吓。

故而，人间出现仙多半不是真仙，出现不干净的东西也多半不是真不干净。

可真出现这么一块端一脚滚一下的圆木头，不知是仙还是怪的玩意儿，英明神武的穆王世子还真拿它没办法。

王都里的巫族被成觉秘密请进大褱殿，水巫建议用水泡，火巫建议用火烧，元巫建议用刀割用牙咬，成觉建议用以上办法现不出原形的灭五族。

自从太子婴身亡，巫族已从皇巫降为国巫，上上下下莫不谨慎行事，小心侍奉诸侯国。而诸国中，最难侍候的就是穆王父子了，一个不信巫，一个不信邪。

这会儿，南巫族一家老小红红绿绿坐一堂，垂着头装鹌鹑，心底暗暗叫苦。

成觉摆了摆手，他们开始一个个试。

木头在水里泡了三个时辰，却又弹了出来；在火里烧了三个时辰，吹一吹黑灰，内里崭新如故；刀割的磨坏三把刀，牙咬的崩坏几颗牙。

成觉眯眼看了圆木头许久，手指微微一触，它娇羞地滚了滚。虽然这帮巫人没用，但至少证明了一点，这并不是一块普通的木头，与盗宝贼确有莫大的关联。

与那个人，也定然息息相关。

王妃素来是修道的，也来拜访过这么一块木头，施了几个无伤大雅的小法术，却不见什么成效，这一时，看她孩儿为难成这副模样，便想起她少时拜过的恩师——出云观主临真子。

她修书至出云观，这一来一去，纵使快马，也要一日一夜。

成觉只觉无法，但也耐下心，反正那木头已被巫族封印，逃是逃不走的。

此事说来，笔者也觉荒谬，这世间又岂有木头作奸犯科，可成觉为人刚愎自用，做什么事，都是随心情靠直觉，思想天真无度，行为也是肆意霸道，并无节制。他信木头有蹊跷，就打定主意要把这东西除了。可叹世间少这等恣意人，虽则他所做大多只为己之欢愉，但人间诸人诸事烦琐，背脊几被压弯，哪有他这样自由，真真是个有大福气的。

成觉自从三年前归国，穆王为他配了一班殿臣，王子傅足有八个，经史骑射御车数术，却是一样都不少的，比在百子阁中还要忙碌几分。

成觉不耐烦读书，他爹的好多珍本都被他垫了桌角。穆王怎不知他脾气，对唯一的嫡子素来严厉，选的王子傅都是一帮耿臣，在朝堂上，觉得大王做得不对都敢一头碰死，对成觉的武力威胁自然也不假辞色。反倒是世子越凶，他们委屈越大，清名也就越显，越受陛下器重。

想从世子安稳过渡到诸侯，不好好学习是吗？门都没有！王子傅们保证哭嚷到全天下都知道穆世子不堪大任，穆王亲儿子、陛下亲侄子怎么了？封地多的是王子王孙想要！你不行别人上！

故而成觉也颇忌惮这些糟老头，老头儿们说一句，他敷衍一句。

"殿下，《礼记》书：'学者有四失，教者必知之。人之学也，或失则多，或失则寡，或失则易，或失则止。'敢问殿下，殿下之失在何处？"

"殿下之师，王子傅。"成觉翻了翻漂亮眼。这缺心眼的问题哟。

"殿……下，《礼记》又书：'君举旅于宾，及君所赐爵，皆降再拜稽首，升成拜，明臣礼也；君答拜之，礼无不答，明君上之礼也。臣下竭力尽能以立功于国，君必报之以爵禄，故臣下皆务竭力尽能以立功，是以国安而君宁。'礼如此，何为君大义？"

"王子傅言笑了，王子傅又想涨月俸了？"啧啧，臣下竭力尽能以立功于国，君必报之以爵禄，这算盘打的。

"殿下，《文王世子》篇中有云：'文王之为世子，朝于王季，日三。鸡初鸣而衣服，至于寝门外，问内竖之御者曰："今日安否何如？"内竖曰："安。"文王乃喜。及日中，又至，亦如之。及莫，又至，亦如之。其有不安节，则内竖以告文王，文王色忧，行不能正履。'观文王待父如此，殿下可有尽为人子之本分？"

"文王之父岂非被这不孝子气死了，哪有做儿子的一天问三遍——爹，你死了吗？你没死啊，你怎么还没死？"

殿内不远处，绑在玉柱上的是粗如手臂的一段铁链，铁链中绑着一块被贴了巫文的圆木头。

圆木头似乎忍了许久，它起初只是微微震动，在王子傅一口老血在喉咙涌动的时候，它颤抖得益发厉害，只一瞬间，突然从铁链中挣脱了出来，瞅准成觉那张俊脸便砸了过去。

接下来，便是一根木棒追着穆王世子满殿乱打。

它其实，原本太累，想好好休息一阵子的。

可有这么一种熊孩子，你就算进了棺材也忍不住掀开盖子跟他聊聊人生谈谈理想。

世子被一根棒子打了的消息像脱了缰的野马，不受控制地被朝堂上下禁宫内外知道了个遍。

大朝例会的时候，穆王的表情很微妙，是一张便秘了很久忽然发现拥堵全消但是一瞬间又堵住了的脸。众大夫讳莫如深，没人提这茬子事儿。听说大雍宫王妃倒是笑了颇久。

至于世子成觉，少年散了一床青丝，似笑非笑地看着，不，是掐着这么一截圆木头。他说："我不急，你等着。"

第二日，白胡子老道临真子来了。

成觉把木头递给了临真子。

临真子慈祥地看着成觉道："你这孩子不常在家，不识得我，我亦不怪你，不过，论理你还要唤我一声外父。"

他把王妃傅氏抚养长大，王妃待他如父。

"你问问当今皇都太仆傅氏，可敢应我一声外父？"成觉语带嘲讽，眉毛眼睛几乎要飞上天。

太仆卿傅氏，是王妃亲父。

临真子叹了口气，也不恼，依旧和气道："你和这木头有凤缘。"

王妃匆匆赶到，与临真子师父好一阵唏嘘，抹了眼泪才道："师父且看看，这怪是个什么来历，怎就闹到我家。"

临真子点了点木头，捻须笑道："这木头前生是个漂亮的姑娘，觉儿为了偷看她一眼，还翻了人家的院墙，一见倾心。"

少年似乎回忆起什么，怔怔地看着木头，临真子念了阵咒语，对着木头哈哈大笑道："小友，还不速速现身，更待何时！"

一道霞光闪现，太过美妙的记忆充斥在少年脑海，它们在叫嚣，他伸出了手。

木头晃了晃，慢慢竟生出了手脚和毛发。

没变成活色生香的美人，甚至连人形都没有，圆木头上长了四枝小树杈，顶着一个圆乎乎的木头小脑袋，小脑袋上鼻子眼睛俱全，却丑得惊人。

成觉伸出的手瞬间一哆嗦，带着审视之后的厌恶缩了回来。

"这是何物？"王妃一骇。

圆木头用漆黑的圆眼睛看了看王妃，笑着行礼道："王妃有礼。"

它将身体笨拙地滚到道士身旁，立起来问道："老仙家，我睡得正好，你修你的孤寡道，我修我的自然法，咱们各行其道，缘何唤我出来呢？"

成觉把佩剑抵在了木头颈上："孽畜，把东西交出来。"

"饿了，吃了。"圆木头翻了翻白眼，在地上又滚了一圈娇羞道，"你若想要，容我如厕。"

王妃想了想，道："小道友，你莫要再戏弄觉儿，那些人间之物于你修行并无益处，你既修的自然道，若得了不义之财，恐被天降刑罚。"

圆木头用小树杈支住小脑袋道："王妃不用为本君担心，我既得了，断然吐不出来。"

临真子笑了："小友，你要那些俗物又有何用？此乃帝王之物，你已修道，争它做什么？若非心中执念，以阁下法力深厚，想来飞升绝非难事。"

圆木头歪头，疑惑道："谁说我愿飞升了？我如此活着岂是为了飞升？"

当真是个油盐不进的，临真子得道已久，素来温和慈爱，见它如此，也觉着恼，蹙了蹙白眉，肃道："小友想必是因未把老道放在眼里，既如此，我们一较高下，你若赢了，走或留随你；你若输了，走或留随我。"

圆木头像是没听到，打了个哈欠，滚了一滚，脑袋手脚缩了回去，又成了个圆滚滚的木头。

滚来滚去，滚去滚来。

临真子僵住了，成觉冷笑，细长的一双手紧紧攥了起来。

王妃少年时便一直精学八卦算术，她掐指几个来回，道："明日有暴雨，天力或可借。"

第二日，暴雨来了，临真子作法引水淹圆木头，圆木头滚穆世子怀，水溺世子。

王妃青年时钻研过一段时间五行术，她在后宫转了个来回，道："它真身是木，想应怕金，少女属金，便召女官拿金刀劈之。"

第二日，女官来了，临真子为刀施法，女官劈，木裂，现木人，众人大喜，木人也喜，咬穆世子指，女官又劈，世子血崩。

王妃中年时喜爱画符咒，她拿毛笔画了几个来回，道："我的儿，你且再拿这个试试看。"

成觉捏着符："我亲娘在哪儿？"

临真子也无奈："它倒像法力深厚得很，心知我们拿它无法。我且先召集十六方士将它锁住，既非凡俗，一般法术也奈何不得，两日之后，极阴之时，请位神尊附体，用极幽之地火烧灼，或能制伏。"

扶苏已经许久没睡好了，他觉得自己中邪了。

过完子时，石头门又敲响了。

当当当。

扶苏脾气一向不错，这会儿也有点受不住了。

他试过装作没听见，可门会敲响一整晚。

少年有些疲惫地揉了揉眉，轻轻推开了门，门外是只松鼠，松鼠背上背着一只小包袱。

小松鼠轻轻吱叫道："扶苏快接，扶苏快接。"

扶苏取下包袱，巴掌大小，轻轻打开，满室异光。

小松鼠歪头道："扶苏扶苏，你美貌脱俗淡雅又霸气的娘子托我告诉你，她出外云游一些日子，冠礼约莫无法参加，她教你乖乖的，婚礼之前若回不来，你且不必再等，她已修书季裔，教他派人来接你，日后定有大好姻缘，切莫担心绝了子嗣。"

扶苏玉白的手握着包袱僵了僵，小松鼠晃了几晃，竟变成了个纸片，手上的包袱也一瞬间变大，里面整整齐齐叠着四件人间至宝。

扶苏忽然觉得呼吸很艰难，他有些麻木地转了转身，满满一屋子的奚山君齐齐对着他乖巧微笑："相公，外面是谁？"

木头被绑在了咸宁城外的圜丘上，只待三日后，太阴君生辰，借他处地火处决这怪物。成觉素来爱疑人，这木头又教他吃了这等大苦头，恨意上来，岂不想将它碎尸万段，一时并不十分信临真子与他那十六方士，便带兵在四周巡视。他本有些王子脾气，娇养成性，不曾吃过什么苦，可前些年四处征战，却也习惯了野外宿营，这上半夜风平浪静，方方过去，缘城敲更鼓的更夫走至城外，却被惑住了。

老祖宗留下的祭坛上竟绑着个黄衣的姑娘，体态修长，漆目樱唇，风起时长发与臂帛裙角共舞，不似人间可见。

更夫长了这些年，并不曾见过这等姿色的美人儿。前些年，楚国郡主来使，也只是惊鸿一瞥，大家边夸赞何曾见过这等雪肤花容的美人，可是已然王女，风姿气度不俗，却也比不上眼前姑娘三分，真真不知要何等人家何等心思才能养出这等美人。

他觉自己是否眼花，上前一步，那美人对他一笑，他又上前，美人又笑，糯齿白净，红唇鲜香。

打更人更是慌乱，他伸出手，要去抚摩那美人的面庞，身后却有阴鸷声音一喝："何人？！"

成觉被更声惊醒，可这更声却只敲了一下，颇是蹊跷，他披衣起帐，却发现圜丘上站着一道黑影。

打更人后退了一步，一恍惚，那美人竟已变成木头，他尖叫了一生，骇得后仰，凄惨道："啊！！"

成觉问了究竟，那打更人只不敢再留，连滚带爬地走了，成觉知道木头作怪，想借助人力伺机而逃，便益发警惕起来。

第二日，有士兵起夜，四周悄然，乌云遮月，竟无一丝声响，他迷迷糊糊，远方，竟有皎皎莹光，莹光中，云水一般的妙境内停歇着一个嫣然一笑的女子，那女子朝士兵招了招手，士兵便不由自主地走了过去，女子脸颊微红，略带尴尬，清了清嗓道："小哥，能帮我个忙吗？"

"几甲几排之士！"

成觉甚怒，他知这怪物又来作事，刚才似有预感，一下子坐了起来，掀帘，果见昨日一幕，只映着微光，瞧出，此次被迷惑的是他的兵卫。

女子鼻孔微微抽动了一下，一挥袖，又变成一块木，被层层锁链束缚着。

士兵痴痴迷迷，转眼跪泣道："小子何等造化能瞧见她，殿下非说是怪物，焉知不是九天的仙女，杀了她岂不生祸，三思啊殿下。"

成觉一靴踹了过去，厌烦道："滚回去！没见过女人的东西！"

第三日，世子勒令众兵士不许靠近圜丘，可圜丘上钉着的是个仙女的消息还是隐隐传了出去，那打更的更是描述得绘声绘色，一会儿是仙，一会儿是怪的，骇人听闻，整个咸宁府都笼罩在不安的气氛中，大街小巷早已传遍。

穆王对王妃道："妖孽先生，国将不祥。"

王妃蹙眉："这个怪与你的穆国有什么相干呢，它若谋划穆国，大可变成妖孽迷惑于你，何苦变成块木头？我瞧着却像是觉儿命里带的劫数，大王多虑了。"

穆王思度："觉儿什么都好，就是姻缘上颇为艰难，快过及冠之年，却还未娶妻，你我虽可为他谋划，然则两姓相合古来大事，孤亦不愿强迫他，咱们家娶妻不忌讳与皇子相克，陛下之前属意章家女，如今竟不再提，想是另有章程，吾国甚富，觉儿又生得如此，六世家皆有修书，愿嫁女媵吾国，觉儿也怪，自三年前大病一场，倒似再不肯提这些事了。"

王妃叹气："殿下有所不知。临真子师父二百八十岁时便开了天眼，凡人姻缘皆由天定，觉儿脚踝生来系的亦有红线。我曾央师父看过觉儿的姻缘系在了哪家的姑娘脚上，殿下道结果如何？"

"如何了？"

"红线那一头的姑娘生生把同觉儿的红线解开了。"

是夜，无风。

众士兵心有遐思，成世子夜不能寐。

有些撩开行军帐，一眨不眨地蹲着看，可木头还是木头，没变成什么小妞，看久了，就困了，骂一句扯淡，裹着被子睡了。

有些巡夜的却不敢再单独行动，一路提心吊胆，直至寅时，雾气还浓浓的，将亮未亮的时候，均倒头睡了，成觉在营帐中支肘歪了一会儿，又听到帐外异动。

他想了想，从帐后转过，由那缝隙窥伺着圜台。

这夏夜，天闷热得厉害，乌云像涨潮时的江水一般翻滚而来，不过一时半刻，就要下暴雨了。

那圆木头的顶端钻出一枝嫩绿的芽叶，芽叶渐渐伸长垂下，似柳非柳，天际雷声大作，乌云浓黑，垂下的枝条钻进了泥土中，四周的泥土瞬间变得干涸龟裂，它从泥土中重新抽出枝条，那枝条站直了身躯，亭亭玉立，已然变成女子纤细的腰肢，芽叶从枝条中分立而出，眨眼间伸长，细长的手指从中伸出，雷声轰鸣，渐近，击倒了她身旁的玉柱，木皮渐渐脱落，露出白洁的脚趾和笔直的一双腿，东南来风，那木皮已然随风变成了一件鹅黄的裙衫，迎风而立，少女长发柔软。

她笑了一声，对着成觉的方向，温柔亲切道："公子，真身三百年不见君，你一向可好？"

东南来风，风吹到了少年的心上。

如锁链一般的闪电随着响雷奔腾而来，它们张牙舞爪，垂涎地看着少女。

他想起了她穿着嫁衣亭亭玉立的样子。

他等着这一日，等得好不耐烦。

这世间的爱从来是不均等的，他常常听说闺中的她，每逢初一、十五总爱去道观，祷告的话连丫鬟、婆子都听出了茧子——希望哥哥快些战胜，希望未来的夫君能够喜欢上我。万法自然的道祖啊，请您实现，信女愿奉上一切。

他当年那么轻蔑她，想起这样的女子在闺中这样不要脸地想着他，便恶心得想吐，想要一剑捅死她。

他没有见过她，便开始恨她。她穿着大红的嫁衣艰难地走到他的面前，伸出了一双苍白的手。

那天也是这么大的风。

他做了什么呢？三年来他不停想，终于想了起来。

他一掌打在她的胸口。

雷声越来越大，他恍惚着眼前的一切，他等了一年又一年，等了一辈子又一辈子，贫贱有贫贱的日子，富贵有富贵的活法，有些时候，天不愿与人姻缘，所以你连见她一面都艰难得好像隔了万水千山，每每到了眼前，可却是这样或那样的差错，总也看不见。而他等了这么久，也只是等再看她一看，再瞧她一眼。

好好地看看，好好地教她也看见，他眼底是怎样的……喜欢。

然后，再好好地了断。

他扑到了雷电中，抱住了她。

雷击到了少年的身上，他忽而想起了什么，酸涩道："果然是你，第二次了。"

她接连三日如此，诱惑他，让他瞧见，只是为了设计哄他替她躲过雷劫。

上一次是她假扮成云简，奉献扶苏双目的时候。

这个自私狠毒的女怪。

黄衣女讶异他竟这样聪慧，慢条斯理道："多谢公子，公子素来是明理之人，只是再等些时候，太阴君也奈何我不得，思度许久未归家，这便去了。那些衣啊衫啊帽啊图啊，本是家兄旧物，我先前拿走，也占得一个'理'字。"

雨散风收，雷声渐去。

潮湿冰冷的雨水贴在少年英挺的面颊上，他的声音在黑暗中那样凄厉，还带着哽咽："女怪谋害本殿，真人呢，真人何在！"

白发白须的临真子从黑暗中缓缓踱步，走了出来，他依旧慈眉善目，可眼神中已然带了不一样的东西。

少年眼中含泪，被雷电劈中，怔怔仰倒下去。

却攥着她的一角衣衫，死死地。

三百年前的记忆翻滚着袭来，少年想起了四福，还有那把钥匙。他生来是有宿慧之人，随着年纪增长有些记忆便慢慢增长。他五六岁时便祈求祖母赐给自己那把钥匙，开启了太宗皇帝的私库，因只有他知晓，那里锁着乔荷所有的遗物。他把它们挪到了穆王宫，静静等待着那个姑娘的出现。四福说她会来的，她会来寻她哥哥的遗物，她会来找他。

成觉知道自己等得太久了。

"要杀就杀，别磨叨。"木头忍了半天，没踩他的手。

季裔去清恒三年，一万骑兵变成了二十万，他收纳了鬼蜮叛将灵岐的一支部队，又将大昭逃去清恒的难民逃犯整编成军，于这三不管地带做了无名的君主。成觉将王之名在百国益显，季裔却似个彻底陨落的诸侯叛子，在这未开化之地腐朽沉窒。

直到有一天，他接到了奚山君的一封信，属于他的时代就这样重新开启。

他带了乔装成王师的一万兵甲翻越姚亭、不周等名山，走到赤溪洛水的尽头，来到了不属于人的世界。

那里都是山族。怪物盘踞山头河岸。

有一座山唤奚山。

奚山上藏着人间的少君。

不对，山族称少君，人间为太子。

他是季裔的主公。

这主公白衣蓝袖，风尘仆仆地下山，季裔站在山下，含笑看他，万人跪成乌泱泱的影。

"夫人要我带您躲躲。"季裔身形魁梧磊落，已是个男人的伟岸模样。时光有时挺长，消磨着消磨着少儿就成了这样。

扶苏已几日未正经吃些什么，他读书读到困倦，却始终无法入眠，这一时，听到季裔的话，愣了愣，才道："阿芸且等，孤有私事需理一理。"

束着黑发，连玉冠都忘了戴的少年匆匆朝南而去，季裔有些诧异，可依旧挥手开拔，默然地带着众人跟在扶苏身后。

少年颠沛流离这些年，白衣依旧清爽干净，面容依旧沉静高雅，除了身量高了，眼神变了，其他都还对着，是他初始的模样。

可见，奚山君本就没打算毁了他。甚至，原就要成全他。

虽过了好些年太平日子，却也不敢忘掉，从今而后，这孩子去哪儿，他便也只能去哪儿了。

秋梨年后生了个男孩儿，季裔终有传承，真正可以做些什么了。

身为王子的骄傲和将领的热血鼓噪得人难耐，有些日子，该来的终究会来。

奚山君信上写道："大难将至，敢不托孤？"俨然把扶苏当成了失怙的孩童。

季裔料定，这孩子的妻子凶多吉少，他以后只有他了。

当夜，星辰满布，扶苏的长衫都沾满了潮湿的露水，他却一直未停下脚步。士兵们不知这少年要去哪儿，可听从季裔之语，这才是正经的君主。故而，不敢不从。

到了夜间，他倒是停了，却也并未休息，只是掏出在镇上方买的一块玉料，低头刻着什么。

众人跟他作息，累得昏昏睡去。

太阳方方出来，他又起身，脸颊苍白，飞快地走着，仿佛身后有什么甩不掉的东西紧紧跟着。每到一处国境，少年便要来一面军旗，埋藏在地标附近。

王军过境，各国都是避让的。兼之人少，想是低调替天子办事，各国诸侯察觉到了，却也未放在眼里，只命探子盯着。真真撑死胆大的，饿死胆小的，他们这一路竟然太平过了，唯有假扮王军的士兵们觉得带头的这位殿下行为十分诡谲，纷纷看向季裔，季裔赶路赶得心焦，也不知道这位祖宗究竟要去哪儿，瞧着远方的边界石，这才发现，经过四五日脚程，竟已到了穆国都咸宁。

粗粗一算，扶苏已有三日三夜未吃未喝了，瞧他疾步如飞，似是胸口顶着一口热气，未敢散了，又仿似人死前回光返照，心中大有牵挂之象。

再过三里，便至城门，季裔不知穆王叔父子敌友，又担心他们父子太过精明，怕假扮的王军被识破，便想将扶苏打晕，送去医舍，瞧一瞧端倪再议。

太子，太怪了。

他悄悄伸出一只大手，却被扶苏擎住。白衣少年脚步未停，气息未乱，淡道："孤知道自己在做什么，阿芸不必再跟。"

季裔想了想，从胸口处掏出一半焦黄的烧鸡："你想杀谁，我帮你，吃饱了便去。"

扶苏微微握了握手，眉眼微垂道："依此形容枯槁，孤瞧该死的，反倒是孤了。"

他脚上的黑靴已散了线，染了泥。

可是那似是远赴千山万水的脚步却没有停。

季裔问他："什么时候停下呢？"

扶苏道："甩掉千千万万个奚山君的时候。"

少年高挺的鼻梁上是一片暗灰，不似平日的白腻光泽。

季裔下意识地转身看了看，这里哪有千千万万个奚山君，这里没有一个奚山君。

他说，你看不见。

季裔诧异，粗大的手掌抚上少年的额头，迟疑道："你发烧了。"

身后的将士怔怔地看他，少年却道："她们比你们还多。"

没人知道他看到了什么。

"所以……还真是异常地教人烦厌。"

晚风袭来，少年的声音像一滴露水，从喉咙中呢喃，又瞬间蒸发消散。

又行半个时辰，远远地，便能瞧见，寰丘四周火光通红，似是在举办什么祭礼。

他隐伏在山丘树丛之间，却看到堂弟成觉。

那个一身枣色衣衫，髻着明珠华冠，带走成氏宗族所有宠爱的小殿下。有那么些时候，他在想，即便他死了，皇位或许也并不会轮到父亲的任何一个儿子，只有成觉才符合百国期许。

大昭早有先例，有嫡子，嫡子继，无嫡子，嫡孙继。

他年少无子，可是成觉却是祖父真宗陛下的另一个嫡孙。

不用知道为什么，一生下来，他们便注定成了终生的死敌。

在一盏盏火把的暖光中，枣衣少年的面庞却显得冰寒。他容貌明艳，此时木着一张脸，只有眼角泛着零星晶莹泪光。

扶苏站在远处的山岭上，瞧他瞧得清晰，瞧寰丘也瞧得清晰。

寰丘前站着一个黄衣八卦袍的白须道人，他手持宝剑，周身肃穆，环绕着剑身的是煊煊雷光，口型似乎说着：它修自然道，原来怕雷。

语毕，右手食指、中指齐齐使力，那雷光便大盛，从剑尖引渡到了沁寒玉柱上绑着的一块……木头？

扶苏微微眯眼。

木头。

那木头本只是闷哼了一声，可那雷光渐盛，未过多时，众人却听到凄厉的惨叫。连山丘上的扶苏都听得清楚。

扶苏轻轻侧身，身后的千千万万个奚山君齐齐微笑道："相公，莫要理会，自个儿待着才清净呢。"

她们说："你想要自由，马上就有了。"

季裔见他额上满是细密的汗珠，扶住他道："你如何了？"

第二道雷光又劈在木头身上，木头的声音似是撕破了的衣帛，含混而带着恐惧的压抑吼声，扶苏手握成拳，重重压住胸口，淡道："不碍事。"

千万个奚山君踮脚乖巧地在他耳畔密语："嘘，快结束了。"

道士又引了一道雷光，成觉眼底激滟，被烈火的光热灼烧着，像快要融化的白雪，滴出水来。他抿了抿薄唇，闭目狠戾道："我不要她，我不能要她，在她害死我之前，替我杀了她。"

这一世的王子想要彻底摆脱延续了三百年的噩梦。

一个少年一见钟情的噩梦，一个寻了几辈子却无法终结的梦，一个年年岁岁枯坐却等不到的噩梦。

一个看到她就心跳得发苦发痛的梦。

他不再要她。

他想要让她彻底消失。

完完本本地，把自己从她手中讨要回来，哪怕已成了个满目疮痍、鲜血淋漓的模样。

她是他的病根。

谁能妨碍病人治病。

"是王师，王师来了！"忽有人惊呼，远处灰尘扬起，整齐锋利的黑甲正是王师的标志。

成觉转身，却与一身白衣的堂兄四目相对。

他满面结尘，总算从那个可恨的清净神仙模样贬入苦海般的尘世。

扶苏轻道："放了我妻。"

成觉拔出了佩剑，抵在了少年的颈上。

成觉掏出帕子，拭掉眼角最后一滴冰冷的眼泪，嘲笑道："大兄的妻子在何处？"

扶苏指着寰丘上的那块焦黑木头，认真道："我妻奚山君。"

木头方才仿佛快死了，这会儿竟振奋了一点点精神，虚弱啐骂道："谁是你妻了！谁不知道你妻奚山君英明神武、盖世无双、美貌天下第一，老子这样落魄哪里便是你妻了！你这小孩儿，莫要乱认亲，快滚快滚！从哪儿来的滚回哪儿去！"

扶苏怔了，许久，才闭目含笑："我从有你的家中辛苦跋涉孤独而来，如今家中无你，我还能滚回何处？山君说笑了，山君总爱说笑。"

木头又骂："季裔小崽子呢？季裔你个没用的小崽子，我死了，化作棒槌也日日夜夜缠着你，捶死你！"

季裔委屈极了，摸摸鼻子，却把话咽了回去。

堂弟小太子素来不走深情路线，谁承想，这出其不意的。

扶苏唇角翘了翘，淡道："日后你若想要什么，我都寻了予你，我固然不太中用，可你熬这么些年未必没存等我哪一日中用的时候便威风一把、富贵一把的念头，此一时，竟何必非得殒命在此处。人说嫁夫嫁富扶娘家，你此时去了，又嫁的什么，扶的什么，竟俨然成了天下第一冤枉鬼，连我都替你不值当。"

成觉手指微微使力，眉眼一挑："你似乎认定了，你定然会死在她后头。我曾经告诉过你，但有一次机会，我便不会放过你，你似乎忘了。"

扶苏说："劳驾你带我瞧瞧她。"

成觉道："谁知你使得什么诡计。"

扶苏莫名其妙，想起了三年前看到的那个话本子的一句话。他笑了笑，风光霁月："劳烦弟肯这样惦念我。王师并非假扮，也并非一万，而是十万，现下在三十里外驻扎。原先我是独自来的，谁想遇到王师，他们每至一处，都插旗示意诸侯，途经四国，尽人皆知，实不敢瞒，一查便知。此次王师正是为擒我而来，孤人自有陛下处置，弟何必心急？"

果有探兵一行过来禀告："确系王军。令旗为证，过境时亦有通关书文。方才王师参军已呈上。"

探兵口中的"参军"季裔暗自后怕。他们一路行的山道，通关文书自是伪造，天子印章便是扶苏路上刻的那枚，到底做过太子，他爹的章简直信手拈来。

扶苏似是思索，微微低头，又笑道："再者，英兵令符尚在我那愚妻处，我若死了，央人取来，蘸一蘸血便是一支打不败的铁军。你不是与我过去，你是与自己过不去。"

成觉不动声色，凤目直白地盯着扶苏看。

扶苏眼似清泉，干净透亮："另有一处，孤千拦万阻，这才来了万人陪同，剩余军队都隐伏在山坳，如此行事，怎愿与弟为难？"

"若你未遇王师，岂非独自送命？"成觉挑眉。

"孤本欲一路拜见平王叔、卫王兄、韩王伯，到了此处，再拜一拜穆王叔。总有一人，不似弟，见孤如仇。"

太子未死之事过了明路，总有一人肯借些兵与他，虽不知是敌是友，横竖都是死局，总要撞一撞运气。

一向冰冷的扶苏今天话特别多，理由列了很多条，苦口婆心。

"岂知兄未撒谎？"成觉世子半信半疑，一语中的。

扶苏说了这一年都未说过的许多话，终于安静了会儿，许久，才看着成觉道——"无妨，你试试。"

他说，你再动她一下，试试。

木头被抱回到扶苏胸口处，他长长嘘出一口气，温和道："以前只觉夫人威猛无比，几时像个小女孩儿一般耍赖痛哭过，倒教孤不知所措。"

"老子这是痛得挨不住了。"奚山君从木头中长出一张口，带着十二分的窘迫和怨愤道，"怎像一夜长大了，连汗毛都硬气了。"

扶苏笑："原来你今日才发现，孤长大了。"

行得远了，少年一直吊着的眼角才放松下来，弯弯的。几日未梳洗，下巴上微微长出了胡楂，他不常笑，但笑的时候好看得是非颠倒。

他几年前还不大懂事，走到哪里都带着懵懂和闭塞的心。

他几年前只是个长得漂亮的孩子，可行事拖泥带水并不很漂亮。

他几年前除了母亲谁也不欢喜，可现在谁也不知道他曾经喜欢谁或者继续爱着谁。

他长大啦，所以渐渐地，只有自己能管住自己的心了。

再也不需要她的无端干涉了。

每一个俗世之人的人生都有好几条洪流，每一条都要隔断许多手足亲友，而她，也即将被隔断在他人生的其中一条洪流之中。

扶苏从随身的包袱中拿出她赠他的东西，这一日，是他及冠的日子。

云水衫、通天冠及附稷刀。奚山君想起少小在家中时，父亲书房中摆着的一尊方方雕琢好的玉人，匠人说是否要用翡红点缀衣衫，父亲看着玉人就叹息——怎还有你喧宾夺主之处？

少年换上了这样一身衣裳，便像极了那个万物都无法喧宾夺主的玉人。

他转一转身，那些每日夜间每个时辰都会叩门而来，积攒了千千万万个，只有他能看到的奚山君们全都消失了。

因为有了真的，不再挂念假的。

他在不知所起的煎熬和思念中臆造出假的奚山君。他多么希望他的妻子就是他造出来的那个模样——乖巧安静，美丽雅趣。可是，这样一个真的奚山君伏在他怀中，她便是个又丑又硬，被雷劈得焦黑的木头又何妨？

种子发芽了，就会继续生长，任谁都无法阻挡。

他问她："这身衣裳原本是谁的？"

少年聪慧得叫人心惊肉跳。

奚山君看他衣冠齐整，安安静静地站在自己面前，只好也安安静静地变成了那个苍白痨病的模样，轻轻踮脚捞着他的颈子，她眼中飘过许多一逝而过的时光。或者很长很长，或者很短很短，可是统统都熬过去了。

她说："这是一个王子二十岁及冠的衣裳，长辈提前所赐，干干净净崭新极了，从……不曾穿过。"

"这张锦绣图的主人是谁？"

"亦是这位王子。他从十岁生辰时开始绘制，历经五年，走遍大昭寸土，一刀一刀篆刻而来。"

扶苏还想再问什么，奚山君却抬起头，轻轻摩挲着少年的脸颊，恍然笑了："原来你长大了，是这样啊。我知道该是这样的，因为你小时候就是这样。可是时间久了，就想不起来到底会怎样了。"

"未合卿意？"

"我有没有告诉过你，你是我看过的最好看的男子，就算有人比你好看，可那也与我没什么相干。我说我讨厌你的时候，其实在想，这样待你是讨厌你，等我控制不住，待你再好一些的时候，你便不会惧怕我，只会觉得我只是从讨厌你变成了喜欢你罢了。"

而非，从深深喜欢你到刻骨地爱慕你。

扶苏沉默了一阵，搂紧她道："我们明日便成亲吧。"

她说："我可能不曾告诉过你，我有一个哥哥，我那个哥哥死了。对，每个人都会死，他与别的人都一样，他也死了。他说他二十岁的时候，会送我嫁给这世上最好看的男子，可我等了三百年，却再也盼不到他二十岁了。但我想，我一定得达成他的愿望，我得嫁给这世上最好看的男子，我要我的夫君万世其昌，我要你好好的，好好地子孙满堂。"

他抱着她，第一次，以一个男人想要全然占有一个女人的方式。

他有一颗静止的不愿与人世共行的心。

可他听见了自己的心跳，从幻境中变成云琅的那日开始。

扶苏与奚山君成亲了，主婚的是两位神君——年水君与洛水君。洛水君曾下凡历劫，变成了一位孤独的皇后；年水君下凡点化，变成了一个卖船人。

一个带来了他的生命，一个毁掉了他的上半生。

神祇何等冷漠，他们都不再记得他。

姻缘想必前世注定。如同奚山君的父亲向他的曾曾曾祖父求了一个诺言，这一世，便与她再也拉扯不清。

他笑了笑，握住了那只冰冷粗糙的手。

奚山君真是个丑得要命的山怪。

他掀开她的盖头时，又想起了那本无字的奇怪话本子。

话本子中，公子敏言曾对妫氏说过一句十分肉麻的话。他当时深深不以为然。

可待千万个奚山君出现，他又深以为然。

"我想再瞧你一瞧，我怕再瞧你不到。"

十二　谢侯

昭书

"齐郡主，谢侯元妻，上元九年，天。"

——《王侯传·异姓侯》初篇

六十年前。

谢小侯一早起床，推开房门的时候，被脚下一个黑乎乎的东西绊了一下。

黑，真黑。

从内而外的黑，由表及里的黑。

谢小侯发誓，单单凭这黑，他就能记得他这同窗一辈子。

"陈兄。"谢小侯谢良辰不得不摇醒这黑成芝麻的人。

黑芝麻似乎一瞬间被震醒了，规规矩矩地弹了起来。门前老树上，两只早起的雀鸟被吓得呼啦啦飞走了，山上清晨的雾气扑面而来。

黑芝麻陈兄似乎有些尴尬，脸红未红瞧不出，但谢良辰暗暗叹了口气，心道又要开始了。

他不知道，不知道，不知道，看不出，看不出，看不出。

"谢兄，听闻你今日结业回家乡。你看，喜鹊满枝喳喳叫，定是恭喜兄长学业有成，一路顺风，得侍父母。"陈泓有些紧张，似是背书一般地局促道。

"谢贤兄。"谢良辰敷衍地笑了笑，朝山下走去。而他身后的七八个小厮正背着左一箱紫金冠，右一箱绡薄衫，人声鼎沸。

陈泓性格孤僻，他二人同窗三年，每日总是———

谢兄，早上好。

陈兄，早。

如此这般，除了年节回家，每日一遍，刮风下雨，依旧不改。他发热生病时，陈泓便站在他窗前猛敲，非得他在病榻上说一句"陈兄，早上好"才肯走。

他总是站在距离自己视线最远的地方，却又总能瞧见。每日如此，虽算不得好友，但总是友人。

谢良辰为数不多的良心被喜鹊啄了一下，便回头笑道："贤弟，晨雾大，莫要沾湿了你的新衣。"

陈泓穿了一件新衣，卷着云纹，十分不适合他，但那张黑黑的脸上却带了一点笑意，点头道："我送兄长下山。"

谢良辰又在心中叹气，但面上不显。

山路中途有一片溪流，他们每日玩耍，不知见过几千遍，可黑芝麻瞧见了溪水，眼睛依旧亮了。

"谢兄，你瞧，清清鱼儿清水塘，还有鸳鸯配成双。未知谢兄如何想，可曾羡过这鸳鸯？"

谢良辰微微动了动手指，弹了一个小石头到水中，那两只交颈嬉戏的野鸟便散了。他道："鸳鸯有何好羡慕？大难临头各自飞。况且，这是一对野鸭子。"

嘎嘎嘎的叫声，十里外都听到了。

陈泓有些沮丧。他即使在一群十指不沾阳春水的公子哥儿中，也显得十分不通世情。平素，同窗都揣测他日后不会有太大出息，故而也不愿与他结交。谢良辰则不同，他是个极会做人的人，谁也不得罪，跟谁都好，跟谁也都不好。

又走了一段路，瞧见一口井，苔藓长得多且深。

陈泓又兴奋了，拽着谢良辰的衣衫道："你看这井底两个人，一男一女笑吟吟。"

谢良辰不着痕迹地扯过衣衫，微微蹙眉担忧道："贤弟，你印堂发黑。"

陈泓彻底不作声了。

山脚有座月老庙，陈泓蔫蔫的，想起瞧过的那本书，不大精神地问道："谢兄可有心上人？进去拜一拜，许能得保佑。"

谢良辰微微一笑："并无，也不打算有。女子于兄而言，宛若洪水猛兽。"

陈泓擦了擦汗，硬着头皮道："既如此，小弟倒有个好人选，不知可否为兄保个媒？"

谢良辰微微一挑眉，眼似秋水："未知千金是哪一位？"

陈泓在谢小侯的注视下，汗如雨下："就是我家小妹，与我……与我生得十分像，不，她比我白一些。"

陈泓声音越来越小，到最后几不可闻。谢良辰又笑："愚兄最近读了一本书，年代不可考，作者不可考，初读时还算猎奇，读完，却觉得……十分无趣呢。"

陈泓掏出一块帕子，擦掉鼻尖上的汗，勉强道："不知是哪一本？"

谢小侯三笑："就是贤弟也读过的《千古梁祝泣传》啊。"

（上文中陈泓部分词句源于越剧《梁祝》之《十八相送》选段。）

郑王、楚王造反了，这场昭史上最惨烈的三场内战之一的"八王乱"，最初源于一条黑蛇。

百国瘟疫过后，相传郑王殿下为救助百姓劳心劳力许多日，终于在晚钟响起的时候，似有预兆，丢下了一小碗简朴的粟米粥，沉沉睡去。

梦中郑王带着臣子爬山，那山十分缓和敦厚，瞧着便极好爬，郑王踌躇满志，可走近山脚，却看到山前盘踞着一条百尺黑蛇，顺着山势，蜿蜒而上，它到了顶端，山却突然喷出了火水，黑蛇的头瞬间被滚烫的火水灼断，从高山上须臾便滚落到了郑王脚下。可那头未死，吐着血红的芯子，冷冷地与郑王对视，郑王惊醒，满身大汗。

第二日，勤政爱民的郑王心有不安，去城内巡视，却见渔人叫卖溪石，他说他的石头个个透明柔润赛独山玉，个个都有神仙刻字。

郑王好奇，唤那渔人上前一观，石质果如美玉，可怜温柔，石头背后刻着单字，郑王百思不得其解，便命渔人带路，去了郑都城郊外的祎溪旁。这日溪景颇奇，竟有一处鱼缸大小的漩涡，渔人从漩涡处伸手，又掏出带字之石。

郑王立即命人百里加急禀告天子，并供奉上字石。天子以为吉兆，大悦，命人继续打捞，约有七日，这石终于竭了。

郑王一片忠君之心，命人把所有溪石供奉起来，不过三日，天子竟派异姓侯赵氏带十万大军攻打郑国，唾骂郑王狼子野心，人皆可诛。

原是那些字石被百子阁尚闻院的学士们拼成了文章，竟是上天降罪大昭，数落天子失德的檄文。文章中写道：天子失九德，犯四罪。"九德"是陈词滥调，不提也罢，可"四罪"就值得玩味了：一者不仁，鸩杀三公五将，先帝辅臣尽折于手；二者不义，苛待诸侯百国，唯奇珍珠宝不纳；三者不慈，百国饿殍满地，瘟疫横生，国之将乱，君不思检点自省，尤爱美色，唯奸妃佞臣是用；四者不明，鹿鼎天国，穷兵黩武，四夷征讨，国库虚耗已久，益发苛捐待民。

天子吃了个闷亏，气得心肝都颤。到底不是一母同胞的兄弟，平素瞧着恭谨不敢抬头的，瘟疫天灾连绵之际，他便想着趁乱起事了。只可惜老将老矣，新将尚不得用，实力雄厚者，唯有四方异姓侯可继力。

江东谢侯自云相死后，便一直倦怠国事，沉迷酒色，如今年过七十，早已不复少年时翩翩公子的第一公子模样了；江北侯去年刚死，世子和几个兄弟正内斗得厉害，这时也不大顾得上；江西侯爷倒是正值壮年，可早年出征断了腿，带兵打仗也困难了些；唯有江南侯，年龄合适，资历合适，人也谨慎，天子便点了他去征讨。

另有穆王世子，他的亲侄子，被唤作"大昭明珠"的成觉做了监军，这一番打点，天子方才放心。成觉临行前，接到天子信函，信上说:"郑贼岂为成氏也?猪狗不如。盼儿速剿,制叔之逆,还伯之道。"

这话也挺直白的,就是说宰了你叔,给你伯出口气。

到底是嫡亲的侄子,成觉唇角抽了抽,没说什么,便一身枣色战袍,与殊云一同去了。

那厢郑王也不是好相与的,群众基础好,百国皆竖起拇指称之"贤王",手下能人强将又颇是扎实地笼络了一些。如今天子征讨,他仿佛真的蒙了不白冤屈,哭天喊地的,底下人义愤填膺,一呼百应。

江南侯大军压境,成觉骁勇善战,自请做先锋,拿枪挑了郑国好几位上将,郑王脸都绿了。

成觉备了囚车,拿银色缨枪指着他郑王叔道:"万事俱全,只待叔矣。"把个贤王气得仰倒。

孰知,风云变幻也只是片刻工夫,下半夜,郑王的援军来了——楚王长子来增援了。

与郑王一母同胞的楚王也反了。

江南侯艰难地拼了半年,终于抵不住了,求天子增援。天子点了素来信任的穆国、平国两国。平王世子亲至,而穆王一向体虚,不能亲征,只得派了三员上将并同十万大军为哥哥、儿子撑腰。可兵马方行至魏国官道,被魏王从后面包了抄,老将奋力突围,却也死伤五万有余。

一向老实的魏王与穆王素来没什么恩怨,可此时不知怎的,竟也趁乱反了,与郑王、楚王在濮阳结了盟誓。

穆国何等大国?穆王何等身份?魏王这事儿干得太不地道了。穆王不干了,穆国百姓决定跟魏国拼了。

于是,这一场历经三年的热闹仗,嗯,或许说是浩劫更贴切一些,就这样正式开始了。

算上后来才加入战事的更始王和被驱逐的小郑王,"八王之乱"从此而生。

这一年,成觉二十二岁,扶苏二十三岁。

距离最初的齐明九年，整六年。

若问这世间哪个国家最富，共五家，齐、楚、晋、郑、穆。若问大昭哪个世家最富贵，则推姬、明、司、郑、吴。而问这百国何人最富，却只有一人，江东谢侯。

旁人家的富贵总是一时一世之强，比炮仗的短暂响亮还不如，而谢侯的富却不是今日之发迹，而是世世代代的积攒，世家簪缨，帝宠稳固的结果。

谢侯祖上在太祖时便是赫赫有名的英雄将军，后又为太宗所赏识，进后宫五女，皆受宠，仅次于皇后妫氏，据闻谢门荣极之时，遇到皇子皇孙都不必行礼，由此可见一斑。说也奇怪，旁的门第总有一二不成器之人，可是，历代的谢门子孙皆有出息，出将入相者，不知凡几。如今的谢侯，正是云相生前唯一的关门弟子。

谢门侯爵自太宗始世袭罔替，旺到谢侯处，已经十五代了。谢侯封邑在江东富庶之处徽，独列一城，除了岁岁进贡，旁的，皆不受朝廷约束。徽城原本是大昭的旧时国城，可是，北匈奴进犯频繁，太祖时便迁了都城，而这城便赐给了近臣谢侯做封邑。

可齐明十五年，"八王之乱"如火如荼的时候，一向太平的江东也有些不寻常。

原是谢侯官邸闹了不干净。而这头祟物，比起旁的那些，特别些。

它不怕道士。

年届七十的谢老侯被闹得没办法，在都城徽城八面墙上贴了公文，谁能除去这邪祟，奉送一半家财。

于是，像捅了马蜂窝，拜访的能人异士络绎不绝。诸侯都来了好几拨，眼瞅着这小鬼存在感不容小觑，指不定谢侯一半家财能稳固了大昭江山，也能改头换面。大家心里门儿清。

郑王一党来过，江南侯一党也来过，谢侯冷哼：不驱了邪，肠子绞成沙，心肝开出花，也甭想拿走一个子儿，管他天皇老子还是王侯贵胄。

什么，您问当今的谢侯底气从哪儿来？有钱的没他有权，有权的没他兵多，兵多的没他底蕴厚，底蕴厚的没他姻亲广。单单谢侯爷的姑母辈，有好些就做了皇妃、王妃，分布在各国，哪国的小崽子见他不得尊称一句表舅？

是以，不过明路，连天子都不能强着来。

对垒两阵的诸侯为了军需急得挠墙，可也奈何他不得。

说来也有趣，这邪祟来得十分蹊跷。

那会儿，中北战场如火如荼，大昭明珠耐操耐磨，一个当几个上将使，今日江南侯陈情天子，流了泪，表了忠心，明日郑王太妃老人家就被郑王搀扶着祭了祖。你方唱罢我登场，谢侯年纪大了，爱看热闹，专门派了探子去前线瞄着，两方谁得谁失他都乐。

他二十啷当岁的时候，皇子并同王子们都已十分争气了，出使征战杀敌使阴招，谈笑自若，哪个不是一把好手，可这一辈的宗室王子除了成觉同郑王世子显了名，其他的都还如巢中雏、草中蛋，被王老子呵护娇养得过分，谢侯十分看不惯。

他这一日同老仆谢由聊得兴起，抱起一壶茶水便骂道："说起来倒是羞提，先帝不知道地下抹不抹泪儿，得亏老子无子嗣，否则生个七八个也是被这群成姓龟儿子坑的命。只打场仗，花架子忒多，拉起老娘、儿子做筏子，又流泪又陈情的，算什么能耐，传出四海，还不叫那帮夷族笑掉牙。"

谢由脑门大大的，像个寿星公，牙掉了不少，说起话来有些漏风。他小时候当书童背书包，大一点挡女人挡男人挡一切好色之徒，再大一点，战场背人一跑十八里。跟了一个不安分的主儿，谢由一辈子愣是没闲住，临老了，天天还要陪着主子说古。他的侯爷打小有个毛病，记性不大好，什么事儿都不过脑子，前儿见过的人今儿就不记得长相了，譬如他说年轻时的某某某，谢侯回应，啊，是他啊，他干过什么什么什么，谢由也犯迷糊，那不是谁谁谁吗，不是某某某啊，谁谁谁年轻的时候怎么怎么样了，谢侯就打岔，怎么怎么样的不是×××吗，谢由就……

谢侯打小就这么没心没肺地长成了一副倾国倾城的模样，先侯爷暗地里也说过，得亏是个儿子，若是个郡主，真真要成祸水了。

可这个祸水，娶了三个妻子，却一辈子无嗣。

谢由觉得他主子哪儿哪儿都好，就这点值得遗憾一下："您生了，也许有公子们在，他们就不这样儿了呢。"

谢侯二十岁一杆尖枪挑了四国叛乱，天子大悦，曾侯上封侯，与秦将军秦戟并称"十三枪"。秦戟是"十全十美"的"十"，谢小侯是"三枪艳冠天下"的"三枪"。

有了十三枪，大昭足足太平了五十年。

"我老了，秦戟死了，先师云相也于二十年前羽化，眼瞧着他们走到今天这步田地，眨眼间就乱了。"谢侯啜了口绿松罗，说话的时候，松弛的眼角耷拉着，看不出笑还是没笑。

"谁说不'四'呢？可'四'秦帅好歹有个小太子为后，您和云相就可惜了。"谢由这老头说话漏风。

"小太子一条命保住保不住还难说；这在外忽闪几年，少小离家，成不成得才又是一说；圣意如何，到底想不想让他回去，仍是未知。算一算，他今年二十有三，身在天室，恐怕子女已经成群，可如今莫说子嗣，连身家都难保。"谢侯叹气。

谢由也叹气："'四'啊，先皇后多乖巧啊，小时候随她父亲来徽城，我驮着她逛街，予她买果子，她就给我唱了一路儿歌，弯着眼睛，衫子干干净净的，十分可爱。我还想着您要'四'有个世子，先皇后做个江东的王妃也'四'使得的。谁料她竟……"

谢侯咕咚了一大口茶，点了点红漆木桌，道："这就是债。他们祖孙三代欠了成家了，得还。像谢家这头儿欠的还完了，这不就解脱了。百年之后，谢家不背个卖主求荣的名声，也算我们这十五代人没白白为他们家流血尽忠。"

"除了您和我，难不成谁还能知道了？"谢由觉得主子心思太重。该死的都死完了，一把渣子掺黄土，还有谁来翻旧账呢？

"守好老楼外的……"谢侯弯了弯眼角，眼睛浑浊苍老，他想交代些什么，夕阳照不到的墙角，却缓缓出现了一道暗黑的影，拉得长长的，是个人模样。雾气中，黑影一撂到底，困扰道："我在此处已经好些日子。敢问两位老人家，此处是何地？"

谢由本来还剩两颗牙，这一吓，全掉了，老头儿伤心极了。

后来，就请了一拨又一拨道士。初始还好，一个个摇着铃，念着经，一时似是除了那邪祟，确凿不见影了。可过了一会儿，它又悠悠钻出来了："敢问老者，此处为何处？"

之后，无人能制。

半旬后的徽城，却来了一大一小两个人。

大的眉眼十分清淡，话少沉静，小的眼圈儿黑，下巴尖，话多粗糙。大的个子极高，极挺拔，小的却似有什么病，肚子圆滚滚的，眼瞧着四五岁了，却只有两块炊饼摞起来这么高。

噢，应是个侏儒。

"扶苏。"

"做什么？"

"他们看我。"

"嗯。"

"还有呢？"

"让他们看。"

"相公。"

"嗯。"

"我害羞，看得我不好意思了。"

"你且歇歇，歇歇脚，也歇歇嘴。"

"哦。"

那炊饼小人儿一时本是笑容可掬，却忽然鼓起腮帮，小脸憋得通红，半晌不呼吸，竟似是缩了水，变成了一块炊饼大小。

一双细长如白玉雕成的手伸了过来。小人儿跳到了那双手上。其中一只手抿抿小人儿跑得太欢快而乱掉的头发，然后把她送到了宽大的蓝袖中。

众人都看呆了，笑道："变戏法儿的！"

小人儿从蓝袖中露出个小脑袋，尖尖的下巴，包子一般的发髻，生得十分可爱，却嘿嘿一笑道："不是变戏法儿的，我是大山怪，姓大名山怪。"

大爷大娘笑得更欢了，许久，街道上的人安静了，不知谁尖叫了一嗓子"妖怪啊啊啊啊"，所有的人都惊吓了起来，一时间鸡飞狗跳，连滚带爬，有些撞到葫芦皮、冬瓜皮、甜瓜皮上，滚得更快更远。

小人儿缩回脑袋，讪讪道："凡人没趣儿极了，是吧，扶苏？"

扶苏默默从口袋中掏出些果仁送入袖中，奚山君抱着啃，滴了口水吐了皮，一向爱整洁的扶苏很是无奈，自打他媳妇儿发现了袖口这么一个冬暖夏凉的好去处，就没怎么出来过。

谢侯要分发家产这事儿挺轰动的，连在山上养猴子的夫妇都听说了。奚山君一想，哎哟，这真是黄鼠狼饿了半路有人送鸡来，便滚了滚，滚进扶苏袖子里，道："相公，走，天上掉钱了哩。"

晏二恰巧也在此处上任，扶苏隔世，与他三年未见，颇为挂念。他斟酌一番，映着烛光，在投宿的民栈写了封信。

刚起了头，身后炊饼小人儿已鼾声如雷。扶苏披了披被褥，瞧那小人儿额头光洁，像个浮出水面半遮面的汤圆。他低头轻轻抚了抚她的额，有些不自觉地笑了。

那书信又写了几句，扑面一阵凉风袭来，吹得纸页隐隐欲飞。窗外有一簇蔷薇，开得很娇艳，花枝摇曳的时候，遥遥地，便瞧见四个书中夜叉模样的活物在半空中抬着藤轿，映着圆月便如下台阶，缓缓来了。

轿上是个黑衣的青年。

他下了轿，就趴在蔷薇花旁，苍白的脸上带了些笑，咳嗽道："兄长来了。"

扶苏思念他，也笑。他想起他原谅奚山君的缘故，他问她："若我不去，你竟真教二弟死吗？"

扶苏记得奚山君的回答，她看着他，像是看着一个不通世故的大马猴，她说："我去了，我一直都在。"

月亮是橘黄色的，挂在天上，就那样暖洋洋的。扶苏看着晏二，又转身，有些茫然地找着奚山君的身影，可床榻上空荡荡的。

他咽了口唾沫，转过身，小小的炊饼人已跳到了黑衣儒生苍白的手背上。

那个儒生啊，便与小人儿四目相对，一个垂目严肃古板却天性纯净，一个抬眼满腹计算而笑容天真。

蔷薇花初绽的甜软香气就在三人之间小心翼翼蔓延。

小人儿笑眼弯弯，散乱的鬓发被夜风吹起。她抬头问儒生："三年不见，可还吃肉，可曾下棋，可有想我，二哥？"

可有想我，二哥？

扶苏撕了榜，走到了谢侯官邸。

谢侯是个很直接的人："本侯没有仇人，亲人也多是寿终正寝，什么恩怨情仇，一概不要问我，那些道士皆问过，我不认得这邪祟。"

晏二蹙眉，斟酌了一会儿，道："那可有人生前惦念你？而后，死了不得安息的？"

奚山君从扶苏的蓝袖中探出脑袋，直接道："他想问女人。"

老奴谢由呵呵笑了："那可多了。可咱家侯爷一贯是个洒脱性子，少年时虽有一些风流韵事，却只是顽皮好闹，并未辜负过什么姑娘。待到大了，性子收了，益发谨慎了。家中王妃早逝，侯爷又是痴情人，姬妾都未曾纳过。"

扶苏问道："我听闻侯爷曾有三位王妃。"

谢侯苍老的面庞没有一丝反应，谢由咳了咳道："咱家侯爷的后两位王妃都没活过过门，原配的王妃是先齐国郡主成泠。"

晏二掐指估摸，简洁道："先齐国的运数倒是十分坎坷。"

老齐国封疆开阔，传了四世，断在扶苏祖父真宗时。现下的齐国被扶苏的几个小叔父瓜分，泱泱大国分成了五六个小国，稍大一些的那个唤琅琊。

谢由瞅了一眼谢侯，有些举棋不定，谢侯却抬眼问扶苏："你是成家的哪一个？"

扶苏愣了，谢侯却抬起了扶苏的左手，少年左手食指内侧有一颗红色的痣，老人道："成氏自诩天族，生来便有标志，多在手足。真宗脚心有痣，先帝肘内有痣，今上拇指下亦有红痣。"

扶苏笑了："孤受教。"

谢由有些惊骇，谢侯却似是早已猜到，面上无波无澜，只道："既是故人之孙，说与你听听也无妨。"

谢由挠挠宽脑壳，苦笑道："老奴其实真不知从何说起。"

"那便由我来说。"谢侯转了转手上的白玉扳指，"我年轻时候，率性行事，不太谨慎，于是，结结实实地招了几个煞星。"

谢侯官邸中有两殿四园，太宗仙游那一日，两殿中的一殿，四园中的三园曾被一场天火烧倒了大半，后来修复了几十年，才渐渐恢复原来的模样。

奚山君步子不大，走着走着就从巴掌大的小人儿变成了负手而行的麻衣少年。

她以为自己已经忘了这里，可心里到底留了几分温存。她在人间得的温情少，但大半都出在此处。

走着走着，一片如海的海棠树被清风鼓噪，朝着她劈头盖脸地塞来许多花瓣。

这片如邑棠得名于战国齐国的最后一位公主如邑。如邑公主爱棠成痴，梦中得神女赠一把种子，传闻便是绝世少见的带香海棠。可是种下了，海棠年年含苞，却迟迟不肯盛放。如邑自幼体弱，引以为憾，她十六岁时夭折，死前叮嘱她母后，日后一定要将她葬在海棠树下，因这世上唯土地亲热，海棠缠绵。

她死的那一年，海棠花开了，香满齐宫。齐国国破，如邑海棠被移栽到了秦王宫，从此年年花开灿烂，却再也无香。

奚山君眯眼看着海棠丛，海棠下也坐着一个迷茫胆怯地看着自己的黑影。

黑影有些犹豫不定地过来行了个礼，道："这位公子，身上有园子的旧气息。"

怎会没有？奚山君莞尔，这黑影有些灵气。

此处，正是奚山君在凡间时的闺阁园景。

而谢侯官邸，正是三百年前她的家。

有那么些时候，她迫切地希望回到四五岁，对谁的命运都不知晓，却喜欢趴在地上兴致勃勃地摇着龟壳铜钱猜别人命数，可有些时候，她又觉得能熬到今日，站在故土，距离前事三百余年，又是一件再美妙不过的事。

因为，不用再一次经历；因为，不用再一次体会在黑暗中摸爬滚打绣红色嫁衣的情景，尤其，穿着一身缟素。

海棠丛中影影绰绰藏着一座小楼。那是她的闺房，是她这一生遗憾的开始。

听说小楼在烈火中成了焦土，听说她闺阁中的旧时摆设都成了灰。

爱太执着，恨太浓烈，她旧时候都尝过，可待到来年，它们就长成了遗憾。

旧时景色，旧时人情，旧时琳琅，旧时凋零。满目疮痍，不忍目睹时，唯有遗憾还在疯长。

黑影打断了奚山君的思绪，它似是有些兴奋，拊掌道："既是旧主人到了，甚好甚好。敢问公子，你可知如何走出这园子？"

奚山君问："海棠园？"

"不，锁住我的像王宫一样的大园子。"

"哦，你说谢侯邸。你原是迷了路，不是故意吓人？"

黑影有些尴尬："那些老爷爷不知道为何，比起旁的老人家，活泼得过了些。"

奚山君心中浮出一些猜测，笑道："教我堂堂一山之君帮你也不是不可，只是我最喜听故事，你便说个你的故事来听听，说得好了，我就带你离开这个地方。"

"我吗？你瞧着我是个黑乎乎的影子，其实我当人的时候，倒是挺白净的。

"山君喜欢听故事啊，你别看我现在是个黑乎乎的年轻人模样，其实，我还是人的时候，也做过别人家的祖母，我的小孙女儿也喜欢听故事呢。她爱听鬼啊神啊的故事，不知道山君喜不喜欢？"

我家是种水田的，有二十亩稻子，靠年景吃饭。风调雨顺了，日子就好，遇上旱涝了，也能留个口粮，不至太难过。我年轻时候四处漂泊，嫁人较晚，直到二十五岁了，才坐着牛车来到琅琊郡，安顿下来，嫁了当地的一个农人。我年轻时候身体受过伤，并不能生育，好在我夫君并不嫌弃我，后来收养了邻村人家的一个孩子，家里人丁也就齐全了，过得日渐红火。可过了一二年，我夫君却病逝了，家里的水田、孩子的教养全都摊在了我身上，那些日子很累，没那么生生熬过的人是不清楚的。我年轻时乞讨，被人打断过腿，之后迫于生计，曾去渡口装扮成男子模样背官府运渡的盐包。那会儿腿没全好，一条腿使不上劲，拖着腿背着两袋盐包，那时的累，跟这会儿有点像。

人说越倒霉就越倒霉，就在这时节，说起来山君或许不信，连我家的盐罐子都生了蛆虫。这也是农家说法，人得多倒霉才会盐里生蛆啊？我夫君死的那年，发了涝灾，辛辛苦苦一季，大雨来了，眼看稻米随水冲走，就要颗粒无收，我连夜抢收，最后累极，在雨中就瘫倒睡着了。我打小信奉玄女娘娘，梦里隐约看到娘娘美丽慈和的身影从雨中而来，她站在我面前，对我说，不打紧，一切都会好的。

等我醒来，竟已坐在了临时搭就的茅屋中，屋中有一盆烧得正暖的炭火，稻米也已悉数收完，整整齐齐地码在屋中。

雨停了，我带着孩子去三十里外的玄女庙拜祭她老人家。玄女披着一身银纱，笑容怜悯，眼睛清澈有神，正是我当初见到她的模样啊。

那一年，我和孩子没有饿死，拾了一条性命，从此益发信奉玄女。有节余时，总不忘给娘娘添些香油。

此为一事。后又有一事，是我那孩儿经历的。他因自幼无父，颇是受到村中顽童的欺辱，可他每每不与我说，起初我并不知晓。这是他后来同我讲的。有一日傍晚，他从私塾下学，走至半路，便被人套着粗麻袋拖走了。我孩儿拼命挣扎，挨了几闷棍，甚至听到了那些人的笑声。他识出了声音，打他的是上学的同窗，见他被夫子夸赞，考童生有望，便心中生恨。他们打了我孩儿一顿，泄了愤，竟还不罢休，把他扔到了村中的坟园内。我孩儿哭着从袋中爬出来，竟看到他外祖父母的墓，越看越伤心，抱着墓碑哭了起来。

山君不知，我父母亲客死异乡，当初被人用席子裹着葬到了这里，我找了许久才找到，定居此村也是因为要为父母守灵。我同父母感情深厚，初一、十五都要带孩子来添坟，又总与他讲讲他外祖父年轻时的故事，他对外祖父早存孺慕之情，如今，落到这般境地，见亲人岂不亲切？孩儿便哽咽痛哭，在我父母墓前一边哭，一边数着我与他在这村中，孤儿寡母受了别家多少欺负。这孩子也是傻，哭完还道，阿公、婆婆替孩儿报仇，让他们也知道，被人欺负的滋味不好受。

我那孩儿因浑身受伤，怕我担心，不敢回家，直到天黑了，才迫不得已，一拐一拐地跑回家。我见他如此，自然心疼，愤而找那些顽童的父母理论，却被人赶出。

可是，说也奇怪，自打孩儿在他外祖父母坟前哭了一场，接下来的那些日子，欺负过他的顽童的家中都不甚太平，霉事连连，日子越过越穷。我孩儿长大之后，在郡中做了个小官，还时常感叹，做人断不可欺压旁人，逼得旁人走投无路。虽然有人穷，过得艰辛，可你又怎知他家先祖没有积德呢？又怎知他家后代定然没有出息呢？

他一直坚信世间是有鬼神之说的，中年时曾几次提出要为我父母重修坟墓，可我并没有答应。

实实在在活着，活得好好的，便是对先人最大的敬意。

后来，我孙女儿也出生了，她父亲担心我一个人在村中孤独，便在她四五岁的时候，送她来与我做伴。她说她也曾碰上过仙人，可我一直觉得这一桩是讹传。

我在家中做针线活，孙女儿每每在村内玩耍。有一日，她竟告诉我，在距离我家水田约莫一里的坡上，有一间孤零零的茅屋，屋内住着一个白胡子的老神仙，老神仙对她十分慈祥，她想要什么，老神仙都能一瞬间变出来。我觉得好笑，因我老婆子在此处住了五十余年，也不曾见那荒坡上有什么人居住。

孙女儿言之凿凿，拉着我的手就让我去看。待我拄着拐杖，走到那坡上，空荡荡的，什么都没有。我孙女儿傻眼了，说昨天还在的，怎么就不见了，祖母你信我。

我问她，老神仙是不是让你不许告诉旁的人你见过他？

她含着泪，委屈地点点头，又摇头道："我告诉过他，我的祖母是世间最聪慧的老祖母，我要带祖母来见他，他说他也很想见你，我这才带你来的呀，可是，老神仙为什么躲起来了呢？"

我不知怎么安慰她，孙女儿伤心极了，直到出嫁时，还对我念叨："祖母，老神仙长得很好看，如果有一天，你见到他，就知道，我不曾撒谎。"

唉，我几时说这痴孩儿撒谎了？

那一年的夏夜，我为她打扇，哄她睡觉，她曾从枕头下掏出几个价值连城的琉璃球，笑着告诉我这是老神仙送她的，打那时起，我就相信了。

许是我们祖孙三代都有些仙缘，故而才碰到这些神奇之事，讲起来，尤觉温暖。这世上，人给不了你的，有时候，也许要靠苍天。

我死了，同我夫君合葬，留在了村子里。每天瞧着炊烟升起，日出日落，一直过得十分惬意。直到有一日，来了一群兵甲，在夜间，把我的尸首掘走，我十分气愤，却如入迷障，再醒来，就到了这个走不出去的园子。容貌也变回了如今年纪轻轻的模样，然而因成了一道黑影，谁都认不出我，我竟也认不出谁来了。

扶苏与晏二吃了几碗茶，谢侯的故事也听分明了。

他年少的时候，父亲老谢侯曾因亲家齐王之事为天子所疑，遭过殃，被抄了家，一气之下，得病去陪好友了。谢小侯爷逃得快，在外漂泊了几年，后来，因为在战场上跟随恩师云相立了不世之功，岳父齐王谋逆一案平冤昭雪，这才重得天子信任，得掌江东。他在外漂泊之时，曾遇到一个红颜知己，救了他的性命，这女子虽生得不怎么样，但两厢总有些情意，他本预备娶她为妻。可谁知沉冤昭雪之日，他那传闻早已死了的未婚妻齐郡主成泠又出现了。他年少便已与成泠定情，如今见心上人没死，又岂肯忍心弃她？那红颜知己委委屈屈做了侧妃，没几年就委委屈屈地病逝了，临死前还骂谢小侯小白脸没信义，断子绝孙终有日。

果真，与成泠成亲没几日，这命运多舛的郡主便去了。后来天子又赐婚两次，可那些女子未过门，又都相继去了，这便坐实了谢小侯克妻的名声。再到后来，天子并邻国也曾送来几个姬妾，可都是些红颜薄命的，既不能生下子嗣，身子骨也不甚硬朗，活得最长的二十年前也都去了，谢侯成了真正的孤家寡人。

"如此说来，侯爷怀疑这邪祟与您那红颜知己有些关联？"扶苏因是男子，倒明白谢侯对那红颜知己的猜忌。他断子绝孙，如今后院又闹不干净，岂不胡乱联想？

"你们把她找出来。"谢侯道，"道士都逮不住她。我有万贯家财，你把她找出来。"

这老人含着笑，仿佛瞄见了黑暗后的光明，又仿佛胜券在握。

这厢，奚山君却摇头："这故事不好听，奇倒奇了，可你讲得糊涂，让人没头脑。"

黑影倒也不沮丧。她做人时应也是个活泼的话痨，这会儿，显然也说出了几分兴致："那便再讲一个年轻姑娘都爱听的侠女的故事。"

这个侠女，年轻的时候，十五六岁那会儿过了一段颠沛流离的日子后，因一时不备，被人贩子卖到了楚国的妓坊。妓坊的主人，人唤林九娘，绝色。她腰肢柔软，是个百国出名的舞姬，不过二十出头，气派却十分足。因时常接到邀请，便带着香车美人到各国献艺，诸侯们爱她温柔懂事能下腰，所到之处，倒都得到十分的礼遇。

侠女姓姜，穷苦人家不惯取名的，她在家中行二，人便称姜二丫。二丫觉得"二丫"真难听，入了此处，只自称"姜二"。姜二容貌一般，腰又十分硬，故而只做了个下等姬，到诸侯处献艺如何都轮不到她，只能挣个下等的皮肉钱。她平素有个相好，是齐国的农人，农闲时到邻国寻些气力活糊口，待她还算不差，总不至打骂，富裕时还给她几个钱买长寿果吃。姜二不喜欢涂脂抹粉，只嗜吃果子，有些闲钱也都买了吃头，故而容貌并不怎么修饰，益发显得粗鄙，到最后，也就只有这农人肯光顾她。农人道，日后攒些钱，便为她赎身，讨回家做个知冷热的婆娘。

她一听这话，就笑眯眯的。她觉得这话啊，怪叫人害羞的，但是，真的是让人忍不住微笑。唉，山君莫笑，本不欲说己事，分明是真，听着却像骗人的，只是说着说着便漏嘴了，这侠女姜二其实便是年轻时候的我。

姜二，不，是我在堂馆中静静地等着，直到有一天，全城戒备。大家纷纷说着，楚王要来打猎巡游了。郡守急急召了林九娘献艺。我们所在的城池是齐楚交界，并不大，唯有林九娘的堂馆最出名。听闻楚王还带了许多侍卫，妓馆人手便不大够了，我也在应召之列，到时凑个数，陪末等侍卫吃酒。

林九娘与楚王关系匪浅，每年中总有一月住在楚王宫献艺。故而楚国一行到来，看到她前来侍奉，倒也算欢愉。楚王是天子幼弟，雄才大略，小小年纪，却已吞并了邻国齐。齐王谋逆，一年之前，齐王并同王后、世子、郡主先后一起见了佛祖。

楚王下榻郡守府邸，我等伶人日日进出，却发现周遭布兵一日比一日重，可是，很快地，这些人又都不见了，周遭的小贩却多了起来。细细一看，这些小贩中俨然就隐藏着那些我席间陪同的下等侍卫。

楚王似乎在等着什么人，他耐心十足，陪这个人玩游戏，断然不是此前郡守所说，来此处只是为了打猎消遣。

等了有四五日，我记得那一晚，歌舞升平，林九娘的舞技高超，手捧宫灯，不过旋手腿，那灯便飘飘忽忽飞了天，又晃晃荡荡落了玉手，让人看得目不暇接，只博得满堂喝彩。

我身旁坐着的侍卫肌肉紧绷，十分警惕地望着四周，我佯装不知，只一杯一杯劝他喝酒，还被他推了一把，瞧他形容，似是十分厌烦，并无一点吃酒看舞的兴致。

约莫到了子时，已是曲终人疲的时候，须臾，堂外涌来不知数的黑衣男子，手持刀剑，气势汹汹地朝着楚王而去。他们人虽不少，武艺也非凡，但显然是敌不过楚王这几日的伪装，不过一时片刻，郡守府外那些"小贩"便会冲进来，这些黑衣人定然无一生还。

黑衣人的首领有一双灿若星辰的眼睛。我看了他一会儿，心中竟十分不忍。他把剑指向了楚王，我眼风却带到那些即将从楚王身后的屏风内涌入的侍卫，头脑一热，竟冲在了他的剑前，他的剑尖正指着我。那双漂亮的眼睛有些愕然，也有些不知所措，可是他透过我看到我身后的楚王，眼神终究变得冰冷起来。他将剑刺入了我的胸口，我痛得眼泪一瞬间就掉下来了，却只能用口型一遍遍告诉他：危险，快走。

他似乎听懂了，带着他的那些残兵迅速撤离，可依旧碰到了那些为他而设的埋伏。我昏迷前看着他的身影奋力搏杀，我希望他走得再远一点，越来越远。这里，真的很危险。

等我醒来的时候，却看到了楚王。我不敢看他，只是磕着头。楚王问我想要什么。他把我当成了救命恩人。

年少时有过很多梦想，不怕山君笑话，在我比这会儿还小的时候，还曾想过嫁给百国闻名的美人谢小侯呢。试问哪个少女不怀春，谁又想像烂泥一样过着如今这样污糟的日子？我理直气壮地说想留在大王身边，做个……做个……

我本来想说做个婢女，楚王一双桃花眼却含笑道："本王素来知恩图报，你便做个姬妾吧。"

那会儿，我得为我的机智喝彩。我说我要一个纳妾礼。楚王依旧笑，他说着改日，可眼中充满轻蔑。

这世上最下贱的妓女，向王讨要婚礼。

我留在了他的身边，在郡守府邸最偏远的地方安心住下，养着病，耐心地等着婚礼。

我没有忘记齐国的农人，可如今到了秋收的季节，他又忙了起来，想必已然忘了我。

　　我的第一个男人是个丑陋的老人。林九娘打了我三天，关了我三个月。我出来的时候瘦得可以瞧见骨头，那个老人因我不听话，便拽住我的头发往墙上碰。我看到了很多血，麻木地失去了我的贞操。

　　我还等什么？我孤独地等着有朝一日，而这一日悄然到了。

　　我搬到新住处的时候，在枯井旁，一人高的荒草丛中，捡到了一个黑衣人，他蒙着面，闭着眼，想翻越一道墙，却受了重伤。他像一只即将被捕获的小鸟，灰扑扑的，接近死亡。

　　我扯开了那层面罩，却觉得小鸟一瞬间变成了耀眼的凤凰。

　　如果那个传闻中的谢小侯艳绝百国，想必也就只能生成这副模样。

　　我打小就喜欢好看的东西，母亲总笑骂我是好色之徒。这等美色，我看傻了眼。然后，我就开始笑眯眯的。

　　山君，我知道你又觉得莫名其妙了，可是，瞧见那样好看的人，我就总会错觉，之前的一切丑陋、肮脏都不重要了。所以，我得再笑一笑。我小时候特别爱哭，结果把自己哭得十分晦气，仔细想想，人生短短几十年，本就过不了几天好日子，干吗不笑，干吗不哄哄自己？

　　我身边没有侍女，那园子破败，除了送饭人，素来无人出现。于是我便留在孤宅里专心养黑衣人。天冷了，我给他盖几层茅；天暖了，我就把窗子支起来，坐在他身旁陪他晒太阳。

　　可是，阳光不及他明亮。

　　楚王是不大理会我的，但据说他的敌人尽诛，那些黑衣人悉数落网，他真正有了兴致去打猎。之前我挨了一剑，郡守夫人送来很多药材，我都喂给了我的凤凰。他可得赶紧复苏，不然天渐渐变冷了，我这里没有布料为他缝一件厚衣裳。

　　有时候，我希望他快点醒，这样我就放他走得远远的，待他日后有出息了，也许会说年少时遇到一个英姿飒爽、古道热肠的侠女，我一定也觉得光荣；有时候，转念又想，其实他养久了病，眉来眼去，会不会就喜欢上我这样一个好姑娘呢？然后我就从良，当个美男子的好妻子，和当侠女一样，也不赖。

他在我的浮想联翩中睁开眼睛，那双眼很干净、很清澈，我可以在他的眼中看到，那个特别平凡的女子。我怏然地看着他，怏然地挽手行了个齐礼，轻声道："公子若不介意，请随我来。"

人贵有自知之明，我迅速回到现实，为自己的后一个想法羞愧害臊。

他又是那副愕然的表情，随后却带了些不易察觉的疏离。我把凤凰带到了四下无人的破墙下，我说："楚王不日将归，公子翻墙，速去。"

他果真翻过了墙，我怅然地看着布满青苔的墙。不一会儿，他又甩过一条长长的藤结，像是刚编的。他在墙外说："走。"

我安静地看了会儿藤结，眯着眼，又着腰，看了好大一会儿。那天，日头可不小，我拔了很多草，把藤结堆砌得深深的，谁也瞧不出来。

山君，我在做什么？我只是为自己留个念想。幼时端午吃粽子吗？平素吃不到吧？那个粽子其实正是期待端午到来的念想，而念想只是个开心的念头。念头藏着就够了，所以，我其实什么都没做。然后，我转身离去。

第二日，楚王果然满载而归，他兴致极高，饮了好几碗鹿血酒。他有下僚爱逗趣，只道："王心腹大患尽除，虎龙之威岂是江东小儿可犯？如今又猎得新豹，听闻后园尚有新姬，不如纳之，也算凑成连连喜事。"

楚王为人勇武，又喜逢迎，有殷纣之风。我虽不是狐狸精的材料，但我有锦上添花之能。

下臣起哄，楚王喝酒上了头，笑道："那妓坊女子前些日子问本王要一个礼，方肯被纳，本王素来是仁厚知恩之人，便把她带上来，行这一礼。"

我被婢女戏弄，涂了满脸的胭脂，披了件淡红色的袍子就算新衣了，却并无盖头。她们簇拥着我到了楚王身旁，楚王身后是一个大大的铁笼，笼中是新猎之兽，凶猛非常，咆哮时似地动。

　　"姬，你姓甚？"楚王提着宝剑懒洋洋地指着我问。

　　"姜。"

　　"姬，前可有婚配？"

　　"有。"

　　"姬，为何不嫁？"

　　"阴阳相隔。"

　　"姬，可想要盖头？"

　　"甚想。"

　　我不知自己的哪一句话欢愉了楚王，他哈哈大笑起来，掏出随身拭剑的白巾，扔到了铁笼中，然后把剑扔到我面前，道："豹血染色，犹胜沅陵朱。"

　　沅陵是产朱砂之地，他的意思颇明显，他让我杀了豹子，用豹血染一条盖头来戴。多少楚臣哄堂大笑。

　　还有什么比此事更可笑？一个急功近利的妓女要靠牺牲生命的代价去搏杀后半生的荣华富贵，见她惊吓，岂不欢愉？见她惶然跌倒，哭爹喊娘，岂不欢愉？

　　他们等着看我的丑态，一个下等人的丑态。我低头拾剑，那剑十分重，一时间，弯腰垮背之态又逗笑了许多楚人。我双手抱着剑，一步一步艰难地走向铁笼，兽一吼，我吓得打了个激灵，楚人又笑。我看着兽轻蔑地俯视我，看它发自内心地嘲笑我、厌恶我，楚人笑得几乎打趺。我知道我这区区侠女瘦骨伶仃，我知道我咳嗽起来的样子有些滑稽，可是，我必须大声咳嗽，掩饰心内那个吓得半死的可怜虫。

　　我握住了剑柄，刺入了那豹子的心脏。

　　四周终于安静。

他们终于，不再笑了。

盖头殷红。

山君猜我当时在想什么？我在心里唱"力拔山兮气盖世"，我觉得自己力气挺大的。

那一晚，我扶着酩酊大醉的楚王入了洞房。他已不省人事，却对我有了那么几分赞赏，允许我随身伺候他，摆摆手，便让其他随侍的宫人去了。

我一辈子只有这么一次机会。

我掏出了随身带着的匕首，刺入了他的喉管，就像对着刚刚那头豹子。

我看到他瞬间睁开的双眼，他不敢置信，是啊，他怎能相信自己会死于妇人之手？

他挣扎着问我是谁，我趴在他的耳边唤了三个字。

他睁大涣散的双目，无力地垂下双手，不再动弹。

我知道自己大概也活不久了。我拔出匕首，把被子盖在楚王的尸体上，就躬身退了出去。侍卫不察，以为楚王熟睡，并未生疑。

染着兽血的盖头被我留在了尸体之侧。我一直想要一块盖头，我曾经无数次地想过，我那身着红袍、发束金冠的夫君挑起这块盖头的时候，我一定要清清楚楚地看着他，和他从此长长久久在一起，然后有了孩儿，我教我的孩子读书，他便教他懂得世间道理。若我有妇人之仁，宠坏了孩子，他也许还会连我和孩子一起训斥。无论什么时候，只要能一直瞧着他，我想我会一直微笑。

可是现在，并不能了。

我完成了自己的使命，回到了那条藤结旁。我跪在那里，扒开了草，看见它晃晃荡荡的，就像有着鲜活的生命。

我一点一点地往下拉着，小心翼翼，大气不敢出，似乎享受着秋后刑前的最后一顿热乎饭，明明知道结局，却因为留着一丝奢望，不肯就此看开。

然后，长长的藤结就顺着滑润的月光从墙外掉落墙内。它们蜷缩一团，安安静静地，生命便停止了。

我拿袖子揉了揉困乏的眼，有些无奈地笑了，然后就抱膝坐在了那里。

这世界深切地空旷，深切地寂寞。我觉得它太大了。

故而，纵有传奇，也匀不到我这里。

所以，你瞧，山君，女孩儿幼时看那许多才子佳人的故事又有什么好处？你道你就是那个佳人吗？这其实本是个笑话。

我并没有逃走，因为我逃出去了也会被抓回来。我只能迎向我最后的命运。我劝慰自己，这样，死也死得英雄点。我杀了王，定有后人为我列传，倘使逃了，这故事大打折扣，反倒没了壮烈感。

第二日，自然事发，楚王幕僚拿着尖刀，就要刺入我的胸口，百国闻名的云相却带着天子旨意来了。

云相道自己一直暗查齐王一家谋逆之事，发现竟是楚国从中作祟，真乃旷古未闻之冤案，天子细思，愤怒之外，都觉荒唐，命云相带王军速拿楚王。

可现在问题来了，楚王被我干掉了。

云相问："你是何人？"

我恭谨地回答："昔日齐宫人，深受王后恩。"

"可认识谢良辰？"

"诸侯威仪，下等贱籍，不得见。"

云相没说什么，楚王死了，前事皆断了线索，除非齐王家的死人重新现身申冤，否则我这等杂碎也就注定成不了荆轲之流。顺理成章地，我被投入到天狱中。

其实，何谓侠？有仇报仇，有怨报怨，不用与世人辩论因由，爽了便是，杀了便是。

我在狱中过得倒神清气爽。我啃着指甲，一日日看着自己的头发油腻腻的，变成一坨，听着身边狱友的怪叫哭喊，便觉得自己安全极了，此处才是我这等肮脏之人该留之地。等我腐烂了，反而不必伪装自己活得很好了。

这一次，我在狱中三年。

后来，谢小侯爷大败四国，带着侯上侯的封号回来了，大昭之内，还有谁此时此刻比他名头更响？连我这等牢笼中人都有所耳闻。狱卒说话也挺闹心的，开口就是，这个长得好看的小白脸又打败了谁谁，谁谁又要把女儿、妹子许配给他了，小白脸要不是长得好看，能有这等艳福？完全忽略了小白脸打败了谁谁也得花个几年几月几日。它不是这么回事儿，不是谁脸白，上战场就能照瞎敌人的眼。

随行谢良辰身旁的是个美娇娘，这女子据说是被齐臣护着，一直未死的齐国郡主成泠，谢良辰的未婚妻，被他在奴隶售卖的笼中发现。

过了两日，我却被提出了天狱。

因为，出了一件挺扯淡的事儿。

这厢谢侯进太平都还没热闹完，那厢就有人击登闻鼓，哭着闹着说自己才是齐郡主，谢小侯带回的那个是假的。

话说得有鼻子有眼的，她说自己与齐国七大夫之首的秦谊自幼青梅竹马，两小无猜，哪晓得谢小侯横插一脚。她说齐王夫妇同世子死了之后，她便被秦谊藏到了农家之中，故而如今一身破衣寒絮，状若村姑，而熬到如今，也只是为了好好活着，夺回齐国，另寻宗室之子立嗣，以慰父母在天之灵。

此言一出，满朝上下登时被震到了。这话也许还真有那么点可信度。为什么呢？因为成泠同秦谊自幼青梅竹马是真的，成泠长得不起眼也是真的，与成泠的婚事是谢小侯主动提的更是真的，而最关键的是，若这世上真有这么一个胆大滔天的姑娘假冒郡主，她最想要的是什么？必须是谢小侯这么一个有钱有势又有才有色的好情郎啊。要什么齐国？！这么大块地儿，陛下多少儿子还没安置，时过境迁，还轮得到你一个郡主吗？

最蠢的话也许才是最真的，这帮人精深以为然。太后娘娘召见了这姑娘，眯着眼，话给得也含糊："瞧着是有那么点像，可又有那么点不像。"

娘娘，不带这么玩的啊，娘娘！什么叫有点像又有点不像？

昔日齐宫人全被楚王屠尽，没有人证，天子也是聪慧，福至心灵，想起了水牢里的缺心眼贼大胆正巧是齐国资深宫人，对，他老人家说的就是我，但外面的人这么唤我，我是不大承认的。谁缺心眼了，谁贼大胆了，太欺负人了。

眼前的两个郡主长得都是不差的，皆是肤白貌美的姑娘。谢良辰一身紫袍，束着金冠，就站在那儿，漂亮挺拔得险些晒伤我的眼。我暗地里瞅了他一眼，有些瑟缩地轻轻捏死刚从囚服里钻出的虱子，想要让自己看起来体面一些。天子在那儿道，兀那贼子认一认。我心中有羞又有火，被阳光晒得眯着眼，揣着双手走了过去。

你们行你们上啊，齐郡主好歹也是宗室挂着名的姑娘，每年也要入京请安儿回的，也就过了区区五年，怎么就能认不出来了？还有那个未婚夫，外面说起来都是为了成泠守身如玉，至死不渝了，就这么个至死不渝法儿？

坊间传闻，谢良辰有脸盲症，真不是个玩笑。我救过他，他大概早忘了吧？

我看了看两个郡主，转了转脑子，便上前一步，垂首问谢良辰："敢问侯爷，您更欢喜哪位郡主？"

满殿人被我弄蒙了。

谢良辰十分安静，眼也没瞧那两个姑娘，只是用他那双清冷的眼睛瞅我。他鼻梁高高的，侧脸十分白皙干净。过了会儿，他十分厌恶地瞧着我，冷道："姑娘问我呢？"

我张了张嘴，一时想不出，过了一会儿，才温声细语道："郡主年幼便遭逢大难，容貌历经沧桑，一时变了也是有的。但是，郡主年幼时，先王后曾在她肩上点了一颗守宫砂，若有此物，便是郡主娘娘。"

当时的我，其实为自己的机智深深拜服，心中高高地扬起调子，深切地唱起了齐国上阵曲。感谢我的国培育了我，把我培育得这么聪慧可人。

结果证实，后面来的那个姑娘，才是齐郡主。我看谢小侯脸色并不好看，我有点心虚，也有点懊恼。他都带着另一个回来了，不管真假，理应更中意那个，我让看守宫砂，这不得罪人吗？

齐郡主出现后，陈情剖理，众人皆知道了齐王冤情。谢良辰今非昔比，天子为齐王、谢老侯昭雪昭得很爽快。后郡主心慈，又为我求情，我便被贬入谢侯府，做了一个罪奴，在后厨帮工。

据说谢小侯谢良辰幼时十分顽皮，哪儿人多便爱往哪儿钻，可如今，遭逢岳家、己家巨变，竟变得十分沉默，不大爱见人了，整日将自己关在书房中，处理封邑政务，连新娶的美娇娘都顾不上。

我从没有出过厨肆，过得浑浑噩噩的。后一日，丫鬟们犯懒，便央我给谢良辰送夜宵，据说他并没有吃夜宵的习惯，是从来不吃的，但依旧让人每日都做了送到书房。

粥是肉粥，可是肉片太厚，依照我往日买的谢小侯秘辛，他少年时候，吃东西十分细致，并不喜欢大块的东西。这侯府重新立起来，新请的厨娘子也不见得都懂主子。

估摸着这碗东西不会太合他胃口，反正他素来也是不吃的，我就把肉都捞了出来，用瘦肉重烤炙了小半碗干松肉末，放入粥中，才送了过去。

他对我说放着便是，那样莹白的脸让我霎时想起了儿时玩过的打火石，噌的一下，便明亮了人间。

他低头看着书卷，自是不看我，我又揉了揉眼，静静看着他，然后，轻手轻脚地关门离去。

山君，你知道游侠是什么风范？自己开心就够了，偷着乐省事儿，谁都不祸害。

小侯爷自然也没吃我送的。

可第二日，丫鬟们依旧让我去送，我接连送了好几个月。谢小侯从未搭理我，偶尔在烛火中无意瞧我一眼，眉眼只带着说不出的厌恶和冰冷。我不知道他为何这样讨厌我，后有一日揽镜自照，方才明白其中缘由。谢良辰从幼时起便不喜容貌鄙陋之人，他少年时，立下宏愿：做第一等诸侯，居第一等封邑，娶第一等妻。那以此类推，他要的婢女，也是第一等。我嘛，只是个十八等。第二日，丫鬟们再差遣我去，我心中自卑，便不再背去了，只安静地躲在后厨，做个烧火丫头。

过了有大半年，年轻的郡主竟生了重病，想是先前颠沛流离，落下了病根。谢良辰除了每日定时探望郡主，仍旧待在书房里。他是个十分奇怪的人，娇妻美妾，什么都不缺，可谁都看得出来，他什么都不在意。

也许，他想要的还没到来，可是，这只是时间的问题。没有谁会真的为他忧虑。

梅雨的季节来了，徽城太过温柔，无力逃脱每一次滂沱。我坐在府外不远处廊檐下抱着雨伞看雨，雨中空无一人。不一会儿，上房的丫鬟们踩着雨水焦急地推开了府门，她们拿着油伞，捧着灯，鱼贯而出，在大雨中候着。她们在等谢良辰。谢良辰去郡府吃酒，还没回来。如今已逾子时。

宫灯被风吹得忽明忽灭，甩鞭的声音远远地传来了。侯制的六乘马车由远及近，车夫、侍卫在黑暗中，安静得竟没有一点声息，只余下嘚嘚的马蹄声。

等到众婢都跪下的一瞬间，我把身体往后藏了藏，雨伞又背到了背后，心中有鬼，只怕被人瞧到自己藏了把伞，又藏了个自己，居心叵测。可是，黑暗中，只是多此一举。谁也瞧不见此处。

许久了，马车安静地停在府前，约莫一刻钟，竟无动静。过了一会儿，远远地，又驶来一辆马车，马车上跳出来一个高挑的碧衣女子。这女子冒着雨，傻乎乎地任雨水淋着，对着谢小侯的马车就吼："谢良辰，我与你三载情义，还抵不住一个只见了一面的郡主！"

天上有乌云，乌云藏有雨，雨水又见风，风吹秋叶黄。黄了的秋叶就那样被雨水一片片地砸落在我眼前脚下，我看着秋叶，觉得自己似乎听到了不得了的秘密。

齐郡主其人，胆小懦弱，谢侯爷又岂会对她有什么夫妻情义？这女子才是侯爷心仪之人吧？再细看女子形容，正是他带回皇都的那个假郡主。

谢侯的车动都没动一下，静止着，像是什么都没发生过。过了一会儿，车里才遥遥地传来平铺直叙的一句话："你逾矩了，赵姬。"

又过了些日子，齐郡主病逝了，赵姬成了侧妃。据说她曾救了谢侯，后被恶人所害，只得投靠谢侯。谢侯一贯有脸盲的毛病，起初并未认出她，待她清清楚楚地说明了，谢侯才想起，曾经是有这么个人这回事儿，后来生出几分情义，谢侯也愿给她一个名分。但她身世卑微，谢侯忽而想起他死了挺久的可怜的未婚妻。于是，赵女摇身一变，成了齐郡主。

想到她当王妃的美梦生生被我打碎了，我立刻灰头土脸地躲进厨房，三年没敢出下人的后三司。后来，算一算，我都二十有四了。正巧侯府要放出一部分大龄的侍女奴婢，我的名字也在其中。姜二丫，这么朴素的名字，想必侧妃娘娘一时也未瞧出，大笔一挥，就放我出去了。侧妃娘娘也生了病，像当年的郡主娘娘一样。

之后，天子为谢侯指婚，可接连两次，新娘子未嫁过来便都暴毙了。现在，百国都觉得谢良辰有克妻之嫌。

走的那一日，侯府的礼官逐个询问，无不妥，方放行。到我时，便问："姜女，出往何处？"

"齐。"

"何营生？"

"垦齐水田，来年，收稻米。"

"何不归娘家？"

"已无。"

"夫家？"

"甚遥，不可及。"

"所谓为实？"

"然。"

他大笔一挥，我坐上了牛车。

我少年时曾喜欢过谢良辰，可是刀光剑戟中，我已不是少年。那些攀望之念，那些见不得人、为他所厌恶的心思，便是从那日断绝的。

之后，我便去了琅琊，做了一辈子农妇，后又嫁给了不嫌弃我是娼妓之身的齐国农人。苍天对我着实不赖。

我想，也许正因为我做了一回侠女，才得了好报，这才一辈子安安生生的吧。

奚山君听了许久故事，这才问道："你可知，你现在站在哪家的园子里？"

"不是山君家？"

"曾经是，现在是谢良辰家。"

在海棠园中过了一夜，奚山君伸了个懒腰，踱步驱散睡意，腹中的孩子轻轻地踢了她一下。奚山君叹气，抚摸着肚子，斥道："你这孽障，又不甚听话。"

清晨雾气甚大，不一会儿，衣角都有些潮了。晏二也似是一夜未睡，倚靠在一棵海棠树下，闭目冥想。

"此处怨气冲天。"奚山君走过，他却轻轻开了口。

奚山君诧异，转身看他，道："自是有的，那女子……"

晏二道："我说的不是她。这怨气几百年都未消散，轮转镜后悬着的卷宗便出自此处，时间久远，一直不得破。"

"是怎样一桩悬案？"

"亡灵已逃，尚不得知。只它牵涉大昭国运，泰山王令我务必寻到线索。可如今已三年，尚无头绪。"晏二有些疲惫地揉了揉额头。

"二哥是半仙之体，有通晓天地山河之能，手握世间册，可想过自己的前生？"

晏二品个中滋味，觉得她问得奇怪："我做了五世宰相。每一世过了，功德过失记载入册，记忆渐渐淡了，这才投胎。故而只知大约，并无记忆。"

奚山君神情微妙，微笑道："五世之前呢？你为何天生是个宰相，我为何不是？这世上其他人又为何不是？为何只有你是？幽冥查察司这许多判士，泰山王怎就偏偏派你来此处？你道你超凡脱俗，置身事外，可这世间，又有何事，是你真能一清二白的？"

晏二若有所思，觉得她所说有几分奥妙道理。

奚山君又道："二哥，你做了五世人间相爷，可识得云琅？"

"云……琅？"晏二将这两字在口中咀嚼玩味，而后真真有些迷糊了，"他这样有名，世人谁不知呢？"

奚山君含笑道："倒也是。我又猜错了，原以为是你前世。"

晏二道："你与他有交情？"

"幻境中见过。"

"什么形容，什么模样？"

"如松如翠，意志坚定。"

"那倒有些似为兄。"

"他会喜欢姑娘哩，你会吗？"

晏二认真想了想，认真摇了摇头。他说："我是半仙之体，从不喜欢姑娘，不单单这辈子，上辈子，上上辈子，开天辟地，从古至今。"

谢侯身体不大好了，似乎是被邪祟闹的，也似乎是老得到了这个份儿上。他的肌肤逐渐变得灰败，没有了精气神，似乎哪个不经意的瞬间眨眨眼，老人便停止了心跳。

谢侯大清早的便被年轻的扶苏晃醒了。老人家老眼昏花，眯眼看着扶苏，道："你没我好看。"

"扶苏祖父是个美人，外祖母是个美人，母亲是个美人，父亲也是个美人，故而他也是个美人。可是比起我年轻时候还差了些许。"谢侯是个十分自负的人，对着奚山君开口。老人浑浊的眼珠中带了一点傲意，他行将就木，觉得连呼吸都费力了，只余一事耿耿于怀，"那邪祟，你们可抓到了？"

奚山君不解："抓到了，侯爷又待如何？"

内侍奉上药汁，谢侯像吃茶一般呷了一口，不咸不淡道："把它带到我的面前，除掉它。"

奚山君颇喜欢那个黑影，讲故事这样一把好手，她怎么忍心："侯爷有所不知，它只是迷路了，并非专程骇人。我今日便带它离开侯府，还请您手下留情，饶它一命。"

谢侯握着蓝底的瓷碗，翻了奚山君一眼，怪道："我饶它一命，它几时饶我一命了呢？"

黑影起初听闻此处是谢侯府，已经深受打击，不大说话了，奚山君转达了谢侯的话，那只黑影惭愧得恨不得立时化成黑烟。它有些焦躁不安地来回踱步："这是个误会，山君，大大的误会。我与他相遇皆是偶然，从未想过讹他，可他因何从不肯放心，见我仍如芒刺在背？"

奚山君听出几分意味，问道："讹他？我听闻身体一旦远离故土，灵魂便会自主地去它想去之处，然也？你想来到谢良辰的身边？"

"并非如此。"

奚山君说:"那你当初又如何诳过他?"

"我以前富贵过一段时间。那时日里……"

"嗯?"

"山君,我呢,其实还有个名字,不曾与君细细叙来。我吧,觉得说了你也不信,而且这名字与我后半生无甚相干,所以便不自觉漏了。山君原谅我吧。

"我娘姓姜,我在族里行二,我爹爹常常唤我二丫,故而自称姜二。我出生的那一年,父亲接了祖父的位,他颁发新令,以安民心。按着辈分排,我与哥哥是水字辈,父亲神来之笔,便为我取名,一水加一令,泠也。而我那父亲,正是当时的齐王。"

"哦,原来如此。你跑什么?你倒是别跑啊,啧啧,你看你吓的,你怎么知道我想打你啊?我不下狠手,你来让我打一下,我保证轻轻打死你,真的,成——泠!"

她讲了一大圈细碎故事,撒了个弥天大谎。

"山君莫气,山君莫拍我头,山君莫拍我脖子,山君哎……可歇歇,我都说与你听。谢良辰说我缠着他,不肯放他一马,兴许真与我心中执念有关。我这个执念,说起来有些难——他从没看上我,我却偏偏厚脸皮地不肯放过他。怪不得他如此厌恶我。我做了大半辈子祥和的侠女、祥和的母亲、祥和的祖母,就是为了弥补这段让人惭愧的过去。而这过去,也已过去太久太久。"

六十三年前的夏天,那一年,我年纪还小,没有被禁锢在这个奇怪的园子里,更没有想过会遇上谢良辰。

我记得很清楚,上元五年的夏天特别燥热,有一日傍晚,我趁着宫侍不注意,贪吃了不少冰果,结果子时开始闹肚子,阿雉殿的晨钟响起时,方好一些。隐约看着晨光熹微,我迷迷糊糊要睡着,却被我那个雷厉风行暴脾气的爹，一个熊掌揪了起来。他好歹是个公王，可尽干出些侯伯（指爵位）都不干的鲁莽事儿。父王说江都谢小侯今日来齐出使，虽是国与国之间例行问候，但是父亲嘴角已经得意地飞起来，带了些耐人寻味的笑。

他一笑，我心里便咯噔了一下，虚弱地回了一个害羞的笑。算一算，我上月癸水不过刚至，方从一个孩子变成一个姑娘，大家便开始张罗起我的婚事来。父王这样的急性子，似乎怎么都改不了。

我拉了一晚上肚子，起床照镜子，显见地脸白得像刚浆洗过的四尺丹，爹爹却还嫌不够，让宫人给我抹脸，粉砌了一层又一层，却没等来谢小侯。

听说他出使的仪仗到了齐王都营丘城门处就走不动了。那一时人声鼎沸，有砸果子的，有扔手帕的，有抛媚眼的，这些还算过得去，只是，豆腐西施用手捧着豆腐凑到谢小侯面前含情脉脉，炸油饼的姑娘拿着热乎乎的一块油饼热切地朝着谢小侯示意，倒是太出格了，平素我脸皮也算厚实，这会儿仍觉吾国吾民太热情，这人都大抵丢到江都徽城了。说来吾国何处都好，就是乡党太过奔放，尤其是我爹继承祖父之位，封王营丘之后，全国百姓都随着我那每天欢天喜地不知道乐些什么的爹益发闹腾起来。

我小时候是这么个个性，说起来，山君莫笑。平素便是个在熟人面前话十分多，但是生人面前反而脸红的小姑娘。可那一时我转转眼，看着喜滋滋地跟我说着这等盛况、这等女婿着实不错，满头珠翠几乎看不清脸的我的亲娘齐王后，说不出什么话，脸却无法抑制地红了。明明都是世代豪庭教养出来的，说不清哪里出了差错，我爹娘这辈子活得忒实在，忒敞亮，忒不讲章法。

到底是件心照不宣的喜事，我唯一的哥哥，齐世子成泓拖着一贯病弱的身子，也跑来探望。哥哥倒是个稳重的孩子，知我性子，怕我害羞，只抚着我的长发，一会儿笑，一会儿忧愁。许久，忍不住了，却来了一句："这才多大点儿，怎么就要嫁人了呢？还没我殿内的香炉子高呢。"

我们一家子能乐乐呵呵地活到现在，外无强敌，内无家贼。天子放心，邻国友爱，我有时候都在想，兴许全是家里大大小小都不爱动脑子的缘故。爹爹常说："别那样活，累死了。姓成本来就是个累人的差事，再折腾自己，这苦便没完没了了。"

我与我的那些堂姐妹年节时会聚在太平都太阴殿娘娘处，那是我一年里见到最多人，也最觉得热闹的时候。每次堂姐妹们讲着我的那些堂伯又如何治死了哪个谋逆的大臣，堂兄又惹出了什么风流韵事，堂伯母又怎样和夫人、姬妾们斗得你死我活，我一听就着急得不行。急啊，急死人了，死活都插不上嘴。都是自家姊妹，我多爱说话，多想说话，多愿意吹牛啊，可是我爹爹从没杀过大臣，我哥哥一张国字脸也从没什么桃花，我娘亲更好了，跟宫人都混熟了，逮谁都一家亲，更何况我家后三殿没有姬妾美人！

每到这种场合，我就容易结巴。后来，姐姐妹妹们都不爱带着我玩耍了，背地里说这孩子有点缺心眼，干巴巴，无趣得很。每年过节，去太阴殿请安回国，我都会郁闷好一阵子，到后来，即使去了，也只是躲在一旁，旁人问话便只脸红害羞，娘娘们反倒觉得我是个有礼貌不轻狂的好孩子了。

过了不知多久，脸上的粉渣渣都掉在了浅湖色的襦裙上的时候，内侍才一脸激动地跑了进来："殿下和娘娘请您过去，说是谢小侯爷到了！今天摆宴在襄神殿，已为您设了屏风。"

这便是要见了。

我当时脑子一片空白，刚从孩儿时期走来，不过是个小小少女，脑海中唯一一闪过的男女之事，便是青城殿下同云卿的一段情，那也是这样相似的场景，听说云卿是被青城殿下一眼相中的儿郎，只是云卿似乎未相中殿下。

我忘了我那一路是怎么走过去的了，心中生出的期待好似天上火辣辣的太阳，热烈而醇厚。隔着一扇屏风，我看到了十六岁的谢良辰。

　　我知道自己自幼便是个相貌仅称得上清秀的孩子，涂上这么多粉，益发显得俗不可耐起来。这块屏风是匠人们用齐国盛产的鲛鱼皮，每逢交九，晾晒打磨九次制成的，光线莹润而清晰。以前我喜爱这屏风不挡视线不碍事儿，又成全了女孩儿的礼仪，这一会儿，我却恨它这样清楚明白。谢良辰只看了我一眼，便泛着笑，移开了视线。他是个十分礼貌的贵族少年，父亲、母亲一直乐呵呵合不拢嘴地给他夹菜，他接过饭菜，表情温和，再真诚不过，可是，那股笑便浮在唇畔眼角，让人看着局促难过。

　　山君啊，我当时哪能吃得多开心呢？只顾害羞同紧张了，一直垂目傻乎乎地盯着谢良辰的手指看，那真是一双太过好看的手，修长、干净而白皙，宽大又带着暖意。

　　父亲似乎太过开心，一人自斟自饮，便醉了七八分，亲切地拍着谢良辰的肩膀，一会儿贤侄，一会儿乖儿地叫着，我搓着手帕，眼泪都快出来了，母亲也听着刺耳，在他胡言乱语喊出"贤婿"之前，命宫女带他出去醒酒了。谢良辰微不可察地蹙了眉，不过一转眼的工夫，已经恢复了和气带笑的脸。

　　当时内侍上了一道我极爱吃的果子，是由糯米、糖稀和松子做成的，是齐国家家户户都会做的一道点心，叫长寿糕。我母亲乐呵呵地说贤侄你尝尝，谢良辰看了看点心，却笑着摇了摇头："我素来并无吃松子的习惯。"

　　他干干脆脆地拒绝了，我也明明白白地知道，这是一个傲气到对任何不喜欢的人或物都不会妥协的人。我猜他平素定然是十分不好相处的少年，睫毛长得好似针，掩住了眼中的忍耐，似乎能瞬间扎死个把人。

　　他没有表面瞧见的随和，可是，那张脸的光风霁月，清澈明白，却又让人无法苛责他。

生得好的人，是有这样的权利的。安安静静地坐着，别人便把最好的捧到他的面前。

谢良辰走了，带着对庸俗至极的齐王宫的不屑走了。

他那一日，只看了我一眼。而我为了那一眼，却整整悲惨了一辈子。

父亲和母亲翘首等着谢良辰带着聘礼，穿过江东的吴水，踏过姜齐和田齐世世代代经营的渔田，走到他们的小女儿面前。只有我知道，他不会来了，再也不会来了。

山君，你无法想象，一个十几岁的小姑娘是多么浅薄无知，她认定是自己那日粉涂得太厚，面色憔悴，吓着了谢良辰。如果还有机会再见他一面，这个小姑娘说她一定不会在前一天晚上吃任何一个冰果。

父王醉酒时放浪形骸的那句"儿"，回想起来便让人心惊肉跳，谢良辰这样干净清雅孤傲的少年，恐怕会厌恶上那个毫无礼节可言的轻狂"儿"字。可是父王只是喝醉了，我多想再见他一眼，告诉他，我的父亲是全天下最慈祥、最讲理、最聪明的父亲，不是你想的那个样子；我的母亲虽然喜欢穿金戴银，却是全天下最仁爱、最善良、最宽宏的女子，不是你想的那个样子。可是，我知道，我的父亲母亲没有错，是我错了，只是因为，我不是谢良辰想象中的样子。

谢良辰生着一张狐狸精的脸，迷住了如同小小僧侣，在净土中长大的我。无论我能绣出一只会飞的凤凰还是能种出一棵成精的紫牡丹，他都不再敞开那扇叫"兴趣"的大门。

等了一个月，江东徽城依旧没有音信。我爹爹老脸挂不住了，修书谢侯。谢良辰的父亲回答得很妙，说谢良辰醉心六艺，忙着拜师，无心姻缘，读书要三载，怎敢轻薄辜负小郡主？

我听说谢良辰九月便要去读书，抓耳挠腮了一个月，寄了一封匿名信到徽城，上面只有五个字："君要好好的。"这封信自然石沉大海，只是听说，徽城好一段时间门禁变严，说是兴许有刺客盯上了身高八尺的谢小侯，连挑衅的战书都寄到了府中。

我快掉眼泪了，十分担心谢良辰的安危，许久，才听说风平浪静了。

九月时，谢良辰确凿要去泰郡的老山宗处进学，我做了人生中第一个错误的决定，如同我迷恋上了狐狸精的皮相是个莫名其妙的错误一般，这个错，也足够让任何一个容易害羞的小姑娘抬不起头一辈子。

奚山君问："他说的煞星是你？"

"除了我，兴许还没人带给他那么多困扰。"

"有时候，史册里的寥寥数字，也许是人的遥远漫长的一辈子。"

我其实与谢良辰不大有缘，每每我去强求，便能得他一二音信，等我泄气三两月，却似是再也接不上的弦。可年少时不懂这已昭显上天之意，总要苦苦攥着，不肯放手。

我做了寻常小姑娘都不会做的事，女扮男装进了老山宗处求学，用的是哥哥的名儿，脸也涂黑了几层。细细算来，与谢良辰同窗三年，真真正正的对话竟不超过三回。少了也有好处，倒也记得清楚。他那日与众同窗到泰丘围场打猎，猎物颇丰，夫子开怀，特准我们吃一日酒。大家都喝了不少，我却因处处谨慎，只沾了两三杯罢了。平素因貌不出色、六艺平庸、为人木讷，同窗们都不大与我来往，故而我吃得少一些也没人发现。那一日众生喝完都有些失了平素风度，专找未醉的酒量大的同窗灌酒，我竟也被寻了出来。谢良辰则是酒量大遭了妒，众生一窝蜂地灌我二人酒，撑了些许时候，谢良辰一个趔趄，终是显了醉态，众人方住手，全心全意灌我酒。山君啊，我只是一个小姑娘，那会儿不过十四五岁，又能吃上几口酒呢？平素因怕辱没家风，再谨慎不过，那一日虽被酒水灌得十分狼狈不堪，却也存了几分骨气，硬撑着不肯倒。夫子看闹得不像话，骂了他们几句，教各自歇息，我这才得以喘息。

大家都走了，只剩下我和谢良辰。

打小，我就有一个臭毛病，喝醉了什么不干，就爱哭，哭得天崩地裂，宇宙洪荒统统不在眼里，好似成家从老到少统统死绝的忧伤，爹娘、兄长开始时还劝解几句，后来见不听，便由我哭，只是总也不解这小小姑娘哪儿来两串流也流不完的泪。

我那日醉得不轻，心中却是清醒。摸摸脸，眼泪早已挂了上去，停都停不了。我惶恐地看着伏在石桌上的谢良辰，一边擦眼泪一边掉。起身想走，总是眩晕，模模糊糊地，却看他抬起头，睁开了眼，四处观望，带着丝气定神闲的偷笑，可是，转身看到泪流不止的我，却有些尴尬地愣住了。

"你哭什么？"他问我。

我一边哭一边抱拳："谢兄有礼。"

他看着我，许久，竟忍不住笑了起来："真真有礼也叫你变得无礼了。他们不过荒唐一些，酒后无德罢了，吃酒适度是极快乐之情由，你倒是哭些什么？"

"谢兄莫要理我，自去休息便是。"我摆摆手，只能一言难尽。眼泪也不值钱，好似高山上的瀑布，飞流直下三千尺。

他问我："你可会诳人？"

我思考了一会儿，自己从小到大品性纯良乖巧，从未赖过谁的账，占过谁的便宜，更莫提诳人了，便摇头连道："不曾学得此处，不曾不曾。"

谢良辰的眼睛很明亮，他带着微妙的神色看着我，许久，竟用桌上遗留下的笔墨书了几行字，递与我道："签上你的名。"

我眼睛肿胀得瞧不清什么，只提笔写了个"泠"字，忽而想起自己是化名，读书用的是哥哥的字，便打了个激灵，再看谢良辰，竟似没瞧见，把纸折了几折，塞进绣满金丝的紫衣袖口。

我心怀鬼胎，想着如何把纸要回，却见谢良辰一把扛起了我，像扛着一袋米、一个小猎物一般。我伏在他的半边肩膀上，没觉得这是件多快乐的事，可是这却是我与他此生最最亲近的时候。那一会儿，酒意上来，翻江倒海地就吐了起来。谢良辰脚步顿了顿，我看他那样金贵的紫袍子染了好大一片酒渍，益发睁着双眼痛哭起来。我说过不在你面前丢人，你快放下我！我说我不认识你啊，谢良辰你怎么不放下我！我说这天色太晚了孤男寡……"男"的！

他淡淡地温柔地笑着，说闭嘴，我却干号着掩饰一切丢人的行迹，只被逼得装疯卖傻，惨淡地喊着——"爹爹，娘亲，孩儿三年未归家，可想死你们了！今日借酒方抒发情怀，爹爹，娘亲啊，孩儿素来有泪不轻弹，可见想家想得惨了！"

谢良辰又顿了，然后大步往后院去，踹门、点灯、扔我上床，一气呵成。我看着他的背影渐远，张张嘴，却并没有说出什么，只是伸出手，弯成圆月一般的弧，在一豆灯光下，轻轻无力地用手指覆盖他的影子。

我才不讹他，何必讹他？我若讹他，何苦做个男人还不敢与他多说两句话，仍然怕他不喜欢，仍然怕他不自在，不安逸。

那张字据，永远无用。

山君，你知道的，人生永远会有让你欣喜的小小转机。那时，我求学三年，灰溜溜地回了齐王宫。临行前我对我爹说，我嫁谁都不甘心，你便让我去死了心。我爹沉默了一会儿，就答应了，让母亲在我手臂上点了个朱砂印，听说是古时便有的守宫砂，回来第一件事，我把手臂乖乖抬起来给母亲看，她笑了笑，然后蘸了点唾沫，轻轻一蹭，就掉了。我发愣地看着，母亲却骂我"你究竟多久没洗澡了"。

亲爹亲娘啊，谁知道你们是吓唬我的？我每次洗澡举着一只手臂，生怕蹭掉了不好交代，这么熬了三年，到头来你跟我说你是蒙我的，信不信我一头撞死在金鱼池里？

我爹说我是没用的东西，天时地利人和，满屋子公的，母猪也变天仙，一起待了三年，愣是没搞定谢良辰，这已不是天然蠢的问题，这是天生蠢!

哥哥问我放下谢良辰没，我说没，他就说，哦，早就知道。

三年挺长的，我白过了。

虽然我生得一般，但是齐国不算小也不算穷，所以提亲的依旧踏破了门槛。我爹爹正苦恼着选哪一个，江东也传来消息，年方十八岁的谢小侯正式选妃，各国郡主、贵女都递去了小像。哥哥擅丹青，那一日方巧画了一幅天仙图邀我共赏，我说这是谁，我哥哥虚弱地笑了笑，张口就道："都怪你不争气……"

他的话没完，画儿却卷起，递给了内侍。第二日，父王却一个巴掌把我扇蒙了。从婴孩到成人，他从未碰过我一指头。他问我，你还有没有点骨气，非要效仿青城，沦为天下人的笑柄才肯甘休？

原来哥哥的那幅画假托我名，叮嘱使节送到了江东。母亲知晓此事，一方爱我就睁一只眼闭一只眼，一方又深觉不安，挣扎后告诉了父亲。他来之前，已扇了哥哥两巴掌。我这还算少的。

我打小口舌笨拙，不会与人争辩，只是不停地说："你这个……你这个……你这个老酱菜！"

齐国渔民会用海盐和鱼酱腌渍一种酱菜，可放数年，年头越长越干瘪，硬邦邦的，能砸烂瓦罐，瞧着是碟子菜，可横竖下不了嘴。

父王就像老酱菜，我缺不了又咬不动。父王一巴掌拍我脑门上，恨恨道：人头虾脑！

我知道他说我脑小人笨，小声道："娘生爹给的！"

他就啐我，拂袖而去，我只看到他额上九旒晃得人眼花。

我想起哥哥这事儿办得，心中又气又羞，只要了匹快马，在官道上追赶使臣。驿站换了八匹千里驹，赶上我家使臣时他们已经入了江东都城徽。我说把画像给我，他们齐声说世子吩咐了，除了谢小侯，谁都不给。眼睁着江东太尉遥遥带着人笑容满面来接使臣，我着急了："给不给？"

"世子殿下说，不给！"

"我不长这样，丢人丢到别人家了！"

"世子殿下说，郡主娘娘金光闪闪，貌若天仙！"

"一群马屁精！快拿来！"

"世子殿下说，画在人在，画若敢丢，谁害他妹妹丢姻缘，他就敢让谁打光棍！"

"江东太尉苏氏已至，还不快拿来！父王让你们给我的，快拿来！爹爹重要还是哥哥重要？"我拽着左光禄大夫秦谊的袖子打提溜，苏氏一行人越来越近。

"回郡主娘娘话，媳妇儿重要！"一群白衣使节齐刷刷地责备我，此处应有金鱼池，我一人丢他三百个！

那厢江东苏太尉已带人马拱手笑眯眯道："老臣奉谢侯令，正待去齐国为小侯爷提亲，孰知，秦老弟竟如此凑巧，来使江东！"

秦谊的袖子被我刺啦拽掉了一只。白衣众使都愣了，我也愣了。

奚山君听到此处，笑了："妙，这倒是峰回路转的妙，想必你是得偿所愿了。"

黑影摸了摸奚山君的额头，闭上了眼，似乎感知到了什么，很久，才叹息道："你也有这等不如意，我的事你想必感同身受。"

我混混沌沌地回到了齐国待嫁，不知谢良辰为何愿意娶我，我拼命把这个结果变成起点，等待人生中的另一段征程。空闲的时候，偶尔会想，如果我知道将来会是如此，能够早早准备，避过这场灾祸，该有多好。

在我出嫁前的一个月，初夏时分，父亲母亲按照惯例出营丘祭拜海神禺疆，却在城外吕蒙山脚遭遇刺客，当场毙命。我的兄长成泓骇痛交加，一病不起，不过几日，便郁郁而终。我刚刚忙完父亲母亲的丧礼，却又为哥哥穿上了丧服，那时节眼泪似乎流也流不完，我许久未入眠，可方入眠，不过三更时分，便隐约在浓雾中看到父亲母亲缓缓飘来，眼中含泪，在远处，惨呼道："儿啊，快逃，快逃！"

我一梦惊醒，满头大汗，正待喊侍从，却听见门外有窸窣脚步声，似有几人在低声商议着什么。

年代久了，我已不记得他们都说了些什么，只知道，他们准备对一个人下手，而这个人是我。

父母方才托梦想必便是因此事，显见得，他们在冥间苦苦支撑，是决计不肯让我死的，可我该如何脱身？

黑暗中，枕下只摸到一把匕首，那些侍卫大约已被买通，想必是不中用了。握着寒锋，平素在老山宗处武艺只学了个皮毛，这会儿不得已，只得咬牙拼一拼，死了固然能一家团聚，可我那臭脾气的爹和花枝招展的娘在阴间也断然能骂我个十年八载。何苦呢？何苦愧对先人。

我硬着头皮，要冲出去，哪知身后又来了人，阴冷黑暗中，捂住了我的嘴。那个人背着我，爬到房梁上。齐王宫的砖瓦不大牢靠，他就硬生生用另一边肩膀撞破了瓦砾，带着比我还想死的勇气，逃难一般，背我逃了出去。

他穿了一身白衣裳，可他受了伤。不知他是如何逃到我的寝殿的，也不知他是在何处受伤的。他就背着我一直跑一直跑，直到跑不动，直到血把白袍子全部染透。

他把我放下，在一户户农户的炊烟之中，蒙蒙亮的天色照亮了他的脸庞。他把竹篾编织的筐盖在我的身上，把我藏在一坛坛女儿红的缝隙中。这家人想必最近要嫁女儿了，才把带着泥土腥香的女儿红悉数挖了出来。

我爹爹再也吃不到我出嫁时的那坛女儿红了。

那人转身踉踉跄跄地向前走，我在竹筐中问道："秦大夫，你最想要什么？"

晨光下，他的脸庞真好看，平素的倔强和顽固亦变得柔和了。他对着我微微笑了，苍白的面庞已带着浓重的死气。他说："回郡主娘娘话，臣此生最大的心愿就是娶一个漂亮的姑娘，然后生一个……生一个像郡主娘娘一样的小姑娘。"

齐左光禄大夫秦谊，时年二十有五。他干裂的嘴唇扯了一点笑，对我说："你乖乖躲着，一定要乖乖地……活着。"他轻轻抚摩竹筐，然后没有回头地离去了。

我在竹筐中躲了三日，他却再也没有回来。等我从竹筐中走出来，正逢这家主人嫁女儿，席间大家吃醉了酒，都说着齐国七大夫的风骨。

听说齐郡主成泠前日暴毙，齐王一脉彻底断了。有人诬齐王早有谋反之心，天子并未说什么，只命楚王接管齐国，似已拿定几分证据。齐国七白衣大夫誓言一生只奉一主，齐齐自刎在楚王面前。带头的便是左光禄大夫秦谊。

"侍仇为君，何配为臣！"秦大夫指着楚王大骂，而后掏出佩剑，笑道，"吾主黄泉路上寂寞，臣此生无愧，临行前沐浴更衣，一身洁净，可见吾王吾后吾世子，不失礼！"

他死在了楚王面前，含笑而终。后六白衣大夫纷纷效仿，血染红了阿雉殿的铜钟。至此，再无人为吾冤屈死去的王出头。那似乎是主人请来的说书人一边说一边掉泪，满堂喜色都变愁云，我看着他的眼泪吞女儿红，他替我哭了，齐国百姓替我哭了，我还哭什么？

楚王为此事十分震怒，他已谋定齐地，做得狠辣，将我父母兄长从王陵中掘出，破席一卷，草草葬在琅琊。自此，齐、楚合并，归昔日楚王，天子么弟。我杀死他的时候，他问我是谁，我在他耳边喊的那三字是"楚王叔"。

所有人的命运，在家与国的面前，显得微不足道，我没法阻止这轮转，眼睁睁看着自己走到了此处，却无能为力。

我想起了幼小的我，总爱在夕阳中横躺在阿雉殿前的步坡上，那时候的天十分湛蓝，张开双臂，连我都是太阳和天空的一部分。风吹起时，方戴上官帽的小小秦家世兄露出小虎牙，站在我的身旁，躬身道："郡主，醒一醒，殿下唤您用膳呢。"

他牵着我的手，把我送回母亲的身边，然后在暮色中，我挥动着小小的帽子向他致意："秦谊，你人很好，赶明儿，叫我爹爹给你讨个最漂亮的媳妇儿。"他含笑点头，然后在夕阳陷落的时候消失在我的眼前。

秦谊叫我乖乖活着，他用命换了我一命，故而，无论活得如何艰难，我从未想过轻生。我知道，死了就是完了，就像我爹爹、娘亲、哥哥。

我之后颠沛流离，扮作男装，做过乞丐，做过匠人，也做过挑夫，后听闻楚王与林九娘关系甚密切，便去她堂馆中做了个下等姬妾，伺机报仇。起初自恃身份，只想要做个舞姬，不肯交易皮肉，被林九娘打了好几顿，后来便落下了病根，不再能生育。

继我父亲死讯之后，忽有一日，我又听说谢侯府遭逢巨变，民间都在传谢侯父子皆因被我父同我连累，困在侯府，最终自焚。

听闻他死讯的那一日，我被那老者强暴了，那是我人生中最绝望的一日，昏迷中，我不知是梦还是真实。

我似乎瞧见了谢侯府邸的一场大火，所有人呆呆地远观着，不知发生了什么。火光渐盛，众人纷纷掐着嗓子，不知是惊骇，还是恐慌，却都对着我说——离远点！救不成了，那处一时半刻便要化为灰尘！

灰尘。

我的良辰啊，一时半刻就要化为灰尘。

梦中有梦，我许是疯了、傻了，觉得总有一日他会穿着红色的喜服出现在我面前，我们还要生个孩子，有他那样清澈的眼。我婚后与他闲聊，便说我做了个奇怪的梦，梦见我们此生成不了姻缘，梦见你竟死了。

我那夫君若然觉得好笑，看着我那样微笑，我便说，真真的可怕呢，他若问我，还有什么话在那可怕梦中，来不及对他说的，我便告诉他——百国男子老老少少，我瞧见谁，一错眼一恍惚，便总是隐约觉得他们五官血脉中或多或少都有一丝一毫像着你，他们并不是你，我寻不到你，可他们像你。

有许多人爱慕你年轻时的容颜，我是天下第一好色之徒，故而我比她们都爱。爱到你老了、死了，你还是你。可我是凡俗之人，你若化成灰尘，我何等束手无策。上天不必如此嘲讽我，我的爱是这样世俗，因你美貌，因你神气。而今只愿你能好好活着，活成我喜欢你时的模样，那么你不欢喜我又如何？不娶我又能如何？我喜欢你却从未觉得你也喜欢我便是最好结果。

梦中也有可怖的现实。事实上，我就静坐在那火光之中，不知坐了多久。

房梁倒塌，熔焰炽烈。

我的良辰美景，这辈子便是从这一刻消失的。

我常常在想，谢良辰也许是这世上最冤枉的倒霉蛋，我对他执念未消，每每夜间犹会莫名其妙地梦见那场大火，尽管后来我知道他并未死，可是绝望已然埋下，什么都救不了我。我知道他不会多看我一眼，他想要的从来都会积极进取，包括王位，包括权势，包括喜爱的女子。我不是这三者中的任何一个。虽然我安慰自己，我不清白了，不能生孩子了，所以没有了靠拢他的资格，可是事实上，我清不清白、能不能生孩子，又与他喜不喜欢我有什么干系？

你说呢，山君？你是个明理人，你懂得这个道理。我本不觉得我在诋他，可我如今冤魂不散，行径匪夷所思，连我都害怕自己竟还这样无耻卑微地爱他。

山君，你能救我吗？你救我一救。

"我帮你除了她，你可后悔？"扶苏问谢侯。

谢良辰满面皱纹，垂目道："本侯从识字始，从未后悔。"

晏二在阴阳交界的城门处，设了一道美景，款待一人一魂。

谢良辰骑在黑色的骏马之上。这天傍晚，他穿了年轻时候常常穿着的银色长衫，靛蓝佩饰一垂到底，紫金冠映着夕阳散着氤氲的暖光，当他年轻时，从未有谁这样穿比谢小侯穿起来更得体好看。

谢良辰到底骑上了马，谢侯府前的那条宽阔的街道在傍晚时，空无一人。

晚霞余晖，空荷接露。

他从城门而来，一路疾驰。无数次，他从此处飞驰而去，宽大的银色袖子随风翻飞成水鹭，前方是他的家，赢促织，尝美酒，纨绔子弟个个这样走来。

他飞驰而过，时间一点点剥去，又变成少年时的模样。

这本是平凡的一日，也本是依旧平凡的一辈子。

谢侯也许想起了什么，也许并未想起什么，他年少时便不记得别人的模样，年老时又怎会轻易想起？

马鞭握在手中的时候，那双苍老的长了斑的手也在风中变成年轻时细长稳固的模样。握住了什么，紧紧地握住了，从不肯放手。

所有的血液，从心中流动的声音，他在这一刻，这一瞬间，都听到了。

前方，空荡荡的街道对侧，背对着夕阳，却缓缓从空气中凭空跃出一扇屏风，屏风后，端庄地坐着一个小姑娘。

他被她这样挡了路，只能轻轻下马。她听到脚步声，缓缓地抬起头。

他看着她，拱手问道："姑娘何方人氏，为何此时在此处，挡了我归家的脚程？"

四目相对，这次姑娘没有因为羞涩而低头，她只是长长久久地看着他，整张脸，再平凡不过，未搽什么粉。

算不上好看。

他也只是冷漠地看了看，便转过眼。他忍住厌恶，问道："姑娘何意？"

女孩子揉了揉眉心，呼出一口气，温柔道："良辰，你其实一直都记得我是谁，是吗？"

谢良辰面容冷冰冰的，他朝着月光，不语。

女子轻轻道："正如我一直记得君一样，君也一样记得我。我记得君是因为我爱慕君，可是君记得我是因为君厌恶我，厌恶我这样无法自制的欢喜。你得瞧清楚我，才能警惕我的图谋、我的用心。我这样喜欢你，让你害怕了，是吗？"

男子握紧双拳，抿唇不语，面色益发冷硬，许久，才道："还不肯噤声吗？郡主。"

她叹了口气，又叹掉一滴泪，无奈地噙着泪笑道："瞧我都办了些什么事，良辰。我在书院连着三年同你说早上好，我与我的父亲把你逼到了绝路，我自作主张地为你选了个你不喜欢的妻子，让你喜欢的女子无容身之地，我还有脸天天借着送饭去瞧你。连我死了，都不肯放过你，在你家中阴魂不散。你处处宽容，不同我计较，可瞧瞧我，都做了什么啊……"

谢良辰睁大清澈的眼睛，那目光中都是愤怒和厌恶，他咬牙切齿道："成泠！"

成泠含笑，嗯了一声，她说："良辰，你记住我现在所说的话，你一字一句听好。"

谢良辰终于转身，再次恨意昭然地望着她。

她说："我就此消失，祈求奚山君夺去我在你脑海中的记忆，这样，你此生便可如高岭之雪，不受玷污，成为第一等诸侯，得到第一等封邑，娶得第一等娇妻，福寿双全。"

风起云涌，屏风渐渐随着风化，屏风内的那张干净的面庞也随着屏风一寸寸变成沙尘。

她说："谢良辰，我知道你觉得我配不上你，不该奢望。可是，你何曾配得上过我那样的喜欢？故而，打从今天，从这一刻钟，从我们初初见面的那一眼，从夏虫鸣了、桃花散了、竹叶青了的时候算起，我们两不相欠。"

本是深闺梦中人，日头月头霞光雾霰万象变幻，自哂自嘲自污自怨不自量力，不过是，怕人听见。

你怨我欢喜得卑鄙，欢喜得浅薄，可是你前生，又爱我到如何，才叫我今生从头清算，迎头一棒，鲜血淋漓，这样去还。

谢侯是夜高热不退。

奚山君遵成泠嘱咐，为他消除记忆，手才触到谢侯苍老布满皱纹的额头，却被攥住了，老人有些疲惫道："够了。"

约莫三更，江东谢侯辞世。

奚山君再一次伸出了双手。

扶苏问道："你看到了什么？老侯爷临死之前在想什么？"

奚山君的脸变得有点苍白。

谢侯有晨起舞剑的习惯，鸡鸣起身，一身薄汗地回到厢房，却要再假装早起一次，推开窗，耐心地听她每日问候。

他的父亲问丞相："百国之中，可有一二配得上吾儿？"丞相笑了："魏郡主浙，美貌无双；韩王孙瀠，权势逼人。"他却说："齐王夫妇为人豁达，王女谨慎温和，可为贤妻。"

他骑着一匹骏马，在无边的黑夜中奔驰，听着风呼啸，然后昏倒在成泠灵前。

为报妻仇，他带暗卫杀到楚王处，却看到他的妻子站在他的面前。

她张开了双臂，他拿着剑。

她抱着他晒太阳，连下巴上都是阳光，手指中带着缱绻，他睁开眼看她，怔怔地，似乎一抬额，便能碰到她柔软的嘴唇。

他坐在墙外，握着藤结两日两夜。

他托恩师云琅保她性命，又为夫妻团聚，参军沙场，九死一生。

他战胜返朝，途遇天子细作赵姬。天子恐他势大，又怕他再翻案，他将计就计，派家臣之女扮作成泠，击鼓鸣冤，一石二鸟，以便成泠自明身份。

成泠为他选了个清清白白的妻子，他在堂上撑了许久，才没有因心痛和羞辱而昏倒。

他使人差成泠为他送饭，可三月之久，成泠无一语，默默无息。成泠自惭身世，不肯认他，他使家臣之女假死，报丧，本预娶成泠，以婢女之身。赵姬看出端倪，预报天子，他假借娶赵姬为名，将其软禁府中。

成泠因前生伤痛，爱听风雨之声，她夜夜静坐，他便立在暗处，静静陪她。

他年少时，在老山宗处读过一首诗，诗的原话已记不清晰，可大抵想起寥寥片语："卧夜坐起风雨，推窗广厦明烛，天也有十分心愿，宁可千万人顺心如意，到头来，磨难重重，换一人，白首不离。"

他等着她有一日因她口中的那样喜欢，而告诉他，我便是你的妻子成泠。他没有等到那一天，成泠一日复一日，更加不快乐。

家中婢女问道，平生夙愿为何？成泠答：居齐地，耕齐田，守父母陵。他亦有平生夙愿，愿她真的快乐。

他放了她，最后一次问她，可有夫家可回？她说路途遥远艰辛。

她嫁给齐人的那日，他就坐在她家的院中，喝着女儿红，看她一步步走向别人。也曾想过有一日掀起盖头，瞧见旁家好的淑女，可是若不是她，连呼吸都觉不洁至极。他唯愿旁人不曾受他如此之苦，虽一张脸光鲜至极，可只有自己看得到，一颗心日益麻木废弃。

他是她口中的九天玄女、齐王英灵、田埂上的神仙。他简居琅琊，整五十年。

她死的那一日，天上飞来许多雀鸟，那鸟儿眼瞧着就要自由。他让人打落了所有的鸟儿，葬在她的坟前，祭奠她此生可贵的自由，他此生卑微的囚途。

年轻时，他曾与友人吃酒，席中有巫。人问巫："阴阳相隔，可有相见之时？"巫答："她若欠你多，不还不入泰山间；你若欠她多，世代还够便了结。若要结良缘，不亏不欠死同穴。"她欠他这么多，如何才入轮转台？他此生注定死在江东，他的妻子又如何与他同穴？

如何才能？

她说她那样那样地喜欢他，他真愿她真如她所说，曾经那样那样地喜欢他，这样，他也不必这样地爱着她，爱到寒了，倦了，死了，还不肯放手。

她欢喜他，叶公好龙；他爱着她，尾生抱柱。

他缠绵病榻，掘了她的坟墓，预与她同穴。她死后，却依旧躲着他。

他一直等着，待到下辈子，他与她不亏不欠了，便莫要欢喜过甚，钟情过疾，骄傲过命，只是结个良缘，也能好聚好散。

谢良辰死的时候，手中握着一纸婚书。

婚书的右下角，是小小的"泠"。

那时节，他们在山宗处求学。他戏弄她，心中生了浅晦爱意，可顾惜她名节，从不肯有片刻懈怠。

她却说她必不讹他。

齐郡主成泠果真没讹江东侯谢良辰。

十三　乔郡君

昭书

"乔君者，佞徒。少年作王术，万古书。"

——《昭史·卷一》卫异人

很久很久以前，有一个传说。

很久很久以前，天上也有一个帝国。凡间的人叫凡人，天上的人就叫天人。凡间有四通八达的街道、拥挤的人群、各色的摊贩，有笑声，有歌声，有哭声，天上也有。凡间的人用丝线做新衣，天上的人用云朵扯布。人间的新衣用染料变出不同的颜色，天上的云朵分为霞光色、夜色、阳色。霞光色是霞光中的云朵，夜色中的云裳黑得深沉，太阳照耀过的云朵只有生得好看的天人才敢穿。凡间的人用刀币买东西，天上的人用云朵换东西。一块肉要用一朵云换，一把斧子用两片云。凡间的人需要劳作，采集谷物，再用谷物换钱，天人却不必，天人只种云，种完之后采集，一片片云放在褡裢中，想吃什么想要什么就去集市买。

人间的国叫大昭，天上的国叫太平。

大昭的人生在摇篮中，太平的人降临在天河中。大昭的人死了埋在尘土之中，太平的人死了埋在星星里。每一颗星星都是一座坟墓。太平人死了多少，天上的星星就有多少。明亮的生前德馨仁厚，黯淡的死前祸国殃民。

春风吹过大昭之时，昭人开始劳作；风吹过太平之时，云便散了。云散了，星星高了，天国便无人了。那些卖蔗糖的摊贩、卖馄饨的摊贩、耍猴儿耍蛇的人也都不在了。他们回到了各自的家中，女孩子们开始认真学习琴棋书画，不再对着哥哥吵吵闹闹要出去玩耍，出去看很多很多的人，等待变成最好的姑娘，嫁给这世间最好的人；哥哥要看很多很多书，救很多很多人，努力在死后，住在最亮的星星中。

很久很久之后，哥哥出征了，妹妹出嫁了，他们都得偿所愿。

三百一十年前。

"然后呢？"

"然后你该回你自己的闺房了。"少年瞧着裹成一团蚕蛹的小孩儿，静坐床畔。

小孩儿撇嘴，指了指外面的天："下着雨哩，哥哥。"

小孩儿怕下雨，一到雨天，就赖在哥哥身边。她哥哥是个类似母亲的存在，自幼抚养她长大。

少年一袭白袍，玉扣方取下，腰间松垮垮的。他也有些倦意了，准备就寝，就抱起那蚕蛹，预备扔给宫女。小孩儿却伸出两只触角一般的手，紧紧地抱住少年的脖子，趴在他耳畔，轻轻道："哥哥，我们做个交易吧。"

少年微微一笑，眼中却没什么笑意："又想抄《女诫》了？"

上回下雨，小孩儿也这样同她哥哥说，而后开始漫天胡扯，从海棠园的猫说到春荷池的金鱼，又从芙蓉阁的盆景中生出一只长得特异的昆虫说到厨房周大娘居然用蛤蟆肉做了一碗羹给她老头子补身。她越说越兴奋，二郎越听越恶心，最后只得合上她双眼，拍她入睡。第二日，二郎越想越觉得被这孩儿哄了，便罚她抄了一百遍《女诫》，后又命她将《礼记》中"七年男女不同席"写了千遍。

小孩儿轻轻地将软软红润的小脸贴到少年脸颊上，狡黠道："哥哥，你真的真的不想知道，新来的仙女表姐欢喜谁吗？"

他挑眉，把她从棉被中抽出来，放在眼前端详，微笑道："好孩子，什么叫欢喜？"

小孩儿偷笑："就是后花园里，爬进来一个才高八斗以后会中状元的书生，刚巧碰到一个琴棋书画样样精通长得像仙女一样的小姐。他们一见面，便是欢喜。"

少年被玉环扣着的黑发微松，他又温柔问道："谁同你说的故事？"

小孩儿笑道："你莫要再想着罚谁，我从书里看的哩。同谁都没关系。"

少年也不急着扔她走了，把她放在床畔，微微笑道："我也同你做个交易，如何？"

小孩儿点点头。

少年却道："我告诉你，你表姐喜欢谁，你便把你看的书借我一瞧，如何？"

小孩儿被他绕晕了："不是我告诉你吗？"

少年淡道："那我们一起说，看谁说得对。我说得对，你便把书交予我。"

憨孩儿想了想，点了头。

她在哥哥手上连撒带捺地比画，她哥哥却用冰冷的手指轻轻点在了她的额上："你表姐自是欢喜你。"

小孩儿急了："不对！不是我！"

"你表姐不欢喜你？"

"她欢喜我呀，我这么可爱伶俐的少女，她自是欢喜。"

"那我说得可对？"

"好像也没错。我这样好，人人都欢喜。嗯，你讲得颇有道理。"

"你的书可能借给我瞧一瞧？"

"借给你了，莫要再传给旁人看，我听人说，大人瞧见了，要打我，要烧书哩。哥哥今年一十四岁，还是个孩子，不是大人。对，可以瞧一瞧。嗯，你平素见识太窄，理应瞧一瞧。你瞧一瞧，便知道书中的书生如何好，真真是个清雅如仙、有情有义的好男儿，解救那小姐于闺阁苦牢之中。他们婚后还游遍了名山大川，那风景瑰丽甚至连《山海经》中都不曾提到过，瞧完可长见识啦。"

第二日，果然小孩儿被打了一打，书被烧了一烧。成箱的话本子被内侍从闺阁中抄了出来，难为她藏得深，东塞一本，西挖一册。小孩儿哭得大鼻子泡泡都出来了，少年白衣金冠，清洌如薄荷。他面前放着一个炭盆子，火光狰狞，烧一本，那孩儿挨一下。

"清雅如仙？"

"哇……我的《金钗记》，你好狠的心，大佬！"

"有情有义？"

"我的《离魂记》！"

"闺阁苦牢？"

"大佬，那是孤本。大佬，那是我借旁人的，哇……你烧我好了！"

"名山大川？"

"你烧吧，反正我都会背了，你烧一本回头我默一本！"

"可长见识？"

"我跟你拼了，我今天跟你拼了！你不用拦我，你肯定拦不住优雅聪慧如我，我一头撞死到你身上，教你满身血糊糊，待到来年，我便做一头癞头包子，蹲在你上朝的路上，我尿你一身！"

少年看着被下人钳制住的小孩儿，拿帕子擦了擦如冰如玉的手，冷笑道："难为姑娘下辈子记得我，做个癞蛤蟆还惦记着本君。你且莫忘了本君，本君可欢喜你，欢喜死你这样儿的好孩子了！"

小孩儿哭得眼都肿了，扯着嗓子号："你做什么哄我？你欢喜谁你自己不清楚吗？你欢喜表姐却不愿让人知道，你甭当我不知道！你这个撒谎精！你这个小人！"

少年并不动声色，许久，才微笑道："本君自是唯女子与小人难养的小人，你却是连小人都难教养的女子！"

他静静看着小孩儿挨打，像是观赏什么稀罕的盆景，待她哭得无声了，才拂袖而去。

那一年，三娘乔植十岁，一个小侏儒。二郎乔荷十四岁，白衣清爽。

三百零九年前。

她望着四周，绿油油一片，不大明亮，只有阳光细小的斑点，透过树叶，打到孩子脸庞细小的绒毛上。

她吞了口水，松缓了背上的包裹，战战兢兢地瞧了一眼树下，见远方有一行人说笑着走来，小孩儿乖乖地蹲着，大气不敢出。

"素闻郡君风雅，这园子今日一见，果真气度非凡，繁花异卉，世所罕见哪！"中年男子的嗓音。

"国老一生见多识广，咸阳旧都阿房连绵，人间仙境不外诸等，此园鄙陋雕琢，或可匆匆一瞥，焉敢入目细瞧，岂不贻笑大方之家？"少年微微笑道，端的风雅温柔，与皇都中传言全不相符，全无权臣奸佞的飞扬跋扈。

"这花儿养得细致。秦王宫也曾有这样好的海棠，雨后益发娇美了。太尉大人八卦易术必是又精进了，推演得连个园子都生生不息的，令人眼热。"国老颔首笑道，"老臣今日实在荣幸，能与郡君一起把臂游园……"

一行人的脚步声越来越远，三寸丁松了口气。午时园子守卫松懈，她倒能趁机一逃。只愿如旁人碎嘴同她所说一般，这海棠树旁的院墙下，有个不大不小不宽不松的洞，容得下三岁孩儿的身躯。她拿着一包马蹄金，届时便能海阔天空，逃离这高得骇人的囹圄。

她正盘算着，耳边有蚊子嗡嗡叫，啪的一声，打死一只，继续想。正想着，雨后松软的泥土上却又传来缓缓的脚步声。

她从树枝中垂头，正是那奸佞之徒。

国老游园已毕，想是已离去，那奸佞还穿着暗红色的朝服，应是匆忙间尚未换下。他十分好洁，这一时去换衣裳，便不会拐弯回来了。三寸丁屏息，暗自放心。

"今日在园子里摆膳，雨后蝇虫多，捧了广藿熏一熏。"少年想到什么，在海棠树下停住，众人领命。

三寸丁傻眼了。

不多会儿，香炉子捧来了。又不多会儿，蚊子被熏到了树上。三寸丁红润白皙的小脸上全是叮痕，连手指上都有。她被咬得含泪，却不敢吭声，生怕被那坏人听到声响。

一辈子唯一一次的机会啊。

那人清雅，脊背挺直，纱帽微垂，吃得悠闲。

三寸丁摸了摸瘪了的肚子，心中暗自叹气。

待他吃完，她终于松了一口气，自觉离自由一步之遥。

可那少年吃完一炷香的茶水，却微笑对内侍道："把本君的琴拿来。"

他吃完喝完又要抚琴。

他肩膀很宽，怀抱很暖，这些她都知道，可他是个坏人。

少年盘膝坐在海棠树下。海棠花对着薄荷郎。那郎君又不知徐徐弹着什么古韵什么调，靡靡昏昏，连四散的草儿鹿儿都静静屈膝。

小孩儿揉了揉眼，静静俯视着那少年郎君。

他抚完琴又要拿着棋子研究孤谱，蹙着眉也很清雅好看。旁人都知道他很好看，却不知道他是个坏人。

这个坏人把她变成现在的模样。

冬日里不过把她充作一把暖炉，夏日里嫌她活泼，由她被风雨折散。他放与不放手，全然出于一己之私，都与她不相干。她是他养的猫儿狗儿，早已不知道人间是什么模样，更何况天上。

暑日黏热，小小三寸丁恨恨地晃着海棠，眼泪噙满。花儿惊吓，砸到了少年身上。

他不曾抬起头，任花簇堆满棋盘。

她从树丫一寸寸下滑，再一次与自由天堑相隔。

而后从棋盘下猫身钻入那人的怀中，静静地抱着他的腰。

少年连看都不曾看她一眼。

她对着他的下颌轻轻呢喃："我想你啦，哥哥。"

连逃都未逃走，就在他身旁一整日，十尺树高，不知算不算远。

可他吃饭时，身旁没有她；喝茶时，没有她；抚琴时，没有她；下棋时，没有；蹙眉时，没有；微笑时，更没有。他有没有她似乎都不打紧，但是要紧的是，她没有了他，却像再也回不到家的小鸟儿。

"哥哥，我离不开你。"她到底意难平地望着他，一仰头，哽咽落泪。

少年白皙的手指摆着棋子，许久，才抱起她，放置在那温暖的怀中，轻轻问道："你本来预备去哪儿？"

"没有你的地方。"

他忽然笑了，嘴唇苍白，映着红色的朝服，益发不似真人。他说："何必心急成这样？"

那一年，三娘乔植十一岁，一个小侏儒。二郎乔荷十五岁，红衣端艳。

三百零八年前。

乔植并非自幼侏儒，只是四五岁时得了一场风寒，再醒来，便长不高了。乔郡君养了一帮名医，专为她调养身体，日日须喝一碗苦药汁，可八九年都不见起效。眼瞧着到了豆蔻芳龄，她依旧是那副模样。

二郎闲暇时，有了逸致，曾为妁氏画过一幅小像，画上女孩儿唇红齿白，风月难表一二，手中握着如意，端的倾城。三娘缠着二郎为她也画，二郎便画了一幅憨孩儿抱猫儿的画儿，她一瞧便哭闹打滚，不依不饶，说要同表姐一样好看的。

二郎道："她生得什么模样，你做什么与她攀比？落了下乘。"

小孩儿便哭闹道："表姐是生得好看，可我怎么就不能好看了？我只不过是长不高罢了，我这样残疾，却原来连幅画儿都不配了吗？"

少年被她闹得无法，气得屈起指节弹她脑门："你长大了，倒是能生得那副美貌！"

小孩儿硬着头皮顶嘴："你只要画得，怎知我生不得？"

他便只得瞧着她，细细再朝绢上画。画儿成了，他却面寒如铁，拂袖而去。

小孩儿看着画，那里站着一个黄衣倾国的少女。她傻傻看了半晌，似被迷住了，许久，却哭得更加痛心。

她在闺房内哭，表姐便来了，免她触景伤情，只道："我拿我的画儿同你的交换。待你长大了，变好看了，我便把它还你，如何？"

她只是黯然失色，萎靡了好一阵子，待到挂起表姐的画像在窗前，二哥再来，便总盯着那幅画儿看。他问她："你喜欢妫氏吗？"

他也到了书里的白衣公子喜欢二八佳人的年华。虽则他书读得比她好，棋下得比她精湛，人生得比她好看又如何？到头来，还不是会喜欢上这世上的一个姑娘，建功立业，然后娶她回家。

小孩儿笑了，她喜不喜欢又有什么干系呢，只要哥哥喜欢不就好了？她终有一日作为一个怪物死去，多余的情感怪让人困扰为难。她说："表姐待我很好，比哥哥待我都要好。哥哥待我不过一二分欢喜，表姐却十分尽心。我喜欢表姐，比喜欢哥哥还要喜欢。"

他并没有说什么，只是看着她，淡淡缓缓地微笑，好像笑到了心中，又好像没有。

那一年，三娘乔植十二岁，一个小侏儒。二郎乔荷十六岁，白衣翩跹。

三百零七年前。

小孩儿的哥哥停了她每日一碗的苦药汁，她竟慢慢长高，慢慢像她已逝的母亲。偶尔遇到公主，那张高贵的脸阴晴不定。

小孩儿擅卜卦，他们兄弟姊妹几人，只有她继承了乔太尉的天赋。太尉对她素来冷淡，不知是碍于公主面子还是厌弃了小孩儿生母，只于她十岁生日时，送了个小小的龟壳，权作礼物，让她摇卦耍玩。她大模大样地瞧过几本易书，便在家中摆起算命摊，拉人算命。起初谁都不信，之后准了几次，人人皆称奇。

小孩儿爱下棋，谋略之术却甚差，一输再输，愈挫愈勇。后有一日，与少年对弈，小孩儿执黑子，输得惨烈，只剩一子。她灰头土脸，有气无力，他却伸手，捏走了那枚黑色棋子，从腰间解下他自幼戴着的暖玉，俯视着她淡道："老是赢你这狲狲也没甚意思，在背后不知悴我几回了。这次便拿玉与你换这最后一棋，可还公道？"

小孩儿当时就脸红了，她面上从不敢驳二郎，背后却是骂得唾沫乱飞。

随后，二郎便冷笑道："这些日子，我为你踅摸了个天下无双的好夫君，恭贺姑娘以后要自由了。只是难为姑娘，得略等一等，本君即日出征，少则一两载，多则两三载，回程之日，便是送你出嫁之时。"

小孩儿傻了，小手抱着暖玉，傻乎乎地看着二郎，二郎忍不住揪了揪这孩儿的小辫子，道："你这憨孩儿！我养你这么大，你倒是祸害得他家破人亡，也算你有几分本事！"

小孩儿摩拳擦掌。

二郎忍俊不禁，真的笑了，他面容清爽，笑起来沁人心脾。可他并不常这样开怀，尤其在小孩儿面前。那个阴郁的少年也许才是他的哥哥，不管他在外面是如何温雅爱笑。小孩儿心中一动，问他："可比二哥？"

二郎缄默。

过两日，天子有旨，乔二郎带兵出征。

他走的时候，她卜了一卦。卦象说他哥哥全胜而归，她便满心满意地等着做个新嫁娘。

她跑到花厅，问老爹爹："爹爹，谁是天下无双？"

他爹爹想了想，道："天子？"

小孩儿开始哭了，哎哟我死去的娘哎，不带这么坑人的，天子爷爷是二哥的外公，我这是要去当二哥的外婆了吗？这还是亲哥吗？怪不得走的时候还对我笑了笑，外人都说我大佬是奸臣我还不信，我大佬坏透了啊，爹爹！

她对她亲爹哭诉，她爹爹哭笑不得，什么乱七八糟的。她说她哥哥给她寻了个"天下无双"当夫君，太尉大人脸色变得很凝重，许久，才咳道："这个'天下无双'不是天子，说的是一个聪明好看的儿郎。"

她问爹爹："有多好看？"

太尉大人当时正在吃早点，不远处，盛着一碟包子，被她缠得无法，指了指包子，随便敷衍她："差不多就这样。"

害得她从此瞧见包子便傻笑，放到口中，只小心翼翼地善待，咬一口，便脸红。

她问他的老爹爹："天下无双可高？"

老爹爹比画了两个她，嘀咕道："这么高。"

小孩儿从此每日喝三斤牛乳。

诚如他哥哥所说，她若真真一直这样高，嫁给天下无双，也真真是故意害人家鸡犬不宁。

她慢慢长高，慢慢长大，慢慢地，做了一场又一场梦。梦中有天下无双。

那一年，三娘乔植一十三岁，豆蔻年华。二郎乔荷一十七岁，铠甲峥嵘。

三百零三年前，家中老奴把她背到了山上，苍老的手抚摩着她的眼睛。

她忘记了什么，醒来后，一袭红衣裳。

那一年，她十七岁，红衣黑发，二郎……二郎又在何方？

二百年前，她与翠元夫妇去奚山下的小镇中吃酒看舞。三壶猴儿酒，一场荒唐戏。

歌舞的姬旦妆容好不乖张。

唱了一出披着帝王将相皮的后花园私订终身。

台子上说了一出半真半假的戏。很久很久以前，大昭第一位君主成璟终于扫平南方诸侯，登上了天子之位。

昭天子功绩垂名千古，统一天下本该安享太平，却有一桩心事，始终浮不到岸上。

因成璟年过六旬，英雄垂暮，却依旧无子。他平生只得一女——华国公主。

华国公主嫁乔伍，生一子两女。乔伍官拜太尉，掌管军政。

公主与太尉的独子，便是名震史册、万世唾骂、臭名昭著的郡君乔荷。乔荷自幼便工于心计，心狠手辣，有巫族曾私下传闻，此子是灾星下凡，日后定然为祸万民。

因他是帝国唯一继承人，手段又十分狠戾，十五岁上下，众臣便惧他怕他，当时有史官讽刺道："奴儿对主阳奉阴违者不知凡几，然对君，始终如一。"说的便是，对乔荷，那些泥腿子软骨头始终如一地恭敬，也始终如一地怨愤憎恨。

他太聪明，又太高贵，始终身在云端之上。只可惜，为人阴损太过，身体并不十分好。乔荷为人冷僻，只有个猫儿狗儿一样的吉祥物，当护身符一般带着，冬日时总抱在膝上处理政务，便是他最小的异母妹三娘。

三娘比乔荷小四岁，从小便个子极小，为人陋颜，只是不知为何，投了这古怪郡君的缘，亲自养在身边，闺阁摆设，文学教养，琴棋书画，从不假他人之手。

众人皆知，依照乔荷的冷淡性子，绝不是对这异母妹宠爱过分，而是对她有所考量，预备养好了，日后派上大用场。在大昭，女孩儿也不过是爹妈生多了的东西。

原本为了登临天下，抛下亲妹也是肯的，只是既然有了异母妹，又是嫡女，何乐而不为呢？

说起乔三娘，便要说到她的母亲妫氏，本是糟糠之妻，夫君好容易因德行出众而被选拔入都，一朝公主瞧上夫郎，便沦为平妻，任人作践至死。只是妫氏死时，也未在族谱脱去嫡妻名分，公主耿耿于怀，对三娘一贯没什么好脸色，幼时便动辄打骂，使得这姑娘为人怯懦自卑极了。乔荷于文学造诣上是个不世出的天才，平素诗文教给三娘许多遍，她仍不会，与哥哥两相对比，加上出身如此，总是教人触目惊心，畏畏缩缩，益发不讨喜。

曾有史书记载，她哥哥抱着她，冬日在屏风内见大臣，商议政事，这孩子始终不肯抬头看人，只缩到乔荷白裘里，哆哆嗦嗦。有大臣见她顶发稀黄，嘲笑了起来，三娘竟咬住了大臣的胳膊，用头抵那二品的臣公，满座哗然，拉都拉不开，只见她满嘴血沫子，却不停地掉眼泪，仿似被咬的是她。直到郡君训斥，她才抽抽搭搭地放开口。由此可见三娘性情之暴戾多变，实不是温和之辈，更与贤良淑德没什么关联。

乔荷手腕冷厉，朝中大半敢怒不敢言。昭天子是个明君，知道此等人若做了帝王，定然搅得朝廷腥风血雨，将方建好的大昭陷入万劫不复，便从旁支中选出了一个品性优良、生来异象的敏言公子。

敏言公子与乔荷同岁，生时满室霞光，十里清香，郡人啧啧称奇，凡路过他家府邸之人，皆交了好运，能旺三五月之久，众人无不以为仙胎下凡，个个爱他敬他。

敏言公子文武双全，七岁时曾猎豹取胆，烤炙之后大啖道："世人皆以此物形容胆大之徒，今日吾食之虽甘，却觉自胆未增，反变小也。"尤见其胆色。

敏言自幼言语行为既特异常人，生得又丰神俊朗，为人宽厚仁爱，显是明君之相，一被接到旧都，群臣便沸腾欢呼起来。他们的欢愉代表着，忍耐多时，终于可以摆脱令人不寒而栗的乔荷，也终于等到了昭天子的示意。

昭天子虽未明说，但敏言吃穿住行规格皆与储君无异，更比乔荷高了半格。一时之间，两龙争斗，高下立现，益发显得乔荷人品低劣，敏言行止处处得人心了。

乔荷为人奸诈龌龊，处于下风，为了麻痹天子和敏言，反倒思觉出一个点子来，上奏为幼妹三娘求婚，对象便是敏言公子。昭天子竟也应了。乔三娘为人何等鄙陋，敏言早就听闻，虽不得抗旨，却也要考量一番，这一思一度，一饮一啄，一立一破，谁知，便闹了一出千古佳话《龙凤缘》。

戏台子安静了，奚山上的三娘吞了口酒。

此一时，容貌略带英气的舞姬却开始绘声绘色地反串着敏言公子，好个忧愁俊朗、翩翩仪表的少年郎，夜晚月明时，悄悄翻到了乔太尉粉墙上。

演敏言公子的歌喉极好，轻声对月唱道："自古英雄迎婵娟，怎好丑妇配玉郎？天子一令到人间，便将愁苦洒成江。"

他身着黑衣，姿态优雅，转过月亮门，到了太尉府的后花园。

听闻那乔三娘便住在后花园外的海棠园内，这公子便摸黑朝前行。瞧见一处匾，依稀是三字，形容像闺阁，公子犹豫许久，还是踏了进去。

宾席上的三娘却忽然捂着帕子干呕了出来。她面无表情地瞧着戏台子，一动不动地瞧着，一旁的翠元以为她醉了酒，拿巾帕为她拭脸，谁知却越擦越湿。

戏台子上的敏言公子已悄悄踏上了闺阁的二楼。

一步，两步，三步，贤或愚，美或丑，那里烛光还亮，推开窗，便能见分晓。敏言公子踟蹰而悲伤，听闻传言，原已预见是个怎样的女子，然终究心灯熄灭，还需一口气。他缓缓推开了窗。

窗前是一幅仕女自画像。明眸皓齿，笑意嫣然。大昭闺中有旧俗，及成年，挂主人小像可免灾。

敏言瞧见像，却转忧为喜，这心情，仿似下了千年百年的雪，快要淹没尘世时，终于停了。屋内的女子很敏锐，低声唤了句何人，便匆匆熄灭了烛火。

丫鬟、老妈子来了一大堆，嚷嚷着姑娘如何了，这女孩儿声音温柔至极，瞧着窗的方向，在黑暗中叹了口气。月光照到了敏言的身上，少年郎几多手足无措，却又翩翩风雅，站到了女孩儿咫尺。

她想她遇到了自己的心上人，又想这指定又是一场春梦，便轻声道："无事，一只猫，都散了吧。"

敏言此生再无这样雀跃过，走出那院子，唇角还带笑意，顺着月光，终于有了一丝明亮，缓缓瞧向匾上的那三字时，雪化了，这一刻的世界，又恢复了原本的肮脏。

敏言病了，病得很重，因是心疾，无药可医。

戏台下的三娘低下了头，却连鼻子都酸沉得不像话。这样闯进别人的家，这样在旁人熟睡的时候，改变她的命运，改变她的梦想，改变她的人间，他怎么不去死呢？他怎么还没死呢？

翠元抿唇瞧着三娘，他原本看着戏台子上的风花雪月，转眼，却瞧见了面容凄凉的妻子。他的妻子娘家也姓乔。

戏台上，敏言的病惊动了昭天子，天子关怀焦急，逼问敏言何故，敏言却不肯说，许久，下人吐口，天子方知敏言夜晚探了未婚妻。

"可还满意？"老天子笑了，毕竟敏言还是个孩子，他以为这个孩子只是羞恼困窘，思虑成疾罢了。

孰料敏言奄奄一息，却坚决道："陛下，臣此生绝无染指皇位之心，求陛下宽恕臣之罪。"

昭天子方知事态严重，细细盘问，少年才肯说，他那夜误入的园子并非海棠园，而是榕槺园。园中住着的也非乔三娘，而是乔三娘亲舅家的表姐。

这女孩儿姓妠，虽家道中落，容貌却是绝色，品性更是温和，素来与乔三娘十分亲密。昭天子思度许久，还未想出两全其美的良策，北方三十三部诸侯联同匈奴却来犯了。乔荷阴狠狡诈，想趁机篡夺兵权，便请旨出征，更言道，若此番胜利还朝，愿请天子主持两个婚礼。

昭天子问哪两个。

"一者臣妹与公子，二者臣与妠氏！"

酒壶的脆响太过尖厉，砸碎了四周的喧闹，也砸碎了乔郡君的话。奚山上的三娘酩酊大醉，站在琥珀杯的残骸之中，踉踉跄跄地指着众人，双腮酡红，笑意嫣然道："我知道要演哪一折了，我知道！让我，让我说与你们听！妠氏知敏言公子日后承继大统有望，不，是妠氏对敏言心生爱恋，苦苦挣扎，又不想嫁那龌龊鄙陋的郡君，最后终于遣丫鬟送了一方帕子予敏言，以寄相思。敏言本以为无望了，瞧见帕子，方知小姐心意，大喜过望，心中又实在不愿辜负小姐，便上禀天听，坚持要同乔三娘退婚！昭天子本就是位慈爱的仁君，对孙辈是再好不过的，见敏言公子疾病过甚，只得答应他。却因北方战事吃紧，恐多疑小人乔荷心中生隙，便将此事瞒得彻底。乔三娘因被退婚，颜面尽失，心中生恨，竟趁夜毁了妠氏容颜，更把她沉入城河之中，幸而妠氏平素为人极好，有下人舍命搭救，她连夜逃到城外尼庵中，隐姓埋名起来。"

妠氏失踪了。敏言公子以为妠氏为太尉府人所害，痛不欲生。此时，朝中却有密报传来，郡君乔荷通敌叛国，预谋同突厥王联合攻回咸阳，自立为王，割十六国做谢礼。军中有五千将士不肯屈服这等卖国贼，皆被他杀害了。那回京报信的兵士便是死里逃生的一人，字字恳切，句句含泪。敏言公子痛失佳人，此时又听闻此事，国仇家恨，一并涌上心头。大昭国民听闻此事，则义愤填膺，有些恨极了的有识之士，甚至做了那乔荷的土坯像，日日鞭锤，夜夜怒骂，仍然不能泄愤。昭天子本就年迈，经逢此等变故，气得一病不起。敏言临危受命，召集大昭兵马，金戈铁马，万里之遥，也要取乔荷首级。大昭众志成城，北匈奴可汗耶支部族乌合之众，连连溃败，乔荷见情势不对，被逼无奈，只得自裁。

华国公主听闻乔荷死讯，自请废为庶人，昭天子知女儿不曾参与叛乱之事，只废了她封号，命永世不得入宫。华国公主同太尉去接乔荷棺椁，一代奸贼，连天都不愿全他骨肉情谊，连日大旱，七月酷暑，待到打开棺木之时，那贼人……那贼人啊，竟已销了骨肉，只剩一摊血水。

敏言大胜，班师回朝，途中经过尼庵时，天降瑞雨，他去庵中躲雨，满身狼狈，静看滂沱喜雨，却听身后有人呜咽。

他转身，是被毁了容颜的妫氏。

敏言公子岂是重貌好色之徒呢？他怜爱妫氏一如往昔，并不因她容颜毁坏而有丝毫改变。合该妫氏是国母之命，大起大落，苦尽甘来，过些日子，竟有名医说能治这残容，只是敷药之后，需要静养，不得见人。敏言自是依她，请旨立她为妃，匆匆筹备婚礼，平素也只隔门问候罢了。

乔三娘心中益发怨恨，不肯在此事之上罢休。她自兄长死了之后，竟似疯了一般，整日坐在闺中绣嫁衣，不言不语，不食不饮，不眠不休。华国公主见她如此，思及孽子，十分伤心，上了折子话家常，昭天子不知为何，又下一旨，将乔三娘许配敏言做侧妃，择日入府。

乔三娘心机深重，恶贯满盈，由妻降妾，已是报应。她既非国母之命，做什么都不过枉费心机，徒劳无功。

敏言公子与妫氏大婚当夜，百国上下好不热闹，如果敏言是昭人心中的圣人，那么圣人又娶了德行如此美好的绝色佳人，所有的人仿佛都瞧见了百世其昌的大昭，也瞧见了充满希冀、繁花似锦的人间。

公子府前，敏言等得焦急，似乎足足盼了一辈子，方在此刻盼来画中的佳人。可是却有两顶轿，从不同的方向抬到了敏言的面前。

乐正施沁衫的太平音敲敲打打，听得人心徐徐如春泉过，这一头，红角垂漾，唢呐声声，似从远处迎来了风平好景，步步青云到了杏花路。另一侧，两个轿夫却像是卸下了粗砺的纤绳，挂着白色挽缦的花轿扬起尘土，重重砸在了鹦鹉桥头。

那顶孤零零的轿子中，缓缓走出一个一身红衣、盖着白色盖头的姑娘。她狠毒而丑陋，她德行有瑕疵。她被人猫狗一样养大，又活得如猫狗一样蠢笨逐利。

谁教出了这样的孩子呢？谁把她变得这绝世罕见的坏？谁让她心中充满毒蛇的涎液？

这姑娘是乔荷养大的乔三娘。

乔三娘说："既已下聘，岂能无信？吾兄之命，吾不敢不从。"

半年前，堆满太尉府的一百抬嫁妆，如今，满是灰尘。

乔三娘疯了，她不愿做妾。

敏言知道来人是谁了，十分厌恶，为免误了吉时，下令命侍卫把她拖走。

姑娘隔着白得如雪的盖头道："今朝乃君大喜，特来庆贺。"

敏言见她袖中隐隐有银光，又听她言语，担心她对妩氏不利，便一掌打在她的心口。

姑娘被一掌击中，身子晃了晃，却屹立天地间，未曾退一步半步。

她缓缓掏出了匕首，望着盖头外朦胧的世人，却把匕首狠狠刺入了自己的胸口，松手的一瞬间，她隔着盖头，对敏言道："公子大喜，一喜花烛，二喜……二喜丧妻。"

大昭有一个传说，若在婚礼之上见血，则是大凶之兆，不应在男身，便应女身。轻则跌打损伤，劳筋动骨；重则嘉年丧偶，痛失所爱。

歹毒的姑娘呵，穷尽一生，最缺德的事儿也做出来了。就算死啊，她也不让旁人称心，她唯恐妩氏不能一生残疾受尽煎熬却死不了，又怕妩氏死得太迟，不能教敏言嘉年丧偶，痛苦终生。

那时是八月，入了秋，晚上的风很大。这毒妇死了，众人拍手称快，他们群情激奋，朝着这死去的女孩儿身上吐痰咒骂，如同当日鞭打乔荷的泥胎。似乎连天都不胜欢喜，用尽所有的力气吹散这女子的每一寸肮脏恶毒的肌肤骨血。

风吹起了她的盖头。盖头像一段雪绸化成的鸟，飞到了天上。鸟的尾巴上沾着那姑娘的血，燃烧成了一团火，高高远远的，谁也抓不住。

三娘醉得更厉害了，翠元不得不把她从酒肆中带走，遥遥地，众人还听见她在说："我瞧见了，那天下无双的圣人敏言在哭，他哭了，哈哈，他哭了，抱着尸体哭得不能自禁，甚至无人能扶起来。升官发财死娘子，古来三喜，他为何哭，为谁哭！这世人都疯了！为不认识的人哭，为仇人哭！阿元，我的好阿元，风这样大，我以为盖头会飞得很高很远，再也不回来啦，可是，我又眼睁睁地瞧它重新覆在那姑娘的脸上。你知道为何吗？我告诉你，我来告诉你，倘使无盖头覆面，丑妇何能见人，死后亦自不安！"

乔家真正的三娘被这群人闹得头也疼，心也疼，糊糊涂涂地想着想着，忽而想起来，她表姐房间里挂的那张小像，隐约是她。或者，那是哥哥希望中的她。后来，她为了另一个人、另一场希望，变成了那副模样，继而，因为一场失望，又忘了那幅画像。

年纪大了，只听到歌儿啊曲儿啊，热热闹闹的，都是极好的，至于故事，看过笑过也就是了。当然，包子，从此以后，是不再吃的。

那一年，乔植忘了自己的年纪，因为她记起了她哥哥。那一年，乔荷十九岁，永远的十九岁，尸骨无存。

齐明十五年。

一场阴司事，三更夜半，明镜悬在谢侯殿。

晏二主审，覆着狰狞的面具，扶苏夫妇并同谢由立于一旁旁听。

夜叉提上的是个三两重的老人。

"下跪何人？"

那人佝偻着腰，面上一张垂下的枯皮，眼珠浑浊，刚从十五层磔狱提出。

"老奴乔庞生，开国太尉乔府的养花人，定宝十年卒。"他声音沙哑难听。

"你可知本判拘你何事？"晏二声音阴气森森，与白日不同。他手中握着一块惊堂木。堂下黑白两列，短靴长舌，手上握着镣铐狼牙的夜叉。红灯笼教阴风吹得惨惨煞煞，乔庞生心中蓦地一惧。

"老奴并不知。"

"你可识得乔三娘，大名唤作乔植的女子？"

"老奴主家的三姑娘，自是知道。"

"那你可知，她葬在何方，为何从死去至今，一直未归阴司？"

"她便……葬在后花园的海棠树下，倚着荷池的那株。三姑娘夭折是一件颇为隐私的事，她当年的尸首是太子敏言抱回，太尉大人接连丧了一子一女，哀恸之下病倒，公主嘱咐我等把三姑娘下葬，并命阖府不许再提此人。之后老天子驾崩，太子变成天子，直到迁都太平之前，每年都会来府中拜祭三娘。"

"你可还记得是哪处？"

"自是记得。"

"前方带路。"

夜浓黑，海棠睡得正沉，这一帮莽崇惊扰了花魂。

挨着一池碧水的海棠树粗壮茂密。

"挖。"晏二掷了一支令，众崇捧下，忙活许久，竟真挖出了一具硕大的红木棺，掺着泥土的腥气，令人作呕。

"开棺！"

府中老人谢由愈看愈惊疑，思前想后慌了神，连连摆手："判官公子，不可不可啊！这处埋的另有他人，莫要妄动！"

"老人家，此事已扰阴司多年。今日若不了结，来日必生祸事。"覆着狰狞面具的黑衣公子温言宽慰谢由，可神态坚决，却似不由劝的。众夜叉一起使力，那棺椁便掘开了，却瞬间霞光漫天，直直冲向云霄，刺得众祟倒退了几步。

晏二冷笑："乔庞生，你过来辨一辨，这里葬的可是乔三娘。"

那老者言之凿凿："正是三娘。"

晏二厉声责道："还敢嘴硬！你当本官如此好蒙混！开棺时但有异象，生前皆是功名录上的王侯将相。这霞光漫天，令邪祟皆退步三尺，定为不世出的君王。白骨髋骨狭窄，颅骨粗大，分明是个男儿，且手指骨节略蜷，胸腹骨隙脆疏明晰，是年迈之象，此处葬的是位年老逝去的天子，绝非乔氏三娘！"

乔庞生俯首猛磕头，却一言不发。

谢由情知瞒不住，叹了口气道："只有历代天子和谢家人才知晓，太宗便是葬在此处。那泰陵中是个空穴。我谢家三百余年不败，与此亦有大大关联。守墓守了三百年，安安稳稳，料想今年真是劫数到了。"

众人一惊，赫赫有名的敏言大帝竟是眼前白骨，未依山水，未陪葬器物，只孤孤独独一身白骨，倒是太过匪夷所思。

"三百余载，尔于磔狱受尽凌迟之苦，竟还不肯从实招来吗？"晏二目光移向乔庞生，勃然大怒。

生前掘人坟墓者，方才会入十五层磔狱。

乔庞生身躯乌焦，抬起眼，愤怒辩解道："我只是遵从太尉大人意愿，将他爱女从此坟中移走，又何错之有？至于之后，什么天子葬在此处，占了三娘的位置，老奴又岂知晓？"

"太尉何时叮嘱你，又为何移走三娘尸骨，所为何事？"

"太尉自三姑娘死后，似乎中了邪，每日关在书房内演算，终有一日，却推开门，哈哈大笑起来，须发皆白了，人却瞧着解了之前苦闷。他骑马入了宫，讨了老天子一张旨意，道是天子欠他的，天子竟未怪罪太尉，只摆摆手，放他出宫。他回到家中，至于夜半，便命我等素日不起眼的忠诚乔姓老奴掘出三姑娘尸首，按他指示，带上六十四抬嫁妆，用马车推出了徽城。那一夜，大雾漫天，嫁妆极沉，我们行走却丝毫不费力，呼啦啦似乎行了千里，连绵漆黑中到了一处，按照太尉之前言明，一个哑巴刻碑，我则背着三娘尸首重新安葬。这诸多事情做完，我等已困乏无力，再睁开眼，竟已又回到乔府。若非同伴互通消息，皆有记忆，我甚至以为自己做了一场大梦。"

"你可说出全部实情？"

"然！"

老人掷地有声，晏二心如寒铁，却火灼器打，冥冥中有些真相需要他去解开，那似乎也是他生命的一部分。他不动如山，阴森地看着乔庞生，吩咐夜叉说："再提华国公主！"

老人面上掩不住一惊，但很快收得妥妥帖帖。

阴风阵阵，众人还未回神，便听到极为清脆的铃铛声，一步步近了，却不见人影。

"成氏何在？"晏二望着空荡荡的大殿。

"本殿在。"铃铛声停，殿中传来柔婉沧桑的女音。

"何不现形？"晏二轻问。

"吾乃一缕散魂，游走阴阳，本体早已投胎人世。"女道。

"你因何留下？"

"本殿……在寻吾儿葬身之地，至今未果。"女叹息。

奚山君身形一晃。扶苏眼珠益发黢黑。

"乔郡君不是已经化为血水？"

"并非吾儿，不过障眼之法。"

"你从何而知？"

"家将谢季扶柩回来，曾密告于我。"

晏二忽觉头痛难忍，许多画面一闪而过，神力供着灵识，仿似许多东西就要回来了。

"你可知乔植移葬之事？"他又回到原来的问题上打转。

"知晓。"女子回答得很平静，可声音中隐约带着一丝快意，"乔伍想瞒我，又如何瞒得住？他当年本预备救大妫氏，却不曾成功，后来姓妫的女人趁敏言那畜生得势，竟暗中勾搭于他，趁夜脱离我府。我只恨当年未杀尽妫氏满门，留下这个孽障，害得吾儿为她造反，尸骨无存。乔伍后来又想用邪术继续救活妫氏的女儿，我岂能如他的愿？"

"你做了什么？"晏二觉得额头有些滚烫，他十分难过，却不知自己的难过从何而来。

女子笑了，哈哈大笑起来，可是那笑声十分空洞，没有人觉得她是真的开心。她说："我命花奴将她再葬时，划花她的脸，让她不能与我儿相认；我命他拔去她的舌头，在她口中塞以糠麸，让她不能向我儿诉说她的冤情！我令他折断她的手骨脚骨，让她来生也居此幽闭囹圄无处可寻我儿！这世上真心对我儿好的，除了我，只有她一个。我儿死的时候，她坐在树下，流了三天三夜的眼泪，后来眼泪便变成了血，全滴在了我儿送给她的那块玉佩上。玉佩是他出生时，父皇赐予他的暖玉，为天石所凿，秉持神器之意，是他身份的象征。他送给了他的小妹妹，或许心内早有打算，待他那小妹妹嫁入敏言府中时，他便放弃江山，臣服于敏言。可是敏言那畜生依旧不肯放过我儿！"她咬牙切齿，声嘶力竭。

乔庞生浑身一激灵，吓坏了，跪着死命磕起头来："判爷爷饶命！老奴也只是听从公主命令，一时糊涂酿成大错……"

晏二总觉喘不过气来，他许久未言语，众祟皆望向他，不知是何缘故。过了许久，他才颤抖着手，揭开了面具。那一张久病的容颜布满汗珠，在月光中显得益发苍白。他轻轻问道："公主，乔植究竟有何冤情？"

他问着空气中的灵体，她却似乎抱定主意，缄默不语。

晏二笑了，苍白的脸上带了丝异样的潮红。他说："公主可想知道，乔郡君究竟死在了何处？"

奚山君猛地抬起头，望向晏二。

公主也只是冷笑，"我儿天纵之才，岂会死在敏言那小人手中？可当时众人口径一致，我竟是查也查不出了。"

晏二苦笑，阴冷的眼睛望向月光，目光却带了丝隐忍："我是五世的相爷，第一世便是太宗时右相祁恒。方才我腹内如被淘洗，前世记忆悉数拾回。"

"那又如何，祁恒是吾儿死后才崭露头角，你断然不知吾儿前事。"

晏二声音略带沙哑，他怔怔望着奚山君，眼中有着不可置信，却又似乎难过得不得了。他说："那我便说上一说，也请公主断个真伪，看我可曾哄骗于人。

"北部诸侯联盟突厥，与大昭成南北对抗之势。郡君自徽城出发，从南一直打到北突厥，三十三诸侯尽数降服，捷报连连，彼时，其在军中威信之高，以往来者难有比拟。军中上下一心，气势如虹，不过三个月，便大败北突厥，一度打至其首都忽而颉，匈奴可汗耶支写降书求和，愿岁岁朝贡，送大昭半壁江山，只求自保。乔荷处理战后残局，安置百姓，谢侯先祖谢季是乔荷亲信，带兵回京报信。敏言许以世袭罔替侯爵之位买通了谢季，将降书换成了乔荷通敌叛国的证据。敏言与耶支互通往来，最后达成协议，敏言登基后，把乔荷打下的那半壁江山再还北突厥一半，只要耶支伪造与乔荷往来的信函，悉数送到太祖手中。举国愤慨，乔荷遗臭万年，永不翻身，敏言再借东风除去乔荷，一切显得再顺理成章不过。

"敏言与乔郡君的未婚妻妫氏早已暗通款曲，请旨退婚娶妫氏。天子起初不允，但他对乔郡君已生出了戒心，犹豫了一番，就同意了，却怕扰乱前方战事，秘而不发。后来出于郡君通敌叛国之缘故，天子暴怒，连发两道圣旨，其一即立敏言为太子，其二赐婚敏言与妫氏。天下皆知。他此时已全失慈心，把郡君当作抢夺其天下的敌人。

"敏言料到此事，本意是逼得郡君真造反，他再带兵平叛，郡君的冤屈此生是无论如何也洗不清了，便命谢季誊写两道圣旨报与郡君。哪知造化弄人，那时天极冷，众将士本来尽开颜，已经开拔，正待返朝。郡君寒疾又犯了，好一日歹一日，谢季拿来了催命符，郡君瞧见诏书，当夜便高热不退，不过短短两日，便丧了命。谢家世代昌盛，圣宠不息，皆因谢季手中握着揭露太宗私密的把柄，而这把柄正是乔荷胜仗之后，盖有可汗印的北突厥签订的降书，另附了十六座城池的交接书。太宗之后的天子都知道真相，人人自危，就怕这秘密泄露出去，一直对谢府十分优待，也十分忌惮。

"这些事皆是我后来在朝中根基愈稳，朝堂四处安插暗探，寻到敏言与谢季当年来往书信，推测出的。"

晏二转头问谢由："老人家，我方才所说可是谢门多年以来的秘密？敏言在郡君死后，找了那降书许久，却遍寻不获。两书如今想必还在谢府高阁之中吧？"

谢由经历诸多，已波澜不惊，点头道："判官大人所言不差。今日即使大人不说，我也势必要把真相说出。侯爷临死之前曾说，此生对先祖不齿至极。谢府家财有一半是三十三城的地契，皆是乔郡君私产，先祖谢季当年侵吞，后来谢家便是靠这些发的财。我已耄耋之年，并无半分隐瞒之意，说出这些，只为慰藉侯爷英灵。公主但可相信。"

那公主的魂魄竟渐渐显现，是个满头白发的老妪，全无当年高高在上的模样。她仰天笑了起来，满面泪水："好！好！好！我便知我儿不曾背叛大昭，他临终时说出那样的话来，又岂是乱臣贼子？乔伍那老儿好啊，为我教出这样一双忠孝节义的儿女！我对不起我那可怜的孩子，我可怜的三娘！"

她放声痛哭了起来，在殿中大声呼唤道："三娘吾儿，你可听见了，你哥哥不曾造反啊，也不曾做过什么乱臣贼子！他不该被世人鞭挞，你也不该被世人唾弃！三娘，我的孩子，是母亲对不起你，是母亲逼死了你！"

奚山君站在一旁，面无表情，泪水却流得汀汀一片。

"三娘究竟是如何死的？"晏二静静地看着奚山君，她曾问他，是否会喜欢一个姑娘。他那么斩钉截铁说他不曾也不会，可是他有一世当相爷的时候，画过那个姑娘。他爱极那个姑娘，宁可向道。他无法告诉旁人，他不能娶一个痴情的公主的缘故。不是公主不好，只是他太可怜自己，可怜自己的那一点心。青城殿下也许只等了七十年，可他，已整整三百年。

"谢季带回了我儿的两句遗言。其中一句是给三娘的。我当时一直恨着大妈氏，怜惜我儿死得可怜，只想叫三娘也死了以发泄我心中痛苦，所以，把我儿的其中一句遗言改了改，告诉了三娘。"

"改了的话是什么？"

"三娘，死何益，生何益？"

三娘，你死了固然没什么好处，可是，你活着又有什么用呢？

"而后，三娘她……"

"三娘死在了鹦鹉桥上。"

三百零七年前，塞外风寒，狼烟滚滚。

打着王军旗帜的这一支十万大军已然走了三日三夜，他们沿着库尔河，面色肃穆，行军之时，除了整齐的脚步之声，竟无旁的声音。终于，落日也歇，这长长的蜿蜒的行伍吹了长长的号角，歇息在渐渐暗淡的余晖之中。

一顶深紫色的绣着青凤的军帐中，盘坐着一位未及冠的白裘少年。他嘴唇发白，鬓发发灰，似已病入膏肓，白净修长的手中摩挲着一枚黑色的棋子。少年的脚下，跪着一个蜂腰猿臂、满身铠甲的少年将军。

"谢季。"少年声音温和，似带着笑，但那双眼却没什么笑意。

"末将在。"少年将军垂下头。

"太医正如何说？"

"末将……末将还未细问。"

"是未细问还是不敢说？"少年淡哂，眉宇间带着深深的疲倦，居于强弩之末，再难焕发。他问道："什么时候？今日还是明日？"

谢季手指微微颤抖。他的主公问的不是什么今日明日之期，而是自个儿的死期。

他问自己，是今日死还是明日死。

谢季将头埋在地上，深吸了一口气，咬了咬牙道："太医正说，说殿下最迟熬不过……熬不过夜半。"

少年听闻，无喜无怒，眼眸渐渐散了生机，他微笑道："那会儿，星辰都出来了吧？我归于此处，总算了却了一桩心事，不至落那孽障的埋怨，说我讲的故事全是哄骗她的。"少年从银袖中掏出一块手帕，放在唇畔咳了咳，血渍已包裹不住，顺着手心淌在了干净的衣衫上。

他随手将帕子一扔，似不在意，事实上，自他接到京中传来的两道谕旨后，已经什么都不在意了。本来应能撑上个把月，回到京中，踏踏实实为自己办一场丧事，可如今，仓促如此，什么都来不及了。

他说："谢季，你听好，我有两桩事、两句话嘱咐于你。"

谢季哽咽着点头，竟说不出宽慰的话来。

"第一桩，我从徽城一路打到北突厥，降伏三十三诸侯，途经三十三都城，每至一处，购置的土地、店铺、珠宝、妆奁，你悉数交予该交之人，带她远离是非之地；第二桩，本君生不返朝，死不葬昭地，不必设碑，不用留文，不需拜祭，这身皮囊埋了无主地，做了无主魂便是。"

"殿下！"

少年淡笑，仿若没听到，继续道："尚有两句话，你牢牢记住。"

夜幕降临的时候，天上的太平国星子太过绚烂。

一身白裘的少年望着天际，带着薄荷一般的清爽笑意，因为寒毒折磨而变了形的双目此时亦有了些光彩。

他摩挲着小小黑色棋子，带着末路的孤寂微笑道："尔为孤山玉，萃成天地质。斯年多纵横，成败终难定。本君今日魂魄就要打散，时命所致。小小棋子啊，若你有灵，愿穷尽我毕生所学，化为尔身，令你为相五世，全吾收复上百华国，稳固江山，报国爱民之愿。"

他又道："谢季，尚有两句话，你牢牢记住。"

"殿下请讲。"

"一者告诉天子，荷此生，未曾一日负外祖，外祖负我；二者告诉吾幺妹阿植，一定牢牢地让她记住——三娘，生何益，死何益？"

三娘，你活着虽没有多大用处，可是，因为思念兄长而死去了，又能怎么样呢？

所以，请你一定，一定好好活着啊。

我小心翼翼地灌溉，一日复一日地期待，那么费力，植成参天的乔木，岂愿见你终有一日从容赴死？

我也曾备下三十三城嫁妆，预备嫁我价值连城的掌珠。

只可怜我这孩儿，送嫁的兄长徒然死在马背上。

其实，我们都曾得偿所愿。

十四　悬棺

昭书

"十八年，三公聚，平郑乱。"

———《昭史·卷三》

从前有一座无名的荒山。

山上本只有一棵树、一条蟒、一只猴。

后来，又来了一个穿着麻衣的少年，自号奚。

猴子喜人，跟着少年讨生活。一日，酒瘾发作，偷了少年的玉佩，去山下的集市换了一罐桃儿酒。

桃儿酒醇美，吃得猴子毛孔都舒坦了。它本有百年便可飞升，本也勤奋修行，此一时，观星河灿烂，天地广阔，觉得做人也有几分趣味。猴儿吹一吹毛发，挥一挥手臂，摇身变成了黑发翠袍的绝色少年，含笑仰躺山间。

麻衣少年有一只红色的箱子，箱子里皆是古籍珍宝，是他父亲在他临行之前所赠。少年丢了玉佩，似丢了魂魄，用箱中珍宝急匆匆地去当铺换回了玉佩。

玉佩有瑕疵，猴儿不屑一顾，认为少年小题大做。

它生性顽劣，一时性起，又从少年腰间顺走玉佩，放在手心眯眼看了会儿，玉中竟有位黄衣少女，笑意盈盈。它揉揉眼，少女也学它，揉揉眼。它做鬼脸，少女也做。猴儿如获至宝，兴致勃勃地去寻麻衣少年。

少年因它三番五次偷玉佩十分着恼，便不怎么搭理它。那玉石中少女见少年生气，便也转过身，背对猴儿，不再陪它玩耍。猴儿傻眼了，它本是天地养大的顽童，几时顾虑过旁人的感受？可是，此时心头牵挂着玉佩里的小女孩儿，不停地向少年作揖讨饶，令人好气又好笑。

少年摸了摸玉佩，叹息一声，把那玉用红绳儿串着，挂在了小猴儿颈间。小猴儿行走坐卧，与玉中小女孩儿形影不离。它们一同长大，相依为伴。

猴儿乃天地灵气凝结，天天暖着玉佩，忽有一日，玉佩中的小姑娘呼啦啦就掉了出来，砸到了仰头望天的猴儿身上。它那时化成人间少年，痴痴望天，遥遥等着飞升，等得颇不耐烦，这黄衣裳的少女一张小脸就这样砸到了它的念想上。

逍遥道修就的小猴儿，怔怔看着这活色生香的美人儿。

苦海无边，她还对它笑。

她说，我叫三娘，乔三娘。

小猴儿娶了乔三娘。

小猴儿做了很多猴儿的父亲、祖父、高祖父，却一直没有飞升。它功德已满，却总因美色，自坏修行。继而，功亏一篑。

小猴儿本是这浪荡天地间一只快乐的猴子。可是，它渐渐不再快乐。

许多年，泰山王派查察司来到这山头几十拨人，拿走三娘许多次，后又因三娘来路清楚，隶属山籍而放回。

它不知道十王中的泰山王在追寻什么人，可是，这人定然与三娘有莫大的关联。

三娘常常提起一个叫"二郎"的男人，二郎已然死了很久。

三娘有一个不愿让它知道的秘密，但它全都知道。

二郎是她的亲哥哥，而她一直深深爱慕着自己的亲哥哥。

它是这样天生地养的洒脱的猴儿，总有一日，看破这样心思龌龊，不顾人伦的女子。

总有一日，了断凡事。

这是劫，大凡真仙飞升之前的劫数。

前方战线拉得太长，江南侯一时不备，被郑王世子苻一箭射杀，一朝主帅身死，满朝哗然。

天子本想此等叛乱，不过一两月便可熄灭，谁知这火燎得这样旺，胶着了大半年，王军折上穆军，二十万大军，至今还没个章程，不是东风压倒西风，就是西风吹了东风的势头，双方皆有些疲惫。如今江南侯一死，郑楚大军欢欣鼓舞，气势如虹，打得王军败退三十里。

此一时，穆王世子成觉却不在军中。他奉天子诏，至江东谢侯处借军粮。说是借，但是天子要的，大多有借无还。谢侯府邸内廷总管谢由说一半家财归了驱除邪祟的人，一半归了旧时主，如今，谢侯府空空如也。当然，谢由顺道说了一句，不必找他家侯爷下诏书了，侯爷随王妃去了。

成觉听到"旧时主"三字，有些艰涩地问道："未知男女？未知高低？"

谢由命人缓缓闭门，答："夜半而去，若论脚程，至今应在城外三十里。然一行有能人异士，行了三百里，未可知。"

成觉坐在酒肆，吃了三盏酒，自斟自饮。深秋此时，落叶枯死，寒气缓缓地就来了。

在谢侯府的最后一日，晏二与谢由不知密谈了些什么，待到他们起程时，理应赠送的一半家财变成了全部。那黑色儒衫的青年静静看了奚山君一眼，竟缓缓下跪，与她磕了三个头。他说："多谢山君多年教养之恩。"

奚山君"嗯"了一声，虚扶起他，竟不知再说些什么。

晏二看着她，轻道："山君，我曾在无数次轮回时，见过你吗？"

他的目光沉静却小心翼翼地看着她。

奚山君摇了摇头。她说："我总顾不上你，你该怪我。若你在这五世中见过我，也大抵是我又造了什么孽，连累了你。"

嬴晏微微一笑，细细看她："你没造孽，是我的孽。"

记忆翻涌而来时，他想起云琅那一世，每日缓缓打开又闭目合上的画卷。

扶苏修书与季崀，只道晏二预备带着谢府子弟乔装成商队，将这偌大财富到鬼蜮换成军资，命季崀前去接应。他刚放走信鸽，一转身，却见晏二神色恍惚，含着泪光，站在奚山君身旁。

他忍不住笑了，该哭的不该是他吗？被人利用了小半辈子。

他轻轻拍了拍晏二的肩，道："且去吧，二弟，莫与她搅缠，谁也受不住她。"

奚山君本来有些尴尬，此时见扶苏发话，也像火烧眉毛一样，讪讪道："且去且去，我不造孽也自有旁人给你添薪加油，你成才岂能靠一帆风顺？"

晏二想起什么，却觉得酸涩："你想要的那些，我也能给，何必如此？"

她如此费尽心机地攫取名利、财富、权势，样样不落，全是他这些年瞧不上的，可是当她只要这些的时候，他又如鲠在喉，不知如何待她才好。

奚山君淡道："我自己的事，必不累及他人。即便你是秀提。"

晏二略一点头，带着谢府子弟，灰心丧气地便走了。

这便是觉得她无可救药了。

扶苏与奚山君一同回了奚山。他与家中大大小小话别，却是真的要离开此处了。

二五问多久才能回来。扶苏说："也许是一月，也许是一年，也许是十年，也许是一辈子。"

二六道："你要去做皇帝了吗？在山里当大王，我们一起玩耍不好吗，公子？"

三娘问道："山君可一同跟着去，人间的一辈子是七十年吗？我要多准备些棉衣才是。"

翠元屈指一算，笑道："七十年倒是不长，不过是阿年处几顿茶水的工夫。你们夫妻且自在人间逍遥，我与三娘守着家中。"

他们对人事单纯懵懂，可是奚山君却知道扶苏在说些什么。她屏退众人，问道："公子可是心中已有打算？"

扶苏问道："我听闻这世间山族如果哄骗了人，便要经受雷罚，可是真的？"

奚山君点了点头："正是。"

扶苏轻轻握住她的手，温和道："我便问夫人一句话，你若答了，我便永远留下，哪儿都不去，就在山上陪着你同我们的孩子，教养奚山诸多子孙如何？待到我老了死了，你依旧年轻，便另寻出路，另嫁他人，我亦不怪你，可行？"

奚山君细细凝视眼前青年眉眼，心中没来由地一酸。她含着笑道："公子请问。"

扶苏心中也不好受，他问道："乔府中的三娘，便是夫人的前世吗？想必不知乔太尉用了什么法子，让你不死。"

奚山君道："我若是三娘，如何？我若不是，又如何？"

"你若不是三娘，便知你不过是贪财好欲之徒，你想要什么，我都与你寻来，哄你开心；可你若是三娘，心中所谋，恐怕多矣，我竟不知，你究竟想要我做些什么了。"

奚山君心中更涩，她知道此时扶苏一颗心向着她，待她真正是好到肺腑，不然，依他漠视旁人的模样，也决计说不出这等话来。她此生辜负他太多太多，可是，走到今日，却又只能继续辜负他。

奚山君一蹙眉，吸了吸鼻子，眼泪竟掉了下来。扶苏愣愣地看着她掉眼泪，还未想好为何，她已经走进他怀中，轻轻抱着他："公子，你待我如此，又是想要什么呢？"

扶苏并不言语，他觉得这其实本该是个瞒她一生一世的秘密，可这一生一世也不知还有否相见之日。他轻轻抚摩妻子的头发，像安抚着一个孩子。

奚山君低声道："我确是三娘乔植，我哥哥便是遗留下千古骂名的乔郡君。"

扶苏心中怆然，问道："那我呢，你前世可曾遇到我？"

奚山君轻轻道："不曾呢，公子于我，是个陌生人。我们从陌生人结了个良缘，走到今天。"

扶苏面目疮痍，他把下唇对着妻子的额发，温和唇语："我竟不是敏言吗？我前世竟不是你一直深恨着的敏言吗？不然我为何能附身到敏言身上，梦到三娘，看得到三娘的前生？事到如今，你却还要欺哄着我吗？"

扶苏的目光像一池被晒暖了又变凉的月下水，清冽后是僻静："我们有缘结发为夫妻，你若不是爱我，便是恨我。可你，并不爱我。"

奚山君紧紧抱着扶苏，问道："公子想听真话还是假话？"

"假话，知假，便知真。"

"我喜欢你啊，扶苏，非常喜欢。比这世上任何一个人都要喜欢你，比所有的古人、今人、后人，认得你的、不认得你的，倾慕你的、深爱你的，都要喜欢你。"

扶苏觉得胸口痛得血肉淋漓，他的妻子刺了一把又一把刀在他身上。他以为假话并不伤人，可是这一会儿，他宁愿她说真话。

因为，假话会从心那里，一句一句换成真话——我比这世上任何人都要恨你，比所有的后人、今人、古人，不认得你的、认得你的，讨厌你的、怨憎你的，都要恨你。

扶苏喉头哽咽，压抑十分，他说："你逼我走到今日，我一直在想，你为何会如此待我？你走的每一步都有目的，从救我至奚山，季裔扩充骑兵叛逃，到离间我与章三弟，获取英兵令符，继而谋取谢侯家产，哪一件、哪一桩，都有你的身影，都是你下的棋。你全力扶持我收服季裔，真正的黄韵、晏二弟，不过是为着召集三公，以便夺取天下。季裔手上如今已有二十万大军，秦兵英烈亦有十万，谢侯家财充当军资粮草绰绰有余，天时地利人和，军、将、相、财，万事俱备，除了姓成的孤没有天子之志。你煞费苦心，让我亲历其中，尝尽人世悲怆，不过为了嘲弄我，告诉我，全大昭的人为了让我死去煞费苦心，我的父亲、兄弟、子民，曾经喜爱的女子统统如此，我是真正的孤家寡人，我早无退路，除了战胜我的父亲，替代他，祭拜泰山苍穹。"

奚山君后退一步，他却再次拥抱，把她圈入温暖的怀中。

他与她都穿着简陋的衣衫，住在简陋的山洞，他冬日时会抱住他的妻子，像这个样子，他夏日时会抱住他的妻子，像这个样子。她是他的糟糠之妻，是很年轻时便栖息在他臂弯的女子。

她从一山之君千变万化，使劲地折腾，他疑惑地看着她折腾，从孩子都变成了青年。她想干吗呀，这么多年，这个奇怪的妻子究竟想干什么？扶苏一直这样想着，今天却终于想到了答案。

他思量再思量，才温和道："你一步望尽千里，能掐会算，我亦是夫人的玩物，照着夫人的估算步履蹒跚。我在想，我定然上辈子害过你什么，才让你如此相待。你利用我走到今日，不过是为了明日我为天下之主，替你洗刷乔郡君的冤屈。"

她笑了，带着泪，深深叹了口气，又用袖子蹭去眼泪，道："对，你是敏言，我如此折磨你，皆因你是害死我哥哥的敏言。公子若有一日为君，莫要忘了今日之言，替我哥哥洗去这三百年的冤屈。"

他却将她的头带入胸口，他说："我待你并不好。我时常与你对着干。我十五六岁时，小心翼翼地讨好你，只是怕你一不留神便生吞了我。我举步维艰地活着，是为了摆脱你。等着十七八岁，略通人事的时候，我又喜欢上了旁人家的姑娘，便更想摆脱你了。可是，你嫁给我的时候，我真真切切地欢喜，真真切切地想着，以后天冷了、热了，无论去哪里，我都带着你。当皇帝了，我们一处去；当叫花子了，我还背着你。我们走遍名川大山，因为世间美景不是为帝王而设，而是为了神仙眷侣。"

他忽然掉了眼泪，他用厚重的爱包裹着奚山君，他说："可是阿植，我再也不能这样对你了。"

他说："因为，我喜欢阿植啊，非常喜欢。比这世上任何一个人都要喜欢你，比所有的古人、今人、后人，认得你的、不认得你的，倾慕你的、深爱你的，都要喜欢。"

他指了指天，又道："你说，你若对人撒谎，害了凡人，便会被雷劈。瞧，它没有劈死你，便证明了你的清白。所以，阿植，你说的为我好的话都是真的。你几时哄过我、骗过我？"

他松开了那样牢固的怀抱，大风起，青丝吹散，他撕去了衣袍上的一截白布，随风递给奚山君："我与阿植相决绝，长此以往，醒如白布，不复相思。"

扶苏离开的时候，奚山君命山上成年的翠氏子孙护送他离去，屈指算来，有一百余人，钟灵毓秀，各有乾坤。她复言道："山下亦有个红尘世界，我本不该拘束你们在此处。若愿建功立业的，便随着公子去了，从此以公子为主。尔等妻儿父母，我为你们护着。"

那些翠衣的少年一同跪下，向她磕头谢恩。她从发上拔下一支钗，叩钗而歌："我有佳儿，非附名山；我有佳儿，非衣锦绣；曾食寒苦，曾咽辛卑，孝义明德，其馨满乡。我有佳儿，不慕他生。"（"我有佳儿……不慕他生"这段话改编自《聊斋志异·翩翩》中翩翩所唱之歌："我有佳儿，不羡贵官。我有佳妇，不羡绮绔。今夕聚首，皆当喜欢。为君行酒，劝君加餐。"）

他们从此入得红尘去，离了朽暮。

最初时，她穿着嫁衣而来，一棵树、一条蛇曾问她："你打哪儿来？"

她那时蹲在那里，说："我从有一个人的人间来。"

树和蛇看她回来，孤孤单单，又问道："你的那个人呢？"

奚山君说："他离开我啦，长长久久地。"

而这一日，树复而问道："你等到你的结局了？"

奚山君点了点头，她这次并没有笑。她靠着树，盘膝坐下，掏出一壶猴儿酒，大口大口地喝下。她说："我活了三百年，一直在等今日。前百年，吃人肆虐，与天为敌；中百年，历尽雷劫，消磨志气；后百年，谋定而动，黑白掉阖。我这一生，活得好不漫长。"

蛇道："妹，悔否？"

奚山君道："悔。"

"悔在何处？"

"活到今日，竟还困顿人世伦常。"她哈哈笑了出来，手掌轻轻一握，那猴儿酒壶便碎成了粉末。

望岁木晃了晃树枝，道："不洒脱是你们这些软骨头、硬骨头的共性。"

"可即便如此，怎敢不要这腹中的孽子？"奚山君一声叹息，手掌轻轻温柔地抚在微微隆起的小腹上。

望岁树上的叶子沙沙地掉落，深秋来了。它说："妹，我累了，我撑不住了。"

奚山君抱住那树干，微微闭上目，许久，才缓缓落泪道："求兄长怜悯，予我这孩儿一条生路。"

"它注定不是人，也不是山族，生它何用？"蛇嗞嗞道。

"可它是我夫君的孩子。"奚山君第一次作为一个女人去自嘲。

"你夫君日后定有爱妾娇子，本不劳妹费心。"树直言，"我熬了万年，寿元已尽，不过这两三日。然你若定要它，只有早早催生。它已近八月，许有些许活路。"

蛇道："这两日，我护着妹，不受俗世干扰，你只管产子。"

奚山君催动了法力。望岁用树干枝叶为她造了天然的产房，毒蛇老三角盘曲身躯，逶迤挪动，守着八方。

午时，大火烧山。

满山猴儿惨叫连连。产房内，红光本来大作，听此惨叫，却一瞬间变得微弱，室内人也痛呼起来。

她捧着腹，问树："兄，外面发生了什么？"

树望着眼前狼藉，摇摇头，缄默不语。

奚山君满面汗水，重重地推着眼前的树干，却推不动，她惨叫道："兄，放我出去，我听到我那三百孩儿在呼救。"

老三角道："眼前大火漫天，似是有人蓄意放火。我瞧天上浮起拱形法气，应是翠元同三娘联合造法，护住他们子孙，你且安心产子，这些气柱尚能顶得一时半刻。"

奚山君腹中一阵绞痛，她大叫了一声，咬牙根道："究竟是何方仇人，竟对我儿孙赶尽杀绝？此仇不报，让我如何甘心！"

奚山君对着肚腹，又催法力，那腹中孩子被惊动了，折腾得益发厉害。

奚山上熊熊烈焰，奚山下是上千军士。

领头的是个穿枣色衣衫的少年将军，他一声令下，上千火弩便再次对准了这干枯的荒山。

这里是太子成婴的容身之地，这里是他心爱女子的栖身之地。从今而后，一切仇怨爱意，付之一炬。

他有些快意地大笑着，玉白的脸望着那山上的远方。他此生带着记忆而来，可记忆却只有三百年前的第一世。入泰山的第一时，有些人直直喊苦，做人好苦，捧着那碗汤便往下灌。经过喉咙，滚烫灼人，初见与最后一面全消；经过肝肠，曲曲绕绕，爱人之情事缘由，抱恨之半生业障全消；落了肺腑，晃晃荡荡，你忘了她，寸光沉入江山。

他凝望那碗冒着热气的汤，捧起来又放下，谁也不知谁的一生怎样活，可是分明都不是游侠，半生洒脱。

他问那引导的黑衣使者还有多久才能见到想见之人，黑衣使者问他，汝可待？他问他能不能等。

能啊，能等。他想他得熬下去，他挺能熬的，他熬了三百年。从她走的那一日，已经宣判他容留。等着她，确凿罪名。

他终于获得记忆，与那个人也有星点缘分，只是未能好好地在月光下、亭台中拂荫而立，叙一叙话。

他想耐心地听听他心爱的女子打算说些什么话，她若钻了牛角尖，他便劝一劝；她若欢喜，他便随她笑得开心一些；她若觉得与他初见面尴尬害羞，他就把这辈子的话一下子絮叨完，让她觉得这真是个热闹的人，有着旺盛的精力和涓涓不断的耐心。

只要她，一定一定没有那一世的记忆。

只要她，忘了他是谁。

他匆匆而来，她匆匆又去。他奔赴此生，是为了消除执念。可是，若她不肯忘了他是谁，待他寻着她，便彻彻底底杀了她。

人世本就是一场游戏，你若已然输了，便不要再让对手赢了。成全没有任何意义，成全让恨意滋生，让烈焰焚身，爱自己是活着的唯一意义，灰烬之后，才是田园斜径，白云出岫。

大昭明珠生得极美，他带着千方百计，阴谋阳策，堪堪呼喝随身内侍扶正发间的那顶珠冠，也只是一垂头，含笑落泪。

再抬起头，已是一目千里。

可是他还是来不及，好好地，好好地看她一眼。

又过了半日，翠元与三娘力竭。火舌再次侵蚀了奚山。猴儿们四处逃窜，惶急下山，却被山下埋伏的士兵射杀。

奚山君难产，大出血。

火渐渐地烧到了那孤冷的山壁，望岁含笑望着，任由火吞噬它的枝条。

它说："妹，应有此死劫，认了吧。"

老三角颓然地垂下了淬毒的脑袋，它道："活了上万年，方觉没活够。"

奚山君麻衣上全是血。她虚弱地看着渐渐窜入产房的浓烟。那火来了，就这样来了。

三娘跌跌撞撞地也来了，跌跌撞撞地抱着大树，她的衣裙焦黑一片。

许久许久以前，小小暖佩方化为人形时，曾道："三娘的血泪浇灌了我，给了我血脉，从此，我便穿三娘最爱穿的黄衣，做三娘。"

奚山君笑了，问道："那我做谁呢？"

黄衣的女孩也笑："三娘就做郡君啊。三娘思念谁便做谁。我依托于主公的意愿留在三娘身边，早已暗下誓言，照顾好三娘，给三娘造一个温暖的家，二十年，不，三十年后，咱们家人多了，就再也没人敢欺负三娘啦。"

此一时，那黄衣的女子转身茫然地看着漫山遍野惨叫痛哭的翠色猴儿，看着漫山的火，看了许久，又茫然地转过身，抱着树，催动最后的法力，做了稳固的金顶，呢喃道："不要怕，三娘。没事的，三娘。"

她身后站着嘴角挂血的翠衣男子。那男子安静地看着他的妻子，他瞧着她的背，轻声道："阿二死在了溪水旁，阿三抱着树直至烧焦，三六被砸死在烧毁的房梁之下，二六死之前，没长齐的毛发尽褪，他蜷缩着小小的身子，哭着喊娘亲，直到被火烧成灰烬。"

三娘背脊僵直，树内的奚山君似有所闻，惨叫一声，撕心裂肺地恸哭。

翠元哈哈大笑起来，举起双手，踉踉跄跄："瞧，我的妻子，一点都不在意呢。你活了这么久，生了这么多孩儿，大概连它们的名字、样子都记不住。你生下它们只是为了让奚山君奴役它们，只是把它们当成了最卑贱的仆人，是不是？

"因为穷困，这些孩子从未吃过一顿饱饭，可是它们从来没有因此责怪为人父母的我们。它们每天都在笑，连最小的二六亦是如此。你今日突然撤去法术，只为救奚山君，它们死了你可以再利用我生下别的仆人，可奚山君只有一个，是不是？"

三娘背影倔强，抿住嘴唇，眼泪不停地流着，却没有声息。她背对着丈夫，听他说着最残忍的话。

"自然道，从前参不透，是我傻。"翠元轻笑，"为了虚情假意的你，为了和你厮守万古，我宁愿污秽自身，造假情事，与你牵扯，在功德圆满时硬生生折下功德。你就是这样回报于我的。"

火焰从翠衣人的脚边慢慢蹿起，天上却浮现了明亮的霞光。男子的眼中无情无欲，只剩下悲悯。他临风而立，狂风吹起翠色的长袖。他说："既已如此，三娘，莫再回头。你我夫妻缘尽，你莫回头瞧我，我亦不再瞧你。你我，再无相见，再无回头之日。"

他的脚尖渐渐浮起云气，眼眸轻轻闭上。三娘依旧不曾转身，捂着嘴，泪水滂沱。

那个会参看星辰、含笑不语的少年就此走远。

他历经万年，终于飞升。

血，好多血。从哪里滴落，又进入焦土。

一双带血的手有些痉挛，它们捧出了一个婴孩。

三娘撕心裂肺地哭着，抱住这个弱小的孩子。

血衣污浊，有个女子竭尽全力地从树洞爬了出来。

她麻木不仁，她是这世间最恶毒的女子。

血濡染了她身下的枯叶。

她用一双眼望着苍天，与它对视。

她说："我幼小的时候，曾求你仁慈，后来长大了，便不再求你，因为我通晓了人事，知道求你也无用。求你只会让你嘲弄我、轻鄙我，求你只会让你知道我的弱点，知道我在乎什么。我的孩儿们小时候，我都曾拉着它们的小手，站在空旷的天地上，向你叩拜，我求你保佑它们好好长大，不要像我的哥哥，也不要像……我一样，我求你赐给它们快乐而勇敢的心，无论被命运怎么捉弄都不会丧失希望。我所要不多，并……不多啊。"

她有些自嘲地笑了，许久，却从嘴角溢出鲜红的血。她仰躺在焦土浓烟之上，哈哈大笑，直至枯发散落一地。她说："是啊，我输了，你赢了。我敌不过命运，我以人智，妄想换天。可是，那又如何？那又能怎样？你能让我屈服吗？你凭什么叫我屈服？"

她伸出双手，握住双侧的枯草，紧紧握着，闭目轻轻念着什么，许久，眼角却如小溪，缓缓淌过眼泪，她似乎喘不过气，她似乎压抑着喉咙，再也无法叹息。她干裂的嘴唇无声地颤抖了许久，胸口不停地起伏，不知过了多久，连世界都寂静的时候，她却终于惨厉地哭出声。

那些草一瞬间如同得到生机，一截截、一寸寸恢复春光。望岁木迅速枯萎着，它看了奚山君一眼，唇角带着安然恬淡的笑，苍老的眼睛渐渐闭上。

塌毁的残木倒了又立，山上的橘子树焦了又绿，云水不断变幻前行，时光在倒退还是前行，这山变成了平原，一具具僵硬的尸骸安静地变回了绿的黄的石。

树丛中，有一只瑟瑟发抖的小猴儿，它满身焦黑，望了望岁木的方向。刚出生的婴孩似乎感知到了什么，睁不开的双眼不停地流着眼泪，咿咿呀呀地哭着。黄衣的三娘扑通跪倒在地，那猴儿怔怔地，凄惨地喊出了声——君父！

齐明十八年的春天，注定有些热闹。本已胶着的郑地在双方厮杀之下，似乎因染上了各国子民的鲜血，早已变成了国与国的不共戴天。诸侯们僵持着，昏昏沉沉间，却没有忘了这场战争的初衷。

天下，百国，大昭。

美哉！壮哉！

王子有幸哉？

远处的天子谁也没太当回事儿。嫡支走得太久了，历史永远等待着绝世英雄打开一扇窗。

郑王想当天子，穆王也想。

附庸的诸侯屈居于大诸侯之下，正静待时机。

可是，战场被两个人打乱了。

其一是郑王嫡长子成芸，史书后来写得精彩绝伦的逆子，人称小郑王。其二是个白衫蓝袖的少年公子，旗色为玄，上并无字。后人为了提起方便，便替他取了个称呼——"更始"。

这二人对准了郑王一方，却又留下十万兵马与穆王对峙。这一遭来回，把大家都弄蒙了。

这是个什么路数？

农民起义？世家造反？天外来客？

百国说书的可热闹了，撩起膀子唾沫乱飞。

"话说带头的可是个好汉。瞧他手提一把丈二长枪，身高八尺，肤色黝黑，额上竟还长着一只眼，长年闭着，可一动怒，那眼便撑大如杏子，瞪谁谁死啊！这等小英雄，对着郑王先锋怒啐一声：'呔！竖子可知你祖爷爷系何许人？'先锋一愣，尚不及言语，只见那汉子快马提枪，如一阵闪电，还未让人瞧清楚面容，那瑟瑟发抖的先锋头顶已然劈过一道白雷。众人一惊，再细看，这先锋已被来人生生用眼瞪成两半了啊！啊呀呀，众人如丧考妣，连滚带爬地往回赶，却听那少年英雄冷冷地说了一句：'吾便是那逆贼郑王六年前赶尽杀绝的季裔！尔等且回去告诉郑王，从此，战场无父子！'"

"竟是父子，对抗郑贼的竟是消失已久的四公子！好极，郑贼位极人臣，却去造反，到头来，又有这儿子反老子，试看苍天，又饶过谁！"

"说书的，他又不是杨戬，生的什么三只眼？胡说也有个限度！"

"得了您嘞，爱听不听！又话说，四月的一日，郑王世子在穆王驻扎的广梁城外叫嚣半晌，城中仍静悄悄的，无一人应战。许久，烽火高台上，竟缓缓传来了不知名的乐曲。这曲子众将士从未听过，却都觉得甘美，妙不可言，心中一时宁静得似入了天地自然，一时又欢喜激动得险些滚出泪来，纵有仙人来奏，也不过如此了吧。

"曲子弹了一盏茶的工夫，不知谁先说了一句：'休！休！休！万事休矣！吾等争的何物，你瞧我形容可憎，我瞧你不过黄土。'将士们竟纷纷丢了盔甲，失魂落魄，掉了头，好大原野，真真瞧着天也苍茫，地也苍茫。

"郑王世子气急败坏，命众人以棉塞耳，那曲仍源源不绝。众将无了斗志，此一战王军赢得漂亮。郑国众将士远走了，你待如何？"

"如何？"

"那烽火台上，竟缓缓踱步而出一个手中抱琴的浊世佳公子啊，白衣广袖，周身素色，只袖边绣了蓝纹，却偏偏眉目灿烂，堪比日月。他身后另有两名容貌气度绝佳的少年，一着月色，一着黑，这三人安静地望着城楼下的我大昭国土，不言不语，又翩然离去，消失在那处。后来，听军中我那远方的亲戚提起，小老儿才知晓，这便是手握重兵，护卫我大昭的更始王啊。且说另一旁，郑王世子军部狼狈回到营帐，却发现军令印章尽数不翼而飞，偶得见翠色衣角，竟不知神耶怪耶。我听闻更始王妻族正喜穿翠衣，百余人，为王亲卫，皆有异能，美貌非常。不知是否便是他们。"

"呸，什么更始王，我倒听说是那位同旧相好生的私生子。太子死了，三皇子为人残暴，不堪大任，那位又动了心思，否则怎能容忍横空出世这么个小子手握重兵，还与季裔勾作一团？说轻一些，是来历不明。说难听一点，这是枕戈待旦，要造反啊！"

"唉，兄弟有所不知，我家中有旧人在皇都当差，皇都一直讹传，太子婴并未真正薨了，定陵中只有皇后之墓穴，守灵的心里都门清，说是打南方来了一只白色的大鸟，救走了公子婴。"

"那更始王……莫不是……莫不是……"

"嘘，禁言。只管听些热闹罢了。不过话说回来，说书的，你见谁弹琴能把人糊弄走的？下回想好段子再编。"

齐明十八年年底的时候，战局基本稳定。郑王败走，后在鹿山被穆王世子射杀。郑王世子并诸公子被囚，等待天子处决。

众人都有些煎熬地等待着天子旨意，可是，并非等着这场战争的奖赏。

大家各怀鬼胎。

天子不负众望，月余，他老人家连连下旨，封赏穆王、平王及诸位王子，另又追谥江南侯为"冠勇伯"，世袭罔替。

待到一切风平浪静，更始王同小郑王整肃好军队，有条不紊地向北方进发时，大家最想看到的圣旨却还未到，急坏了一群人，也暗喜坏了一群人，尤其是被成芸用十万大军压制住的成觉。

成觉当时也挺纳闷："我能问问为什么吗？怎么就针对我，没平王什么事儿？"

成芸也挺无辜的，摸摸鼻子道："主公说你蔫坏，防着点没坏处。"

成觉："……"

更始王部众终于拔营，平王世子抱着那人大腿，一头冷汗一泡泪："哥，亲哥，再等等啊，哥，你再走一步，妾身未明，真的就是造反了啊，哥！"

那人低头看了平王世子一眼，拖着腿上绑着的金贵公子，继续目不斜视地往前挪。

正挪着，天使来了。

最后一道圣旨到了。

"天寒矣，父今添寒衣，吾儿可曾？父努力加餐，阿婴可曾？父夙兴夜寐，思念吾儿，太子可曾？"

众人一看，得，该玩儿什么玩儿什么去吧。

戏散了，太子验明正身了，天子认了。

扶苏眼若山涧一点清水，淡淡荡开一丝嘲讽的微笑，对着身后的千万人道："众将士听命。"

"敢不从主公！"

"依孤敕令，重返大昭。"

更始王回皇都的途中，曾经化外之地。化外有画卷一般的平原，冬日不枯朽，原上一平民人家，炊烟正盛大。

他口渴难耐，也曾敲门扉暂借茶水一碗。窗纸外开了一树无名的红花，十分灿烂。

他来时，它便随着风向他摇摆。

他着白狐裘，门内人着黄单衣。

此地似无冬夏。

黄衣人打碎了瓷碗，却惊哭了手中襁褓内的婴孩。黄衣人身旁立着翠色小猴儿，不言不语，接过婴孩，哄了起来。

匆匆跑来的，还有个脸似花猫、手握着蒲扇生火的双髻吊眉红衣童儿，冰雪可爱。

黄衣人愕然地看着那青年，青年却淡淡一笑："故人莫惊，孤不过借茶水一盏，吃完便走。"

黄衣人欠身让他，童子扇尖垂地，婴孩却似乎嗅到什么气息，渐渐止住了日夜不休的抽噎。

屋内简陋，青年大略一观，也便垂下睫毛吃茶。他十分沉默，许久，雪白指尖才在那盏茶水上轻轻用力，粗茶一晃荡，沉浮不止。

黄衣女子面容枯槁，似普通农妇，肃立一旁，讷讷无言。煮茶的小桌是一块年头久了的粗木，外皮粗砺，表面光滑，茶具倒是好的，煮茶人是那童儿阿箸。扶苏见他乖巧沉默，拍了拍他的小脑袋，温和问道："今日为何话不多了？素来贫嘴饶舌，不肯甘休的。"

阿箸黯然地垂着眉毛，说："我打从今天起，为你煮了这回茶，同你说了这回话，这辈子便再也不与人煮茶，同人说话啦。"

"为何？"

"我这辈子的话说完啦。"

窗纸上有几片飞花夹在缝隙间，这一日太阳还好，连飞尘都瞧着金灿灿的。他看着立在阳光里的花，转身时，却瞧见那婴孩懵懂眼中似乎已有一些光，瞧得见那片花，也瞧得见他。小手微微蜷起，朝着他的方向，似在抓。

他静静地瞧着那孩儿，好一会儿，才没头没脑道："不像……"

小猴子二五有些局促："君父夫君，不对，是公子，公子，宝儿可乖了，以后你若娶了旁的夫人，莫要因为恨着君父，不欢喜宝儿。宝儿虽还小，我瞧着倒是与公子极像的。"

这一时，草房中安静十分，许久了，那青年公子才淡淡说出方才未完的话："他自是像我，可并不像他母亲。"

他又极有耐心地吃了口茶水，好似那是不忍心咽下的琼浆，琢磨玩味了，才从口中吐出些费力的字句来："你家主人一贯可好？"

那黄衫子的女子正待回答，他却微微一笑，想起什么，又道："罢了，想必又去了哪处云游，寻了谁的开心，问她做甚。"

女子垂着头道："正是。"

"奚山为何不在了？翠家诸子安在？"

这一回二五恭谨地答道："沧海桑田，忽有一日，奚山就被大海冲走了，嫂嫂侄子们最近醉心修行，公子扒开草丛，或可寻到他们真身，再等几十年，便又回了人身行走。世上万事皆如此，聚散有时，不必挂怀。"

那公子一听，点了点头，又饮了一口茶水，道："故友皆好，孤便放心了。奚山移走了，想必也再难寻，此后孤回了都城，亦不大有闲暇探望，但请三位替我捎句话……"

"向谁？"

"向你家主人。"

"什么话儿？"

"此后嫁娶，各不相干。"

黄衣女点了点头，才道："主人云游前，也是这样嘱咐我的。我手中孩儿是主人临行前托付，告诫我，倘有一日见到公子，便将这孩子交予你，权当个猫儿狗儿养一养，来年若另有姬妾旁立，断不可对此子委以大任，只您年老故去，若恰巧身旁无人，就留他与您守着陵。她此生亏欠公子过甚，唯用此子报答。二五自小公子生来便一直侍奉他，唯愿公子一同收养。另有一桩，主人命我转告公子，过了此处，约有五里，定遇怪石，天或有异象，公子莫生好奇之心，径直走过便是。"

果如这黄衣女所言，不过五里，正有参天耸立怪石，石上缠有藤蔓。

白衣公子怀中的男婴到了此处，便开始放声哭泣，惨不忍闻。

公子心中颇觉怪异，却也未停，可战马行了不过两三步，便有惊雷径直劈下，拦住去路。

众人皆惊诧。

公子又行，复有乌云暴雨，顷刻泻落。

那婴孩蜷缩着小小的身躯，哭得几乎背过气，雨水砸落在了孩子的眉眼上，公子倾身，将婴孩裹在了白裘中，微微低头，却看他面色苍白，不似一般婴孩粉嫩之相。

他担心他淋病，又往怀中带了带，侍卫慌忙撑伞，那公子轻轻转身，马蹄轻弹，金冠玉容，怔怔地定在了巨石之上。

他道："把那石挖开，瞧瞧下面是什么。"

上百兵甲忙了有两三刻钟，待到天放晴的时候，巨石终于放倒。

"嘀，这枯枝根埋得好深。"季裔低头一观，道，"泥土之下还是石头，枯枝覆盖了石头，同气连枝，竟不知是根缠绕了石，还是石生出了根。"

你中有我，我中供你，仿似亲生的兄弟。

又过了半晌，兵甲却在连体的巨石之旁，拾到一块断了的石碑。云简也生了几分好奇，命一二侍卫抬出，他剪下一束马毛，躬身在石碑上扫了扫，这才报与扶苏道："主公，是一位父亲为夭折的女儿写的悼词，辞令哀婉清丽，颇为伤怀。"

"死去的女子叫什么？"

"并未刻姓氏。女子的父亲似是位名士，自号'孤一山人'，起初颇为挂怀惦念女儿，后来，却说他已占卜，说这女子三百年……"云简正要照这碑文原文念出，却听到季裔从那深坑处遥遥抬头道："挖出了，是具石棺，与枯枝相依而生！"

公子纵马上前，眼前正是一具石棺，他垂下明亮的额头，淡道："开棺。"

一直沉默着的黑衣嬴晏站在扶苏的马匹旁，轻轻握住了微微滑落的马缰。

七八兵甲一声震喝，一同使力，厚重的石板被抬起扔到一旁，泥水溅到了众人身上。

棺中是森森白骨，口中覆糠，手骨、脚骨折断，扭曲狰狞。

公子成婴怔怔地望着白骨。

颅骨森然，尸身似化了两三年之久，已然不见皮肉。

成婴左手尚托着婴儿的头，这个孩子，是他那薄情寡性的妻子留给他的一点血脉。

婴儿不停地哭着，眼泪全滴落在他手心上，又从他指缝间滑落。

云简那厢拾起，继续念道："为父以山中整石雕琢，悬棺崖间，石生奇木，与儿做伴。若非天塌地陷，山平为原，安能复现？太子敏追问儿来世，不堪扰，唯此处儿可得一二松闲。尔为鳏寡身，想必误轮回。三百年后尚有机缘，只需尔儿婿精血蓄养魂魄，三年若不产子败了修行，定可重生。然则此番由来并不光彩，为防后人探究，败吾家声，只为儿立无姓碑。墓中陪葬若干，皆吾心爱之物，复有昭王旨意一卷为证，儿切自为珍。"

"旨意安在？"公子问道。

晏二观石棺，角落中却有烧焦的书卷一副，可字迹已不可辨，似有人刻意摧毁，不欲被人瞧见。

"何种不光彩之由来？"公子又问。

云简一目十行，扫到末尾，有些惊诧，却未再念。他眯了眯眼，成婴下马，走到那碑文之旁，定睛，赫然是小不可辨之字迹。

成婴平静地看了一眼手中的孩子，又步履安稳地踩到马镫上，只道："无头公案，不查也罢。此石与树同生，有些灵性古怪，尔等依旧埋好尸骸。至于石碑，砸了便是。既是无姓，索性成全。"

众人依旧将骸骨葬下。成婴挥了挥手，命起程。

约莫走了十里，天降大雪，马蹄溅白。

又行了十里，雪厚，深一脚，浅一脚。

再行十里，季裔请示安营避雪，成婴点头，许。

他一身白裘皆是厚雪，只垂目把那婴孩呵护得滴水不漏，又递与一旁守着的翠二五。小猴儿照顾婴孩十分细致温柔，却也未将他逗笑。

这一日天气好怪，连经风霜雨雪。

成婴忽而觉得喉中不适，却也未当事，只翻身下马。

"公子！"众人惊呼，上前。

他已翻身滚落马蹄之下。

白净无瑕的雪地上，一摊暗红的血迹。

他喘息着，不停地喘息着，唇角的血还在滴落。

有些奇怪怎么会生出血，可是呼吸已然急促起来，连喉咙的呻吟都支离破碎。

风的声、雪的声、马的声、人的声都很清晰，但他都已经不大听得进去。

他爬了起来，茫茫然上了马，茫茫然转了转身，身后是百尺千里的雪。

公子想起了幼时曾经听到的鼓乐。那鼓点并不雅致，只是敲打着，再快再快，像溅了雪的马蹄，很快很快。

于是，许多与现在相干的过去，与将来相干的现在就这样被缓缓打开。

他哑摸着，就笑了起来，也不见泪，只是咳了阵子，喉头溢出猩红鲜血，淅沥不断。

他得庆幸，此后再无人揣摩石碑上的最后几字。

"植，三百年，嫁乔荷。"

可阿植死啦。

从不知相思，安知相思死。

有些时光太远，我瞧古书只有粗陋几言，譬如我妻阿植，也只是短短两语："元后奚山君，荒无踪。生子凤奴，日下无影。"

此后余生，我已不大爱翻书卷，搁置了海棠花枝做了书签，等待来年，可来年还是那一页。

想了想，停在此处，便好。

不必翻到翻不下去，一片空白。

吾儿凤奴是半人之身，生来体弱，日下无影，却性喜热闹。然我不喜热闹，也不喜他。

年迈时昏昏欲睡，太极殿外的海棠花悄悄地开了，树上有一条黄色的臂帛。

我眯着眼走了过去，有些记忆慢慢就回来了。

那里仿佛藏了个小人，大气不敢出，她想要逃开我，故而躲在此处。

我见她在树间闭着眼默默祷告，眉头紧蹙，我觉得好笑，轻轻张开了双手，哪管她拜的是苍天还是诸位神仙。

她若低头，便能瞧见我眼底那些奇异的东西。

点点滴滴，历数来，都是些随时戒备隐藏的爱。

可她顽劣，不曾跌倒，我便只好倚靠在海棠树下抚琴微笑。

我在等她发现，轻轻喊一声"哥哥"，我便好装作不大喜欢她，牵着她的小手回家。教她读书识字，也为她讲些故事。耗着年头，一日日地，累积溺爱。

我的爱比别人廉价，满了便溢，没什么可惜。因我知终有一日，它还会满。

寥寥草草，这本章书目又岂会封缄？

它在待我死去那一天。

朝朝暮暮的不再相见。

番
外

番外一 | 赌戏

二十六年前，平吉殿一场大婚，五皇子打赌输了。他得去娶太常卿家的丑女。

丑女自幼母死，祖母、父亲嫌她不祥，将她送到了道观寄养。观中无人知其姓名，只唤丑儿。

原是丑儿六岁上下，玄机观观主临真子到太常官邸中做法事，偶然看到一个小小女娃躲在泔水车旁啃食残羹冷炙，心中不忍，走上前问询，才知竟是这府中的小姐，母亲生她时难产去了，而她生来貌丑，父亲祖母便越发不待见。有道是有了后妈定有后爹，太常大人后来又娶了一房年轻貌美的妻室，更不肯理这丑女娃死活。老道士心头一软，便收她做了徒弟，谎称除她身上厄运，带到身边教养。丑儿从小见惯人情冷暖，因此小小年纪，便在李聃像前许下宏愿，一到十五岁，便入了道，了却尘缘。

待到她十三岁时，有位美貌的小姐去道观为父亲祈福，临真子让她陪那小姐玩耍，如若那小姐问什么，自己便都要一一如实作答。小姐是个古怪的姑娘，听了她的遭遇，鼻涕比眼泪倒多上许多，攥脏了好几块干净帕子，才吸溜着走了。过了几日，她的父亲竟然亲自来接她回家了。

听闻早前大将军弹劾了她父亲，在朝堂上揪着她爹爹骂了个狗血淋头，说她爹爹枉为人父，不慈不义，陛下当时也震怒了，申斥她爹爹道："虽然姑娘生得丑，但是她若不是你生的，指不定落到谁家，还是个天仙呢！你堂堂太常卿，竟做出抛子弃女的行径，当真糊涂！"

第二日，她便稀里糊涂地回到了太常府。

十五岁上下，将军府的小姐做了皇子妃，她听闻美小姐嫁得如愿，总算了却一桩心事，去道观求了各样的平安符，悄悄踮脚挂在将军府的石狮子耳朵上。

可一转身，却发现对街一个卖字画的书生一身粗布麻衣正瞧着她，神态柔软暖和，像一件她幼时一直渴求的棉袄。

那一瞬间，她摸着石狮子，吓了一跳——为什么她的心跳得这么快？

太常府中，没有人搭理她，只有吃饭时才有人送饭。为了那种暖和，她每日都拿着年幼时跟随师父做法事、大人打赏攒来的一点铜板，偷偷跑出府外去买那书生的字画。

一个铜板一幅画。

书生对着她微笑。

府上有丫鬟私语，说近日五皇子与三皇子打赌输了，本来准备给咱们家里的丑姑娘下聘，可是五皇子实在不愿，三皇子便说算了，用几本书和古董换了这个赌约。

丑儿想了想，难过了一小会儿，却又开心了。教个好好的皇子娶她，可不是让大家都难受吗？她可是个要去做道姑的姑娘。

第二日，她再偷偷从狗洞爬出来，去买字画，那个书生却已不在。她坐在树下等。等了好久，等到夕阳落山，才又悄悄地从狗洞爬了回去。

第三日，那个书生依旧不在。

可她依旧在那里等，等了一日两日三日四日……等了一月两月三月四月……

后来，就不等了。

侍郎府院子里有一座挺高、挺漂亮的凉亭，夏日酷暑，她却总是爬到亭子的顶端。

下人道她疯了，她的父亲太常卿却恨恨道："累及父母的东西，死了岂不更好？"

八月的一日，依旧有很大的太阳。她依旧坐在亭子上，遥望着远方。她的庶兄带了一个人游园。那人生得真好看，拿着描金的扇，头上是金色的冠。

那人看到亭子上黑如焦炭的丑陋之人，侧身回避道："似是太常大人府上的女眷，小王今日唐突了。"

亭子旁边的湖水晒得早就烫了，那些小小的银鱼都张着嘴巴吐出一连串泡，眼见无法呼吸了。

她的庶兄对着那人笑得如同一只哈巴狗："五皇子哪里唐突了，不过是个疯了的丫鬟奴婢，逐了去便是。难得您要来臣家中逛园子。"

转眼，她的庶兄已对着她恶狠狠地道："还不离去？！"

她爬了下来，走到五皇子身边，想了很久，才说："我快要当道姑了，就要等不到你了。"

五皇子合上扇，静静地看着她，不语。他们想必都会称赞他那样高贵俊雅的模样，可是，只有她知道，他穿着粗布麻衣暖和微笑的样子更好看。

可是，夏日如此，她的丑既然益发丑，他的暖和便早已变成被团团困住的东西，滚烫无力。

"殿下，亭子虽瞧着不起眼，却是内城官宅最中间的位置呢，前面挨着老太傅家，后面是张相府，啊，对了，右边依稀记得正是大将军府呢。我父亲同我说，他小时候爬上去过，四巷八道，卖什么的都能瞧得一清二楚。"

她垂目走着，身后却传来庶兄殷勤的讲解。

十五岁的生辰就到了。师父问她是否做出决定了，她点了点头，竟有些开心。自幼，她只有姓，却没有名，如果成了一个道姑，便有法号了。人人叫着她的法号，便知她虽丑，却也是个人。

她入道观的那日，一份聘礼下到了太常府，玄机观被五皇子拆了。

自此，她成了皇子妃。

而后，成了穆王妃。

穆王常常道："本王打小与陛下打赌，从未输过。可唯独这次，他赢了，我输了。"

穆王此生，最恨道士。

番外二 | 爱子

我是当今昭王陛下的爱子，在众兄弟中行三。

父亲十分爱我，皆是他爱着我的母亲的缘故。

我的母亲是世家郑姓的嫡长女，是家族本预备养成皇后且细心呵护长大的女孩子，却变成了这世上最尊贵的人的妾。

是的，我不是嫡子。陛下只有一个嫡长子，成婴。陛下的妻子是个善良的人，善良的人活得都不长。听说当年他也深爱他的妻子，可是，我的母亲如今却是天下万民都知道的宠妃。陛下从开始至皇后死，约有十年未入太阴殿。偶尔在国宴上，娘娘坐在陛下身侧，他距她很远，眼中带着我看不明白的厌恶和深意。

皇后生得很美，从婴如今的长相便能看出。我不清楚父亲为何更宠爱母亲，但这个事实令我受益良多。

至少父亲为母亲冷待了皇后，冷待了婴。皇后死的时候他未现身，只命众皇子扶柩。成婴被逼死的时候他也未掉眼泪，只给了他许多封号。

天下皆言父亲是个昏君，他在位数十年，诸侯倾轧，势力已不受控制。万民深以为患，天下之乱象似已回到春秋时周的窘境。我深知父亲是守成之君，心地宽宏，爱国爱民，却没有如同太宗一般的手腕和魄力。他需要一个优秀果敢的继承人。

婴显然是不行的。他足够聪明，却对万事漠然，无欢喜之物，无嫉妒之人，无遗憾之事，更没有执掌天下的欲望。

我想我也许明白父亲更爱我的原因。至少我跟他一样狠心，有帝王之志。

我是昭天子的爱子，可以托付天下的爱子。

父亲一夕之间把巫族倾覆，表面上是因为巫族没有治好太子，事实上，或许是巫族知道了父亲存心杀害婴的秘密。

可是婴的命极大。他另有奇遇，逃了出去。

在鄷都的时候，我一眼认出了面粉下的那张清秀的脸，他的眼睛生得跟母后娘娘一样。我想父亲也认了出来。他很惊讶，可是令我更惊讶的是，他并没有打算杀了婴。

他离开面馆的时候，回头看了婴一眼，婴很落寞地低下了头，父亲朝着婴的方向伸出了手，我站在他身旁不远处，扶他进了马车。

父亲不杀婴，可我不能放了他。婴逃出千里万里，我依然能认出他。因为我认得他的气味。那样清新的味道，带着露水和薄荷的甘洌，独特到七十二殿的脂粉混杂的味道都压不住。

我知道，这味道叫干净，别人都没有的干净。

母后娘娘把他养得很好。我恍惚想起，我与婴十三四岁的时候，过年时节总有许多世家的小姐、诸侯的姊妹来到太平都朝拜太后。成觉养在太后身边，他行为顽皮轻佻，又生得宛若明珠般姣美，那些堂表姐妹小姑娘都喜欢围着他转。午时摆饭，我与婴前后脚到太后宫中请安。我在前，一身紫衣，方到，含着笑咳了一声，那些姑娘便从觉处分了些注意力来。觉挑挑眉毛，他知道我是故意的，故意与他一较高下。他正在与第二侯的女儿莺莺下棋，莺莺姑娘素来专注，并不会为凡俗打扰。她自然没有瞧我，觉便笑了。我摸摸鼻子，并不觉得无趣。我等着看戏。果不其然，一身玄色常服的太子婴方踏入太姒殿的正殿，四周已然鸦雀无声。

所有的人都恍惚地看着他，莺莺的素手在棋盘中，愣了半晌，才反应过来，站起身，在一旁肃立。众人向太子请安，我也笑了，示威地看着觉。觉乌发披散着，歪在美人榻上，摩挲着棋子，含笑望着婴，不语。婴淡淡看着他，也不语。

此一番，已见高下。

若我是父亲，大概也并不舍得婴死去。毕竟，瞧着他，便觉得人生总是春意盎然。可是，我不是父亲。

在鄄都，我错失了良机。

回宫的途中，经过平国，遇到那些金船，我走了进去。黑衣人问我想要什么，我说我想要婴的一切，我要婴死不瞑目。他们问我拿什么交换，我想了想，我最不需要的是什么。那想必是天子们都以为困扰的情爱。

章家的女儿原本是父亲定给婴的。她是婴的，我便有了兴趣。况且，章府有母后娘娘的遗物——英兵令符。

我扮成婴的样子去求娶章咸之，可章载这个老泥鳅滑不唧溜，一直装傻，装作不认识我。这时节，觉也入了金乌，情形益发复杂。

我在城中住下，一日夜晚，觉得臂膀十分疼痛，仿似有什么长了出来，等睁开眼，却什么都没有。又过一夜，依旧如此。待到第三夜，我再睁开眼，面朝铜镜，竟已变成一只紫色的莺鸟。

我说不出人话，鸣叫一声，已不受控制，从窗中呼啦啦飞了出去。客栈外负手站着一个满身补丁的书生，那书生看着我，眼睛弯弯的，笑得十分温柔可亲，但我却瞧到他眼中的阴森。

他伸出手，我便一瞬间被钳制在他手中，他掐着我的脖颈，似乎想要把我掐死，眼中却依旧含着笑。不知过了多久，他松开了手。

我吃疼，拼命往前飞，坚持不住，便掉落在了一辆牛车的篷顶上。

等我醒来的时候，却看到一双十分古板的眼睛。

它们属于一个小姑娘，不，准确来说，是一个小书呆。小书呆杵杵我，见我没死，便摇头晃脑，继续之乎者也地念起书来。

她十分小，不过十一二岁，似个孩童，毫无少女的韵味。

她待我不错，她吃什么，也喂我什么。她梳着齐刘海，眼睛呆呆的，抿着唇，十分有礼。不常笑，笑起来却有些温柔的气息。

我素来爱洁，她一两日便为我清洗一次。我吃水的碟子是她用这年的新铜片亲自敲的，她喜欢自己捣鼓些东西，做些男孩子喜欢做的东西。

她的父亲得了重病，家中来了巫，巫说小书呆是凤命，能入阴司。巫指点小书呆去昌泓山，道那里有高人或可饶恕她的父亲。

凤命？我心中一动。

后来，我随她一起去了昌泓山。我见到了女扮男装的章咸之，她揣着父亲的密旨来到了此处读书，孙夫子也让她三分。

章咸之也是顶有名的凤命，我不明白父亲在谋划些什么，直到我再次嗅到婴的气息。婴戴了张普通的人皮，眼睛依旧清澈。

我抱恨自己如今只是只小鸟儿，不能杀了他，却只能和愚蠢的小书呆朝夕相对。她日日时时穿着书生服，梳着童子髻，坐在果子树下念书抚琴，书念得如同嚼蜡，琴抚得毫无韵致。我与她朝夕相对，厌倦极了。

小书呆时常说一些奇怪的话儿。她说，这世上有便是无，抓得越牢的东西散得越快。她说云飘来飘去永远不会累，是因为云没有想去的地方，没有想见的人，等到它停驻在何处，见到想见的人，便会掉下很多眼泪，变成雨水。她告诉我，她以后待到父母亲百年仙去了，便要到深山中去，清清静静地活着，不再与人交往，她怕她有一天会太喜欢一个人，有一天又会太恨一个人。她讨厌自己变得失去控制。

我翻了翻白眼，她便缓缓笑着，与我对视："阿柯，我宁愿喜欢你，也不愿喜欢这世上任何一个男子。"

她的眼珠离我很近，黑得令人目眩，我有些不自在地后退了一步，一爪踏空，从石凳上掉了下来，却被这女娃双手接住，她在春风中歪头笑了起来，桃花、杏花全都撒落在她的黑发和那件蓝衫上，她的眼中全是明亮，好像两轮小小的月亮。我从那时，瞧她可爱。

再过三年，瞧她已是心乱。

我一直是她宠爱的紫莺。她慢慢长大，从不起眼的小书呆变成了一个依旧不怎么起眼的少女。可是，她在我的眼中，一日日那样好看。

我不在太平都城三年，不知父亲着急成了什么样子。我是他的爱子，他岂会不惦念？

忽有一日，婴失踪了。又忽有一日，我一觉醒来，竟已变成人。

那闺房床上还睡着那样好看的少女，脸颊红润，唇微微张着。

我静静地看着她，趴在她的床前，想要用真正的手去抚摩那张脸，如同她无数次抚摩着我一般。

可是，她似乎感知到了什么，缓缓睁开了眼。

我落荒而逃。

我回到了太平都。

我的母亲见到我，搂着我哭得上气不接下气，骂我不孝。

我的父亲依旧慈爱温柔地看着我，高高在上地坐着。我第一次发现，他距离我其实一直并不如我想象的近。

我向父亲讨旨，在第二年的春天，娶了小书呆。

可是，我迟了。

小书呆陌生地看着我，她在新婚之夜告诉我，她喜欢着别的男子。

我离开之后，她在寻我的途中，喜欢上了一个男子，那个男子说等她长大，便来娶她。

我知道婴那一日的失踪大概是真的无法瞑目地死了，因为我失去了我在金船中弃如敝屣的爱情。

过年的时候，母亲率领众人拜见母后娘娘的灵位，父亲就在一旁静静地看着。

我看着他的眼神，竟感到害怕。

我仿佛看到了自己，看到了镜中那个因为得不到恒春而深深痛恨厌恶着她的自己。

他冷眼旁观着灵位，可眼睛却瞧着让人难过。

我掂量着心里对小书呆的喜爱，遥遥看着父亲，在想他到底隐藏了多少庞大的爱意。

昭从太宗时起，对历代陛下便有训诫：禁中断痴情，俯首天子志。欲不为人知，先绝己心愿。

如若预备当上天子，首先便要断了对喜欢的姑娘的痴情。

父亲曾说过这样的话："贵妃于你们是红颜祸水，于我却不是。皇后于你们是贤德可靠，于我已非如此。"

天下万民都知道，我母亲是父亲的爱妾，我是陛下的爱子。他爱得不得了。

可我此时看着父亲，忽然明白我与我的母亲误会了什么。

贵妃是妨碍不了父亲意志的女人，皇后于陛下，却是真正的红颜祸水。

婴带着天子之志回来的时候，父亲含着泪笑了。

我在那一刻便有预感，这天下将来一定会是婴的。

我与觉日后造反，三分天下，也不过是被天子逼的。

天子有个爱到心坎里的爱子，爱到把一切都要毫无保留地遗传给他的孩子，欲望、决断、谋略、爱民之心、藐视天下的气概、清除诸侯之患的勇气，他有的，没有的，统统要给他的爱子。

天子有爱子，是他最爱的女子所生的孩子。

与我并不相干。

番外三丨青山

我闭上眼，不知几天几年。困在黑暗中许久，却嗅到微微不知名的异香。黑暗之外，有龙吟虎啸，仙鹤低鸣。我有时听到泉水淙淙，有时又觉时间静止，只余风声。

有人对我说："你哥哥刚走。"

我没有舌头，无法开口回答。

这声音苍老："你得告诉我，你愿不愿意救他。"

我点了点头。我手脚并用地比画着，问这声音，我哥哥去了何处。

"他因有未完之愿，完成之后方能投生。"

我问他，我哥哥想要什么？

"你哥哥来世，想报答一个乞婆。"

我茫然想着，我还有什么可替哥哥报答的。

"那乞婆是天生的乞命，你可将你日后所有的荣华富贵及美貌赠予她。"

我点了点头。

"你哥哥来世，还想要一样东西。"

我迫切地咿咿呀呀，空空的口也不过做着徒劳的型。

我哥哥，最想要什么？

"天下。"

我来到奚山的第五年，有一只猴儿轻轻敲我石门。

他说劳烦我这新邻居为他取个名字。我观他通体发翠，颇为稀罕，便以翠氏为姓。想到他独个儿孤孤单单，同我一般，便笑道："如今为你取名元，待你有了子孙，便朝后排序。"

从翠元到翠三、八三，需要三百年。从翠三、八三到只剩下翠二五，只要一瞬间。

我来到奚山的第十年，有一个小小的童子轻轻敲我石门。

他说他是我埋在海棠树下丢弃不要的舌头，他伶牙俐齿，十分可爱。我如今面容枯槁，手脚能续，是因我之生机，系于望岁生机。口中之舌也不过是望岁枝上一片瘦长绿叶所造，麻木十分，喝酒吃肉皆无滋味。

我唤他阿箸。

我来到奚山的第三十年，有一个黑衣的青年轻轻敲我石头门。

他说他是我旧时棋盘上的一粒棋子，在人世混迹太久，颇为厌倦，特来投奔。我看棋盘黑白分明，变幻莫测，略一思索，为他取名秀提。

秀提有大造化，跟随了道德真君，做了末徒。临行前，我抹去了他这段回忆。

有相熟的山君曾言，他道听途说，秀提是要做五世相爷的好棋子。

算了算，如今，已到第五世。

我来到奚山的第三百年，打扫了窗儿，从父亲临行前装的几件随葬物事中掏出一把紫壶、两只杯，自斟自饮，虚席以待。

石门外，也有二三喜鹊。

二哥就这样回来了。

我得宠溺他一生一世，做个他，像他待我那一辈子。

唯愿他，此生，便是那个前世懵懂的我。

被钟爱，被安排。

虽则天常有不测风云。

我也曾想，我若为天，该有多好，定善待他终生。

我若为天，他的磨难中总存一线希望，痛苦中还有转圜。这世上神话故事颇多，每一桩，都是我来演。我来做山、做海、做泥荷、做蝼蚁，苍天有束光可偷，我也偷来，予他做个冠带。你何必惊讶他竟不能处处识得我，也不必知道，这样的强制安排不是为了满足我的爱，而是为了想要他还能笑出来。

天下甚美。

我还肯爱这山河，只是因为他还热切地爱着河山。

番外四 | 三百年日常

第一日

定元四年的夏天，特别炎热。

乔荷春末的时候依照规格迁了殿，宣阳不及老宫室，然则他已经入了学，并且养了一个孩子，并不适合再与公主同住。大姐惠宁君取笑道："依稀记得荷前日还在吸奶，小小圆润脑袋，却不怎么耐烦，怎的眨眼间，就要做别人的小阿父了。"

乔荷年纪小小，封了郡君，虽有童稚之处，然则处事教人如沐春风，令瞧过之人不胜欢喜。尤其天子，常因其为外孙而非嫡孙，有些说不出的欣喜，也有些道不出的苦闷。

乔荷有十二个上品级的女官和若干宫女、阉人，搬迁的工作有条不紊，立夏之前，收拢完毕。

每月初，封邑便来了诸位大臣报账议事，这一月初三，乔荷依旧处理这些零碎之事，便教女官修容把乔植抱到后殿贴补些乳糕。她发育较一般孩童迟缓，内侧牙齿还有几颗未长全，常常不如意时，就拿着别人的衣袖咬了起来。

修容一向跟着乔荷，等闲事也麻烦不住她，千金小姐一样养成，十分爱洁，手中肉团一般的孩儿却偏爱钻地玩泥巴，若非得了令，她是一刻也不愿哄她的。

"三娘，乳糕好吃吗？"修容将她抱到小凳上，一双玉手微微翘着，只捏着糕一点边，强耐着不舒服，朝她口中喂食。

三娘眼珠黑黑的，歪头看了她半天，并不作声，一口就咬到了修容手指处。

修容花容失色，甩了甩手，小孩儿这就看懂了她的厌恶，低着小脑袋咬糕，也就不再说话。

修容过了会儿就没耐心了，也懒得理她，丢下糕点便去做手上的针线，她刚跟二姑娘学了一种新绣法儿，这会儿兴致正浓。

说来也是巧，不过一眨眼的工夫，三娘就被凳子绊住，摔在桌角，额头红了好大一块。

小娃娃扁了扁嘴，就要哭，修容一把捂住她的嘴，小声道："不许哭。这么淘气，鼓起了大包怪谁？"

小娃娃傻乎乎地看着她，头上的包又油又亮，肿得吓人。修容叫了个下等侍女取了药膏，在娃娃额头擦了一层，到了摆晚饭的时候也不见好，唯恐郡君责罚，便在娃娃额头上扑了一层梨粉遮掩，后来前殿传话说郡君与诸大人聊兴正酣，并不回来，修容便安了心。

乔荷虽则年纪小，但七岁时便做了《农赋》，早慧得过了些，这样天赋异禀，任谁也不大敢糊弄。他精力瞧着也好，一日下来，仪容并未有一丝凌乱之处，笑容还是温和清新，令人见之欢喜。只是封邑臣属与他接触一年以来，已深知他脾性，饶是打起精神禀事，还不时被他问的问题骇到，一阵冷汗。

譬如司农摆上殿来一筹蔫秕的黍苗，连连叫苦，只说年头如何差了，旱涝如果不消停了，继而收成如何不好了，这筹黍还是挑选其中最好的呈上。

小郡君倒是看也未看，只问道："卿却说说，几月旱天几月又漫水了？"

司农答："五月旱七月涝。"

"我有夜观天象之好，五月封邑倒还是有几场雨水的，七月也未漫水，似乎是八月。卿许是记错了？"

司农转了转眼珠："正是八月呢，臣一时糊涂记错了，郡君明察。"

小郡君却笑了："我听闻古有爱君之臣，不知什么模样，今日见卿便是。我小小年纪，又几时有那等工夫夜观天象呢，天黑即寝，方是孩童休养之法啊。与卿不过玩笑，卿太实在，孩童说什么便是什么，真真耿直之臣。"

司农腿都软了。他新上任，不知深浅，这一次哑巴吃黄连，有苦也难言。

他说他是孩童，却不做孩童之事，也不行些孩童休养之法，更鼓敲了几遍，众人都疲惫了，这孩童却依旧笔耕不辍，诸臣皆坐在一旁等令。

忽而，小郡君似乎想起什么，抬起如明珠一样莹润的脸庞，微笑道："我忘了一桩家事，众卿稍等。"

继而道："宣长史邱。"

众人好奇。

邱似是知道郡君唤他何事，抱着一卷书，匆匆从后殿赶来。

"邱？"小郡君并未抬头，一边写令书一边问道。

邱拿起那卷，念道："喂乳三次，食糕二次，头次为平素爱食之乳饼，后一次似不肯再吃，只进了桂花饼。与猫玩耍有一刻钟，逮了一次蝈蝈，乳娘念了一回书，抱她看人刺绣抚琴，晚饭减食。"

众臣蒙了。

这是什么暗语。

小郡君并未抬头，却道："她爱与猫狗玩耍，平素至少逮两次蛐蛐儿，食量也是大的，今日为何？是否牙齿痒疼之故，今日用药几次？"

"依臣揣测，是因额头疼痛。"

小郡君搁置了笔，抬头，微微挑眉："额头为何会痛？"

"磕到桌角之故。"

小郡君嘴角还含微笑，但是那笑容并不如之前柔软。他淡淡道："下去吧。"

停了会儿，却吩咐近身内侍道："教修容去领罚二十棍，退一等品级，罚俸三月。"

小娃娃睡觉的时候是捂着额头的，清晨醒来，小手却已被安置在被子中，暖暖和和的。额头也已消了肿，不知是年纪小恢复得好，还是夜间谁予她上了药。

第二天，她的哥哥依旧很忙，并不怎么搭理她。

小娃娃觉得自己真是个坚韧的娃娃，靠着自个儿，都活得这么活泼，这么感人。

又是一日好时光。

第二日

定元四年端午节的时候，日头十分热辣，烤得人不甚想出行。

郡君乔氏不耐寒，却是耐热的，而他养的小娃娃却恰恰相反，不怕冷却极怕热。

她成日里活蹦乱跳，在园子里不是薅了花草，就是抓了猫挠了狗，不然就去池塘边上柳荫下拿着小棍儿捣鼓蛤蟆了，真真顽皮透了，似个猴儿一般，没一刻闲的时候。偏偏这孩子毛发也旺盛，又冗又黄，予她梳起来不过半个时辰，头绳便不知掉在了哪儿，散了乱糟糟一把，远远瞧来，可不正是猴儿。

每日里乳娘硬生生地把她从小园子里牵回闺房，一摸这孩子，一头汗。又过几日，生了一身痱子。给她上药，她又满床打滚，哭闹不依。可恼这孩儿话还说不利索，可之前天生天养，已经自个儿给自个儿惯出一身匪气，哪有零星半点大家闺秀的模样。

乔郡君见她出了一身痱子还在胡闹，皱了皱眉，沉吟了会儿，才道："剃个男孩儿的发式，且养养吧。"

这一声令下，宣阳殿里便多了个爬得利索、走路摇摇晃晃的小和尚。她这些日子吃头又好，渐渐白白胖胖，大大眼睛粉扑扑的脸，瞧着也十分喜人。

端午节的时候，封邑进了一对刚出生的雪兔，万里选一，皮毛莹润可爱，说是给郡君拿着玩的。小郡君觉得被人当作孩子看待甚是有些羞耻，挥手给了小和尚。

打从这儿起，一对玉白可爱的小白兔真真落了贼窝，天天但见那小和尚头顶小白兔，蹦蹦跳跳，雪兔一双红眼睛战战兢兢的，楚楚可怜极了。小白兔稍稍反抗，不听话了，小和尚便拍着小手，歪头笑道："吃肉，吃肉。"

雪兔欲哭无泪，由她天天抱着玩耍。

大昭有习俗，谁家女孩若系了五彩长命缕，端午节后，只能等雨，雨水来了，才能取掉，这样，家里的女孩这一年才会无病无灾。反之，则要生些灾。

可这日子着实干燥，并无下雨的迹象。

端午时昭王赐宴临凤池，故而各处王侯宴会均推迟一日，太尉府中滢阳宫赐宴，众臣又吃了一回。公主亲生的大姑娘、二姑娘同小郡君均到了宴，太尉嫡妻亲生的长子已经外放当官，不在宴，而三姑娘年纪小，还在喝奶，无礼仪，恐失态，公主亲下旨意，不得参宴。太尉在此事上一贯冷漠，旁人自然更不会说些什么。

可宴会上，却出了点乱子。

不知是谁，趁着宫室内觥筹交错，宫女内侍鱼贯摆宴，珍馐络绎奉上的时候，把那小小孩子抱进了殿内。

那会儿，众臣正被一口口美酒熏得眼发花，舞姬腰肢盈盈烫得心发麻，突然不知谁尖叫了一声，跌了一跤，众女瞬间乱成了一团。

公主惊怒，呵斥众人，这一番慌慌张张站好，才发现，有一团小小和尚爬到了殿中央，方才，舞姬正是踩到了她的衣服，才惹出这等滑稽场面。

她似乎也是刚刚睡醒，揉着眼睛，傻傻地看着四周。

大家也都傻眼了。

小孩子哪见过这等场面，扁着嘴就想哭，可转着小脑袋许久，却在侧位看到了熟悉的身影。

她快速地爬了过去，估计，这辈子这孩子都没爬得这么快过，到了一身银线白衣的孩童身旁，摇摇晃晃地站了起来，伸出一双小手："哥哥，抱抱。"

众人恍然悟了。传闻小郡君养了异母的妹妹，都以为是讹传，今日一瞧，倒有几分真切了。可是一旦悟了，便忍不住悄悄地把眼睛转向了一贯被昭王养得十分骄纵的公主身上，也有传闻，她恨极妠氏，今日妠氏之女扰乱了她的宴会，她又当如何？

众异姓诸侯但笑不语，这一场热闹，他们瞧定了。

公主果然怒极了，正待开口，小郡君却站了起来，微微凝视这孩子，淡淡开口："乳娘安氏、庆氏何在？"

那厢意识到自己闯了大祸的乳母在殿外惴惴不安地跪着，先前有人宣公主旨，然后便把三娘抱走了，后来郡君长史邱莫名出现，只道三娘被有心人害了，便匆匆带着她们跪在了滢阳宫外。

邱挥挥手，安氏、庆氏便垂头入了殿内。

"把三娘带回去，读两遍《礼记》予她听。"乔荷面目冷漠，低头看着乔植高高举起的小手，却并未理会。

公主看着儿子，面目不悦，却也不再说什么。而坐在下首二位的公主堂妹，昭王亲弟毅侯的亲女，临茂郡主微微笑道："急什么，这孩子第一次参加宴会吧，抱给我瞧瞧。"

乔植惶然地抓住了兄长的长袖，乔荷却垂着头，不知在想什么，最后挥挥手，乳娘安氏把三娘抱到了临茂郡主的面前。

临茂郡主伸出手，捏了捏乔植的下巴，小孩子被她捏得不舒服，有些挣扎，鼓起了腮看她。

临茂郡主笑了，眼中却带着恶意："殿下，这个孩子生得真漂亮，假以时日，定与殿下的姐姐一般，光艳天下，美貌无匹呢。"

她说的"殿下的姐姐"指的便是乔太尉的正妻，当年抛弃世家嫡长女身份地位嫁给不值一文的庶人乔氏的�妫氏。

妫氏年少的时候，贤德容貌名动天下。那时公主和临茂郡主还只是孩童，她们的父亲也不过是家乡的混混农夫罢了。临茂郡主曾问公主，长大后愿做什么？公主道："愿做妫氏。"

临茂郡主近些年与公主交恶，今日专拣她的痛处去踩。

公主转身看了乔太尉，他依旧无波无澜地微微笑着，眼睛不知望到了哪里，手上却轻轻抚摩着一块琥珀色的龟壳。

她不知为何，火气却瞬间蹿出，握紧了玉手，斥道："妫氏之女……"

那四字说出的时候，着实尖锐，乔植歪着脑袋，看向了公主，却被她眼中的厌恶吓到，在乳母怀中伸出双手，拼命朝着乔荷的方向挣扎，哇哇大哭："哥哥，我要哥哥！"

乔荷出了席，他张开双手，小和尚委屈地想要哥哥抱抱，小郡君却伸出一双手死死地捂住乔植的双耳，怒道："妫氏之女，幼年顽劣，天然蓄奸，屡教不驯，今日不备，失仪众卿，实非小事，吾素日代父母教养，未尽兄责，便自罚十棍，以警宗室教养！"

这八岁孩童说到"以警宗室教养"时，临茂郡主脸都黑了。

乔植迷茫地看着兄长口舌的张合，却不知他说了些什么，她等了许久，却等不到兄长的怀抱，最后的最后，垂着圆溜溜的小脑袋，缓缓地放下了双手。

从那一日起，她很久都没看到兄长，直到端午节后的第一场雨。

小和尚在雨中园子里的芭蕉叶下无精打采，小和尚头上顶着的小白兔也无精打采。

"欲不可从，志不可满，乐不可极。"她嘟嘟囔囔着乳娘天天念给她的书，听的遍数多了，偶尔也能蹦出一句。

她用小铲子挖出一条蚯蚓，念一句"欲不可从"。

她用手拽住还没来得及飞走的美丽蝴蝶，又念一句"志不可满"。

她透过芭蕉叶看向阴沉落雨的天空，望着这个奇怪的世界，道"乐不可极"。

可是，天被挡住了。

青发清目，一身白衣。

小和尚瞬间低下头，拿着铲子铲啊铲。

他伸出了双手，小和尚摇了摇头，一本正经道："哥哥讨厌！讨厌哥哥！"

他把她从芭蕉叶下抱起，轻轻抱到了小小暖暖的胸膛中。

他把五彩绳从她手上解下。

好啦，这一年，乔荷家的女孩儿乔植平平安安。

她轻轻抬起眼，眼中含着委屈的泪，看向哥哥。

他不肯抱她。

他用她听不懂的话骂她是个坏孩子。

他很久很久没来看她。

可是，他又对她说："阿植，莫要再长大了，好吗？"

不要再长大了。

番外五 | 棋子

一

我的棋下得极好，鲜少有对手。

我八岁的时候，在外城摆棋局，每日能赢二十个驴蹄银。人送外号"十九毛大王"。

"十九"是指我十弈九胜，独输过王国老一局。"毛大王"是说我毛没褪完，还是个奶娃娃。

王国老那一局我其实也没输，但看他白胡子一大把，又比我爹爹、哥哥们官职高，便没好意思赢。

他们说我奶娃娃倒不算错，因我六岁上下才断了奶，刚去宗学读书时每每到了下午都坐立不安打哈欠流鼻涕，先生问我怎么了，我羞于开口，八哥却笑我说是奶瘾犯了。先生不可思议，我虽也脸红，但下了学还是要回家找母亲吃上一口奶。

我有八个哥哥，他们或有乳母，或是祖母用米汤喂大的，独我一人是母亲喂养长大。只因我是小九，家中最小的孩子。

听说我父亲年轻时是个土匪，后来跟对了主子，才有了今日的造化。我没见过家中贫困的样子，前头最大的三个哥哥倒是见识过，连连摆手说不是人过的日子，他们三个至今吃相都不好，娶的世家豪族家的嫂嫂们看到直撇嘴。

我爹娘从前打仗艰辛，现下终于安定下来，哥哥们也都长大了，于是这一腔慈爱都倾注到了我的身上，憋足劲，誓要把我养成新朝的第一贵公子，品行、教养、才德样样不缺，仿佛这样便无人再唤他们"祁家的大老粗们"一样。

这一下，我便好生受了罪，开蒙得早，但断奶晚，读的书多，听到的粗话也多，嫂嫂们这厢教完我如何扫雪煮茶，哥哥们那边灌完黄汤满身油星子打着嗝经过，娘亲一边记得对我言传身教细声细气，另一方碰到气愤的事又忍不住骂脏话，先生这头告诫我君子有德需忍，父亲那头朝堂受了气回家就要操起榔头。

我……很难学坏，也很难学好，所以最后的我虽也按照父母希望成了全都城有名的斯文人，但是心中却总存着一股邪气，思量着哪天干一票大的，同我爹的土匪思维如出一辙。

摆棋局的第七天，我已经意兴阑珊。

满太平都无人胜我，这八岁顽童。

大家都知道有小童摆棋局，输一局奉十金，起初来者皆是贩夫走卒，后来变成文人骚客，再到后来是对弈天下的政客。起初熙熙攘攘，后来门可罗雀。

他们奇怪为什么自己无论如何都不能赢，我却不奇怪。从他们走出第一颗子的时候，就已经注定了。

第七日傍晚，我命仆人收棋局，不远处的马车上却走出一个肉丸子一样的孩子。

脸圆圆，肚子滚滚，全身上下都是圆滚滚的一团，很是讨喜。

"你先别走。"孩子用童音开了口，虽仍剃头，但我听出是个女娃。

女娃身后跟着一个芝兰玉树的少年。我扫一眼，比起之前七天的那些人，竟都要干净清爽，很对我这样孩子的脾胃。

少年微微蹙眉，对着女娃斥道："莫急，成什么样子。"

"哥哥，再不急，那小孩儿要跑了哩！"女娃朝她哥哥蹦脚，显是个急性子。

"几日不带你出门便急得抓耳挠腮，寻死觅活，为同人对弈，使脾气把我的砚台都砸了，实在没个女孩的模样。"做哥哥的冷她一眼，眼中却有淡淡笑意。

"我也不是故意的，哥哥又提这个。我拽你袖子打提溜，谁承想碰着它了，为这哥哥罚我两月不许吃雪花糖，可见哥哥的什么物什竟都比我贵重了！"女娃也是满腹牢骚，嘴上说得谦卑，可句句没饶她哥哥。

我听他们对话，觉得有趣，笑了，依旧坐着："我不跑，你莫急。"

女娃好奇地望着我头上的两个小髻，人小，说话却老成："你就是那个连丞相都赢了的孩子？"

我看着她，坦诚地点点头："我就是那个连丞相都赢了的孩子。"

丞相怕我无人问津太可怜，装模作样地为我造声势，同我对弈，又怕我脓包，输太惨了回家找娘哭，还犹豫着要不要让我几子，后来我连赢他十五子，他倒自个儿回家找我娘哭了。

丞相是我爹爹。

那"赢"了我的国老则是前朝丞相，陛下施行仁政，礼遇前朝，设品级，让他硬生生压我父亲一头。

朝堂上，同我父亲一个品级的大约便只有太尉、御史大夫，在他们之上，是国老，在国老之上，就是那个超品的身体不大好、不常上朝的小郡君了吧。

我家同小郡君家虽是邻居，父辈们又同朝为宰，可彼此却未成通家之好，大概是他家主母是皇帝唯一的金枝玉叶，瞧不上我那为人粗鲁又不懂诗书礼仪的母亲的缘故吧。

甚至细想想，我长这么大，仿佛还从未见过他家那几个正经主子。

女娃棋路天马行空，没有衣冠楚楚的大人们被限制住的思维和规矩，反倒可以一战。

但是她行为朴拙，风格太过任性，我还是很快地占据了上风。

她哥哥倒是个真君子，观棋不语，微笑看着。

女娃输了，递给我十个铜的筹，这是我定的规矩，我输给旁人，给他十金，旁的输我，只需十铜。

女娃看了她哥哥一眼，带着央求，我也瞧他们一眼，不明为何，结果她哥哥沉默一会儿，微不可察地点了点头，女娃才漾出笑脸。

女娃笑时十分可爱，像我前些日子收的那只小小金色狸奴。

我极爱狸奴，便央母亲在家中独辟了一舍，收养了许多，各种颜色各种品种，应有尽有，父亲请来旧朝的狸官，专门替我喂养。

像我喜欢的狸奴的女娃此时赖着不走："再来一局。"

我正拾棋子，也不诧异。因这些日子见了许多输了还要再来的赌徒，但是没有用的，他们还会接着输，直到输到自己醒悟为止。

点点头，再战，她果真又输，可这次却比之前强上一些，不过仅仅如此，还是不够的。

女娃瞧着虽小，棋里却能胜我七日内战胜的人中的半数以上，应有名师指点，同我一般。

我的师父是棋中圣手——早已失踪的郴阁老人徐暨。爹爹见我自幼有天赋，为我寻得徐老来。他们也存着攀比的心理，想培养一个如隔壁小郡君一样的风雅人儿来，改改门风，实在不愿再被称呼"乡巴佬"。

女娃并没有放弃，又连战十局。我也惊诧，她进步飞快，每局都有所获，天资实在惊人。

可每局结束，她便看向她哥哥，怕她哥哥斥她离开。我起初从她哥哥言语中，觉他管教这女娃甚严，不是宠溺孩子的人，可是女娃一哀求一拜拜，这哥哥虽然吹胡子瞪眼，但最终也无可奈何，对她的请求更是无有不应，显是平时便如掌上明珠一般，含在嘴里怕化了，疼爱得没了章程！

慈兄多败妹。

我在一旁感慨着，指指天色："晚了，我要回家去了。"

"小哥家在哪里，我们送你回家去。"小狸奴会来事，热情地邀请我上她家马车。

"不用。"我微笑着拒绝她，无事献殷勤，非奸即盗。

正说着，她却扑通跪下："师父，受徒儿一拜！"

我被她吓得头上小揪揪都要散了。老子才八岁，收什么徒。

"师父，您就收我为徒吧，我哥哥有钱，我哥哥能送你好些束脩，我哥哥还能送你三进的院子外加俩胖丫头！"狸奴不依不饶。

她哥哥的脸却一会儿绿，一会儿黑。

我觉得她哥哥忒倒霉，碰上个混不吝的狸奴，这回定饶不了这信口雌黄的丫头，结果他哥哥许久才平息情绪，微笑道："小祁公子想必不在意这些，不过，您若肯收了我这孩子，凡所请求，无有不应。"

我诧异他竟知我是谁，也诧异他既已知我是谁，竟还笃定我会有求于他，真是莫名其妙。

二

那一日，等他们同我的马车驶入同一条甬道，我才知道，少年为什么那样讲。

他是皇帝唯一的外孙，郡君乔氏，长得像狸奴一样的女娃是他的亲妹妹乔三娘。

这等权势滔天，怕是连我父也只能对着这小殿下口称外臣。

不过，我能求他什么呢？

我捧着腮帮子想，三嫂刚好经过，捏了我的鼻子笑道："哟，小九也有心事啦？"

给我闹了个脸红。我都八岁了，她们还个个把我当不懂事的娃娃看。

我同那狸奴一般的小屁孩可是有本质的区别的，可是，第二日，她的疯狂就震撼了我。

母亲带我去姨母家串门，我姨母嫁与了世家姬氏，但因非世家出身，且个性懦弱，常常受他家排挤，母亲为了这个幼妹操碎了心，隔三岔五总要去姬家讨口茶也讨讨嫌，震慑一下姬氏。

我在屋内听母亲和姬夫人打机锋很是不耐烦，姬夫人也确实讨嫌，如今都是新朝了，还张口闭口三百年的老皇历，是是是，您是周朝的贵族，流着最纯正的西周嫡系血脉，娶我姨母当儿媳混淆了您家血脉。这老生常谈，她耳朵不起茧子，我都起了。

"姬祖母，孩儿有一事疑问。"我露出了笑容，看向姬夫人。

姬夫人见我每次跪坐都不动如山，勉强能给我一个笑脸："九郎有何疑问，但说无妨。"

"姬祖母，周朝如您说的这么好，若是现在还在，该有多好啊。"我这黄毛小儿满脸都是向往。

姬夫人脸瞬间憋得通红，讪讪笑道："不过追忆，不过追忆，只是往事。"

我又笑了："去岁，马陵将军旧部司徒氏也追忆了一下往事，大大感触马陵的仁义，想念马陵在时自己的荣华富贵，如今还被陛下十万大军追着打呢。"

我的笑话是冷的，不知她有没有发现。

但是等我再若无其事地捧着茶吃了口时，满堂已经鸦雀悄然。

我娘在暗处偷笑，给我比了个大拇指。

这尴尬倒没持续多久，我那包子一样的姨母又开始两边讨好换话题。她们讲胭脂水粉发式妆容讲得我痛不欲生，可我娘总把我当小娃子，怜惜我在家闷着读书习棋，怕闷出病来，便总自以为好心地带着我瞎串门。

我快打出哈欠的时候，家里的马夫通过层层上报，报到我处，说是在家中马车下面凹槽处发现了一个小贼。

我到伺马院一看，竟是那狸奴，不，竟是那女娃。

她带着吃奶的劲儿贴在我家马车下面，谁拽都不肯下来。

"你……"我都惊呆了。

她看着我的腿，呆呆地看了一会儿，而后才道："你的腿……不，师父，我来找您拜师哩。"

我知她吃惊什么。

我是个天生的瘸子，昨日跪坐于市，她并未发现。

但是她吃惊的样子令我厌恶。本因她像狸奴有几分喜欢，如今也都淡了："撵她出去，如不肯走，便报太尉府。"

我回去后，母亲见我低沉，便问我因何事，我未答她，身旁小仆怕主母生气，自然连同昨日之事一一说到。

"九郎昨日便说不便收她为徒，谁知这小姑娘今日便跟着马车来了，我们也都觉得可气又可笑，问她几时跟上的，她说马车行在府外时，略一停顿，她趁着个子小便钻了进去，之后一直没有下来，想是要趁机求小郎拜师，算算也有两个时辰了，真不知她如何一声不吭坚持下来的。"

小仆说罢，姬氏却已生三分不喜："哪家的姑娘，如此没有教养，小小年纪做下这等事来。真是周……喀，古礼不复，世风日下，打出去便是，给什么情面！"

我有点厌倦，淡淡道："打不得。"

姬氏因之前被我这小小顽童下了面子，已然暗暗生气，如此怎肯依我心愿："倒不知这天下有你家和我家赶不出去的小贼！"

我娘是个不拘礼的人，觉得这小孩儿好玩，笑着叫身边仆妇带到身边来瞧瞧。

小狸奴来时，昂首挺胸："您诸位好啊！"

我娘扑哧笑了："孩子，你是哪家的？"

小狸奴不答反问，眨巴眼睛："您长得同我师父一样好看，都是天上来的，您是我师父的娘亲吗？"

我娘合不拢嘴："这小嘴长的，人也可爱，像个……像个……"

她形容不出，我又懒又蔫地接话："狸奴。"

"对！"我娘捶手，高兴极了，还朝我挤眉弄眼，给我闹了个脸红。

她是我亲娘，知道我喜欢什么，也在揣测我刚刚生气也许是惺惺作态。

不过我不喜欢她这样的猜测，生气道："看也看过了，让她走吧！"

姬氏则更是个没眼色的，冷笑道："看长相便知，一副尖嘴猴腮的模样，不是什么好人家教养出来的，难怪九郎不喜。就算他是个瘸子，想攀附的穷人子想来也不会少，碰到这种不要脸的，着实让人气闷！今日我做主，打便打了，给九郎出出气，省得以后有人欺他是瘸子上来生事！"

我娘的脸白了，是被姬氏气的。她怕我介怀自己是个瘸子，在何处都装作泰然自若，自己既不提，旁人也都看她脸色不敢提，今日得罪姬氏，她便借由头这样发作起来。

我知道，我娘已经开始坐立不安了，可我更加厌烦无语。就算我再缺心眼，从小到大，也早已认清这铁一样的事实，区区一个外人讽刺或者不讽刺又能如何呢？

我娘不是同旁人较劲，而是同我这个瘸子。她不知这个道理。

"我有双下巴。"为了证明自己不是尖嘴猴腮，小狸奴努力地用手推出双下巴。她的思维一贯特别。

"他是个瘸子，我还是个侏儒呢，我怎么就配不上他，欺负他，不能当他的徒弟了？您这老妇好生奇怪。"狸奴说完，我一口茶水全喷了出去。

"老妇"被气得不轻，茶碗都砸向了小狸奴："给我打，给我使劲打！"

仆妇擒她，小狸奴像只寒瓜一样，骨碌碌滚到了一边。

屋中闹得厉害，我姨母都手足无措了，门外传来高高低低的脚步声，我姨丈一路小跑，来隔门三丈处开始叫："打不得，娘，打不得啊！"

吓得他娘一哆嗦。

我姨丈身后还有许多脚步声，脚步快得仿佛都带着肃杀之气。

小狸奴要躲仆妇，又要和"老妇"斗法，想是全然没听到，只气愤地接着讲理道："还有，我哥哥教育可严哩，我今天也是趁他上朝走得早，从狗洞偷偷钻出来的，先前的狗洞都被我哥哥补上了，这可不是他管教不严，谁也赖不上这个，是我太聪慧，我后来自个儿从园子鹿舍后面找到的。"

她沾沾自喜着。

"原来如此，谢姑娘解惑。"她身后是方方大步走来面无表情一身渥丹色朝服的少年。少年十一二岁，介于孩童和青年之间，面容还很秀美青涩，但却因眼中的冰寒和戾气无人小觑。

我看着都替小狸奴害怕，当然，她更怕，她全身都僵硬了，和先前放肆嚣张的模样判若两人。

"蠢妇，还不下来，哪儿轮得着你坐那里！"这是我姨丈的父亲，姬氏的家主。

他在骂主位上还怒气未消、一头雾水的"老妇"。

"我……"姬氏显然摸不清楚状况。

"什么我啊你的！"我姨丈的父亲一贯很装，朝堂上总是带领旧世家攻击我父亲等人，说即便是姻亲也瞧不上我父亲这泥腿子，而我和母亲来他家，他素来也是不见我的，今日却跑得顶上朝帽都要歪了，真是滑稽。

"是郡君，娘！快点！"我姨丈差点咆哮出来。

"姬伯父和世兄莫慌。我是来提我这孽障的，她叨扰了夫人本已十分不对，何来夫人向我行礼一说。"小郡君面不改色地说完，便躬身，单手抱起了地上的小狸奴。

小狸奴可怜巴巴地看我一眼："师父……"

我气早就消了，有些不忍地看着她，许久才开口："你若找到能赢我的人，我便收你为徒。"

小郡君却缓缓转身，眯眼看着我，轻道："既如此，九公子为何昨日不出声，又或是刚刚发现她时不出声，你若说了，她自不纠缠！我方才倘不寻来，或权势不如你二家，我这孽障今日岂不是白白被你们打死，断送了这条性命！"

姬氏连同我姨丈的父亲都吓得脸发白。

瞧瞧，这就是周朝的骨气。

我听他这样说来，也不气，只道："郡君，你莫要娇惯她过甚，她天性憨懂直耿，不通世情，可似……我们这般，日后被人轻视的时候，恐更难过。"

我母亲听我说完，眼圈儿都红了，我拍拍她的手："这无甚不好，提前懂得便避得。"

那小郡君听我说完，却冷笑起来，抱着狸奴大步离开，更向众人抛出一句："我活着一日，谁若想动我这孽障分毫，那便不妨试试！"

三

之后，乔郡君很不客气地吃了我八个黑子，赢了我，我这八岁孩童也就成了另一个孩子的师父。

狸奴，不，是乔三娘原来已经八岁半了，竟比我还大半岁，这点颇让我郁闷，师父的架子仿佛再也摆不出来了。

乔郡君是个有意思的人。我起初以为他应该非常讨厌我，但是当我认真教三娘学棋，或者和她一起玩纸鸢、斗草、画画、吃点心、说说笑笑，和她做着这世间最亲密快乐的小伙伴的时候，他渐渐地，待我也如自己的亲弟一般，温和耐心。有时比待三娘还要强上几分，令她吃味。

我叹息。怪不得她哥哥说她是孽障、傻孩儿。

我娘见我有了笑脸，对三娘也益发上心，知她没有娘亲，时常亲手给她做些鞋子衣物。

三娘更快乐了，拿着衣服放在太阳下细看，她野心勃勃："以后，丞相夫人更疼爱我的时候，我就把她抢走，做我的娘。"

我笑。你抢不走她的，正如，我抢不走你的哥哥。

我和三娘在一起的日子快乐而悠长，我记得每一天太阳的味道、青草的味道、绢的味道、棋子的味道、泥土的味道、雨水的味道，还有，三娘身上的味道。

倔强的、懦弱的、乐观的、盲目的……闪耀得让人睁不开眼的蓬勃的力量。

我曾细心看过三娘的眉眼，在她受到表姐无与伦比的美貌打击后，安慰她："你长大了，也是个顶好看的姑娘。"

三娘看自己的短手短脚，自嘲道："无碍，反正我也是不嫁人的，下半辈子陪着我哥哥就是了。就是老了要讨人嫌了，像个核桃，做不成好看的老奶奶。"

我听到这话，心中并不舒服。

她为何不能嫁人呢？

三娘不好吗？不可爱吗？不聪明吗？不善良吗？还是不纯朴、不懂事、不好看，旁的男人凭什么嫌弃她呢？

我深恨这世上男子不识金玉。

她这么好，你娶她不就好了。

心中有个声音突然出现，吓了我一跳。

可这个念头冷静而认真，让我自己都不敢轻视。

但下一秒，我又沮丧起来。

我是个瘸子，怎能因她长不大便如此欺她，这和一贯欺辱她和我的人有什么分别？

我变得沮丧，渐渐地，不大愿往隔壁太尉府去了。

这些年，父亲同哥哥们每日在外面口干舌燥地推销我，仿佛别人不知道他家有个小九，他们这辈子就失败了。

好吧，终于全城都知道丞相家有个十岁会写赋会讲经会下棋的——瘸子祁九。

我和隔壁太尉家的侏儒乔三并称天下。作为我爹和她爹缺了德的铁证理直气壮地存在着。

不可避免地，闲话也传了来。连我家下人都传我同三娘倒是绝配。

我发了狠，打死了那个家奴，闭门不出，三娘敲了我家几回门，见我不见她，哽咽地喊了几声"师父"，便离开了。

我娘不忍心，流着泪道："你这孽障，就算不喜欢三娘，可三娘又有什么错，你这样伤她的心，以后再想见她，可不能了！"

我砸了满室的书卷，让我娘走。

三个月后，我参加了科举头试，十三岁时，我成了百国闻名的小状元。

我拼了一口气，证明祁九并非如此，然后我让我娘把库房里他们这些年为我攒的珠宝地契全部拿出来，我打算到隔壁下聘。

我还要证明，不但我非如此，三娘也非如此。我这个瘸子要娶那个小侏儒，要让世人看着三娘堂堂正正成为状元的夫人。

当我含笑整理完所有东西，却突然间觉得困倦，嗓子痒痛，再一低头，忍不住地喷出了一口鲜血。

我用手帕擦了擦唇上的血，笑着让家仆把这些都抬走，快快地抬走，高高远远地抬走，抬到三娘的身旁去。

我让他们再快些。

可是，笑着笑着，我却累极了，闭上了眼睛。

等我睁开眼时，哥哥嫂嫂们哭成了一团。娘的眼睛像两个核桃，她第一次骂我："你这个畜生，抛下爹娘算什么本事，不让你作耗身体你偏不听，小小孩童考什么状元，我们家稀罕一个状元吗，便是十个百个有我儿的命重要吗！"

我笑了，想抬起手替她擦泪，却做不得，心知身体怕是不好："娘，孩儿高兴，高兴得紧呢。"

我娘擦泪，说："那便快好起来，我这就打点下人去太尉府求亲。

昨儿我还请了国老夫人做媒，这件事……我儿放心。"

她说着说着声音却哽咽起来，我笑了笑，制止她："不必了，娘。"

我说："不要打扰三娘了。把郡君请来吧。"

想了想，我怕交代得不妥，又怕交代少了，又添一句："日后我若……我若不在了，千万莫要告诉三娘。"

哥哥嫂嫂们听闻这话，立时哭成泪人儿一样，我娘却不肯再哭，忍泪道："好，都听我儿的。"

之后我便一时睡一时醒，自己仿佛也分不清黑天白日了似的。

待我再次从昏迷中转醒，是被一只极冷的手冰得睁开了眼睛。

如今已是冬日，我努力适应眼前的光线，是烛火诡诡，是夜间，是乔郡君。

"二哥。"我觉得我自己应是镇定的，可是看到那双秀美沉静的眼睛，心中便撑不住了，连声音都变得颤抖。

"九郎。"他到了冬日，便被寒疾侵袭，不单单脸，连唇色都是白的。

他穿着狐裘，抱着我直起了身。我说："二哥，我对不起你和三娘，我不争气。"

郡君轻轻开口："九郎，你是世上最好的孩子，我懂得，亦从未怪过你。"

我心中酸涩难忍，自己不知，眼泪却已经落了下来："我想娶三娘，带她走……"

"我知道。"

"我想让她下半辈子开开心心的。"

"我知道。"

"我喜欢她，非常非常喜欢。我娘都没猜到。"

"我知道。"

"你当初问我有何所求，我想了好久，可是我此生四角俱全，万事顺心，什么都看得极淡，除了，我想……要三娘。"

"哥哥，我好不甘心。"我的手指连颤动的力气都没有，我连像个昆虫一样蠕动都做不到。

"别怕，我搂着你，睡一觉就好了。"他紧紧地抱着我，让我觉得自己的身子很轻，又很重。

在这世间的声音都变得很远的时候，我仿佛听到了母亲的哭声。

四

莫名其妙地，累死的我，祁九郎，变成了一颗黑色的棋子。

为啥不是白色的呢？

我想不通。

棋盘中，白色为尊，黑色为卑。以我之棋艺，还当不得一颗白色的吗？

真教人气恼。

可这点不开心很快被巨大的快乐所替代。

因为我成为三娘棋盒中的一颗棋子。

她时常带着我同他哥哥对弈，笑着看我在疆场拼杀。

我从未听她提起过我，一次也没有。

我想她并不知道我已经死了的事，或许早把我当成这世界上任何一个可以随意抛弃她的人，自嘲之后也就忘掉。

三娘仿似长大了许多，不但个子高了，性格也变得沉稳。

她没那么像狸奴了，也仿佛，没那么爱笑了。

又有一日，三娘输得丢盔卸甲，郡君却把我从棋盘中拿走，他告诉他的妹妹，他要去出征了。在出征之前，帮她趸摸了一个天下无双的好夫婿。

我听完此语，黯然神伤。

郡君从此，一直把我放在身边把玩。

深夜时，他亦曾看着我，极轻极轻地叹息："九郎但在，何需要他。"

我听得懵懂。郡君说的"他"，是指他为三娘寻的夫君。

我不清楚他是怎样的人，但是郡君显然并不全然满意。

我默默地跟着郡君上了战场，看他一路厮杀，骑着战马，从春暖花开的江南走到极寒之地，看他一路收复各郡，被百姓奉为神明，看着北突厥的大汗被郡君五擒五纵，最终诚惶诚恐令人奉来降书和割地为信的盟书。我真开心自己能以棋子之身走这一遭，阅尽这人间英雄不世之功。

降书和盟书被谢季快马送回太平都，我都能想到，三娘听说二哥赢了，开心的样子。此一时，就算没有我，依照二哥的战功，他定能成为天子，庇佑三娘一生，无论三娘嫁与谁为妻。

可是，不久之后，郡君的寒疾却犯了，起初军医用药还能压制得住，可待谢季送来天子的两道旨意，二哥彻底倒下了。

他死的时候，我在他手中，被他紧紧握着，只有我知道他冰冷的手中有着这世间最深的不甘。

他答应要送嫁三娘，他曾告诫世人，除非他死，否则谁也休想伤害他的掌上明珠。

他死了。

我却忽而看到郡君头脑中闪过几道光，悉数打到我的身上，我虽是小小棋子，却仍觉五内俱焚，险些承受不住。

待我再次醒来时，却已变成了人形。

一个婴孩。

一个姓祁的婴孩。

他本该是我的侄儿，可如今，三嫂成了我的母亲，母亲成了我的祖母。

我此生叫祁恒。

为相的第一世。

那些茅塞顿开的智慧和谋略皆来自乔郡君。

郡君啊，死前叮嘱我："小小棋子啊，若你有灵，愿穷尽我毕生所学，化为尔身，令你为相五世，全吾收复上百华国，稳固江山，报国爱民之愿。"

我当时悲戚，哭都来不及，哪儿承想，他竟没诓我。

五

我变成婴孩的时候，三娘已一身嫁衣在鹦鹉桥上自裁，随二哥而去。

我没有见到三娘最后一面。

也没有看到她变成新娘的样子。

我想她那时一定很好看。

他们竟不珍惜。

三十年后，我成为太宗的丞相时，做了两桩事：一是下毒杀了如今权倾朝野的谢侯，即当年卖主求荣的谢季；二是借夺嫡之争，使奻皇后的儿子自相残杀，并在皇帝决意杀了她的时候，为她求情，令皇帝表面称她薨逝，暗中把她流放。

老皇帝年老气衰，并不知道我把她流放到了哪里，但是，我知道。

那是通向北突厥的边界的被称作"雪河"的颉仕戈驿路。

那里冬日的雪就像河流一样深厚。

郡君被埋在了那条路上。我亲眼瞧着。

我决意让她一路乞讨而去，在二哥安息的那条路上看到自己最终的下场。

太宗皇帝自然非我所害，事实上，我多希望他长命百岁啊，不然怎能令他在自己搜寻了三十年的满是三娘少年时容貌痕迹的后宫中窒息崩溃，歇斯底里，永不超生呢？

我的那一世救了许多人，也害了许多人，但我并不后悔，一日也没有。

二哥那句话说得很对。

九郎但在，何必要他。

六

死后的我已小有修行，依照生前祁恒的相貌，寻到了三娘的踪迹。

我告诉她我是她旧时棋盘上的棋子所化。

她唤我秀提，还把我视作与十七、十八一样的子侄。

我苦笑。

从师父变作九郎，又从九郎变作秀提孩儿。

我曾问她，生前可有很好的伙伴，又是否有人欢喜过她。

她犹豫了很久，才说："那……不算吧。我很喜欢那个人，他是我最好的朋友，可是他好像很讨厌我呢，连死都不肯让我知道。"

我心中微哂，原来她早就知道祁九去了的事，枉费我死前费尽心机，想是我娘那个大嘴巴。

"他们都瞒着我，可是我知道。因为我从那一天开始，无论站在海棠园内怎么听，却再也听不到他读书的声音。我哥哥还瞒着我，不肯让别人说与我听，可是从那之后到我死之前，没有一个人在我面前提过阿九，哪怕一次都没有，我便知道，阿九一定是不在了。我顺着他们的意思，不去想，因为一想，我的心就很疼，难受得像碎了一样。小时我一直做梦，长大后，阿九娶了我该有多好呢，我们一个是瘸子，一个是侏儒，谁也不嫌弃谁。且同二哥一直做邻居，这人生可再美妙不过。现在想来，是我的不对。就算他是瘸子，人品却那样出众，娶了我根本就是对他再一次的羞辱，加之外人当时说三道四几句，林林总总，他因此才发愤读书去了，不再理我。他考郡试前，我还绣了一道平安符给了他娘亲，只是不知他接到没。这是我在凡间唯一的朋友。"三娘叹息着，却把手放在额上，她提及旧事，难过得不能自已时，常常如此。

我心中也一酸，可终究与她团聚，这是天下再好不过的事。

我愿给她放纸鸢，当棋子，一辈子。

之后，机缘巧合下，我成了道德真君的末徒。他并非随意收我为徒，只因郡君本就是他门中弟子，他盛年而死，无法完成收复百国的使命，这差事却因郡君死前意气所致，落在了我身，真君也因此收我为徒。

我的第二世、第三世都没什么记忆，只知道生前轰轰烈烈，大大地利国利民了一回，被百世称赞供奉。

待到成为云琅时，又出了小小偏差，辰更仙在我轮回时，悄悄把孟婆汤换掉，随我一同下了凡间。

我有记忆，她没有。

她隐去神识，打定主意和我做一辈子人间夫妻。我没这个打算。

她成了三国之主青城，逼了我一辈子。

我因她是同门，借机结结实实地点化了她好几遭。可她冥顽不灵，惹得天下都知这"痴情女子薄情郎"的戏码。

除此，因我此生有识，反倒比前几世做相爷更成功。

万古流芳者，云琅。

七

第五世，我是嬴晏。

因下凡投生为云琅时出了纰漏，师父这次亲自送我下凡。

这辈子的我颇倒霉，师父那段时日喜欢上了人间的苦情剧，便精心为我安排了身世，特地用了我上辈子恨得咬牙切齿的嬴氏来装点我这辈子的身份。

我说，我能问问为什么吗？

师父也惊讶："不是你说的，嬴氏到了三代人尽可诛杀，还遗憾自己看不到吗？"

我面无表情，对他跷了跷大拇指，然后自己朝着轮转台跳了下去。下去之前，还听到泰山王擦着汗问我师父："您做得是不是过了点？"

至于我师父怎么回答，我并没有听清楚，但是后来泰山王在我幼时梦中点化时，又把我师父的原话告诉我："尔是阴年阴月阴日出生，十绝孤寡之人，天生做判官的好苗子。因人心不古，世道不复从前，故而冥间更需整治，因此你此生责任重大，阳间为人时匡扶社稷，阴间为判时明辨是非。"

这世的我冥顽不灵，脾气古怪，和云琅春风化雨的性格殊不相同。莫名其妙热血了一辈子的唯一一次，守护了姬谷一场，却换来了从龙之功和一生一世的信任。

我恢复记忆之后，细细盘算，因盛世不复，此生性格亦有缺陷，恐怕无论如何匡扶帝王，都达不到前几世的功绩。可万万没想到，扶苏会有这样的能耐和造化，缔造了四夷来朝、百国臣服、民风强悍，甚至远超太宗时的盛世，史书对他之载极尽溢美之词，连我都成了这盛世明相，随他受益。扶苏此生，除因年轻时与成葛、成觉三分天下，艰难打仗的那十年间，死了唯一的子嗣凤奴，后立唯一的公主阿稚为女帝之外，一生清净，竟无污点。

凤奴为救扶苏，在最后一战中，被万箭穿心。

凤奴之死，是所有人的心头之痛。

他是半人之身，日下无影，性格极为敏感自卑，年幼时虽力量惊人，但行为暴戾，我做他老师时，因他六岁时愤而杀了邯郸郡公进献给他父亲的美姬，曾罚他跪在主公帐外三日三夜，又抽他三十军棍，可这孩子竟不肯说一句软话，只扛着不愿在我面前倒下。

后来还是扶苏坐不住了，在帐内来回走动，我让他安静，他就拿茶杯砸我，后来气不过了，为了儿子竟憋出一句："不与邯郸为盟也罢。"

之前的他想要邯郸都想死了，有了邯郸就能和邯郸以北封界的成葛决一死战，此时却为我罚他儿子说出这样的话来。

可叹凤奴竟还一直仇恨着扶苏，怪他父亲害死母亲，令他成为半人之身，无母的孩儿，任人欺凌。

瞧，这孩子狭隘也便狭隘到此处，我罚他一罚，他便认为我恼了他，对他失望，因而对我也开始失望，认为我同旁人是一丘之貉，都不指望他继承主公大统，只想他父亲另纳美姬，生下旁的正常的大胖小子来。

真真气煞我！

我恼着问他父亲这孩子脾气到底像谁！

他爹更没好气："你说，你来好好说说，他像谁！"

他一怒，我乖觉地闭上了嘴。这是皇帝的逆鳞，谁都别碰。

凤奴是当爹的心头肉，别说跪三天三夜，跪一个时辰他都打算对着儿子缴械投降，我告诉他孩子不是这么惯的，他说用你教我。

我就不说了，让他把凤奴抱了回来，他儿子哭着睡着了，他在一旁为这孩子抹药，一边抹一边骂，骂我骂邯郸郡公骂美姬，没有他不恨的，可待他儿子醒来，扶苏又一本正经、冷冷淡淡地问他可知错了。

唉，这不正是郡君之前对三娘的那点套路手段吗？

三百年了，他老人家也够不长进的了。

凤奴自然误会他父亲，认为扶苏嫌弃他，一心想要建立功业，让他父亲另眼相待。

我的儿，还让你爹怎么另眼相待，你都是他的眼珠子了，抠了这双眼让你看看才算另眼相待吗？

所以说，小孩儿一执拗，你真拿他没招。

他八岁时，带着一堆将军包括元帅季裔的儿子们组成一支小军队，突袭三皇叔成葛，烧了成葛军粮，又偷偷潜回对岸，兴奋地跟我说："太傅，爹爹这回肯定夸我！"

我冷笑：等着吧小子。

果真，他爹这辈子第一次亲手打他，用军棍。

从此，他对父亲益发冷淡守礼，扶苏心中不好受，面上却待他依旧严厉，不，比之前更加严厉，他怕有朝一日，凤奴的胆大妄为会惹下大祸，连他都来不及救下。

更始八年，我奉主公命去中立的曹郡借粮，便是在这里，我碰到了阿稚公主，未来女主天下的那位小公主。

这一年，扶苏三十二岁，鳏夫一个。

当时的小公主还只是个乞儿，在街上抢馒头吃，她同别的乞儿不同，她不是抢一个，她是抢一锅，跑得飞快，却依旧被店家逮住了，好一顿熊揍。

一个小家伙被揍得鼻血飞溅，实在不是个可笑的场景，但我不知为何，瞧她莫名眼熟，扑哧笑了出来。

小乞丐狠狠瞪了我一眼，然后把血全部蹭到了馒头上，店家一边踢她一边尖叫，她却勉强擦血商量着："您也要不成了，便给了我吧，我已经三天没吃东西了。"

店家气得发抖："你三天前也是这么说的！"

小乞丐说："所以我三天后才来。我挣了钱，自会还您。眼下河中冰冷，下不了渔网，官府也无差事，自然无法挣钱，冬日是这样的，您也清楚，每年开春我挣了钱不都还给您了吗？况且，我若为了自己也就罢了，我是为了我病中虚弱的母亲啊。"

店家本来神色缓和些，但听她提及母亲，气道："你哪儿来的母亲，扯些鬼话诳我，打小孤零零流浪，我从未见过你有什么病中虚弱的母亲！"

小女孩缓缓坐起身，虽因疼痛龇牙咧嘴，倒也吃力地笑了："我有母亲，您瞧，我识字，也会读书，更懂道理，没有母亲是不行的。我幼时吃了母乳，孩童时母亲日日为我扇凉遮阳，冬日时搂我在怀暖腹，没有母亲我更是不行的。我娘只是因为虚弱，吃得多些罢了，待她好了，我自然带她出来，给你们瞧瞧。"

她又努力蹭了蹭脸，掀起刘海，露出一张稍微干净一些的小脸，那张脸上的眼睛漂亮得惊心动魄，她对店家说："我长得好看，我娘更好看。您看到她就知我并非撒谎。"

　　这孩子说了一通，把个店家说得晕头转向直叹气，挥挥手，令她拿了几个馒头自去了。

　　她千恩万谢地离开，店家却嘀咕一句："不惹她也罢，这孩子邪门得紧。"

　　我问他如何邪门了，他指了指孩子远去的脚下青石："喏。"

　　我愕然地看着孩子远去的背影，那摇摇晃晃的小身子下，朝着阳光而去的方向，竟无一丝影子。

　　我疯了一样地追着她，可她似乎有所警觉，越跑越快，直至消失在一个小巷子中。

　　我失望地看着四处通达的道路，瞬间，天地都仿佛在旋转，后脑一阵剧痛，失去了意识。

　　等我醒来时，却被绑在了一间破庙的红漆柱下。

　　庙虽小，可打扫得干净温馨，甚至还有小石头打磨成的餐具、碗碟及各式小马小狗小玩意儿，甚至还有一盘石棋。

　　小乞丐坐在不远处烤火，面容平淡，双手纤细："你是谁？跟着我做什么？"

　　我知自己是被她打晕的，一动弹，后脑勺都是痛的。我问她："你叫什么？"

　　她淡淡道："无名。"

　　"你……姓什么？"

　　"也无姓。"

　　"你母亲呢，她在何处？"我忍痛看着四周，可是视野之内，没有我想要的身影。

　　她有些古怪地看着我，问道："你想见我母亲？"

我点点头，看着她的眼睛却不敢呼吸。

小姑娘眼带邪气，若有所思地从衣内掏出一把石刻的小刀，轻轻抵在我脖颈上，露出森森白牙："那你就只能去死了。我娘早就死了。"

我愣了，看着她，她好半晌，却突然丢下石刀，滚到地上，哈哈笑了起来，仿佛自己也说了一个很高明的笑话。

直到许久，她才绷着脸道："我骗你的，骗所有人的，我哪有娘，我就是孤儿。"

我淡淡开口："你没骗我。你和她一模一样，连性子狂悖都所差无几。你说得对，你自己可长不成这副模样。"

当年，翠三娘交给扶苏的只有一个孩子，所以我们理所当然地认为奚山君只生了一个。

"她在哪里？"我用我这辈子最温和的语气问她，可那声音连我自己听着都觉可怜，仿佛风一吹，就散了。

天色渐渐变得浓黑，毕剥的树枝燃烧的声音在安静的空气中变得格外地响，可是我看不到火光，在令人窒息的安静中，我静静地等待着。

我等待着自己可怜的瑟缩的命运。我做云琅时，曾画了千百幅黄衣少女，我同郡君一样想象期盼着她长大后的样子，可我们都没见过。

这一辈子分明只过了短短三十年，我却沉默了几世的人间。我从年幼变得年迈，又从年迈变成新生的婴孩，我知道一切都会发生，我盼着，最不可能发生的事情还能发生。

我想，三娘啊，三娘欸，你活着该有多好，不用管我抵着牙齿如何落泪，不用管我如何相思。

因有一人，比我更多苦涩。

扶苏如此清淡，却曾在凤奴生日，疯得不成样子，人人胆寒。

我比任何人都盼着什么发生，甚至连肌肉都在痉挛。

可是，什么都没有发生。

黑夜依旧在，沉默依旧在。

安静的，这样的，本该如此的现实。

小姑娘微微笑着，她没有说话，可看我的眼神可悲又怜悯。

"像我这样的孩子很多，多到数不清。我变成这样，不是因为我娘还在，是因为她死了。"她许久才看着火焰开口。

我知道自己也许是搭错了弦，被扶苏那个疯子感染了，才会生出这样奇怪的想法。

这只是个普通的孩子。

与……她无关。

可等我说服自己，缓缓提起点气，离开后，又总觉哪里不对。待我再回到那残庙，小女孩所有的痕迹却已消失殆尽。

这一年，恒春被成葛姬妾所逼，投井自尽，可听说，她捞上来时分明已断了气，却又莫名其妙被救了回来。

之后，便性情大变。

又听闻，恒春不顾众人反对，收养了一个行乞的小女孩。

那女孩生得倾国倾城，被封郡主。

待到两军对垒，小女孩却女扮男装，打败了我那徒儿凤奴。

凤奴气得半死，小女孩戴着面纱，挑着眉嘲笑他道："好个没用的哥哥！"

凤奴回营后气得直跳脚："谁是她哥哥，乱攀什么亲戚！"

他第二日要再战，扶苏摁都摁不住。

这一次，他很长进，总算挨到了姑娘身，扯下了小姑娘的面纱。

姑娘微微一笑，见她相貌我稳住了，可我那没出息的主公又坠了马。

而我，总算想起那日在庙中究竟有何不对之处。

她说她没有母亲，可孤身一人居住的破庙为何会有对弈的棋盘？连日常用器都是两套。

这是我当了五世相爷、一世棋子也想不通之事。

故而后来应了平国相士所说，有凤命的恒春一身二嫁，竟成为我更始一朝的继皇后一事，也就见怪不怪了。

至于后来那几个迂腐的老儿死活不让主公立那个来历不明的小姑娘为太女，威胁主公要一头撞死在白玉筑就的太极殿内的时候，扶苏很疲惫，挥了挥手道："要死，就死得离朕远些。"

故而，大家都传阿稚公主是恒春还是弟媳时，与皇帝私生的孽女。

我却不信这鬼话，你说元后死而复生附在恒春身上，都比这更可信些。

我是更始帝孝武一朝时负责编纂史书之人，作为帝国的左相，我是累死的，死前，早已云游海外的帝王夫妻良心发现地跑来探望我。

我对笑得一脸抱歉的恒春翻了翻白眼。

我啊，度过这女祸，总算修得圆满。

八

我是一个当过五世相爷的好棋子，对得起我深爱的那个女子。

图书在版编目（CIP）数据

昭奚旧草 . 2 / 书海沧生著 . — 广州 : 广东旅游出版社 , 2023.7
ISBN 978-7-5570-3042-1

Ⅰ . ①昭… Ⅱ . ①书… Ⅲ . ①长篇小说—中国—当代 Ⅳ . ① I247.5

中国国家版本馆 CIP 数据核字 (2023) 第 081771 号

昭奚旧草 . 2

ZHAO XI JIU CAO. 2

出 版 人：刘志松
责任编辑：陈　吉
责任技编：冼志良
责任校对：李瑞苑

广东旅游出版社出版发行
地址：广州市荔湾区沙面北街 71 号首、二层
邮编：510130
电话：020-87347732（总编室）　020-87348887（销售热线）
投稿邮箱：2026542779@qq.com
印刷：河北鹏润印刷有限公司
（地址：河北省沧州市肃宁县工业聚集区）
开本：880 毫米 × 1230 毫米　1/32
字数：235 千
印张：8.75
版次：2023 年 7 月第 1 版
印次：2023 年 7 月第 1 次印刷
定价：69.80 元（全 2 册）